2006

中国短篇小说年选

CHINA 2006
THE CREAM OF SHORT STORIES

中国小说学会主编

洪治纲◎编选

廣東省出版集團
花城出版社
中国·广州

图书在版编目(CIP)数据

2006中国短篇小说年选
中国小说学会主编;洪治纲编选.
—广州:花城出版社,2006.12
(花城年选系列)
ISBN 7-5360-4859-9

Ⅰ.2 Ⅱ.①中…②洪… Ⅲ.短篇小说-作品集-中国-当代
Ⅳ.I247.7

中国版本图书馆CIP数据核字(2006)第126591号

责任编辑: 温文认
技术编辑: 赵 琪
平面设计: 苏家杰

出版发行 花城出版社
(广州市环市东路水荫路11号)
经　　销 全国新华书店
印　　刷 广东省阳江市教育印务公司
(阳江市区东风三路45号)
开　　本 880×1230毫米 32开
印　　张 14.5 1插页
字　　数 376,000字
版　　次 2006年12月第1版 2006年12月第1次印刷
印　　数 10000册
书　　号 ISBN 7-5360-4859-9/I·3816
定　　价 28.00元

如发现印装质量问题,请直接与印刷厂联系调换
购书热线020-37604658 37602819

2006中国短篇小说年选

目录

序

洪治纲

近些年来，“底层写作”似乎成了一个备受瞩目的文学热潮。尤其是2006年，在《小说选刊》、《人民文学》等刊物的积极倡导下，在众多评论家的热情呼告下，有关“底层叙事”的小说可谓炙手可热。说实在的，在这个以多元化为幌子、实则价值观念出现严重失范的现实背景下，重新关注底层生活、关注弱势群体的写作姿态，无论是基于道义上的文化关怀还是生存上的平等观念，都是值得首肯的。至少，这是一种有情怀的写作，是一种直面当代生存困境的写作，是一种向现代文明的公正理念发出诚挚邀请的写作。它或多或少地体现了现代知识分子的价值操守，也表明了我们作家在良知信念上的道德追求。

但问题在于，确定了“写什么”的目标之后，更重要的，我们还必须积极地思考“怎么写”。一个作家不能仅仅满足于某种道义立场的表达，他还应该在审美上尽可能地提供某些独具韵味的优秀文本，应该将自己的全部心智和情感投置到表达对象的精神内部，并与之产生心灵上紧密的共振关系，以使叙事展示耐人寻味的艺术内涵。但要做到这一点，似乎并非易事。有例为证的是，当我带着极大的热情来阅读今年的一些被视为“底层写作”的重要短篇时，我感到颇不满足。一些具有底层写作热情的作家在叙事技能上进步甚微，理念化的意图和技术化的痕迹仍旧非常明显，创作主体的道德化优势溢于言表。有些作品看起来动用了某些质朴的“底层话语”，以及反智性的故事结构，但它们进入人物的内心时，却无法准确地凸现人物的生命质感，无法有效地激活他们丰饶的精神风貌。对这些作品，我曾这样评价：“经验的成分居多，观念的成分居多，图解的成分居多，而创作主体的情感心智与小说人物融成一体、休戚与共的状态很少。我觉得，这是一种经验还原大于情感还原的畸形叙事。它所折射出来的，是一种典型的创作主体的精神慵懒症。它们除了展示一些普遍性的价值观念和伦理化的道德立场，并不能通过鲜活丰实的艺术形象来感染我们，不能让我们从人物的内心深处体会到存在的疼痛和尴尬。”① 到现在为止，我依然坚持这一判断——至少对于大多数“底层写作”的短篇小说来说，情形依然如此。

当然，值得首肯的作品并不是没有，只不过数量不多而已。就我所读到的2006年短篇来说，能够真正地将创作主体的心智和情感投置到那些底层人物之中，并成功地激活他们生命形态又展现了作家叙事智性的短篇是：苏童的《拾婴记》，冯骥才的《抬头老婆低头汉》，王祥夫的《菜地》，李约热的《青牛》，叶弥的《月亮的温泉》，徐则臣的《最后一个

---

① 见《小说选刊》2006年第4期。

猎人》，高君的《流逝》，盛可以的《归妹卦》，温亚军的《成人礼》等。它们是一种创作主体“精神在场”的写作，其叙事自觉地规避了某些过于表象化的存在，展示出属于创作主体自身的审美意图。也就是说，它们既尊重一切共识性的经验，又恪守自身独特的思考，使叙事闪烁着智性之光。譬如《拾婴记》围绕一个女婴的不断辗转被弃，既写出了处于生存困顿中的人们面对弃婴的畏惧和无奈，又通过幼儿园和政府部门的极力推诿体现了这个小生命所赋予的沉重之责。而李六奶奶、疯女人瑞兰的出现，不仅改变了女婴在“弃”的过程中的故事走向，还隐含了人类某种超越理性的生命之爱。更重要的是，小说在最后一节忽然出现了魔幻式的一笔：那只装弃婴的柳条筐又回到了罗文礼家的羊圈里，里面没有女婴，但羊圈里却多了一只会流眼泪的羊。于是，在这个没有责任只有收获的现实面前，罗文礼一家终于对生命隐约地产生了某种畏惧和敬重。而冯骥才的《抬头老婆低头汉》更注重强女弱男的两极化描绘。它以鲜活的生命质感将一种反常识的底层生活展现得饶有意味，同时又游刃有余地凸现了于姐和老闷儿这对夫妻以沫相濡而又不事张扬的深厚之情。但作者显然并不满足于这种简单的故事推演，于是，他又通过老闷儿打蝙蝠以及老闷儿的死，巧妙地展现了这对夫妻骨子里的性别质色：在打蝙蝠中，于姐的柔弱和老闷儿对无畏的承担表现得淋漓尽致；在老闷儿死后，于姐却一下子丧失了阳刚之气，彻彻底底地还原成一个柔弱的女人。读完故事之后，我们不得不沉思：在这对夫妻的性格逻辑中，似乎包含了某种耐人寻味的家庭伦理，其中有爱、体恤、呵护、隐忍乃至悦纳，等等。

王祥夫的小说近年来一直数量颇丰，但它们基本上沿袭着作者在《上边》中所追求的那种审美格调：用最为质朴的话语，去努力穿透乡村底层普通百姓的生存状态，展示他们复杂无奈的生存意绪。像长篇《米谷》和短篇《端午》、《红包》等，都是如此。我之所以选取他的《菜地》，是觉得这篇小说在叙述上颇费了一番心机——作者牢牢地扣住"心态"来进行叙述。他不仅让那个"狗日的"的富豪一直以悬置的身份左右着米家村人的生存梦想，而且在处理村长米菜籽和村民米仙红的关系时，也是通过各种刁蛮的对话折射各自的复杂心态，尤其是村长内心的那种嫉妒、邀功、刁钻、霸气……等心绪，都在引而不发的叙述情境中缓缓地凸现出来，颇见叙事功力。徐则臣是一位近年来处于迸发状态的青年作家，其创作潜能颇为强劲。在2006年，长、中、短篇都有发表。仅短篇而言就有《夏日午后》、《我们的老海》、《平安夜》、《大雷雨》、《鹅桥》等，但我更喜欢他的《最后一个猎人》。这篇小说将乡村中特有的温暖人性不留痕迹地传达出来，尤其是杜老枪和"我父亲"之间的情感默契，充满了沈从文式的乡间温情。而杜老枪最后的杀人举措，与其说是为了自我的尊严，还不如说是一个猎人在特殊历史境域中对生命的悲怆总结，因为引发这场悲剧的根源在于人与自然的关系被现代文明做出了特殊的规约。

李约热的《青牛》和叶弥的《月亮的温泉》、高君的《流逝》也同样触及到了乡村伦理中的某种温情，而且，这种温情同样与现实观念发生了不同程度上的抵牾。《青牛》里的"我"为了替朋友"报仇"，强行牵走了蓝月娇家唯一的家产——一头病了的青牛，从而使蓝月娇乖乖地跟他走进了结扎的医院，完成了无数乡村计划生育干部无法完成的任务。但是，正是这个充满热血豪情而又少不更事的"我"的"聪明举动”，揭开了那些计划生育干部之所以没有完成任务的本质原因——谁也不想同时也不敢去动这个家庭生存的唯一基石，而这，正是乡村伦理的最生动的注释。所以，当“我”几天后看到蓝月娇的老公在菜场卖那头青牛的肉时，才醒悟到“我不是一个好人”，因为自己的“高明手段”不仅颠覆了一个家庭的生存基石，而且颠覆了乡村生存的忠厚伦理。同时，这篇小说充满诗性的叙事语感，也折射了作者良好的艺术潜能。《月泉的温泉》将一个乡村妇女的敦厚品性演绎得异常温馨。谷青凤爱自己的丈夫几乎爱到了纵容的程度，在这种无原则的爱情生活中，她不断地赋予自己以无怨无悔的牺牲品性，以至于最后不惜踏进月亮温泉来挽救自己的生活。尽管这篇小说后半部的情节安排略显突兀，但是，作者的精巧叙述还是让谷青凤这个人物获得了诗意的飞升。与《月亮的温泉》从正面展示情感所不同，高君的《流逝》则以父子之战来演绎一种无怨无悔的父爱。这种爱，因为贫穷和无助，转化成十六岁的少年与父亲之间的尖锐对抗，但最后却在父亲沉默的行动和“六月里丰沛的雨水”一样的泪水中表达得淋漓尽致。他的另一个短篇《伊人》，通过李潘这个被命运捉弄得颠荡沉浮的女人与一对兄妹之间的长久友情，也同样表达了这种情感深处不易察觉的温暖。温亚军的《成人礼》借助给儿子割礼的事件，在“爱与妒”的情感交织中，也将一家三口的似血浓情表达得入木三分。

盛可以的《归妹卦》则以犀利的笔触，撕开了底层生活中某些不堪重负的生存之痛。当采西嫁给了张角之后，我们终于看到，人物真正的受辱、忍辱以及由此所造成的内心巨痛才缓缓地打开。在这一敏感地带，盛可以动用了一种不确定的叙事，让张角处于血缘伦理的猜疑状态，由此开始对采西进行了近乎暴烈的精神折磨——在封闭的男权体系中，采西的不贞，意味着尊严已丧失了一半；而孩子的血缘问题，又使采西失去了剩余的尊严。所以，采西几乎是在没有任何尊严可言的环境里活着。她不仅要常常面对丈夫的嫖宿场景，承受一种婚姻伦理上的情感惩罚，而且要担当家庭生活的全部负重，接受贫穷生活所带来的肉体劳作。这是一个相当漫长的过程。小说中有一个看似很不起眼的细节，道出了这个折磨过程的长度：采西从胡梅那里得来的钱，由一块两块慢慢地聚集到了七百多块，这里面所蕴含的时间长度可想而知。就采西来说，或许这一切仅仅是为了孩子和孩子枕头下的那笔钱，这是自己活下去的唯一理由。但是，盛可以再度让一场意外的洪水夺走了孩子和钱。这是非常有力的一笔，它不仅果断地剥夺了采西的生存依靠，而且全面消解了采西忍辱负重的价值。她不得不重回生活的起点，由绝望而恍惚，由恍惚到反抗。所以，读《归妹卦》，我们看到的是女人被男权话语强行撕裂的疼痛，是无助与无望的疼痛，它在被侮辱与被损害的极限状态，将这种疼痛的深度延伸到了传统伦理与鄙陋人性的双重结构之中。

此外，创作极为勤奋的范小青近年来也写了不少的短篇。2006年我曾读到她的《城乡简史》、《低头思故乡》、《谁住在我们的墓地里》等。应该说，她的短篇是一种不折不扣的“底层写作”——主要以反映民工生活为主，但在叙事上大多显得过于老实，就像刘庆邦和石舒清的一些短篇那样，情感在场而心智介入不足，使故事在话语之外提供给我们的审美信息不够丰厚。但她的《我就是我想象中的那个人》颇有些例外。作者动用了一种极致化的审美手段，将老胡不断地逼进自己内心中最脆弱、最畏惧的部位，使他内心的自我抗争与现实中的生存冲突形成了某种奇妙的互动状态，直到最后通过自我的宣泄而获得平衡。

记得纳博科夫在谈及小说创作时，曾说过这样一句非常有意味的话：如果一个人冲进大火之中救出了邻居的小孩，我们应该向他脱帽致敬；而如果这个人还冒险花了五秒钟寻找并连同小孩一起救出了他心爱的玩具，那我们就要紧握他的手了。在纳博科夫看来，一个优秀的小说家，不仅应该密切关注救小孩的过程，还更应该关注“花五秒钟顺便救出小孩玩具”这一细节。因为这种看似不可思议的细节，却恰恰表明了一个优秀作家对生活本质的诗性关怀，“这种为琐物而疑虑的才能——置即将来临的危险于不顾，这些灵魂的低喁，这些生命书册的脚注，是意识最高尚的形式，而且正是这种与常识及其逻辑大相径庭、孩子气十足的思辨状态中，我们才能预想世界的美妙。”

我对纳氏的这番话一直持以非常赞同的态度，因为一切文学艺术，只有发现并展示了那些被日常经验所遮蔽的精神状态，只有洞悉并呈现了那些被生活常识所规避的内心真相，它才有可能体现出一个作家独特的审美创造，也才有可能让我们于不知不觉中猛然看到“预想世界的美妙”。而这种“美妙”的获得，往往与人们所熟知的生活常识和客观逻辑“大相径庭”，甚至是对常识和逻辑的颠覆或破坏，就像那位“花五秒钟顺便救出小孩玩具”的英雄，他看似超越了生活的常理，却激起了我们对生命中“高尚意识”的敬畏，也激起了我们对各种可能性存在的神往。这种“为琐物而疑虑”的能力，从某种程度上说，也决定了一个小说家的叙事禀赋。一个作家只有在那些看似很不经意的地方，发现并展示各种可能性的生活，延宕或拓展各种难以言说的人性状态，使那些看似庸常的“琐物”在叙事中变得熠熠生辉，才能使自己笔下的“谎言”揭开那些懵懂的世界。

带着这种思考，在阅读2006的短篇小说时，我尤为注重那些在叙事细节上颇显智性的作品。在我看来，一篇小说就像一个人，它不仅仅是一个鲜活的生命实体，而且存在着许多敏感的部位。这些敏感的部位就是小说的关键性细节，是足以带动小说飞越现实的起点。如果一个作家能够清晰地把握这些叙事的敏感部位，并动用自身特有的话语手段，生动地将它们逐一呈现出来，那么，作为一个艺术实体，它就会变得鲜活、生动而饱满。而戴来的《白眼》和《后来》、须一瓜的《提拉米酥》、王手的《软肋》、沈东子的《六万分之一》、朱日亮的《还等什么》、钟求是的《给我一个借口》以及陈启文的《村上春树，茶道与匕首》等，就非常注重对这种敏感部位的拓展。这些作品体现了作者对现实微妙状态的智性处理能力——他们常常深入到各种生存的缝隙之中，发现许多令人困惑而又纠缠不清的人生意绪，并在这种微妙的人生意绪面前“疑虑”再三，从而进行饶有意味的细节扩张。像《白眼》就是抓住秦朗在火车上遭遇陌生女郎的白眼这一细节，在一种极度敏感与敌意的对抗中，既凸现了秦朗对自身卑微处境的自我煎熬和无奈反抗，也折射了他在生理上和精神上的双重困扰——在生理上，他一直遭受着排便的困扰，甚至谈“屎”色变，可是，现在他又在精神上被认为“脑子里有屎”，这一进一出的冲突，终于构成了人物自我无法平衡的内心张力，以至于使他产生了某种心理上的变异，必须对那个给了他三个白眼的女孩讨个说法。“虽然在这半辈子吃到的数不尽的白眼中，这三个白眼算不上什么，但它出现得过于频繁和无缘无故，它们已经伤害到了一个本就不自信的男人的自尊心。秦朗已经不打算再忍了，至少今天是这样。”而在漫长的等待中，秦朗不仅没有找到说法，还在包厢里被人再次确认“脑子里有屎”。一切卑微的存在并没有获得改变，他所经历的过程，只是对自己卑微处境有了一次更深的体察，也使他刚刚冒出来的所谓的抗争意识遭受了致命的一击。

须一瓜的《提拉米酥》、朱日亮的《还等什么》和钟求是的《给我一个借口》虽然都是写男女间的情感生活，但在处理情感的内在冲突时，他们却另辟蹊径，于各种日常“琐事”之中盘旋再三，并将之处理得灵性十足。如《提拉米酥》在叙述巫商村和同事黎意悯之间的关系时，就像熟鸡蛋表面一层极具弹性的皮膜，让他们始终保持着一种特殊的柔韧度。表面上看，黎意悯将巫商村当成自己的“大动脉”，他们频繁地相聚于查箬，使可口的提拉米酥和善解人意的巫商村慢慢地走入黎意悯的精神深处；而实质上，随着大大咧咧的黎意悯在工作中的突出表现，巫商村终于在妻子的威胁和自我的权利平衡中，悄悄地扼制着黎意悯的发展。这种隐秘的情感对立，似乎是巫的妻子不断地围绕着误餐费问题大做文章而引起的，但在种种言行之中，又不时地闪烁着巫对黎的游离。它的叙述自始至终保持着敏感、朦胧、游离的状态，充满了不定性，而这种不定性又使人物在关键时显示出明确的选择指向。

朱日亮的《还等什么》写了一个没有激情、责任和理想的青年苏群的情感生活。这是一个颇为棘手的故事，因为它缺乏必要的叙事推动。但朱日亮却将人物安置在一种极度无聊的情境中，让苏群在爱与不爱、同居与分手都很随便的彻底的“无意义”状态中，完全被动地接受由周小湖、苏老太太、小学教师和他的父母所构成的“意义”系统的诱导，并最后迫使他等待“意义”、接受“意义”，回到责任、理想……等等所谓“正常生活”的规范之中。《给我一个借口》里的吴起与崔小忆也同样生活在一种无意义的秩序之中——当然，他们也不想让生活赋予更多的意义。上班、吃饭、做爱……两个人通过机械的生活程式和变动不居的感官刺激打发着时光，倒也将生命搞得平静安稳。问题在于，旁人的不断暗示终于激起了他们对“意义”的重视，于是，吴起基于男人的尊严考虑要个孩子，结果却偏偏患上了弱精症，于是，“吴起说，我不愉快，凭什么这种事摊在我身上。崔小忆说，你这话跟上帝去说吧。吴起说，上帝是什么呀，上帝是他妈黑哨!”在这种精妙的对话之后，吴起终于在荒诞的“意义之途”上越行越远，以致家庭最后分崩离析。意义，或者说由现实伦理所赋予的特定的生存价值，终于摧毁了吴起的全部生活勇气。这两个短篇都体现了日常伦理对每个个体生命在“生存意义”上的强制性规约，也展示了个人对这种意义逃避和承担的悖论性。它们暗设了很多“假如”——对一种反意义生活的冲动。但我更看重的，还是作者在繁琐而庸常的细节中回旋、“凝虑”的叙事能力，以及使那种“无意义”的生活生动、丰盈乃至饱含想象力的叙述姿态。

沈东子的《六万分之一》讲述的是一种意愿与结果、理想与现实、灵与肉之间无法统一的悖论，但作者并没有刻意去演绎这种悖论的荒诞性，而是让子分去努力寻找它们之间的统一。有意思的是，作者还赋予了这种角色以“艺术家”的身份，让子分在卖假茅台酒的小贩生涯里不时地体验到艺术家的情欲冲动：它们有时是一个“斜睃的眼神”，有时“穿着黑裙”，有时又“散发出新鲜芒果的香味”……这些极具诗性质感的意象，不仅构成了子分的生命内驱力，激起了他对生活的想象热情，以及向生活达成和解的愿望，同时也促使不断地走向虚无和终极意义上的神喻。所以，这篇小说几乎是完全借助于丰实而灵动的细节，完成了人物内心复杂的生存意绪。王手的《软肋》则是通过对“软肋”的确定以及机智的处理，不仅解决了龙海生的粗俗与贪心，而且彰显了某种人性特有的温暖。陈启文的《村上春树，茶道与匕首》是一篇作者试图进行自我超越的小说。它将一个残酷的复仇故事融化在一种神秘的诗性情境之中。而且，作者完全沉醉于那种诗性氛围的营构，只是在不经意之中才偶尔点出复仇的使命，但这种使命很快被那个茶楼少女和心智通达的盲者所消解。这里，作者反复演绎了一种茶道精神——在茶叶的冲泡过程中，不仅慢慢地渗透出茶性、茶人乃至茶道的境界，也泡开了纠缠不清的历史恩怨，这种细节的反复临摹，很好地提升了小说的内涵，也使叙事逼近飞翔的状态。

“为琐物而疑虑”，同时还意味着作家要有对故事细节进行有效拓展的能力。这种对重要细节的必要性延伸和意外性扩展，是打开那些被经验和常识封锁了的存在区域，也是为了展现各种可能性的生存状态——这种拓展或许会游离于现实中的客观逻辑，或许会颠覆人们的期待视野，但是，它会给作品提供某些异质性的、属于作家独特发现的审美感受，会让人们看到作家在“琐物”面前“疑虑”的深度与广度，以及这种“疑虑”的审美价值。关于这一点，我们只要细细地品味卡夫卡的《在流放地》中有关犯人躺在铡刀上呕吐的细节，胡安·鲁尔福的《佩德罗·巴拉莫》中有关幽灵与活人的对话细节，君特·格拉斯的《铁皮鼓》中让小矮人钻入女人的裙子里躲避追捕的过程，以及莫言的《檀香刑》里有关凌迟的情形，便会感受到某些特殊的艺术震撼力。这种细节的拓展，需要作家的才情和灵感，但更多的时候，它们还是受制于创作主体的执著意志——就像马尔克斯在谈及《百年孤独》中如何让俏姑娘蕾梅苔丝飞上天，为了这个小小的细节，他整整费了三天的时间才找到那条在院子里飞舞的床单。

说实在的，面对这种关键性细节的拓展，大多数的中国作家宁愿绕道而过也不愿为它浪费三小时，更别说三天了。所以，这类极具想象品质和诗性意味的小说总是少而又少。但在2006年，我意外地读到了张惠雯的《水晶孩童》、权聆的《处女公墓》以及苏瓷瓷的《李丽妮，快跑》等，很有些欣喜。张惠雯的《水晶孩童》可以说是一篇晶莹剔透的优秀短篇。它那奇特的想象，明净的叙事，诗性的话语，将一个充满荒诞意味的故事叙述得既轻盈丰实，又具有坚实的逻辑支撑力。一个被视为怪胎的水晶男孩，以水晶般至纯至明的身心，来到了一个不起眼的小镇上。随着一天天的长大，他在惊恐、羞怯和天真中宁静地打量着这个尘世，结果却被人们当作满足自己好奇之心的怪物、笑料；当他痛苦的泪水结成水晶之后，人们又不断地从他的痛苦中获取贪欲的财富。没有人能理解他的美，更没有人能欣赏他的美，他在世俗的目光中很快走到了生命的尽头。但是，当一个外乡人来到小镇，并开掘出他的尸体时，“那美丽得令人难以置信的男孩还如同处于熟睡中，许多年深埋于尘土没有蚀掉他丝毫的光彩，他身上散出的洁白光晕使院子如同沐浴在月光中。”在这种美得让人疼痛的情境中，“质本洁来还洁去”，外乡人终于带着他到那不被亵渎的地方。

权聆的《处女公墓》是一篇梦游式的灵性之作。它通过幻境迭出的蒙太奇方式，将卡尔维诺式的想象和“聊斋式”的传说发挥得淋漓尽致——莴苣长成了参天大树，“我”被一个面具将军捉拿去品尝豪华餐宴，“我”拥有遁土功夫之后在逃跑时又遇意外，面具将军原来是一个嗜“血”女郎……当“我”随着主人来到一个紧靠“处女公墓”的客栈时，一切遭遇变得不可思议而又迷离难解，仿佛是那个捏泥人的小女孩所操纵，又似乎是一场没彻底醒过来的梦境。它明确地还原了故事本身的“不可信”，但在叙述的肌理之中，又分明地透射了种种精致的唯美气息。《李丽妮，快跑》同样也对一种“不可信”的细节进行了成功的拓展。身为精神病医院护士的李丽妮，因为工作的疏忽，而将痴迷于长跑的精神病患者王某的右腿捆绑坏死。面对这起重大的医疗事故，又适逢有关领导要来检查，规避责任的天性自然使医院上上下下都试图弄走王某，但李丽妮坚持要留下王某并帮她进行康复训练。这里，李丽妮似乎是为了通过职业的惩罚来获取内心的平衡，但是，作者又成功地将它延伸到跑步的生命感受中，并将王某“长跑冠军”的梦想和她的执著细细地推衍出来，由此让我们不得不意识到，没有了右腿的残酷现实对一个热爱长跑的精神病患者意味着什么，而小说也因此获得了强大的说服力和某种人道上的温暖。尤其是最后，当李丽妮背着王某在“李丽妮，快跑”的生命召唤中急速奔跑时，那种轻丽的叙事话语，将生命中的某些诗性怀想推向了飘逸之境。龙仁青的《奥运消息》借助牧童次洛对重大历史的一次偶然性发现，将一个少年的梦想生活演绎得空阔而广袤。小说将逻辑支撑点非常准确地安置在那架望远镜上——作为一种历史价值的不平等交换的产物，在次洛的少年生命里，望远镜的意义当然远远大于他对吐蕃古战场的发现。所以，次洛一点也不关心那把镶有绿松石的藏刀，以及藏刀背后的巨大历史秘密，他更看重望远镜带给他的那种瞭望的快感，那种为梦想而远行的快感，那种超越地域拘囿的少年心志。类似的小说还有杨静龙的《声音》、张瀛太的两个短篇《春光关不住》和《提琴螃蟹和天堂鸟》等。

有必要明确的是，“为琐物而疑虑”，并非要求作家们只需沉迷于各种琐碎的细节之中，沉迷于各种呓语般的想象之中，而不必去关注小说的整体结构及其内在的逻辑力量。恰恰相反，真正优秀的小说家，不仅具有良好的细节处理能力，还必须使自己笔下的超验性故事在内部结构上具有充分的可信度。为此，纳博科夫曾毫不含糊地说到，小说家就是一个讲故事的人、教育家和魔法师，“一个大作家集三者于一身，但魔法师是其中最重要的因素，他之所以成为大作家，得力于此。”纳博科夫之所以如此看重小说家的魔法师角色，我想，主要在于魔法师是一个永远不会尊重客观逻辑的人，是一个永远让人们觉得不可思议的人，但是，他又总是通过各种具有说服力的动作细节，让人们看到他的荒诞表演“真实”得天衣无缝。因此，当我看到薛荣的《天上掉下个林妹妹》、朱山坡的《山东马》以及残雪的《小潮》等短篇时，觉得它们都在超验式的细节中进行了顽强的拓展，且不乏丰沛的想象和饶有意味的叙述，但在内在的逻辑说服力上或多或少还有些欠缺。

无论是对底层生存的深切关怀（写什么），还是对小说细节的深度“凝虑”（怎么写），创作主体的情感与心智的绝对在场或许是最核心的因素。就此而言，我较为欣赏的2006年短篇还有哲贵的《陈列室》、陈锟的《蛇头岛上的小茅屋》、何大草的《裸云两朵》、田耳的《郑子善供单》、迟子建的《西街魂儿》等。《陈列室》写了一个男人生命中无法释怀的爱。这种爱，因为林小叶的远走，既促动魏松成就了一番令人瞩目的事业，又掏空了魏松正常的幸福生活。它没有理由可以言说，只是由那种特殊的牛奶香气，构成了魏松潜意识中无法解开的结。这篇小说好就好在作者沉入了魏松这个人物的心灵深处，同时又让魏松保持着必要的内敛气质，使这种爱而不得的痛苦四处奔突，有一种锐利的痛感。《蛇头岛上的小茅屋》也是如此。以沫相濡只是这个故事表面的情感取向，而话语背后所渗透的强悍的生命力以及无言的体恤才是它的精神实质。它在人与自然的对峙中，让我们感受到创作主体情感浸润后的苍劲和浑厚。《裸云两朵》是一个凄婉与锐利并存的故事。叙述者“我”以一种见证人的身份不仅参与了故事的推动，而且以自身的主观感受完成了整个叙事氛围的营构。前半段神秘、娇美、柔曼，仿佛《两朵云》的奏鸣曲在无声地流淌，“苏娘触键时君王般的大气象，和埙的缠绵、不哀怨，两朵云，一朵携着另一朵，往上、往远而去了。”但是，随着“文革”的来临以及赵小青的权欲爆发，叙事迅速转向了锐利——音乐的温情陶冶变成了人性恶的催发，圣洁的苏娘被批斗至死，赵小青也终于在轮回报应式的自我折磨中自杀了。音乐，因为时代的变化，无力帮助人们实现生命的自我救赎。只有桑桑，这个没有乐感的少女，最后却获得了灵魂的拯救。

迟子建的小说在近些年来开始变得犀利，尽管她的叙事并没有完全抛却往日的诗意情怀，但对人性的尖锐对抗却有了更多的思考。这篇《西街魂儿》也是如此。它将革命性的政治话语与西街的民间招魂自然地融合在一起，为特殊年代里特殊的乡俗人伦唱出了一曲哀伤的挽歌。从青石山上的工程队炸石头开始，小说迅速地进入叙事主核——革命烈士的后代宝墩受到了惊吓。于是，围绕着宝墩的救治（招魂儿），又牵出了另一个下放改造的青年剧作家小白蜡。这是小说的核心地带，为此迟子建在叙述上盘旋再三：一方面，徐队长动用了高调的革命性的权力话语，对不给宝墩提供招魂邮票的小白蜡施以身心的惩罚；另一方面，失去儿子之后的泽花嫂精神开始恍惚，又加剧了徐队长的惩罚速度和力度，以至于最后倔强的小白蜡死于粪池中的沼气爆炸。这篇小说不仅情感的附着力恰到好处，而且叙事技术上也是异常圆熟——叙述节奏张弛有致，人物的白描力透纸背，同时，革命话语与乡间迷信也糅合得天衣无缝，充分显示了作家的艺术智性。田耳的《郑子善供单》是一篇别具一格的小说——它以重大的历史事件为依托，在饶有意味的审讯对话中让我们看到：郑子善与其是在交代自己的“罪行”，还不如说是在回首自己的人生，喟叹无常的命运，介绍苗族的风土人情，而作为大清王朝的审判官，“我”也多半是为了应付差事而成了一个生命的记录者。这就是历史，任何个人都无法对抗的历史，荒诞也罢，残忍也罢，都由郑子善的供单和“我”的记录画就了一个抹不去的斑点。

“所有的事物都有生命，问题是我们如何唤起它的灵性。”马尔克斯曾在《百年孤独》中写下了这句颇具经典意味的话。它让我想起去年年选序言中所引用的奥茨之语——“世上没有‘大’事情，只有大手笔”。回巡2006年的短篇小说创作，我还是坚信这样的叙事铁律。因此，我以为，在强调底层关怀的同时，如何表达底层生活或许是一个更重要的命题，因为它潜示了一个作家的全部情感和全部心智是否真正抵达了那些默默无闻的弱者，是否真切地融入到他们的精神内部，是否成功地唤醒了每一个生命的灵性，并让我们在复杂的审美体验中，受到了艺术的启迪或灵魂的洗礼。

2006年10月17日于暨大

拾婴记

苏　童

1

一只柳条筐趁着夜色降落在罗文礼家的羊圈。

母羊被惊醒了，它有限的智慧受到了从未遭遇的挑战。柳条筐散发着湿润的青草之香，里面盛着的却不是夜草，是一件被露水打湿了的女装棉袄，蓝底黄花的灯芯绒面料，上面均匀地分布着几朵葵花，母羊以为陌生人送来了一堆葵花，细看之下，葵花掩映的是一张婴儿的小脸！葵花也好，婴儿也好，那都不是饲料，但母羊仍然执拗地停留在柳条筐边，用鼻子辨别着婴儿身上所散发的微妙的香气，那香气让母羊想起了春天清晨的草地，还有夏天在河边失散的一头小羊羔。

看起来那几朵棉袄上的葵花一直在守护熟睡的婴儿，葵花闪烁着金黄色的光芒，在黑暗中与母羊尖锐地对峙，仅仅过了一会儿，葵花便获得了胜利，软弱的母羊放弃了主人的权利，躲到角落里去了。

那天夜里枫杨树乡的狗零星地吠了一阵，对岸花坊镇北边似有群狗回应，是较量的回应，带着一种天然的傲慢。河两岸的狗也许是听见了什么，也许只是尽一点义务，狗很快就安静了，只有罗家的羊圈萌动着神秘的迷宫般的气氛。只有三只羊是事情的目击者，凭着那天夜里的月光，它们应该看得见窗洞外面弃婴者的身影，羊耳朵也灵敏，它们一定能够分辨出来那人的脚步声从哪儿来的，又是在哪里消失的。可惜三只羊都是羊，从不承担看门的义务，对什么事情都习惯了沉默。

羊这么固执地沉默，它的主人罗文礼一家也没办法追究，你即使把浑水河两岸所有的青草割来，也无法收买一头羊，人可以收买，可谁有本事从羊嘴里套出什么秘密来呢。

2

他们开始是把柳条筐放在家门口的，有点失物招领的样子。罗文礼的大儿子庆丰看着柳条筐，心不在焉的，一会儿蹲下，一会儿又站起来，庆丰手里捧着个大碗喝粥，喝几口喊一声，来看看，来看看，谁往我家羊圈塞了个孩子？

男人们一早都去花坊监狱送白菜了，孩子们上学去了，闻讯而来的大多是村里的妇女，她们小跑着奔过来，有的手里还拿着镰刀，有的肩上搭着毛线和编针，那么多丰满的身体和蓬乱的脑袋组成一道篱笆，把柳条筐热情地围了起来，后来者只能从人缝里看见筐子里的几朵金黄色的葵花，跺着脚对庆丰说，哪儿有孩子？看不见，就看见葵花了！

先来的妇女们细细地观察柳条筐里的女婴，嘴里啧啧地响，多标致的小女孩，怎么扔了呢？扔了还不哭，你看她还笑呢。有人贸贸然地问庆丰，是谁家的孩子呀？庆丰瞪着眼睛反问道，要知道是谁家的孩子，还放在这里让你们参观？她们知道庆丰脾气坏，不跟他说了，蹲在柳条筐边窃窃地讨论起来。有人说，那做大人的什么铁石心肠，怎么把孩子扔羊圈里了呢？笨死了！

庆丰在一边用手指敲着碗沿，说，你们才笨，说话不动脑子，这么冷的天，扔在外面不冻死才怪，羊圈怎么的，我们家羊圈比你们家温度高，不懂，你们就别乱说！

那妇女回头说，我们什么都不懂，你什么都懂，你什么都懂就教教我们，这孩子，怎么造出来的？

庆丰冷笑道，你以为这就难住我了？怎么造出来的？一男一女，*出来的！

庆丰大了，对许多事情莫名其妙地烦躁，见到饶舌的妇女就更烦，他不愿意守着柳条筐，一碗粥喝光就走了，走到羊圈外面，对他母亲喊，你自己吆喝去，我吆喝来那么多人，都是看热闹来的，没一个要抱孩子！

卢杏仙就出来了，抖着围裙上的草灰对别人说，你们看看这叫个什么事？早上起来出羊粪的，一眼看见这筐子，吓我一大跳，我这辈子手黑，从来没捡到过一分钱，这下好了，一下子让我捡了个孩子，你们说，这枫杨树乡谁不知道我家穷，那丢孩子的是瞎了眼，怎么偏偏丢我家来了？

妇女们大致上是默认卢杏仙的说法的，只是不好指明谁家富裕，谁家适合丢孩子，给她火上浇油，她们都默契地遥望着河那边花坊镇方向，七嘴八舌的，说的是一个意思，杏仙呀，这枫杨树的姑娘媳妇肚子里有个什么动静，也逃不出你的眼睛，这不是我们枫杨树的孩子呀，是花坊镇扔过来的孩子！也有像长炳的女人那样在任何场合都要显示其素养的，她就在人堆里发出不同的声音，撇嘴说，杏仙，你别老是钱呀钱的，钱生不带来死不带去的，哪儿有人好？你家再穷还养着羊，多一张小嘴吃饭，也不能把你家吃垮了，看看这小女孩多水灵，自己留下养嘛。

卢杏仙的目光尖利地落在长炳女人身上，说，她要是一头羊，我还就留下她了！羊吃草，不花钱不占口粮，可你没看见吗，这是孩子，不是羊！你让我给孩子也喂草呀？

谁说让你给孩子喂草了？我们这里，谁不是粗茶淡饭吃大的？杏仙，这孩子不管扔的是不是地方，跟你家也是个缘分，自己养着吧。

缘分不能当口粮！你不是不知道我们家人多口粮紧，怎么张嘴就给我下这个指示呢？卢杏仙悻悻地折她的围裙，一边折一边眼睛亮起来，对女邻居说，你们家就两个女孩，口粮够，你不口口声声说女儿迟早要嫁人，一嫁人，连说话的人都没有，不如你把她抱走，陪你说话去。

长炳的女人说，是送到你家羊圈的呀，要是送到我家，我一定养。

卢杏仙的脸沉了下来，斜睨着长炳的女人，说话的口气里有了威胁的意味，好呀，那我养她一天，她说，明天早晨孩子在谁家门口，孩子就归谁养！

让卢杏仙这么一说，长炳的女人翻了个白眼就走了，其他邻居也莫名地恐慌，很快都散开了，有个女邻居在离开之前提醒卢杏仙，杏仙呀，孩子不管给谁，你先去报告政府，捡孩子不比捡小狗小猫，婴儿也是人口，是人口都要去花坊镇登记的！

登记登记，我怎么不知道要登记？卢杏仙把围裙当毛巾拍打着裤子，一只手突然向后义愤地一挥，指着院子里的一匾晒干了的萝卜，我哪儿忙得过来呀，你们各家的腌菜倒都好了，没看见我家的缸个个底朝天，腌萝卜的盐还没买呢。反正我家庆来要去花坊镇买盐，如果这孩子没人抱，让庆来顺路送到政府去！

3

早晨九点，越过河流，枫杨树少年罗庆来来到了花坊镇。

罗庆来提着那只柳条筐从花坊码头下来，码头上锣鼓喧天，他看见一群穿白衣蓝裤的人在储运仓库前敲铜鼓，文化站的一个干部正拿着电喇叭指挥排练。男孩在后排敲大红鼓，敲一阵举起鼓槌，齐声高喊：毛主席，万岁！女孩腰间用红绸绑着小腰鼓，组成几个圆圈，每人都沿着圆圈跳，一边跳一边敲小腰鼓，敲一会儿人身体都斜过来，脑袋朝天，喊道：祖国，万岁！好多路过码头的人都停下脚步，罗庆来也站在台阶上听了一会儿，说，敲什么敲？敲得一点也不整齐。旁边有个男人，一定是哪个敲鼓学生的家长，对罗庆来不满地瞪了一眼，说，不整齐？那你去敲。罗庆来的脸莫名其妙地红了，转身就跑，一边跑一边说，我才不敲鼓，要敲就敲你们的头！

他的手里提着一只柳条筐。柳条筐里装着一个陌生的女婴。女婴乖得有点出奇。罗庆来一直提防着她哭，她要是哭了他就要找个僻静的地方喂她，可是她不哭，不哭他就不用停下脚步。母亲在筐里塞了一个盐水瓶改装的奶瓶，里面是热过的羊奶，她说，孩子已经把过屎了，她要哭一定就是饿了，饿了你就喂她一口奶。罗庆来知道凡是婴儿都要哭，他为这常识焦灼不安，这个婴儿不会哭，她不哭！罗庆来一边向政府所在的八一街那里走，一边狐疑地看着柳条筐里的女婴，他看见女婴在柳条筐鲁莽的颠簸中坦然地前进，那么红润那么神秘的一张小脸，脸颊上有一层细细的金色的茸毛，乌黑的眼睛忽而睁开，迎接阳光，阳光来了，却又害怕地闭上了。

罗庆来说，你不哭才好，不哭就不要喂了，多谢你了，你不哭就省得我去做妇女的事情！罗庆来研究着女婴在阳光下的脸，脑子里蹦出一个奇怪的念头，你长得很像一头小羊，羊也从来不哭的，你会不会是个羊人呢，你吃不吃草的？罗庆来看见街边一户人家的窗台上种了一盆菊花，菊花枯萎了，土里的一丛草倒是绿的，他就去拔草，草是拔出来了，但他犹豫着，最终放弃了探索的念头，罗庆来把草往柳条筐内一扔，说，开玩笑的，你这么小，我怎么会欺负你？

花坊镇半新半旧，旧的寂静和荒凉藏在那些花格木窗和老墙青苔后面，街上的水泥路永远是热闹的，罗庆来尽量地躲避人多的地方，还是有那些好管闲事的人追着他的柳条筐，喂，你筐子里装的什么好东西？经过供销合作社门口时，他想起母亲关照的买盐的事，要看看价格，是不是六分钱一斤的盐，他把柳条筐放在玻璃门外面，脑袋探进去看盐缸上的那面小红旗，价格没看清，却听见一个妇女在他身后又惊又喜地叫起来，这孩子倒是聪明呀，怎么把你妹妹装在筐子里，没见过！

罗庆来说，谁说她是我妹妹？她是一头羊！

罗庆来不愿意和那些妇女多费口舌，他想反正盐可以回去时候再买的。他提着柳条筐向八一街跑，路过老杜的桌球摊子时他的脚步一下迟疑起来。他看见他的小学同学罗小正弯着腰，站在那儿，有板有眼地打桌球，罗庆来正在纳闷他的桌球什么时候打得有板有眼了呢，罗小正也看见他了，罗小正向他摇着球杆，慷慨地邀请他，过来，一起打，我包了桌子，还有一个小时！

他几乎立即决定要去打白赚的桌球了，唯一让他放不下的是那柳条筐，他不想让罗小正笑话他。罗小正说，你手里提的什么东西？罗庆来顺口编了一句，盐！他指了指前面，说，你等等我，我把筐子交给我三姨去。

白打的桌球，还有一个小时，这让罗庆来心急如焚，他后来就向着镇政府方向一路小跑起来，奔跑的时候他听见了女婴和奶瓶在柳条筐里左右滑动的声音，女婴仍然像奶瓶一样安静，也许她不敢哭，也许她喜欢他奔跑。然后罗庆来经过了花坊镇的红旗幼儿园，幼儿园的风琴声引起了他的注意，他猛然刹住了脚步，心里生出个大胆的念头。他想起那个神秘的弃婴人丢孩子的方法，你可以把柳条筐丢在我家羊圈里，我为什么不可以把柳条筐丢在幼儿园里呢？罗庆来这样思索着，人紧张起来，他看看四周没有人，就去推幼儿园的窗，窗后是一排排漆成天蓝色的小床，如果瞄得准，他甚至可以直接把孩子倒在小床上。可不巧的是窗子被反插上了，他一推窗，里面有个小孩子哇地一声哭起来，然后他看见好多小孩子摇摇晃晃地从床上站了起来，朝他这里张望，他没来得及打开窗子，一个保育员已经冲到大屋里来了。

窗子碍事，罗庆来最终没能把女婴倒到床上去，惊惶之下，他把柳条筐往幼儿园的窗下一放，人一阵风似的逃了。他跑过李六奶奶家门口时，没注意到出来倒痰盂的李六奶奶，一条挥舞的胳膊把李六奶奶手里的痰盂撞翻了。

李六奶奶没有看清罗庆来的模样，只看见那个愣头青的少年一阵风似的跑出去，转眼之间人就不见了，空气中留下一丝可疑的气味，李六奶奶吸着鼻子闻了一会儿，觉得那不是痰盂打翻的气味，是羊身上的淡淡的膻味。

4

李六奶奶发现了幼儿园窗下的女婴。李六奶奶站在窗下敲玻璃，快出来个人啊，你们阿姨怎么看孩子的？怎么把孩子丢到外面来了？

三个幼儿园阿姨惊恐地挤到窗前，看清了外面的柳条筐，都松了口气，说，不是园里的孩子！不是的！又不无指责地说，六奶奶你吓我们一跳，怎么不看看清楚再说，这是个婴儿呀，最多两个月大，我们这里只收三岁以上的孩子，从来不收婴儿的！

李六奶奶见不得她们推脱责任的样子，撇嘴说，什么两个月八个月的，幼儿园就是收孩子的，哪来这么多规矩？你们出来个人嘛，把孩子端回去。

一个中年阿姨不屑于理睬李六奶奶，背过身低声骂了一句老糊涂，就走了，剩下一个老阿姨和年轻阿姨，仍然伏在窗台上研究柳条筐里的女婴，一个说，肯定是那个乡下孩子丢下的，脑筋不正常了？把自己的妹妹丢在这里。年轻的阿姨说，孩子又不是垃圾，怎么可以随便乱扔的？就算是垃圾也不能随便扔！老的那个阿姨突然拍拍窗台，说，也不一定是妹妹呀，我看那乡下男孩胡子都黑了一圈了，没准是和哪个女孩闯了祸，孩子钻出来，没办法了，抱出来一丢了事。

李六奶奶说，你们怎么说起闲话来了？不管是谁的孩子，你们是幼儿园不是？幼儿园管的就是孩子，你们倒是出来个人呀，外面风这么大，孩子吹坏了怎么办？

两个阿姨都冷静地看着李六奶奶，一个口气还算缓和，说，六奶奶你不懂的，我们是幼儿园，不是儿童福利院，幼儿园有规章制度的，不允许随便收孩子，六奶奶你自己想想，要是别人不要的孩子都往这窗下一扔，我们这幼儿园不成马蜂窝了？另一个对李六奶奶的无知多少有点烦，朝她嚷起来，我们三个人就三双手，三双手要伺候几十个孩子，本来就忙不过来，你还来给我们添麻烦！

李六奶奶说，怎么是我给你们添麻烦了？我又不要你们把屎喂饭，是这个小宝宝呀，人心都是肉长的，外面风这么大，你们怎么就站在那儿看，偏偏不肯出来呢？

一个阿姨说，出来了也不能收的，李六奶奶你不懂，我们这里收孩子都有手续！

李六奶奶说，我怎么不知道手续？我知道手续，你们就不能先收下孩子，再补办一个手续？

那阿姨对着李六奶奶苦笑起来，说，跟你是说不清楚了，李六奶奶，我们是日托，下午各家父母都要接回家的，我现在要是把她抱回来了，下午把她交给谁去？你不是看不出来，这孩子没父母呀！

没父母的孩子才可怜！李六奶奶蹲到地上，手先探进向日葵棉袄里摸索了一下，又抽出来，在女婴的额头上摸了摸，说，不像是个病孩呀，眉眼也秀气，好好的一个女孩子，怎么丢在这里没人管呢？李六奶奶又闻到了一股淡淡的羊的气味，她吸着鼻子，判断出那气味就是羊的气味，但她对窗台上的两个阿姨报告的是另一个消息，她向她们招手说，你们快来闻闻，这女孩子身上香呢，像奶油饼干的香味。

两个阿姨聪明地拒绝了李六奶奶的邀请，说，孩子身上的味道，我们闻多了，不爱闻。

李六奶奶绝望地瞪着窗台，突然冷笑一声，说，谁说人心都是肉长的？有的人的人心呀，是冰凌子长的。

年轻的阿姨对李六奶奶终于忍无可忍了，你心好，你自己抱回家去！丢下这句话，她就把幼儿园的窗子砰地关上了。

5

他们看见李六奶奶拖着小木轮车在街上蹒跚地走，有人跟她打招呼，六奶奶，去买煤呀？李六奶奶摇头，说，不买煤，买什么煤，看见煤就想起他们的人心，现在的人心比煤还黑呀。她苍老的脸上残存着委屈而义愤的表情，看上去愈发苍老了。

中午时分花坊镇上的人都行色匆匆，很少有人注意到小木轮车驮着的柳条筐里，装的是一个婴儿，大多数人以为是李六奶奶脱下来的一件棉袄，棉袄上鲜艳的向日葵图案倒是引人注目，他们说，吔，六奶奶老来俏，穿那么一件大花棉袄！

李六奶奶的小木轮车停在外甥张胜家门口了，张胜媳妇半敞着毛衣，手里抱个婴儿迎出来，她看见李六奶奶弯着腰，从柳条筐里也抱出一个婴儿来，李六奶奶说，快来快来，快给这孩子喂两口奶吧。

张胜媳妇一边喂奶一边听李六奶奶诉说幼儿园那些阿姨的不是，她关心的是女婴的来历，偏偏李六奶奶说不出个来龙去脉。李六奶奶只是盯着女婴的嘴和张胜媳妇蓬勃的乳房，说，多喂几口，你奶多，本来也要挤掉的。张胜媳妇说，几口奶是不稀奇的，可六奶奶你怎么随便在街上捡孩子呢，现在外面流行黄疸肝炎，万一——李六奶奶打断她的话说，哪来这么多万一的，你看看这孩子的脸色，白里透红的，哪里会有什么病？张胜媳妇不时地回头看床上自己的婴儿，似乎在比较两个婴儿的异同，过了一会儿她平缓地将乳头从女婴嘴里抽出来了，六奶奶，你闻到这孩子身上有什么味道吗？她说，怎么有点羊膻味呢？

李六奶奶犹豫了一下，笑起来说，什么羊膻味？是香味，我闻着像奶油饼干的味道。

张胜媳妇喂好了奶，把女婴放回到柳条筐里，看见筐里那只盐水瓶改制的奶瓶，拿出来晃了晃，说，人家给孩子准备了奶的，你偏要让她喝我的。李六奶奶说，就那么半瓶，得省着喝，等会儿把孩子送政府去，谁知道政府里有没有奶？张胜媳妇去抱自己的孩子，回头问了一句，等会儿你用木轮车把孩子送政府去？这一问把李六奶奶问得不高兴了，沉下脸说，你们这些年轻人，共产党白教育你们了？别人丢掉的孩子也是孩子，怎么都是一个腔调？我这把年纪了，腿脚又不好，说话干部也听不懂，你们年轻人不送让我去送？张胜媳妇说，没说让你去送，六奶奶你为什么要管这闲事呢？李六奶奶嚷起来，这不是闲事，是个孩子！

毕竟是长辈，李六奶奶一嚷张胜媳妇就不吱声了，抱着自己的孩子在屋里走，走了几圈说，反正我也腾不出手来，反正张胜马上要回家吃饭了，要送让张胜去送。

6

贮木场的张胜在中午时分到过政府大楼，他去得不巧，是饭后的午休时间，花坊镇政府的五层楼里寂静无声，信访处、妇联、计划生育领导小组的办公室都关着门，只有五楼的一间办公室引起了他的注意，那一间的玻璃草草地糊了报纸，里面有人声，张胜便爬到窗台上从气窗向里面张望，看见几个干部正围在一起打扑克，有一个干部的鼻子上粘了两张小纸条，张胜就笑着跳下来了，说，他们也打这种牌啊。

他敲了很长时间的门，里面安静了一会儿，终于有人问了，是哪位？出来开门的是一个穿橘红色西装的女干部，她侧着身体，在半开的门缝里警惕地看着张胜，说，现在是午休时间，现在不办公。

张胜记得她是妇联的，妇联管孩子，他这么叨咕着从地上捧起那只柳条筐来，以一种夸张的姿态献给女干部，你们午休，我可是要赶去上班了。他说，我姑姑在幼儿园外面捡了这孩子，让我交给政府。

女干部下意识地闪避着那只柳条筐，嘴里惊声道，孩子是哪儿的？

张胜道：丢在街上的！

女干部又尖声问：你是哪儿的？

张胜把柳条筐放在地上，说，我是贮木场的革命职工，你那么瞪着我干什么？我送来的是孩子，又不是颗炸弹！你快接着，你不接我就放这儿了。

屋里的其他几个人也涌出来了，其中有个保卫干事认识张胜，说，怪不得呢，是这个愣头，前几年经常到派出所挂号的！看张胜要跑，一个年轻干部冲上来拽住他，你不能把孩子扔这儿，这不是儿戏，要调查要登记的。

张胜说，调查个鬼呀，路上捡了钱要交给你们，捡了孩子难道不交公吗？

少来狡辩，交公也要办公时间来，你把筐子抱起来，下楼等着，两点半到计生组登记！

张胜不肯去抱那个柳条筐，身体一直在往楼梯口悄悄移动，其他两个男干部反应快，识破了他的心计，干脆一起过来，把柳条筐强行塞到他怀里，然后他们一边一个，几乎是架着张胜下了五层楼。

张胜在楼下的传达室里坐了大约有五分钟，五分钟内他一直骂骂咧咧的，看门的老年费了好大的劲才弄清楚事情的原委，他不好多说什么，就给张胜倒了一杯水，还递了支烟给他。张胜气得厉害，不喝水也不抽烟，就是一心要把柳条筐留给老年。老年说，我一辈子打光棍，没弄过孩子，你把这孩子扔给我，不是为难我吗？张胜愤怒地看着窗外，又看看老年，脸上掠过一种决绝的强硬的表情，我不为难你，他说，我走，我把孩子放到外面去！

老年是亲眼看见张胜把柳条筐放在楼外花坛边的。张胜走的时候替女婴掖了掖棉袄，掖棉袄也没用，老年隔窗监视着张胜，嘴里忍不住骂了一声，混账东西！他后悔给张胜倒了那杯茶，递的那支烟，这张胜不是个东西嘛，上班再要紧，也不能把孩子这么丢在花坛边，那是个孩子，又不是一盆花。

午后的阳光爽朗地照耀着政府大楼外面的花坛，花坛里的菊花半开半靡，对热情的阳光有点爱理不理的样子，倒是那只柳条筐，每一根柳条都接纳了阳光，看上去闪烁着一圈淡金色的光晕。

第一个注意到柳条筐的是一只猫，不知道是谁家的猫匆匆地跑过来，绕着柳条筐转了几圈，猫把爪子搭在筐沿上，脑袋探下去很细致地闻了闻婴儿的气味，气味不对胃口，猫转了几圈，最后心灰意懒地走了。紧接着又跑来了一条狗，撒着欢往花坛边奔，是食堂的大师傅养的那条黄狗，看见狗也来凑热闹，老年冲出去，把狗撵回去了，老年说，那是个孩子，不是鱼骨头肉骨头，你们畜牲来凑什么热闹！

老年隔窗守望着柳条筐，他等着筐里传来女婴的哭声，可是始终没等到，女婴出奇的安静让老年疑虑重重，怎么就不哭呢？这么苦命的孩子，偏偏就不哭。老年想，这孩子会不会是个哑巴？如果是个哑巴，谁抱她都是抱一个麻烦回去，也怪不得别人心不善呢。

后来两个跳牛皮筋的小女孩来到了国旗的旗杆下，她们把牛皮筋的一端捆在旗杆上，另一端谁也不肯拿，都要先跳，正吵闹着，一个小女孩先看见了柳条筐，丢下同伴跑到花坛边去了，很快老年就听见了两个小女孩的惊叫声，谁的孩子？谁把孩子扔了？有坏人扔孩子啦！

老年看见两个小女孩拖着牛皮筋向传达室奔跑过来，一下就慌了。老年要紧把门反锁了，回头一看，可供藏身的只有一张简易床，他急中生智地跑到床边，鞋子一蹬，掀开被子就钻了进去，他钻进被窝时门已经被擂响了，老年装作没听见，他用被头蒙住脸，在被子里面埋怨两个小姑娘，笨丫头笨死了，小宝宝的事情，怎么找老光棍管？我是看门的，不是看孩子的！

两个小姑娘离开之后老年仍然躲在被窝里，他没法起来了，不起来也没问题，他看着墙上挂钟的时间呢，他会在两点三十分领导们进楼上班之前起来，那时候柳条筐一定有人接手了。窗外开始有人声一浪一浪地传进传达室，看来小姑娘尖利的叫喊声惊动了附近的文化站和卫生院里的人，老年从被子里探出脑袋，偷偷地窥望窗外，看见花坛那里的人影子动荡不安，在一片嘈杂中老年突然听见了女婴清脆响亮的啼哭声，那啼哭与别的婴儿相比没有任何异常，但老年的耳朵被震得又痒又疼的，他一边抠着耳朵，不知怎么松了口气，嘀咕道，还是会哭的嘛，不是哑巴！

大约下午两点一刻，老年从床上起来了，和衣假寐时间长了，人乍然感到一丝阴冷，他从门后摘下了冬天的棉衣披在身上。外面乱哄哄的声音已经平息了，老年在窗边朝花坛那里张望了一会儿，看见几个人还站在那里，指手画脚地说话，柳条筐不见了。人一多，果然就有热心肠的来解决问题了，老年说不出来自己心里是什么滋味，他披着那棉衣朝外面走，觉得外面的空气中残留着一股淡淡的羊膻味，那气味若有若无的，压倒了花坛里残菊的香气，老年记得那是柳条筐和女婴的气味。

是食堂的几个女师傅还站在花坛边，她们忘情地议论着那只柳条筐的归宿，那个惊人的消息也是几个女师傅告诉老年的，一个女人说得简明扼要，是疯女人瑞兰把柳条筐端走了！另一个补充得比较详细，是疯女人瑞兰把柳条筐抢走了，她抢呀，谁也拦不住，她说是她的女儿呀，花坊镇人人知道她女儿在浑水河里淹死了，她偏偏一口咬定，是她的女儿！

老年张大了嘴巴，过了一会儿反应过来，突然大叫一声，她是疯的，你们也疯了？怎么看着她抢孩子呢，一个疯子怎么能养孩子？女师傅们发现一贯温厚的老年有点莫名其妙的冲动，便开始安慰老年，说，你就别担那个闲心了，瑞兰她领不去的，她哥哥瑞昌也在旁边呢，瑞昌说等她的疯劲过去了，孩子该送哪儿就送哪儿，他负责！老年说，说得轻巧，他负责，神仙也不知道孩子是谁的，他准备把孩子送哪儿去？一个女师傅说，送到河对岸去呀，送枫杨树乡去！老年不明白，为什么认定孩子的父母在枫杨树乡？那女师傅说，这还不明白，乡下人重男轻女嘛，养个女孩就扔掉！另一个女师傅这时候很不客气地打断了她，说，你刚才又不在，胡说些什么，让对岸的乡下人听见了，拿锄头来砍你！她看来是掌握了足够的信息，一番话让老年信服多了，原来是一个顺藤摸瓜的思路，她说卫生院打针的小陆刚才也来了，是小陆透露了孩子的枫杨树乡的身份背景。小陆认得那筐里的奶瓶呀，那女师傅说，你们看见那个盐水瓶了吗，里面还灌了半瓶奶，枫杨树乡的妇女，最喜欢到卫生院来偷盐水瓶，拿回家做奶瓶！

7

一只柳条筐趁着夜色降落在罗文礼家的羊圈。

第二天早晨卢杏仙起来出羊圈，一眼便看见了归来的柳条筐。柳条筐又回来了。卢杏仙惊叫起来，她突然意识到自己家的羊圈已经被谁偷偷地改造成了一个迷宫，迷宫般的羊圈半明半暗，羊藏身在暗处，柳条筐却大胆地沐浴着早晨的阳光。卢杏仙蹑足走过去，发现那件葵花棉袄还在，女婴已经不见了。她壮着胆子摸了摸葵花棉袄，棉袄有点湿漉漉的，有夜露打湿后不易消退的潮气，摸上去有点黏手。卢杏仙嘴里叫起丈夫的名字来，文礼文礼你快来，我们家羊圈闹鬼了！可是勤快的罗文礼已经出门去耕地了，她逃到栅门边，回头望着柳条筐，又大声地唤起儿子来，庆来庆来，快起床，你到底把那孩子送哪儿去了，怎么孩子送走，筐子又回来了呢？

回头之间，卢杏仙突然发现羊圈里多了一头小羊，怯懦地站在角落里。昨天夜里喂草的时候还是三头羊，早晨起来就多了一头羊，过度的惊愕使卢杏仙怀疑自己看花了眼睛，她朝屋里喊，庆来庆来你快起床，我的眼睛怎么啦，我看不清我家有几头羊！

庆来穿了个短裤就出来了，他看见柳条筐，心虚地转过头看看母亲，又去看羊，脸色大变。他伸出手指数羊，说，是多了一头，跟夏天时候一样，是四头羊了。庆来走过去要拉那头小羊的羊角，手伸出去又缩回来了，回头对母亲说，妈你别怕，我认识它，是夏天走散的那头羊，它回来了。

卢杏仙说，你还在做梦呢，羊又不是狗，认识回家的路，你给我看清楚了，这是谁家的羊，怎么跑到我家羊圈里来了？

庆来蹲下来，向地上吐了口唾沫，开始严厉地审视飞来的小羊，过了一会儿，所有的恐惧和疑惑都消失了，你是羊，我还怕羊吗？他嚷了一句，手毅然向前一扑，抱住了小羊的脑袋，他自己的脑袋也转过来转过去，端详着羊，突然，庆来叫起来，妈快来看，这头羊在哭，羊眼睛是潮的！

卢杏仙拿起一根扁担在儿子的屁股上打了一下，我都吓糊涂了，你还吓我？她说，羊怎么会哭，我养了几十年羊，从来没见过羊哭，会哭的是牛！

庆来说，妈，我没吓你，这羊的眼睛不一样，你自己来看呀！

卢杏仙走过去，按住儿子的肩膀，看那头小羊的眼睛，羊眼睛里似乎是覆盖着一层泪光。这是谁家的羊呀，怎么还会哭？卢杏仙大声叫起来，菩萨观音苍天在上，我们家对羊有多好，你们是看在眼里的，我们家人吃得半饥不饱，羊肚子从来都吃得鼓鼓的，怎么让我们家的羊圈闹起鬼了呢？

庆来没有像他母亲那样慌乱，那天早晨幸亏了他的冷静和聪明。庆来瞥了一眼窗洞下的柳条筐，又看了看那头羊，突然一个寒噤，打了个响亮的喷嚏。

卢杏仙说，受凉了？你回去穿上衣服再来，把羊牵出去，看看是谁家的羊？

庆来迷茫地注视着母亲，说，妈，再别撵它走了，撵不走它的，都怪你，你昨天说错话了！

卢杏仙说，我说错什么话了？

庆来说，你昨天说那孩子要是一头羊，你就能养，你说错话了！

卢杏仙说，你这孩子怎么回事，怎么云里雾里的，一直在说梦话呢？

庆来沉默了一会儿，把卢杏仙拉了出去。在羊圈的栅门外面，在第二天早晨初升的太阳下面，少年罗庆来对他母亲透露了枫杨树乡间历史上最大的一个秘密。他说，妈妈，我告诉你你别怕，你别怕，那不是夏天走散的羊，也不是别人家的羊，我告诉你你别怕，是你说错话，那个孩子认准我家的门，又回来了！

（原载《上海文学》2006年第1期）

苏童简历：

苏童，江苏苏州人，1963年出生。1984年毕业于北京师范大学中文系。当过教师、编辑，现为江苏省作家协会专业作家。主要出版物为《苏童文集》八卷（江苏文艺出版社）、《苏童作品系列》十一卷（上海文艺出版社）等。其中《我的帝王生涯》、《米》、《妻妾成群》等小说被翻译成英、法、德、意等多种外文在国外出版。

抬头老婆低头汉

冯骥才

一

这世上的事说复杂就复杂，说简单就简单。要说复杂，有一堆现成的词儿摆在这儿，比方千形万态、千奇百怪、千头万绪、千变万化等等等等，它们还互不相干地混成一团，复不复杂？要说简单——那得听咱老祖宗的。咱老祖宗真够能耐，总共不过拿出两个字，就把世上的事掰扯得清清楚楚明明白白。这两字是：阴阳。

老祖宗说，日为阳，月为阴，天为阳，地为阴，火为阳，水为阴，男为阳，女为阴，对不对？大白天，日头使足力气晒着，热热乎乎，阳气十足，正好捋起袖子干活；深夜里，月光没有什么劲儿，又凉又冷，阴气袭人，只能盖上被子睡觉。日，自然是阳；月，自然是阴。至于天与地、水与火、男与女，更是阴阳分明，各有各的特性。何谓特性？阳者刚，阴者柔。然而单是阳，太刚太硬不行；单是阴，太柔太弱也不行。阴阳就得搭配一起，还要各尽其能，各司其职。比方男女结为夫妻，向例都是男主外，女主内；男人养家，女人持家；男人搬重，女人弄轻……每每有陌生人敲门，一准是男人起身迎上去开门问话，哪有把老婆推在前头的？男人的天职就是保护女人，不能反过来。无论古今中外全是这样。这叫做天经地义。

可是，世上的事也有格路的、另类的、阴阳颠倒的、女为阳男为阴的，北方人对这种夫妻有个十分形象的俗称，叫做抬头老婆低头汉。

二

这对夫妻家住在平安街八号一楼那里外间房。两人同岁，都是四十五。

先说抬头老婆。姓于，在街办的一家袜子厂当办公室主任。但从来没人叫她于主任，不论袜子厂上上下下还是家门口的邻居都喊她于姐。这么叫惯了，叫久了，连管界的户籍警也说不出她的名字来。

于姐精明强干。鼓鼓一对球眼，像总开着的一对小灯亮闪闪。她身上的一切都和这精明外露的眼睛相配。四十开外的人，没一根白发，满头又黑又亮齐刷刷。嘴唇薄，话说得干脆利索；手瘦硬，干活正得用；两条直腿走路快，骑车也快，上下车骗腿时动作像个骑兵。别小看了这个连初中也没毕业的女人家，论干活她才是袜子厂的一把手。凭着她勤快能干，办法多，又不惜力气，硬叫这小厂子一百来号人有吃有喝有钱看病一直挨到今天。

再说低头汉，姓龚。他可不如他老婆，不单名字——连他的“姓”也没人知道。所有熟人，包括他老婆都叫他老闷儿。

他人闷，模样也闷，好像在罐里盒里箱子里捂久了，抽抽巴巴，乌里乌涂。黑脸的人本来就看不清楚，一双小眼再藏在反光的镜片后边，很难看出他的心思。他从不张嘴大笑，不知他的嘴是大是小。虽然没听说他有什么病，但身子软绵绵，站直了也是歪的。多少年来，他一直像个小学生那样斜挎着一个长背带的黑色的人造革公文包上下班。他在大沽路那边的百货公司做会计。

有人说他这样挎包是因为包里边装的全是账本，提在手里不保险，会丢，会被抢，套在身上才牢靠。他走路很慢，不会骑车，每天走路要用很多时间，他为什么不学骑车呢？不爱说话的人的道理是无法知道的。

他的脚步极轻，没有声音。这脚步就像他本人，从不打扰别人，碰上街坊最多抿嘴一笑，不像她老婆兴冲冲的步伐像咚咚敲鼓。老婆喜欢和人搭讪，喜欢主动说话，不在乎对方是不是生人，也不在乎别人什么想法，求人帮忙时也一样，就像工厂派活时，一下子就交到人家手里。可是老闷儿不行，逢到必须开口求人帮忙时，嘴上就像贴了胶带。于是家里所有要和外边打交道的事就全落在老婆身上。

老婆在门外边，他在门后边；老婆与人谈判，他站在一边旁观，也决不插嘴。可户主是他老闷儿呀。

其实不只是家外边的事，家里边的事也都摊在老婆身上。

老婆急性子，老闷儿慢性子；性急的人遇事主动抢着干。老婆能干，他不会干；能干的人遇事不放心交给别人干。这就是为什么世上的事总是往急性子和能干的人身上跑的原故。

久而久之，这个家庭形成的分工别有风趣。老婆做饭，老闷儿洗碗；老婆登梯爬高换灯泡换保险丝，老闷儿扶梯子；老婆搬蜂窝煤，老闷儿扫煤渣，老婆还总嫌他扫不干净一把将扫帚夺过去重扫。这个家里给老闷儿只留下一件正事，就是给不识数的儿子补习数学。所以，老婆常常会对人说，我在家是两个人的“妈”。在这个老婆万能的家庭里，老闷儿常常找不到自己。从属者的位置是可悲的。这是不是老闷儿总那么闷闷不乐的根由？

于是平安街上的人家，常常可以看到这对抬头老婆低头汉儿近滑稽的形象——

于姐习惯地扬着脸儿、挺着胸脯走在前边。一个在家里威风惯了的女子会不知不觉地男性化。她闪闪发光的眼睛左顾右盼，与熟人热情和大声地打招呼。老闷儿则像一个灰色的影子不声不响紧紧跟在后边。老婆不时回过头来叫一声："你怎么也不帮我提提这篮子，多重!"

这一瞬，老闷儿恨不得有个地沟眼没盖盖儿，自己一下掉进去。

改变这种局面是一天夜里。老婆突然大喊大叫把老闷儿惊醒。老闷儿使劲睁开睡眼才明白，一只大蝙蝠钻进屋来，受惊蝙蝠找不到逃路便在屋里像轰炸机那样呼呼乱飞，飞不好就会撞在头上。

老婆胆子虽大，但她怕一切活物。从狗、猫、老鼠到壁虎、蟑螂、屎壳郎全怕。更怕这种吱吱尖叫、乱飞乱撞的蝙蝠。儿子叫道："老师说，叫蝙蝠咬着就得狂犬症!"吓得老婆用被子蒙头，一手拉着儿子，光脚跳下床，拉开门夺路跑到外屋。动作慢半拍的老闷儿跟在后边也要逃出去。被老婆使劲一推，随手把门拉上，将老闷儿关在里边。只听老婆在外屋叫着："该死，你一个大男人也怕蝙蝠，不打死它你别出来!"

老闷儿正趴在地上打哆嗦，老婆的话像根针戳在他的脊梁骨上。他忽然浑身发热，脸颊发烧，扭身抓过立在门后的长杆扫帚，一声喊打，便大战起蝙蝠来。他一边挥舞扫帚，一边呀呀呀地喊着。这叫喊其实是一种恐惧，也为了驱赶心中的恐惧。

然而，于姐在门外看呆了。她隔着门上的花玻璃看见丈夫抡动扫帚的身影，动作虽然有些僵硬，但从未有过如此的英勇。伴随着丈夫的英姿，那一闪一闪的东西就是发狂的蝙蝠的影子。只听几声哗哗啦啦瓷器碎裂的声音，跟着像是什么重东西摔在地上，随即没了声音。于姐怕老闷儿出什么事，正疑惑着，突然屋里爆发一阵大叫："我打死它啦，我胜啦，我胜啦!"

老婆和儿子推门进去，只见满地的碎壶、碎碗、糖块、闲书、破玻璃，老闷儿趴在中间，手里的扫帚杆直捅墙根。一只可怕的黑糊糊的非鼠非鸟的家伙被扫帚杆死死顶住，直顶得蝙蝠的肚肠带着鲜血从长满尖牙的嘴里冒出来。

老婆说："老闷儿，你还真把它弄死了。"伸手把他拉起来。

儿子兴奋极了，说："我爸真棒，我爸是巨无霸！"

老闷儿一身是土，满头是汗，眼镜不知掉在哪儿了，抖动的手还在紧握着扫帚杆。过度的紧张和兴奋，使他的表情十分怪异。他对老婆说：

"我行——"

然后，直盯着老婆，似是等待她的裁决。

老婆第一次听到他用"我行"这两个字表白自己，心里一酸，流下泪来。对他哽咽地说：

"是、是，你行，真的行！"

三

进入二十一世纪的第一个月，老闷儿流年不利，下岗了。一辈子头一遭没事干，或者说干了一辈子的事忽然没了，人也就空了。

这并不奇怪。公司亏损，无力强撑，便卖给私企老板，老板精兵减员，选人择优汰劣，这都是在理的。但老板只讲效益，不讲人情，人裁得极狠，下去一半，老闷儿自然在这一刀切下的一堆一块里边。

老闷儿和他老婆慌了神，着实忙了一阵，托人找事，看报找事，到人才中心找事，在大街上贴条找事；用会计的单位倒是有，但那种像模像样的企业一见老闷儿就微笑着说拜拜。小店小铺小买卖倒也用人，可就是另一层天地另一番人间景象了。经老婆的袜子厂一位同事介绍，有三家店铺都想用人，铺子不大，财务上的事都不多，想合用一个会计，月薪不算低。说要老闷儿和他们"会会"。老婆怕老闷儿不会说话，好事弄坏，便和他同去。这两口子一前一后走进人家的店铺，很像家长领着一个老实的孩子来串门。

待和这三家的小老板一一见过谈过，才知道在这种店铺里，会计这行当原来只是一台数字的造假机器。前两家的小老板说得直截了当，不管他用偷税漏税加大成本还是开花账造假账等等什么花活，只要保证账面上月月“收支平衡”就行。小老板对老闷儿龇着黄牙笑道：

“您是见过世面的老手，这种事对于您还不是小菜一碟？”

这话叫老闷儿冒一头冷汗。

第三家是一家国营的贸易公司下边的实体。老板的左眼是个斜眼，眼神挺怪，话却说得更明白：“我们这买卖就是为领导服务。领导的招待费礼品费出国费用全要揉到账里。”他用食指戳戳账本，“你的工作是在这里边挖口井。”

老板的话是对老闷儿说的，眼睛却像瞅着于姐。老闷儿听不懂他的意思，没等他问，于姐便问：

“什么井？您说白了吧。”

老板一笑，目光一扫他俩，一时弄不清他的眼睛对着谁，只听他说：

“你们怎么连这话也听不懂？小金库嘛！井里不管怎么掏，总得有水呀！”

这话叫于姐也冒出冷汗。走出门来，于姐对老闷儿说：“咱要干这个，等于把自己往牢里送！”

打这天，于姐不再忙着给老闷儿找事，老闷儿便赋闲在家了。

在旁人眼里，老闷儿坐着吃，享清福。整天没事，有人管饭，多美！但世上的美事浮在表面，谁都能看见；人间的苦楚全藏在心里，唯有自知。为了表示自己的存在价值，老闷儿把接送儿子上下学、采买东西、洗碗烧饭、收拾屋子全揽在自己身上。一天两次用湿布把桌椅板凳擦得锃亮。

可是老婆并不满意他做的事，干惯了活的人的手闲不住，随手会把不干净不舒服的地方再收拾收拾。这在老闷儿看来，都是表示对他价值的否定。

老闷儿便悄悄地通过他有限的熟人，为他介绍工作。邻居万大哥也是下岗人员，靠卖五香花生仁度日。五香花生仁是他自己炒的，又脆又酥又香，卖得相当不错，有时还能挣到些烟钱酒钱零花钱。

万大哥对他说："哪有老爷们吃老娘们的，这不坐等着别人说闲话？跟我卖花生去！喂不饱自己的肚子，起码也能堵住别人的嘴。"

老闷儿跟着万大哥来到不远的大超市那条街上，按照万大哥的安排，两人一个在街东口，一个在街西口。可是老闷儿总怕碰见熟人，不敢抬头，抬起头又吆喝不出口。不像卖东西，倒像站在街头等人的。直等到天色偏暗，万大哥笑嘻嘻叼根烟，手里甩着个空口袋过来了。老闷儿这口袋的花生仁却一粒不少。

就这一次，万大哥决定把自己的义气劲儿收回了。

一天，老闷儿上街买菜。一个黄毛小子叫他，说一会话才知道是七八年前到他们百货公司会计科实习过的学生，只记得姓贾，名字忘了。小贾听说老闷儿下岗陷入困境，很表同情。毅然要为老闷儿排忧解纷。他说，卖东西最来钱的是卖盗版光盘。卖光盘这事略有风险，但对老闷儿最合适，不但无须吆喝也根本不能吆喝，一吆喝不就等于招呼"扫黄打非"那帮人来抓自己吗？只要悄悄往商店门口台阶上一坐，拿三五张光盘放在脚边，就有人买，卖一张赚两块。其余光盘揣在书包里，背在身上。万一看到有人来查光盘，拾起地上的那几张就走，如果查光盘的人来得太急，拔腿便跑，地上的光盘不要了，几张光盘也不值几个钱。

不等老闷儿犹豫，小贾就领着老闷儿到不远一家商店门口，亲眼看见一个人半小时就卖掉五六张光盘。十多元钱的票子已经装进口袋。

身在绝境中的老闷儿决心冒险一博。晚上就向老婆伸手借钱。家里的钱从来都在老婆的手里攥着。老婆听说他要干这种事，差点笑出声来。可是老闷儿今儿一反常态，老婆反对他坚持，老婆吓他他不怕，看上去又有点当年大战蝙蝠的气概。老婆带着一点风险意识，给了他三百块本钱。转天一早老闷儿就在菜市场等来小贾。小贾答应帮他去进货，还帮他挑货选货。他把钱掏出来，留下一百，其余二百交给小贾，一个小时后，小贾就提来满满一塑料兜花花绿绿的光盘。对他说：

“您运气真够壮。正赶上一批最新的美国大片，还有希西科克的悬念片呢！都是刚到的货。保您半天全出手！”

老闷儿把光盘悉数塞满那个当年装账本的黑公文包，斜挎肩上。自个儿跑到就近的一家商店门口坐在台阶上。伸手从包里掏出五张光盘，亮闪闪放在脚前边。没等他把光盘摆好，几只又黑又硬的大皮鞋出现在视线里。查光盘的把他抓个正着。他想解释，想争辩，想求饶，却全说不出口来。人家已经把他所有光盘连同那公文包全部没收。只说了一句：“看样子你还不是老手。你说吧，是认罚，还是跟我们走。”说话这声音，在老闷儿听来像老虎叫。

他的腿直打哆嗦，走也走不动了。只好把身上剩下的一百块钱掏出来，人家接过罚款，把他训斥一番，警告他“下不为例”，便放了他。他竟然没找人家要罚单，剩下的只有两手空空和一个吓破了的胆。

当晚，老婆气得大脸盘涨得像个红气球，半天说不出话来。待了一会儿，她眼皮忽然一动，目光闪闪地问道：

“没罚单怎么知道他们是扫黄打非的？他们穿制服了吗？别是冒牌的吧？”

老闷儿怔着，发傻。他当时头昏脑涨，根本没注意人家穿什么，只记得那几只又黑又硬的大皮鞋。

老婆突然大叫：“我明白了。这两个人和你那个小贾是一伙的。他们拴好套，你钻进去了。老闷儿呀——”这回老婆气得没喊没骂，反倒咯咯笑起来，而且笑得停不住也忍不住。

老闷儿像挨了一棒。这一棒很厉害，把他彻底打垮。

世上有些事，不如不明白好。

四

小半年后的一天晚饭后，于姐的弟弟于老二引一个胖子到他们家来。

胖子姓曹，人挺白，谢顶，凸起的秃脑壳油光贼亮，像浇了一勺油。这人过去和于老二同事，在单位里伙房的灶上掌勺，手艺不错，能把大锅菜做出小灶小炒的味儿来。近来厂子挺不住，刚刚下岗。于老二想到姐夫老闷儿在家闲着，而姐夫家在不远的洋货街上还空着一间小破屋，不如介绍他们合伙干个露天的“马路餐馆”，屋里砌个灶做饭，屋外摆几套桌椅板凳，下雨时扯块苫布，就是个舒舒服服的小饭摊了。于老二还说，洋货街上的人多，买东西卖东西的人累了饿了，谁不想吃顿便宜又好吃的东西？

“你给人家吃什么？”于姐问曹胖子。

曹胖子满脸满身是肉，肚子像扣个小盆。一看就是常在灶上偷吃吃出来的。他神秘兮兮地说出三个讨人喜欢的字来：

“欢喜锅。”

“从来没听过这菜名。”于姐说，脸上露出颇感兴趣的样子。

于老二插话说，听说过去南方有个地方乞丐挺多，讨来的饭菜都是人家剩的，没有吃头儿，只能填肚子。可这帮乞丐里有个能人，出一个主意，叫众乞丐把讨来的饭菜倒在一个锅里煮。别看这些东西烂糟糟，可有鱼尾有虾头有肉皮有鸡翅膀有鸭脖子，一煮奇香，好吃还解馋，从此众乞丐迷上这菜食，还给它起个好听的名字，叫“欢喜锅”。

“瞎说八道！我听怎么有点像‘佛跳墙’呢，是你编出来的吧。”于姐笑道。

曹胖子接过话说：“还不都是种说法。那‘李鸿章杂碎’呢，不也是把各种荤的、腥的、鲜的全放在一锅里烩？要紧的是得把里边特别的味道煮出来。”

“这些东西放在一块煮说不定挺香的，就像什锦火锅。再说鸡脖子鱼头猪肉皮都是下脚料，不用多少钱，成本很低。”于姐说。

“您算说对了！”曹胖子说，“其实这锅子就是‘穷人美’，专给干活的人解馋的，连汤带菜热乎乎一锅，再来两个炉干烧饼，准能吃饱。”

“怎么卖法？”于姐往下问。

“我先用大锅煮，再放在小砂锅里炖。灶台上掏一排排火眼，每个火眼放上一个砂锅，使小火慢慢炖，时候愈长，东西愈烂，味愈浓。客人一落座，立马能端上来，等也不用等。一人吃的是小号砂锅，八块；两人吃，中号，十二块；三人吃，大号，十五块。添汤不要钱，烧饼单算。”曹胖子说。看来他胸有成竹。

这话把于姐说得心花怒放。凭她的眼光，看得出这“欢喜锅”有市场，有干头。合伙的事当即就拍板了。往细处合计，也都是你说我点头，我说你点头。于姐和曹胖子全是个痛快人，不费多时就谈成了。小饭店定位为露天的马路餐馆。单卖一样欢喜锅，一天只是晚上一顿，打下午六点至夜里十一点。两家入伙的原则是各尽所有，各尽所能。老闷儿家出房子和桌椅板凳，曹胖子手里有成套的灶上的家伙。两家各拿出现金五千，置办必不可少的各类杂物。人力方面，各出一人——老闷儿和曹胖子。曹胖子负责灶上的事，老闷儿担当端菜送饭，收款记账。谈到这里，老闷儿面露难色，于老二一眼瞧见了。他知道，姐夫是会计，不怵记账，肯定是怕那些生头生脸的客人不好对付。因说：

“姐夫，反正你们这马路餐馆只是晚上一顿，晚上只要我没事就来帮你忙乎。”

于姐斜睨了老闷儿一眼，心里恨丈夫怕事，但还是把事接过来说道：

“我晚上把儿子安顿好也过来。”

老闷儿马上释然地笑了。老婆在身边，天下自安然。

曹胖子却将这一幕记在心里。这时，于姐提出一个具体的分工，把餐厅买菜的事也交给老闷儿。曹胖子一怔。不想老闷儿马上答应下来：“买菜的事，我行。”

老闷儿因为刚刚看出老婆不高兴，是想表现一下，却不知于姐另有防人之心。曹胖子老经世道，心里明明白白。他懂得，眼前的事该怎么办，今后的事该怎么办。因说道：“那好，我只管一心把欢喜锅做成——人人的喜欢锅！”说完哈哈大笑，浑身的肉都像肉球那样上下乱蹿。

在分红上，于姐的表态爽快又大方，主动说十天一分红，一家一半。这种分法，曹胖子原本连想都不敢想，连房子带家具都是人家的呢！可是曹胖子反应很快，赶紧说了一句：“我这不是占便宜了吗?”便把于姐这分法凿实了。随后，他们给这将要问世的小饭铺起了一个好听好记又吉利的名字：欢喜餐厅。

于姐这人真是给点阳光就灿烂，给个舞台就光彩，而且说干就干！打第二天，一边到银行取钱和凑钱，一边找人刷浆收拾屋子，办工商税务证，打点洋货街的执法人员，购置盘灶用的红砖、白灰、沙子、麻精子、炉条、煤铲、烟囱，还有灯泡、电门、蜡烛、面缸、菜筐、砂锅、竹筷子、油盐酱醋、记账本、手巾、蝇拍、水桶、水壶、暖壶、冲水用的胶皮管子、扫马路的竹扫帚和插销门锁等等。但是，能将就的、家里有的、可买可不买的，于姐一律不买。桌椅板凳都是袜子厂扩建职工食堂时替换下来的，一直堆在仓库里，她打个借条从厂里借出七八套，连厨房切菜用的条案也弄来一张，并亲手把这些东西用推车从厂里推到洋货街。她干这些活时，老闷儿跟在后边，多半时候插不上手，跟着来跟着去，像个监工的。

于姐还请厂里的那位好书法的副厂长，给她写个牌匾，又花钱请人使油漆描到一块横板子上，待挂起来，有人说字写错了。把餐厅的“厅”上边多写了一点，成了“庁”字。这怎么办？曹胖子不认字，他摆摆肉蛋似的手说，多一点总比少一点强，凑合吧。偏有个退休的小学教师很较真，他说繁体的“廳”字上边倒有个点，简体的“厅”字绝没点，没这个字，怎么认？怎么办？于姐忽然灵机一动，拿起油漆刷子踩凳子上去。挥腕一抹，将上边多出来那一点抹到下边的一横里边。虽说改过的这一横变得太粗太愣，但错字改过来了，围看的人都叫好。老闷儿也很高兴，不觉说：

“她还真行。”

站在一旁的曹胖子说：

“你要有你老婆的一半就行了。”

老闷儿不知怎样应对。于姐听到这话，狠狠瞪曹胖子一眼。对于老闷儿，她不高兴时自己怎么说甚至怎么骂都行，可别人说老闷儿半个不字她都不干。这一眼瞪过去之后，还有一种隐隐的担忧在她心里滋生出来。这时，一阵噼噼啪啪的声音打断她的思索。两挂庆祝买卖开张的小钢鞭冒着烟儿起劲地响起来。洋货街不少小贩都来站脚助威，以示祝贺。

不出所料，欢喜锅一炮打响。

人嘴才是最好的媒体。十天过去，欢喜锅的名字已经响遍洋货街，跟着又蹿出洋货街，像风一样刮向远近各处。天天都有人来寻欢喜锅，一头钻进这勾人馋虫的又浓又鲜的香味中。自然，也有些小饭铺的老板厨师扮作食客来偷艺，但曹胖子锅子里边这股极特别的味道，谁也琢磨不透。

老闷儿头一次掉进这么大的阵势里，各种脾气各种心眼各种神头鬼脸，好比他十多年前“五一”节单位组织逛北京香山时，在碧霞寺见到的五百罗汉。他平时甭说脑袋，连眼皮都很少抬着，现在怎么能照看这么多来来往往的人？两眼全花了，心一急就情不自禁地喊：

“老曹。”

曹胖子忙得前胸后背满是汗珠。光着膀子，大背心像水里捞出来似的湿淋淋贴在身上。灶上一大片砂锅中冒出来的热气，把他熏得两眼都睁不开。这当儿，再听老闷儿一声声叫他，又急又气回应一嗓子：

“老子在锅里煮呢，要叫就叫你老婆去吧。”

外边吃饭的人全乐了。

人和人之间，强与弱之间，都是在相互的进退中寻找自己的尺度。本来曹胖子对他还是客客气气的，可是冒冒失失噎了他一句，他不回嘴，就招来了一句更不客气的。渐渐的，说闲话时拿他找乐，干活憋手时拿他撒气，特别是曹胖子一个心眼想把买菜的权利拿过去，老闷儿偏偏不给——他并不是为了防备曹胖子，而是多年干会计的规矩。曹胖子就暗暗恨上了他。开始时，拿话呛他、损他，撞他，然后是指桑骂槐说粗话；曹胖子也奇怪，这个窝囊废怎么连底线也没有。这便一天天得寸进尺，直到面对面骂他，以至想骂就骂，骂到起劲时摔摔打打，并对老闷儿推推搡搡起来。老闷儿依旧一声不吭，最多是伸着两条无力的瘦胳膊挡着曹胖子的来势汹汹的肉手，一边说：“唉唉，别，别这样。”他懦弱，他胆怯，不敢也不会对骂对打；当然也是怕闹起来，老婆知道了，火了，砸了刚干起来的买卖。

每次曹胖子对老闷儿闹大了，都担心老闷儿回去向于姐告状。可是转天于姐来了，见面和他热情地打招呼，有说有笑，什么事儿没有，看来老闷儿回去任嘛没说。这就促使曹胖子的胆子愈来愈大，误以为这两口子不是一码事呢。

洋货街上的人都是人精，不关自己的事躲在一边，没人把老闷儿受欺侮告诉于姐，相反倒是疑惑于姐有心于这个做一手好饭菜并且一直打着光棍的胖厨子。有了疑心就一定留心察看。连她对曹胖子的笑容和打招呼的手势也品来品去。终于一天看出眉目来了。这天收摊后，歇了工的老闷儿夫妇和曹胖子坐在一起，也弄了一个欢喜锅吃。不止一人看到于姐不坐在老闷儿一边，反倒坐在曹胖子一边。吃吃喝喝说说笑笑之间，曹胖子竟把一条滚圆的胳膊搭在于姐的椅背上，远看就像搂着老闷儿的老婆一样。可老闷儿叫人当面扣上绿帽子也不冒火，还在一边闷头吃。

人们暗地里嘻嘻哈哈议论开了。一个说：看样子不是曹胖子欺侮他，是他老婆也拿他不当人，当王八。

另一个说，八成是这小子不行。干那活儿的时候，这小子一准在下边。

前一个说，等着瞧好戏吧，不定哪天收了摊，这女人把他支回家，厨房的门就该在里边销上了。

后一个说，那“欢喜锅”不变成了“欢喜佛”？

打这天，人们私下便把欢喜锅叫成“欢喜佛”，而且一说就乐，再说还乐，越说越乐。

可是世上的事多半非人所料。一天收摊后，老闷儿动手收拾桌椅板凳，曹胖子站在一边喝酒。他嫌老闷儿慢，发起火来。老闷儿愈不出声他的火反而愈大。到后来竟然带着酒劲给老闷儿迎面一拳。老闷儿不经打，像个破筐飞出去，摔在桌子上，桌面一斜，反放在上边的几个板凳，劈头盖脸全砸在老闷儿身上。立时头上的血往下流。曹胖子醉醺醺，并不当事。看着老闷儿爬起来回家，还在举着瓶子喝。

不会儿，于姐突然出现，二话没说，操起一根木棍抡起来扑上来就打。曹胖子已经醉得不省人事，却知道双手抱着头，蜷卧在地，像个大肉球，任凭于姐一阵疯打，洋货街上没人去劝阻，反倒要看看这里边是真是假谁真谁假。于姐一直打累了，才停下来，呼呼直喘，只听她使劲喊了一嗓子：“别以为我家没人！”

这话倒是像个男人说的。

打这天起，欢喜餐厅关门十天。第十一天的中午曹胖子来卸了门板，收拾厨房，从里边往外折腾炉灰炉渣，不会儿黑黑的烟就从小屋顶上的烟囱眼儿里冒出来，看样子欢喜餐厅要重新开业。

下午时分，于姐就带着老闷儿来了。于姐扬着头满面红光走在前边，老闷儿提着两筐肉菜跟在后边——抬头老婆低头汉也来了。

洋货街的小贩们都把眼珠移到眼角，冷眼察看。不想这三人照旧有说有笑，奇了，好像十天前的事是一个没影儿的传说。

五

一个卖袜子的程嫂听说，于姐已经在袜子厂停薪留职，来干欢喜锅了。她放着袜子厂的办公室主任不做，跑到街头风吹日晒，干这种狗食摊，为嘛？为了给她的宝贝老公撑腰，还是索性天天“欢喜佛”了？如果是后者，那天那场仗的真情就变成——曹胖子打老闷儿是给于姐看，于姐打曹胖子是给大伙看。这出戏有多带劲，里边可咀嚼的东西多着呢！

可是，于姐的为人打乱了人们的看法。她逢人都会热乎乎地打招呼，笑嘻嘻说话，有忙就帮，大小事都管，看见人家自行车放歪了也主动去摆好。最难得的是这人说话办事没假，一副热肠子是她天生的，很快于姐就成了洋货街上受欢迎的人物。这种人干饭馆人气必然旺，人愈多她愈有劲，那双天生干活的手从来没停过；从地面到桌面，从砂锅到竹筷，不管嘛时候都像刚刚洗过刷过擦过扫过一样，桌椅板凳叫她用碱水刷得露出又白又亮的木筋。而且老闷儿在外边听她指挥，曹胖子在厨房听她招呼，里里外外浑然一体。自打于姐来到这里，再不见曹胖子对老闷儿发火动气，骂骂咧咧。老闷儿那张黑黑的脸上竟然可以清晰地看到笑意。

她来了三个月，马路餐桌已经增加到十张，但还是有人找不到座位，把砂锅端到侧边那堵矮墙上吃；四个月过去，于姐给曹胖子雇个帮厨；半年过后，曹胖子买了辆二手九成新的春兰虎摩托，于姐和老闷儿各买一个小灵通。到了年底，于姐和曹胖子就合计把不远一连三间底层的房子租下来。那房子原是个药铺，挺火，后来几个穿制服的药检人员进去一查，一多半是假药，这就把人带走，里边的东西也掏净了。房子一直空着没用，房主就是楼上的住户。

于姐对曹胖子说："我已经和房主拉上关系了。前天还给他们送去一个欢喜锅呢。拿下这房子保证没问题。"

日子一天天阳光多起来，闪闪发亮，使人神往；但日子后边的阴气也愈聚愈浓，只不过这仨人都不知觉罢了。

六

天冷时候，露天餐馆变得冷清。这一带有不少大杨树，到了这节气焦黄的落叶到处乱飘，刚扫去一片又落下一片，有时还飘到客人的砂锅里，于姐打算请人用杉篙和塑料编织布支个大棚，有个棚子还能避风。不远一家卖衣服的小贩说，他们也想这么干，要不衣服摊上也都是干叶子，不像样。他们说西郊区董家台子一家建材店就卖这种杉篙，又直又挺，价钱比毛竹竿子还低。他们已经订了十根，今晚去车拉。于姐叫老闷儿晚上跟车去一趟，问问买五十根能打多少折。傍晚时车来了，是辆带槽的东风130，又老又破。马达一响，车子乱响；马达停了，车子还响。

卖衣服的小贩叫老闷儿坐在车楼子里，自己披块毯子要到车槽上去，老闷儿不肯。老闷儿决不会去占好地方，他争着爬上了车槽。老闷儿走时，于姐在家里给孩子做饭。于姐来时，听说老闷儿跟车走了，心里一动，也不知哪里不对劲儿。是不是没必要叫老闷儿去？老闷儿即使去也没多大用处，他根本不会讨价还价，那么自己为什么叫老闷儿去呢？一时说不清楚是担心是后悔还是犯嘀咕，后脊梁止不住一阵阵发凉发瘆，打激灵子。她只当是自己有点风寒感冒。

这天挺冷挺黑，收摊后远远近近的灯显得异样的亮，白得刺眼。于姐、曹胖子和那个帮厨正在把最后几个砂锅洗干净，嘴里念叨着老闷儿该回来了，忽然天大的祸事临到头上。洋货街一家卖箱包的小贩上气不接下气地跑来报信，说老闷儿他们的车在通往西郊的立交桥上和一辆迎面开来的长途大巴迎头撞上，并一起栽到桥下！

于姐立时站不住了，瘫下来。曹胖子赶紧叫来一辆出租车，把她拉到车里。赶到出事的地方，两辆汽车硬撞成一堆烂铁，分不出哪是哪辆车。场面之惨烈就没法细说了，血淋淋的和屠宰场一样，横七竖八的根本认不出人。曹胖子灵机一动，用手机拨通老闷儿小灵通的号码，居然不远处的一堆黑糊糊的血肉里响起铃声。于姐拔腿奔去，曹胖子一把拉住，说嘛也不叫于姐去看，又劝又喊又拦又拽，用了九牛二虎的力气，又找人帮忙才强把她拉回来。看着她这披头散发、直蒙瞪眼的样子，怕她吓着孩子，将她先弄到洋货街上。谁料她一看到欢喜餐厅的牌子，发疯一样冲进去把所有砂锅全扔出来，摔得粉粉碎。她嘶哑地叫着：

“是我毁了老闷儿呀，是我毁了你呀！”

她的喊叫撕心裂肺，灌满了深夜里漆黑空洞的整条洋货街，直喊得满街的冰雪。

曹胖子忽然跑到厨房把炖肉的大铁锅也端出来，“叭”地摔成八瓣。

欢喜餐厅的门板又紧紧关上。照洋货街上的人的看法，于姐一定会带着儿子嫁给光棍曹胖子，和他一起把这人气十足的饭馆重新开张干起来。但是，事违人愿，一个月后，于姐人没露面，却叫曹胖子来把那块牌匾摘下来扔了，剩下的炊具什物全给了曹胖子。

又过些日子来了一高一矮两个生脸的人，把小屋的门打开，门口挂几个自行车的瓦圈和轮胎，锄头改锥活扳子扔了一地，变成修车铺了。矮个子的修车匠说这房子花两万块钱买的。这才知道香喷喷的欢喜锅和那个勤快又热情的女人不会再出现了。

有人说，她没嫁给曹胖子，是因为曹胖子有老婆，人家还有个十三岁的闺女呢；也有人说，欢喜锅搬到大胡同那边去了，为了离开这块伤心之地，也为了避人耳目。

真正能见证于姐实情的还是平安街的老街坊们。于姐又回到袜子厂。据说不是她硬要回去的，而是厂里的人有人情，拉她回厂。她回厂后不再做那办公室主任，改做统计。倒不是因为办公室主任的位置已经有人，而是她不愿意像从前那样整天跑来跑去，抛头露面。

此事过去，她变了一个人。平安街的老街坊们惊奇地看到，从眼前走过的于姐不再像从前那样抬着下巴，目光四射，不时和熟人大声地打招呼。她垂下头来，手领着儿子默默而行。人们说，她这样反倒更有些女人味儿。

开始都以为她死了丈夫，打击太重，一时缓不过劲儿来。后来竟发现，先前那股子阳刚气已经从她身上褪去。难道她那种昂首挺胸的样子并非与生俱来？难道是老闷儿的懦弱与衰萎，才迫使她雄赳赳地站到前台来？

这些话问得好，却无人能答；若问她本人，则更难说清。人最说不好的，其实就是自己。

（原载《上海文学》2006年第4期）

作者简介：

冯骥才，全国政协常委、中国文联副主席、中国民间文艺家协会主席、中国小说学会会长，当代著名作家，著述甚丰。

菜　地

王祥夫

一

怎么说呢，村长米菜籽背抄着手站在棉花地地坎儿上，笑眯眯对米仙红说这下子可他妈的好了，终于选中了你家的地，那你就来给那狗日的种这个菜吧，不过话说好了，你他妈的今天可要请客，因为什么要你请客？因为你这回可要肥疯了。村长米菜籽说话的时候，米仙红就站在地坎儿下边，脸红红的，仰着个下颏儿持久地笑着，他想不到自己的地会给那狗日的看上，忙说那当然那当然，这么好的事轮到我头上我怎么会不请客。村长米菜籽说我也不跟你多说了，我还有许多的事要做，照老规矩，你把村里该请的人都请到，敬神要敬到，请人要请到，别中午请，晚上请，让人们多在你那里坐坐，你把人们的嘴都给油那么一油菜地就好种了。米仙红觉着自己的嘴唇还是很干燥，忙伸出舌头把上下两片嘴唇又重新舔了舔，然后连说是是是，是是是，这我懂。村长米菜籽背抄手下了地坎儿，要走了，却又一下子站住，又不走了，又重新一迈腿，身子摇了摇，站在了地坎儿上，他想再说一回关于地的事，便又从头开始对米仙红说选菜地的事，说为了给那狗日的选这块地从春天到现在可把他累得不轻，他对米仙红说选地的事你也知道，是我带人一共大看过两回，第一回离那条河近一些，为的是浇水方便，怎么说呢，结果让那狗日的给训了一顿，说乡下人就是没头脑，说那条河早就给上游的金矿污染了，能选那里吗？种出的菜还不把人给活活吃死，后来再选，又选在了去区里的那条路边，在路边干什么都方便，上边的人来拉菜，或者是种菜的往地里拉大粪，干什么都方便，但又让那狗日的给训了一遍，说大路上什么车不走，什么人不过，你知道会把什么病毒或脏东西给菜地上招惹上？菜地要是招惹上什么病毒，或者是有什么人在菜叶子上做了手脚，谁敢承担？这菜地呢，那狗日的特别对村长说要选在离河和大路远的地方，地也不多要，只要一亩，种什么菜由上边定，这上边是谁呢？当然就是那狗日的，知道了吧，这亩地是专门给那狗日的种菜吃的，那狗日的说他吃的菜既不要种在塑料大棚里的那种，也不要种在地里上化肥的那种，他要吃的菜是一不上化肥二不打农药的菜，是要阳光雨露下茁壮成长出的菜。那狗日的真是狗日的，和一般人就是不能一样，但关于那狗日选菜地的消息也需要保密，不能到处说，种地的钱是那狗日的出，而且是出三五倍，如果别人吃菜是一斤给三毛，他吃菜一斤最少也要给九毛，这是那狗日的私人的事，所以不要跟公家的事往一起掺和。因为是给那狗日的种菜，所以这块地绝对不许用化肥，只许用大粪，还不许用农药，要是真长了虫子就用手一个一个捉，这一亩地的菜不问产量只问质量，只要菜好就行。那狗日的还对村长米菜籽这么说，说他有的是钱，最不稀罕的就是钱！只要把菜给种好了，什么鸡巴钱不钱！村长米菜籽一听这话就来气，狗日的他怎么就那么有钱？人都是人，他怎么就那么有钱？这会儿村长米菜籽拍拍米仙红的肩头把那狗日的话又重复了一遍，说完这些话，村长米菜籽又说，种菜我看是小事，跟那个狗日的挂上关系你晓得是怎么回事，你这是给财神种菜，你多会儿听说过一个种菜的还要检查身体，种菜跟身体有鸡巴关系，这不，你连身体都跟上检查了，你他妈什么时候去医院检查过身体？你知道不知道检查一遍身体要花多少钱？那狗日的钱真是太多了，你是不是不知道给他种菜意味着什么？米仙红笑着说知道哇，村长我早就知道了，所以连我老婆都高兴得了不得，恨不得把两颗眼珠子给种地里，孩子也高兴，恨不得把小鸡巴也给种地里。村长米菜籽忽然咧开嘴大笑了，说你儿子要是有本事就把鸡巴种在那狗日老婆的×里好了，不过这事你知道就行，就是不能对别人乱说，要是知道的人多了，有人在菜地里下了毒，你说说看该是谁倒霉？米仙红给村长这话吓了一跳，两只眼就有些发愣。不说了不说了，村长又笑了笑，拍拍米仙红，说看把老米吓的，我还有许多的事要忙，你明天就起马铃薯吧，都起就都起，其余的地方种草就种草，反正那狗日的出钱，他肯出大钱你在炕头上给他种菜都行是不是？晚上，也许，我会过来好好喝几盅。村长对米仙红说你这就快去张罗吧，晚上两三桌就够，最好买些鼓楼的熟肉，那边的熟肉好吃，再炒二三十个鸡蛋，再买两三只欢乐街那边的烧鸡，还有猪蹄子，白酒啤酒都上，就摆在院子里，天好像不会再下雨吧？村长米菜籽仰起脸朝天上看看，天上果然就有几朵云，灰不灰黑不黑的，不是个正气颜色，不像是有雨的样子，村长米菜籽给太阳晃得打了个喷嚏，打喷嚏是个舒服事，仅次于搞女人，所以他还想打，但打不出了，村长张张嘴，抽抽脸皮，无奈地对米仙红说就这么办吧，你去张罗吧。

米仙红呢，没有马上回家，他离开棉花地去了自己地里，他想好好儿看看自己的地，他觉得自己这一回得感谢自己的这片地，怎么就给那狗日的人看准了呢，那狗日的是个什么样的人物？简直就是要多少钱就有多少钱的财神！现在真是好时候，世界上怎么就一下出了这么多财神，钱不当个钱花，钱多得可以包一片地专门给自己种菜吃，而且说好不要产量，只要不上化肥不打农药，用可以比别处多五六倍的钱弄这口菜吃，所以这么一来呢，选菜地便是村子里的一件大事了，而且是件长脸的事，是件让人长身份的事，米仙红现在已经觉得自己的身份和以前不一样了，消息刚刚一传出，村子里人们看他的眼神已经不一样了。但怎么就不把地都要过去种了菜呢？怎么就只要一亩。米仙红蹲在地头问自己，头皮给太阳晒得痒痒的，他摸摸脑门儿又摸摸地里的植物叶子，叶子这东西也怕人动，一动就会放出味道来，味道是怪怪的，这就是马铃薯，这地里种的是米仙红喜欢的马铃薯，正开着花，是紫花黄心，从花就可以看出下边结的是那种紫皮马铃薯，这种马铃薯吃起来最沙。可是他马上就得把这些马铃薯毫不客气地从地里起出来，不让它们继续长，其实它们还能再长，但米仙红说什么也不能让它们再长了，因为那狗日的马上就要让米仙红种秋菜了。种什么秋菜呢？村长米菜籽说那狗日的自有安排，而且种子也不用米仙红这边准备，再说米仙红也无法准备，他也找不到那些洋种子。村长米菜籽说要种的菜名儿那狗日的已经写好在一张纸上交给他了，可能一下子就要种好几种秋菜，因为无论是什么人，再钱多也不可能直接张嘴吃钱票子，到了秋天也总是要吃菜的，村长米菜籽说他晚上就会把那张纸拿过来，到时候大伙儿就都知道那狗日的秋天喜欢吃什么菜了。那狗日的既然秋天还要吃菜，那这地里的马铃薯就要提前起出来，马铃薯长得正好，已经能上市卖了，但如果再长一长，那些小不丁儿的也都能再长成大不丁儿。米仙红立起了身，身子侧了一下，把腿朝前迈，再朝前迈，每迈一步都先要把地里的马铃薯叶子用脚拨一拨，这就是爱护，庄户人的眼里，什么都比不上他们种在地里的东西。他从马铃薯地的这头往那头儿走，他一步一步地量，又量出一亩大小的地，回头看看，这一亩大小的地正好是马铃薯地的三分之二，也就是说起三分之二就可以了，留下那三分之一的地还可以让那些余下的马铃薯再长长。米仙红已经这么量了好几次了，每量一次都觉得心疼，是心疼地里那些还没有完全长好的马铃薯，是心疼他必须都得把这些马铃薯给起了，那狗日的说不能是种一亩地的菜就只起一亩地的马铃薯，这一片马铃薯都得起，除了种一亩大的菜这片地别的什么都不能种，要种也只能在菜周围种一种类似于足球场上的那种草，那种草要把一亩大的菜地都包围了，据说那种草有杀虫的作用。那狗日的说就让那种草围着那一亩菜地，这样一来就好了，什么病毒和虫害都休想传到那一亩菜地上去。那狗日的真是有钱，说虽然是种一亩的菜，但这一片地他都出钱，他只想吃一口世界上最最干净的菜，能吃这种菜的人都是有身份的人，他就是这个世界上最最有身份的人，什么钱不钱！钱算个什么？那狗日的说。米仙红又在地头蹲下了，摸摸马铃薯叶子，又摸摸马铃薯的叶子，骂了一句：狗日的！请客就请吧，起马铃薯就起吧，谁让那狗日的看准了，种马铃薯种庄稼种玉米都还不是为了挣钱。

二

中午的时候，米仙红满脸是汗，把晚上请人要用的东西都骑着车子买了回来，车把上，一包，又一包，还有一包，三个大黑色塑料包，都油乎乎的放射出无法阻拦的香气，这香气忽然让等在门口的米仙红的女人很生气，她就咕嘟了嘴，但她生气也确实没个方向，人这种东西，一旦没了方向便会发愣，米仙红的女人愣了愣，侧过了脸儿，问米仙红：你不会，等地里的菜，有了情况再请人？这么早，你请个什么球劲道？你说有什么球劲道？你还真要把咱们那一片马铃薯都给起了？还真要给那狗日的种草？米仙红已经把三个包拎进了苍蝇飞舞的小厨房，并且已经擦了脸，米仙红擦脸是在脸上擦一个圈儿，然后再在后脖子上擦一个圈儿，就擦完了，他把手巾一抛，抛到了从这头墙拉到那头墙的铁丝上。米仙红的女人跟在米仙红的后边，又咕嘟着嘴说：你真要好酒好肉地请他们？你不会等地里有了情况再请？米仙红把鼻子凑近了塑料袋，吸了口长气闻了闻，然后才对自己女人说你当这是好肉好酒？这是他妈的眼药。眼药？米仙红的女人马上就不懂了，疑惑地看着米仙红，看着米仙红把那几个塑料袋子一一打开，米仙红先取出鼓楼的那两片猪头肉，油光光的，米仙红说：这是猪头牌儿眼药。接着，又取出那欢乐街的烧鸡，亦是红光光的，鸡的爪子和头都害羞似的窝在自己肚子里。米仙红又说：这是鸡牌儿眼药。打开另一个袋子，米仙红又从里边取出红红的四个猪蹄，说：这是他妈的猪蹄牌眼药。米仙红把要请客的东西简直是摆满了一炕，米仙红家的小厨房里也有条小炕，小炕上，除了猪头猪蹄和烧鸡，还有豆腐干花生米什么的，香气便在屋子里愈加汹涌澎湃，一直汹涌澎湃到院子里去。米仙红坐下了，看着那些东西直咽口水，米仙红说自己实在是太累了，所以呢，他要把那两个猪眼睛先切了解解馋，米仙红看着自己女人，对自己女人说猪眼睛其实是猪身上最好的部位，所以要切成薄薄的一片一片来吃才能吃出滋味，并且说自己还要先喝二两了，别等别人来庆祝，自己先庆祝庆祝自己才是个理。容易吗？不容易，那么多地就看准了你家的地，是该你发财的时候了，太他妈不容易！他这么说的时候，他女人还没转过神来，直盯着他，气呼呼地说这都明明是些吃的东西，怎么说是眼药，你是什么意思？米仙红就笑了，说你给那狗日的种菜地，一收就是三五倍的钱，村子里别人能不眼红？要想让人们不眼红你不得先给人们点些眼药？你说这不是眼药又是什么？米仙红对自己女人说你怎么这么笨，刚结婚那几年你看上去还可以，怎么这几年倒不会幽默了？米仙红说自己实在是太累了，是一定要把鸡腿弄下一条先慰劳慰劳自己了，还有，猪蹄儿也要劈下半个来，人这种东西，最要紧的就是要懂得先慰劳慰劳自己。说着，米仙红从炕沿儿上跳了下来，他开始动手，取了案板放在炕上，一只手按住那两片猪头肉，两个指头已经把两只猪眼黑黑白白地抠了出来，又一下子，一只手按住烧鸡，另一只手把烧鸡腿给摘下一条来，然后是取过了菜刀，把煮得就要四分五裂的猪蹄子，在案板上，一下，一下，又一下，终于劈下半个来。米仙红的女人就有些急了，她用一只手指着米仙红，说你妈不是说来着，说外人吃了是传名，自己吃了是填坑，你还真要填你那个坑？米仙红不理自己女人，只顾做他的事，案板上的两只手油光光的像要放出光来：狗日的，我把你个狗日的狗日的！米仙红不理自己女人，却对猪眼睛和鸡腿猪蹄说话：你们听着，你们这种香东西，别看你们这么香，无论吃到谁嘴里到最后还都要姓他妈的米！米仙红已经把猪眼睛和鸡腿猪蹄放进了一个塑料袋子。米仙红的女人愣了愣，这才明白米仙红的意思了，也知道他要把猪眼睛和鸡腿猪蹄拿去送谁了，米仙红的女人在炕沿儿上坐下来，说：仙红，你，你看你，他晚上要来吃你还再送他？米仙红看看自己女人，说你明白了，但你就是不明白谁让他是村长，你爹是村长我照样送你爹。米仙红的女人咽着口水，那口水已经是在米仙红的女人嘴里决了堤，香气是个看不到的东西，但有时候却比镢头还要厉害，米仙红的女人用一个指头，按按案子上的猪头肉，又按按案子上的烧鸡，再放在自己鼻子上闻闻，闻过还不行，又把那手指放在自己的舌头上舔了一下，说这么好的东西要真是吃到你嘴里也算？要不，你就请他来，你和他一起吃？米仙红一只脚已经迈了出去，这会儿又收回来，回转身对自己女人小声说：你想想，那还不要再赔上一瓶酒，也许一瓶也不够。米仙红的女人就张张嘴，她不再咕嘟着嘴了。

米仙红出去了，把个塑料袋子放在屁股后边遮着去了村长家。村长家就在米仙红家的前边，出了院子往南走，那边正在盖房子，一堆沙子，一堆水泥，一堆红砖。米仙红绕过那堆红砖进了村长家，村长正在炕上坐着，村长米菜籽的女人正率领着孩子们"嗯噜嗯噜"吃炸酱过水面，就着那一盆子黄瓜丝。唯独村长米菜籽坐在那里不动碗和筷子，看见米仙红从外边进来，村长米菜籽一下子笑了，拍拍手，说我算计好你米仙红要来，你说这说明了什么？米仙红脸有些红，想想，说：还不是村长算得准。米仙红这么一说，村长米菜籽笑得更厉害，又拍拍手，说：不是我算得准，是我看人看得准。米仙红的脸就更红了。村长米菜籽看着米仙红，笑着说你怎么不请我去你家一起吃？米仙红看看村长米菜籽的女人，她手里是一个大碗，碗里红光光的，不用说是炸酱里的油很多。米仙红咽了口口水，说：还有嫂子呢。村长米菜籽这时已经从身后摸出一瓶白酒来，说：我还不知道你是怕再贴上一瓶酒！米仙红的脸一下子就紫了。村长米菜籽把酒瓶放桌上，这才把米仙红送来的塑料袋子打开看了看，说：咦！仙红你怎么不买盘猪大肠，猪大肠下酒才香，臭香臭香，不臭不香，不香不臭，世上的事就是这个理。村长米菜籽这么一说，米仙红就不知道村长是什么意思了，不知道村长是什么意思就不知道该说什么了，就站在那里笨笑，笨笑都是个木头样，再木下去就不好了，米仙红觉得自己的嘴唇很干，他伸出舌头把自己的嘴唇舔了一圈儿，又舔了一儿。村长米菜籽决定不再和米仙红开玩笑了，他掉过脸吩咐自己女人马上再去炒个鸡蛋，说自己要和米仙红喝几盅，还吩咐自己女人把猪眼睛切得薄薄的再浇些蒜泥酱油。说完这些，村长米菜籽才掉过脸来对米仙红说我家酒多得很！你也别那么小气！上来上来，上吧，你看你，你还想让我把你抱上炕？米仙红只好上炕，先把屁股挨了漆了红漆的炕沿儿，然后才脱鞋，脱了鞋，再看看村长米菜籽，然后再把两只脚轻轻提上炕，再看看村长米菜籽，然后再把两条腿拳起来，这么一来呢，自己的两只脚就给压在自己的大腿下了，这才叫上炕坐了。村长米菜籽这时便把那张纸从衣服口袋里摸给米仙红看，说这就是那狗日写在纸上要种的菜，这种事，虽然是小事，但也要保密，有钱人什么都要保密。米仙红把那纸接过来，纸上写着：欧芹、芦笋、空心菜、香葱、花柏、木高高、花舌果、西巴菜、秋毛菜、岳井红果。米仙红把纸看了好一会儿，眼睛就忽然飘了起来，眼睛飘飘的，就飘到了村长米菜籽的脸上，米仙红看定了村长米菜籽，说：村长你说水呢，别人种菜都在河边，为的是那股子水，菜这东西，狗娘养的，就是离不开水，村长你说这水呢？村长米菜籽笑笑的，两只眼，像是看着米仙红，而实际上却是看着自己手里的酒瓶和玻璃杯，不知什么时候，村长已经倒了满满一玻璃茶杯酒。村长米菜籽说：你米仙红是怕别人喝你的酒，才不请我去你家和你一起吃这一双猪眼睛和这一条鸡腿，还有这半拉猪蹄，可我呢，我就是想让人帮着我喝我的酒。村长米菜籽把杯子放在了桌上，指指，对米仙红说：你喝了，我就告诉你怎么用水。米仙红看着杯，一双眼并不抬，说：一下？村长米菜籽看着米仙红的脸，说：当然一下。米仙红这才抬起眼看着村长米菜籽：真一下？村长米菜籽嘴一下子咧开成一条缝隙，说：仙红你一下子干了，我就告诉你水在哪里。米仙红伸出手，用食指，摸摸杯子，又用中指，摸摸杯子，又用拇指和食指，然后又对村长米菜籽说：真的？村长米菜籽把脸一下子侧了，放在了自己的肩头上，他就这么看着米仙红，说：咦，你是不是说我经常胡说八道？米仙红便慌了，又伸出了另一只手，用手摸摸杯子，用一个手指，又用一个手指，这才下定了决心，把杯子端了起来，屋里一时忽然没有了嘫噜面的声音。村长米菜籽的女人这时出现了，手里挥着炒菜的小铜铲子，说坏菜籽你要是把仙红喝坏了看看晚上你怎么办？村长米菜籽只看着米仙红，不理他女人，他把脸又朝另一边侧，又把脸放在了自己的另一个肩头，就那么看着仙红，嘴里却对自己女人说：你个妇联家的还愁仙红那些酒肉没个去处？小心你那妇联家的鸡蛋别炒球糊了！你说呢？村长米菜籽又对米仙红说。米仙红看看手里的酒，再看看村长米菜籽，杯子是一下子送到了嘴边，杯子送到嘴边又停住，米仙红再看看村长米菜籽，村长米菜籽只是一脸的笑，只是把脸一侧一侧，一侧一侧，一会儿把脸搁自己这边肩头，一会儿把脸搁自己另一边肩头，像个孩子。你喝了这一杯我就告诉你。村长米菜籽说。米仙红就把身子挺了一下，玻璃杯一下子就合到了嘴上，一下，两下，三下，米仙红眼泪出来了，四下，五下、六下，米仙红把酒一鼓气喝了下去。喝了酒，米仙红便憋不住，忙跳下炕，忙往外跑，跑到院门口，外边有人围了一圈儿在那里顶着荷叶儿打扑克，他便又跑回来，把一肚子酒都吐到了花池子里，花池子这边的大丽菊开得正好，红的一种，粉的一种，红粉的一种，花池子那边的大丽菊也开得很好，也是红的一种，粉的一种，粉红的一种。村长米菜籽也跟着捂着肚子跑了出来，一边跑一边哈哈笑着说：老米，老米，你说我为啥让你喝整整一玻璃茶杯？我就是要你吐，你吐了晚上才好招呼大伙儿，喝半杯你就不会吐了。村长米菜籽在花池边站定了，两只手在裤子上活动，边活动边说，仙红你还愁什么水，那狗日的早就说好了，要派人过来给你打口井，就在你那一亩地上打一口井，人家打口井算啥？就像你日一下你女人那个洞，那狗日的太有钱了！你就等着养老吧，他现在肯花钱给你到医院检查身体，你还怕他不给你花钱养老，我看你只要把菜地给那狗日的种好就行。村长米菜籽在花池边洒了尿，提好裤子，对屋里笑嘻嘻说：

我说妇联的伙计，你那糊鸡蛋炒好了没有？

三

米仙红晚上在自家房顶上摆了两桌，夏天的晚上只有房顶上才最凉快，所以酒桌就摆在房上，该请的人都请到了，人们一个个从房子东边的台阶上来。米仙红家的地被那狗日的一选中，怎么说呢，米仙红就好像在村里立刻变了一个人，人们都觉得他不再那么简单了，起码是跟别人不那么太一样了。人们都还有一个想法，那就是要和米仙红好好保持一种关系了，不但保持，而且要发展，把关系发展得好好的，村子里有句话，是挨上金是黄的，挨上玉是凉的，也许马上还会有人来村里包地种菜，也许那狗日的有许多阔朋友都会怀有这个想法，都想在村子里包块地专门给自己种菜吃，这就注定离不开米仙红了，人们都忽然想跟米仙红挨近一些，如果能再近一些就更好。人们都上到米仙红家的房顶了，房顶上一共摆了两张桌，平时人们绝对没有机会上到米仙红家的房顶，再说人们也没那种傻×想法，没事上人家房顶做什么？米仙红家的房顶一般来说也没的什么特殊的用场，也只不过是晒晒庄稼什么的，或者就是养鸡，那也只是鸡小的时候才能在上边养一养，一大了，鸡就不那么听话了，会给公鸡搅得到处飞翔。人们这时候都来齐了，有人还让自己女人也来了，让自己女人在下边帮米仙红女人的忙，比如递个什么，比如上来下去地端个菜，人们都在米仙红的房顶上坐定了，烫好的酒也给端了上来，就有人说可了不得，一下子上二十多个人，可别把仙红的房顶给踩坏了。村长米菜籽早就坐在了正中的座头上，这时就咧开嘴笑了，说看你们一个一个的鸡巴样，仙红还怕你们踩，仙红马上就要住楼房了，那狗日的有的是钱，还怕不给仙红出钱盖楼房？所以你们使劲儿踩，旧的不去新的不来，人家还在房顶上跳集体舞呢。村长米菜籽这么一说，还真有人附和着把房顶试着踩了踩，你也踩，我也踩，很快就踩出一片响声。就有人又说了，说话的是刘青水，刘青水说仙红这回要发了，房子踩坏了可以盖座大楼住住，但可别把房子踩坏把咱们摔下去，一下子摔到老米女人的炕上出了事可怎么办。村长米菜籽拍了一下桌子，说青水你怎么这话越说越色了，你要摔到老米女人什么地方？摔到老米的青纱帐根据地里去？你还想扛着你的枪在里边打游击呢！惩酒惩酒！米菜籽这么一说，人们就都拍手高兴起来，都在夜色里看着村长米菜籽，这时的天光还亮亮的，虽然村子里整个都黑了下来，说村子里黑也不对，村子里现在是灯光闪闪。村长米菜籽说那就先惩青水一大杯，要是他洒一滴就再接着惩。村长米菜籽这么一说就马上有人把酒给倒好了，倒了整整一大玻璃茶杯。米仙红是东家，自然要靠着村长米菜籽坐，旁边的人便说咱们做什么也别走样，村长惩酒，东家就该监惩，让仙红监惩。仙红侧过脸看看村长米菜籽，村长米菜籽鼻子那里是一个亮点，十分亮，怎么就会这么亮？米仙红在心里说，嘴上却说：村长，要不，就，别愆了？村长米菜籽把脸掉过来对着仙红，鼻子上的亮点一滑就消失了，村长米菜籽对米仙红说：这是在你老米家吧？米仙红便忙说：我家还不是村长的家？瞎说！你是不是昏了头？村长米菜籽马上表示反对：你家怎么能是我家？村长米菜籽说仙红你怎么胡说，你家就是你家，你家怎么也不能成为我家，但你家虽然不是我家，但我还是能管了你家你说是不是？米仙红马上说是是是。是就好。村长米菜籽说既然是那我就提议咱们大伙儿都面朝一个方向坐。村长米菜籽这么一说人们就都笑了起来，两桌人都朝一个方向坐还怎么喝酒？村长米菜籽说大家是不是都得听我的，都得听我的就都先面朝西，面朝西，都面朝西！人们不知道村长米菜籽是什么意思，就都把身子调了方向，都面朝西坐了，西边的天上有一颗星星出奇的大，亮闪闪的有些怕人。这时候人们听到村长米菜籽忽然喊了一声起立，人们就都站了起来。大伙儿都站好了？村长米菜籽又说，说要是都站好了就听我的口令。村长米菜籽说我的意思呢，咱们现在是站得高看得远，所以，听我的口令，咱们都朝着西边行三个礼。人们不知道村长米菜籽是什么意思，都嘻嘻哈哈笑，村长米菜籽说你们笑什么，是不是笑我不够格儿做你们的村长？人们便都一下子停了笑。你们不笑啦？村长米菜籽说你们不笑了我就喊口令了，村长米菜籽喊了一二三，人们就七七八八地朝西边鞠了三下。在这村子里，人们都很服气村长米菜籽，米菜籽总是让人们捉摸不透。人们这时候就想村长是不是要做什么了，是不是有什么话要说了，米仙红的心里就更慌，重新又坐下来后，米仙红两眼就直看着村长米菜籽。米菜籽果然就笑了，对着米仙红，把一只手举起来，然后再慢慢慢慢放下去，把另一只手举起来，再慢慢慢慢放下去，然后忍不住笑了起来，又把手拍拍，说：仙红你说我为什么要人们朝西面鞠躬，你要是说对了，青水这杯酒就不愆了，你要是说不上来你就陪愆半杯。村长米菜籽这么一说，米仙红就站起身，站起身也只是为了朝西看看，西边的天上还亮亮的，米仙红朝着那边张张嘴，又坐下，他确实不知道村长米菜籽的意思，西边是个无限远的地方，再往西就进城了，进了城再往西就又出城了，出城再往西就到矿山了。米仙红的脑子还真是个脑子，他一下子就想到了那狗日的。既然是西边，是不是向那狗日的鞠躬？米仙红说。米仙红这么一说，村长米菜籽马上大声说了一句那狗日的算什么？不过是用公家的煤换了钱装自己的腰包！村长米菜籽不想说了，或者是觉得自己一激动说话说走了嘴，也是该喝酒的时候了，村长米菜籽也不想让人们猜了，他就是这么个性格，一阵一阵的：喝酒，喝酒，你们也不用猜了，西边是什么？西边就是仙红家的那片地，我是让你们朝那片地鞠躬呢，你们今天能喝酒还不得谢谢老米西边的那片地？村长米菜籽这么一说，人们才都明白过来，都“啊”了一声，都忙举了杯子往起站，便都说咱们原来是给咱们的地鞠躬是给老米家的地鞠躬呢。等人们把酒杯端到了嘴边要喝的时候，村长米菜籽又让人们停下别喝。停下，停下。村长米菜籽伸出一只手，手心朝下，在空中摆了摆，然后对身边的米仙红说：你下去，下去。米仙红不知道村长让自己下去做什么。村长米菜籽说你下去让你那妇联代表也上来。米仙红却并不下去，他明白村长米菜籽是要自己女人也上来，便只站在房顶上朝下喊，一喊两喊米仙红的女人就从下边上来了，手里拿着一个盘，盘里是黄汪汪的炒鸡蛋，鸡蛋上边是一些香菜叶子。村长米菜籽要米仙红的女人把盘子放好，要米仙红和米仙红的女人并排站好了。米仙红已经让村长搞昏了头，他拉着自己女人面朝着村长米菜籽站好。朝着我干什么？我又不是你们的爹！村长说你们两口子都面朝西才对，都面朝西，都给我面朝西！这一回，米仙红明白是什么意思了，又拉了一下自己女人也让她面朝了西，村长米菜籽要米仙红两口子面朝西鞠三个躬。人们便都笑起来，觉得这太像是结婚场面了，这时便有人从下边上来看热闹，却给村长米菜籽赶鸡样赶下去，说你们还真想让老米家的房顶塌了？村长说仙红你和你女人是给你们那块地行礼呢，要行得整齐些才是，要听我的口令才是，好了，你们开始吧，一二三，不行，一二三，还不行，一二三，不行，一二三，他妈的你俩儿再行一次好不好？村长米菜籽已经真正的兴奋了起来，挥舞着双臂把米仙红和米仙红的女人又拢到了一起，村长米菜籽一兴奋别人就更加兴奋，这就让米仙红家的房顶上突然有了某种节日的气氛。米仙红的女人突然害羞得了不得，不停地笑，弯着腰，靠着米仙红，她怎么也行不好那个礼，所以就行了又行，行了又行。狗日的，我把你个狗日的呀！米仙红在心里欢快地叫着，他想起了自己结婚时的情景，即使是结婚，当时也没有这么热闹过。米仙红行完礼，又在村长米菜籽旁边坐下，村长米菜籽对米仙红说刚才刘青水那杯酒你还慜不慜？米仙红说快别慜了，别慜了。村长米菜籽说我就知道你不想慜了，你是舍不得你的酒，酒算个啥球东西！我家有的是酒，要不要让人去取！足够，足够。米仙红忙说。咦！村长嘴里说了一声“咦”，两眼看定了米仙红：不过那狗日的家里可能酒更多，你以后跟那狗日喝酒的时候是不是更多，老米你说呢？村长米菜籽把脸一侧，把脸搁在自己的肩头上，看着米仙红。村长米菜籽这么一说，米仙红就知道村长的意思了，忙把自己的酒杯端起来，米仙红说那狗日的酒再好也比不过村长你的酒，再说没有村长也不会有这杯酒。米仙红一仰脸，一口气把自己杯里的酒干了。他妈的，你这样子不像是喝自己的酒啊。村长米菜籽笑着对米仙红说，这才转身对另外那些人说：好啊，大伙儿喝吧，这可是喝的人家仙红的酒，仙红的事，大家谁都不能耍弄。村长米菜籽坐正了，这就示意大家真的可以开喝了，酒桌上的人们这才开始纷纷喝酒。那狗日的到底是个谁？乱纷纷的，喝过许多酒，人们都已经兴奋起来。刘青水从另一桌摸过来敬村长米菜籽，敬完了酒不肯走，坐在那里问村长米菜籽。米菜籽只把脸一侧，把笑平在脸上，看着刘青水，把手里的杯慢慢放下，又把手慢慢抬起，把手伸到自己的衣服口袋里，手进去，那个小手机便给从口袋里取了出来。村长米菜籽把手机递给刘青水，拿着，你给我打。村长米菜籽对刘青水说。刘青水酒量不大，且又多喝了，接了手机，笨笨地看着村长米菜籽，说：给谁打？给谁？村长米菜籽看着刘青水，说：你不知道给谁？你不是想问问那狗日的是谁？村长米菜籽这么一说，人们就都笑了起来。再说，你也问错了人，以后要问，你就直接问老米。村长米菜籽看看米仙红，又说。米仙红又吃了一惊，忙又罚自己一杯。我问你，明天起马铃薯，用不用我帮忙？米仙红喝完这酒，村长米菜籽又笑笑地问米仙红。结果是，米仙红又喝了一杯，只说这杯酒是谢村长的。那亩半马铃薯，我和我女人夹泡尿也收了。米仙红说。

四

米仙红和自己女人下了地，米仙红穿了那双军用胶鞋，米仙红的女人也穿了一双军用胶鞋，天不下雨，两个人都还穿了雨披，天捂热捂热的，两个人去起地里的马铃薯。米仙红的女人一直咕嘟着嘴，从早上起一直咕嘟到这天下午，从马铃薯地这头儿一直咕嘟到地那头儿，一亩半多的地，米仙红和他女人多半天就起完了，前几天刚刚下过雨，地里是潮润潮润的，所以这马铃薯就极好起，刚刚从地里起出来的马铃薯甭提有多好看，那紫紫的颜色是鲜亮，但也只是马铃薯刚刚被从地里起出来的时候，给太阳一晒，鲜亮的马铃薯马上都变得灰不溜秋。米仙红和他女人起马铃薯的章程是先一个劲地拉马铃薯蔓子，一个劲儿地把马铃薯用耙子从地里耙出来，然后再慢慢慢慢把地里的马铃薯往袋子里装，收到下午，地里便完全是另一种样子了，这片马铃薯地好像是兵败如山倒的战场，昨天的鲜灵和好看一下子都不见了，放眼望去是遍地的马铃薯蔓子，是遍地的还没完全长足的马铃薯。一只花冠子戴胜可高兴坏了，在马铃薯地里飞来飞去啄食随马铃薯给起出来的那种肥白的虫子。到了下午，米仙红和他女人快收完马铃薯的时候，村长米菜籽在地头出现了。村长米菜籽先是在米仙红的地周围转了几个圈儿，然后就直接穿过地走过来了。村长米菜籽毕竟是村长，他办事向来利索，他站稳了，叉着腿，用手摸了一下脑门儿，放下，又抬起来摸了一下脑门儿，又放下，然后才对米仙红说：仙红仙红你先停停手，我跟你说句话。村长米菜籽也不顾米仙红的女人在不在跟前，也不顾她咕嘟不咕嘟嘴，村长米菜籽对米仙红说你前几天不是去医院检查身体，医院的结果出来了，你肝上有毛病，所以种地的事就没你的份儿了，那狗日的说你既然有病，病菌弄到蔬菜上怎么办？问题是那狗日的身体比谁的身体都重要，所以只好再找地让别人种。村长对米仙红这么说着，手里已经把一个医院的条子给了米仙红，另一只手呢，怎么说，也已经从衣服口袋里掏出了一沓票子，村长米菜籽把那沓票子在手里拍拍，然后也给了米仙红，说这钱也够你这一片马铃薯的收入了，你这一片地打死了也卖不了一千。村长米菜籽说这可是一千，那狗日的有的是钱，马铃薯起了就起了吧，你他妈还可以给自己种些秋菜。村长米菜籽一下子转过了身子，对米仙红的女人说：你个妇联家的，你咕嘟个嘴做什么？一千块钱，这一片马铃薯你能收入一千？秋菜收了也还不是个钱？加起来，是多少？新马铃薯也下来了，晚上，我可要到你们家喝新马铃薯粥。村长米菜籽又转过身子，对着米仙红，说他还有事，当村长就有办不完的事，村长米菜籽说他马上就要去办事，说那狗日包菜地的事你们俩儿可谁也不能跟别人说，那狗日的可不是个一般人，那狗日的，是太有钱，太有钱的人就是谁也不敢惹的人，但那狗日的也仁义，你看看，人家不要你给人家种菜了，人家还不是照样给你一千，不但给，还多给，就是，不知道，人家还会不会再看上咱们村的地？会不会再在咱们村包块菜地专门给他种菜吃。村长米菜籽看看米仙红，说：妈的，你怎么就不迟不早有了病，妈的，那狗日的也是，那狗日的是吃菜呀还是吃人肝儿呀，既然是吃菜，肝儿有病还能把病传给菜？村长米菜籽忽然大声笑了起来，也不知道想起了什么。米仙红的女人这会儿不咕嘟嘴了，她把那一千块钱已经数了不知有多少遍了。米仙红看着村长米菜籽往地头那边走，他忽然很想追上去问一句，要是自己看好了病，还能不能给那狗日的种菜地，自己的这片地可是片好地。米仙红站在那里有些发愣，这时候忽然就听到了自己女人的哭声。米仙红的女人又把钱数了数，张了张嘴，又张了张嘴，终于激动得忍不住哭泣了起来。管他呢，愿让咱种不让咱种，怎么说咱这马铃薯地也要种菜了。米仙红看着自己女人，觉着自己的嘴唇很干燥，但他没有伸出舌头去舔自己的嘴唇，干燥就让它干燥吧。管他呢，管他什么种菜不种菜。米仙红又说，这话是什么意思呢？什么意思也没有，一点点意思也没有，有一点点意思也不是米仙红的意思，那也只能是地的意思，地里的马铃薯既然已经起了，就只好种些秋菜了，到明年，地里种什么再说，今年秋天，这片地注定只能是菜地了，什么是菜地，菜地就是他妈种菜的地。

走到地头的村长米菜籽这时候忽然又走了回来，他回来也没别的事，他只想对米仙红再重复一遍自己刚才说过的话：记住，那狗日包菜地专门给自己种菜吃的事你可别对任何人说，这是那狗日安顿的，人家不想让人们知道这事。记住，别说，有人问你也别说。村长米菜籽想了想，又看了看西边，又说：谁让人家是那边的矿长，你知道不知道，是矿长，比乡长，区长，怎么说，都他妈有钱！要不，人家怎么能在村里包片地专门给自己种菜吃。

（原载《花城》2006年第1期）

作者简介：

王祥夫，辽宁抚顺人，现居山西大同。著有长篇小说七部，中短篇小说集六部。曾获得首届、二届赵树理文学奖，第三届鲁迅文学奖。中国作家协会会员，国家一级作家。

青　牛

李约热

我喜欢在水底看太阳。

憋一口长长的气，然后扎下去，抱住水底的岩石，抬头看天。

天像一张蓝绸，柔软地在我眼前飘动，而那个太阳，她全部的光辉已被河水吸干，很舒服地亮着，像梦里的一盏灯。我想在这盏灯的光亮中睡去，但是根本不能，因为我很快就憋不住了，那口气很快就耗完了，我在胸腔就要爆炸的时候蹿出水面，像一条小鱼，被追赶着来到另一个世界，然后，被这个世界的光亮扎得眼睛生疼。

这只是我瞬间的感受。当我远离河水，我就把这些忘了，什么飘动的蓝绸啊，什么梦里的灯啊，什么被追赶的小鱼啊，全都没有了。

更多的时候，我在单位的院子里，对着挂在桃树上的沙袋猛捶。我的朋友韦江告诉我，当你不间断地捶上一百天之后，你的拳头就无坚不摧了。我已经捶了 50 天，我还要再捶 50 天。捶了 50 天的沙袋之后，我的手有事无事都喜欢在胸前晃动，像随时要给什么东西来上那么两下似的。单位里的老同志问我，你的手怎么啦？我说，没什么，手这样放比较舒服。

这样讲不久，我就开始了难忘的一次经历。

这次难忘的经历是从韦江骂人开始的。

那天，韦江躺在乡卫生院的一张病床上，骂一个叫蓝月娇的女人。他的右腿缠着绷带，左手扎着输液针——葡萄糖和青霉素一面流进他的身体，他一面骂蓝月娇。他不停地骂，把自己弄得很累，就是医生也不能使他停下来。

头天晚上，韦江跟工作队的几个人一起，去蓝月娇家，要带蓝月娇回乡里结扎。当他们走了四个小时的山路，来到蓝月娇家把蓝月娇带走时，蓝月娇夺路而逃，把离她最近，一只手已经抓住她裤腰带的韦江推下山坡，使他躺在乡卫生院这张冰冷的病床上，变成一个断腿的人。

韦江说应该把蓝月娇抓来结扎两次才解恨，而且，不要打麻药。韦江恨不得变成那个给蓝月娇做结扎手术的人。作为他的朋友，我也恨蓝月娇，你跑就跑嘛，干吗把人推下山坡？你已经结婚，孩子也生了三四个，结婚的滋味早就尝透尝够，而韦江，女人是什么回事他还不知道呢，万一就这样一去不回头，岂不是亏大啦?！这个蓝月娇真够坏的。

我不知道怎样安慰韦江，只是跟在他后面骂，他骂一句，我骂一句，他骂一句，我骂一句，时间一长，就像两人在对骂，把送药的护士都逗笑了。

后来我觉得帮韦江骂蓝月娇也不是个办法，韦江是我的好朋友，他的腿都断了，我单单帮他骂几句好像有点对不起他，我得为他做点什么。

我一咬牙就参加了工作队。

我要亲手抓住蓝月娇，完成韦江没有完成的事情。

我踩着我的那架红棉牌自行车吱吱呀呀地到工作队报到，并在第一时间跟他们说出我想亲手抓住蓝月娇的心愿。可是没等我说完，他们就笑了起来。笑得最响的是老张——他笑得跟咳嗽一样。老张说，小李，刚刚参加工作队你就想找到蓝月娇，哪有那么容易的，我都参加三年了，每一年都被派去找蓝月娇，可到目前为止，蓝月娇长什么样我都不知道，她是我们乡的头号钉子户，乡长说了，找到她，顶三个结扎指标。

我说，她这么厉害？难道她有什么过人的本事，找了三年都找不到？

老张说，她打着赤脚抱着一个孩子在山上跑，你能吗？

我的脑海里马上出现一个长发遮面，健壮无比，怀抱婴儿，疾走如飞的女人，她裸着上身，下身缠着树叶，一面跑一面发出呜呜的叫声。我想，如果我出现在她的面前，没准她会毫不犹豫地撕下我的一只胳膊当甘蔗啃了。我自然没有什么好说的，乖乖地站在一边，听他们说关于她的一些事情。

工作队除了老张之外，还有老刘和老兰，这几年他们一直都在找蓝月娇，可最终就像老张刚才说的那样，他们连她长什么模样都不知道，不但不知道，而且还吃了蓝月娇给他们制造的苦头。

说到吃蓝月娇的苦头，老张和老兰捂着嘴笑了起来，边笑边看老刘。

老刘似有什么难言之隐，也跟在他们后面无奈地摇头笑了。

老刘，把帽子脱了，给小李看看你的头。老张的“咳嗽”停下来后，叫老刘脱帽给我看。

现在是秋天，离戴帽的日子还长着呢，可老刘却戴着一顶解放军帽，刚进来时我就纳闷，以为他病了。原来他帽子底下有故事。而且这故事肯定和蓝月娇有关。于是我就等着老刘脱帽。我很想知道老刘的头到底跟蓝月娇有什么关系。

老刘当然没有脱帽，只是不好意思地笑着。后来我才知道他的头到底是怎么一回事。

事实上老刘那一次已经将蓝月娇带到半路了，而且还和她进行了长时间的交谈。天很黑，为了防止蓝月娇半路上跑了，工作队将一根绳子缠在蓝月娇的腰间，然后将绳子的另一头交到老刘手里，工作队继续去找其他对象，让老刘把蓝月娇牵回乡里。一路上，老刘和蓝月娇就有了交谈。

蓝月娇说，大哥，我们两个一个走在前面，一个走在后面，真像两公婆走夜路赶圩。

老刘说，你想得美，你怎么不说我在牵着一头牛，一头母牛。老刘这么一说就把蓝月娇噎着了，她不得不哀求：

大哥，放了我吧。我保证不生了。

老刘说，你以后生不生不关我的事，你现在老老实实跟我到乡里就行了，你不要求我把你放了，放了你我就犯错误啦，最轻最轻的处分是开除留用。

蓝月娇又说，你就说是我自己跑的，不关你的事。

不关我的事？他们把这根绳子交到我手里就关我的事了，你是女的，我是男的，你跑了，他们肯定怀疑我得了你什么好处。老刘说。

蓝月娇迅速从老刘的话里得到启发，她说，大哥，你想不想得到好处呀？蓝月娇的声音轻柔无比，一点都不像一个要去结扎的人。果然，一只蚂蚁就爬在老刘的心上，但是这只蚂蚁很快就被老刘拍死了，他说：

我的老婆是老师！

老刘是用当老师的老婆来拍死那只蚂蚁的。每当他意志不坚定的时候，他都用老婆来鼓励自己，在野马乡，有一个当老师的老婆是多么的幸福和骄傲啊。老刘想，蓝月娇根本没有办法跟自己的老婆比，她是个什么人啊，她一年生一个，连超三胎，身上早就没有什么“水分”。蓝月娇想在这个漆黑的夜晚抬高自己的身份，然后达到逃脱的目的，老刘当然不上她的当。他手中的绳子拽得更紧了。

蓝月娇又说，我老公说我很好。

老刘不明白她说话的意思，他连蓝月娇长什么样都看不清楚，他问，好在什么地方？你好不好关我什么事?!

蓝月娇说，你看一看我的脸就知道了。你有手电筒，你照一照我的脸不就知道了吗?!

老刘有些好奇，他想打开手电照一照蓝月娇的脸，难道她全部的秘密都在脸上不成？难道她真的长得像仙女？但是他很快就打消了这个念头，她的脸有什么好看唷，都生了四个孩子了，再说，有规定不准打手电，怕超生对象的亲戚发现了过来抢人。

老刘说，蓝月娇，我承认你是天下第一美女，不，你是仙女，你是刚刚下凡的仙女，得了吧，你不要再跟我说这些没用的话了，只要你好好走路，不出什么意外就行了。老刘抖着手中的绳子，像在教训不听话的牛。

蓝月娇不再说话。

老刘说，这就对啦，我跟你没有什么好啰嗦的，你还是安心走你的路吧。

又安静了一下，但是仅仅是一下，蓝月娇似乎在利用这安静的一下来想问题，想好问题之后，她又说话了。

大哥，我要屙尿。

老刘的心咯噔了一下，他意识到他遇到了新情况。但是这样的情况显然难不倒他，天那么黑，反正我什么都看不见，管她要干什么，她就是脱光衣服在我面前我都无所谓，只要这根绳子紧紧地抓在自己手中就行。

屙吧。他说。

蓝月娇就蹲下了。

这荒郊野岭，就有了流水的声音。

听着流水的声音，老刘觉得有点不对劲。妈的，蚂蚁又在心头出现了，而且不止一只。紧接着，他的腰间热乎乎的，好像那里绑着两块正在加热的铁，这两块铁越来越烫，像被放入冰冷的水中那样，刷刷地冒着热气，这热气使老刘很快就支持不住了。蓝月娇还真有一套，她在这个散发着寒气的夜晚放了两块滚烫的铁，使这个夜晚变得潮乎乎的。老刘慌乱地拍打他心上的蚂蚁，他又搬出他当老师的老婆，可这次根本就不管用，他老婆被漫天蒸腾的热气遮了个严严实实，他的手在不知不觉间收网似地收那根绳子，一圈一圈地绞在自己的手上，但是他觉得这根绳子根本不是在他手里抓着，而是在蓝月娇手里，这个蓝月娇，她在收网呢，要不然，自己为什么一步步朝前面移去呢。他已经站在蓝月娇的身后了。

这时候流水的声音没有了，蓝月娇站起来。大哥，走吧。她说。

但是老刘发现自己已经走不动了。

大哥，你怎么啦？蓝月娇回过头，轻轻地说，她嘴巴的热气喷在老刘的脸上。

老刘再也受不了啦，他抱住了超生对象蓝月娇。

你是仙女，你真的是仙女。他说。

蓝月娇似乎早就等待这个时候的到来，她毫不犹豫地放声大喊：

工作队要流氓啊！工作队要流氓啊！

老刘的脑袋嗡地响了一声，心头一紧，瘫跌在地。

蓝月娇乘机逃脱。

从那以后，不论春夏秋冬，老刘都戴一顶军帽，他为什么要戴帽，因为那天晚上之后，受到惊吓的他头发就掉光啦，他的头肉红肉红的，看起来很吓人。

老刘的故事是老张跟我说的，他说，蓝月娇一泡尿就放倒了老刘。你们说她厉害不厉害?!

开始我不相信，以为这是谣言，但是老张说，不信你去问老刘，这些都是老刘主动跟工作队说的。我跑去问老刘，老刘说，他们没有骗你，这都是真的，你不要学我，好好去找蓝月娇。我一下子就觉得老刘非常可爱，这是他妈的家丑啊，哪有自己把自己的破事都主动跟组织说的，藏着掖着还来不及呢。老刘太可爱了，把自己当反面教材教育其他人。如今还有这样的人，我的心暖烘烘的。让我感动的还有工作队的领导，他们不但不处理老刘，还继续把寻找蓝月娇的光荣任务交给他，什么叫信任，这就叫信任啊。我眼圈都红了。发誓一定要抓到蓝月娇，替韦江和老刘出一口气，另外顺便看一看，蓝月娇到底是不是仙女。

老兰是我们的领队，他的肩上经常挎着一个电喇叭，这个电喇叭除了拿来跟群众喊话之外，还储存有几首电子音乐，《在希望的田野上》、《妈妈的吻》、《大海啊故乡》，老兰最喜欢听《大海啊故乡》，但是，《大海啊故乡》偏偏排在第三，要听《大海啊故乡》，你必须听完前面两首，往往听完前面两首，电池就不够了，《大海啊故乡》的调子就变得黄不拉叽的，这个时候，老兰就骂，他妈的，电池又没有了。然后啪的一声，就关掉了。

这一天，我们四人在尖声尖气的音乐声中上路了。有可靠消息，蓝月娇又回到了家中，现在是十月份，她要回家收黄豆。

这次不能让她跑了，老兰说。

老刘走在队伍的最前面，刚走一会儿，他的帽子就开始流汗了，可他并没有摘掉帽子擦汗，而是拿毛巾在帽子和头颅的交界处一圈一圈地擦，像工人认真地保养一个容易生锈的零件一样，不厌其烦。我摸了摸我一头浓密的头发，心想，说什么也不能像老刘一样。

走了两个钟头的山路。音乐早就没有了，不是没有电池，而是老兰说要节约着用，不要到该喊话的时候电池没了影响工作。这两个小时，有半个小时我们听音乐，另外一个半小时我们听各种各样的鸟叫，老兰老刘老张真不愧是老家伙，一有鸟声响起，他们就能说出鸟儿的名字，如果意见不统一，他们就争论，要不然干脆捡起石头朝树梢投去，看飞起的鸟是不是他们说的那种鸟。三个老家伙互相抬杠，大呼小叫的，很是热闹。只有我一言不发，一门心思想着怎么样才能找到蓝月娇。在来之前，我们就设计了怎么样才能找到她，第一个地点我们选在黄豆地。蓝月娇家的黄豆地在一片峭壁之下，只要我们迎面冲过去，她就束手就擒，除非她长翅膀。第二个地点在她家，她家的四周是密密的树林，我们四个人从四个方向悄悄靠近她家，一下子就堵住她家前面和后面的门，这样她就跑不掉了，除非她家有地洞。第三个地方……没有第三个地方，如果前两个地方我们找不到她，那我们只好灰溜溜地回来。这是我最不愿看到的结局。

这段时间，我想得最多的是，如果工作队把蓝月娇交给我带回乡里我该怎么办？我不会犯老刘那样的低级错误，我会在绳子的这一头，将自己紧紧地绑起来，她走一步我就走一步，如果她胆敢要什么花招，我就一拳将她打翻在地，不管犯什么错误，先打翻她再说。

走了两个钟头的山路，我们来到了蓝月娇家的黄豆地附近。我们没有偷偷摸摸，一来我们做的是正经的工作，没有必要偷偷摸摸，二来蓝月娇家的黄豆地地势险峻，就是蓝月娇远远地看见我们，要跑也来不及了。

老兰说，前面就是蓝月娇家的黄豆地，那里好像有人。

我们顺着老兰的手指朝蓝月娇家的黄豆地望去，那里果然有人，一二三四，一共有四个人，都在那里收黄豆。我死死地看着那四个人，猜他们中谁是蓝月娇，但是我很快就失望了，因为那四个人刚刚长得和黄豆秆一样高，他们是小孩。

那里没有蓝月娇，那里只有小孩。我们四个人都清楚这一点。他妈的蓝月娇，她不在这里收黄豆，而是让她的孩子来收，是不是她晓得我们要来找她呢？我们朝她的四个孩子走去——她们看到我们，就停止收黄豆，最小的那个估计只有三岁，她首先喊了起来。当时我不明白为什么是她先喊起来而不是她的姐姐们先喊，后来一想，这个小姑娘，从满月以后就一直都被她的妈妈蓝月娇抱在怀里，翻山越岭，四处躲避工作队的寻找，从小就练就超人的感觉。现在，我们至少离她还有几百米，她就喊起来了：

妈，妈，他们来了！妈，妈，他们来了！她的声音，在山间回荡。

坏了！我心头一凉，放开步子朝小姑娘奔去，我要将她的嘴巴紧紧地封起来，不但这样，我连扇她一记耳光的心都有了。但是没等我跑近我就被老张他们喝住了：回来，我们赶快去她家！

我们四个人飞一样地朝蓝月娇家跑去，不用说，肯定是我跑在前头。这时候的我绝望得很，我想蓝月娇听到她女儿的叫声之后肯定在第一时间夺门而出。我们往她家跑去是为了证明我们的猜想是否正确。

果然，蓝月娇家大门紧锁。那个永固牌锁头还一晃一晃的，肯定是刚锁上不久。我上去咣的就是一脚。蓝月娇家的大门挺坚固的，踢过之后我反而后退了几步。我们四个人在她家门口喘气，非常的不甘心。

老兰不小心碰响电喇叭，《在希望的田野上》尖声尖气地响了起来。老兰恼火地摁灭了音乐，说，他妈的，又让她跑了。他的眼睛东瞧瞧西看看，典型的六神无主。

老刘说，她肯定在附近看着我们，而且一边看一边笑。

老张说，你怎么知道她在附近看我们，而且一边看一边笑？

这还用说吗，她在等我们走，然后继续去收她的黄豆。老刘是我们当中最了解蓝月娇的人，为此他付出了光头的代价，所以我们对他的判断深信不疑。当时我就恼了，我抢过老兰的电喇叭，朝着附近的树林，声嘶力竭地喊：

蓝月娇，你出来！蓝月娇，你快点出来！

我喊了十遍。老刘老兰老张并不拦我，只是相互间看了一下，从他们的神态我看出，他们根本不相信我能将蓝月娇喊出来，他们认为我在喊累之后会自动停下来，然后变得和他们一样六神无主。其实我自己也不相信我能将蓝月娇喊出来，我之所以要喊是因为我是一个年轻人，我得和这三个老家伙有所区别。

蓝月娇没有出来，倒是村里的人都出来了。这下我有点慌了，我以为他们要出来跟我们打架。但是当他们走近时我就放心了，大多是老人和女人，有几个年轻的小伙子，穿着皱巴巴的西装，瘦怏怏站在他们中间，一看就是外出打工生病了，回家自己拣草药吃的那种。他们对我构不成什么威胁，他们是来看热闹的。于是我决定继续喊，我不管村里人离我们很近，仍然举着电喇叭：

蓝月娇在哪里？你们有谁知道？

没有一个人回答我。

于是我决定一个一个问：

你知道蓝月娇躲在哪里吗？我将这句话重复了二十遍。

迎接这句话的是二十颗摇动的头颅。在他们摇头的过程中，我想接下来我该怎么办，因为我现在的这个模样就像是老张老兰和老刘他们三个老家伙的领导，每问一个人那个人就必须对我摇头，感觉很是不错，虽然没有问出什么。我想这时候如果我把电喇叭交给老兰，就显得我很没本事。我决定，只要老兰没有跟我要电喇叭，我就会滔滔不绝地喊下去。让眼前的这群人彻底地记住我，也让那个躲在附近看我们笑话的蓝月娇彻底地记住我。

我真的这样做了。

我在那只电喇叭前唾沫横飞，声音高亢洪亮，整个村庄全是我的声音。只是那群村民面无表情。我喊的内容他们都很熟悉，所以他们根本就听不进去。我们的老兰老张老刘也面无表情。他们也不知道站出来配合我一下，比如递水壶过来给我让我润润喉什么的，他们似乎在看我的好戏。当我脑子里闪过这个念头时我看了他们一眼。本来我是想喊完一段话后就停下问我们实际上的领导老兰一声我们应该怎么办。但是我发现他们三个人都看着我，一副事不关己的样子。我就有点生气了。这难道是我一个人的事情吗?！他们一副怕麻烦的样子，如果现在村里人有谁冲上来扇我一记耳光他们肯定不帮我。我想如果我停下来问老兰我们应该怎么办我就是个不折不扣的孙子。我决定就是他现在跟我要电喇叭我也不会给他了。我不能停下来。

我又将喊过的话重喊一遍。

没想到我没有喊累，倒是村里人听累了，他们纷纷转身离去。我一下子就没有了听众。这时候老兰老张老刘就笑了起来。他们似乎在等待这个时刻的到来。

人都没了，我还朝谁喊？我不得不停下。我口渴得厉害，我得先喝水，但是水壶挂在老兰的身上，我不得不走过去跟老兰要水喝，同时不得不将电喇叭交给他。他摁响音乐，音乐黄不拉叽的，电池都被我喊完了。他从包里拿出新电池换上，一试，音乐嘹亮。

老兰说，我们开个会。一说开会，我们几个人的神情顿时就庄重起来了，确实是这样，在这个世界上，再也没有什么比得上开会更让人神情庄重的了。我们四个人就坐在蓝月娇家的门口开会，会议的议题是，是留下来继续找蓝月娇还是回去？当老兰把这个问题提出来后，他们三个人都约好了似的看着我，火辣辣地。我顿时明白，原来他们是在考验我这个刚学唱的嫩鸟、初下河的绒毛鸭仔。这三个老家伙，我今天如果不做出点什么来，他们肯定会小看我，在他们眼里，我肯定不如被蓝月娇推下山坡光荣骨折的韦江。一想到韦江，我全身的血就慢慢地往头上涌。为了他也为了我，说什么今天也要把蓝月娇找出来。

不能回去，今天一定要找到蓝月娇！我吼了起来。

怎么找？分头到树林里去找？老刘说。

我没有回答，因为分头到树林里去找几乎就是天下最傻的事情。

还是在这里死等？老张接着说。

我还是没有回答，因为在这里死等也是一件很傻很傻的事情，跟到树林里去找蓝月娇一样傻。

那就只有回去了，散会！老兰说，他站了起来，很失望的样子。

我明白，老张老刘老兰，这三个老家伙，像三个老师，在逼着我这个学生说出正确答案。我豁出去了。

砸她家的门！把她家值钱的东西拿走！

我终于将这个正确的答案说出来了。

我的血在胸腔里流得太快，水一样地呛了我一下，我竟在蓝月娇家的门口咳嗽起来。我看见老张老刘老兰的眼睛里放射出光芒。看得出，他们比我还需要这个答案。特别是老兰，我现在简直是他最喜爱最有出息的好学生。

不行，老兰说，主要是做工作，要以理服人……

你别说了，这些我都知道。我打断老兰，防止他说一些假惺惺的话，浪费我的时间。你们走吧，等下发生的事和你们无关，和工作队无关，出什么事我个人负责。我像一个掩护战友撤退的英雄，朝他们挥了挥手。

我以为他们会假惺惺地劝我一番，没想到他们三个人相互看了一眼后，就很听话地走了，临走时，老兰将换上电池后还没有使用过一次的电喇叭交给我，他说，给，你可能用得着它。但是我觉得现在我已经用不着它了。我已经懒得再和蓝月娇喊些什么，我要做的就是砸开她家的门，把她家值钱的东西拿走，然后就在乡里等她去认领自己的东西，我不会马上就把东西给她，她首先得去计生站结扎，然后我才把她的东西给她。

他们三个人很快就看不见了，我知道，他们肯定没有走远，肯定像蓝月娇一样，埋伏在附近的地方，当我需要他们的时候，他们就会及时出现。后来我知道我错了，当我一个人在蓝月娇家折腾时，他们早就踏上回乡里的路，其实他们在躲瘟疫般地躲着我，因为我现在已经不是一个工作队的队员，而是一个准备去砸别人家门的小混混。如果我被村里人乱棍打死，都不会有人来看我一眼。

我动手了，我换了五块石头才将蓝月娇家的门砸开。砸开门后我倒吸一口凉气，她家里只有两张床，床上堆着破衣服，连蚊帐都没有。就这两张床，竟然有一扇很结实的门来保卫，害得我用了五颗石头。后来我才明白，蓝月娇之所以用一扇结实的门来守护她只有两张床的家，是为了能在这里一而再再而三地超生。进了门之后，我看了看两张床，猜想哪一张床是蓝月娇和她男人的。但是我猜不出，我干脆把两张床的八条腿都干掉了，跟门不一样，蓝月娇家的床根本就不堪一击，瞬间垮在地上，像睡死人的“矮床”。我们这个地方，一个人在弥留之际，家人就把床腿锯掉，让他（她）躺在上面，接一接地气，集聚力量好上路，这样的床我们叫“矮床”。

我把蓝月娇家的床弄成“矮床”之后，就无事可干了，因为她家根本就没有什么东西值得我拿走。她家的火灶还在冒烟，我走过去看火灶上面的饭锅，饭锅里的玉米粥稀得能当镜子照。蓝月娇和她的男人就是吃着这样的东西一而再再而三地超生的，我想，现在是秋天，就吃这么稀的东西，到了冬天怎么办？估计他们家要吃草了。想想他们对蓝月娇的描述：她能打赤脚抱着一个小孩在树林里奔跑如飞，我认为就是吃草蓝月娇也能生孩子，我认为就是吃草蓝月娇也能把草吃得津津有味。

这时候我听到了牛叫。开始我不相信蓝月娇家有牛叫，我以为我在想蓝月娇怎样吃草的时候我的耳朵产生幻听，但是连续几声，我就兴奋起来了：

蓝月娇家有牛！

我像一个口渴的人突然看到水滴一样，朝发出声音的地方走去。

我要将蓝月娇家的牛牵走，只要我把她家的牛牵走，到时就不是我找她，而是她找我了。只要她来找我，我们组的指标就超额完成了。

那是一头半岁的水牛，灰中带青，这样的牛应该跟在母牛的身后，在山坡上吃草，现在却孤零零地在蓝月娇家里，成为蓝月娇家唯一的活物，有点可怜，但是我管不了那么多，我身上结了一层细细的盐巴，我要赶紧把这头青牛牵走，等蓝月娇来找我之后，我要跳进野马河将细细的盐巴洗掉。

青牛太小，还没有穿鼻子，要牵走它得先穿鼻子。我找来一根铁线，在青牛的旁边用石头将铁线的头捶尖，然后扎了个马步，做出打架的姿势要跟青牛决斗。因为穿鼻子肯定很疼，初生的牛犊连虎都不怕，还会怕我?！它不将我踢翻才怪。我拿铁线的手有点打抖。

没想到，青牛竟在我面前卧下了。它知道我要干什么。我的铁线轻轻一碰，噗的一声，就穿破了它的鼻子，它的两个鼻孔之间像隔着一层纱纸，我根本就没用什么力，就穿破了它们。青牛的鼻子滴血了（这血一滴就没完没了，一直滴到乡里。后来蓝月娇就是沿着血迹来找她的牛的）。我迅速将铁线弯成一个圈，然后去拆蓝月娇家箩筐上的绳子，将绳子在铁线圈上绑了个死结，一拍青牛，青牛站起来，被我牵出了蓝月娇家的门。哞——哞——哞，它叫着，我紧握绳子，在它的前面走，就像是它的主人。

一路上青牛叫声不停，嫩声嫩气的，我嫌它走得慢，这样年纪的牛，应该对道路充满好奇，它的四条腿，应该放肆地在山路上狂奔，鼻孔因此而粗粗地喷出青草的气息，而现在，它像头老牛，被我牵在手里，慢腾腾地走着，鼻子的血也没有激怒它。我甚至在它身上打了两下，它除了哀叫，还是哀叫。

我刚牵着牛来到乡里，蓝月娇就跟来了。这是我第一次看见她。她的脸很小，但是眼睛很大，她的身子娇小，但是乳房很大，一放粗气乳房就颤动。她属于很能生养的那种人，一点都看不出漂亮在哪里。现在她像被人打了一拳似的，萎缩在我眼前。我知道我赢了。我跑出工作队的办公室，朝老兰老刘老张的房间喊：蓝月娇来啦！蓝月娇来啦！但是没有一个人出来理我。我看见老刘的房门裂了一道缝，门缝后面一双眼睛亮了一下，但是门很快又关了个严严实实。活该他光头。

我被众人簇拥的场面没有出现，因为他们都看见了那头鼻子滴血的青牛，他们都害怕这头被我穿鼻子的青牛，它被绑在一棵松树下，默默地看着我的办公室。我想工作队队员的心里面现在肯定是高兴的，因为蓝月娇这个全乡头号钉子户终于找到了。她一个人就顶了三个结扎指标，真是幸福得很。他们肯定希望我这个小混混再乘胜追击，将蓝月娇带到手术台上，之后万事大吉。但是现在我偏不，因为我有一肚子的话要跟蓝月娇说。

我回到办公室，对蓝月娇说，跑啊，你怎么不跑啦？她动都不动一下，像听不懂我的话似的。我决定先跟她讲老刘怎么光头的事情，来说明我穿青牛鼻子的必要性。我把老刘讲得很惨，不光头发没了，而且大小便失禁。在说的过程中，蓝月娇仍然动都没有动一下，好像老刘的头发是自己掉的，跟她没什么关系一样。我又说韦江被推下山坡的事情，她也依然如故，好像韦江是没事自己跳下山坡一样。没办法，我只好带她去结扎。刚要出门，韦江拄着拐棍来了。

我没想到韦江会来，这个叫我一百天不停地捶沙袋将自己的手练得无坚不摧的家伙拄着拐棍朝办公室走来，我急忙把办公室的门关起来。韦江将办公室的门捶得山响，就像我当初捶蓝月娇家的门一样，他边捶边骂蓝月娇，他说，说什么我也要扇你两巴掌。我叫他回医院，他不回，我们俩就争了起来。我说我已经把她家的牛牵来了，你还要怎么样？我说她都顶三个指标了你还要怎么样？要扇你就扇我两个耳光。韦江没办法，只好走了，临走，他用拐棍在蓝月娇家的青牛身上狠狠地敲了两下。青牛只叫一声。

蓝月娇刚进手术室，她的老公哭哭啼啼地来了，像家里死了什么人一样，看来他还想让蓝月娇给他生孩子。这个故事的主人公这么晚才出场引起我的愤怒，我想照他胸脯捶两拳，但是还没等我动手他就抱住我，将头埋在我的胸口，眼泪和鼻涕涂满我的胸膛，好像我是他久别重逢的亲人一样。

手术结束之后，蓝月娇跟着他老公回家了，后面跟着他们的青牛。这时候夕阳西下，他们真像种田回家的农夫农妇。

几天后，在菜市场，我看见蓝月娇的老公在卖牛肉，肉很少，一看就知道是那头青牛。我问他为什么把牛杀了，这么小。蓝月娇的老公说它自己死掉的，原来就是头病牛。说着，他手中的刀子起落四下，四只牛蹄就滚在地上。一只狗冲过来要啃，被早在一旁等候的乞丐阿黑拿棍子赶跑了。阿黑用一根竹篾将四只牛蹄穿在一起，然后高高兴兴地走了。蓝月娇的老公说，妈的，够他吃一天了。

很久之后的某个晚上，我梦见四只牛蹄。

当时我沉在水里，那四只牛蹄出现在我眼前，它们保持牛的姿势滑过水面朝我的梦境奔来。很快我就憋不住了，没等它们靠近，我就逃命似的钻出水面。

我不是一个好人。

（原载《上海文学》2006 年第 8 期）

作者简介：

李约热，男，本名吴小刚，广西第六、第七届签约作家，现供职于广西文学杂志社。

月亮的温泉

叶　弥

谷青凤种了二十亩万寿菊，这些菊花就是她的命根子。她的屋前屋后，屋子西面的小河边，小河对面向阳的山坡上，种的全是万寿菊。万寿菊有黄色、橙色、橙黄色。她偏爱橙黄色。她种的万寿菊全是橙黄色的。这里面有一个原因：当年在村口的大木桥上第一次看到丈夫的时候，他正从桥的那头走过来。在他的身后，太阳从一大片新鲜的橙黄色中升起，他与太阳一起浮在水汪汪的橙黄色中，人也像是通体透黄的。那情景到今天想起来，还是令她安心和喜悦的。

周围多少个村子，就数她的万寿菊种得最兴旺。这里的女人私下里传说，说她和菊花通着命呢。所以，不知道从什么时候起，别人都把她叫做万寿菊了。万寿菊万寿菊地喊，连她的丈夫都跟着别人叫她万寿菊了。村干部带着人来参观她的地，有时候干脆就说，她姓万，叫万寿菊。

她每天早晨天不亮就起，给一家人煮粥，上山去打猪草，到太阳出来时，她就把自己交给了二十亩菊花地。丈夫长得一表人才，会吹笛子，拉胡琴，唱得好山歌。但爱吃爱穿，不爱干地里的活。他吃过早饭以后，就一路吹着口哨出去闲逛。田里干活的人听到口哨声就说，可怜！万寿菊又是一个人在家里了。

吹口哨的男人经常是在外面吃午饭的，吃完了回来睡觉，睡完以后再出去。有时候中午也不回来，到晚上再回来。村里人说，他就是万寿菊放养的一只鸭子。

但是万寿菊不这么认为，万寿菊忙累了一天，最快乐的时候就是等他吃完晚饭后说，万寿菊，要不要我给你捶捶背？或者说，万寿菊，过来，让我给你松松肩吧。万寿菊一般都这样说：不要，我不累。你去躺着吧！万寿菊不爱说话，她一天下来总共说不了几句话。丈夫说她嘴巴只是吃饭用的，她是村子里最不会说话的女人。

谁是村子里最会说话的女人呢？

村子里最会说话的女人叫“芳”。前年，有人在月亮山里发现了一群温泉，据说这温泉的水含有十七八种微量元素。人若用它泡澡，保管延年益寿。这话谁都爱听哟！马上有人在深山里建了一家名叫“月亮泉”的温泉度假村，男男女女像蚂蚁觅食一样从山外蜂拥而至，脱下五颜六色的衣服，泡在热气袅袅的温水里，朦胧着眼睛，仿佛灵魂也跟着它飘上月宫去了。

“月亮泉”藏在重重大山里面，它的四周矗立着成千上万阴凉的参天大树。比它更多的是女人。一大群一大群的女人从山里或者山外赶来，她们就像树一样，在这儿长着不走了。芳是村子里最先去的，她去了不到两个月就回来探亲，穿着让女人们看一眼忘不掉的漂亮衣裳，嘴巴上涂着鲜艳的口红。

这下村里的女人都知道了，芳的嘴有许多用场，巧言令色，吃香喝辣，加上涂上各色口红。她说着就从小包包里掏出五六支口红，旋开来让大家看。你看，这是粉红，这是深紫，这是橙黄……涂了口红干什么呢？傻瓜，男人喜欢哟！他亲你嘴巴的时候心里会想着伊丽莎白泰勒的嘴。那么，谁叫伊丽莎白泰勒？傻瓜，你们连她都不知道哟？你们想赚钱，想知道许多事，那就赶快到月亮山的温泉去吧！

芳把那支橙色的口红叫一个女人带给了万寿菊。芳对带口红的女人说，你去告诉她，她原先是我们村子里最漂亮最心高气傲的女人。现在她活得值不值，心里清楚。她要是在背后骂我，我就笑笑，她要是扔掉口红，我就叹叹气。

口红到了万寿菊的手上，她尖刻地咒骂了一句，看也没看就扔进了猪圈。这一整天她都心烦意乱，听得见芳在她的耳边又是笑又是叹气的。她干不成地里的活，站在路口等丈夫。

等到天快黑了，丈夫悠悠地出现在路上，走路飘飘的，像个世外闲人。万寿菊小心地问，你总在外面……干些啥哩？丈夫瞪大了眼睛，梗着脖子说，你这么问是什么意思？万寿菊想让谈话显得轻松些，勉强笑了一声说，没啥事。就是今天特别想你！丈夫松了一口气，说，不过说真的，我也不知道在外面干些啥！万寿菊再问，那你为什么喜欢在外面？丈夫理直气壮地说，外面的世界比家里的好多了，你看咱村里的女人，除了老的少的，差不多都跑光了。这世道，谁还愿意留在家里？

他说着一连打了好几个哈欠。

喜欢外面世界的人还真是不少啊！自从芳回来以后，村子里的年轻女人鼓足勇气，学着她的样子，到月亮山的温泉去了。如今村子里的年轻女人只剩下了万寿菊。只有她还是过着一成不变的生活，守着她的满地菊花。

芳在温泉做了一年，又回来了。这是她第二次回来，与第一次又不一样了。她只回了一天，来的时候穿着一身金光闪闪的郁金裙子，去的时候穿着喜气洋洋的洋红套装。气派得就像一位省亲的皇后。虽说只待了一天，这一天可了不得，她策划着要把她的娘家变成麻将馆，要让她的哥嫂开小电影院，还要让她的弟弟做洗头房。她走了以后，这几件事都让她的娘家人做成了。村子里从此不分白天黑夜响着麻将声；邻村谈恋爱的男女不在野地里唱歌调情，而是跑到这边的小放映室里摸摸捏捏。洗头房里来了两个外地妹子，说不习惯本地的湿热天气，穿着吊带衫和极短的裙子，坐在玻璃门里，翘起光腿，敞胸露怀，还抽着香烟。她们把村里的小伙儿魂都勾走了。

这是后话了。

芳的那天傍晚，万寿菊的丈夫从屋外走进来，一脸严肃地说，我看到芳了，她坐在小车上，一个劲地朝我挥手，像县里的领导一样。想当初她除了会油嘴滑舌，哪一点比得上你？你看看她如今的气派。她把车子停下来，问你近来情况如何？如何个屁！我掉头就走。我跟她怎么说你？你看看你现在的样子，不要说和她比，就是和你自己以前比，都是不能比的。你不把自己当回事了，也不把我当回事了。

万寿菊愣了片刻，凄苦地问，我怎么不把你当回事了？丈夫反问，你连这个都不明白？你看看芳的娘家人吧，哪个不是人五人六地昂头挺胸？万寿菊息事宁人地说，你等会儿再说这个，你给我捶捶肩吧，我这儿很酸啊！

男人意犹未尽，垂着两手，恨恨地瞪了她一眼。

万寿菊抓起丈夫的手，往自己的肩膀上捶。丈夫的手冷冷的，沉甸甸的，不情愿地听着她摆布。捶了几下，她手一松，丈夫的手没了。万寿菊立刻觉得浑身上下，骨头缝里，无处不酸，酸得她淌出了眼泪。

没滋没味地吃过晚饭，天还薄薄地明亮着。她对丈夫说，走，咱去看看菊花地！

两个人从屋前走到屋后，太阳落在了西边的山凹里，橙黄色的光芒像剑一样从远处落在了菊花地里，愈显得花儿的柔弱。万寿菊心里一疼，瞬间满眼是泪。

丈夫恼了，说，你哭什么？没两个时辰就哭了两次，家里又没有死人。万寿菊擦掉眼泪，说，我想起在大木桥上第一次看见你的时候。

丈夫专注地看了她一眼，低下头坐到了田埂上，语气也柔和下来，说，你别怪我对你冷言冷语。那时候我二十一岁，有一天我正喝着包米粥，快喝到碗底时，听见同村的两个小伙子隔着一堵墙议论你，说你是周围多少个村子里最漂亮的姑娘。我听了心痒痒的，就来找你了。没想到刚走到大木桥就见到你了……你那时候真的比芳漂亮多了，芳算得上什么？一个又瘦又黑的疯丫头。凭什么她就像当了县干部似的？万寿菊皱起眉头，沉吟着说，芳回来两次我都没去见她，真不知道她现在变成了哪种漂亮模样。温泉就那么好？能把一只麻雀变成凤凰？

一阵风吹过来，男人缩了缩脖子。太阳一不留神就落到了山的下面，不见了。山、树、风、云都变得暗暗的。万寿菊听不到男人的回答，换个话题，问，芳还对你说了些什么？男人想都不想，极快地回答：

她说温泉那个地方，女人想要的全有！

第二天天不亮，万寿菊和平时一样起身，出去打猪草，然后回来给一家人煮粥，煮好粥她去看看男人。男人已经醒了，躺在被窝里，睁大着眼睛不知道又在胡想些什么。万寿菊站在他面前，说，我今天要到月亮山的温泉去。我去看看那儿到底有什么！男人轻轻咳了一声，心虚地把脸转过去对着墙，说，你爱到哪边就到哪边去，你别和我说。我不懂。我管不着。我没听见……你把儿子和猪一起寄掉吧。你不在家里时，我不会管理他们。

万寿菊轻手轻脚地离开男人，到田里去，勤勤勉勉地忙到太阳升起。她回来时，男人不见了，只有桌子上吃过的一只空碗。儿子小树蹲在地上认真地画一样东西。她给小树洗了手，带着他喝了几口粥。然后洗掉锅碗，给灶间里拿满柴火，换了一身干净衣服，打了一个包裹，包里装了一身替换衣服和两袋晒干的菊花。

她拉了小树的小手，把猪从圈里赶出来，准备把他们一起送到村口的马三婆家里。她一路走一路东张西望，想要找见丈夫的身影。这一找就找出了事：那堵颓墙后面是她和丈夫谈恋爱时躲藏过的，那棵树是她和丈夫情意绵绵地唱着山歌倚过的，就在那个河埠头上，她被丈夫第一次亲了一下……还有这座大木桥，他们一个在桥的这边，一个在桥的那边，一见倾心。

万寿菊终于明白，她临走前不可能看到丈夫了。他既然存心回避，就不会在村子里晃悠。

万寿菊把小树和猪送到马三婆家。万寿菊对她说到温泉去，没啥要紧的事，她要去找芳，有件事情想问问她。马三婆嚼巴着嘴，嗔怪地说，你想去就去吧，我又没问你什么。唉呀，听说那是个好地方啊！夜里到处是灯，亮得就像白天一样，连一根头发掉在地上也看得见。可惜我老了，走不了那么远的路。芳真是个有本事的人！她一个人就能托起咱村里的半边天啊！

马三婆一只脚踏在门槛上，一只手在额头上搭个凉棚，一直到看不见万寿菊，才伤心地说道，咱村里的年轻女人都走光了——到哪里去了？到温泉去了，赚大钱去了！卖自己去了！

万寿菊走过大木桥。桥下奔腾着白花花的水，浪花一个接着一个。这情景从古至今都是不变的，仿佛往后也不会变。但人呢？全不是从前的样子了？她要赌着气去问问芳，为什么从她回来后，村里的一切全变样了？连她的男人都冷着脸，不高兴给她捶背了。男人不高兴给她捶背了，说明她活得不值得了。芳是个聪明女人，她只要看见万寿菊的男人，就知道万寿菊过着什么样的生活。

她沿着盘山公路，从早晨走到傍晚，还是没见到温泉的影子。路无边无际像是走也走不完。她离开公路，在路边不远的一条小溪边上坐下来，掏出干粮嚼起来。天眼看着就要黑下来，竹梢上的风一阵紧过一阵，像箭一样，从远处飞来，直透过人的躯体，再到远处去。满世界都是“呜呜”的响声。

万寿菊扔掉干粮，把头埋在膝盖上，“呜呜”地哭了起来。她想念小树，想念那头猪，想念满地的万寿菊。她最想的是丈夫。人家都说他懒，他是有点懒，但他温柔体贴，语气温和。一天到晚快快乐乐的，哼着歌。一看到万寿菊，他的脸上就挂上幸福的笑容。万寿菊只要看见他的笑容，就觉得时光倒流，回到了初次见面的动心时刻。她最想要的就是男人的笑容，拿世界上的所有的金银宝贝也不换。

万寿菊，她是个笨拙的女人，可她不能没有爱情。有了爱情，太阳才是暖的，花儿才是五彩缤纷的。活着有精神，死了没遗憾。

万寿菊哭了一阵，抬起头时，眼前站着一个男人。她不知道这个人是什么时候站过来的，他风尘仆仆，眼神专注，充满善意，看上去是个沉稳的人。不知道为什么，万寿菊对他一见如故，心里仿佛早就相识了。

这个人和颜悦色地问她，妹子，你到哪里？她擦掉眼泪，说，我要到月亮山的温泉去。你知道温泉还有多远？他老老实实地回答说，我不知道温泉还有多远，我也到那里去。我是青河村的，我叫苗山林。万寿菊一点都不想哭了，她爽快地说，我叫万寿菊。

苗山林少掉一条手臂，他只有一条胳膊。

这一来，万寿菊就找了一个旅伴。她不必害怕黑暗和孤单了。她背着包在前面走得飞快，苗山林跟在她后面说，你用不着跑得这么快的。我们消消停停地走，晚上到那里正好。听人说，温泉是夜晚的天堂，越到夜里就越是热闹。白天大家都在睡觉，反而冷清。他还指指面前的夕阳，说，万寿菊就像它的颜色，是不是这样？万寿菊笑了，说，差不多。苗山林又说，你的人也像它的颜色。万寿菊抿着嘴不好意思地轻声一笑，回答，差多了。苗山林的话让她心里感到暖和，她心里一暖和，走路更快了。

苗山林在后面大声说，你有没有听说温泉什么事呢？风是朝前面刮的，他的声音被风刮着，经过万寿菊的身边，仓皇地朝远处去了。万寿菊停下来等着他，说，我听说温泉是女人的天堂，女人在这儿想要什么就有什么！苗山林几步赶上来，急急地说，我听说温泉是男人的天堂，男人一到这里就会眼花缭乱，忘掉烦恼。他们互相看了一眼，不再说话了。

天黑透了，月亮还没有上来。

走着走着，突然前方的路伸到了一片树林里。树林下面，一个山坡拐到一个山凹里，在那儿，灯光像发光的珍珠一样撒满大地。

这就是温泉了。

他们站下来不走了。世界一下子变得这样灿烂，他们感到害怕。

万寿菊靠着路边的一块石头，脱下鞋子，她的脚上走出了小泡。苗山林剥了一块柳树皮给她，让她敷在起泡的地方，说是消炎镇痛的。万寿菊凄凉地说，我儿子就叫小树，我从来没有离开过他。今夜还不知怎样哭着喊着哩。苗山林愣了片刻，还是问出了口，那你男人呢？万寿菊说，我男人？我男人是个爱做梦的人，他成天想着发大财过好日子。我村里有个女人叫芳，她在温泉这里发了财。我男人一提起她就嫌弃我……我们以前的日子过得好好的，他的脸上每天都是笑容。我想他的笑容。一看到他的笑容，我就觉得日子过得好……

万寿菊的声音越说越低，说到后来泪流满面，忍不住扯起苗山林的一只空袖子蒙在脸上。袖子在脸上搁了一搁就放下了，这到底是不妥当的。放下袖子，她问苗山林，大哥，你这胳膊咋没了？

苗山林转过身去，面对着重重大山和密密森林，说了一个故事。说从前，他爱上了一个同村的女孩，这个女孩也爱他，于是他们结了婚，有了一个女儿。有一天，村子里来了一个气派十足的建筑承包商，建筑承包商想在这里建造一个度假村，他一边看风水一边看女人，没看中地皮倒看中了苗山林的女人。结果可想而知，承包商带着女人走的那天，苗山林把他们拦在村口，疯狂的女人用刀砍坏了丈夫的一条手臂。从此苗山林就比别人少了一条胳膊。

说完这个故事，苗山林久久没有回过头。他对着大山和森林说故事，再对着它们流泪。

后来他跟着别人吃辛受苦做草药生意，赚了一笔钱。听人家说，心里忧伤的男人到了温泉就会忘掉所有的伤害，所以他最想做的事就是到温泉来，找一个漂亮体贴的女子，花光这笔钱，轻轻松松回家。

温泉就在他的眼前，但他忽然不想去了。他心里有些害怕，害怕什么，他不知道。他现在忽然明白了一件事，他想女人。女人是要找的，但是一定要找自己喜欢的女人。万寿菊就是他喜欢的女人，她身上有一股气息是他熟悉而迷恋的，他的妻子跟他刚结婚的时候，身上就是这股子气息。这气息让他心情安宁、知足和感恩，让他与亲朋好友相亲相爱，对陌生人谨慎尊重。这几年他做草药生意，到处闯荡，所见的女人何止成千上万，她们的身上都没有这股气息。也许以前有的，现在没了。总之，他看见万寿菊以后，想起了喜欢的这种气息，想起了很久以前奉若神圣的一件事，这件事叫作“恋爱”。他想起了这件事，心情十分愉快。

苗山林还是面对着大山和森林说话。

事情就是这样了，如果你不嫌弃，你就得到了我身上带的所有的钱，我就得到了你。

苗山林说得诚恳，万寿菊也认真地考虑起这件事来。她皱着眉头想了一阵子，扔掉手上的树皮，穿上鞋子，站起来，对着苗山林的背影说了两个字，不行！至于为什么不行，她没说，苗山林也不问。苗山林转过身，这次是轮到他看万寿菊的背影了。他对万寿菊说，我在这里等你！

万寿菊走着路，对自己说，我要到温泉去。这句话一说完，她恍惚起来，敢情她也不明白到温泉去干什么。她走过树林，拐过一道弯，过了一条大石桥，就是温泉边上的大街。这儿冷气嗖嗖，河水绕着大街“哗啦哗啦”地清冷地响，一阵一阵的白雾从店铺后面的山上袭过来，在街道上飘荡而过，淹没到桥对面的林子里。街面上店铺林立，吃食摊在店铺前摆成长长的一溜，满地的灯光，华丽而炽热，冲淡了山林里的阴冷之气。

万寿菊想起马三婆说过的话，这里的夜果真是亮得像白天一样，连掉在地上的针也能找得到，怪不得村里的女人们全都跑来了。村里有什么呢？村里到处弥漫着一股烂草的馊气和家畜的粪味，每个人都带着房子里陈年的霉味。而这里的风似乎也是香的：炒菜的香油的味道，加上空气里隐隐飘浮着的香水味。万寿菊睁大眼睛看了一阵，没看见街上有她认识的女人。

她的肚子“咕噜咕噜”地叫喊起来，提醒她该吃些东西了。她无心选择，一屁股坐在离她最近的凳子上。摊主是个壮实的男人，三十多岁的样子。他过来招呼说，大姐，吃什么？来一碗烧牛肉还是烧羊肉，或者来个炖山鸡吧？烤兔腿也是好吃的。看到万寿菊不吭气，他马上说，那就吃碗热乎乎的汤面吧！我看您现在最需要的就是一碗热乎乎的加辣椒的汤面。

这摊主长着一颗圆脑袋，剃得短短的头发，细长的眼睛配着温和的笑容，一颗虎牙总是露在外头。万寿菊看到他的笑容就想起丈夫，说什么也咽不下面条了。这摊主很饶舌的，一个劲地说话。他说，您多吃点啊！做面条的面是陕西过来的，有嚼头。我看您不像来旅游度假的。万寿菊放下碗，轻轻地说，我来温泉找人。摊主说，您找谁？我是第一个在这里摆摊的人，我不是吹牛，温泉里的人我个个都认识。他的话刚说完，旁边摊子上的一个人“嗤”地笑出了声，说，你第一个？你算第一个那我是第几个？摊主拍拍胸说，我当然是第一个，你算第几个关我什么屁事？你不要找打。哎，大姐。咱俩说自个儿的话，别理他。你找谁？万寿菊说，我来找芳。

万寿菊的话一说完，那摊主就愣在那儿了。很快他眼神一转，认真地问道，你是芳的什么人？万寿菊眼睛牢牢地盯着摊主，哆嗦着说，她娘家人！摊主摇摇头说，我看你不像她娘家人，你是来找她求工作的。来这里找芳的女人很多，因为她说得上话，她是温泉里的第一只野鸡。（旁边摊子上的那个人嘀咕道，这还差不多，这还算是真话。）她到我摊子上吃过许多饭，刚来时，她还赊过我的账。这笔账以后她也没还，就在我的屋子后面让我亲了几下，算还账了。我高兴，值！她是咱温泉里最能干的女人，聪明，漂亮，又有钱。除了没文化，她的心计和手段比得上一个总经理。可惜了，今天下午她跳了河，你看，就在那座大桥上，“咚”的一声直通通地跳下去……

他指着万寿菊进街时走过的那顶大石桥。他回过身的时候，手指头在万寿菊的脸上一划而过，把万寿菊吓了一跳。

他的话没完呢——

下面支棱着一块块大石头，水是冰冷的。石头上的血一眨眼就被水冲走了，就像什么事都没有过的……送了医院，不死也残废了。你要是想去医院看看她，我叫我老婆带你去。医院不远的，山路上走刻把二十分钟就到了。

万寿菊睖睁着眼睛还没说话，这摊主就热情地去叫他老婆了。他刚一走，旁边摊子上的那个人凑过脑袋说，大妹子！你可不要想不开哇！这种事在咱们温泉里算不上大事。你以后在这里干得好，也能像她那样说得上话，又有许多钱给娘家。不过你不要像她那样想不开。人要自己爱惜自己，我就是很爱惜自己的。我最近几天夜里撒尿次数太多，我就整天担心……

万寿菊自言自语说，她好好的，为什么寻死呢？这个人果断地回答，鬼上身了。要不然像她那样的人不会寻死的。我们这里有许多鬼，你一不留神就被它们找了替身。你知道什么叫“找替身”？万寿菊还是呆着脸嘀咕，她好好的，为什么要寻死呢？

摊主叫了他的老婆从街上过来了，旁边摊子上的这个人把脑袋缩回去，小声地说，我真的不知道。我也在想，她有钱，有地位，为什么要寻死呢？可见还是个傻人，不像她面上那样精明。他胡乱吆喝起来，哎，来一来看一看啊！活鸡活鸭活鱼啊！蚕蛹蚂蚁蚱蜢啊！吃了大补啊！一夜火烧啊！

摊主的老婆烫着头发，嘴上涂着口红。穿着蓝印花布裤子，脚上拖着一双拖鞋。她走路的时候人朝后面倾，两只乳房懒洋洋地朝前醒目地左右摆动。她被她老公从麻将桌上拉起来，冷着脸，嘟着嘴，显得很不高兴，斜着眼睛上下打量万寿菊，看见万寿菊又土又胆怯，心里才消了一点气。

走吧！摊主的老婆一边走一边问，你真是芳的娘家人了？万寿菊跟在她后面说，是。算是的。摊主的老婆说，你不爱说话？万寿菊又回了一声，是。摊主的老婆瞄了万寿菊一眼，奚落她说，我男人说你想在这里做，像你这个模样的不行。凭什么？别说你还不如我，就是像芳那样的，到头来还不是出岔子了？

她站下来点了一支烟吸了起来。山路上方的月亮很好，照着两个女人，两个女人小小的影子投在石板路上，步子轻轻一动，影子就慌乱了。路上有些潮湿，不时有一条一条云絮一样的雾被风带着飘过路面。云雾啊！泉水啊！在雾里寻觅泉水的花儿啊！

万寿菊说，芳到底是为了什么寻死？摊主的老婆拿出一支烟递给万寿菊，说，为什么？我刚才在麻将桌上也思想这个问题。我觉得她是为了一个男人死的……我这么猜，大差不离的。你想，除此之外，女人还有什么想不开的？尤其像她那样的女人。万寿菊接过香烟吸了起来。摊主的老婆短促地笑了一声，说，我认识芳。咱从前也是一只山外面飞来的野鸡，进来以后，学会了怎样勾引男人。但咱没脑子，没像芳那样出人头地，只好把这学会的本领用来捕了一个丈夫，就地从良了。你要是想在温泉里面做，不是我泼你冷水，你没那个本事。除非你有天大的运气。

摊主老婆接下来讲了一个运气的故事，说是山外有一个穷光蛋，穷得到了四十岁还娶不起老婆。但是这家伙有胆量，总是到处碰运气。这一年活该他要发大财做富翁，他进了月亮山，原先不过是想到这里来做药材生意。没想到有一天，他在山里勘探草药时，碰到一只老虎。别人见了老虎就要逃得远远的，偏偏他的脑袋里不知道想到了什么，远远地跟着这头虎。结果这老虎就把他带到了温泉。

万寿菊笑了起来，问，后来呢？

后来？摊主老婆恨恨地扔掉香烟，朝前走着说，后来人家发大财了。听说他还有自己的飞机。跟他比起来，我们就是地上的一只蚂蚁。不，连蚂蚁都不如。

万寿菊心里一疼。她记得昨天傍晚，她和丈夫走到屋子西面，看见太阳锋利的光芒剑一样地从山凹里投落在菊花地里，她的心里也是这样一疼并且落下了眼泪。

这次万寿菊没有落眼泪。她离开了她坚守的菊花地，看见了另一个世界，这个世界光怪陆离，充满传奇和突变，却是她不能消受的。今生今世，她无法知道需要改变到多少，才能与这另一个世界身心融合。温泉近在咫尺，离她十万八千里。

这么想着，心陡然焦虑起来。

她抬头仰望清朗的天空，今夜的月亮真的特别整齐啊！月光厚实得能当衣服穿起来。她突然想起来了，在月亮底下不是还有一个男人在等着她吗？就在弯道前面，树林那边。这个男人会给她看得见摸得到的幸福。这个世界既吝啬又强悍，远不可及又不可捉摸，她没有理由放弃眼前的运气。

万寿菊暗暗叹了一口气，抱起了胳膊一大口一大口地抽烟。烟是劣质的，吸在嘴里一股不明不白的味道。但是在这样的月色下面，不管抽什么烟都是无足轻重的，关键的是你在想些什么。摊主的老婆回过头调侃她，哎，你怎么不走了？你朝天上看什么？月亮里有啥？有成堆成堆的钱吧？万寿菊说，月亮里有一个温泉。不信你看——

摊主老婆抬起头仔细一瞧，可不是，被万寿菊这么一说，月亮里好像真的荡漾着一汪水，那不是温泉是什么？这温泉真高啊！女人不能上去卖笑，男人也无法上去寻欢。它清冷、纯洁，如一盏佛灯，映照着尘世，几千年如一日。

一阵大雾袭过来遮住了两个女人。雾珠如细细雨，密密麻麻地洒下来。

浓雾慢慢退尽后，山路上露出一个女人的身影。这是摊主的老婆。她一身细细的水珠，惊慌地四下张望，不见万寿菊的身影。她喊了一声，哎！心里说，哎个什么？连人家的名字都不知道。恍惚记起刚才万寿菊在浓雾里对她说了一句话，她正好心不在焉，没有听清楚。她又四下瞧了一遍，骂了几句，撸了一把清水鼻涕，不管不顾地朝回家的路上走了。

万寿菊在浓雾袭来的时候，看见路边上有一座长长窄窄的老木桥通到河对面。她就对摊主老婆随随便便地说，我不去医院啦！至于为什么突然不去了，她不说。摊主老婆没听到，当然也没问。

她在雾里过了河，河对岸也有一条路。这条路黑而潮湿，走在这条路上看河对岸的灯红酒绿，恍如隔世，别有一番滋味。

走着走着，走到刚才进来时的路上了。芳跳跃过的大石桥在隔岸的灯火映衬下，显得高大威武。它刚沾了人血，叫人惊心动魄。万寿菊庆幸自己不需要再走这顶桥了。

她在夜色里走过长长的弯道，穿过树林，就是她与苗山林分手的地方。站下来轻轻地唤一声，哎！独臂苗山林就出来了。苗山林睡在一棵大树下面，扯了草均匀地铺在地上，旁边遮着一块大石头。在这种地方，没有大石头遮着也不怕别人看见。这就是他今夜做的窝，因为万寿菊将与他一起睡在窝里，他殷勤而感激地再脱下外衣垫在草上。外衣上的味道与丈夫的不太一样。万寿菊心里这么想。

他们一直睡到太阳照进树林里，照到他们的脸上。一个亲切的早晨，也是一个分别的早晨。一切都进行得十分顺畅，正像苗山林说的那样：他得到了万寿菊，万寿菊得到了他所有的钱。现在他两手空空，要朝另一条路去谋生活，而万寿菊将沿着来时的路走回家里。

他们各自拿好行李，在最后告别的时刻，万寿菊拿出了她包里的菊花干，当作一份礼物送给了苗山林。她感觉到自己的身体加上这份礼物，也许就跟苗山林的钱扯平了。

太阳升起来了，满山遍野的阳光。苗山林和万寿菊，一个向东走，一个向西去。苗山林迎着湿润的太阳，一脸的安详和幸福，昨夜他的天空里到处闪耀着爱情的星光，他干枯的生活刹那间吸足了水分，安定、饱满，不再害怕心火的煎熬。

万寿菊是朝西走的。太阳晒在万寿菊的背上，沉沉的，火烫的，像小小的芒刺，就如背负着陌生男人的爱情。她把包从肩上解下，双手紧紧地抱在胸前，嘴角边露出满足的表情。她没有回头去看苗山林一眼，这个陌生的男人是她生活中刮过的一阵风。这阵风一掠而过，却给她带来了幸福的契机。她仿佛看见了丈夫灿烂的笑容，昔日美好的生活将重现了。

万寿菊归心似箭，几乎在路上小跑起来，因为两只手抱着包，远远看过去，她就像没有手臂一样。

（原载《人民文学》2006年第10期）

作者简介：

叶弥，女。苏州人。1994年开始业余文学创作，发表有小说集《成长如蜕》、《粉红手册》、《去吧，变成紫色》、《钱币的正反两面》等，著有长篇小说《美哉少年》。现居苏州。

最后一个猎人

徐则臣

1

从鹤顶回来，我一路都在抚弄那只伤了翅膀的鸟，杜老枪摇橹，吱吱呀呀地响，把水翻到船后去。杜老枪边摇边唱，调门扬起来，天就黄昏了。那鸟不怕船声和水声，怕杜老枪的怪异的歌声，在我的手掌心里乱跳，要不是我在它腿上系了一根线，翅膀坏了它也会飞走的。

我跟杜老枪说："别唱了，鸟要吓死了。"

"哪有摇船不唱歌的。吓死了明天再给你打一只。"

声音更大了。今天他高兴，打了四只野鸡、三只野鸭，还有这只伤了翅膀的鸟。我说叫翠鸟，图画上就是这么说的，他说叫柴咕咕。柴咕咕，这么难听的名字，比麻雀还难听，我不信。有过路的船和我们打招呼，扯着嗓门喊老枪，他也伸长脖子跟人家对喊。有的船上已经亮起了灯，摇摇晃晃的光亮把水面照黑了。到了，杜老枪说，收起了两支橹。我听到石码头上夜晚嘈杂起来的说话声。

母亲站在石码头的第一个台阶上，背后是我们家饭店敞开的大门，灯光雪白，很多人在灯光里走动。

“怎么现在才回来？”母亲说，“要把人急死了。”

“木鱼要柴咕咕，打了半天才打到，”杜老枪说，把装着猎物的口袋扔到石码头的台阶上，“今天运气不错，一堆，够那帮狗日的吃几次的。”

我捧着小鸟上岸时，被母亲骂了一句：“多大了，还玩这个。”

杜老枪拎着口袋进了我们家，他要把猎物卖给饭店。几年了，他一直给我们家饭店提供这些野味，有几个船老大对野鸡野鸭什么的特别有兴趣，每一次经过石码头都要吃上两只。他说的那帮狗日的就是这些船老大。这帮狗日的整天在运河上跑来跑去，兜里有的是钱。他们常常三五个聚在一起，在我们家饭店里划拳喝酒，一身的江湖气，什么好吃吃什么。酒足饭饱之后，就拍拍肚皮去了花街，一个个歪歪扭扭去找老相好的小灯笼。花街的很多门楼底下，夜晚会挂起小红灯笼，挂灯笼的那些女人躲在房间里，正用一个好身子等待那些来摘灯笼的男人。有外地的，也有本地的。无所谓，钱不分地域。

父亲把猎物称了一下，按老价钱算了账，九十六块钱。父亲对母亲说：“给老枪一百。”

杜老枪说：“不能老这样，给九十。我就要九十。”

父亲看见了我手上的小鸟，说：“那不行，还有这只柴咕咕，一百还不够哪。再加十块。”

“不行不行，那就一百好了，”杜老枪用空袋子把枪裹起来，“柴咕咕是给木鱼玩的，他跟了我一天。”

“是翠鸟。”我说。

“好，翠鸟。就翠鸟。”

杜老枪呵呵地笑，收下钱要回家。父亲说，别回了，让木鱼去跟袖袖说一声，今晚在这喝酒，我们哥俩好多天没正儿八经坐在一块儿喝两盅了。杜老枪谦让了半天，打算留下来。他说是啊，有两个月了，好，喝。他把长枪放下，洗了手要坐下，袖袖气喘吁吁地跑进来了。

袖袖是杜老枪的女儿，都说是我们花街的人尖子，长得好。那些过往的船老大们，见过袖袖的都说，这丫头，像根葱似的，只有咱们运河水里才能泡出来的葱。他们说起袖袖时，嘴角像吃了红烧肉一样，亮亮的一片口水。

“爸，”袖袖说，紧张得胸脯鼓鼓的，“有三个公安局的来咱家了，让你快点回去。”

“找我?”杜老枪觉得莫名其妙，抓了半天的脑袋，才说，“可能是为这杆枪来的。”他对我父亲说，“这枪先放你们家，我去看看。”他和袖袖刚出门，又转回头。“不行，我还是扛走，万一连累了你们就不好办了。你把酒留着，我回家看看，过会儿再来喝。”

他把枪扛走了。我和父亲把他送出门，发现杜老枪和袖袖没有直接回花街，而是拐向石码头西边的灌木里，那里生长着一丛丛紫穗槐。

“他是去藏枪。”父亲说。

2

那天晚上，杜老枪最终没有到我们家喝酒。八点半钟的时候，袖袖哭着跑到我们家，说不好了，他们要把她爸抓走了，要给他戴手铐。她妈让她赶快来找我父亲，因为我们家开饭店，南来北往的头头脑脑父亲多少认识几个。父亲听到消息就跟着袖袖往花街跑，我跟在父亲屁股后头也跑。从石码头往前走一点，拐弯向南就是花街。一条长长的窄巷子，青石路面，老得长满了青苔；没有青苔的地方，多年来被无数双脚踩得平滑发亮，雨水天气路面滑，不小心就要摔跤。进了花街就看到不远处亮起灯光，杜老枪家的院门敞开着，灯光落到巷子里。石板路上谁家泼了水，亮堂堂的一片。一群人在灯光和水光里乱动，声音也嘈杂起来。我听到瘫痪的袖袖妈在大声地哭喊。

很多人都围在杜老枪家的门口。我和父亲挤过去，两个戴大盖帽的警察已经把杜老枪拖出来了，一人抓着他的一只胳膊。杜老枪的手上戴着明晃晃的手铐。另一个警察扛着杜老枪的枪，挥舞着那支长枪驱赶围观的人群。

“让开，让开，”他说，“有什么好看的。”

他们要把杜老枪塞进门旁边的一辆警车里。父亲挤到警察面前，让他们等等。“有话好说，有话好说，”父亲说，“能不能先把人放了？”

巷子里安静下来。“不能，”那个扛枪的警察说，他好像是三个人里的头头，“除非现在就交出一万两千块钱来。”

这个数字把围观的人吓了一跳，这么多。在花街，一万两千块钱可是个惊天动地的数目。

“这么多钱？老枪欠你们的钱么？”

“他不是欠我们的钱，是欠公家的钱。”扛枪的警察把枪放下来，他的脸一半留在灯光里，另一半被阴影遮住了，有亮的那一半脸上长着一个痦子，说话时痦子上的一撮毛也跟着乱哆嗦。“我们明文规定要上缴枪械等凶器，他偏偏私藏，知法犯法，罪加一等。所以既要收缴枪支，还要罚款。局里说，要狠狠地罚，让你们把上面的精神当作耳旁风。”

杜老枪喊道：“我这枪不是凶器，只是一个土铳子，打鸟的，不杀人。”

押他的警察让他老实点，等他们头头说话。大痦子说：“你住嘴。很多东西都不是用来杀人的，最后不还是杀了？我们要防患于未然。”

“我爸真是用它来打鸟的。”袖袖还在哭。比她哭得更厉害的是她妈，和过去的很多年一样，她腿脚不好，大部分时间待在床上。她在堂屋的床上又哭又喊，求他们放了杜老枪。

“小丫头，一边去。我不是说了嘛，等他杀了人我们再来收枪，那我们还怎么保护人民群众的生命安全?”

杜老枪的老婆声音突然变近了，很多人都伸长脖子向门楼里面看，杜老枪的老婆竟然从床上下来，现在都爬出了堂屋的门槛。袖袖看了，赶紧跑进家门，去照看她妈。

“不能少罚点么?”我父亲说，“一万二，实在是太多了。”

“一个子儿都不能少。你别以为这钱我们几个贪了，要上交的，一分钱我们都留不下来。这是上头的指示，还要奖励举报人，两千块哪。”

“你看我们花街人过的日子，让领导通融一下吧，实在拿不出这么多钱。”

“一分都不能少。你到底要我说几遍?有意见找上头去反映。”

“那能不能先把人放了，不放人怎么去找钱交罚款?”

“你骗小孩哪?”大痦子突然咯咯地笑了。“放了人你赖着不交钱，不是还要抓?”他对另外两个警察挥了一下土铳，“别跟他们啰嗦了，走，把人带走。什么时候钱拿来了什么时候放人。”

杜老枪死活不跟他们走，父亲也上前阻拦，因为是夜晚，谁也看不清谁，周围的花街人都涌上来，把那两个警察推得踉踉跄跄。

“反了，反了。”大痦子抡起土铳为另外两个开路，他抢先跑到警车边，拉响了警笛。尖利的警笛发挥了威慑力，整个花街都停下了呼吸和心跳，大家像突然冻僵了一样站在原地，谁也不敢再去阻拦了。大痦子骂骂咧咧地打开车门，三个人合力把杜老枪塞进了车里。我们都没回过神来，汽车发动了，车头灯雪亮地穿透花街的夜，把巷子照得黑白斑驳，鬼魅气十足，石板路面也变得无比的漫长。喇叭响起来，我们自觉让开道，看着车喷出几股尾气，走了。

母亲把饭店托付给厨师，也来了。她在堂屋和袖袖一起安慰杜老枪的老婆，把她抱上了床。

"没事的，不用担心，"母亲说，"就一个土铳，不是什么大事，老枪明天就会回来的。"

杜老枪的老婆一抽一抽地说："让他不要去打，他非要去，说再不摸摸枪人就得疯了，过日子都没什么意思了。现在好了，被抓进去就有意思了。还有那一万两千块钱，把家卖了也找不到那么多钱啊。"

我父亲说的没错，从我家出去，杜老枪的确是把土铳藏到了紫穗槐树丛里。他舍不得那杆枪。但是没办法，警察还是逼着他把枪拿回来了。他赖不了，有人举报了，举报的人说，杜老枪今天就去打猎了。没猎枪怎么打猎？

"这事不能急，慢慢想办法，"父亲也安慰杜老枪的老婆，"我明天先托人到上头看看，争取通融一下，钱嘛，也赶快筹。"

3

杜老枪以为没事了才出来打猎的。

两个月前，上面下了通知：为了保证广大人民群众的生命和财产安全，所有的枪械、刀子，三节棍、九节鞭子，只要是能杀人的，只要在武打电影电视里出现过的，都要限期上缴。花街上大大小小上缴了不少东西，屠夫年午的一把特大号杀猪刀都交上去了。我们家上交的是一把步枪刺刀，父亲的一个朋友送的。那大伯当过兵，复员回家的时候，不知怎么搞的带回了一把步枪刺刀，半新不旧的。玩了几天就厌了，送给了我父亲。父亲练过，刀啊棍啊什么的，都懂一点。他喜欢那把简朴的刺刀，晚上饭店打烊了，他常会拎着那把刀到石码头上耍一通。一是爱好，再就是锻炼身体，最主要的，像母亲说的，是让周围和来往的人知道，父亲会两下子，不要打我们家饭店的主意。父亲本来也不愿意上交那把刀的，但是刀早就露脸了，人都知道，私藏是要犯罪的。就忍痛割爱了。

杜老枪舍不得忍痛割爱，他一声不吭地把自己和枪都藏起来了。不打猎了。花街上谁不知道杜老枪是个打猎好手？不仅花街，整个清江浦都知道他。花街上的老杜家，祖传好猎手。再前几辈我不太清楚，杜老枪他爹枪法好我听说过，好成什么样没见过。我见过的杜老枪他爹已经老了，眉毛都白了，瘦得像个骨头架子，举不动枪。后来就死了。

那时候杜老枪外号还不叫杜老枪，叫杜一枪，就是枪法好，一枪解决问题。杜老枪是他爹叫的，他爹才是个厉害的老枪。杜老枪死后，杜一枪就成了杜老枪。

现在的杜老枪只有一个女儿袖袖，袖袖不喜欢打猎。袖袖喜欢什么杜老枪不知道，但女儿不喜欢打猎他知道。这是理所当然的，哪有女孩扛着土铳乱跑的。不要说袖袖，就是整个花街，整个清江浦，打猎的也只剩下了老杜家。当年，他们父子俩一人一杆土铳，哪一次出门都是满载而归。父亲扛不动枪，他的土铳就闲下来了，进了储藏间里再也没有出来。老杜老枪死了，剩下一个小杜老枪，他是我们最后的一个猎人。

杜老枪是真的喜欢打猎，三天不摸枪心里就痒得难受，不知道两只手该往哪里放。他给我们家饭店供应野物，挣钱当然是目的，更重要的，我猜是为了给自己打猎找到借口。十天左右他就要打一次猎，为了打猎他不惜跑近二十里的水路，因为近处的方圆里找不到鸟雀可打，杜老枪说，都被人赶跑了。人这么能折腾，就是老虎豹子也不敢待下去。天不亮就摇着小船出门，经过紫穗槐丛，一片小芦苇荡，再经过一片刺槐林子，船到了那儿太阳才出来。到了夏天，站在船上就能看见槐树花开，如云如雪，运河两岸飘香，饿了，伸手捋下几串，槐花细腻，香甜爽口。再走就是单调的水路、村庄，几间房子，或者一小片住家。再走，是从运河伸出去的一个巨大的河汊，里里外外生长了浩瀚的芦苇。到了，就这里，野鸡野鸭的天堂，也是杜老枪的天堂。到了芦苇荡，就出了清江浦，是鹤顶的地界了。

杜老枪的这条路我也熟悉，我跟着他打过很多次猎。他摇船，我听他唱歌；他打猎，我跟着捡收获的野物。有好看的鸟，我告诉他，我想要，他说好，枪膛里只放一粒小崩砂，为的是不把小鸟打死。他射中鸟的一只翅膀，只让它落下来。枪响了我就去捡那只鸟，杜老枪很少失手。就像我刚得到的这只翠鸟一样，只伤了翅膀尖，杜老枪说再调养几天它就能重新飞起来。

我父亲舍不得那把刀，最后还是上交了。杜老枪舍不得他的土铳，他就不交，通知下来的第二天他就不见了。整个花街大大小小的枪械都收完了，街道上的小领导来到杜老枪家。杜老枪老婆说："我们家老枪去鹤顶的表哥家走亲戚了。"

"枪呢?"

"那是他宝贝，当然带走了。"

"什么时候回来?"

"没准。他表哥是个酒坛子，逮着他不喝够不会放他回来的。"

"你们家老爷子那杆枪还在吧?"领导说的是老杜老枪的那杆土铳。

"多少年前的事了，早锈成废铁了，都忘了是不是被袖袖当破烂给卖了。"

"算了，那也不是枪了。"领导说。临走的时候又说，"老枪回来了，让他主动把枪交上去。这是国家规定的，是法律。"

袖袖妈连连点头。她知道领导也明白，土铳是杜老枪的命根子，收是收不上来的，所以就打个哈哈算过去了。再说，杜老枪虽然一年到头扛着枪，却是个好人，他是个猎人，不是坏人，当然也就不会用土铳作凶器。

杜老枪就算躲过去了。半个月后，枪械收缴的事过去了，他回来了。回来他也没敢摸枪，忍着，怕惹人耳目。他忍了一个多月，实在忍不了了，就把猎枪又扛出来了。那时候早就没人再说收缴枪械的事了，他觉得已经太平了，可以打猎了。去鹤顶的前一天晚上，他来到我们家，问我父母还要不要野物，他又要动手了。我父母当然愿意，这两个月来，很多船老大都叫着问，野鸡野鸭跑哪去了。

我父亲还是说：“风头刚过，还是小心点，要么再忍忍？”

“不行了，”杜老枪说，“再忍就真要杀人了，杀自己。摸不了枪，真不如死了算了。”

他要去鹤顶，明天就去。我说我也去，我也很久没打猎了。杜老枪就对父亲说，你看，跟班的都急成这样，打猎的还不得急死。

就去了。然后回来就出事了，有人到上面举报了。

4

父亲的派出所之行一无所获。他找到了工商管理所的副所长，那是他唯一能够认识的一个当官的，父亲希望副所长能够到派出所里给杜老枪求求情，先把人放出来，至少可以减免一点罚款。副所长很为难，说不是一个系统的，怕说不上话啊。

父亲说：“试一试吧。上次您在我的小店里吃的野物，就是老枪打的，您还说味道不错。”

“有这事？”副所长说，“好吧，我就试试。”

他给派出所副所长打了电话。对方说，哎呀，不好办啊，政策已经公布出去了，我也使不上劲，我们不能自己打自己嘴巴子，想看看犯人倒是可以通融。

工商所副所长摊开双手说：“你看看，你看看。”

父亲只好去看看杜老枪。杜老枪因为嚷着要回家，吃了一顿打，父亲见到他时，脸还是肿的，身上青一块紫一块，碰哪哪疼。

父亲说：“老枪，我没能帮上忙，他们说没法减免。”

“我想出去。”杜老枪说，“让他们把我放出去。”

“你别急，嫂子已经让袖袖到亲戚家借了。”

“到哪儿去借？这么多钱，要人命哪。”

不借才要人命呢。你看都打成什么样了。

父亲回来了，没有说杜老枪被打了，只对他老婆说，继续借，凑够一万两千块钱就能把老枪领出来了。杜老枪的老婆又哭了，到哪去借？都是穷亲戚。花街也不行，都丁当响；再说，谁愿意把钱借给穷人家。

我父母商量了一下，借给了杜老枪的老婆三千块钱。在花街的一般人家，这已经是一个不小的数字了。当然，那些挂小灯笼的女人除外，她们到底挣了多少钱，只有她们自己知道，反正花街上的正经人家都没钱。找不到挣钱的路子。清江浦这个地方，除了跑船、做生意和当官，实在找不到发财的途径。原先我父亲一直觉得我们家日子过得不错，但是面对一万两千块钱，他不得不承认我们的饭店只是个小本生意。

大约半个月时间，加上我们家的三千，杜老枪的老婆一共凑到了八千块钱。她让袖袖跑遍了所有能够说得上话的亲戚朋友，就这么多了。不是所有人都没钱，他们怕借出去的钱再也收不回来，他们的担心不是没有道理。

杜老枪的老婆又哭了，她愁眉不展，实在没地方可借了。她找我父亲商量，是不是可以先拿八千块钱去试试，说不定他们看到现金一高兴就把人给放了。父亲推不过，只好去试试，为了保护这八千块钱，杜老枪的老婆让袖袖也跟着我父亲一起去。结果很明显，派出所不同意。另一个副所长把桌子都拍起来了：

“简直是胡闹！你以为我们政府机关是做买卖的？可以讨价还价？一万二，一分都不能少！”

父亲给弄得很难看，请求副所长息怒，他只是想了解一下，没有讨价还价的意思。说了一堆好话之后，他带着袖袖探视了杜老枪。杜老枪脸上的旧伤已经痊愈了，新伤出现在下巴上，靠近耳朵，不知是被什么工具擦破了，现在也好了不少。腿有点问题，说是被踹伤了，开始的一周里，他在里面老是叫嚷要回家，踹他是为了让他安静下来。

“现在呢？”父亲问他。

“现在没事了。”杜老枪说，脸色也比上次好看些了。“叫也没用，就不叫了，也就不打了。就是做噩梦，老梦见他们把我拉出去，拿我的土铳要枪毙我。我的枪呢？你看见了么？没被他们弄坏吧？”

“还惦记着那东西，”父亲说，“还剩下四千就齐了。”

杜老枪颓败地低下头。“袖袖，”他说，“跟你妈说，别借了。我早想过了多少遍了，借不出来了。我就蹲在这里算了，你照顾好你妈，别惦记我。”

袖袖哭得更厉害了，从见到杜老枪就开始哭，一直没停下。“爸，你别急，我会借到钱的，”袖袖说，“你在这里等着，别和人家吵。我会照顾好妈的，我去挣钱，一定能挣到四千块钱。”

袖袖一哭，杜老枪也哭，他说：“我没事，待在这里也不错，有吃有喝的。你们娘儿俩好好的我就放心了。哪天我出去了，找着那个打小报告的，非一枪崩了他不可。”

5

在我们家阁楼二楼的窗口前，能看到整个花街。两排临街相对的灰色小院，青砖灰瓦，每一户的屋子都独立地站着，又瘦又高，屋檐像鸟一样飞起来。院子里有槐树，大大小小的不一样，一样的是夏天都开满槐树花，一条街都香甜，走在花街上让人总想打瞌睡。槐花的香味持久，尤其在清早和傍晚，青石板路上蒸腾起水汽，槐花香味也飘起来，各家的院门打开，从门楼里走出摇晃着胳膊的人，脚上是拖鞋，真正的花街出现了。然后是炊烟和饭香，大人的叫骂，小孩的啼哭，还有敲打饭碗和脸盆的响声。最热闹的是几家店铺。老林家的裁缝铺，老歪家的杂货店，蓝麻子的豆腐店，孟弯弯的米店，门口聚着来做生意的人。当然还有其他的店铺，可以拆合的门板在清早一扇扇打开，夜晚再合上。有的门楼底下，晚上会亮起小灯笼，那灯笼是那些女人做生意的标志，跟男人和女人的身体有关，就不说了。这些门楼和其他人家的门楼倒没有什么区别。

杜老枪被抓了以后，我站在我的窗户口看花街，经常看到三五个人站在谁家的门楼底下，扶着门前的老槐树，脑袋凑在一起。只有新鲜事才会让花街人这样亲密地相互碰头。大家都在议论举报的事，谁会是那个打小报告的？说不清楚。花街不大，就那么几个人，但是谁的秘密也不会放在脸上，一条街上生活，过的却是个人自己的日子。大家都认为举报的人是在发昧心的黑财。一万两千块钱是什么？足以让花街上任何一家元气大伤，尤其杜老枪家，榨干了也找不出那么多钱来。

他们家的日子过得不好。杜老枪有过工作，在玻璃厂里清洗收购来的玻璃碎片，是个谁都能干的活儿。工资本来就低得要死，前两年玻璃厂又倒闭了，欠了三个月工资没发，最后不了了之。四十多岁的人了，哪儿都不愿意要，他就在石码头西边的空地上开掘了一个小菜园，种点菜，多少能赚点。平常打点野物卖给我们家饭店，也是一个不错的收入。在花街上，一天能挣那么多钱，的确是个不错的收入。每次他到我们家卖野物时，饭店里的熟客都打趣他，说这下老枪有钱了，够摘两个灯笼的。杜老枪就骂他们，多大的出息，就不能搞点干净的？他说话大大咧咧的，也不怕有下馆子的妓女听见。玩笑几乎每次都开，每次都开了一两句就打住了，因为花街上的人都知道，杜老枪是个正经人，嫌那些挂灯笼的女人不干净。他在老婆腿刚坏掉的那些日子，也没像其他男人那样，去摘谁的小灯笼。

再困难的时候，杜老枪就去做临时的短工，出苦力，比如在码头上给人家装货、卸货。他老婆两条腿有问题，走路很麻烦，他给她做了个带滑轮的小车子以后，她才能走到家里的其他角落，一天做出三顿饭来。袖袖读了一个职业中专，毕业了找不到正儿八经的工作，没办法，清江浦很小，体面一点的位子都让有钱有势的人占了。她在家呆了两年，只好到一家超市做了临时的收银员，工资也少得可怜。

杜老枪家在这些院子里面。他家的房子低，门楼也低，像个吃不饱饭的瘦孩子，孤零零地站在花街上。我看得还算清楚，院子里的槐树也小，杜老枪前几年急着用钱给老婆治病，把老杜老枪留下的老槐树砍倒卖了。我看到杜袖袖推着自行车出了院门，车篮里放着一个小女包。她回头和她妈告别，杜老枪的老婆坐在滑轮车上，向女儿挥手。杜袖袖关上院门，骑着车子向南走，很快消失在花街尽头。

杜袖袖早出晚归，除了工作，大概还要到处借钱，所以有时候晚上也出门。晚上我很少出门，母亲不让我出去，因为夜晚的花街是个暧昧的地方，有很多外面的男人来这里。越是不让我出门，我对夜晚的花街越感兴趣，睡前一般都要在窗前张望一番。如果不是暴风骤雨一类的恶劣天气，总能看到一些红灯笼挂在门楼上。有人在巷子里走。有人摘下灯笼。有人提着灯笼进了院子，消失在某一间屋子里。有人从门楼里出来，慢慢腾腾地穿过花街。陌生男人出没的地方不安全，这是母亲不让我出门的原因之一。所以我常常担心杜袖袖，她有时候回来很晚。我十一点半睡觉，还看过他们家的门打开，灯光落到院子里，她刚刚回到家。

谁是那个举报的人，一直没弄明白，尽管大家一直在说。关于杜老枪一家，说的比较多的还有借钱的事。我在我们家的饭店里常听到有人提起，在相互询问对方，袖袖的钱借齐了没有？我也问过母亲，母亲说，前天见到袖袖，说差不多了，很快就能把她爸领回来了。说完母亲又自言自语，说，你看袖袖整天跑来跑去就知道了，这年头，借钱比赚钱还难啊。

6

我的翠鸟死的那天，杜老枪被领回来了。翠鸟的翅膀上的伤养好以后，我就把它关进了笼子里，怕它飞。刚开始它在笼子里扑腾，想出来。我当然不能让它出来，关得更严实了。它就垂头丧气，心不在焉地吃点东西，喝点水，最后竟然死了。这是我养死的第四只鸟。早上起来我去喂食，发现它头歪在笼子外面，身子都硬了。养得那么认真，它还是死了，弄得我很伤心。这伤心一直持续到中午。杜老枪被领回来了，到了我家饭店，他听说鸟被我养死了，就说，以后再给你抓一只。

“要什么鸟，”父亲说，“你老枪伯伯不打猎了。”

“不，打，一定要打，”杜老枪喝酒喝得很猛，“除非我死了，才不打猎。等着，什么时候我再给你抓一只来。”

母亲骂我说：“还这么不懂事，鸟有什么好玩的。”

“别训孩子。谁说我以后不打猎了？不打猎还叫什么猎人。”杜老枪说，“现在可能不会打了，要找个事挣钱还账。那个举报的人是谁？”

父亲说：“现在还没头绪。罚款都交了，还问这事干吗？多一事不如少一事。”

“不，我一定要查明白。我要一枪崩了这个狗日的。”

杜老枪是父亲领回来的。袖袖把剩下的钱借齐了，她要上班，托我父亲去了派出所。蹲了两个月看守所的杜老枪看起来老多了，脸上的伤疤蜕掉了，留下白色的印痕。人也瘦了，两只眼比过去大。那天中午，他在我家喝了很多酒，一边喝一边说。他说，到了那里发现打猎对他来说更重要了，扛着枪在野地里走，想走到哪就走到哪。他又说，他早晚崩了那个打小报告的狗日的。当然也说要给我抓小鸟。翻来覆去地说。然后就喝醉了。

出事是在三天后的晚上。那天晚上，我和父亲都在杜老枪家，他请我父亲去他们家喝酒，杜老枪的老婆说，是感谢的酒，一定要去喝。我跟去完全是凑热闹，当然也是杜老枪特地嘱咐的。袖袖到朋友家去玩了，不在家。父亲的酒量不如杜老枪，两个人慢慢腾腾喝到了九点半，喝了两瓶，父亲就不行了。放下酒杯开始聊天。杜老枪也差不多了，说那就说说话。他起身去了储藏间，一会儿提着一个长家伙回来了。

“土铳，”他把手里的枪用袖子擦了擦，递给我和父亲看，“我爹留下的，多少年没沾过手了。你看都锈了。”

父亲说：“老枪，还玩?”

“现在还不能玩，锈坏了。我想再把它弄好。”

父亲又说：“嫂子，你还让老枪玩?”

杜老枪的老婆伤心地说：“我哪管得了他?”

“老弟，实话跟你说了，”杜老枪不停地用衣袖擦枪，擦得很仔细，里里外外都照顾到了，“我的确是想摸摸这东西，手痒，心也痒。还有，更重要的是，我还想打点猎，你放心，我再也不会让别人知道了。你还要不要野物?找不到别的挣钱的好路子了。我得把钱都给人家还上。”

父亲说：“这合适吗?”

“那你说我该怎么办?袖袖低三下四地求人才借来这些钱，答应尽快还回去的。”

父亲说：“那好吧。可得当心。”

我们继续说话，看着杜老枪擦枪。他找来一块砂纸打磨枪上的铁锈。然后听到有人敲门，我跑去开院门。是一个高个子的男人，屋里的灯光照不到他脸上，月亮被云彩遮住了，看不太清楚他的长相。

“杜袖袖在不在家?”他问，嘴里喷出酒气。

我吓了一跳，赶快跑回屋里，对杜老枪说：“一个男的，找袖袖姐。”

杜老枪早已把土铳藏到了门后，他嘴里嘀咕着说，谁啊?已经出了门。我跟在他身后也出了门。那个男的手插在裤子口袋里，站得像棵歪脖子树。杜老枪走到门楼底下，伸长脖子看了他一眼，说：

“你是谁啊？袖袖不在家。”

那个男人说：“你让她别躲了，赶快出来，别以为躲就能躲得掉的。要么就把钱还给我。”

杜老枪说：“袖袖借你的钱了？”

“不是借我的钱，是要了我的钱。说好了睡三次的，现在刚睡一次就不干了。”

“你，”杜老枪身子突然哆嗦了一下，“你说什么？”

“妈的要到我头上了，”那个男人说，左手从裤兜里掏出来叉在腰上，“她自己开的价，一千块钱三次，钱拿到了就不想睡了是不是？”

杜老枪身子直哆嗦，呼吸越来越重，半天才说：“你等着，我给你拿钱去。”转身去了屋里，一路走得一脚深一脚浅。我也要往回走，杜老枪又出来了，手里提着那杆长枪。我觉得好像不对劲儿了，本能地喊了一声爸。我听到父亲的声音从屋子里传出来，父亲说：

“老枪，你要干吗？”

杜老枪突然跑起来，举着土铳叫着：“狗日的，我还你钱！”

我吓得赶快闪到一边。那个男人一下子也反应过来了，转身就往门楼外跑。他刚跑出去，杜老枪也跟着跑出去了，巷子里发出杂乱迅疾的脚步声。花街的夜晚很安静，那些脚步声产生了持久的回音。我听到了那个男人啊啊的叫声，还喊了几声救命。那时候父亲也出来了，杜老枪的老婆在屋里尖声地叫着杜老枪的名字，老枪，老枪。

父亲对我说：“快追，还愣着干什么！”人已经到了门楼外边。

我跟在父亲身后追，跑得上气不接下气，脚底下的青石板湿漉漉的，我几次差点滑倒了。他们往石码头方向跑。我迟了。那个男人快到石码头的时候被杜老枪追上了，确切地说，应该是被他的土铳追上了，追上了就把他放倒了。父亲赶到跟前时，杜老枪正在拼命地用枪托砸那个人的脑袋，那个人像条狗蜷缩成一团，个头看起来矮多了。父亲把杜老枪抱住，拖到了一边，杜老枪还在喊：

“狗日的，我崩了你！狗日的，我崩了你！”

他被我父亲摁到地上，语无伦次地骂着狗日的，坐在那里直喘粗气。我跑到他们面前时，父亲正伸出手去摸那个男人的脸。他伸手在那张血肉模糊的脸上找了半天，找到了他的鼻子，父亲的手僵在他的脸上，然后一屁股也坐到了地上。他和我一样，也迟了。

我们的跑动惊动了整个花街，时间不长就聚了一圈人上来。他们指着蜷在地上一动不动的男人问，那是谁？

父亲犹豫了一下，哑着嗓子回答他们说：“举报的那个人。”

（原载《上海文学》2006 年第 6 期）

作者简介：

徐则臣，1978 年生，江苏东海人，北京大学中文系硕士毕业。著有长篇小说《午夜之门》、小说集《鸭子是怎样飞上天的》。曾获第四届春天文学奖。现为《人民文学》杂志社编辑。

流逝

高君

我漫长的读书生涯在父亲眼里，就像一场永远也看不到终点的马拉松。他望子成龙的激情就像家里的钱一样，在被我一点一点地耗干之后，他的忍耐也终于达到了极限。他像一只被怨气充满的气球，和一包悬在头顶的 TNT，任何一次轻微的触碰，即便是一句话，一声叹息，一个眼色，都能变成它爆炸的原因和导火索。那时，父亲变成了一座老虎的屁股——谁也不敢碰。而我心里再明白不过，我就是造成这一切的原因和罪魁祸首：我是一个要账鬼。

每次从学校回家，我都像一只泄气的皮球。下了客车，还有八里山路，奔家的急切逐渐变成了一种负担，我像刚干完了一件坏事一样，禁不住心虚气短，腿肚朝前。我磨磨蹭蹭，停停走走，在没人的林涧道上坐下来，望着天长久地发呆。我害怕遇见屯子里的任何人，尤其是与我年龄相仿脸膛黑红一身腱子肉的家伙，他们个个都是养家的好劳力。而我则是一条彻头彻尾的寄生虫。仅仅是一条寄生虫倒也罢了，关键是还伸手要钱。这是最让父亲恼怒的一件事——伸手要钱！在父亲眼里，我比恶霸地主还恶霸，比要账鬼还要账鬼，简直就是黄世仁和刘文彩。比如，他在某一个风和日丽的上午，正在山岗上铲着头遍地，刚出生的小苗新鲜得就像婴儿的小脸一样，让他心头漾满爱怜，让他不忍下锄，他怕手稍微一颤就会伤着这些小生命，所以他只用锄板刮去垄两帮的草，剩下小苗中间，以及小苗和小苗之间的，他就干脆用手除。他看见了一个人——一个后屁股贴着沉重的大书包的人。父亲的两只脚在地垄沟里来回倒弄了好几下才把自己的身子稳住，他呸地吐掉挂在嘴丫上的旱烟，叹着气说，哎呀！我操他妈的，这个小死要账鬼又回来啦！

父亲看花眼了，北大道上的那个人并不是我，是屯子里去供销社买东西的什么人。我即使回家，也会磨蹭到炊烟四起，天黑日落。我怕见到父亲那张像杨白劳似的脸。可我没办法不向他伸手要钱，他是一家之主，他是我的父亲。我也没办法退下来了，并不是我多么喜欢读那些破书，我从一个黄嘴丫子的小孩芽儿一直读到满嘴巴子长毛，在方圆十里八屯的父老乡亲眼里，我早就被区别出来了，从与跟泥巴打交道的人中间区别出来，从一群光着屁股一起长大的人中间区别出来，在那个城市与乡村差别显著的年月，在千军万马一齐争挤高考这根独木桥的年月，他们一面称我为大学生，将来吃红粮本的城里人，一面眼神复杂甚至带点幸灾乐祸地看着我。他们常以关心的口气提醒父亲，说就连城里有头有脸人家的孩子都考不上呢，一个一拍脑瓜屁股冒灰的土包子人家想供出个大学生简直都赶上登天了。供不出来还不如趁早下来，要不钱都打了水漂不说，整一个上不上下不下的二半吊子，城里进不去，农村又一天呆不下，那可就麻烦了。就像某家的某某，谁家的谁谁。那些让人耳熟能详得就跟刘兰芳和善田方的评书似的例子，还用说吗？别说父亲，就连三岁小孩都差不多知道，比如半拉瓢屯老李家老二高考落榜后变成了一个一见着女的就脱裤子的魔怔。比如车背沟屯老赵家赵明一连考了三把还没考上，就在自己家房后沙果树上挂了一根绳吊死了。这些例子像鬼影和阴魂一样笼罩在父亲的头顶，渐渐地就变成了泼在父亲身上的一盆盆冷水，和积压在他心头的一块块石头。其实，父亲不知道，我比他更担心更害怕，我才是当事人。我怕考不上羞于见人，而且高考对于我只有这一次。最后一次。就为这家里已经快要砸锅卖铁了。

父亲佝偻着背坐在炕沿帮上，盯着屋地上自己刚吐出来的一口痰，说，白搭！我看这书念也白搭！得多大的雨点能淋到咱头上？瞎子点灯白费油。还不如趁早算了。父亲回头盯了一眼趴在炕上的我，说，没完，猴子操腚没完。念到白头发也不能完。我都看透这步棋了，要指着借你光喝你打的酒，我非得馋掉大牙等到进棺材不可。你自己算算，你二哥只念了八年就考出去了，你这都念了好十年了，还啥动静没有呢。你自己说还有完没完？净他妈想高口味，当初要听我话报师范这功夫是不是都快念两年了？当老师有啥不好？风吹不着雨淋不着，寒暑假照样开钱。父亲回头又盯了我一眼，说，咋瘪茄子啦？连个屁也不放了？我这是对牛弹琴。母亲把菜勺叭地撂在锅台上，从门缝探进半边脑袋，倒粪！母亲说，就倒粪这点能耐，屁大点儿事磨叽一遍又一遍，都八百六十遍了，耳根子都磨出茧子了，你还没完。哪怕是对外人家的一条狗，你都笑脸相迎，可一进家门，你脸就抽抽得像裤裆，屁能耐没有，就知道冲老婆孩子发威。白瞎灌到你肚里的墨水了，还不如灌马尿汤子呢，孩子念书花俩钱你黑白心疼胆疼，年轻时你一宿输光十二丈大样子外加三头大牤子，你咋不提呢？他妈瞎子没点灯也没见着省下灯油钱。父亲用嗓眼使劲咳了一声，喝道，下巴还他妈怪长的呢，这边话没说完那边就鸡巴给接过去了，做你的饭去！俺爷俩的事儿你少掺和！说完父亲往炕沿里边挪了挪屁股，然后摸过身后的烟笸箩，开始煞有介事地卷烟。母亲从门缝又把脑袋探进来，说，别老母猪晃尾巴闲磨猪逼了，饭就好了，吃完饭赶紧给孩子整钱去！父亲扬手把卷了一半的纸烟嗖的一声扔在母亲脸上，放屁！父亲吼道，咋整？上哪整去？天不下钱地不长钱，难道你会拉钱吗？要整你整，我还不管了呢！母亲的声音顿时矮了下来，不整还得行？母亲说，这是你当爹的义务，我咋没让别人家老爷们给整呢？你不整谁整。

父亲冲我说，别趴在那儿装熊了，你还有理了咋的？说，打算咋办吧？我说啥咋办？父亲说，我问你呢。我说我不懂你啥意思。父亲说，不懂好办，不懂就在家一点点琢磨，啥时琢磨透了啥时走，琢磨不透这书就干脆别念了。我说我明白了，你就是这个意思。你用不着兜这么大一个圈子，刀把在你手里攥着，直说就行了。父亲愣了一下，用鼻子古怪地哼了一声，说，出息了你？翅膀硬了你？一句话没说完你八句话在那等着，你？我说，没有，这么半天净听你说了。父亲说，我说咋了？难道我还说不得了？我说，别说说了，你动不动就给我开一顿皮我不是也受着了吗？我吃你的饭花你的钱我没招儿，我要是有招儿你的钱白送我我都不要。我说我明白，你不就是嫌我没报师范，多念了几年高中吗？我就烦干老师这一行，一辈子出不了学校的门，成天磨磨叽叽，腮帮子都磨漏了。不信你就看着，有我二哥后悔那天，他是没招儿，考别的考不上。我说，你刚才算错了，我没念十年，只念八年，我跳了两年级，是你愣让我跳的，我比我同学一直矮一个脑袋，你知道他们管我叫啥吗？他们管我叫小拉扎。那他妈是形容小猪崽的。可我不敢吱声，因为我打不过他们。另外，我还想告诉你，以后别老拿我跟老李家老二，老赵家赵明比，你知道他俩为啥一个魔怔一个上吊吗？他俩他妈的在学校瞎搞对象，让人家女的给踹了。活他妈该！我说，我想开了，念完这学期，高三不念了。省得你整天磨叨。

父亲愣住了。

我说，奇怪吗？这回省钱了。

母亲说，咋回事？省啥钱了？

我说，我今年参加高考。

父亲一口口抽着旱烟，过了很久，才试探着问，有点把握没有？

我咧咧嘴笑了一下，说，不知道，听天由命。

父亲把烟屁扔到地上，说，那还考个屁？念吧继续念吧，再念一百年也行。反正我是拿不出钱了。

我说，我不是告诉你高三不念了吗？

母亲扎撒着两只湿手，立在门旁，看看我又看看父亲，说，这不又是让孩子隔着锅台上炕吗？行吗？

父亲说，也中！不行再念。试一下得一下，万一要是中了呢？那就是活捡着！这回咱挑一个把握一点的报。

母亲说，别听他的，你自己拿主意，他就想省两壶尿水子钱。往肚里灌尿水子花多些钱也不算。

父亲说，你懂个屁？你以为我是光图省钱？早考上一天就少遭一天的罪，你没见着那帮学生，一个个累得小脸蜡黄，就跟小大烟鬼似的。

我说，反正是刚改学制，除了英语，其余课程差不多都能讲完。

父亲说，那还延长一年干个屁？纯粹是折腾穷人，脱裤子放屁——多此一举！

母亲说，好好问问老师，咋的咱也不差一年，心急吃不成热豆腐，七十二拜都拜了，不差那一哆嗦了。

父亲说，一边哆嗦去！属穆桂英的，阵阵拉不下，你知道屁？

母亲说，我没勒你，我跟孩子说呢，可得跟老师参谋好，别整个鸡飞蛋打。

父亲狠狠地瞪了母亲一眼，吼道，闭上你的乌鸦嘴！一边呆着去！他妈猪嘴吐不出个象牙？

拌不出他妈好馅儿！母亲骂了一句，抬腿走了。

我说，我们学校有几个要考的，得按社会青年报名。

父亲如释重负般地呼出一口气，说，这我知道，我去公社中学打听好了。

我愣住了。

父亲说，你盯着我干啥？

我说，原来你都给我决定完了。可是，我告诉你，这回我还不报师范。坚决不报。考不上大不了回来种地！

父亲用鼻子哼了一声，拍拍屁股走了。

母亲追到门口，说，你个老犊子，吃饭了你还往哪去？

父亲说，先吃你们的！我再去倒弄俩钱！

我落榜了。

父亲在喝着闷酒。

父亲一手捏着酒盅，一手捏着复写着我各科成绩的小纸条，看一眼，喝一盅。喝一盅，看一眼。他像一张渐渐拉满的弓，箭在弦上，一触即发。我头朝里躺在他对面的炕上，一言不发。母亲用围裙擦着手，剜了父亲一眼，走过来扯了扯我的裤角。我跟到院子里。院子里洒满了月光，白花花的，像泼了一地的水。母亲说，听妈的话，今个儿咱不跟他犟嘴，他爱说啥就说啥，全当做狗放屁，咱好汉不吃眼前亏。母亲歪脖看了一眼窗玻璃，说，要不你先去岭后你姐家呆一会儿，你大哥和四粉都在那儿呢。妈给你煮的鸡蛋在锅里放着呢。你揣兜里几个。我说我不去。母亲在围裙上来回搓着手，望了一眼天上的月亮，说，也是，你姐家一到这工夫屋里连个下脚的地方都没有，不知道冯程程和许文强今晚能不能和好，老误会，那个死阿力总出来搅和。我望了一眼母亲，说，你去吧，没事儿，我不跟他犟。母亲说，一晚上演两集呢，那个许文强长得可真精神，把大伙儿都看傻了。要不，我跟你一块去？你姐和四粉她们还不知道你回来呢。我说，你去吧，我不去。母亲正犹豫着，父亲在屋里突然嗷了一声，吓了我们一跳，我们立刻回到屋里。

咋的啦？母亲问。

父亲捏着铜壶像线一样地往酒盅里斟满酒，说，两只小死鸡，趴外面窗台上使劲咯嗒，让我给轰跑了。

哪有哇？母亲一脸诧异，鸡这工夫早就进窝了，哪有哇？吓了我一跳。

父亲斜了母亲一眼，哪来那么多一跳？动不动你他妈就吓一跳，鬼来抓你了？

我给母亲递了一个眼色，母亲咽了咽唾沫，转身去了外屋。

我跟出来，悄声说，妈，一会儿你把饭桌上那个小纸条儿拿走，兴许以后还有用呢。

母亲说，那我赶紧去拿，要不一会儿就让酒给泡上了。

我说，别，你这会儿去拿，他非炸了不可，一会儿你趁着他不注意的工夫再拿。

母亲点点头，伸手摸了一下我的脸，说，看你瘦的，别上火，只要有妈在，这书咱就念，啥时考上啥时算。

过了一会儿，我们进屋。

父亲一手捏着酒壶，一手扣在腿上，倚在炕头的栅板墙上迷糊了过去。母亲走过去，伸长脖子在桌子上扫了一圈，在父亲左右扫了一圈，又朝炕桌底下瞅了一会儿，母亲冲我摇了摇头，嘟哝道，见着这马尿水子都赶上见着蜜蜂巴巴了，比见着八辈子老姑舅亲还亲，不撂桌根上不算完，等赶明个死了就泡到酒缸里。父亲一点儿反应也没有。母亲伸手在父亲扣着的那只手的手背上打了一下，我的心口咚地跳了一下，我说，在他手下面呢。母亲刚伸出手，父亲的那只手就自动翻过来，空的。母亲的手缩了一下，又伸过去捏住酒壶嘴。这时，父亲突然张开右眼，往上凑乎啥？滚一边去！父亲说，把菜热热，我还没喝完呢。母亲从炕上退到地下，说，你打算喝到天亮吗？你不困别人还困呢。父亲冷笑了一声，慢悠悠地往酒盅里倒酒，谁困？父亲说，他还能睡得着？那我可真服了。母亲说，那张小纸条呢？父亲似笑非笑地看我一眼，说，你要不提，我还差点忘了呢。

父亲伸出一根手指冲我挠了一下，说，过来，我还没问你呢。我说，你问吧。好，父亲说有尿！你还真有尿！还真没给我报师范，嗯，行，有尿。那我问你，中专咋也没报呢？左家农垦特产专科学校咋也没报呢？这些地方念出来都他妈的当老师吗？你就给我认准化工学院了，那地方咋就那么恋你的心？有你爹妈在还是有你老婆孩子在？那辈子你没见过牙膏肥皂和香胰子吗？没报师范我就不说了，可你给我报了这么一个玩意儿，还就报了这一个。你非可这一棵树给我吊死吗？你个傻瓜！犟种！

父亲往桌上叭地一摔酒杯，说，我看你是老鸪鴒牛逼——认准那一个门儿了！

母亲操着手，说，也是，那造牙膏和胰子的地方有啥好，腥的乎的。

我说，我报的专业是电子计算机。不是干那玩意的。

母亲说，算计？算计还用念大学？心眼儿多活动活动不就是了吗？

父亲用筷子在一只盘边敲了两下，说，你上一边去！少搭茬儿，热热菜。

父亲说，说说，那是干啥的？

我说，说了你也不明白。

父亲说，放屁！我看是连你自己都没整明白呢。

我说，就是电脑，比人脑要先进几亿倍呢，你明白吗？将来所有工厂单位都得用电脑。

父亲说，啥脑都是人脑研究出来的，到啥时我都信这个理儿。

我说，老师说，这是目前最热门的专业，毕业生在省城都根本站不下，全都进京了。

父亲的眼睛亮了一下，喝了一口酒，夹一小口菜放进嘴里，吧唧吧唧地咀嚼了一会儿，说，站这山上望那山高，想得跟做梦似的，都想进京，几个人能进去？亘古来年，咱全公社就人家魏大眼那孩子进京了，你想进京，你脑瓜长尖啦，还是脸上长花啦？我说，他是人，我也是人，他也不比我多长一个脑瓜，他脸上也没长花。父亲叹了一声，说，那是人家祖上有德，祖坟冒青烟了。一样念的私塾，还比我少念两年呢，可你看魏大眼他爹老魏先生，背着个小药箱子一辈子溜溜达达，吃香喝辣的，钱还没少挣。母亲把热好的菜叭地往桌上一撂，说，人家老婆孩子还跟着借光呢，你瞅瞅人家老魏太太年轻时穿的是啥？戴的是啥？人家就是扔的咱都连见都没见过。要不是摊上那么一个有能耐的爹，他魏大眼能干上去？满家人能进公社吃上红粮本？打死也不能。你要是能赶上人家老魏先生的一根小脚趾头，我也不能跟你遭这么大的罪，孩子也不能费这么大的劲从地垄沟里往出蹦，认得俩字就能捞个铁饭碗。父亲叭地撂下筷子，横了母亲两眼，说，看老魏先生好明个挟包跟他过去，别在这碍我的眼，他妈的眼皮浅，腚沟深。这不是你先引的话头吗？咋又冲我来啦？父亲说，提个头儿你就给续个尾，张嘴你就给添个豆，不接下巴你下巴就能掉吗？你说得倒轻巧，人家也摊上听话的好儿子了，指东打东，指北打北，你再看看你养的这玩意，你指东他打西，你指北他打南，啥时听过他老子的？这翅膀没硬黄嘴丫子还没褪净吧，就不服天朝管了，这赶明个要是稍微有点能耐，还不得反天？你说我供这书有啥用？母亲说，你指的道就一定对吗？你要是不听他爷他奶的还不能走到今天这步呢！父亲说，放屁！谁他妈后脑勺长眼睛啦？能往后看那么远？那阵子你咋没往城里钻呢？成天打枪放炮，三根肠子能闲上两根半，连吃一瓢水都得现买，多少有能耐的都从城里跑咱这山旮旯了，谁知道会有今个？母亲说，鼠目寸光，说来说去就是鼠目寸光。母亲张嘴还要说，我扯了一下她衣袖，说，妈，你别说了。父亲转过脸，冲我眯缝起眼睛，说，不说？你让谁不说？我还没问完你呢。

父亲说，你这回要是报我刚才说的那俩学校，能不能考上？

我说，你不都看着分儿了吗。

父亲说，我是问你能不能？

我说，还超出不少分呢。

父亲说，要是考上了是不是也爬出这地垄沟了？

我说，那是。

父亲说，是不是也能进县城捞个铁饭碗？

我说，那是，但没意思。

父亲说，就学你说的那个电脑有意思？进京有意思？有尿！真有尿！

我说，别人能，我就能。

父亲说，有尿。是有尿。那我再问你，现在呢？

我说，不知道。

父亲说，你过来，把酒给我满上，我来告诉你。

母亲扯了我一下说，别去！让他自己倒，他又不是没长手。

这时，我就知道将要发生什么了。可我还是走了过去。我拨开母亲的手走了过去。然后伸手去拿酒壶。父亲伸手按住酒壶，然后使劲咽了一口唾沫，咬了两下腮帮骨，说，我现在连打都懒得打你，你自己来吧，一边来两个耳雷子。麻溜地！我站着没动。父亲把一条腿从炕桌底下极快地抽出来，照着我的小肚子就是一脚。我操你妈的！你真气死我了！父亲一边骂一边操起筷子，冲着上来的母亲脑门就是一下。父亲说，都是你惯的。我让你再护犊子。母亲冲上去胡乱地在父亲脸上抓了一气，又掀翻了一个盘子，才被我拉走。父亲的脸并没有破，他象征性地用手背在上面蹭了一下，说，你是存心跟我作对呢，咋轮到你这书就念不完了呢？比拉线屎还慢，他妈的没完没了，没完没了。你别瞪着眼珠子瞅我，去拿一把斧子过来。我自己把我这把贱骨头砸碎，让你把骨髓油也喝了！

我说，我不念了！

父亲说，好！我实话告诉你，这回你想念也没地方念了！我都去问过了，你们学校把你们都按应届毕业生算了，不收你们这帮猴了，你上哪念去？

我说，都是你逼的！

父亲说，我逼的？难道是我让你报的那个考不上的死鸡巴电脑？

我哭了。一边哭一边嘟哝着，不念更好，省得成天挨你打挨你骂。不收更好，死鸡巴破学校老师讲课都能让人听睡着了，男生女生成天就知道搞对象，一下课，满屋纸条乱飞，上晚自习，在班级后边搂着亲嘴，吧唧吧唧的就跟他妈吃面条似的。我说，不念更好，省得整天吃不饱，一顿给四两大饼子，其实三两都不到，天天喝酱油葱花汤，连点油星儿都没有，吃完就烧心，不收更好，收我还不稀得去呢，我们班学习好的都托人走后门转到重点校去了……我的哭声更大了。你先别挤猫尿！父亲撂下酒盅，打断我，说，啥？你刚才说啥？男女生整天抱着亲嘴儿？我操他妈的，那不乱套了吗？还学个屁习？你们老师眼睛瞎啦？不管？我说，也不真管，就在班会上说说。管也管不住。母亲一下子把我从怀里推开，眼珠儿瞪得溜圆，我的妈呀！母亲叫了一声，怪不得一个也没考上呢！劲儿都使到那里头了，哪还有精神啃书本啊。母亲扳过我肩膀，在我脸上四下打量了一圈，快跟妈说实话，母亲急切地问道，你搞没搞？

父亲推开一扇窗户，叭地朝窗外吐了一口痰，说，别给自己添美了，他还没个豆大呢，谁跟他搞？顿了顿，父亲又说，有能耐他就搞，随便，搞得越多越好，这回不念了看他跟谁搞去？母亲说，我不跟你费唾沫星子了，那个小纸条呢？

父亲说，干啥？

母亲说赶明个找学校还能用得上呢。

父亲用鼻子哼了一声，说，想得美，让我卷烟抽了！

我大哥小宝和妹妹四粉回来时已经半夜了。他俩踏着月光和露珠儿从岭后二姐家回来，进屋时的脚步，轻得就像一前一后飘来的两个梦一样。是母亲要他俩这么晚才回来的，母亲料到那晚家里一定会爆发战争，而且，在她的想像里要远比实际严重得很。

那晚过后不久，父亲牵回来一头小母牛。每年仲夏铲完三遍地，农活就暂时告一段落了。叫“挂锄”。挂锄后父亲开始给几户打鱼人家放牛。渔民整天在江上忙，倒不出手。本来是合工钱的，可那年父亲却把工钱变成了一头小母牛。变也就变了，父亲偏偏把它从他放养的一大群牛里剥离出来。我知道原因，一是他不想让我在家干养着，二是我不念了也就不急等用那份工钱了。是啊，我都这么大了，告别了学校，我就是一个农民。我得面对现实，从放养这头小母牛开始。父亲在一天早晨用一根麻绳把小母牛拴好，然后把麻绳的一头递到我手上，他不怀好意地笑了一下，一句话没说，率领他的一大群公牛母牛扬长而去。他灰白的后脑勺在那个洒满阳光的夏日早晨，招摇得很，幸灾乐祸得很。我和他从不正面讲话，也没啥话好讲。一些必要的信息除了靠母亲传达外，还有那头小母牛。比如，某个晚饭桌上，见我一口饭没吃，他会对母亲说，你下地去往灶坑埋几个鸡蛋去！接着他又说，不爱吃蒸鱼干，你就不会煎？葫芦头儿放屁死闷着。明个中午饭你给带啥？他说的是我，却又把我省略，隔山打虎，指鸡说狗，对此我从不搭茬儿，从不领情，我觉得他在用小恩小惠拉拢腐蚀人心。母亲跟我的看法差不多总能趋于一致，高兴时母亲会一言不发，不高兴时母亲会像一个盾一样把他的话一下子给杵回去，母亲会说，你少打一巴掌再给俩甜枣，用你告诉？我还不知道？孩子是心里有火。父亲会很不屑地哼一声，才干几天就火？我干了一辈子呢跟谁火去？

再比如，某个早晨，我正解着麻绳，准备牵着小母牛出发，父亲就会一边摸着小母牛一边自言自语，诸如它胖啦或者瘦啦，哪哪哪草肥啦，拴它的时候要挑一个平坦的地方，让它能够着有水的地方，别让麻绳缠住它的腿把它窝着啦，等等。我照样一言不发。

一天早晨，我在被窝里听见父亲在外屋对母亲说，这牛放得还真有点儿像那么回事，长得多快！母亲说，我养的儿干啥不像回事？干啥像啥。父亲说，家养母牛，两年仨头，比养鸡巴啥都合算，现在这牛行多高！母亲说，那你真就不让孩子念啦？就眼瞅着让他跟你一样，下一辈子庄稼地？父亲说，咋的？母亲说，这老大傻了咱不说，老二你可给供出去了，这十个手指头伸出来不一般齐，可这一碗水得端平啊。父亲说，啥叫端平？除了四粉，三个丫头我供谁啦？年节还不照样给我打酒喝，还敢不认我这个爹啦？反了呢！母亲说，丫头是丫头，小子是小子。父亲说，你少管我的事，从今个儿起，小母牛不用他放了，行了吧？

我飞快地穿上衣服，牵着小母牛走了。

我听见父亲在身后大声地操了一句，他说，还别说，你还真他妈给我生了一个小犟种！

开学前的一天晚上，父亲突然对母亲说，我看他妈的书本都放长毛了，连一手指头都不动，他不是爱放牛吗？从明个儿起，连我这帮牛都交给他！母亲说，那你干啥去？你管我干啥去呢，进城舔盘子去！要饭去！父亲说，省得在家碍你们的眼，他妈的压根就不跟我犯话了，成天见着我连眼皮都不撩，你说这书我还供他有啥劲儿？别说喝他一口酒了，将来要是吃他一口饭，他能把牙给我掰去！真让人恼怒！母亲说，你养的你恼个屁怒，兔子没尾巴，随根儿。

第二天一早父亲真就走了。那一大帮牛并没交给我，而是交给了二姐夫。二姐夫临时找了个人替他划船。他浑身水淋淋地从江上回来，连我这头小母牛也一块给牵走了。二姐夫说，品红，你老跟咱爹犟啥呀？你看他们那一茬儿人，谁像咱爹呀？人家早就在家当老头了。爹昨晚到船上找我时都哭了。我心一动，说，我也没真跟他犟，我俩相住了。他没跟你说去哪呀？二姐夫回头看了我一眼，说，没有。我说，不会真去城里舔盘子吧？不会想不开吧？没准儿。二姐夫回头又看了我一眼，招呼了一声牛走了。母亲说，老犊子八成是给你找学校去了，他也没跟我说啥，昨晚快半夜了他才回来，不知从哪弄的钱，自己找针缝裤衩上了。还有那个小纸条儿。

父亲拎着两条鲤鱼找了一位叔伯大爷，叔伯大爷又把那两条鲤鱼拎到了他一个远房亲戚家，那个亲戚在一所重点高中当教务主任。于是，背着行李，拎着一个脸盆，一副牙具，手心里攥着父亲东挪西借的五百块插班费，我又一次成了莘莘学子。

那天，父亲对着叔伯大爷哭了，他的眼泪像六月里丰沛的雨水。

那年，我十六岁。

（原载《山花》2006年第4期）

作者简介：

高君，男，1969年生，吉林蛟河人。2002年开始写小说。已在《作家》、《钟山》、《山花》、《中国作家》发表过中短篇小说50余万字，并有作品被《小说选刊》等转载，或收入各类选本。现居长春。

归妹卦

盛可以

于是，夏天一蔸一蔸插下去的秧，像采西一样熟透了，有经验的农人，一眼就看穿饱满谷壳里的粉白米粒货真价实，在最佳收割时期，抓紧时间将它们放倒。采西并不担心自己会烂在地里，她对开花结果之类的自然循环认识不多。总之，在姐姐采微没对象之前，她还得在原地生长。

没有比采西一家更善良的人了。采西舍不得弄死活蹦乱跳的鱼虾。桌子上有蚂蚁，她等蚂蚁爬开再擦桌子。锄土时发现蚯蚓，她便将整堆土挪开。狗朝她吠，她举起双手退到墙角。猪崽叼走作业本，她扯住作业本和猪崽拔河。村里人说采西像头瘟猪，其实她有弱不禁风的美，行路宛如柳条拂过水面，说话好比轻风吹进树林。采微比一棵树还静，树上有鸟雀时，树还欢蹦乱跳，采微连笑都是哑的。采西的父亲身体单薄，比猪圈里吃饱的猪还要老实安分，大部分时间在外面打莲花落糊口营生。

采西全家挤在三间茅房里。猪圈在厨房，巨大的泥灶占去三分之一的面积，大锅煮猪食，小锅煮米饭，烧饭时猪嗷嗷闹，屋子里烟熏火燎。中间堂屋农具散乱，壁上斗笠蓑衣。靠墙有一仓库，粮谷从未满仓。父女三人同住一间房，大白天还需掌灯方找得着东西。床有三张，纹帐黯黑，角落的大尿桶常年尿香弥漫。

腊月中旬，外出大半年的父亲回来了。肩背一袋大米，胸纳一坨零钞，还带回一个长得模糊不清的男人，年纪三十左右，个瘦肤黑，操安化口音。采西采微不知来的什么贵客，赶紧生火做饭。零钞摊开一桌，父亲则手沾唾沫，埋首清理打莲花落赚来的钞票。那男人顾自把采西采微看熟了，模糊不清的面孔更加隐晦，像一面斑驳泛黄的镜子，对准往灶里添柴的采西。

采微把猪食倒进槽中，猪停止嗷叫，开始你争我夺。

"姐姐，我看那男的会在我们家长住下来。"采西在采微屁股后面说道。采微嘴唇总是干裂，她喜欢撕上面发硬的皮，撕完嘴唇变得鲜红柔软，有时也会撕出血来。此时唇上就有一丝血痕，采微伸出舌头舔了一下，说："随便父亲安排，我们家正好没劳动力，不会吃亏。"采西又道："我看他不像好人。"采微打了霸占食槽的猪一巴掌，埋怨道："争这么多吃得了吗你，不过，就要杀年猪了，能再长十斤八斤肉就好了。"这时父亲在堂屋喊："饭都有黑锅巴味了，还不熄火啊，该摆桌子吃饭了吧？"父亲的声音像太监。

采西采微在厨房磨蹭着不敢出来，端起碗筷吃饭时仍是拘谨，低头扒饭，小心夹菜，倒像是做客他家。过了片刻，父亲嚼着满口米饭，说："明天请隔壁的王大婶当媒人，杀只鸡，吃餐饭，正月里把婚事办了算了。阿良，你没意见吧。"父亲话刚落，采微的嘴唇又浸出了血丝，她立即躲到厨房去了。

被唤作阿良的男人面孔突然清晰，只见他眉目短促，鼻尖带勾，组织出一种怪异的笑，眼神揪住采西问道："你不是采微？"父亲答道："她是采西，比采微小一岁多。等你们成了亲，她的事也得张罗了。我这趟莲花落积了几个钱，这几天给你们再搭一间新茅屋，置几样家什，摆几桌酒席，也算完成一桩事。"

父亲打着饱嗝离开了桌子，去视察他从不染指的田土和菜园。

一只迷路的蚂蚁在桌上绕圈，阿良伸出食指碾死了它，对采西说："你们是一个娘胎里出来的么？怎么一点也不相像？"采西盯着粘在阿良食指上的蚂蚁：“我像我妈。我妈生下我就死了。”采微过来收拾碗筷，低声说：“你随时可以回去。我父亲不会强留你。”阿良嬉笑道：“往后你们就会知道没有我不行。”

收倒插门女婿相对凑合，不像娶媳妇，亏个大窟窿也要做足场面。婚事办得相当简单。邻里的红包也是大为缩水。“好险，差点连酒肉钱都收不回。”父亲叹道。阿良家没来一个亲戚，婚事没掏一个子儿，父亲早盘算过，他不算亏，家里白添了一口劳动力，还略有赚头。父亲甚为满意，婚事刚办完，就背个褡裢继续打莲花落去了。

立春后天气转暖。村里的百年老槐花开满树，香浸全村。坡上草绿了，河水丰满起来，倒映堤边景物及堤上行人，天也清澈。塘边的杨柳抽出新叶，水里菖蒲拔剑出鞘。沟边野芹菜蓬勃，沟里新生的小水蛇练习游泳。园子里的桃花梨花也开了，青藤绕上了竹篱笆，野蝴蝶成双成对地追逐到屋门口。

春天，南方的屋子里潮湿阴凉，阿良搬个竹椅坐在大门口晒太阳。晒一阵感觉夏天来了，额头冒汗，全身发热。他脱剩一件单衣，卷起袖子，手臂上两条巨大的刀疤。他给它们挠痒。

采西从屋里出来撞见，吃了一惊。她记得有回去镇里，无意间听人议论到什么人手上有两条巨大的刀疤。她当时还想，那个人一定满脸横肉，面目凶残。

“你干吗去？”阿良问道。“我去塘边洗菜。”采西说。“石板不太稳，小心掉进水里。相亲的差不多要来了，你洗完菜还是收拾一下。”阿良放下衣袖。

采西闷头走了。采微结婚后，采西已经相过两回亲，均没成。有一个要“考虑考虑”，另一个由媒婆转告回复，说采西姑娘太瘦，臀胯窄小，气色差，像病秧子，不好生养。两次失败似乎未对采西造成挫伤，她神情平淡，波澜不兴。采西洗菜回来时，屋门口多了几个陌生人，老远就把她看了个够。她提着菜篮子低头迅速进了厨房，身后一路水迹，顺着晒白的泥巴路延伸到池塘边，再放眼就见大片金黄的油菜花，和太阳搅混一起，亮得晃眼。

猪嗷嗷闹。采微劝它们耐心等等，她要烧茶招待相亲的客人。猪撒娇，叫得更厉害。采微嘴上的死皮比冬天略少，话也不多，对于自己的婚姻更是无话，远不如谈论猪和蔬菜的热情。婚姻生活不是用来说，而是用来过的。对于采西相亲的事，采微反应麻木，只做些分内之事。所以厨房内只听得猪叫，只有昏暗和青烟，无人说话，也听不见外面的声音。

体积庞大的媒婆从侧门进来，厨房立刻拥挤。媒婆喝饱茶水，话里还晃荡水声，说男方已经点头了。采西根本没看清男人的样子，无法表态，蜡着没有反应。媒婆循循善诱："芷湖口是很富裕的地方，湖泊多，水产丰富，张角是有一只眼睛带萝卜花，但绝对不影响干农活，也不影响生儿育女。"

一席话把坐蜡的采西说活了，五官如鱼在水样的神情里游窜："我怕萝卜花!"村里有个女"萝卜花"，一只好眼睛和善可亲，另一只"萝卜花"狰狞残忍，如鱼眼翻白，很可怕。不过，采西心思不在萝卜花上，她在想小河里摆渡的阿放，为什么不托人来提亲。

媒婆舌头僵了，被烟呛得咳嗽。一直沉默的采微忽然问："他家庭条件怎么样?"媒婆活泛了舌头如数家珍，简而言之就是强于家徒四壁的"殷实人家"，墙壁是红砖，屋顶有瓦片，正虚位以待采西这样的女子。采西不吭声，采微说道："她怕萝卜花。芷湖口还没我们这边好，地势低，下雨就担心发洪水。"

媒婆领着人走了，屋门口重新空空荡荡。

采微摆桌子喊吃饭。腌制的剁辣椒煎鸡蛋、干豆角炒辣椒、清炒萝卜丝。阿良晒得黑脸发红，他取笑了那个萝卜花，说他比武大郎高不了多少，挑谷子只怕箩筐在地上拖，这种人哪里配得上采西。阿良给采西夹了一筷子鸡蛋安慰她，又给自己夹了一块，几口把饭扒干净了，将空碗递给采微。采微给阿良盛饭时，采西把自己碗里的鸡蛋放到采微碗里，不知道阿良眼睛落在她脖子下方。

下了几天雨。天气还是很凉。雨后的泥土潮湿，正适宜栽种。

春雨润物细无声，眼前的树已是盛绿。晨曦迷蒙泛青，堤岸隐现，坡上青草清新。茅舍在绿的夹裹中，好比草地里冒出的巨大蘑菇。湘地竹子泛滥，比如楠竹水竹苦竹，在湘北地区，在采西居住的地方，塘边屋后，到处都是湘妃竹，亦名斑竹，全身斑滴如泪，细小柔弱，不能做大用，自然生长，也难连根清除。此时，斑竹叶上雨珠悬垂，每落下一滴，竹叶就一阵颤动，好似抽泣的少女。腐叶地里新笋茂密，粗不过手指，笋壳亦是斑痕点点。

小溪清亮，从竹林横穿过去。

阿良挑担粪水，穿过竹林。采西背一筐菜秧，人比竹瘦。到得田地边，放下筐来，就要脱鞋下地栽菜。阿良说："地里太凉了，你身体不便，还是穿鞋好。"一句话说得采西脸上心里全部发热。脸上热因羞涩，阿良竟然知道她来例假。心里热是内疚，以前对阿良存有偏见，他实在是个温和好人。见采西的鞋不宜下地，阿良又说："回去换双雨靴也好。"

天空已经清晰了，白云闲散，长腿鸟在湿地踱步。小脑袋短头发的采微，脸上的雀斑孕后繁多，她肚子微凸，像只鸭子摇摆过来，径直下了田埂。阿良大声道："磨磨蹭蹭，像发了瘟的猪，鞋子经得几泡？还不把鞋脱了，哪有干活的样？"采微转身把鞋脱了，有点浮肿的脚稳稳地陷在泥土里。

"老头可真会过日子。家里什么也不管，一年到头在外面耍嘴皮。"阿良把粪桶搅得乱响，牢骚满腹。"父亲身体不好，干不得体力活。"采微嘴上仍有干硬死皮。"你手脚利索点。"阿良说。

一瓢粪水差点泼到采微手上。

不一会采西来了，悄没声息地下了田，黑雨靴上的红补丁十分打眼。

过了些时日，采西又相了两次亲，一个将近四十，老婆死了，留下两个孩子，不嫌采西胯窄体瘦身子弱，采西未允；另一个小伙子蛮精神，采西心动，小伙子却嫌她模样不出众，人也太老实。这事后连媒婆对采西的亲事都失去了信心，很久不登门，采西家里清静了一段。

古人认为女子生来便是别家人，女子出嫁便是归，这种观念流传至今，也已深入采西之心。父亲长年在外，采微与阿良夫妻一家，采西总觉得自己多余，心里不是滋味。好在阿良和善大度，事事体谅，还劝采西不必归家心切，娘家永远是她的家，又说采微秋天就要生育，正需她照顾，让采西觉得自己很重要，宽了采西的心。

采微挺着肚子，喂猪打狗洗衣做饭，什么都不耽搁。呼哧呼哧到了仲夏，照旧起早贪黑，插秧割禾，待农事告罄，编竹席赚零星小钱，贴补油盐酱醋之类的家用，顺便打发时间。阿良顶多在村子里转转，连镇里都不愿去，没钱逼急了滚纸筒烟抽。

晚霞如糜烂的伤口。菜园里的黄昏涂了油彩似的。红番茄黄南瓜紫茄子白瓢瓜，丝瓜豆角扁豆冬瓜，高的矮的长的圆的，或匍匐在地，或悬挂在瓜瓣，或攀爬至屋顶，无不生机勃勃。辣椒树半人高，下过一场雨，太阳一出，青椒就红了一大片。红辣椒价钱比青辣椒好，采微打算全部摘了赶个早市，还有豆角，苦瓜，三张嘴根本吃不赢，不摘去卖，就老了，烂了，或被虫子啃了。采微情愿自己生场病也见不得蔬菜烂在地里。采西帮忙摘辣椒，叫采微少装点，六七里路，她挑不动。采微说四五十斤的担子不重，主要得早起，天亮前赶到集市，占个好位子，一口价全卖了，免得零卖站得腿酸。饭后采微将要卖的货什整理好，嘱咐采西不要贱卖，然后催她早早睡了。

凌晨四点钟，采微到隔壁叫采西起床赶路，采西酣睡不醒。采微心急，自己挑起担子便走了。采微走约半小时，阿良起床撒尿，不见采微和那担子菜，而采西还在床上死睡，明白怎么回事，便摸到采西床边，撩开蚊帐将她摇醒。采西睁眼记起赶集的事，手忙脚乱。阿良把她按在床上，说："你姐姐早去了，估计日上三竿才得回来。"

采西这才发现人是阿良，想去追采微，见窗子外面天色墨黑，又不敢去。此时阿良整个人已经进了蚊帐，上身赤膊，汗水滑溜，一把抱紧采西，说道："想死我了。"采西眼前一团黑，看不清阿良的脸，心里奋力反抗，人被箍得太紧动弹不得，嘴唇发抖："不要这样，放开我，求你放开我。"阿良不松手，说："采西，我根本不喜欢你姐姐，我喜欢的是你，我不能抛弃她，你也不会同意我抛弃她，你说我该怎么办？"采西还是挣扎，阿良又灌了一堆好话软话，直到采西身体松弛。

天大亮之时，阿良才回到自己的房间。

季节更替如褪换衣裳。红淡了，绿浅了，水瘦塘枯。田野稻谷青黄不接，色彩错杂不纯。村庄寂静，鸟雀低飞。几缕淡云残缺，犹如巨大天空撒开的裂口。风的舌头舔过去，树颤抖，水展颜，唯人无动于衷。采微肚子挺得厉害，脑袋显得更小，脚肿得穿不下鞋，但这并不影响她的日常劳动，她照样在田边锄草。擦擦汗，望一眼自己家的茅屋，嘴上硬壳样的死皮她也不撕扯了，让它们自生自灭。采微仍是像棵树一样静，连笑都是哑的。采西有一搭没一搭地跟她说话，心里揣测阿良几乎每晚都摸到她的房间来，不知道采微是否知道阿良做过的事。阿良的做法曾使采西伤心，而后来她竟等他夜访，她又觉得羞耻。她盼望快点嫁出去，这是唯一的办法。

谷子黄时，天更凉了，常有浓雾锁住村庄，被遮蔽的太阳散发钝锈的浊光。阿良的脾气好像风湿，天气一变就发作，也不管采微快生孩子了，逮住采微便骂。他越来越懒惰，农忙时节一过，就穿好鞋袜不再下地，像只猫，大白天睡觉，夜晚时屋里屋外走来走去。于是阿良长了一身幸福的膘。但没几天添了一件乱事：采西怀孕了。采西自己不知道，还是夜里阿良告诉她的。阿良感到棘手，采西倒是平静，没有惊慌，也没有主见。阿良要采西自己到县里去堕胎，采西不愿，她一没钱，二不懂去县里的路。于是阿良说那我就做别的安排。

晚餐时媒婆拎着两条短腿，春光满面地来了。阿良叫媒婆一块吃饭，吩咐采微煎两鸡蛋。媒婆扫一眼桌上的青菜萝卜干豆角，摆摆手说道："我一天马不停蹄折了个来回，真是缘分啊，上回张角相中采西，暗地里一直在等着呢，他想尽快娶采西进门。去芷湖口的卵石路修得真好，下雨都没有烂泥巴，手扶拖拉机嘭嘭嘭转眼就开到了。"采西嘴里嚼着干豆角，什么话也没说。采微问他们想几时娶亲。媒婆说张家结婚的东西早都准备好了。阿良就说："采微过不多久要生孩子了，紧接着要秋收，够忙一阵的。"媒婆笑眯眯地说："其实张家就想月初娶亲，怕你们不肯，托我试探试探。看来两家意愿相同，我明天再跑一趟。"

没几天，张角就带了彩礼过来把婚事定了。采西出嫁的前天，采微背着一筐蔬菜去镇里卖，回来时肚子痛，一支烟的功夫，在路边就把孩子生了。于是，采西出嫁无一人送亲。男方来了三四个接亲的，简单吃过饭，挑起木脚盆木马桶就起程了。采西走在前面，头发在脑后盘成一个髻，脖子显得更细，仿佛用手指头一掐就断。身上的新衣，是父亲给采微结婚时添置的，红底红色隐花，刚从箱底里翻出来，有几处皱折。采西流了眼泪。回头见阿良站在屋门口，两只眼睛都是萝卜花，心里发寒。

渡河时没见到阿放，摆渡的是阿放的父亲。采西想问点什么，终没开口。上了岸，见船泊河中，河卧堤间，两岸杨柳低拂，想起每次渡河，阿放总看着她笑，他为什么不托人来提亲。一口气又走了七八里地，到了茫茫的大河边上，河水一年四季混浊不清。渡过大河，再往下走十五里，到芷湖口，已是下午四点多钟。采西是第一次见到张角的家，住得很偏僻，房子并非媒婆描述的那样红砖青瓦，倒是有几片破砖瓦压在屋顶的茅草上。除了木格子窗上糊的红“喜”字，屋里也没几个人，喜庆的气氛与从家里出来一样淡。

芷湖口景色大不一样。房屋稀少，都用泥砖砌成，远看仿佛建在水上。村里到处是湖泊，芦苇和笔直的水杉树长在湖边。屋前搁着残败的烂渔船，船边搭了些破衣服，或者晾一盆干菜。泊在水里的渔船偶尔升起炊烟。没有茂密的竹林，色彩以浊黄色为主，没遮拦的风总是比别处来得猛烈。

采西结婚前有过男人，张角很快知道这个事实。张角感觉自己被坑了，耿耿于怀，脸色黑得像包青天。至于那个男人是谁，采西不说。张角每天闹别扭。他心疼那些彩礼，早知道娶的是个破烂货，就不必那样破费了。不过采西很卖力地过日子，里里外外悄没声儿收拾得很有条理。张角内心的疙瘩似乎淡化，常在外喝点小酒打牌赌点小钱，努力表现一个有老婆的男人的尊严。

张角萝卜花眼睛几乎就是一只假眼球，采西尽量避开它，视线只在他嘴巴以下的地方停留，这就使她显得更加低眉顺眼。采西常独自在家，无事可做时便做一两双草鞋。这个手艺活是从父亲那儿学来的，因手打起血泡也挣不了几毛钱，父亲情愿离家出去打莲花落。采西纯粹是为了消磨时间才操起这门旧手艺。

春天的时候，屋子里挂满草鞋，等天气再暖和一点，就可以挑出去卖了。

采西的肚子很快大起来。有经验的老妇女一眼就看出了其间的蹊跷，并拐弯抹角地暗示张角。张角起初以为肚子大有双胞胎的可能，经人一说，回想起整个过程，亦有了疑心。张角便问采西怀的是不是野种，采西只是哭。那种哭法可以做多种理解，孩子是谁的，只有采西自己清楚。张角还算厚道，被采西哭得一塌糊涂。这件事终究比处女膜更加严重，张角一时半会又难以释怀，又不能剖开采西肚子看个清楚，心里憋闷。

打鱼草是采西每天要干的活。背个空筐，走过一个湖泊又一个湖泊，找到茂盛的草地割草，满筐后返回，把草倒在鱼塘里。如果张角下了牌桌，会过来看鱼吃草，检查鱼是否长了，有没有人偷鱼。或者对着鱼塘撒泡尿，说给它们加餐。

倒完鱼草挂好空筐，采西发现张角在家，准确说，是在床。床上另有一女人，采西不认识，生得年轻貌美，不慌张，反倒朝采西一笑。采西不知进退。张角递给女人两块钱，女人便穿好衣服走了。采西这才说道："两块钱，可以吃一餐肉。一个月没沾猪油，肚子里空得慌。"张角恼羞成怒："猪肉喂狗也比喂野种强。"采西又说："这女的长得蛮好看，要是不用花钱就好了。现在猪没饲料吃，田里要化肥，耕地的牛工钱没给，还欠着卫生院的药费。"张角不爽，最近他越来越肯定采西是带着野种嫁过来的，索性揭采西的老底："刚才这女人谁给钱，她就跟谁睡觉，但她攒钱是为了给丈夫治病，男人跟她睡觉是对她家提供帮助，属救死扶伤。她不是骚货。你呢？你为什么和别人睡觉？你被多少人睡过？"

采西舀了一瓢凉水，刚喝上一口便连瓢带水掉进水缸，水缸里的她被砸得摇摇晃晃。她双手抱着腹部，慢慢踱到灶边，动手涮锅做饭。张角骂了一句"瘟猪子不吃食"，嫌她吵架都不痛快，恨不能一脚把那野种踢下来，又怕万一踢中了自己的种，不划算。

远处的人看见这个屋子里升起的炊烟，是温馨宁静的，日子从烟囱里冒出来，井然有序，消失在无穷的天空。

三伏天，采西跌一跤，生下一个女儿。采西身体弱，骨盆窄，那孩子又是腿先出来，母女俩都差点送了命。到底是早产还是瓜熟蒂落，张角不知道，中年得女，乐也不是，悲也不是，抱着孩子横竖看不出像谁。以后每天反复端详，好似鉴别古董，有时能端详大半天，在外人看来，他是对孩子爱不释手。神情肃穆地过了一天又一天，孩子满月的时候，张角终于看出端倪来了。

“说，到底是谁的种?”张角吼。“你的。”采西抱紧孩子。无论张角怎么问，怎么凶，采西都这么回答。采西的回答不能证实张角的判断，他对孩子的态度时冷时热，时爱时恨，有一次差点要将她淹死。

采西在家，张角也会把女人带回来。那个女人也懂得“薄利多销”，优惠主顾，价钱由每次两块降至五毛，偶尔惠赠一次。每次见女人来，采西便抱着孩子呆在别的房间，悄无声息，等女人走后才敢四处走动。有一天张角不在，女人来了。采西没有丝毫敌意，只说张角不在家。女人说：“我是来找你的。”采西一惊。“我叫胡梅。”女人递给采西一小叠零钞：“我丈夫已经死了。这些钱都是张角给的，还给你。他已经知道孩子不是他的，他说不会养一个野种。我比你幸运。”

采西的身体如斑竹叶般抖了一下。

女人把钞票塞进采西的口袋：“我丈夫娶我时，知道我怀了别人的孩子。他对我很好，可惜孩子早产死了。你还是要蓄点钱，万一男人走了倒了，也有个支撑。”女人说完这番话便走了。采西在门前站了会儿桩，摸出那叠钱，慢慢点数，数完又站了会桩，东瞅西瞅，不知该把钱藏在哪里。这时摇篮里的孩子醒了，大哭。采西抱起孩子，心里一动，把钱藏在孩子的枕头里。

女人仍与张角来往。仍将钱还给采西。以至于每见女人前来，采西都有几分欣喜。如此过了一段，有一天，采西对女人说：“你该提价。”于是女人对张角说，丈夫药费越来越多，她也只好涨点价，只涨一块。张角同意了。他对这个女人兴趣不减。没钱付给女人时，张角卖家里的东西。采西从不反对，甚至积极协助。张角认为采西心中有愧，才不敢有半句多话，骂她是个自作自受的贱货。采西不在意，一天比一天精神，眼里好像点了灯似的，亮了很多。

这种神秘的生活方式悄然运转，直到洪水将之打乱。

那是翌年秋天，稻谷正黄，眼看就可以收割进仓，塘里的鱼肉肥个壮，随时就能出塘卖个好价，偏偏雨水不断，连续下了十五天，大河里的水位很快超出警戒线。雨不停，洪水随时可能爆发。乡政府通知各村抓紧转移粮食与牲畜，抓紧制作木筏，并绑牢大树。于是路上的景况十分有趣，人们或撑伞，或着雨衣，赶着稀稀拉拉的猪牛队伍，陆陆续续地前进，畜生们满眼迷茫。也有用手扶拖拉机运送的，鸡和鸭都关在笼子里，浑身湿透。没几天雨停了，防汛警备暂时解除，鸡鸭牛猪又原路赶运回来。当天夜里却又下起了瓢泼大雨，第二天上午河堤意外崩溃，洪水猛兽般狂嚎而至。浊水泥汤横扫村庄。水过处，泥砖房子迅速软塌，潜入水底。水面则木头、稻草、衣物、家禽翻滚。彼时因为雨水满塘，张角与采西正身披雨衣，给鱼塘四周加围渔网。一个飞奔的人朝他们喊道："洪水来了，快跑!"放眼果见天边一抹浊黄朝这边迅速移动，张角扯起采西便朝村里的高屋台跑，那座小山丘有几十米高，只住有村支书和会计两户人家。

"孩子，孩子还在家里。"采西挣脱张角迎着洪水往家里跑。"洪水都到眼前了，来不及了!"张角重新拽紧她。采西惊恐的眼睛白多黑少，仿佛嗓子里噎了团东西，她仍是拼命挣扎，喊道："我要救孩子，救孩子!"张角将她横腰一抱，扛在肩上，划动两条粗壮的腿，一口气跑到小山丘上。

"钱，摇篮里的钱啊!"采西被震得晕头转向。"什么钱？哪里来的钱?""七百多块钱啊，在孩子的枕头里。""要我？钱从哪里来的?""你给胡梅，胡梅还给我，我都攒起来了。快，还来得及，把枕头和孩子都抱出来。"张角立即冲下山丘，拔腿猛跑。采西眼看他身影闪进家里，只片刻间，房子没了，满眼浊黄水如撒蹄奔腾群马，整个世界只剩下它巨大的噪音。

方圆几百里茫茫洪水，停留三天方才退去。采西家的房子只剩下地基和一摊泥水，屋内陈设无一幸存，枕头、孩子和张角全无踪迹。又过了几天，仍是生不见人，死不见尸。其实，采西当时眼看房子没入洪水，心已如房子软塌，四分五裂，被狂卷到四面八方。后来，认识的人问采西："张角呢？孩子呢？"采西木然道："鸡鸭都进笼了，钱全在枕头里。"

经过一个春天的斑竹林更为茂密。长期的雨水冲刷，竹叶上的斑点更为清晰，一片叶子上有好几十个斑点之多。小杆菌从地面冒出来，菌色灰白，茅屋的坑洼处也长了一些菌和野草，叶片略微泛黄。凉风飕飕掠过草尖。采西如斑竹叶般一阵颤栗。阿良要她编一对竹筐，来年挑秧草用。竹子长得太好，采西只是对着竹子出神。她清醒时一言不发，糊涂时嘴里念叨不停。阿良骂她神经病。采微在路边生下的儿子，叫路生。路生一见采西就哭，路生一哭，阿良就烦，采西就不敢在家里四处走动，要么在田里园里埋头干活，要么枯坐房间闷声不响。

采微仍很安静，唇上死皮不绝，偶尔扯出血丝。脸上总有伤痕，身上常有瘀紫。抱孩子犹如抱件物什，不与他说话，有事就随便将他搁下，若孩子跑到有危险的地方，她便将他抱回来，接着忙活。她对采西一如从前，平常清淡，仿佛采西从未出嫁。父亲去年春节回来，知道采西嫁到芷湖口去了，听阿良说起那边的景况，父亲去过那地方，湖泊多，水产丰富，采西婆家自然不会穷。父亲心境平和，大年初一，吃过两块糖煎糍粑就打莲花落去了。

采西的毛病时好时犯。帮忙烧火做饭是件危险事，好几次她将燃烧的柴火拿出来，差点酿成火灾。阿良怒不可遏，劈手甩了采西一巴掌，喝道："神经病，自己房子被水冲了，想一把火烧掉老子的屋么？"

采西瑟瑟发抖，头发凌乱，白多黑少的眼光从头发缝隙里透射出来，只是空洞。

阿良连带骂了采微一顿，用竹条儿把牢里的猪抽得嗷嗷惨叫。阿良发威，鸡飞狗跳，好一阵才平息下来。吃饭时，他又将采西的满碗米饭削去一半，不许再添。若桌上有肉菜，断不容采西夹第二筷子。采西放下碗筷，跑厨房哭。阿良提了嗓门说道：“嫁出门的女，泼出门的水，你是张家的人，吃采家的饭，还嫌饭馊？不吃？不吃就倒了喂猪。”

采微悄悄将饭端到厨房，塞到采西手中，或者把采西拉回桌边，趁阿良不注意，给她夹一筷子菜。多一张嘴吃喝，米缸就是比平时空得快。日子一久，连采微也觉得采西的确是张家的人了。

采西的两种精神状态越来越极端。好的时候，除黯然神伤之外，知道这番回归娘家，不比当女儿的时候，格外小心做人，勤劳做事。阿良的态度更是不如从前那般体贴温柔，和善可亲。心底里盼父亲回来，或可撑腰。又细想起这两年的变故，皆因父亲把阿良带回家而始。若不是他，她断不至于嫁到芷湖口，嫁给张角，又如此穷困潦倒地回来，受他冷眼与恶斥。但一会采西又犯病，瑟瑟发抖，胡言乱语。见到吃饭更是恐惧。只要阿良刚端起饭碗，采西就尖叫道：“别吃，别吃，一碗蚂蚁，活的，到处爬。”有时她会抢过阿良的饭，十分小心地将米饭一粒一粒捏到桌子上，最后端出去全部倒在树底下。

夜里睡觉，采西半夜三更爬起来，在每个房间里奔跑追赶，黑暗中凳子椅子，或者瓶瓶罐罐被踢得当当作响。阿良把自己的房门栓上，采西就在隔壁弄出更大的声音，朝墙上砸东西，撞门，每晚要折腾一番后才会安静下来。

于是阿良饭吃不香，觉睡不好，一段时间下来，那身幸福的膘被生生磨掉一圈。他向村人展示他憔悴的生活，证明这是神经病采西折磨所致。于是人们都知道采西姑娘疯了，对阿良寄予同情，称赞他胸怀宽广，心地好，换了别的人，也许早把采西赶回婆家去了。

阿良决定采取行动。他对采微说："你妹妹肯定中邪了。这样闹下去谁也没法过。"采微问："是鬼魂附体么?"阿良说："应该是，得想办法驱邪。"采微道："有什么办法。""先灌煤炭水，不行再灌大便，把她邪气全逼出来。实在不行，只有让父亲把她带出去。总之不能留在家里。"然后阿良画了些"鬼画符"，命采微贴于屋前屋后的门框边。采西果然整晚都很安静。第二天煮早饭，扫地，收拾厨房，也是十分正常。只是身体动作有股狠劲，以至于阿良都有些畏惧。他准备了一大碗黑水，本打算与采微合力灌进采西的嘴里，一时没有把握。

"采西，把这碗药水喝了。"阿良恢复昔日的温和。"哪里弄来的药？谁有病?"采西偏头问道。"专门从法师那里替你求来的。"阿良说。"是，我看见有活鬼。天天在我眼前晃。"采西眯缝双眼。"快喝，喝了就没事了。"阿良示意采微端过来。

"把我灌傻了，你没事了，你心就安稳了，没人知道你干了些什么。从前以为你是好人，认了命，忍气吞声，嫁给张角，老天爷不让我好好过，我也就认了，只是你逼人太甚。你似乎忘了，这里是采家的地方。"

采西语调生硬，换了个人似的，把阿良震住了，只觉得这个邪中得太蹊跷，一点都不像犯病。

"采微，快，把药端过来。"一看只有强行动手，阿良迅速捉住采西，将其两手反缚，一面命采微灌水。

"姐姐，别听他的，他就是我们家的活鬼。他不是好人，是他把我害成这样。"采西在阿良的手里挣扎。

"她已鬼魂附身，快点婆娘，还站着不动，又骨头发痒找抽吗你?"阿良东张西望找绳子。

"姐姐，我没什么鬼魂附身，我没病。他是个畜生，他强奸了我，让我怀孕，又把我打发给张角。"

采微端着煤炭水，脸色霎时怪异，肌肉颤动，长着干硬死皮的嘴唇抖得厉害，牙齿一咬，扯起一块死皮，一滴新血冒出来。

“姐，别让他绑我。”采西被推搡到窗边，阿良拿起窗台上的麻绳。

采微突然举起大碗朝阿良脑袋砸过去。阿良晃了几下，晕倒在地。

“畜生。畜生。畜生。”采微连踢了阿良几脚。

“杀了他。”采西喊。

一柄阳光从厨房的小窗里刺进来。

（原载《长城》2006 年第 2 期）

作者简介：

盛可以，女，上世纪 70 年代出生于湖南益阳。在各种主要文学刊物发表小说一百多万字。著有长篇小说《水乳》、《北妹》、《无爱一身轻》等。获首届“华语文学传媒大奖 2002 最具潜力新人奖”。现供职于广东省作家协会。

白　眼

戴　来

秦朗的早晨是从一泡屎开始的。每天只有拉空了这一泡屎，他的生活才算真正开始。十五年前，秦朗曾经坐在马桶上咬牙切齿地对自己说过，什么时候你能无视这一泡滞留在体内的东西而若无其事地正常生活，那么你就算是真的成熟了。

很遗憾，时至今日，秦朗依然无法逾越这一让他烦恼的生理规律，依然为屎所困。有时候，秦朗坐在马桶上想到十五年前的那一幕，会恍惚觉得自己从未离开过这只马桶。他谈恋爱，结婚，生子，调动工作，走过来的人生的每一步隐约都有一只马桶在后面如影随形着，许多痛苦和快乐的回忆出现在脑海时都伴随着那个“拉”的动作。

虽然婚后秦朗竭力隐藏，他老婆还是对他在卫生间一待就是大半天产生了疑问。在这个大嗓门的女人的一再追问下，秦朗不得已说出了实情。说的过程中他就后悔了，他眼看着老婆的嘴角越咧越开，直至忍俊不禁笑出声来。是的，他必须在完全放松的情况下，才能解决问题。所以，这件事他基本上是放在家里完成的。但还有前提，那就是家里不能有人走动或发出异常的声响，哪怕是在他的想象中有人在走动，他也会不灵光。另外，假如遇到急着要去办事，那还是不行。

早晨卫生间的优先使用权是属于女儿的，其次是老婆，等轮到他差不多就到了该上班的时间了。因而，秦朗一般会在老婆孩子还没起床前先把问题解决掉，否则一整天都是个问题。

此刻，已经在马桶上坐了十分钟的秦朗有了更为极端的感受，那就是，自己正在拉着十五年前就开始却至今也没拉完的屎。但是，他不得不结束这一节意犹未尽的早操了，他要去赶 8 点 53 分的火车。为了给今早这节操留有宽裕的时间，行李昨晚就准备好了。当然没什么要带的，秦朗此行的任务是想尽一切办法让对方把合同签了，所以只要带上足够的钱把对方砸晕，接下来的工作就变得简单多了。

火车站是一个让秦朗始终没有好感的地方。它永远都是拥挤的混乱不堪的，来这儿看看，你就知道生活是不安定的，那么多人为生活在奔波，或者奔来跑去地讨生活。秦朗讨厌一切和远行搭上界的东西。

出远门，对秦朗来说就意味着不能正常地吐故纳新了，意味着一整天脑子都在怎么把肠道内的那一堆代谢物拉出来这个问题上。便秘，意味着生活的上空盘桓着一朵屎样的挥之不去的乌云，意味着一切都乱套了。

另外，运动中的物体让他有种不安全感，甚至运动中的状态都让他本能地紧张。相比于火车，秦朗觉得飞机要更让他心惊肉跳。它的迅捷是明摆着的，可由此带来的精神上的高度紧张也是显而易见的。让神经高强度地紧绷几个小时还是让身体承受长时间的颠簸，是秦朗经常要面对的选择。

秦朗赶到火车站的时候，K475 已经开始检票了。这是一趟由上海始发开往石家庄的空调快车，全程十七个小时。秦朗平均每个月都要冲一趟石家庄。当地一家制药厂是他手中最大的客户，也是他们厂的大客户，维护保养好和这个大客户的关系是他这五年来最主要的工作。同时，这也是秦朗比较愿意走的一条线路。和其他远在西北地区的客户比起来，跑一趟石家庄实在不算什么。

秦朗移开5号包厢的门时，一对和他年龄相仿的中年男女正坐在左侧的下铺说笑着，他的突然出现让那两颗凑在一起的脑袋条件反射般分了开来。他们分开得是那么的迅速，女的更是把屁股往边上挪了挪。秦朗只觉得眼前晃了一晃，再一看，男的正冲秦朗友善地点头，而女的脸朝着车窗，似乎被窗外的景致吸引住了。他们就像两个不认识的人一样。秦朗怀疑刚才看到的只是自己的幻觉。

男人清了下嗓子，起身去小桌边掂了下热水瓶，又打开瓶塞看了看，嘴里自言自语道，水不热嘛，然后拿起水瓶走了出去。不知为什么，秦朗就是觉得他那句话早就在嘴边了，前面的一连串动作都是为这句话在做铺垫，而那句话是在为拿着水瓶走出去做铺垫。

把随身的背包放到自己的铺位上后，秦朗坐了下来。那个女人还在看着窗外，这让秦朗有机会打量她。皮肤白皙，穿着打扮优雅得体，眉宇间有一丝淡淡的忧伤，看起来像是有着体面的工作或者一个体面的丈夫的那一类女人，也是他秦朗生活之外的可望而不可即的那一类女人。

秦朗把目光转向她撑着床沿的手，光洁细腻，肯定是下了不少工夫的。秦朗的老婆做梦都想拥有这样一双手，在手上，她从来不吝啬钱和工夫，但十分遗憾，小时候的农村生活给了她一双骨节粗大的手。即使这样，她还是吸引人的，不是因为脸蛋和身段，而是某种说不清道不明但撩拨男人的味道。更为要命的是，她总是张开双腿摆出一副只要你进攻就会有机会的架势，所以她身边从来不乏跃跃欲试者。这样的情况直到五年前才有了改变，他们的厂长不知怎么昏了头和她有了一腿，秦朗相信连裤子都没提上，这家伙就后悔了，就像当年的自己一样。可是已经晚了。秦朗觉得他老婆就像是个有着丰富经验的猎人，知道该在哪儿下套，下什么样的套能捕到猎物，猎物一旦踩到她的套子里就甭想逃脱。十二年前的秦朗是当时的猎人能捕到的最肥美的猎物，因此她毫不犹豫地把他留了下来，而五年前的厂长毫无疑问是这个已经三十出头的女猎人的意外收获，她当然不肯轻易放手。

他老婆和他们厂长的关系早就是个公开的秘密了，而秦朗的无动于衷也早就是单位里的一个笑话。嘲笑别人当然很容易，这事真要摊到你头上就不一样了。不熟视无睹又能怎么样呢？说难听点，并不是别人霸占了你的老婆，而是自己的老婆死拽着别人不放手。秦朗曾经拐弯抹角地暗示过老婆结束这种关系，自己可以做到既往不咎，却招来了老婆的白眼和猛烈的抨击。她说，你猪脑子啊，像我们俩的情况要不是我在这儿顶着，早就有一个下岗了，搞不好两个都得下去。得承认，他老婆说的有一定道理，至少她的行为中有家庭的利益在里面。说服自己接受这一点有利于心平气和地生活下去，不接受又能怎么样呢？

女人突然把脸扭了过来，颇为不快地看着秦朗，用力看着。为了掩饰自己的尴尬，秦朗走了出去。

依据窗外的景色，秦朗可以判断出车开了有五六分钟。他像熟悉自己家周围的环境一样熟悉沿途的风景。近五年来，在火车上度过的时间比他待在苏州的时间还多。这是他选择的生活方式，在路上，颠簸，嘈杂。这是他不得不选择的生活方式，在路上，颠簸，嘈杂。

一边往车厢连接处走，秦朗一边掏出烟盒，抽出一支，迫不及待地点上。吐出第一口烟的同时遭到了过道上一个年轻女孩表示厌恶的白眼。这是他可以接受的白眼，是他备受白眼的这半辈子中无足轻重的一瞥，是来得快去得也快不会留下记忆的一眼，他都懒得对此做出反应。

吐出第二口烟后，秦朗在连接处面对车门站定下来。火车已经驶离了城市，车窗外的稻田、鱼塘、农家小楼在秋日明媚的阳光下显得安逸富足。秦朗多次设想过等老了以后也落户到农村，一间房，一分地，一个人，真正地安定下来，过自给自足的生活，孩子老婆爱干吗干吗。当然秦朗很清楚，这也就是想想而已。

“抽烟呐?”

秦朗转过身去，看见和自己同一包厢的男人正甩着手在对自己笑。秦朗点头应了一声。他有些难受，看那男人甩着手上的水就能猜出他刚从厕所方便出来，不出意外的话，还是一次他妈的大便。和一个刚排泄完的人面对面让秦朗的情绪莫名地低落。

“是出差吧?”

秦朗被迫再一次点了点头。那个男人应该能看出秦朗神情中的不悦，但他仍然接着说道，一看就知道是老出差的，不用问就知道，赶着点儿上车，行李又那么简单。说着他掏出烟来，打开烟盖，凑到嘴边，用牙齿叼出一根，然后开始上上下下摸口袋找打火机。秦朗冷眼看着。他知道那家伙最后肯定能从哪个口袋里掏出一个来，就算他掏不出来秦朗也不打算主动把自己的打火机借给他。

“我们也是出差，唉，没办法，一年到头不是在火车上就是在飞机上。”

秦朗知道他说的“我们”是指他和那个女人，但不知道他们是因为经常出差才搞到一起的还是搞到一起后才经常出差的。而他常年出差是为了给在家的老婆腾出足够的空间可以去搞。这么一想，好像出差和搞有着某种隐秘的因果关系。

男人终于找到了打火机，并且点上了。秦朗隐隐有些失望。

“你到哪儿下?”

秦朗不想回答，但就此转身离开这样的事他又做不出来。就像尽管他老婆那样，他还是说不出“离婚”这两个字。由此，秦朗也打心底里看不起自己，懦弱，优柔寡断，顾忌这顾忌那，没有志气。

“你到哪儿下?”

“终点。”

说完秦朗把烟头放进烟灰盒里，然后一脸阴沉地绕过挡在他前面的男人往包厢走去。

那个刚才白了秦朗一眼的女孩还在过道上站着，她面朝车窗，神情呆滞，两手撑在茶几上。当秦朗经过她身边时，她往边上让了让，同时又迅速地白了他一眼。秦朗愣了一下。如果说第一眼是因为他在过道上抽烟，那这一眼白得实在没什么理由。她还在为那口烟生气？还是由那口烟而完全否定了他这个人？

走到5号包厢前，秦朗忍不住又回头去看那个女孩。她又恢复了面朝窗外而站的那个姿势，并且一动不动，似乎陷入了沉思。她可能是无意的，秦朗对自己说，看她的样子像是碰到了烦心的事，要不车开出有半个小时了，她为什么一直在过道上傻站着呢，所以，她的白眼不是针对他秦朗这个人的，而是对打扰了她沉思的外界表示抗议的一种方式，所以不要往心里去。没错，秦朗是这么对自己说的，不要往心里去。

不这样想又能怎样呢？有一次，秦朗在单位的厕所刚好撞上了也来方便的厂长，出于一个戴绿帽子的男人的可怜的自尊，他没有主动打招呼。后者看了他一眼，好像还皱了一下眉头，然后低着头离开了。秦朗尿完后在味道呛人的厕所里呆了半天。他一遍遍地回味着厂长刚才的一举一动，最后硬生生地从那一低头一皱眉中看出了内疚。另外，厂长的眼神里也很有内容，看看那双颓唐无奈的眼睛，就知道他很痛苦。痛苦什么？当然是对和秦朗老婆之间关系的欲罢不能了。那一眼被完整地保存在了秦朗的记忆中，每当心烦气躁地钻牛角尖的时候，他就拿出来咀嚼咀嚼，然后情绪就能缓缓地回落到可以正常生活的水平高度。不这样又能怎样呢？

那个男人提着热水瓶摇头晃脑地过来了，嘴里好像还哼着小曲。女孩侧过身子让他过去。秦朗下意识地去看女孩的眼睛，但是，后者只是侧身让到一边，甚至都没看那个男人。她为什么不也给他一个白眼？秦朗又把刚才男人经过她身边的片段在脑子里回放了一遍，他看得很清楚，她确实没有翻白眼。

“怎么不进去?”

“看风景。”

秦朗是用说“关你屁事”的口气回答他的，可这家伙一点也不介意，回头看了一眼那个女孩，然后暧昧地笑着说，对，这边风景不错，说完还伸手拍了一下秦朗的肩膀。秦朗的身子往后缩了一下，但还是被拍到了，在那个男人打开移门走进去的时候，秦朗狠狠地瞪了一眼他的后脑勺。

对于白眼，秦朗并不陌生，然而一个素不相识的女孩在短时间内没头没脑地给了他两个，不会一点原因也没有。她是要借此表达什么吗？秦朗不着痕迹地往女孩的方向挪了两步，他想看清一些。他得给自己一个交代。

盯着看了半天，也想了半天，最乐观最浪漫的想法是她对他有意思。不过那念头只在秦朗头顶闪了一闪，就被他否定掉了。最后，秦朗决定再从她身边经过一次，如果她再给他一个白眼，那他必须要讨个说法了。

秦朗走到女孩跟前时，后者居然全无知觉。他迟疑了一下，还是擦着女孩身后最突出的部位——屁股，走了过去。女孩受了惊吓般一哆嗦，然后缓缓地就像是慢动作似的扭过半边脸来冲着正回头看她的秦朗用力白了一眼。这一个白眼重重地落在秦朗的脸上，其威力相当于一记脆响的耳光。他顿时觉得整个车厢暗淡了下来，情绪瞬间跌落到了谷底。同时，心中迸发出的怨怒使他的脸涨得通红，从未有过的冲动让他马上就想冲过去揪住女孩的衣领问个究竟，但他的双脚却把他带到了车厢连接处。

吸完一根烟后，秦朗还是没能为自己找到一个说服自己不去质问女孩的理由，所以他又点了一根。突然，女孩埋着头跌跌撞撞地过来了，径直推开厕所的门走了进去。秦朗想也没想就跟过去，在斜对着厕所的盥洗间门口站定。这是一个不错的位置。你已经无路可逃了，姑娘，今天必须交出一个我能接受的说得过去的理由。没什么好商量的，就算编也得给我编一个出来。虽然在这半辈子吃到的数不尽的白眼中，这三个白眼算不上什么，但它出现得过于频繁和无缘无故，它们已经伤害到了一个本就不自信的男人的自尊心。秦朗已经不打算再忍了，至少今天是这样。

另一个厕所已经是几进几出了，秦朗估摸着得有二十多分钟了，而女孩还没有出来。他几次装模作样地做着扩胸运动走到厕所门口，屏息竖耳，听不出有任何异常的动静。

就在这时，秦朗的肚子不合时宜地疼了起来，感觉有便意涌来，不是很强烈，可对秦朗来说已经是个不小的意外了。隔壁那个厕所这会儿刚好空着，他完全可以进去试一试，没准就此一举克服了困扰他多年的心理障碍。但是不行，秦朗觉得自己现在是一个守卫自己的尊严的战士，敌人一刻不投降他就不能擅离职守。

秦朗由衷地佩服又嫉妒那些能在运行的火车上自如地睡觉和拉屎的人，尤其是后一项，那绝对是有难度的工作。但的确有人在进行着。秦朗在这儿站了将近半小时，依据进入厕所的时间长度可以判断出，至少有两个人，也就是三分之一的人做过此项工作。而另外三分之二，假如有此生理需要的话，也不排除顺利完成的可能性。

火车的速度明显地慢了下来，列车广播车快到常州站了。列车服务员拿着钥匙疾步过来锁厕所门。这是个身材娇小没有胸脯的年轻女孩，眼睫毛特别地长，而且浓密，像扇面似的。秦朗想，她眨眼睛的时候，站在她对面的人大概都能感觉到有风吹来。从秦朗上车后就看见她一直在忙活，她应该是个好脾气的勤快人。秦朗也因此对她挺有好感。如果有机会的话，秦朗很想和她聊上几句。

眼看着女列车员锁了隔壁厕所的门就走了，秦朗赶紧喊住她，提醒她另一间里面有人。有人吗？有人。秦朗说得非常肯定。如果需要，他还能具体描述出里面那个人的模样、身高和大致年龄。列车员敲了两下门，提高声音说道，有人吗？车马上到站了，进站前厕所将停止使用。里面一点回应也没有。她扭过脸问秦朗，你看见有人进去了？是啊，我看着她进去的，是个姑娘，进去半个小时了。她又敲两下，并迅速地和秦朗交流了一下眼神。他们都有些不安。秦朗说不会出什么事儿吧？她毫不犹豫地把钥匙插到了锁眼里，打开了厕所的门。她先推开一条缝，张了张，接着推开一半，探进去半个上身。秦朗伸长脖子也想看看，列车员已经"砰"地拉上了门，动作利索地锁好，转身走了。

"怎么，里面没人吗?"

年轻的女列车员没接秦朗的话。车到站了，开门，放下踏板，在门上插上车厢号牌，又是一连串的忙活，她脸上始终带着职业性的微笑。这节车厢没人上下车，因而她只需要像个标志牌似的站在门口就行了。秦朗跟过去，扶着车门把手，探出身子冲站下面的她又问了一遍，厕所里没人吗？她低下头去看着自己的脚尖。秦朗也随着她的目光看下去，实在看不出有什么可看的。她还是没有回答，而他这样追着问似乎让她有些恼火。

"厕所里没人吗?"

"没人。"秦朗话音未落，她猛然就抬起头来怒气冲冲地回答道，并且白了他一眼。没错，她白了他一眼。秦朗甚至感觉到脸上被她的眼睫毛扫了一下。

秦朗慢慢把探出车外的身子收回来。他的脑子转得极其地慢。她的回答她脸上的怒意她说话的语气以及那个该死的白眼让他完全转不过弯来。她为什么要冲他发火？那个女孩真的不在里面吗？那她又会在哪里呢？许多问题接踵而来，秦朗觉得自己的脑子就像一台内存不足的老电脑，运行起来费劲极了。唯一还清楚的感觉就是自己对她的那点好感，随着那个白眼烟消云散了。

“跟你说件奇怪的事，我明明看见有个姑娘进了厕所，一直没出来，可列车员打开厕所的门后，里面却没有人，我怀疑她跳车了。”秦朗说得气喘吁吁的。他刚挨个敲了一遍包厢的门，并且查看了软卧两头的连接处，此刻他的心还跳得厉害，某种不祥的预感让他的心脏感觉不胜负荷。

“跟我说这些乱七八糟的干什么，真是的。”

“怎么，不方便接电话？你在干吗？”

“上班呗，这个时间还能干吗。”听起来她很不耐烦。

“你到底在干吗？”

“干吗，干吗，当然是上班，干活，挣钱养女儿。”

“算了吧。是不是我的电话坏了你们的好事？”

“你在说什么？”

“别把我当傻子，是不是我的电话坏了你们的好事？”

“你脑子里有屎啊！”说完电话就断了。

那个女列车员手里拿着扫帚弯腰朝这边一路扫过来。秦朗这会儿脸上还有点热辣辣的。他打开5号包厢的门，进去后一屁股坐在自己的铺位上。对面床铺的男人好像说了一句什么，他没听清，也不想听。他只觉得自己的右耳里面“嗡嗡”作响，耳膜被震得生疼。他用手掌使劲摁了摁右耳。没错，他老婆是这么说的，你脑子里有屎啊！

“妈的，一对狗男女，奸夫淫妇。”秦朗恶狠狠地骂道。

“你说什么？”

秦朗抬起头，有些茫然地看着对面并排而坐的那对一脸惊诧的男女。

“你刚才说什么？”那个男人站了起来，面露凶相，那张脸已经变得让秦朗不认识了。

我说什么了？秦朗问自己。那个男人向前一步，站到他面前。从秦朗这个角度看上去，其显得异常地高大。我说什么了吗？秦朗一只手撑着床铺，身体下意识地往后面缩了缩，另一只手仍然摁着耳朵。男人弯下腰来，面部扭曲狰狞，双眼死命地盯着秦朗。

“我看你是他妈的脑子里有屎。”那声音像炸弹似的在秦朗头顶爆炸，随即又扩散到头部四周。

短暂的寂静之后，秦朗听到了一种低沉的持续不断的轰鸣声，像是从远处传来的，同时他的两只耳朵“嗡嗡”直响。没错，他是这么说的，我看你是他妈的脑子里有屎。

（原载《长城》2006年第1期）

作者简介：

戴来，女，1972年10月生，苏州人。近年发表长中短篇小说近200万字，中短篇小说入选多种选本，部分被译介到国外。为新生代作家代表之一。

提拉米酥

须一瓜

一

像钻进袋鼠袋子里的小袋鼠，老婆每次做爱舒服了，就用这种姿态延续幸福感。侧睡的巫商村和蜷在他怀里侧睡的老婆像一对大小括号。小括号说，你的误餐补贴呢？这个月的好像还没看到？

大括号不说话。巫商村是累了，但是，老婆这个问题把他问得像突然被人往脖子里泼了杯冰水。于是，巫商村装着迷迷糊糊，闭着眼睛用胳膊揽紧了点老婆。老婆却推开了他的胳膊，像爬出袋鼠腹袋的小袋鼠，老婆把头拱伸到和他的头齐高。

我记得你没有缴。每个月你都是十二号发的，今天都二十七号，不，二十八号了——喂，发了没有？发了吗？喂？嘿！老婆开始胳肢巫商村。巫商村用困倦万分的语气说，黎意悯借走了。快睡吧，我累了。

老婆不吱声了，安静得就像个侦探。

像被人在脖子里泼了杯冰水的巫商村，一下子就失去了刚才激烈的做爱换来的无牵无挂的疲倦。半个月间，他已经变成对误餐费这几个字有过敏反应——一种不太舒服的感觉。一提这话茬，他就睡不好了，但是，他没动，还轻轻地做了点均匀的呼噜声出来。

老婆却猛推了他一把：她那么有钱，干吗借你的误餐费？

怎么还不睡啊，都几点了？巫商村假装被推醒很不乐意的样子。老婆说，她那么有钱，干吗借你两百八的误餐费啊？现在还没还？

真烦人啊。巫商村说，不就这一点点钱吗？月初慈善一日捐，不是正好赶上印尼海啸吗，单位里领导把误餐费捐了，黎意悯出差，我打电话问她，她说代她把误餐费捐了。我就先替她捐了这个数。

后来呢？

什么后来啊。

她出差还没回来吗？

当然回了。

那还你钱呀！

……她一时忘了吧，等下个月领误餐费的时候，她就想起来了。

那她回来的这个月没领过误餐费吗？

……唔，领了……我估计那个马大哈一时忘了……唉，不就一两百块钱吗，睡吧。

什么？一两百块？嚯！你一个月多少个一两百块呀！两百八啊，就是三百块啊！

你烦不烦啊，巫商村说，这怎么都是我个人的事。快睡吧，睡吧，你不睡我要睡了！

老婆使劲推了巫商村一把，彻底远离了袋鼠怀抱。老婆这一折腾，巫商村的感觉已经不是一杯水，而是被一盆水泼了，浑身就是不舒服，甚至就像被人提到气锅里焖蒸，但巫商村还是做出睡过去的样子。

其实，这两百八十元的误餐费，像条小蛇，已经在巫商村的心里活了半个多月了。

二

在公司的人力资源部，甚至综合部、技术开发部，几乎谁都知道巫商村和黎意悯是挺不错的朋友。在办公室里，总显得互相赏识和彼此维护，他们的友好而默契，就像资源部大凉台上那两盆硬朗的巴西铁树一样明朗无疑。可是，他们没有任何绯闻传出来，也从来没有人开他们的绯色玩笑。而实际上，黎意悯是个招蜂惹蝶的热浪美女，虽然她能力出众，业绩突出，关于她本身，在办公室男女们背后的嘴里，还是评说纷纭的，甚至有点不良。但就这样一个人，关于她和巫商村，还就是没有绯闻传出来。

巫商村看上去就是一个话语不多、善解人意的淡泊男人。公司里，巫商村对上上下下——不管是总经理还是厕所保洁员，也不论小人还是忠良，他一律非常谦和、非常尊敬，任何时候他都宠辱不惊。大家也知道，巫商村对黎意悯最不错，大家很容易看到他俩大大方方互相招呼着，到单位前面那条街的查箬西餐厅吃中饭，或者看他俩一起顺道打的回去。在办公室，大家都看到黎意悯有时突然地蒙上巫商村的眼睛，意图制造一个没心没肺的惊喜；黎意悯没有当主任助理之前，大家还时不时看到黎意悯对巫商村花拳绣腿地踢打撒赖，但绯闻却一直没有出来，也许大家都觉得，和巫商村那样无拘无束是很自然的，巫商村其貌不扬，却有这样的慈父仁兄的吸引力和安全感，而这样的动手动脚和爱和性是没什么关系的。

四年前，主任和巫商村在人才市场摆摊，要收摊的时候，黎意悯来到摊前。三四年过去了，至今巫商村回想起黎意悯来求职的音容笑貌，就会联想起正在融化的冰淇淋，那流水行云般的美妙柔滑令人愉快而隐约着急。可以说，黎意悯是巫商村从人才市场挖掘来的，没有巫商村，就没有黎意悯；因为老主任不太习惯她半胸可见的透视装，尽管是黑色的；老主任也不能接受她，一坐下就谈自己应聘这个岗位的劣势。这两步与众不同的险招，都正中了巫商村的下怀；而黎意悯能最后成为资源部新主任秘书，也是巫商村在来聆听意见的分管副总面前，做了有分量的优势分析。事实也证明，黎意悯的确是个聪敏能干的工作伙伴。

在巫商村看来，黎意悯处在美丽与平凡、狡猾与纯真的混合地带。她总有一种轻微的夸张，无论笑容、语调、肢体动作，甚至眼睛——圆睁起来比狗眼还简单。巫商村觉得她因此充满吸引力。她打定主意要影响人的时候，她就像一个正在融化的可口冰淇淋，她的真诚、信赖、无助、自信、自贬、甚至孩子气，就这样一股脑儿融化在你面前，你难以抗拒，还要赶紧应承呵护。

成为朋友之后，黎意悯就会到巫商村家里来。巫商村老婆开始对她有些敌意，但禁不住她开门见山的、正在融化的冰淇淋外交，更禁不住她见面必送的大小礼物，还有女人的私密的悄悄话。有时，巫商村老婆甚至觉得黎意悯和她才是真正的好朋友，只是出于女人的本能，她对黎意悯背后扫视的眼睛，始终保持着一只冷眼。所以巫商村每次说，黎意悯其实是个很单纯的人，老婆就说，我看未必！

三

查箬西餐厅据说是位海归派开的，就在巫商村所在的公司大厦的前面一条街。那里环境很不错，坐在里面藤蔓造型的白漆藤椅上，可以透过大幅的玻璃水幕墙，看到五星广场，另一面通过大舷窗一样的绿箩窗，能看到白鹭飞翔的白鹭湖景。但黎意悯说，查箬有两大好处，一是那里的提拉米酥极好，二是洗手间极好。

第一次是黎意悯请巫商村和另外两个同事来吃海鲜自助餐的，大约是三年前了。那时，查箬西餐刚刚开张，在报纸上打广告并有剪报八折的优惠。三年间，黎意悯吃掉了起码有五十水晶碟的提拉米酥了吧，反正，在巫商村的记忆里，她是有来必点的。而第一次发现这里的提拉米酥好吃，是巫商村请她吃的。那一次是快下班的时候，黎意悯倚在巫商村的电脑桌边，两人一个坐着一个站着，一个写一个看，就那么不知不觉聊深了。那是第一次深谈，开始是黎意悯看巫商村在旧报纸上练毛笔字，说起了自己父母在当地书法界的影响，之后就由父母说到了自己失败的婚姻，和为什么背井离乡只身来到这个城市的原因。说到难过处，黎意悯泪水闪烁。巫商村就说，一起吃饭吧，我请你。老婆回娘家了，我也没饭吃。

那次，巫商村为黎意悯点了份意大利提拉米酥。他自己并不喜欢甜食，但是，他说，上周我老婆来这吃了后惊叹，说这是她吃过的最好吃的提拉米酥。我建议你试试。黎意悯吃了，说啊，真好！真的不错！黎意悯没有奉承的意思，从此之后，她每次来都点，并没有因为是别人的老婆发现、别人的老公推荐老婆的发现而忌讳。

吃着提拉米酥，话题有时轻松有时沉重，有时郑重，有时蛮无聊的。第一次吃，配送提拉米酥话题的是办公室话题的延伸，关于黎意悯的前婚姻。巫商村知道了，黎意悯的前夫是个个子不大嗓门大的家伙，已经离过婚；知道他在新加坡打过工、挣过大钱，回国后开过婚介公司，后来失败在家；知道了他老公嘴非常甜，颇得黎家父母欢心；知道住在黎意悯父母家时，因为他做爱的冲刺嗓门大得实在令黎意悯父母尴尬，因此被迫买房搬出；还知道他们离婚的时候，他连新买的一打洁柔卷筒手纸都列入婚后个人支出；还知道，离婚后，也就是黎意悯搬出后，忽然想起一个自己“个人支出”买过一个 IBM 鼠标（其实是朋友给的）。电脑分给男方了，便牢牢记着要去讨回折价。跑回去讨了两回，终于讨回二十三块八毛。前夫说，有你这么小气的吗？在法庭上你怎么不想起啊？黎意悯说，惭愧，下次再离，我也就知道手纸也要列入清单的。

说到这里，黎意悯哈哈大笑。离婚进行曲，像有了喜剧末章。

四

提拉米酥的制作也不太复杂：先将意大利起司和蛋黄打成糊状，再慢慢地加入糖霜及香草精混合；然后，咖啡酒加上咖啡粉拌匀，将饼干两面蘸上咖啡酒和咖啡粉制成的酱料；之后再一层饼干、一层起司蛋黄酱，如此重叠，最上面是一层厚厚的起司酱；完成后，盖上保鲜膜，放进冰箱，冰六个小时。端出食用前，可以撒上一些细细的巧克力粉。

每次都这样，只要吃得陶醉了，黎意悯招手就问服务生制作方法，服务生无一例外就要去垂询意大利大厨。到了后面，巫商村已经能倒背如流这个意大利提拉米酥的制作程序。只要服务生过来鞠躬着说，对不起，我这就帮您去问问厨师，巫商村就说，不用，我告诉你，麻烦你再告诉这位小姐。首先将意大利起司和蛋黄打成糊状，其次……

黎意悯吃吃大笑，向服务生摇手抱歉。她说，我永远都不可能去亲手做它，我就想用这个方式向制作者表示最高的敬意……

意大利提拉米酥的确是很好吃的。巫商村偶尔也吃。更多的时候，他是看着黎意悯摆弄着查箬镀银的精美餐具，一点一点、一口一口地品尝。提拉米酥入口的时候，她有时会闭上眼睛；有时候她会嘀咕，今天有点苦。通常她都很沉醉，沉醉了，就口无遮拦地说话。喂，我上周末的一夜情，感觉真的很好。就跟这提拉米酥一样，真的好！

巫商村搅着咖啡说，比上次的更好？

关键是——这个特别能布置情调。节奏感也特别好，哎，哎，真是好啊！

嫁给他吧。

真想呢。

巫商村嘴角一抹咖啡末一样的微笑。

唉，我跟你说，余副让我明天空出时间，要陪省公司的客人。上次我不是推托，你没早说，我有约了，你看，现在他就提前一天说。

那你就去吧，虽说余副不分管你，但老是推托，他有让你穿小鞋的机会。

我不想去。上次被他堵卫生间了，喝点酒简直就像个发情的畜生！你知道被他撕坏的衬衣多少钱！想了我就火冒三丈——你笑什么?!

我一直看你和他很嗲呢，看你嗲得好像要倒在人家怀里呢。你何苦要让他撕坏名贵衬衫？自己解不行吗？

呸，你懂！黎意悯用西餐刀背，打击了巫商村的头顶。我靠人家饭碗过活，当然要迎奉一点。这一点，你再聪明，也得到了我的处境你才懂。哼，万总在桌下把手伸到我裙子里，桌面上我不还是跟他媚笑吗？换你你大义凛然试试？你能说，拿开你的咸猪手?!那次在卫生间，我脑子里差点一根筋，要咬下余某的臭舌头，但是，我敢吗？不敢，我除了吐出来我躲开，我能干什么？第二天，我还要一见面说：余副，你昨天喝多了——你以为女职员好混哪。

要讨那么多人的喜爱，当然不容易。那你明天晚上别去。

去啦，要不今天请你吃饭？我就是想请你看我电话，大约在七点半多，你看我短信，就用固定电话打我手机，就说好友小孩跌伤了，急要帮助。我坚决不走，你怎么劝我都不走，就是不走。再过十分钟，你又打来，说急需送钱过去，我只好就抽身走人了。估计我也吃饱了。

巫商村嘴角又浮起咖啡末一样的微笑。

巫商村给黎意悯就是这样的感觉，深沉洒脱、包容万象，毫不让人腻色。黎意悯非常感激，当年这个陌生的城市，老天竟为她预备了这么个成熟通达的朋友。关于这个认识，黎意悯早就告诉了巫商村，我很幸运，有你这个什么都能谈的朋友。没有性没有嫉妒只有理解和爱护。女人是没有同性朋友的，只有我落难的时候，同性才会由衷地同情我爱我；女人也几乎没有异性朋友，因为男人要么性，要么什么都不。

巫商村摇头。他并没有问，那我是什么呢？

细细，黎意悯看着他说，你不一样，你是比性更重要的心血管。我的动脉啊。

巫商村笑，并不顺势占她便宜。黎意悯补充说，希望我有你的静脉地位。

五

每个月的十二号，人力资源部的老丁就会造表，到公司财务把部门的误餐费领出，然后大家到老丁那儿签名领钱。奖金是有系数级别的，两三千到万把块的楼梯差别很大，而误餐费是固定的，每人二百八十元。公司这些年效益不错，误餐费和大额的奖金相比，实在不算什么。可是，就这么一个普通偏小的数字却令巫商村敏感起来。早上看到靠窗的老丁戴着老花镜在填写一个细长的表格，巫商村心里就咯噔一下，要领误餐费了。后来巫商村借着到饮水机接水，又特意到靠窗的那边瞍了一眼，没错，今天要领误餐费了。

他扭头看黎意悯。黎意悯一直在自己的位置上接电话。近期公司准备新成立一个部，人员要调整，于是，诉说自己调整岗位愿望的电话，在人力资源部多了起来。

巫商村听到老丁叫唤了一声：小黎！黎意悯也噢了一声，但黎意悯没有马上过去，好像电话又响了。老丁总是这么叫，大家都是心领神会地到老丁那儿签名数钱。老丁叫商村——巫商村说来了。巫商村走的是经过黎意悯位置的路线。他看她拿着电话一手在记什么，嘴里是好的、好的、嗯，我记着呢。好的。好的。

巫商村手里拿着误餐费——两张粉红的两百，一张绿色的五十，三张崭新的十元——他拿在手上，像拿扑克牌一样，经过了黎意悯的位置。她还没放下电话。巫商村经过她的时候，她夹着电话的半个脸，因为倾听而显得分外严肃的目光，那目光停在巫商村手里扇状的钱，并追随着它，但目光是透漏的，巫商村能明显感觉到，黎意悯的心思在电话里。

巫商村后来疏于观察，不知道黎意悯什么时候走了，等他忙完抬头找她的时候，她的位置已经空了。拿着茶杯再去饮水机那儿的时候，巫商村踱到老丁的位置。老丁已经摘下老花镜在忙其他活了。都领完了？巫商村说。老丁说，都领啦。主任的小黎代领了，她要赶到市人才中心开会，主任已经过去了。

看来，这件事情在黎意悯记忆里已经不存在了。否则，这是个唤起两百八的误餐费记忆的最好由头，巫商村一直认为这是黎意悯恍然大悟的时刻：啊，天哪！我差点忘了，该死该死！你为我代捐了海啸捐款呢！巫商村想自己肯定脱口就说，谁给不是一样的吗？你急什么呀。巫商村又想，也许自己会说，没事，你请我吃饭好了。可是，今天，黎意悯把钱领走了，而且还帮人代领了，这是多么近似的情景啊，这时候该想起了。其实，在公司大门口，捐赠人员的大红纸光荣榜，是一直贴到了她出差回来。那上面捐款人名字和捐款额都用毛笔字写的，黎意悯二百八十元，巫商村二百元，高层领导人有的捐六百的，普通职员也有人捐二十元。赈灾榜是红纸黑字，老远就能看见那么个东西。黎意悯自然一回公司就会劈面看见。后来当然是揭掉了。毕竟都快四十天了。

巫商村心中的小蛇又开始吐出分叉的红信子。黎意悯为什么还不还这笔钱呢？她怎么能这么糊涂呢？会不会黎意悯认为她和巫商村是好朋友，巫商村替她捐点钱也没什么？不过，巫商村觉得黎意悯不会这么认为。这毕竟是捐款，心意不是随便可以代替的吧。巫商村又琢磨是不是自己在电话里没有说清楚，她以为他就是帮她出了，出了也就算了？黎意悯是个马大哈，经常丢三落四的。刚来的时候，让她去买活动用品老是会忘一两样东西。然后一拍脑袋再赶去补买。后来再去，黎意悯就将需要物品写在字条上提醒自己。结果去了没多久电话就回来，啊——喂，快看看我把字条是不是放桌上了？我可能忘了带出来啦！是吧，黎意悯就是个马大哈，不过，巫商村转念又想，其实黎意悯也是脑子清楚的人，大伙外出吃饭，她不会老占别人的便宜，虽说不是AA制，但基本上还是遵循轮流坐庄的潜规矩办事，比如以意大利提拉米酥闻名的查箬西餐厅。

六

黎意悯的笑声，在电梯口像冰花一样高高扬起，又像风铃一样，随风而入进了办公室。巫商村没有抬头，依旧悬着腕练他的毛笔字，他听到后面有个女声用鼻子发出反感的啧啧声。黎意悯这样夸张的德行，办公室几个女人似乎都不太欣赏，老少男人则好像并不反感，有时跟着她的格式逗趣调情。

笑声进了门，黎意悯直奔巫商村来，后面还跟着两个办公室的小伙子。他们叫嚷着请客请客请客！黎意悯冲浪一样摇晃着一边肩头，一推一推地前进，又像是探戈步伐，反正是一种得意洋洋得不行的步态：嗨——嗨——嗨——嗨——你——看！你看！

她把一张小纸片，重重押在巫商村练书法的报纸上。巫商村把它拿开，黎意悯把它更重地擂在报纸中央，喂——我中啦！二等奖！就是我们前天一起买的体彩！我中啦！

巫商村定睛一看，果然是体育彩票。我要请你吃饭！黎意悯旁边的小伙子已经在喊，见者有份！见者有份！五千一啊，够我们吃几餐了。黎意悯说，大家都去！有福同享！就定在周末！杰克去荣记深海渔庄订桌。——哎，等等，商村，周末你有空吗?有空我们就定了?

商村边写边点了头。

办公室里已经像发了红包那么热烈，一干人的话题全部是体育彩票，哪里哪里的人第一次买就中了一千万，哪里哪里两个退休女人，为了中奖的彩票撕破脸面打官司；哪里哪里有个疯子，随便说的号码，都布满玄机，你悟得出，绝对中奖。说了半天，黎意悯发现，就是巫商村没有参加彩票讨论，回头看他，还在一个劲地练狂草。黎意悯又到了巫商村桌边，看了他一会儿字说，你这个啸字力量太过了，飞白这笔我觉得有些生硬。巫商村唔了一声，继续写。是不是周末不方便?黎意悯低下嗓子，你看上去不开心，和老婆打架了?巫商村笑笑，腕上的毛笔，仍然在大写海啸海啸海啸。

我可是希望你来，没有你帮我选号，我还中不了呢。你要来!

来。

啸这个字就是不好写，你写这么多海啸海啸干吗?嘿，海的写法比啸多多了。我来写一个!笔给我!

巫商村就把笔给黎意悯。黎意悯写得很认真，海字写得墨汁饱满，很端正。但啸字，写得很拙劣，连结构都很幼稚。嘿嘿嘿嘿，黎意悯说，愧对书法世家喔。黎意悯不甘心，开始专攻啸字。巫商村到饮水机打了水过来，黎意悯还在写啸字。黎意悯说，集团竞聘下周就开始了，上次我跟你说的，总裁助理的岗位，听说会拿出来，那我一定要去争取。

好啊。你总是心想事成。

不知道有几个竞争对手。我是不怕的。

不怕就好啊。

到时候，我的竞聘演讲稿，你要帮我看看。

难怪请吃饭。拉票呢!

屁！你还不知道我啊！你和他们不一样，你一直相信我的能力的。

七

荣记深海渔庄吃的都是珊瑚鱼。苏眉一斤三百五，东星斑和老虎斑也都是百元以上的价。包间桌上摆了两个电磁火锅，所有的珊瑚鱼，都是按部位片好端上来的，单调味酱就每人上了三样小碟。东星斑是鲜艳的橙红色，通身洒着小白点；昂贵的苏眉则是蓝色、湖绿色加烟丝色，尤其老寿星一样的头部，全是迷宫一样似格子非格子的三色图案，顶部则布满美丽的绿豆细圆点。切开的皮有虾片那么厚，厚厚的鱼皮的截面都是蓝绿色的，带着透明的胶质感。老丁边吃边叹息，怎么能啊，怎么能吃掉这么美的鱼啊！怎么能啊，这个鱼只能放鱼缸里观赏啊。

两个女职员也像黛玉葬花那么叹惋着吃。但整桌热气腾腾十来个人都吃得很兴奋。巫商村爱吃鱼，他也和朋友来过这一家，看黎意悯点的鱼，他知道今天这餐至少两千打底，有意为黎意悯点便宜的啤酒，却被几个家伙改成了大金门高粱和鲜榨果汁。因为喝酒，又是周末，大家疯得很厉害，黎意悯后来抱着巫商村的脖子劝酒，村大哥——阿——村——我的亲大哥哎——你就替我喝了这杯吧……

第二天上午起来，巫商村的老婆就问昨天怎么喝成那样？回来都几点了！

巫商村说，吃了深海鱼，那些人又要去唱歌，所以晚了。

请谁啊？

都是办公室的人。黎意悯中了体彩，五千多块钱奖金，大家就吃大户了。刚说完巫商村就后悔了，果然，老婆说，她请客？她中了彩票？她钱还你没有？

巫商村走到凉台上逗小鹦鹉。老婆却跟了过来。我说，黎意悯她还你钱没有？就那个误餐费。

还了，还了！你什么时候变得这么计较。

老婆跑到鸟笼边盯视巫商村。

不对，她没还，肯定没还！我看出来了，你在敷衍我！

唉，就算没还，这一点钱又算什么呢？人家昨天请客，一请就是三千。那一两百块就算送她也不吃亏啊。你也知道，我就爱吃苏眉——我看我都把钱给你吃回来了。

这不一样！请客是请客，捐款是捐款。我怎么知道她为什么请客，这个人精得很。就算是中奖，她会舍得把钱全部吃掉？肯定是哪个领导去了？万总？余总？还是集团总裁？

一个领导也没有！巫商村狠狠地说。他只有对老婆脾气糙一点，除此之外，他对所有人都非常精细。现在所以糙，是老婆戳到他不愿意想的东西。实际上，他昨天也这么说过黎意悯，但在心里，他是不相信黎意悯是个拉票的人。

那也一定另有所图！

人家不是老送礼物给你吗？她图什么？

我怎么知道？她心机那么深，你说她的礼物，我都不爱说，她给我的那些名牌衣服，全部是打折的！两千块的衣服，其实就值两百！

两百不也是钱吗？

可你心里不就还记着两千块的情吗！这人不得了呢！

巫商村开始给鹦鹉喂食面包虫。

老婆说，有些女人哪，就是以为可以白吃白捞男人的，捞一点是一点，金钱方面就糊涂装傻，可是都是傻进不傻出。有的男人傻乎乎的，还以为这女人单单只对他好只对他撒娇，是喜欢他呢，其实，这种小算盘小把戏，别想蒙过聪明人！她还以为自己很高明很可爱，却不知道聪明的男人在后面根本瞧不起她！

呵，我就是那种笨人了。

少来！除非你真是迷上她了！

你看我会喜欢那种“八婆”吗？

话一出口，巫商村自己暗暗吃惊。怎么会这样评价黎意悯呢？是为了让老婆宽心，还是误餐费搅乱了脑子？巫商村觉得自己很失态，并为此感到不快。

他开始吹口哨逗弄鹦鹉。

老婆说，反正我算是看透这类女人了！有两分姿色就以为可以横行天下！我敢保证她不会还你钱啦！我看啊你不如到你们工会把海啸捐款的名字改成巫商村得了。也算实至名归。

八

如果要把蛇变成钱，最好的办法就是把它吃掉；如果要把钱变成蛇，最好的办法，就是把钱借给别人，而那个别人有意无意的——就是不还你。

巫商村看着五星广场上一对在旱冰场上双燕滑翔的青年。对面的位置空着，黎意悯去了洗手间。透过玻璃水墙汩汩薄薄的流水，巫商村看远处那个绿衣滑冰女的腰肢，越看越像一条小青蛇。而那显然偏瘦的黄衣黑裤的男子，也舞出了金环蛇的意思。虽然他们双双不时并肩，做出飞燕掠空的样子，但没用，还是像蛇。巫商村看了看对面的空座。总是这样，离去时，黎意悯要去洗手间好一会儿的，等她再出来的时候，就像出水芙蓉一样清新了，雪肤红唇，神采奕奕，甚至比进来前还鲜亮动人。

公司的通告已经贴出来了，中层竞聘工作全面展开。巫商村不喜欢管人，身体也不太好，所以没有参加竞聘。办公室很多人都在为竞聘工作做努力，据说有人开始托找关系，上领导家活动。黎意悯对此很不屑，她需要奋斗的岗位就是总裁助理，整个集团已有五个人报名，就是说有五个竞争对手。其中有个女竞争者英语口语特别好，这是这个岗位的重要条件；还有一个竞争者，公司主营的三大业务都非常熟悉。黎意悯的外语和业务都不比那两位竞争者突出，但是，黎意悯的综合水准要比另外四个都强，比如她的亲和力、公关能力、天生的效率意识和对事物本质的把握能力。而且，她已经屡次受邀客串该角色，这个岗位的经验，正在迅速积累中，而据说，黎意悯还颇得分管市领导的青睐。但是，这次竞聘是场恶战，因为另外三个，传说都是有省里的天线关照的。

今天在查箬西餐厅，黎意悯和巫商村就是讨论竞聘的诸方面问题。黎意悯希望在竞聘演说上赢得高分，因为演说时，所有受邀职员代表要当场匿名打分；集团还专门邀请了专家组成专家组，当场提问，最终形成专家分；会后，竞聘领导小组还要进行群众个别谈话程序。这些之后，再进入集团最高层研究。

巫商村帮黎意悯修改了演讲稿，逐项分析了她的优势。今天的提拉米酥没好好吃，但黎意悯对巫商村说话依然没遮拦。她说，我对自己有信心，可是，我对结果毫无把握。

巫商村知道她指的是总裁。黎意悯说，他的上唇左边薄右边厚，整个嘴巴看上去，像猪肝雕刻的牵牛花，一张嘴，一口歪牙，不干净，恶心。

那你就看他的眼睛吧。

他上午打我手机，问我竞聘准备情况，让我晚上去他家，把演讲稿给他看看。我说太打扰了，他说，没事，他太太去新西兰旅游了。我说不巧，我男朋友晚上的飞机要接。

那你就别竞聘这个岗位。

当然要！一人之下，千人之上，舞台多大啊。我知道我能干好。这是我才能杠杆的支点，我能撬起世界。

那凭什么嫌弃人家的猪肝牵牛花。巫商村一笑，要奋斗就会有牺牲。

我哪里牺牲得少呢。你以为我是超市吗？

出门买单的时候，巫商村以为黎意悯会掏包。实际上每次两人都会争先恐后地掏包，但最终还是心照不宣地按轮流做东的潜规则出牌。论潜规则，今天是该轮到巫商村，但巫商村认为办的事完全彻底是黎意悯个人的，他还陪出了一晚上时间，按理，黎意悯该主动地、歉疚地买单。巫商村这么想着已拿出钱包，说我来，并手脚利索地实施了买单。他的心思像小蛇一样分叉：我现在是不是变得过分计较了？黎意悯是不是太精明了？

九

黎意悯的竞聘演说很不错。实际上她一亮相就得到了挺高的印象分，棉质白衬衫，线条利索的烟色长裤；发型很漂亮，却不像另外几个竞聘者，个个都像是刚从发廊吹整出来。黎意悯是自然的，透着女人些微的妩媚和自信。脸上很干净，化了妆但精致得看不出来，目光明亮纯净。这是巫商村的形象建议。

演讲稿也是巫商村打大纲，关于集团的经营思想、状况的分析和所竞聘岗位的理解和任职设想，是两人讨论的，黎意悯写初稿，巫商村润色的。黎意悯还是紧张了，尤其是她念了个别字。这个在预演的时候，巫商村已经纠正过她两次，没想到她一紧张还是念错了。但是，黎意悯可爱在，她怔了怔，羞涩地一皱鼻子，说，喔，又错了——我从小就只念它一半。这次我还专门查过字典，一紧张又忘了。所有的员工代表几乎都笑了，几个专家小组成员也宽容地微笑。巫商村注意到，当黎意悯演讲完，他身边视力所及的员工代表，好像都给黎意悯打了“称职”栏的高分和较高分。

接下来的程序是，竞聘小组找竞聘者所在部门同事“背靠背”谈话。

小组成员在分头找人谈话，组长把巫商村请到小型会议室。会议室掩着门，组长和巫商村一人一支烟。组长说，商村啊，大家都说，你是最了解小黎的人。而你的人品一贯沉稳，有口皆碑了。希望你能本着实事求是的精神，提供最负责的信息。

巫商村微微一笑。你们要了解哪方面呢？是我把她从人才市场招来的，当时感觉不错，后来证明我们没有看错，是个挺能干的女孩，点子也多，对事务处理一下就能把握本质和要害。这是一种天赋吧。处理问题也颇有创意，不抠死道理，不过就是有点马大哈，丢三落四的，这大概是这类人的通性。

组长在记录，唔，好，人际关系怎么样呢？

对人的相处，她还是把握不错的。我看她颇有公关方面的潜质，应该说，给她机会，她会施展的。不过，可能你们已经听到大家会说她性情有些轻浮，个人生活比较随意，有人可能还会说，她在利用色相谋利，余总、万总经理什么的，都听她摆布，什么总助早就内定，老板早就许诺她大家是陪她竞聘作秀之类——你们听听就是了，有些人也是嫉妒，不一定客观的，再说，金无足赤人无完人，谁人后面不说人，谁人后面不被说？

组长接着说，是，是，老巫你说得很客观实在。你看她性情稳重可靠吗？你也知道的，总裁助理毕竟不是其他什么普通岗位。

巫商村说，我知道，但我一直认为像一夜情之类的私生活习惯，和工作能力、工作作风、效率，毫无关系。我不喜欢也不接受一夜情，但绝不影响我尊敬工作伙伴。

她经常发生一夜情吗？

这和我们的谈话目的有关吗？

唔，没有吧……但她怎么是……

总之，我相信她是这个岗位最合适的人选。

十

竞聘结果很快揭晓，新岗位获胜者被张榜公布，进行最后的公示程序。公告上，没有黎意悯的名字。

因为一直认为自己稳操胜券，黎意悯还无牵无挂地出了趟差。回来看到公示榜，呆得迈不开步，眼泪刷地就流了下来。巫商村请她到查箬吃中饭，照样为黎意悯点了提拉米酥。

太苦了！还是苦——换一块！

黎意悯已经换了三块提拉米酥。每块都嫌上面的巧克力粉太苦。第三块她干脆摔掉了水晶小勺子。你们今天到底怎么啦?!黎意悯指着领班的鼻子：我从来没有吃过这么糟糕的提拉米酥！到底怎么啦！领班唯唯诺诺，黎意悯把叉子狠狠扎在提拉米酥上，为什么换了个该死的厨师?!领班说，没有没有，您是老主顾了，我不敢骗您，我这就去问问厨师，对不起对不起。您稍候。

黎意悯突然拉住领班的袖子。她看了领班好一会儿，说，别去了……对不起，是我自己心情不好……黎意悯眼泪汪然而出。对面的巫商村站起来，示意领班离去。黎意悯抬眼看着巫商村，忽然咬手而泣，无助得像个孩子。巫商村尴尬于餐厅里左邻右舍因黎意悯突兀的哭泣声而纷纷投来的视线，连忙在黎意悯身边坐下，挽住她哭泣的肩头，不断拍抚她的背。那一瞬间，巫商村从心底里泛出内疚的涟漪。

晚上回家，吃过晚饭新闻联播快没了。看气象预报的时候，老婆说，喂，听说黎意悯那个大热门落选了？巫商村说，嗯。

不是你们各级老板都宠爱她吗？

巫商村没吭气。

你那天还说，她演讲得分最高，专家组和群众评议的分，都挺不错不是？

巫商村说，嗯。

那是怎么回事？突然失宠了？

巫商村没说话。

哪个小人这么厉害喔，居然破坏了这么牛的女官迷的美梦？

操那么多心干吗?!

我才不操心，我操她的心干吗？嘿，我是操心我家的钱！我操心她当了总裁助理，就该更不还我们家的误餐费了！

拜托你，宽厚点好不好？那两百八就算我们送她的，请你不要再提了！

送她？送人东西你也要告诉她吧？哪有这样不明不白的？这种人皮厚，她根本不记得这回事，送也白送！就是她记得也装糊涂，这样的送，你有什么人情？被人家耍了还不知道……

王子娟！你太俗气了！

我就俗，我还要打电话告诉她，你那份海啸捐款，是我们家送你的……

巫商村把手里的遥控器，摔向老婆王子娟的脑门。

（原载《人民文学》2006 年第 2 期）

作者简历：

须一瓜，女，现居厦门，媒体记者。2001 年起，陆续在《收获》《人民文学》《作家》等杂志发表中短篇小说，作品多被《小说选刊》《小说月报》《新华文摘》等选载，获 2003 年度“华语文学传媒大奖最具潜力新人奖”。著有小说集《淡绿色月亮》《你是我公元前的熟人》《蛇宫》等。

软　肋

王　手

大概是八二年秋天的时候，我母亲再也忍受不了我在她面前晃来晃去的样子，她决定退休让我顶替。我当时已经有二十五六岁了，这样的年纪才有了一份工作，应该算很迟了，但我顶的是国营单位，名称和内容都不错，我还是很高兴。

我清楚地记得，我母亲退休时头发已经全白了，她五十都还差许多，怎么会有那么多白头发？有人说，她是为我愁的，可怜天下父母心，儿子不肖，母亲她怎能安心？也有人说，她是在厂里被人打的，打中了什么穴道，头发就早早的白了。我母亲在厂里当厂长兼管人事，人事多是非，我相信她会被人打的，过去的年代，打人的事是经常发生的，但有没有把头发打白了的穴道？我到现在也没有听说过。

我们那个厂是做牛奶的，就是把新鲜的牛奶浓缩了，做成一定稠度的炼乳。我母亲一贯思想比较好，她对新厂长说，不能给我有什么特权，要把我放到最差的工种上。比如锅炉房，又脏又累；比如收奶站，专门做下夜班。但母亲毕竟当过领导，她的话下面的人都会认真领会，我就被安排进了“听间”，就是把铁皮做成装炼乳的容器的车间。听间重，听间脏，听间容易受伤，但听间有营养费。我后来知道，那个重、脏、受伤是下面人敷衍我母亲的，营养费则是特地照顾我的。

作为学徒，听间所有的工种我都要锻炼锻炼。运铁皮，老司就关照我要注意腰，腰是男人的半条命，一辈子的事情；剪铁皮，老司就提醒我别把衣服割了，说半年才发一套；冲铁皮，老司就教我如何保护手指，别弄成了九个半，我们没法向你母亲交代。这些老司都是好人，他们买我母亲的账，同时也把积累的经验传授给我。

有一个老司也一直想“指点”我，他叫龙海生，比我有那么十几岁大，人长得粗黑，像他的名字有一股凶相。他不知是哪个工种的，印象里他什么都做，要做什么全凭他自己的兴致，踢一下别人的凳子，别人就得站起来，不敢不让他。车间主任和工友都拿白眼看他。我母亲离厂的时候嘱咐过我，这个人你别惹他。母亲还说，他在厂里有盟兄弟。意思是他有势力。母亲的教导我铭记在心，我是来上班的，不是来惹是生非的。有一天，龙海生把我叫出了车间，对我说，你回家告诉你母亲，有些事叫她别放在心上，说我对不起她。我觉得奇怪，说，你为什么对不起她？他没有回答我的话，顾自己说，我父亲也对不起她。我说，你父亲又是怎么回事？他说，我父亲在她游街的时候踢掉了她的鞋。噢，这个我有印象。我小时候经常在路上游荡，一天看见我母亲被人揪着游街，她的鞋掉了一只，走路一瘸一拐的。游街最怕掉鞋，穿一双最好，都不穿也马马虎虎，穿一只就像用刑一样痛苦。原来是他父亲干的好事！我咬着牙齿说，那么你呢？他说，我打了她一拳。狗生的，我母亲怎么经得起他来打！说不定真的打准了什么穴道，把头发给打白了。但这些事毕竟过去了许多年，再究也没什么太大的意思，我顿了顿，想起许多江湖的话，冤家宜解不宜结，得饶人处且饶人，我就重重地搭了他一下肩，说，这事就到此为止吧。

我前面说过，我曾经不肖，我母亲整日里为我发愁。我以前在西山的一个建筑队打工，是那一带有名的刀不怕，我身上有十三处刀伤，有大刀砍的，也有军刺扎的，也有为平息一场斗殴，要人家看我面子，自己拿匕首拉的。我在西山的货运埠头还有自己的地盘，靠上缴的保护费买酒喝买烟抽。我只要在西山，就不用走路，那些过往的拖拉机见了我，都会自觉地停下来，捎我一程。后来有人说，要是有外地的信件寄给我，漏写了地址也没关系，只要姓名还在，邮差就会把它送到西山来。不过，这都是说得好听，我从来也没有收到过外地的来信。我现在不这样了，我看见母亲的头发越白越多，越白越浓，我就决定金盆洗手。按我母亲的说法，我是在外面疯够了，浪子回头了。所以，尽管龙海生“血债累累”，我也不会把他怎么样。

我答应过我母亲，不再做那些劝架受降的事了。都说人在江湖身不由己，其实在厂里我也身不由己，许多知道我底细的人还是会找上我，我就像一个无奈的司机，再谨慎驾驶，人家一定要撞我，我也没有办法。当然，找我的都是龙海生的事。

龙海生这段时间在闹着调车间，这件事弄得车间主任非常难过。谁都知道，调动是一件“水往低处流”的事情，就好比上海调崇明好调，农村调城市就是“吃倒水”，难。听间本来就是厂里最差的工种，他往哪里调？龙海生又是个“劣迹斑斑”的人，在听间，他做成型，废品的箭头就飕飕的往上蹿，他做落料，这个月的节约奖就泡汤了，这样一个拖后腿的人，谁会捉个虱子放自己身上痒呢？偏偏龙海生还不按套路出招，他坚决要调牧场，这等于“自己明明有洋房还一定要住在别人的食堂”。主任怕引起麻烦，想打消他的念头，说，牧场是家属厂，你调不合算。龙海生说，我关系不迁。主任又说，他们是自收自支，没有福利待遇。龙海生说，我工资和营养费还在听间拿。这些话叫主任瞪大了眼睛，张了张嘴，从肺里想出一句话，你这是拿教授的薪水，干门卫的事情，这事我说了不算，你找厂长吧。龙海生什么时候怕过什么，说，找就找！

我知道牧场，有一天我在厂后边的河里洗澡，看见远处的对岸有一爿半岛，半岛上有丛生的杂草，有简易的棚屋，有几头牛在拙拙地走动。一起洗澡的工友说，这就是牧场，是厂里养牛的地方，厂里用的牛奶，有一些就来自那里。牧场是厂里的一个附属部门，职工都是厂里的家属，家属工没有指标，连工资也很难保障，有时候挤不起奶，工资就少了，有时候刚买了饲料，工资就停一停，拖一拖。这时候，如果牧场里生了牛犊，牛犊又是雄的，雄的养了也没用，就把它杀了，各人分几斤牛肉代工资了。就是这么个地方，龙海生要去干什么呢？

龙海生风风火火去找厂长，他身后跟了几个盟兄弟，在厂里，他算是一个小头目，他声音一高，就有人呐喊接应。事后主任跟我说，他知道自己失言闯祸，就拼命给厂长打电话报讯。厂长原来是搞技术的，我母亲退了后他才上来，他没有经历过这些事情，听主任说得这么凶猛，也慌了手脚，在原地转了几个圈，最后拿了几张草纸逃了出去。

龙海生一拨冲到厂部的时候，正好在楼梯口碰上了厂长，厂长故作惊讶地问，这么多人？找谁？有事吗？龙海生说，找你，有事。厂长把手里的草纸晃了晃，说，对不起，你们先坐一坐，我去去就来。就是上厕所不能阻拦，龙海生暂且让开，塌下屁股在厂长室等。等了两支烟工夫，感觉情况不对，他说，大便怎么拉出吃饭的时间了？就一边骂一边朝厕所走去。在厕所，情绪推动着龙海生，他依次捣着坑门，有的是空的，有的慌张地一应，但不是厂长的声音。龙海生觉得自己被耍弄了，于是，情绪变成了火，烧了起来。他站在厕所里停顿了一会儿，臭气又鼓动了他，他在寻找发泄的目标。他最先看到的是洗手的龙头，他上去把它扳了；接着他看到了一个垃圾屋，虽然是水泥浇的，他推了几下，也把它推倒了；食堂的工友刚刚泡来一瓶开水，立在厂长室门口，龙海生顺势就把它踢飞起来，铁壳咕噜噜翻滚，瓶胆碎了一地。

回到厂长室的龙海生第一件事就是把窗门砸了，玻璃哗啦啦从楼上响到楼下，把楼里其他办公室都惊醒了，工会的门开了，技术科的门开了，劳动工资的门开了，一个个都探出头来看热闹。有人看，盟兄弟也开始行动起来，他们在气氛中表现积极，作阻拦和拉扯状。龙海生显然也是配合有素，好像非常怒不可遏，好像要从阻拦和拉扯中挣脱出来，再找个东西砸砸。后来那些看热闹的人说，盟兄弟实际上在使暗劲，在推波助澜，其实有一下，龙海生因为厂长不在已觉无趣，想放弃这种没有对应的表演，一个盟兄弟说，厂长这样做就是看不起我们，像浇了一勺油，龙海生的火又猛了起来。混乱中，他们没忘记趁火打劫，厂长室墙上的地图就是他们故意撕的，厂长下车间穿的高统雨靴也是他们偷偷拎走的。

最先听到玻璃响的肯定是我的主任，当龙海生罩着头去找厂长，他的耳朵就竖着没有放下过，现在他知道了，他那句不负责任的推却的话有结果了，他白了脸，像尿紧一样跑来叫我，说，会死会死，你帮帮忙去把他叫回来吧。叫龙海生？要我去叫？我其实不想出头露面，自从顶替进厂，我一直保持着非常老实的低调，我不想重提江湖旧事。我故作懵懂地说，这不是一般的任务，我什么都不知道，我有什么能耐把他叫回来？主任苦着脸说，现在是关键时刻，你别开玩笑好不好，我家就住在西山，过去别人传谁谁翻手为云覆手是雨，我原来不知道是你，现在我知道了。主任这样说了，我就不好意思再找借口了，我不能驳一个长辈的面子是不是？再说，这种事和我过去的血雨腥风比起来，简直就是小菜一碟。

谁也不会想到我会出现在厂长室里，没有想到，就有效果。当时他们正在吵闹的兴头上，我的突然出现让他们都大吃一惊。我是个新人，那个场合认识我的人不多，也只有龙海生知道我，我就撇开众人径直走到他面前，我搭住了他的肩，他看看我，疑惑地问，你这手怎么这么重？我嬉皮笑脸地说，手重有什么关系，你到外面我和你说句话。就这么简单，我就这样把他搭了出来。我想，如果把这件事做成电影，那么，剪成慢镜头的就是这个瞬间。

围观的人起先连一句话也不敢说，这时候，他们却以最快的速度传递着他们的惊叹。我知道，当我把龙海生搭出厂部的时候，煤场里、厂区道上、外面的车间、露天洗衣池边，隐蔽的或是公开的，多少双眼睛在看着我们。他们在想什么？他们奇怪死了，他们心里在疑问，这人是谁？这么大胆？可以搭着龙海生从容地走路？而身边的那个龙海生，他平日在厂里作威作福，今天怎么老实成这样？后来，有关我在厂里的美丽传说，有人见了我低头哈腰，就是从这时候开始的。

我虽然把龙海生搭离了厂长室，但根本的问题没有解决，我只是暂时缓解了厂长的燃眉之急，而龙海生，还是擅自跑到牧场那边去了。什么叫无赖？无赖就是把没有道理的事说成有道理的。他说，都是厂里的活，在哪里不是干啊。

龙海生去了牧场，听间的人无不欢欣鼓舞，班组也好像解放了一般，按主任的话说，就像虱烫了一样，好过！听间也不失时机地掀起了比学赶超的新热潮，最关键的几个指标，天天在往上翻，成型的合格率上去了，落料也拿到了节约奖，车间也因此受到了厂部的表扬。

有人欢喜有人愁。这时候的牧场正在叫苦连天。牧场场长当然也久闻龙海生大名，他原来想，我不安排他具体工作，他要呆就呆吧，呆腻了总会回去。事情哪里有这么简单！牧场养的都是奶牛，奶牛就不是一般的牛，奶牛就相当于我们家里的婴儿，宝贝。它的吃，是有时间规定有严格要求的，它的营养，也都参照了食谱，特地搭配好了的。几点吃干草，几点吃黄豆，几点吃大头菜，一切都是从牛的胃口出发，胃口好，奶才会好，吃得多，奶才会多。龙海生哪里懂得这些，他要是懂得这些，就是技术员了，就受人欢迎爱戴了。他是当做不做，不做偏偏做，根本不考虑牛的饮食习惯和思想情绪，本来应该吃草的，他给了黄豆，应该吃黄豆的时候，他送去了大头菜，他把牛的饲料吃混乱了，混乱了，牛就没有口味，不吃，生物钟就失灵，生活乱了规律，牛就生病了。还有罄竹难书的，他好像对牛的乳袋特别感兴趣。起先大家想，难道他家里没有老婆？尤其是大乳袋，饱满的乳袋，他特别喜欢摸。这头牛摸摸，那头牛摸摸。牛的乳袋怎么能乱摸呢？人的乳房也不能乱摸啊，这是一样的道理。乳袋谁来摸怎么摸牛心里都一清二楚，龙海生的手一伸，牛就知道这是一只陌生人的手，一只不熟悉的手，这只手皮厚，不柔软，没有安抚过程，是一只居心不良的手，牛心里就紧张起来，一紧张奶就少了，原来三十斤的，减至二十，原来二十的，就变得像龙头漏水，滴滴答答的，有的牛还因此胀了奶，胀了奶也会痛，像人一样，硬挤就挤出一朵朵奶渣，这样的奶怎么能做炼乳呢？就是废奶。

牧场把这些状告到厂长那里，厂长也一筹莫展，你叫他再研制一个麦乳精，不在话下，但要他拿人，他没有办法，他只能在办公室里一次次地转圈。还是足智多谋的工会主席替他出了主意。工会主席一般都不是文弱的人，他原来在厂里拉板车，手把有力，曾经得过厂里的掰手力冠军。他对厂长说，我以前也听说过他的故事，有一天想邀他掰手力，我们就两个人，关起门。他起先怎么也不肯，说自己没力，甘拜下风。我说，我们不作比试，叫切磋，无论结果怎样，都到此为止，不要传出去。他好像很不好意思地让我捉住了手，你猜怎么样？我捉了他的手后大吃一惊，我当时就失态地叫了一声，马上把他的手放了。我说，你这是化骨为绵嘛！他的手就像棉花一样柔软，一个这么粗大的人，能把手练到这个程度，不是一般的内功。怪不得他那天搭着龙海生的肩，就像点了他的穴道一样。厂长被说得一愣一愣的，说，那你有什么阵？工会主席说，派他到牧场当小组长。说当小组长是假，镇龙海生是真。他去，等于叫猫儿守住了鼠洞。还说，这是个秘密武器。厂长说，小组长这件事不成立。工会主席说，特殊人才特殊使用嘛，过去也有“突击入党突击提干”的。厂长说，既然是秘密武器，是特殊人才，何必放屁脱裤呢？就三粒板两条缝，直来直去好了。和我们主任不一样，厂长布置任务的理由是搬出了我母亲，厂长说，你就当你母亲还在厂里，现在是你母亲要你去叫他回来，你去不去？这倒也是，如果我母亲还在厂里，如果她的安全她的工作受到了威胁和阻碍，我肯定会挺身而出不会坐视不管的。我原来想淡出西山，“小隐隐于厂”，现在看来是不以我的意志为转移了，我又渐渐成为厂里的“保证”了。

龙海生能叫回来吗？而且是无条件的？这当然是没有问题的。为什么？以我在江湖的经验，还是那句话，真有本事的人是不事张扬的，蹦得厉害的都是三脚猫。在我看来，龙海生的做派就是三脚猫，他都是做些小动作，不是真正的胆大妄为。我到牧场找到龙海生，我正要搭他的肩，他拼命避了过去，他说，你别搭我的肩好不好？你的手搭着难过。我说你知道难过就好。我也不和他说什么影响别人之类的废话，我只说三句话：第一，我来叫你，是看得起你；第二，人都是靠人抬的；第三，我现在站在台上，还没下来，你得给我面子，拿张梯子让我下来。社会有社会的规矩，不管他懂不懂，都得敬畏几分。这三句话其实是三层意思，有示好，有交易，有威胁，我不知道龙海生身上有多少社会习气，如果他聪明，他应该能够听话听音。他问，现在就走吗？我能不能等一下我女儿？看来他不是个“愣头青”，他听懂了我的话。我说，你回去和你女儿有什么关系？他也不回避，说，我要我女儿每天下课后来牧场喝杯牛奶。我说，好啊龙海生，你到牧场就是为了假公济私啊。他说，我们家不是困难吗？我说，别人家女儿都还面黄肌瘦呢，你女儿好歹也喝了一个月了，差不多了吧？龙海生嬉皮笑脸地嘿嘿了两下。

有句话叫做“一个人的好是天生的，一个人的坏都是被诱发的"，我起先不理解，掋了半天，现在有一点点懂了，比如我的好就是天生的，因为我母亲好，我的本质也就是好。那么，话搁到龙海生身上，他的坏就是被诱发的。

这年的气候有点异常，冬天来得特别的早，刚过了国庆节，一个冷空气下来，来了又不走，冬天就坚持住了。本地人说，来得早的冬天会格外的冷，这话一点不假，天沉了几日，本来不怎么下的雪，也认认真真地下了起来。这些冷，和生产炼乳直接有关的车间，还有铺了消毒管道的车间是感受不到的，因为工人们会借助消毒的名义把蒸汽打开来，热气马上就笼罩了车间，他们的门上还封了棉被一样的帘子，因此，他们的车间就像春天里晒着太阳，暖洋洋的。听间本来就没有保暖措施，听间又是和铁打交道，机器是冷的，铁也是冰的，整个听间都冰冷冰冷的，就像是一个冰窟窿。

听间的冷冷冷传到了厂长的耳朵里，厂长就亲自来听间呆了呆，觉得确实冷得厉害，就及时调整了原来的劳保供给，允许听间的职工每月增加两双棉手套，棉手套戴在布手套里面，摸起铁来就不那么冷了。对于这项改进，大家都说好好好，觉得厂长也挺体恤的。就是龙海生有意见……

龙海生知道和主任说了也没用，就直接去找厂长，他的意见是，他不要布手套，也不要棉手套，他要全部换成纱手套。龙海生和厂长具体怎么交涉我不知道，我估计厂长也想和他拉拉关系，一个厂长，老是躲着这么个人也不是办法。再说了，龙海生不就是要几双纱手套吗？他又不是要金手套。厂长无非是做做样子，听听他的理由，不管是什么理由，厂长都会顺水推舟地答应他。

龙海生拿了厂长的指示到车间领纱手套，而且要一次性领走半年，仓库员听都没听说过这样的事情。仓库员是个刚从工校分配来的小青年，涉世不深，只会照书读，他说，别人都是以旧换新，从来也没有你这样的先例。龙海生本来还站在仓库的窗外，一听这话，飞身跃入到仓库里面，第一把，像老鹰抓小鸡一样抓过他的衣领，第二把，像武松打虎一样把他掐在角落里，说，你这厮，是不是饭不要吃了！仓库员哪里见过这样的阵势，脸一下就白了，屎也差一点松在裤裆里。后来还是主任来打了圆场，对仓库员说，你怎么都不会看形势呢？

有人悄悄找到我，还请我喝了酒，要我把龙海生叫出来揍一顿。这时候，我的社会身份已渐渐公开，说话也开始稍稍放肆了，我说，打还不容易吗？摁在角落里打一顿，他肯定老实了。但打不是办法，他毕竟不是社会无赖，无赖打了也就打了，打了也碰不着，他是工友啊，打了怎么办？抬头就相见，走路都踢脚，难为情。再说了，我要是打了他，你们以后反过来像怕他一样怕我了，是不是？我又说，我答应我母亲要好好工作的，你们没看见我母亲的白头发吗？那都是被我气的。他们说，那是被龙海生打中了穴道。厂子不大，我母亲的白头发不是秘密，他们都知道它的来龙去脉。我说，那我就更不能打他了，否则别人会说我公报私仇，子报母仇，我如何做人？教训龙海生的事，最后没有说下来。

龙海生为什么要纱手套？为什么一下子要这么多？这是个谜。有人偷偷长了心眼，惦记着他的手套使用情况，他们发现一个惊人的秘密：龙海生根本就没有戴过纱手套，他戴的是布手套，而且还都是老的、旧的、破的。也有人发现，他有些手套是别人忘在机台上，他趁人不备顺手牵羊拿的。还有人更有心，像特务一样潜入他家里打探，发现他老婆在织纱衫，就是把纱手套找了头拆开来，再一针一针织起来，给他女儿穿。原来如此！那个“侦察员”还和他老婆交流过，他老婆说，女儿已经初三了，每天要补习，添一条纱衫晚上出去要暖和些。他老婆边说手上的竹针织得飞快，她织的是鲤鱼嘴花样。侦察员说，纱衫有多少暖呢？他老婆说，总暖一些，就是有股气味，手套纱都是再生的，一股灰尘味，但灰尘味有什么关系呢，多一件纱衫总比没有的好。

侦察员把这些情报反馈到车间，大家都唏嘘不已，感叹龙海生真会动脑筋啊。后来一说起手套，眼一闭，大家的脑子里都会影映出这样的景象：龙海生女儿走在晚间去补习的路上，她因为身上多了件纱衫，走路的样子都要比别人从容和骄傲。

龙海生的女儿先前我见过，就是上次在牧场的时候，很清秀很文静，她去牧场是为了喝牛奶，她对我说，我也觉得这样不好，但我拗不过我父亲。她很机警，一眼就看出我和她父亲之间的微妙。这时候，龙海生拿了个口杯挤牛奶去了。她就问我，你是厂里保卫科的吧？你是不是来处理他这件事？我说，不是，我是他工友，一个车间的，车间有困难，主任让我来请他回去救急。她又说，他在厂里是不是特别“横”？我也老说他。我说，没有啊，我刚来不久，不是很清楚，我觉得他挺好的。善意的谎言。人和人之间都是这样相互抬举的，尤其在子女面前，不能乱说形象。我们说这些话的时候就那么远远地看着龙海生。他又着脚大摇大摆地朝棚屋走去，然后一头头地挑牛，他挑的都是精神爽朗体格健壮的牛，那些牛的乳袋都特别大。我们看见他根本就不会挤奶，挤奶好的人动作很优美很柔和，像抚琴一样。他的动作就很生硬，像在拉扯，像在拔草，他的手肯定像锉刀一样，又糙又冷，因为他摸住牛乳袋的时候牛就浑身哆嗦了一下，像被冷不丁地戳了一刀，恨不得把自己的屁股缩起来。有一下，他肯定还弄疼了牛，牛突兀地哞了一声，尾巴短促地乱甩，还用力踢了他一脚。

一会儿，龙海生兴高采烈地端了牛奶回来，他先是客气地叫我喝，他说，这是正宗的鲜牛奶，一点也没掺假。我当然不会喝。他就把牛奶端给他女儿，他女儿不好意思地看看我，我笑笑，示意她尽管喝。他女儿就抿了嘴慢慢地喝起来，一边喝一边说，爸，鲜奶中的油脂本来是要分离的。龙海生说，是啊，这要看你肚子里有没有油，你现在肚子里很干燥，吸收都不够，就在你肚子里分离吧。他女儿又说，书上说了，生牛奶里有很多寄生虫，容易造成人的肠胃疾病。龙海生耐心地说，寄生虫到处都有，不是都会致病的，有些就是无害的。

那天下午，我是和龙海生及他女儿一起回来的，一路上我知道了一些他们家的情况，他老婆没有工作，龙海生说，正托了人在找，过几天可能要去一个工地看夜门，估计没几个钱，拿几个好几个吧。龙海生的女儿在七中读书，七中是一所很一般的中学，在城郊结合部，校风很差，学校只培养合格的中学生，从来不指望学生能考上高中，但龙海生好像对女儿寄予厚望，他希望女儿能考上重点一中，现在只剩下半年时间了。

龙海生每天晚上要去补习的地方接女儿回家，夜路难走，龙海生风雨无阻，雷打不动。这年的冬天也许真是冷，往年的冷只是冷得皮肤僵硬，这年是冷得骨头发痛。对于一些人来说，冷有时候也是一种灾难，龙海生就经历了这样一次灾难。那天中午，我和龙海生一起吃饭，我们面对面坐。我其实看不起这个人，尤其不喜欢他分裂和反差很大的样子，他看似强横，实际上局量很小。我只是奉了主任之命和他接触，不是讨好他，而是为了更好地控制他，达到修理的目的。我发现他那天吃饭很困难，像牛反刍一样翻来覆去，仔细一看，他的嘴根本就不听话。我又等了一会儿，想看看他喝汤的样子，其实他的嘴已经是一个破畚斗，嘴一动汤就漏了出来。我就问龙海生你的嘴怎么啦？他说，我也不知道怎么了，早上起来刷牙，水都搅不动了。我说，你一定是被晚上的冷风吹了。他说，我昨晚就觉得腮帮子冷。我肯定地说，你这叫面瘫。他疑惑地问，面瘫会怎么样呢？我说，面瘫就是脸神经坏了，神经控制不了嘴巴，就歪嘴了。我们说话的时候，他的嘴其实还坚持着，听我这么一说，他想调整一下嘴，不想，整个嘴就无可奈何地歪了过去，像橡皮筋失去了弹性，差点没歪到耳朵后。

龙海生的嘴歪了，大家都很高兴，他歪了嘴，面目狰狞的，意味着他不会来上班了，意味着车间里又“虱烫了一样”。他不来，大家精神舒畅，他不来，大家情愿多干点活。厂里工资给不给他，大家不管，工资是厂里的，心情可是自己的。有人说，他歪嘴是他人做得不好。有人说，他是吃便宜才把嘴吃歪了的。有人说，这等于替我们扇了个大嘴巴，最好直接把他扇残废了，他就不用来上班了。当然也有人一分为二，客观地说，这个人还是有优点的，恋家，对女儿宝贝一样。说起他女儿，大家的羡慕就升腾起来，说，这女儿还真生得着，又懂事，学习又好，都不用大人操心。

车间里没有了龙海生突然就空落落了，这种体会我们主任最深。听间和别的车间不一样，别人的主任主要抓生产，我们的主任主要抓防范。龙海生在哪里，主任就像影子一样盯到哪里，最大限度地减少龙海生带来的损失。现在，龙海生没有来，其他工友都长期养成了自觉的习惯，没有人让主任着急，他也变得无所事事了。他叫我抽空去看看龙海生，看他的嘴好点了没有。主任说，我们去，他会觉得我们在笑话他，你和他不熟，他不会想太多的。主任还说，要是他的嘴真的正不过来了，他也许就办病退了，这样，我们就很难见到他了，我们在一起也有些年头了，毕竟都是工友嘛。

去龙海生家我准备了一些“礼物”，其实也是车间大家一起凑的，是心意。有寻医的，说天雷巷有个针灸医生，扎几针就好；有问药的，说教场头有个草药摊子，撮几副煎了喝几天；还有人抄来偏方，用新鲜的鸡屎睡前敷脸，说不定醒来嘴就收拢了。当然，我带的不是实物，带的是“知识产权”。龙海生看上去萎缩了许多，人是最怕精神打击的。我还差点认不出他来，因为他脸上已涂满了鸡屎，像化了脸谱妆，看来我的“礼物”用不上了。尽管这样，对于我的到来，他仍然很吃惊很感动，他望着我，情不自禁地忘了招呼，愣了半天，才含糊不清地说了句费解的话：全厂，我最佩服你！

古历年底的时候，车间里又发生了两件事，一件是欢喜的事，一件是悲伤和痛心的事。欢喜的事和龙海生有关，他女儿提前考上一中了。一中是省里的重点中学，也是市里最好的中学，不仅设施好，关键是教学质量好。一中上一本的比率是百分之六十，二本也有百分之四十，等于是全部，所以大家说，考上了一中，等于一只脚已跨进了大学的校门。不仅如此，龙海生女儿考上的还是数理班，这个班只招四十人，考上数理班有什么好呢？明年六月的中考就可以免了。一中本来就叫数学家的摇篮，出了很多有名的数学家，像苏步青、姜立夫、谷超豪，都是一中出来的，那么，数理班就是摇篮的摇篮，前途无量。考上数理班还有一个好，有机会参加全国竞赛，要是得了奖，大学直接就要走了。即便不是马上走，也都做了记号，等大学考完了，优先让你挑。那些天，车间里都在议论这件事，都说龙海生狗皮癣长得正，当然，主要是说他女儿好，真好真好，真真好。

悲伤痛心的事其实也和龙海生有关。年底了，市里下了工资，人人有资格评，四个人一级。这是好事，车间里立即成立了领导小组，做了方案，抓阄摸份分组，背靠背评议淘汰。这时候，龙海生已过来上班，他的面瘫经过针灸、吃草药、涂鸡屎，稍微好了一点，但一直没有全好，嘴角耷拉着，好像无时不刻在不满和生气。车间的工友本来和他就有些距离，现在看他就更不顺眼了。按理，龙海生这次的工资是没有资格评的，工友们扳着指头数落他的“罪状”，他擅自离开车间，他擅自去了牧场，他请了这么长歪嘴的病假，证据至今还确凿哪。大家的意见是要剔除他，在这关键时刻，少一个好一个。但这种意见就像阴沟里的流水，一直响在暗处，就没有反映到明的地方来。这样的意见，谁有胆量去和龙海生说呢？主任没胆，厂长也没胆。不仅是这次工资他照样参评，他还不讲道理地要拿走半级，他说，凭我家里的条件，我拿一级也不过分，我现在拿半级已经是客气和贡献了。大家忍气吞声，不敢怒也不敢言，只暗暗嘱咐自己，晚上不行房事，白天不拉屎，别让不净的手摸到和龙海生一组。

这次的工资，我也有资格评，但我母亲叫我让了，说我刚上班不久，没做多少事情，来日方长；还说，她是行政十九级，退了休还有七十三块，家里不缺钱用。其实，母亲就是不说，我也准备让，我想表现得好一点；再说，我还有额外收入，我虽然不在西山了，但西山是我打下的地盘，埠头的保护费我还坐着一份，他们会定期地给我送来。可惜，我不在龙海生那一组，让也白让，没起到什么用处。

和龙海生一组的是三个女工，他拿走了半级，这组的形势就陡然严峻起来，等于三个人要争另外半级，于是，这半级工资就越发显得像性命一样，谁都苦大仇深了。经过几个钟头的奋力搏杀，其他小组都陆陆续续交上了名单，就是这一组原封不动，死水一样，主任也神情怏怏地过来看过，见三个人都把自己坐成了佛，一句话不说，不说好也不说坏，好像不是在评工资，而是在举行什么耐力比赛，比赛中还透着一股危险的情绪。后来熬到下半夜，一个擦起眼睛打起了哈欠，一个索性叫老公拿了被裹在身上，一个绞着脚实在憋不住了，飞奔至厕所撒了一泡尿。这泡尿其实也只撒了一半，就拼命往回跑，但情况骤变，格局已定，半级工资已被另外两位握手言和了，她们各分了四分之一级。撒尿的那位当场晕倒。

第二天，撒尿的那位在水处理车间吊死了，这里管子多，有的是系绳的地方。可怜这位女工，她的眼光也太短浅了，心房也太小了。我想，她其实不完全是因为钱，她是因为那泡尿，半级工资就毁在一泡尿上，自己想想都觉得窝囊，回家更没法交代。说来说去，也怪她自己准备不充分。据事后另外两位讲，一个早三天就不喝水了；另一个提前还洗了肠，并且都准备了饼干和糖果，以防自己在对峙中体力不支。这是塌天的大事，最后当然由厂部处理，这里就不再啰嗦了。

这一次，听间的人被激怒了，大家同仇敌忾。但龙海生好像看不出有多少内疚，照样心安理得地吊儿郎当。在他看来，那女工是自己要死，和他没有因果关系，什么叫自寻短见？就是因为短见，而且是自己寻的。如果真要怪，也只能怪那两个瓜分的家伙。也许，他觉得自己有盟兄弟撑腰，对于大家的情绪，根本值不得放在心里。

有人再一次找到我，又提起教训的话题。那个被龙海生掐过脖子的仓库员还自告奋勇地说，我就是一个鸡蛋，也要和他这块石头碰一碰。大家都用期待的眼光看着我，希望我能拿出一个像“点穴”一样有力的主意。我还是那个意思，打不是办法，打必定结怨，冤冤相报何时了，而且，我知道江湖上，没有一个人是被打服的。再想想龙海生，他还是有分寸的，看什么人开什么门，站什么山头唱什么歌，他对我就没有惹麻烦，相反的，他还主动提出向我母亲道歉，还忍受着让我搭来搭去，挺给面子的。反正我是不会揍他的，江湖上称这个是“留一个尺寸地”。

我问大家，龙海生有没有什么精神上的弱点？比如丑闻、劣迹，什么事最能让他蒙羞？让他没有脸面？我们就用这个来制服他。有人说，他偷过厂里的白糖。我问，什么时候？他父亲退休他顶替不久的时候。别人知道吗？怎么不知道？全厂人都知道。白糖装在尼龙袋里，用帽子戴在头上，想带出去，结果走到传达室门口，白糖从帽子里“爬”了出来，被保卫科的人当场捉贼捉赃。我想了想，说，这事稍稍老了点，翻旧账没意思，只能试试看，看这个贼字能不能把他打倒，他如果爱面子，也许就打倒了。即便打不倒，能让他收敛一点也好。这样，任务就布置了下来，叫大家有事没事常议“白糖”，把那个贼字强调起来，甚至可以故意让他听见，让他觉得有人还惦记着，让他觉得丑事传千里，起到敲山震虎的作用。

好像龙海生也在揣摩着这件事情。有一天他跟我说，他们好像在说我的过去。他还说，白糖是偷，牛奶也是偷，我现在知道了，我不带回家，就不是偷。这就叫“躺在草地上让蛇咬”，换了今天的话叫“我是流氓我怕谁”，他不以为耻，我们就一点办法也没有。

大家又动脑筋。有人说，我们不等他觉悟，我们主动羞辱他怎样？我们给他起外号，叫他歪嘴。说这些话的是以仓库员为代表的那些学徒，这些小儿科的做法，年纪大的工友不赞成，但学徒们坚持要做，他们说，我们触及不了他的灵魂，搞搞他难过也好。还说，就是气不死他，我们也自己出出气。学徒们毕竟是胆小的，正面较量他们还不敢，他们决定躲在背地里叫，就像放冷箭。于是，那些天，“歪嘴歪嘴”的叫声，像狗吠一样在各种场合各个时间里冷不丁地响起，有时候在厕所里刹锣一样响一句，有时候在车间外鞭炮一样炸那么两下。叫声一起，大家就会下意识地朝龙海生脸上看去，即使不看，也会意味深长地嘿嘿一笑。叫声一响，龙海生就会警觉地耸起头来，判断是谁的声音，判断声音从哪里发出来。更多的时候，龙海生的骂声也同时响起，然后拔脚赶出来，想追住那个叫声，当然都是徒劳而返。这样的时候，大家更是屏着气笑，笑得肩都索索地抖动。这事只能说达到了骚扰的效果，骚扰和征服还是有很大距离的。龙海生的嘴巴，也因此被气得更歪了、更狰狞了、看上去更吓人了。

一般人认为，江湖一定是一塌糊涂的，其实江湖也并存着策略和计谋。工厂也是一个社会，是社会就会有社会现象，我在西山退去的威风，在厂里又重新抖了起来，身边也跟起了一些喽啰，说话吆喝也有人捧场和响应了。我后来出了一个主意，我说，我们为龙海生女儿开个庆功会怎样？庆贺她考上一中，再发她一些奖金，以示鼓励。我的想法得到了我们主任的支持，他说，看不出，你还会逆向思维呢。不过，他对奖金提出了质疑，担心没有人集资。我说，大家尽力凑吧，凑多少算多少，不够的我出。主任说，如果这事也流产了，花出的钱打了水漂漂，我和你一起分摊。有主任的支持，我操作起来就有信心多了。当然，为了稳妥起见，集资的理由我稍稍作了掩护，说，买药除四害用。食品企业本来四害就多，这理由还说得过去，漏洞不是很大。当然也有人怀疑，说除四害怎么叫我们掏钱？应该是厂里统筹安排。也有人明知故问，什么四害啊？苍蝇还是老鼠？开玩笑的话，马上有人胡诌，臭虫臭虫！总之，有主任在一旁兜着，集资的事还算顺利。我们车间一共有三十二人，有出一块的，出五毛的也不少，总共集了二十四块，我再出点，凑足三十块作为奖金。我另外还买了个双肩背书包，是当时比较奢侈的东西，花了五块六吧。

庆功会在车间里举行，准备不是难事，到工会要了张红纸包了奖金，书包先藏起来，到时候搞个意外的效果，主题等最后再写到抄产量的黑板上。难就难在怎么跟工友们说，许多人不理解，说给龙海生开会啊？我们都还想咬他一块肉呢！最难的是去请龙海生的女儿，派谁去？怎么说？怎么说了她才会来？这是重中之重，要做到万无一失，她不来，再好的会也开不起来。说到给龙海生女儿开会，大家心里是愿意的，就争先去做工作。大家是由衷地觉得这个女儿好、优秀、难得、不简单。

庆功会的气氛我一下子也表述不好，反正是又热闹又有点怪怪的。大家用掌声把龙海生女儿请上来，由主任把包了红纸的奖金颁给她，又变戏法一样让她打开面前的工具箱，一个双肩背书包！她一把抱在怀里，眼泪就掉了下来。

她在会上也说了几句话，很乖巧的样子，说得也很得体，她说，感谢大家的厚爱，我不会辜负大家的。感谢我的父母，他们在艰难的条件下为我吃了不少苦，为我付出了很多。说到这里，她抬头想看看她父亲，找了一下没找到，她就接着说，我今天非常高兴，但我要说一句抱歉的话，我知道我父亲在厂里表现不好，做了一些对不起大家的事，大家还能这么包容他，我真的很感激，我替我父亲向大家鞠个躬，谢谢大家。

后面这段话大家没想到，一下子都愣在那里，掌也忘了鼓。

龙海生那天和我坐在最后，他也没想到有这么一个会，会是在非常保密的情况下临时开的，我也是临时搭了他的肩过来，起先只想让大家缓解一下关系，会开成这样，开出这么层意思，我也没料到。龙海生始终低着头，手指在地上划来划去，像一个非常木讷老实的人，有一下他还用手捂住了脸，我想他一定是鼻子酸了。

接下来的事大家肯定都猜到了，龙海生像重新投了一次胎，换了一个人。值得一提的是，他持续很长时间不正不歪的嘴巴，突然好了。许多人都说这件事和我有关，其实不是和我有关，是和江湖有关。有些事，放在规章和措施上，都是解决不好的，一旦染上了江湖的色彩，就不一样了，就有了另外一套程序，简单起来非常简单。

我母亲会经常地问起龙海生，这个人怎么样？你少给我和他来往啊！

我说，我不和他接触，我看见他敬而远之。

过了一段时间母亲又会问起他，这人四十边上了吧？在厂里还那么冲？

我说，他现在好多了，也许真是年纪大了吧。

我母亲说，人其实也是老实人，是屋底大，窝里横，本质还是好的。

最后母亲还忘不了向我督促几句，你呢？你最近表现得怎么样？

我看了看母亲的白头发，中规中矩地回答，您放心，我懂得“猪肚吃多了会吃出屎来”的道理。

至于那些盟兄弟，就不用说了吧，有句话叫“擒什么什么王”的？所以，泥鳅根本就翻不起大浪。

（原载《收获》杂志2006年第4期）

作者简介：

王手，浙江温州市人。写小说多年，近年作品散见于《收获》《人民文学》《当代》《十月》《钟山》《花城》《山花》《作家》等刊，部分作品被选刊转载和入选一些年度选本。另有长篇两部，中短篇结集两册。中国作家协会会员，一级作家。

六万分之一

沈东子

一

船到码头时，天色已经暗下来。一个船工跳上岸，把绳索绑紧，用当地话吼了一句什么，舱门便打开了，从里面拥出一群旅客，依次顺舷梯走下来，一个一个上了岸。

子分拎着皮箱走出船舱，在踏上舷桥时，再次看了看船头。没错，是“太阳五号”，他没有记错。尽管什么也没有发生，可是他想记住这艘船。人的一生似乎很长，可是值得记住的事情并不多，这些事情如同灵光闪烁的碎片，嵌在你的记忆里，因为它们的存在，你才能把不同年龄的遭遇区分开。子分想，要是下次再坐这艘船，他还想去甲板上寻找，虽然只是与那女孩相互凝视了片刻，但毕竟是一段记忆。可是什么时候才会再坐上这艘船呢，他也不知道。他坐上这艘船是偶然，离开也是偶然。

他一边走，一边回头看了看。他想他应该回头看一看。有一个声音告诉他，他应该回头。

暮色中果然有位姑娘，站在船舷上望着他，只是默默地望着，没有摇手，也没有说话。是她，正是那个米黄色的人儿。他放慢了脚步，想再看看她，可等他停下来时，那个人影却不见了，好像他刚才看见的只是个幻像。他知道那不是幻像，只是她过于羞怯，看见他停住，便躲开了，就像她在船上，躲避着他的寻找一样。

他在这里上岸了，可船还要继续驶往上游，她也还要继续行走，还要在那艘船上度过一个整夜，明天早上才能到重庆。但他不一样。他只是一个偶然的过客，如果命运没有很特意的安排，他不会再上这条船，哪怕就是再上了这条船，他也不可能再遇上她。生命中有很多偶然，那些超越偶然的遭遇，属于命运的安排，不是人能想得清楚的。他生活的地方离这条船很远，离这条江也很远。这里是长江。

他和她是长江里的两条鱼，两条擦肩而过的鱼。

他不知道她的名字，只好去记船的名字。这种做法也不是他的创造，古时候有人在河中掉了一把心爱的剑，却在船上做记号，后人以为那古人很傻，其实并不明白他的心情。此时此刻，子分明白了那掉剑人的心情。

“太阳五号”是一艘大型客轮，一年不分冬夏，按时在长江上来回行驶，从重庆到九江，又从九江到重庆，十天一个来回，如同恪守着命运托付的时间表。此时正值六月，五月的人潮已过，暑期的客流未到，因此船上旅客不多。晚饭过后，乘客三三两两散落在甲板上，有的吹风，有的看夕阳，有的望着岸上的树发愣。没有风，岸上的树也默默伫立着，望着船上的人。子分就在这时看见了她。

她穿一件芒果黄碎花丝裙，站在船尾的栏杆旁，旁边有一把椅子，但她没坐。

客轮逆流而上，风飘动着她的头发，也飘动着她的裙摆。她用一只手摁在大腿上，以免裙子被掀起来，动作很滑稽，有点像梦露。别人都各怀心事，望着不同的方向沉思，没有谁注意到这个细节，只有子分看到了。他不仅看到了，而且目光始终停留在她的身上。

其实他的目光只是朝向她的方向而已，他看着她秀丽的脸廓，完全陷入一种奇异的冥想中。这是一种前所未有的体验，他不知道该怎样形容，要是告诉别人，别人也不会相信。这种体验只能深藏于心中。

这时候那芒果黄女子扭头发现了他，似乎有些惊奇，两人相互凝视了几秒钟，她的脸上浮出一个笑，同时现出一个小小的酒窝。在这一瞬间，他觉得她真是美丽，从侧翼投过来的一抹金色余晖，落在她年轻的脸庞上，仿佛给她罩上了一层光环。

依照他的习性，他本来会顺着这微笑，上前跟她搭讪几句，笑着问她从哪来，去哪里等等，可是这次不一样了，他忽然转身走回了自己的舱位，好像想躲开她，害怕她发现自己内心的秘密。

这天晚上他彻夜未眠，眼睛一直盯着在舱壁上晃动的月光。他想到了很多很多，想到了自己生命中出现的形形色色的女人，想用各种记忆冲淡眼前的景像，可无论想到什么，想得多远，最后在眼前闪现的，还是那个芒果黄的人影。他决心在第二天，无论如何也要跟她说几句话。

可是不巧得很，次日天空灰蒙蒙的，上甲板散步的人少了很多。

子分一次又一次地从船头找到船尾，又从船尾找到船头，还从底层找到顶层，都没有结果。他特别留意她是不是换了衣装，并从值班的小姐那里得到确证，客轮在行驶途中没有靠过岸。应该能找到她吧，他一边在船舱中间寻找，一边想。起初他还比较有把握，老想着见到她时，该说些什么，最好还是先说说对三峡的感觉吧，女孩子喜欢这个话题，当然也要相机行事，视情况决定说什么好。可随着时间推移，直到下午还未见她的踪影，他忽然明白了，这是命运跟他开的一个玩笑。他不仅不会再见到她，甚至连昨天的相遇是否真实，都很值得怀疑。

可临到下船时，她忽然又出现在船舷上。

一个小时后，子分离“太阳五号”已经很远了。他坐306路巴士离开码头，在城市东南角下了车。这片街区餐饮业比较发达，尤其是中低档次的餐馆，加起来有好几十家。顺着一只灯箱的指引，他走下长长的台阶，找到一家小旅馆。

生活中有个玩笑，总好过什么也没有。他一边想着，一边就走进了旅馆。这家旅馆是由七十年代的防空洞改造而成的，那时担心俄国人会来空袭，每座城市都挖了许多这样的防空洞。如今俄国人不会来空袭了，防空洞都派上了其他用场，大的改做商场，小的开了旅馆。这也是一个玩笑，是命运跟国家开的玩笑。

他闻到一股潮湿的霉味，同时看见门口有个登记处，一个戴眼镜的男人盘腿蜷缩在椅子上，手里端着一只杯子，正跟旁边一个不戴眼镜的男人聊天，说的是本地话。他能听懂个五六成。他们在说养鸟的事，说养鸟挺花钱，尤其是养漂亮的鸟。

那戴眼镜的男人懒得看他的身份证，只是上下打量了他一下，就扔了一张表格给他填。表格上的栏目，无非是姓名、性别、籍贯、年龄、工作单位和身份证号码，他这辈子已经填过无数次，就跟一加一等于二一样烂熟于心。他写得飞快，一口气没歇就填完了。在把表格递过去时，他听懂了他们谈话的内容。他们谈的不是鸟，是女人。

过道黑乎乎的，房间也很黑。他摸到墙边的开关，摁亮了灯。那灯贼亮，他都有点受不了，眯缝了一会眼睛，才适应这种大地深处的光明。天花板上有一层蜘蛛网，一只蚊虫由于受到灯光的惊吓，一下扑到了蛛网上，正扑扇着翅膀，进行微弱的挣扎。房间非常逼仄，一张床占去了三分之二的地方，剩余处放了一把椅子和一只茶几，茶几上什么也没有，只有一层薄灰，隐约可见老鼠爬过的痕迹。

子分为什么要选择住在这样的地方呢？当然不是因为喜欢这里。住在这里的人，都不会喜欢这里，都有自己的原因。他选择这家小旅店，有两个原因，一来这里靠近那些餐馆，二来便宜。其实便宜才是真正的原因，不过如果非要跟朋友解释，他总是会强调头一个理由。他在这片街区有一些朋友，都是推销酒时认得的，真要说起来也算不上朋友，只是生意上的搭档罢了。可是如今这世道，谁还有那种纯粹意义上的朋友？所有的朋友都因为可以利用，才成为朋友，连老青这样的兄弟，都喜欢谈论钱。子分也喜欢谈论钱，但有的时候，他真的觉得很孤单。

他站在床前，看着那只挣扎的蚊虫，感受着地下室里特有的宁静。没有钟摆，没有老鼠，什么也没有。因为什么也听不见，耳膜很绝望，开始感到疼痛。不过这只是初到地下室的感觉，待他稍微适应，他忽然分辨出，在这寂静中，还是有声音的，那是一种水流的声音，夹杂在细微的水流声中，还有一个女人在哼着小曲！

他循声走进过道，拐了三个弯，迎面飘过来一阵潮热，原来是洗澡房。澡房只有一间，男女住客都可以进去洗，墙上挂着热水器，水管结合处坏了，漏出来的水浸脱了好大一块墙皮。澡房里有个年轻女子，正弯腰在洗一件粉色内裤，小曲就是从她嘴里哼出来的。她的头发湿淋淋的，显然刚洗过，上身穿了一件青花衬衣，上面的两颗扣子都没扣，一边肩膀上露出胸罩的吊带。下身是一条黑色短裙，短裙下是两条光裸的腿。见子分走过来，她也不闪避，一边就着水搓裤子，一边斜睐了他一眼，嘴角微微一翘。他装作路过的样子，朝她笑笑，走开了。她也笑了笑。

他注意到她穿的是一双高跟凉鞋，前面露出一排圆润的脚趾，趾甲涂成了粉色。

凭着这些日子走南闯北的经验，他知道她是干什么营生的。这种女人在客店里很多，她们以客店为挣钱场所，客店也靠她们招徕客人，甚至还从她们的收入里提成。他回到房间，感到了一种诱惑，全身开始燥热，久违的欲望在身体内部蠢蠢欲动，逼迫他摸出了一支烟。他看懂了她的眼神，也明白她嘴角翘起的意思，在这方面他有很高的悟性。老青在聊起世面上的传闻时，说如今的导演挑选漂亮女演员，是这样跟她们谈话的，先让年轻女孩在自己面前坐下，然后抽出一支烟放在烟盒上，女孩若明白，就会把烟插回烟盒，表示同意导演的某种要求，双方在旁人毫无察觉下达成默契，于是接下来演什么角色，就容易确定了。翘起嘴角和插回烟盒，都是同样的意思，都表示对男人有所求，愿意用身体做交换。

可这毕竟是一个陌生的地方，得万分小心才是。这家旅店虽然小，不像星级宾馆那样，过道上安着摄像头，但到处也都有人监控，总有人在控制着整个局面，而且旅店越小，陷阱越多，客人进来得守规矩，稍不留神就会成为孙二娘砧板上的肉馅。

在这方面他是有过教训的，有一次在一座县城的小客栈，他只是朝一个花枝招展的姑娘吹了声口哨，那姑娘就笑嘻嘻走到他跟前，用手去探他的裤裆。他吓坏了，连声说对不起，对不起，结果一下钻出几条穿黑衣的汉子将他围住，要不是那姑娘见他长相不赖，轻言劝退了那伙黑衣人，还真不知道会不会挨一顿暴打。想到这里，他身上的燥热有所消退。

不过他刚抽完一支烟，那种燥热又漫上来了。这是一种奇异的欲望，有时需要时上不来，怎么努力也没用，可某种偶然的景像，又能让它熊熊燃烧。他的眼前老是出现高跟凉鞋里的那排圆润脚趾。他感到无论有多大的危险，都得再去会会那个穿黑裙的女子，否则这整晚他都会不得安宁。他走到澡房，那女子果然还在。她已经洗完了衣服，正把裤衩和胸罩往一只衣架上晾，见他又来了，便又朝他笑笑，这次笑得更大胆，还转身把胸脯迎向他。子分也不说话，引她来到自己的房间，关上门。

她马上蹲下去，拉开他的裤链，一手扶着床沿就开始服务，动作非常熟练。

子分这些日子东奔西走，是为了一个叫叙叙的女孩，不是为了去找她，而是为了离开她，离开她不是因为讨厌，而是因为爱，或者是因为某种他自认为是爱的东西。既然爱，为什么还要离开？道理很简单，因为爱而不得。叙叙人很漂亮，是如今流行的那种骨感美人，因为瘦，眼睛显得很大，也很亮，因为美，追求者很多，子分只是其中一个，况且在别人眼里，他的竞争力不算很强，希望比较渺茫。但是子分不这样想，他个子不高，钱也不多，但在所有追求叙叙的人当中，他觉得自己是最爱叙叙的，因而也最痛苦。

据说漂亮的女人都浪漫，叙叙颠覆了这种说法。她倒是并不沉默，平日说话很多，但这与浪漫毫无关系。浪漫的女人哪怕一言不发，也自有勾魂的魅力，要不然世上怎会有冷美人的称谓？叙叙喜欢说话，给人很热情的感觉，但说的都是平实话，跟日常琐事有关，跟情感无关，而且因为把热情都给了日常琐事，待到亲密接触，才发现已无话可说。

子分追求叙叙四个月后，事情有了进展。他们做爱了。他不是第一次，她也不是第一次，但他比第一次还兴奋，因为这是他追到手的女人。有一种女人寡言少语，惟有做爱时才灵感大发，什么话都会说，与平日判若两人。另一种女人则截然相反，平常说话滔滔不绝，但一旦上床，却不声不响，只是一味由人折腾，再折腾也不吭，也不知是在忍受呢，还是在享受。叙叙就属于后者。

她装出若无其事的样子，任他为所欲为，想怎么样就怎么样。他则如饥似渴地享受着她的每寸肌肤，从漂亮的脸蛋，到同样漂亮的颈项、乳房和大腿，竭尽全力，想给她快乐，可是很不凑巧，也许是过于激动了，他竟然才挺了几分钟，就没能再坚持住。好在叙叙也见多识广，没有责怪他，不但没有责怪他，反过来还责怪自己，说都怪自己不够主动，说着就伏到他的大腿上，开始用嘴安慰他。这一招果然见效，他再次努力，做得如鱼得水。

有了一次，就会有一百次。

她喜欢他抚摩她丰腴的小腹和大腿，抚摩她大腿间的菊瓣。他喜欢从后面插入她两个圆球间的那道缝隙，这样可以同时享受臀的形状和弹性，有时看见那些菊瓣无助等待的模样，他忽然明白，这世界要是没有男人，女人该多么寂寞，无论是手指，还是胡萝卜，都不能真正填充那道灵性的缝隙。它是有灵性的，只有感受到爱意，才会湿润敞开，收放自如，以涌泉相报，要是你这时候进入，你是尊贵的客人，否则你只是一截胡萝卜。

他想知道她此时的感受，但她不说，只把亮晶晶的眼睛朝向光明的方向，白天是窗户，夜晚是灯，实在追问得紧，她就把头一偏，脸上一副受难的样子。只有一次是例外，那次她特别兴奋，完事后还意犹未尽，喋喋不休跟他又说了好多话。

——想不到你这把年纪了，还这么有激情。她喜滋滋地说。

——我不老吧？你信吗，我时时刻刻都感到性饥渴。

——现在呢？

——只能说稍微缓解。要是有其他漂亮女人出现在面前，我还会冲动。

——你这哪是性饥渴啊，分明是好色，淫荡。她翻身背对他。

——不，好色是眼睛的事，许多男人好色，但来真格的，就不行了。我说的是身体的冲动，一种强烈的发射的欲望。

——那是兽欲，跟感情是没有关系的。哪有刚跟自己的恋人亲热过，马上又想占有其他女人的？这对我绝对不可能。

——所以我说，我时时刻刻都处于性饥渴中。

——你应该克制自己，做艺术家。

——你是说让性欲升华？你还看了不少书嘛。

——对啊，你见过没有性欲的艺术家吗？她又转过身来。

——没有。没有性欲，哪来艺术？

——那你就错了，现在的艺术家都阳痿，还要装出很深刻的样子。她说。

——那这样说吧，没有压抑的性欲，哪来艺术？一个人性欲旺盛，才有创造力。

——是啊，现在的男人都把性欲消耗在女人身上了，多可惜啊。所以这个时代，只有性欲，没有艺术。

——你说的也不是真话吧？每个女人都希望男人做爱时很强大，做爱后依旧很强大，再去征服权力和金钱，是吧？

——钱对女人，当然很重要，我就需要钱。她眨眨眼睛，看着窗外说。

——告诉你，这是女人的兽欲，也跟感情无关。他说。

她抚摩他的胸口，说：

——你是个明白人。以前我以为只有女人，而且只有精明的女人，才明白这个道理，没想到你也明白。

——明白又能怎样？女人把这种欲望藏得很深，深到连她们自己都经常忘记，还以为自己确实很纯情，一想到嫁人，就委屈得想哭。

——爱就是这么一种东西，和平时期显得平庸，只有战乱时，大家互相守望，互相挂念，才显得高贵。可又有谁愿意生活在战乱年代，去做乱世佳人？她说。

——我们心中的爱，其实是性欲。他说。

——那也未必。叙叙摇头，表示不同意。

——那你说，是什么？

她沉默了很久。见她没有回答，他又说：

——为了婚姻？其实婚姻跟爱一样，也是一层伪装。婚内的性，跟婚外的性，对我是没有区别的，但是对女人有区别。女人做爱时不但要拉上窗帘，还要披上婚姻的轻纱，又叫婚纱，心里才踏实。在窗帘和婚纱的共同遮盖下，想怎么玩，就怎么玩，对吧？性就是性，跟爱无关，跟婚姻也无关。

他觉得把一切都说透了，只有把一切说透，心灵才有交流。

——你以为，你很了解女人？不，你只了解某一类女人。她又翻过身，背对着他。

他想把对待叙叙的招式，用在这黑裙女子身上，可是做不到。

在这陌生的环境，面对一个陌生的女子，他不想抚摩，也不想接吻，只想快快释放体内的燥热。这女子也很明白这一点，蹲了两三分钟后，站起来宽衣解带，把衣裙扔在那把椅子上，上了床。

她轮番用各种姿势挤榨他，表情极其陶醉，眼神迷离，还不时发出呻吟，不到十分钟，就帮他解决了问题。

两人各穿各的衣服。他问她：

——你好像知道我的心思？

——这有什么，看你眼神就知道。

——我的眼神怎么了？

——帮一下。

她把背转给他。

——男人出门在外，有几个守得住寂寞？她的口吻很轻蔑。

说完，她套上黑裙，捋捋头发，也不看他，就开门走了。

二

子分跟叙叙，一度好到谈婚论嫁的地步，虽然没有具体提到结婚两个字，但他把钱全都交由她掌管，对于老百姓来说，这就等于把心交由她掌管了。子分的情敌们见状，纷纷溃散。可事情接下来又有了转折。

事情的转折是很偶然的。那天他接到老青的电话。

老青是他最要好的朋友，一张脸清清秀秀的，看上去像张国荣，脑子也好使，但就是运气不怎么好。先是大学没报好，读的是师范，但他不想做数学老师，毕业后就辞职出来做买卖。后来恋爱没谈好，娶了个不想娶的女人。从卖鞋开始，童装、女装、坤包、地毯，什么都卖过，没一项赚钱的，最近改卖法国香水，当然是假的，也还是亏。他对数学有研究，但挣不到钱。他对女人有研究，但也找不到合适的女人。别看老青学的是数学，但又挺喜欢写诗。有次他写了几行字给子分，子分一看就乐了。

子分捧着一颗破碎的心，
从女人当中走过，
只听周围传来私语，
“他干吗要啃烂芒果?”

老青对女人的见解，都是书本上没有的，子分特别欣赏这一点，所以跟他成了朋友。自从写过那几行字，老青遇到他，常常开口就问：

——你还在啃烂芒果啊?

不过这次老青打电话来，提到的不是烂芒果，是钱，问子分借钱。

叙叙耐不住子分磨，本来已经答应了，但在去银行的路上，她忽然起了悔意，站在一棵树下，不愿再走。

——叙叙，走吧，再晚就关门了。

——关门就关门。

——不是说好了的吗，怎么有反悔呢。

——我还是觉得不放心。

——女人就是反复无常。

——什么话？换了别人，也会不放心。

——都跟你说过多少次了，人家老青是守信的。

——那他怎么不找别人，专找你这号老实人？

——别人有这么好的兄弟吗，我问你？

——兄弟？哼，我不觉得。

——要不是他，你我还不认识呢。

子分说的是实话。按他的性格，他是不可能认识叙叙的，虽然他早就注意到，这个姑娘很漂亮。有一次老青带他去吃巴西烤肉，饭馆里全是少男少女，个个吃得兴高采烈。这些新新一代不知道毛主席是谁，但是知道茅台酒和性。

叙叙跟一个梳小辫的男人坐在隔壁桌，老青跟她打招呼，寒暄了几句。子分见状，也跟她打招呼，还说了几句玩笑话，说得很开心，两人都笑了，但那小辫子男人没笑。子分平常不怎么跟人打招呼，但那天是个例外，他觉得必须跟她打招呼，否则以后就没有机会了。

那天叙叙记性格外好，一下就记住了子分的名字，以后再见面，她就主动跟他打招呼。

后来躺在床上，回想两人初次相识的情景，叙叙总是说：

——你那天说话好好笑哎。

但他根本就不记得自己那天说了什么，可能都是些傻话吧。

子分拉着叙叙往前走，她虽然不情愿，但还是挪动了脚步。

——你们男人有时候真是莫名其妙。

——做人要讲信用，否则会被人看不起的，懂吗？

——你讲信用，别人讲吗？怎么不见谁来帮帮你？

——跟你说了，老青跟别人不一样。

——当然不一样，看他那贼精的样。

——他这段时间是不太顺，可以后就很难说啦，兴许会发起来呢。

——你想指望他发起来？趁早死了这个心！告诉你吧，女人有女人的直觉，我从来就不觉得他会发起来。

——他人挺聪明的。

——都是小聪明。

——你凭什么这样说？

——说吧，你这次打算借他多少？

——两千……行吗？

——你这头猪！借两千给他，我们以后怎么过？房子还要不要？

——房子……当然要，可是……

——不行！

——那就一千吧。

——也不行。

——叙叙……

——最多只能借五百。

——五百怎么拿得出手？人家会笑话的。

——什么笑话不笑话，他上次借我们八百还没还呢，怎么就没人笑话？

两人走进银行，叙叙在取款单上填了500。子分接过单子，另外找了支笔，把5字加工成了8字。叙叙冷眼看着，没再说什么。子分也没说什么，但心里惴惴不安的，也不知是怕老青笑话，还是怕叙叙生气。

后来他跟老青去文化宫打气球，每人手握一支枪，瞄住花花绿绿的气球射击。他对准了就扣扳机，但很少打中。老青瞄得时间要长些，打得很准，十枪下来可以打中九个。老板娘虽然板着脸，但也没有办法。

——对女人你不要太在乎……哪怕心里很在乎，也要装作不在乎，因为只有你不在乎她们……她们才会在乎你，你若太在乎，她们就会把注意力放到其他男人身上，放到那些对她们不在乎的男人身上……女人虽然很聪明，但本质上跟小动物是很接近的，就像森林里的小鹿……你给它吃的，它会狐疑，怀疑你设了陷阱，总是离你远远的，但要是你朝它……放一枪……它会很惊慌，撒腿就跑……不管它有多惊慌，跑得有多远，它最终还是会回到枪响的地方。高明的猎手根本不去追，抽支烟它就回来了……女人跟小动物很……像，真的。

老青在说这席话时，一只眼睛一直盯着某个气球，等到说“放一枪”时，扣了一下扳机，对面的一只气球应声而碎。他紧接着又端枪瞄准了另一只。

——她为什么要回来？子分问。

——她为什么要回来？因为她是女人。

——要是她不回来呢？

——那就算了，说明她不属于你。

子分这时也放了一枪，还是没有打中。沉默了一阵，他问：

——可要是我很爱她呢？

说这句话时，他的脑海里出现的是叙叙的影像。

——那也没用，她也不属于你。女人不会因为你爱她，就属于你。

老青答得很快，同时扣动了扳机。

听老青这样说，他有些黯然。

——你可以喜欢女人，喜欢许多女人，但不要爱，要不然你就得啃烂芒果。老青说。

他说这些时，眼睛并没有看他，只是专注地瞄着一只黄色的气球。

——准星是歪的，你要瞄气球的右侧，才打得准。老青又说。

老青比他大五岁，已经结婚七年多了，养了一个四岁的女儿，但每次提到妻女，他都很淡然，不愿深谈。他不喜欢待在家里，喜欢与朋友出外喝酒吃饭，每当吃到什么好东西，都会很兴奋。有次子分请他吃日本菜，他坚持要坐烤盘前的位子，津津有味地看厨师做日式牛肉和鲑鱼刺身，一边吃，一边看，不时喝两口清酒，说是要能学会这一招，以后自己就可以开餐馆了。

子分说你又不是日本人，怎么做得了？老青望着墙上一排排装饰纸扇，没有回答。那些纸扇上写着一些汉字，但表达的却是日本人才明白的意思。

那天晚上，老青喝醉了，对子分说：

——你知道吗，我其实并不想活成现在这个样子，我从来也没有想到，我会成这个样子。小的时候，我的志向很远大呢，我以为长大后，我肯定是个人物，要么是大作家，要么是大科学家，可是现在，哈哈，我不是人，只是物，哈哈。

寒冷的风吹乱了他的头发。子分打车送他回家，他一路往车窗外呕吐，上楼时摇摇晃晃，还是子分背他进了家门。老青后来去泰国寻欢，恰遇百年难见的大海啸，从此音讯全无。家人都认为他已不在人世，但子分不这么想。他太了解老青了，认为他不过是顺从天意，趁机摆脱了家人，此时正浪迹在世界的哪个角落吧。

三

对一个从小在像鼻山脚下长大的人来说，世上最可怕的事，就是看见一座委琐的土堆，自称为像鼻山，那种感觉就如同桂林人在北方看见桂林米粉店，或者天津人在南方看见狗不理包子店一样。眼下他就走在一座这样的土堆跟前。这座土堆很矮，像头猪，甚至像只老鼠，只因为也有一个洞，洞前有块鼻子形状的石头，居然也被叫做像鼻山！他好几次想逃开，可在纵横的田埂上找不到路，情急之下他拔腿就跑，结果一脚踹碎了酒柜的门，梦也醒了。

酒柜里全是假茅台。

自从离开叙叙，子分就干起了推销假茅台的勾当，东南西北也走了不少地方，像是九江、汉口、岳阳，他都常去。他喜欢往有水的地方而去，酒也是一种水嘛，况且住在水边的人吃得杂，推销假茅台也没那么麻烦。虽说这是一个虚假的时代，到处都充斥着假货，连处女都是假的，但真要推销假货，还是很不容易，得拿出做安利的嘴皮功夫，才能蒙住对方。看看北方的桂林米粉店和南方的天津狗不理包子店，你就会明白，假的就是假的，只能蒙人群里那些傻的。

子分推销的假茅台，是他以极低的价格，从一家民办酒厂批发来的。他知道这是假茅台，但不是假酒，喝不死人。酒是真的，只不过不是茅台而已。既然不是茅台，为什么要假称茅台呢，因为世上的人只认茅台，所以厂家只好把自己的酒叫做茅台。

如今的世上有真的东西吗？对这样的问题，他感到迷茫，不愿再去深想。叙叙看上去话那么多，他以为她是个热情的女人，是一朵热情之花，但上床后你才明白，她的心是冷的，你只有跟她亲密接触，才会知道裹在肉体里的那颗心，有多么冷。如今的世界什么都看不见了，一切都被包裹着，被商标掩盖着，到处都是广告和海报，要想知道一瓶水是什么味道，得先交钱，如果喝过后感觉不好，也不可能再换，再换得再交钱。

子分对这一切并不畏惧，只要他愿意，他是可以适应的。他当然知道自己推销的酒不是茅台，但他要让酒店和饭馆的人相信，他推销的是茅台。酒店和饭馆的人也知道，他推销的不是茅台——要想知道一瓶酒是不是茅台，其实是很容易的，看看商标喷码，或者拨拨防伪电话，就能查个水落石出，但他们不那样做，他们看他的样品做得很逼真，味道也是辣辣的，跟茅台也没什么两样，就砍掉大半价格，从他手里要上几瓶，去蒙那些吃喝公款的人。那些吃客倒是从不在意，喝醉了连是酒还是尿，都分不清楚，反正甭管是酒还是尿，脸儿红红，肚儿圆圆，花的都是公家的钱。

机会就是在这样的循环中产生的。你要喝真茅台吗，那你去贵州吧，去仁怀吧，除此之外的地方，你只能喝假茅台。也许有人会说，在这个循环当中，唯一的傻瓜是贪官，要是你这样想，那傻的其实是你自己。贪官才不傻呢，他们用假茅台取悦更贪的官，在酒足饭饱时签下更大的单，这就是假茅台的用途，也是他子分得以苟活于贪世的原因。

黑裙女子走后，子分睡了一阵子，就从假像鼻山的噩梦中惊醒了。他本应该一直睡到天亮，可并没有睡沉，翻来覆去睡不好。后来他想起了她临走时抛下的那句话，没错，正是那句话刺伤了他。寂寞？难道他面临的仅仅只是寂寞？

他又摸出一支烟，抽起来。烟是云南烟，很纯正，他的思绪随着一个个烟圈，飘得很远。

像许多受革命教育长大的中国人一样，子分的身上流淌着革命的热血，要是生逢其时，1919 年他会火烧赵家楼，1934 年他会踏上长征路，1966 年他会奔走于大江南北，1976 年他会绕行于纪念碑，可是这一切他都没赶上，他赶上的是一个艺术年代。

这个年代最流行的艺术，不是波普艺术，叫转换的艺术，比如角色转换，你可以由老百姓转换为干部，由干部转换为拿护照的公民，再转换为美国绿卡持有者，等等。再比如资产转换，你可以把国有资产转换为公司资产，把公司资产转换为私有资产，再转换为海外银行的存款，等等。子分没有这种艺术天分，他的那些热烈的才能，在这个冷静的年代是派不上用场的，所以过得很寂寞，至少他自己是这样想的。

于是他想到了结婚。这是他犯的另一个错误。在过往的时代，婚姻有可能是避风港，但是在艺术时代，所有的人都希望通过婚姻转换为更有钱或更耀眼的人，如果做不到这一点，要婚姻干什么呢？

他对叙叙表示过结婚的意思，叙叙睁着亮晶晶的眼睛问：

——房子呢？房子怎么办？

是啊，结婚需要房子，而且需要的不是一般的房子，不是一个单间或者一套破烂住房，至少得三房一厅或两房一厅，他连这么简单的事都忘了。叙叙算善良的了，只问了房子，还没问车子和欧洲八国游的旅行支票呢，当年八国联军来中国，如今我们有钱了，当然要去回访才对。

他想到了存钱。他也不知道要存多久，才买得起房子，懒得去算，算了会心寒。

后来就发生了老青借钱的事。他倒是不后悔，在这个问题上，他同意老青的观点，是你的，就是你的，不是你的，怎么努力也没用。他承认叙叙不是他的。尽管她喜欢他抚摩她的菊瓣，喜欢跟他无言做爱，但她不是他的。

那么谁是他的呢？在奔走于长江沿岸的路上，他时常看着熙熙攘攘的人群，想这个问题。有时当然还不仅仅是想，还会有一些努力。他才不是思想的巨人呢，也不是行动的侏儒，这两者他都不是。他介于这两者之间，所以才会有那么多曼妙的邂逅。

他不知道谁是他的。他不想知道。知道了就会很没意思。有时他会想，他的太太可能还没出生吧，假设现在出生，二十年后嫁给他，也很合适呀。有次他请一个饭馆老板吃饭，想说服他多要几瓶假茅台。那老板长得很黑，手指又粗又短，可是要求还挺多，吃完饭提出要喝茶，喝过茶提出要泡妞，伸出手指说就要一个，只要一个。

子分确实想找一个姑娘给他，可真是不巧得很，过来的那个姑娘那么秀气，一双眼睛水灵灵的，腰肢像柳条一般柔软，他不愿去想那粗短的手指攀折柳条的情景，就谎称没有好姑娘，结果那老板一声冷笑，说小气，撇下他就走了，假茅台的买卖自然也没做成。子分对此倒也并不难过，难过的是，他回头去找那小姑娘，发现她已经被一个更黑的男人带走了。那小姑娘不是他的。

他决意再去看看那个黑裙女子，看看她面对一个一小时前才亲热过的男人，面对她的男人，会有怎样的表现。她的男人？谁是她的男人？他是吗？他们是吗？想到这里，他自己都觉得可笑。她属于任何人。她也不属于任何人。她只属于钱，就像广告牌上的所有商品一样。黑裙是她的广告。

他穿过走廊，来到澡房前。这次澡房的门开着，里面却空无一人。他正发愣，忽然听见一个女子的笑声从更深的地方传过来。他往深处走了几步，停在一间客房的门前，透过薄薄的木板，可以清晰听见女子的声音。他又透过木板的缝隙往里看，果然看见了那黑裙女子。不过她下身并没有黑裙，只有两条光裸的腿。

这次她不是在哼歌，而是在调笑，轻飘飘的笑声弥漫在潮霉的空气中，仿佛因这空气而变得格外粘稠，粘在耳膜上便不再离开。

忽然那声音变了，她的嘴里好像被塞进了什么东西，只能发出断断续续的哼哼，此外还有一个男人的仰天喘息。子分仿佛看见了她的眼神，此刻变得极其飘渺。她对所有的男人，都会发出同样的叫声，闪烁同样的眼神。

子分承认，自己一直都被情欲所困扰，一生都被情欲所困扰。爱与欲水乳交融的情景，永远只在梦中闪现。在一个不鼓励女人婚前做爱的社会，独身男人要想获得关于异性的知识，就只有两种方式，要么私通，要么嫖妓，或者简言之，要么不道德，要么犯罪。两种方式他都尝试过，但都没能解除他的性饥渴。

虽说生意不太好做，但收入总还是有的，经济并不窘迫。这种困扰跟金钱没有关系，也不仅仅只跟肉体有关。都说现在的孩子早熟，小小年纪就已经懂得喜欢异性，其实他对这种事懂得更早，小时候没有朋友，没有书籍，很早就尝到了抚慰小弟弟的快感。只是那时不敢表达，不能表达，不能像现在的孩子那样如实诉说，说出来要么被塞进疯人院，要么被专政的绳索牢牢套住。

自从开始对女人有欲望，大概十三四岁吧，他就感觉到，自己的性欲，从来没有获得过充分的满足，生活中总是缺少些什么，有时也有快乐，但那快乐是短暂的，常常不待黎明到来，就已消失得无影无踪。如果光是这样说，别人会以为子分是头色狼，看见女人就会扑上去。这完全是误会。

可惜的是，他一直被女人这样误会着。

是的，他喜欢女人，喜欢女人的姿态、声音和表情，但是喜欢女人，并不意味着就喜欢与女人做爱，这两者相距远着呢，并不是每个女人都能勾起他做爱的欲望的，至于做爱与婚姻，那距离就更遥远了。有个写小说的男人，因为不能忍受自己心爱的女人居然会拉屎，所以一辈子没结婚，你看，婚姻是一件多么可望不可即的事。老青曾经说过，其实并不是每个人都喜欢做爱，他就不怎么喜欢。老青还说，人做爱时很蠢，做爱后很快活，也很蠢，只有想做爱又做不到时，人才有智慧，他更喜欢那种状态，喜欢那时候的内心。在那样的情境中，人有多少美好的想象啊。

子分也喜欢这种状态，可是女人并不明白。许多女人一旦与他单独相处，比如在电梯里，或者在狭长的过道上，就会本能地提防他，离得远远的，好像他随时都会扑过去，像广东人说的那样扑嘢。遇上这种场合，他会觉得很好玩，善意一点呢，就保持绅士状，要想恶作剧，那就故意露出色迷迷的眼神，把对方吓得脸色发白。其实有的女人做出被侵害的样子，也是一种挑逗呢，是撒娇的另一种形式，那是他后来才明白的。

其实他只喜欢与某种女子做爱，某种女子是哪种女子？他也说不清楚。可能有时候是一个斜睃的眼神，有时候穿着黑裙，有时候又散发出新鲜芒果的香味。这样的女子很少很少，能被他碰到的就更少。如果这几个因素，同时出现在一个女人身上，他想他没准真的会变成一头狼，一头咆哮的狼。

他曾经给自己做过一个小小的计算。

受泱泱中华的文化影响，这辈子他不想找异族女子为偶了。肤色黝黑的非洲女子就不用说了——这并不是说他对黑人女子有偏见，而是确实不来电，就像蛤蟆不懂得欣赏鳗鱼一样，这是没有办法的事。金发碧眼的白种女人呢，虽说很好看，比如梦露，比如费雯丽，但也只能看看，真要相处还是觉得隔，对方是学不会中文的，自己还得去学对方的语言文字，而且无论怎么学，吵架永远都吵不过她们，像是什么 fuck，asshole，son of bitch 这样的词，如果不想办法偷着学，她们永远不会告诉你。

这样就只剩下我华夏女子了，但就是华夏女子，比他年长的，他也不乐意，从小就跟妈妈过，谁愿意再找一个妈妈呀。这样算下来，他的选择就非常有限了。

假使全中国有十三亿人，两性各占百分之五十，那么女性就是六亿五千万，其中十八岁到二十八岁的女子占十分之一，大约六千万。

看上去很多哦，但若再往下算，就不那么乐观了。先去掉性格、教养的因素，再加上容貌和身段的要求——有时候喜欢或不喜欢，完全是由细节决定的，一个女人无论多么漂亮，只要她尖叫或穿尖头皮鞋，他都会走开，也许有人会说，这也太挑剔了吧，可这的确是没有办法的事，有个哥伦比亚姑娘，仅仅因为不喜欢吃茄子，就跟对方分手了呢。

当然更重要的是，对方还得看得上他才行，他小眼睛大鼻子，只有很聪明、很聪明的女孩，才会从他这种长相中，看见自己幸福的未来。

这样左算右算，最后剩下来的，不会超过千分之一，也就是六万人。可是全中国有多少座城镇啊，六千个有吧，那也就是说，一座城镇里，他愿意与之做爱的女子，大约有十个左右，而其中有可能成为配偶的，有一个就不错啦。

一座城市里，只有一个女子，有可能成为子分的太太，这个计算结果让他很惊奇。

他的爱好不多，其中一项是看地图。他喜欢琢磨地图上的一条条线，一个个圆圈，想象有朝一日，那些圆圈如何在眼前变成一幅幅灿烂的景致。最难忘的要数西双版纳的橄榄坝了，在地图上那只是一个小小的圆圈，可一旦出现在你的眼前，却是花的海洋。这些年他走过的圆圈不少，但离六千个还远着呢。

六千？六千的十分之一就是六百，世上有六百个女子愿做他的老婆，想到这里他不禁觉得好笑，因为假设他娶了其中一个，那么还有五千九百九十九个女子有可能做他的情妇。

经过这些年的磨砺，子分已经不再相信神迹。从来就没有什么救世主，也不靠神仙皇帝。六万分之一当然很渺茫，但是比摸“中华风采”彩票中奖的概率高多了。何况命运给每一个人，都提供过目睹神迹的机会，只是有的人看懂了，有的人看不懂。多数人都看不懂，所以多数人一生都在混沌中摸索。子分也看不懂。

有一次子分走在城市中央的一汪湖边，那时刚认识叙叙不久，脑子里全是叙叙的面容。他透过繁茂的枝叶，看见金色的太阳，慢慢沉落西边的群山。这样的景致，他也不是第一次见到，但每次都很感动。

他停下来，站在湖岸上凝望。这时他无意间瞥了一眼湖水，看见了一尾鱼。

那是一尾色彩斑斓的鱼，两侧的鳍，由青绿渐渐变为紫红，鳞片闪闪发亮。他不知道那是什么鱼，但肯定不是鲤鱼。它摇曳着鱼尾，很优雅地从水底浮上来，也跟他一样，凝视着美丽的夕阳。等到夕阳沉到山背后，鱼才缓缓沉到水里。

这件事很平常，谁也不会在意，但这是一个神迹。那条鱼是水中的子分。

别人因为别的原因，没有在意，子分当时只想着叙叙。也没有在意。

后来回想起来，他才明白那是命运的一种暗示，要是那时他看懂了，他的命运会有什么样的改变呢？现在想到那尾鱼，似乎有些多余。

什么叫神迹？有人说神留下的痕迹叫神迹。神说有光，世上便有了光，神说有水，世上便有了水，这就是神迹。但这只是针对神说的，说这话的时候，我们是在仰视神。如果针对人说呢，那么神迹会是另外的内容。

神没有提到叙叙，但世上有了叙叙。神也没有说叙叙会离开，但叙叙离开了。

一个人活在世上，会有各种各样的遭遇，有的遭遇是人的遭遇，但人又不能解释，只好归结为神。

▲ 非洲黑人看到雪，这不算什么，乞力马扎罗山上就有雪。可他们第一次触摸到白人带去的冰块时，却一边后退，一边惊呼："天哪，好烫！好烫！"

▲ 土耳其牧羊人爬上高高的亚拉腊山，这不算什么，可他们在山顶见到一艘大船的化石，从此相信圣经描述的挪亚方舟确有其事。

▲《尤利西斯》古怪难懂，连爱尔兰人都读不明白，可居然成了英语经典，这已经够奇怪了。更奇怪的是，它把作者的另外一本平庸的小说集《都柏林人》，也带进了经典小说的行列。

▲ 肥胖症患者因为服减肥药，嗓音会发生变化，只能发出含混的声音，这并不奇怪。可后来其中的一位，竟然成为全球年轻人竞相模仿的歌星。

▲ 在地中海沿岸的洞穴里，藏着抄在羊皮上的旧约，这我们都知道，可旁边的另一个洞穴里，居然藏有唐三彩和唐伯虎的画。

▲ 子分随旅客走出“太阳五号”的舱门，走上朝天门码头时，一道阳光照在他的脸上，他的眼睛有点眩晕。他眨了眨眼，看见那个穿芒果色碎花裙的女孩，在阳光下款款走过，在即将拐上一排石阶时，忽然若有所悟，停下脚步，回头斜睃了他一眼，脸上现出了那个美丽的酒窝。

（原载《花城》2006年第3期）

作者简介：

沈东子，1960年生，祖籍浙江湖州，1963年迁居桂林。现为中国作家协会会员，漓江出版社副编审。主要译著有《呼啸山庄》、《诺贝尔文学奖丛书·大盗巴拉巴》、《乔伊斯短篇小说选》等。常年撰写小说、随笔和评论，有小说集《空心人》、《小说·沈东子卷》等出版。

还等什么

朱日亮

分手以后苏群的生活变得一塌糊涂。

首先是吃饭。周小湖在的时候，要是兴趣来了，他也会挽起袖子炒两个菜，如果没兴趣，那就你愿意做什么做什么，你做什么我就吃什么。苏群不是一个美食家，周小湖不止一次说过他，你这个家伙跟猪一样，填饱肚子就行。这么说的意思是，在烧饭的问题上，周小湖基本上负全责，苏群只提供一张嘴就可以了，偶尔的下厨不过是一种客串，像那些京戏的票友一样，票友自然比不得专业。周小湖就不同了，她可是精细着呢，从来不糊弄，举个例子，光早上那两碗白米粥，也要在前一天把米泡好，而且不知在哪学的，第二天煮粥时还要撒上几粒枸杞，煮出来的粥红的红白的白，好看又好吃，水平绝对专业。而原来的牛奶，却让她坚决改在了晚上喝，周小湖说晚上喝奶补钙，并且暗示苏群男人们更需要补钙。但是现在不可以了，现在没有人对苏群的吃饭问题负责，没有人给他补钙了。苏群常常是早晨不吃饭，中午那一顿挪到晚上吃，所以和周小湖分手以后光是吃饭就搞得他狼狈不堪。

另外一个是穿的问题。周小湖在的时候，这一项也由她负责，在穿的事情上，苏群多少有一点挑剔，但是周小湖是一个比较精明的女人，从外面穿的外衣外裤，到里面的背心裤头，她买的衣服苏群基本满意。苏群跟周小湖分手以后，好在还有她留给苏群的老底子，也就是还有一些破衣烂衫，穿的事情可以凑合。

最后是男女之事。周小湖一走，像吃和穿没人替苏群负责一样，在性上面，自然也没有人替他负责任了。对于一个三十几岁的男人，这件事情跟吃和穿的事情一样无法回避。说实话，苏群这方面的情况简直糟糕透顶。他和周小湖分手差不多两年了，性生活对苏群来说，用饥一顿饱一顿形容远不算夸张，两年来苏群差不多没有几次像样的性生活，这样的情形跟分手之前几乎是天壤之别。苏群和周小湖认识时她才十九岁，那时她从幼儿师范刚刚毕业，幼师是没有男生的，所以周小湖说她差不多是在修道院里生活了四年，碰上苏群，她眼睛都绿了。和苏群好了以后，只要是没事的时候，甚至有事时，他俩也常常是不管不顾，躲进小屋成一统，放纵得不行。苏群和周小湖相差十一岁，有一次周小湖开他玩笑说，哎苏群，你和我睡觉，有没有一点乱伦的感觉？咱俩可相差十几岁呢。苏群说，这么说你有感觉了？周小湖说，还用问么，事情在那摆着呢，我妈才不过大你十几岁。苏群问她，你什么感受？周小湖说，说实话？苏群说，当然要说实话。周小湖把他推倒在床上，说，这就是实话。

周小湖是如此的年轻，每天蹦蹦跳跳的带着一帮小孩子，她的工作性质，养成了她乐意替人负责的性格。在床上，她的风格是主观而又火暴，像个指挥家，一会让苏群这样，一会让他那样，苏群呢，自然得听她的，这样那样的，像个笨手笨脚的苦力工，可以说，在性的方面，他们俩几乎过着透支一般的日子。

周小湖学的是幼儿师范专业，有一点常识的人都明白，这个专业是个万金油专业，写画歌舞，没有什么不会的。周小湖在学校时是个明星级的学生，她的长项是舞蹈，什么民族舞之类的，而且不止一次参加过市里的调演，乱七八糟的奖状奖杯得了不少。在家里，如果来了兴致，周小湖会又唱又跳，即使面对苏群一个观众。她会一丝不挂地给苏群跳舞，有的时候，即使不跳舞，她也照样一丝不挂地在屋子里走来走去。她的座右铭是，两个人好就要毫无保留。的确如此，她的一切可是全都对苏群敞开了，反过来也一样，苏群的所有事情也全让她包下来了，除了他的呼吸。她对他实行的是全方位的“三包”——包吃包穿包睡觉——像对待幼儿园里的孩子们一样。

有这样一个愿意承包你的生活，愿意和你同床共枕的人，日子还有什么难过的呢？这样说吧，和周小湖在一起时，苏群是比较舒服的，舒服得他几乎没有了思想，像一只猫在洞穴里的什么野兽。

女人味刚刚有一点出来，两个人却分手了，就像不知道为什么同居一样，苏群始终也没找到分手的确切理由，如果硬要找一点毛病，那就是周小湖话太多，洗手间里一滴污秽，也会让她说个半上午。再有，她是个闲不下来的人，她总是有事情做，成天忙忙碌碌，做这做那，没有事情也会在屋子里走来走去。一句话，她总是处于行动当中。她这种过于积极的生活态度让苏群很感迷惑，甚至有些不可思议。苏群说，你到底是什么角色？看你比温总理还忙呢。周小湖说，少讽刺，我就是这样的人，没事情做比死还难受。苏群接着她的话，说，那你怎么还埋怨我是个懒鬼？周小湖说，你以为你不是懒鬼啊？下辈子，我可不和你在一起。苏群说，还等下辈子干吗？周小湖睁大了眼睛，像看陌生人一样，不相信地看着苏群，接下来，突然的她尖叫了一声，骂他，你早就想这么做了，姓苏的，你一直在骗我。

就为了这么一句话，两个人就分手了。

周小湖和苏群同居了差不多有两年的光景，这期间，他们始终也没办结婚手续。苏群在家里排行老二，上面有一个哥哥，早就结婚了，而且早就完成了传宗接代的任务，给苏群的父母生了一个九斤多的大胖孙子，所以在这一方面，苏群没有什么负担。

虽然如此，但他毕竟到了成家的年龄，甚至早就超出了那个年龄。回父母家的时候，他常常会碰到一些老邻居，得知他还是一个人时，他们看他的眼神非常怪异。苏群暗想，干吗这么看我，我是什么怪物吗？

周小湖的情况比较特殊，她是抱养的，她的生父母未婚先孕有了她，刚刚生下她，就把她送人了。她的养父母先是因为没有孩子抱养了她，可是过了一段日子，养母突然怀孕了，而且不久就生了一对龙凤胎。从此以后，养父母就冷淡了她，由她自由生长自由发展了。好在周小湖是个天性聪明的女孩，学习上不费什么力气，生活上也不需要特殊照顾，初中一毕业就考上了幼儿师范，然后就遇上了苏群。

没有人逼着她和苏群同居，也没有人逼着她和苏群结婚，当然了，也没有人逼着两人分手。

苏群是邮电局的邮递员。他原来是邮校毕业的，大专，而且还念了一个文科的什么函授，但毕业进邮局却很费了一番周折，按他所学专业，他是搞信封设计的，可是邮局说，要干就是邮递员，苏群只好干了邮递员。想不到别人不愿意干的邮递员非常适合他。邮递员这活儿是个比较特殊的工作，每天一手活儿，干完了，就没人管你，这个工作养得苏群比较懒散，或许他天生就是一个懒散的人。

一般的时候，小半个上午苏群就没事情了，这样，整个下午他会躺在家里睡大觉。而到了夜里，他会非常精神，甚至不到睡觉的时候，他也会缠着周小湖做爱，最嚣张的时候，周小湖在厨房做饭，他也要追着她做——前面说过，在家的时候，周小湖常常一丝不挂，苏群因此反而少了不少麻烦。周小湖虽然也乐此不疲，但是她白天要上班，作为幼儿园的老师，她每天绝对是雷打不动的，而且必须正点到达。

因为苏群总缠着她，她才说了那句下辈子不和苏群在一起的话。

即使小半天的工作，苏群也干得懒洋洋的，而且常常是心不在焉。这么说也不对，好像在工作上他是个吊儿郎当的人，其实不是，自当了邮递员以来，苏群工作上还从没出过岔子。这么说的意思是，苏群在送信寄信时，总会被什么事情吸引，然后莫名其妙地琢磨一番，或者是，他总是神游物外。幸好他干的是邮递员的工作，从局里出来，就没有人管他了，也因为他干的是邮信送信的事情，所以就有工夫胡思乱想，有工夫神游物外。

苏群常常送信的一家是个独身的老太太，姓朱，大概有六十多岁或者七十多岁了，这是一个不好判断年龄的人，她的确很老了，但是有时却显得很年轻很有朝气。苏群给她送信，总是非常守时，老太太也一样，往往是，他刚一下车子，就要按门铃时，门马上就开了。苏群不觉得这是因为熟悉，与此无关，有些人是可以和别人达成一种默契的，有些人就不能，费很大的力气也不能。苏群觉得他和这个朱老太太就达成了一种默契。这样一个很老也很安静的老太太，苏群却觉得她气像万千，很解风情，认定她一定是个有内容的人。先前苏群以为给她寄信的是老太太的子女，但后来发现不是，因为信封上面无一例外的都写着×××女士收。而且因为送信的时候多了，苏群知道老太太一辈子独身，一个抱定独身的女人，一定有着比常人更多或是更惨烈更美丽的故事。老太太对苏群一向很热情，每一次都让他到屋里坐，苏群只进去过一次，那一次是因为外面下雨了，下得还很大。老太太的家里很普通，和一般的家庭没什么两样，唯一算得上奢侈的，是一架老式的唱机，有一个大喇叭的那种。从老太太家出来，苏群自问自答说，那样老的唱机，常听的一定是《桃花江》吧？说不定朱姓老太太，当年就是一个像桃花一样的美人。

是谁经常给她写信呢？

除了这个姓朱的老太太，常有信来也常常寄信的还有几家。他们和老太太不一样，有的年轻些，有的年老些，但都不是独身一个。而且，他们的家里，多数都有电脑，就是说，他们不是不懂这种比寄信还方便的玩艺。

苏群很有些纳闷，他搞不懂的是，现在网络这么厉害，通讯也发达，为什么还有人写信？他们在信里都写些什么，他觉得写信寄信的人很神秘，他觉得这样写信和寄信，他们的生活半径好像大起来。他把心里的疑惑说给周小湖，周小湖一愣，抢白他说，人家愿意写么，这有什么奇怪？苏群想想也是，人家愿意写信所以才写信，可是只过了一会儿，他又觉得没那么简单。

普通人在感情方面一帆风顺的也不是没有，苏群以为自己哪头也不算，不是一帆风顺，也不是事事倒霉。有周小湖照顾时，苏群的父母很少管他，他们的精力都放到孙子身上了。分手以后，苏群常常回家混饭吃，这时候就显出周小湖的意义了。母亲骂他说，赶紧找个人结婚算了，你瞧你，你过的还是人的日子吗？父亲没骂他，却看也不看这个小儿子，好像他是个怪物。父母一致认为苏群和周小湖分手太欠考虑，孟浪得过分了。他们认为周小湖是值得苏群和她过日子，而且值得把日子过下去的女人。但苏群却不那样认为，他觉得除了那个衣食住行加睡觉的“三包”，他并没有太多的遗憾。

和周小湖分手以后这两年之中，苏群也接触过几次女人，也就是说，他并没有守身如玉，但仅仅是有限的几次。其中一个是个小学的老师，教体育的，是邮局一个同事介绍的，是他的一个什么亲戚，家在外地的一个县级市。小学老师二十八岁，长得不错，有点像关之琳，比关还丰满，大眼睛，大嘴，嘴唇肥厚，大大的胸脯下面是一支小细腰，然后又是大大的屁股，看着她，好像看到了黑种女人一样，苏群感受到一种说不清的母兽般的湿热。他一见她就有了性欲，他想，这女人身体一定好，在床上会比周小湖合适，周小湖太瘦了。

小学老师话不多，基本是以眼睛和身体说话那种。看来，她还比较满意苏群，她说，你是邮局的啊？邮局是好单位。苏群说，你说的是电信局，邮局和电信早就分家了。小学老师对分家之后的邮局仍然满意。但是和小学老师上床却费了一番周折，那大概是在两个月以后。此前的那一段时间，他和她就那么不咸不淡地联系着。其实苏群不止一次向小学老师暗示过，暗示他要和她上床。小学老师身子像拧麻花一样扭着，看出来她也有情欲了，可是她却说，不行，我们还不了解。苏群心想，了解什么，我的性欲和我的品德无关，但他说出来的却是，咱俩写信吧，可以通过写信了解彼此。小学老师格格笑起来，她说，你真逗，你是送信上瘾了吧？咱们都在一地儿，还写什么信？说罢，又笑个不止，苏群也陪着小学老师胡乱地笑起来。

小学老师迟迟不答应和他睡觉，苏群只好找地方解决了。这么说不是说苏群是个畜生一样的家伙，不是说他见到女人就想睡觉，不是。人就是这样，总也见不到吃不到，可能不会想它，一旦见到了吃到了，不想也不行。苏群就是这样，没办法，他是个三十几岁的男人，因为每天骑着车子寄信送信，身体让他无意中锻炼得非常结实，苏群自觉和周小湖分手以后，他的生理指标超乎寻常的好，他时不时就会感受到强烈的性欲，有的时候，性欲压迫得他几乎歇斯底里，甚至想到了强奸，当然他不会那么做。但是这期间，他去桑拿找了一次小姐。

那是一个周末，苏群脱了自己的制服，他可不想让人们骂他王八羔子邮电局，虽然他知道，如果就这样过着一个人的日子，就这样过下去，即使过到死，他也是没条件让自己戴上绿帽子的。

因为不谙此道，苏群决定找一家条件好些的地方，他觉得那些小旅馆小酒店不安全，像水浒里的十字坡一样，充满了杀人越货的危险，宁愿性饥渴，也不能让人包了人肉包子，苏群主意已定。苏群选的是同泽会馆，那是一个比较高档的地方，吃饭洗浴找小姐一条龙，而且对过就是一家派出所。不过苏群的事情只有一项，那就是直奔主题，解决自己的性问题。因为目的比较直接，在家里换衣服时，想象着马上就要发生的一切，冲动的欲望让苏群几乎喘不过气来。他想，看来男人真的离不开女人啊。

同泽会馆果然很大，像迷宫一样，而且装修得富丽堂皇，廊柱很多，有一点罗马风格。看着那些高大的柱子，苏群稀奇古怪地想到了恺撒和屋大维，书上说，当年，他们就在这样的地方男女一起洗浴，而且为了女人而大打出手，甚至拿自己的国家当赌注，混到了他们那样的地步，竟然也像普通人一样。苏群东张西望地看着会馆的一切，暗想，经常来这里的都是些什么人呢？不会都是像恺撒和屋大维一样的人物吧？又想，什么人来这里不是一样？你苏群也一样，你也抗拒不了，你不是也来了吗？

苏群的东张西望让一个小伙子打断了，眼前的小伙子大概也就十六七岁，穿着略显宽大的套服，他知道小伙子是同泽会馆的服务生，服务生小心地问他，先生您要什么服务？苏群说，先要一个单间吧。服务生脸上带着理解的笑意，领着苏群进了一个房间，之后，并不走，而是乖顺地站在一旁，像知道苏群会有吩咐一样，不慌不忙地看着他。苏群却有些慌了，和服务生比起来，十六七岁的后者显然更为早熟，他觉得自己的五脏六腑让服务生看穿了，现在他羞臊得不行，他把脸躲在服务手册后面，好像这样就能把自己的隐秘藏起来似的，过了好一会儿他才平静下来。现在，他想的是，接下来怎么办？你干什么来了？总得告诉服务生你要什么吧？站了一会儿的服务生轻轻地说，先生？苏群明白服务生是在催促自己，只好故作内行地说，去吧，该怎么办怎么办，你还不明白我的意思吗？服务生依然微笑着，忙不迭地说，明白，明白。

服务生走后，苏群想，他会明白你是什么意思吗？

那一天服务生领进来三个小姐，她们像接受苏群检阅一样站在包房里。服务生说，这是我们会馆里最漂亮的几个小姐，先生您选一个吧，中意哪个就选那个。苏群吃了一惊，想不到这么一个小小的娃儿，说话这样老到，像一个深通此道的大茶壶，这个世界真是出人意料地早熟了，就在刚才他还替他担着心，担心他不明白他的意思。说实话，包房里光线很暗，能见度差得不能再差，三个小姐就像坑道里的兵马俑，在苏群眼中差不多一模一样。苏群胡乱地挥了一下手，指着中间的一个，说，就是她吧。他的手还没有放下，另外的两个女子溃兵一样突突地跑了出去。

屋子里只剩苏群和留下的那个小姐，苏群心虚地偷眼看着对面的她。小姐大概看出苏群的意思，伸出手，啪地打开了包房的大灯——她真实地展现在苏群面前，就像商场橱窗里的着衣模特。留下的这个小姐个子中等偏上，身材形像也一样，介于周小湖和小学老师之间，她是披肩发，容长脸，眼睛很大。这是一个过分夸张了自己性特征的女人，她一直在微笑，像那个小服务生一样，那是一种对苏群充分理解的笑，但是苏群却感觉她的表情和眼神有些不一致，也许他的感觉是错的，他的确有些拿不准，就像他拿不准他此时最迫切的需要到底是什么一样。苏群对小姐说，这样，你告诉总台，给我拿两瓶啤酒来。小姐像没听清，又像没听懂他的话，疑惑地看着他。苏群心里说，你干吗这样看我，我不过是要制造点气氛罢了，即使是喝花酒，也该有点情调吧？但是小姐听懂了，她斩钉截铁回答苏群说，这里没有啤酒。苏群说，那就算了。

小姐点点头，她开始脱衣服，速度很快，苏群摆摆手，言不及义地说，我不是这个意思，我是——但他还来不及结束自己的吃惊，她已经一丝不挂了。而且，葡萄粒一样的乳头，黑黑的三角区正在向他逼近。苏群惊慌起来，汗水像一条条河流蜿蜒而下，他的情欲消失得无影无踪。苏群说，等等，稍等一会儿。小姐向苏群靠过来，一只手仿佛无意地放在苏群大腿内侧，说，先生还等什么？我们都是钟女，总台计时呢。苏群说，我知道我知道，说会儿话吧，行吗？小姐很温柔地笑笑，说，说话，说什么话？

苏群领着小学老师去了父母那里一次。每次去蹭饭，苏群都得忍受母亲轰炸般的唠叨，母亲的轰炸像天气预报一样准时，基本是他进了屋子点上一支烟以后，内容也像天气预报一样一成不变，那就是催他处对像，催他结婚。被逼不过，苏群只好领着小学老师回家了。小学老师开始不是很情愿，说两人还没到那个份上。苏群也没那个意思，只是为了应付母亲的轰炸。他对小学老师说，京戏的票友你知道吧，你就当客串一回吧。

苏群把时间选在了周一。因为周末照例哥嫂要来，加上那个皇帝一样的小侄子，家里那时肯定是乱套的，另外，苏群私下里不想把这件事搞得很正式。父母相当热情地接待了小学老师，毕竟是自己的儿子，这等于给了苏群的面子。而且他们对小学老师也很满意，他们是见过周小湖的，自然会在心里比较一番，显然看表面，小学老师要比周小湖丰满得多。在厨房里，母亲给出了她的结论，挺好。苏群说，胖点。母亲说，这样好，又不是往花瓶里插，那么瘦有什么用？你是过日子哩，找个病秧子好哇？苏群说，妈你瞎说什么呀，她只是一个普通朋友，我们还没到那个程度呢。母亲完全是一副理解的样子，洞悉一切地说，我知道我知道。

因为满意，母亲在吃饭时就说起了结婚的事，突然得让苏群和小学老师一点精神准备没有。母亲说，明天，让你爸找人把你的房子装一下，新人得住新房子。父亲也附和说，是该收拾一下了，让你弄得不像样子了。父亲和母亲话说得这样直接，让苏群非常不安，小学老师说过，他俩还没到那个份上，想不到爸和妈一厢情愿地以为姑娘没意见，已经是他们的准儿媳妇了，即使小学老师没意见，也得听听儿子的看法吧？父母把这些全部省略了。但是苏群偷眼看小学老师，不像生气的样子，也不是很尴尬。

从父母那里出来，小学老师说，你爸妈真好，我感觉他们就像我自己的爸妈一样。苏群怔了一下，心想，我的爸妈怎会像你的爸妈呢？她的话是什么意思，是真实的感受，还是客气话，还是另有意思？心里这样想着，嘴上附和她说，他们都是实在人。小学老师说，你爸也六十多岁了，怎么能让他帮你收拾房子呢？你又不是没长手。苏群说，那是他们自作主张。小学老师说，原来我以为你和你父母在一起住呢，既是你自己的房子，就该你自己收拾。苏群说，邮递员在邮局是人人不待见的活儿，局里为了安抚这些人，就都分了房子给我们，两小居，不是新楼。小学老师说，啊。苏群说，怎么样，看看我那个窝不？她犹豫了一下，终于还是跟着苏群去了。

苏群的两居室并不像父母说的那样狼狈，也许父母那么说是表明一种姿态，意思是不偏袒儿子，儿子有什么毛病他们不掩饰，暗示将来他们会是一对慈爱厚道的公婆。房间里东西比较少是肯定的了，摆放比较凌乱也是肯定的，有点坚壁清野的味道，但是基本上还算乱而不脏。让外人看来，说不定这也是一种格调，苏群当然不会那么刻意，想不到的是给了小学老师这样一种效果，一进屋子，她就“啊”了一声。苏群说，怎么了，太乱了是吗？小学老师脸红了，说，不是，挺好的。苏群说，你坐你坐，我倒水你喝，拿起暖瓶，就知道水瓶里是空的，他说，我去烧水。小学老师说，还是我去吧，你喝酒了，歇一会儿吧。夺过苏群手中的暖瓶去了厨房。接下来，就听到哗哗的接水，啪啪地开煤气灶，然后就安静了。苏群本来要躺一下，听得厨房没了动静，心想，她就在那死等水开吗？人家毕竟是客人呢。悄悄走过去——原来小学老师伸着脖子在照镜子。那是周小湖的一面小圆镜，被苏群称之为照妖镜的，因她常在厨房烧饭，就挂在了灶台的上方，虽然挂在厨房，小圆镜的使用率却很高。小学老师这样一个动作，让苏群一下子就有了情欲，而且有些势不可挡的趋势。他喊她说，哎。小学老师说，好了，水就开了。

她端着一杯开水进了屋子，真不知道她是怎么找到的水杯，她竟然对这小小的两居室熟稔到这种程度！

苏群说，我不渴，你喝吧。小学老师把水杯放到苏群的电脑桌上。苏群拉了一下她，说，你坐吧。小学老师不坐，也不说话，在眼睫后面看着苏群。苏群也看着她，他能感觉到小学老师粗重的喘息，他想，她竟然也这么快就进入状态了，这是不是一种默契呢？因为想出进入状态这个词他止不住笑起来。小学老师碰他一下，说，你笑什么？苏群说，我笑自己很卑鄙。小学老师还是不说话，向他身边凑过来。苏群说，等等，你猜猜我的卑鄙指的是什么？小学老师说，我不猜。苏群说，你猜不着。小学老师突然把苏群抱住，猛地吻住了他，她肥厚的嘴唇含着苏群的嘴唇，像章鱼一样，嗓子里还含糊不清地发出啊啊或哦哦的声音。

两人倒在了床上。

小学老师不算熟练，但朝气蓬勃，很有冲劲，幅度也很大，情绪像她这个人一样饱满，苏群的确让她弄得很兴奋，即使如此，他还有空问自己，这一切，是情不自禁还是水到渠成？

小学老师是早上走的，她走时，苏群还在睡觉，也许是装睡，是假寐，因为昨夜的疯狂，之后他睡得很好，所以，她起床时，他已经醒了。她起得很早，而且还轻手轻脚收拾了屋子，在卫生间洗了什么。小学老师走时有一点依依不舍，像那些已经进入情况的女人一样，她走后，苏群去卫生间例行“恭事”时，看见自己的裤头晾在卫生间的暖气上。苏群暗笑，小学老师和幼儿园老师也算扯平了。不同的是，小学老师的一切是突然的，而周小湖却是一种必然。

苏群给朱老太太送信时，才知道她生病了。因为她来给苏群开门时，他发现她在发烧，而且人也很恍惚。苏群把信交给她，她甚至来不及道谢，就把信拆开了，样子急迫得要命，但只看了一会儿，她就支持不住了，苏群正是因为看她发烧才没有马上就走，通常他把信交给她，还要到别处送信。苏群说，你发烧了。老太太说，烧了两天了。小苏，麻烦你一下吧。苏群说，没问题。老太太说，出小区就有一个群安药房，请你给我买几支安替比林来，看苏群发愣，她脸上忽然起了一点潮红，说，就是安痛定，你一说，药店就明白。苏群说，可是——老太太说，我会注射，我年轻时当过护士。

苏群跑着去了药店，他甚至忘了骑他的自行车，一路跑一路想，原来老太太还当过护士。

跟小学老师再次见面，出现了一个小插曲，他们碰上了周小湖。

小学老师把约会的地点选在了法兰西家私。苏群搞不清楚她为什么要选在这个地方，他是准时去的那儿。他想，小学老师一定要比他来得晚一些。果然，苏群到了大概不到五分钟，小学老师来了。苏群能看出她很精心地把自己收拾了一番，像那些通常的约会者一样，也像她们那样把时间拖后了五分钟。苏群说，为什么选在这个地方？小学老师说，我在报上看到这里有家私展销。苏群说，有什么意思啊？小学老师说，看看嘛。两人上了室外的滚动电梯。小学老师说，你怎么不说话，你不高兴啊？苏群说，没有，我常送信的那个老太太生病了，那天我给她买了药。小学老师说，哪一个，信很多那个呀？苏群说，是。小学老师说，你是做好事，让老太太给你写封表扬信吧，写给你们邮局，她不是很能写信吗？苏群说，老师同志，你这话一点也不幽默。

他们下了电梯，突然就看见了周小湖，她也看见了他俩，她确信是“他俩”。苏群说，周小湖。周小湖看着小学老师，说，哟，你呀，巧了，是女朋友吧？介绍一下吧。苏群说，随你怎么想都可以。在小学老师的监督下，苏群很尴尬地寒暄了几句。

进了法兰西，已经看不见周小湖了，小学老师突然问苏群，那女的是谁？苏群说，前女朋友。小学老师说，我还以为你没处过女朋友呢。苏群说，怎么可能，我这么一把年纪了，刚才那个女的你也看见了，她差点和我结婚了。小学老师又不说话了。苏群跟着小学老师在法兰西胡乱转了几圈，看看就要走出法兰西家私，小学老师突然说，咱们什么时候收拾房子啊？苏群说，收拾房子干吗？小学老师说，你说干吗？苏群说，你不是说咱俩还不太了解吗？小学老师站住了，生气地说，姓苏的，咱俩都这样了还不了解？苏群开她玩笑，说，哪样了，你指的是睡觉吧，可是我觉得睡了觉也不一定了解。小说老师带着哭声骂道，你混蛋！一跺脚跑了。

苏群想追上去哄哄她，又一想，算了，回家睡觉吧，就回家了。躺到床上时，忽然想起今天的信还没送，赶紧跑出屋子去送信。在朱老太太门前，也是他刚要按门铃，门就开了，微笑的朱老太太正在等他。苏群说，一看您就是感冒好了，看您气色好多了。只要是和老太太在一起，苏群发现自己很愿意说话，而且也变得很文雅。朱老太太说，谢谢你苏群，要不是你给我买药，说不定什么时候才能好呢，进来坐一会儿吧。苏群就进了屋子。朱老太太倒了一杯茶给苏群，说，我拿点东西给你看。说罢，把整整齐齐一摞信封给了苏群。苏群说，呀，这么多，还有首日封！心知老太太早就准备好了。老太太说，多数都是四十年代和五十年代的，也有几封是三十年代的。苏群说，这可是宝贝。老太太说，那就送给你吧。苏群说，那怎么好意思呢？老太太说，你还年轻，留着玩吧。苏群说，我还年轻，一点不年轻了。老太太说，你结婚了吗？苏群说，您猜猜看。朱老太太微笑，说，我猜你没结婚。苏群说，您怎么看出来的？朱老太太带点调皮地说，你不像结了婚的人，也不像恋爱中的人。

告别的时候，苏群把信封放在了桌子上。老太太说，真的送你了，把那摞信封放到苏群手中，推让间，苏群一下子醒了。

苏群已经有几天没回家蹭饭了，母亲打电话让他回他也没有回去。但是这一次他回家了，因为这一次是父亲给他打的电话，而且把电话打到了他的单位，父亲说，苏群你回来一趟。苏群一愣，父亲从不打电话给他，看样子是家里有事了。

果然，他一进屋子，家里的气氛和往常大不一样，父亲十分严肃，母亲也十分严肃。苏群坐下来好一会儿他们也没说话，以往不是这样的，以往母亲的天气预报早就开始了。不过苏群心里有底，他知道，他们早晚要说话，父亲不说，母亲也要说，他们打电话要他回来，不会就这样一句话不说吧。果然，他们说话了，这一次是父亲说话，以往少有这样的先例。苏群从父亲的话中感觉出事情比较严重。

原来小学老师向他们告了他的状，告他没有诚意，还暗示了别的一些什么。苏群猜出来小学老师向父母暗示了什么，一定是她和苏群已经睡过觉了，只是因为父母那代人难以启齿，才给他留了一点面子没有揭他的短。更热闹的是，小学老师告状那一天，周小湖也来了，而且明知小学老师来告状，却坐起来不走，好像她是苏家的成员，端茶倒水留客送客，干着下人的事情，其实她已经一年没出现在苏家了。虽然唐突，但看来并没让父母讨厌，至少表面上她还在活跃气氛，而当时，气氛已经很紧张了，而且——这是苏群私下的感受，和小学老师比起来，似乎父母更中意的是周小湖。和前者的表现完全不同，小学老师是一副愤怒加声讨加诉苦的架势，周小湖呢，通情达理，低眉顺眼，几乎就是一个委曲求全的儿媳妇，比旧社会还旧社会。苏群想象着当时的场面，这可热闹了，很像三角关系，又一想，也不会很热闹，只能很尴尬。他想，怪不得父母生了这么大的气，原来如此啊。

父亲气得嘴唇哆嗦着，质问他，苏群，你到底想干什么？父亲的话言简意赅，潜台词是你苏群绝对不能脚踩两只船，周小湖和小学教员你只能选一个。这下好，老子给儿子下了最后的通牒。

这个周小湖来凑什么热闹呢？

联想到父亲的震怒，苏群恍然了。

苏群决定给周小湖打个电话以示感谢。毕竟那一天她去了他家，由于她的在场，父母没有出现异常情况。他想，不打电话，给周小湖写封信去行不？不光是想，他也真的写了一封，他玩笑一样在心里打了个赌，看看她是回信给他，还是用别的什么方式，如果是回信给他，他就——但是周小湖没回信，而是给他回了电话。在电话中周小湖不提他的来信，而是大谈特谈小学老师的事情。周小湖说，苏群，你把人家骗了吧？苏群说，你也说我是骗子，她也说我是，即使我是骗子，你们为什么那样愿意上当？再说，我骗她什么了？周小湖说，你把人家骗上床了，你一定把人家睡了，是不是是不是？苏群说，她还把我骗上床了呢，这跟你有什么关系，你想招安我呀？周小湖说，德性。她这样抢白苏群，反而表明了她的态度。

苏群知道周小湖的意思，他知道她想跟他和好，回电话和回信其实是一样的，表达的都是一样的意思，苏群却觉得有些失望，原来的热情一下子没了，好像烧起来的炭火，让谁泼了一盆冷水一样，又一想，本来他的热情就不算热情，你是一盆炭火吗，你算哪门子的炭火？

既是这样，就以后再说吧。

（原载《作家》2006 年第 5 期）

作者简介：

朱日亮，男，1957 年 4 月生于吉林四平市。九十年代开始，陆续在《人民文学》、《花城》、《作家》等刊发表小说。出版著述十余种，中国作协会员。现为吉林文学院签约作家。

给我一个借口

钟求是

二十八岁的时候，崔小忆没坚持住，让自己嫁了出去。

在此之前，她是个独身主义者，时不时提醒自己别混到婚姻里去。她对自己说，你是经历过的，还失败过的。她所说的经历和失败，其实就是大学毕业不久与别人谈过两个月的恋爱，还没入佳境，那个人撇下她跑到国外打工去了。本来是件不大的事儿，却正好被她用做退守的理由。

这年春节一过，母亲点着她的岁数，真急了。她东串西走，逢人就提女儿的亲事，有点到处撒网的意思。网撒大了，总会捕住想要的东西。一个有阳光的日子，母亲兴冲冲地交给女儿一个名字，说这小伙子不错，是位中学教师，他很快会跟你联系的。不久，那位叫吴起的中学教师往崔小忆手机发来信息，约她晚上在一家咖啡馆见面。崔小忆回了信息，说今天晚上没空。中学教师回复说：那就明天晚上吧。崔小忆想了想，问：明天会是什么天气？对方答：应该是个晴天。崔小忆说：如果明日晴天，我不去了，如果不晴，我就去。对方说：嘿，你真有趣。

第二天起床，天是好的。崔小忆静着心去了公司，一头扎进一套房子的装饰设计中。到了中午，她吃着盒饭，抬头看一眼，发现天空淡了，像要拉下脸的样子。崔小忆想不会吧，现在是春天，没理由变脸的，便不在意。下午，她照常做设计，还与户主在电话里商谈了一番。傍晚下班，她走出电梯，见大门口站着一些人，都举着头。她呀了一声，睁大眼睛望天空——天空里撒着密密的雨丝。她愣了愣，心里飘过一阵雾。她想原来真有天意这东西呀。

晚上，崔小忆打着伞去了咖啡馆。那位叫吴起的中学教师已等在那里，似乎还选了一张特别小的桌子，这样两个人面对面坐着，便挨得很近。崔小忆不习惯这样，决定呆上十分钟，就客气地告辞。不过十分钟里，总要与对方说些话的。崔小忆说，我要自我介绍一下吗？对方摇摇头，说我今天本来上省城听课的，坐车出去几十公里又回来了。崔小忆说，为什么呀？对方说，半路下起了雨。崔小忆说，你可以改期的，给我发个信息就行了。对方说，我也想改到明天，可明天不一定下雨的。崔小忆轻轻笑了，说我那样讲，是不想约这个会。对方说，我听出来了，你的兴致不高。崔小忆说，跟你直说了吧，现在我还不想嫁人。对方说，你好像害怕这种事。崔小忆说，你要这么说，也行。对方说，一年前我也这样，我还差一点看破了红尘。崔小忆心想这话说得俗，就不吱声。对方又说，去年暑假，我去仙岩寺当了一回和尚。崔小忆吃一惊说，真去当了？对方说，我想试试自己，本来计划一个月的，结果只待了半个月。崔小忆说，你一定是吃不了素斋。对方摇摇头说，半个月的时候，我正在殿里打坐，脑子原本安静的，不知怎么突然乱了，跳出来一个女人，然后我身体……起了。崔小忆想不到他这样说，脸腾地红了。对方说，这时我才明白，自己的尘缘未尽。崔小忆说，第一次见面你就跟我说这个，有意思吗？对方说，我觉得你这人有点意思，才跟你说这些，如果遇上没意思的人，我会一声不吭的。对方这么一说，崔小忆心里动了一下。她瞥一眼手表，早已过了十分钟。她暗自说，你怎么啦，不是说好十分钟的吗？便催促自己起身告退。

第二天，中学教师又发来信息约她，说一起去看电影。崔小忆想已经跟你约一次了，你还得寸进尺，便不搭理。中学教师等不到回音，竟不气馁，隔一会儿就送些文字过来。崔小忆抓过手机，也不看内容，把那些文字一一删去，完了关掉手机。手机一关，崔小忆心里安静了。

傍晚临下班时，崔小忆打开手机，脆亮的叫声蜂拥而至，不一会儿收件箱便爆满了。崔小忆想，此人有些无耻。待出了门走入电梯，她又没来由地想，如果此人不光发信息，还在大门口拦截我，我便随了他去看电影，如果遇不上拦截，我便回家吃饭。这样想着，她心里有了验证似的期待。出了电梯，她边走边睁大眼睛。很快她看见那个中学教师靠在大门外的圆柱上，手里燃着一支香烟。

崔小忆跟着中学教师去了电影院，电影院里人影稀少，冷清得有些暧昧。崔小忆坐在那里，感觉怪怪的。她已经好几年没进电影院了，现在却突然与一个认识才两天的男人坐在了一块儿。灯光暗下来，开始放映一部所谓的爱情片。男女主角长得挺好看，却活得无聊，没事了就去地铁，坐在车厢里打发日子。崔小忆不觉得有意思，脑子便有些分神。正恍惚着，突然一愣，原来自己的手被别人的手抓住了。她想，这是一只经常拿粉笔的手，还是经常夹着香烟的手。她挣了一下，没有挣脱。很快，那只手变烫了，似乎还出了微汗。崔小忆想，这是不安分的开始。果然，那只手像一辆地铁列车，慢慢爬过她的手臂，停驻在她的臂膀上。过一会儿，那只手再次启动，绕过她的脖子，一点点探进她的衣领。崔小忆想，这只手要干什么要干什么呢？还没想好，那只手已扑住她的乳房。崔小忆惊得闭上了眼睛。黑暗中她能感觉到自己的乳房一阵阵颤动，接着自己的身子也一阵阵颤动。不知过了多久，也许是很短的时间，她醒转过来，身子一挣，抬手打出去一巴掌，然后起身跑开，坐到最后一排的座位上。

崔小忆先是愤怒着，气喘得很猛。慢慢的，她平息了。她双手抱一抱自己的身子，没有觉得不舒服的。她的乳房甚至有一种温暖的感觉，像一个无助的孩子被人拥抱了一回。她的手迟疑一下，偷偷滑进裙底，竟摸到一片濡湿。崔小忆愣一会儿，轻轻地说，我是该找个人嫁了呢。

两个月后，崔小忆嫁给了中学教师吴起。当她把这一决定告诉母亲时，母亲吃了一惊。母亲说，怎么这么急呀？崔小忆说，想嫁就嫁了呗。你们不是怕我嫁不出去吗？母亲说，那也不能太随便了。崔小忆说，再等下去，不是我丢掉他就是他把我给甩了。

崔小忆把结婚的消息带到单位，同事们也挺惊讶。同事们说，前些日子你还在说将单身主义进行到底的。崔小忆说，那是前些日子，现在我改变主意了。同事们又说，结一次婚不容易，你要把婚礼办好了。崔小忆说，这世上的婚礼都差不多的，反正我得弄出幸福的样子来。

婚礼那天，同事们都去了。他们看见崔小忆穿着白色婚纱，脸上果真挺幸福的样子。同事们说，难得的日子，得闹她！宴席吃到一半，新郎新娘开始一桌一桌地敬酒。敬到同事这一桌，被挡住了。同事们说，我们做了阄，你抓一个。说着端出一只碗，里边搁着三只纸团。崔小忆说，这碗里装的全是圈套吧？同事们说，圈套也是幸福的圈套。崔小忆就抓了一只纸团，展开一看，上面写着：新娘往嘴里装一杯白酒，或者咽下去，或者喂给新郎。崔小忆说，你们知道我不会饮酒的。同事们说，那就喂给新郎呀。崔小忆笑了笑，把一杯酒倒进嘴里，然后贴住吴起嘴巴，把酒送了过去。同事们嘻嘻地笑，说两只嘴巴真是紧密，做到了滴水不漏。笑过了，又说，新郎也得抓一只。吴起摆摆手说，我就免了吧。同事们说，你是新郎你凭什么免呀。吴起便也抓了一只，掩在掌心看。同事们说，不用看也知道，这一回是高声朗读。吴起只好盯着纸条，一字一句念道：亲爱的求求你，为了制造一个漂亮宝宝，别让我喝酒。

所有的人都哈哈大笑。

婚后生活是不一样的。以前崔小忆下班回家，虽然与父母在一起，但随时可以躲进自己房间。现在没法玩孤独了，所有的房间都是两个人的。以前崔小忆一个人呆着，喜欢懒洋洋地躺在床上翻书，有时也靠在窗边发发呆。现在有吴起伴着，得不断地说话，说单位上的事，说饭菜的烧法，说电视剧里的某个人物。到了床上，两只身子碰在一起，更是静不下来。

在这方面，两个人都算是刚出道的新手。开始的时候，他们忙而无序，常常抓不住要领。吴起还学着书上说的，在行动前说些甜言蜜语，欲引得崔小忆高兴。没有多久，崔小忆便明白自己不要听好听的，她要吴起的嘴巴用来动作，吻印自己身上高高低低的地方。又过些时间，崔小忆觉得自己变成了一口井，整天汪着水，等着吴起来汲取。崔小忆发现，自己竟是贪的。

天气渐渐热了，崔小忆回到家中便摘掉胸罩，让薄薄的粉红背心裹着身子。她的乳房不大，但翘翘的，隐在背心里很撩人。吴起看见了，便放下要干的活儿，腾出双手去捉拿那双乳房。崔小忆就躲闪，身子扭来扭去。两个人进进退退，很快到了床上。

一番厮杀之后，两个人从快活中撤出来。崔小忆松了手脚卧在床上，心里又满足又茫然。吴起则爬起来，裸着身子继续做家务。他走动时，身上的那只物件无力地甩来甩去。崔小忆盯着他，想：一会儿大一会儿小，变化真快。

夏天快过去时，他们差不多成了老手。为了避免单调，他们做事的地点时常从床铺移到客厅。客厅的地板比较开阔，适合两只身子的滚动。吴起还学会了粗暴，喜欢把崔小忆的躯段拨弄成各种样子。有时，他会把崔小忆的双腿举在空中，再慢慢弯向对面。这时，崔小忆的嘴里会发出绵长而欢颤的声音。

过着这样的日子，时间就走得快。夏天结束了，来了秋天。秋天结束了，来了冬天。冬天来临时，崔小忆发现了一个问题：辛苦是辛苦了，欢乐也欢乐了，可身上不见一点儿动静。她把疑问说给吴起，吴起也纳闷。按说他们还没做好要小孩的准备，也不愿意失去清闲的心境。如果怀上了，八成会商量着打掉。可现在该来的不来，心里便不服气，隐隐还有点虚。吴起说，是不是咱们不够努力？崔小忆说，你不瞧瞧咱们都努力成什么样子了。吴起说，要么是不凑巧，每回都不赶趟儿？崔小忆说，也许是吧，这种事谁知道呢。

这样说过，各自长了一个心眼。这心眼搁在做爱的过程中，就稍稍有些乏味。好在他们并不真的要赶制什么任务，又想想来日方长，便不在意。

随着气温的下降，他们初婚时的热情渐渐淡去，想留也留不住。有时候，他们会坐在客厅地板上，打开空调，让房子热起来，也让自己的身子热起来。等热够了，两个人才慢慢脱掉衣服，相互缠在一起。完事之后，他们裸着身子躺在地上，疲懒得不想说话。因为躺得随意，崔小忆的脸有时会挨着吴起的腿，这样吴起的那物件便摆在崔小忆的眼前。这只物件几分钟前还属于崔小忆，现在已属于吴起了。属于吴起的这只物件眼下耷拉着，无精打采的模样。崔小忆挪挪身子，让脑袋离开吴起的腿，去接近吴起的脸。吴起的脸倦乏着，也是无精打采的模样。崔小忆暗忖，如果他看我，是不是也看到一脸的不景气呢？

又过一些日子，天气转暖。崔小忆除去臃肿衣服，换上了春装。身穿春装的崔小忆凹凸有致，依然轻盈。到了单位，有人说她的身段好。过一会儿，又有人说她能守得住形儿。这种话崔小忆做姑娘的时候听过许多遍，觉得挺受用的，现在听在耳里，却有些不一样。她低头瞧着自己扁平的腹部，决定上医院看看。回家跟吴起一说，吴起也同意。吴起还说，没事最好，有啥故障就治它一治。

一天上午，他俩请假一起去了医院。这是一家中西医结合医院，有着一个琉璃瓦装饰的华丽大门。他们从华丽的大门进去，在里边呆了好几个小时。待他们从大门出来，好心情已经丢掉了。一张化验单让吴起的脸变得苍白——他摊上了弱精症，一种挺没意思的病。这种病崔小忆以前在一部电视剧里见过，好像是安排在一个白净的小男人身上。现在，吴起也学起了小男人，一边走一边腿软，嘴里不停地说，怎么会这样怎么会这样。崔小忆瞧着他，心里挺难过。她说，没事的，有故障就治它一治嘛。

从此吴起与熬药打上了交道。他拎回一大袋中药，堆在冰箱顶上。渐渐用完了，又取回一大袋，冰箱上面再没空闲过。每天上午和晚上，他会准时出现在厨房里，打开药罐，让一大团蒸气腾空而起。屋子里的药味积攒久了，便固定下来，敞开窗户也挥之不去。在用药的同时，他没有放弃床上的功课。与以前不同的是，他现在的每一次肉搏都像在证明药效。掺了这样的心思，做事的感觉便有些变质。崔小忆说，其实你不用想得太多，生不生孩子那么重要吗？吴起急了说，我就是要生一个瞧瞧！崔小忆不吭声了，心里想：只怕你射出来的不是精子，而是药剂。

过了两三个月，崔小忆陪吴起去医院复诊。复诊的结果不出崔小忆所料，弱的还是弱的，什么也没改变。回家路上，吴起勾着脑袋，一句话不说。经过天桥时，遇上一长队幼儿园的孩子。孩子们相互牵着衣角，嘴里咿咿呀呀唱着什么。吴起默着脸站在那儿，看着他们一个一个走过。

这天夜里，吴起睡不安生，半夜腾地坐起身，大睁着眼睛。崔小忆被弄醒了，吃惊地瞧着吴起。吴起说，我做梦了，梦见有一个儿子。崔小忆说，还是儿子呀？吴起点点头说，是儿子。崔小忆说，挺好的事儿，赶紧搂着儿子睡个好觉吧。吴起一把拽起崔小忆，脸对着脸说，我真的想要一个孩子！崔小忆说，你瞎闹什么呀，现在有许多丁克家庭，什么都不要。吴起说，他们不要我要。崔小忆说，你别玩变态，你要我还不要呢。吴起说，我不愉快，凭什么这种事摊在我身上。崔小忆说，你这话跟上帝去说吧。吴起说，上帝是什么呀，上帝是他妈黑哨！

接下来的几天，吴起把自己丢进忧郁里。晚上的好时段，他坐在客厅地板上，不看电视剧或者足球赛，而是听一些伤愁的歌曲。歌曲中他脱净衣服，点上一支烟，一边吐着烟雾一边盯着自己的物件。在他的操纵下，那物件一会儿竖起一会儿又软掉。有一次，他将烟头慢慢伸向物件。崔小忆在旁边瞧着，差点叫出声来。不过他只是把烟灰掸在物件上。

好在这样的情形没有持续太久。一日傍晚，吴起从学校带回一张报纸，高兴地指给崔小忆看——上面写着市中西医结合医院成功诞生第三代试管婴儿的消息。崔小忆说，什么意思呀？吴起说，前些天光顾着吃中药，没想到还有试管婴儿这一招。又说，把我的东西放在试管里培育，弱者必不弱也。崔小忆说，看来你不造出个人来不会罢休。吴起说，我是个俗人，想法就有点俗。你不是俗人呀？崔小忆说，我也是俗人。吴起说，那咱们别装高尚，生个孩子吧。崔小忆说，生不生孩子跟高尚有啥关系？吴起说，我觉着你高尚得不想要孩子了。崔小忆说，你这么说，倒像我的不对了。你以为我真怕生孩子呀！吴起说，那就好。我喜欢你的肚子慢慢隆起来，隆起来像只球。崔小忆说，吴起你真是个混球！

过两天，两个人又去了中西医结合医院。这次接待他们的是一位长条脸、鼻子却挺宽的中年医生。宽鼻子医生说，这试管婴儿要是搁在以前，一般需要50万至500万个精子装到试管里。宽鼻子医生说，现在，我们有了单精子穿刺术，做到了一个精子也能做父亲。宽鼻子医生又说，但这条精子得有力气，得朝气蓬勃，不然即使结合成功，畸形率也会很高。吴起说，医生你到底想说什么呀？宽鼻子医生说，你的精子太虚弱，无法在试管里施展才华，所以你们只能选择捐献者的精子。吴起说，我先试试嘛，试管不就让人试验的吗？宽鼻子医生摇摇头说，试管也是强壮者竞争的舞台呀。

从医院出来，吴起又变得沉默不语。崔小忆说，吴起你的样子看上去有点酷。吴起不吭声。崔小忆说，也许那宽鼻子说得不对，凭什么他说了算。吴起还不吭声。崔小忆说，要不咱们去喝点酒吧。这回吴起点了点头。两人朝一家酒店走去。快到酒店时，人行道上热闹着一堆人，原来是计划生育宣传活动。一位宣传员见他俩走来，手里递出一小盒东西。崔小忆一扫眼，知道是避孕套，赶紧摆手。宣传员视她的摆手为害羞，将小盒子硬塞进她的挎包。

两人进了酒店，找一张桌子坐下。崔小忆取出小盒子看了看，正要丢掉，被吴起拦下。他把玩几下，收到自己衣兜里。两人点了菜，开始饮酒。崔小忆以为吴起要借酒消愁愁更愁，便等着。但吴起没有，他喝掉一瓶啤酒打住了。两人吃了一顿挺平静的饭便打道回府。到了家里，吴起又坐在客厅地板上听忧伤的歌曲。歌曲给了他灵感，他掏出兜里的小盒子，撕开一只避孕套放在嘴边鼓吹，很快避孕套膨胀开来，成为一只硕大的气球阳具。他手一碰，大阳具便在空中飘来荡去。

从这天起，两个人做爱的欲望渐渐淡了。吴起开始挂心学校的事，有事没事都呆在学校里，天黑了才慢腾腾回家。崔小忆在公司里勤奋起来，别人推诿的业务也揽过来，整天在电脑前敲敲打打，把自己弄得很累。晚上回到家，两个人都觉得空闲的时间太多，有时躺在床上，脑子里觉着该干点什么，手脚却懒得动弹。相互望望，都从对方的眼睛里看到一种虚飘的东西。

周末的时候，他们会睡个懒觉。懒觉睡过了，还觉得时间花不完，两个人就坐在地板上打扑克，谁输了谁喝一杯矿泉水。这是吴起大学时代经常干的傻事，现在推广到了家里。玩了一小时，他们各喝下五六杯水，肚子里开始响起晃荡的声音。然后他们站起身，踱到阳台上看街景。所谓街景不过是一条小马路，上面卧着一些树影，树影上走着一些人。这些人表情平淡，行步平稳，正常得让人生气。

他们只好又走回屋子，坐在地板上。吴起说，咱们还得弄点事儿做，譬如生个孩子。崔小忆说，你又提孩子的事，烦不烦人呀。吴起说，别人的精子就别人的精子，咱们生一个吧。崔小忆说，这话好像不是你说的。吴起说，是我说的。崔小忆说，你什么意思呀，让我肚子装一个孩子，这孩子却不是你的。吴起说，我想开了，我大彻大悟了。崔小忆说，吴起你看看我。吴起把目光递给崔小忆。崔小忆说，在你眼睛里，我看到的是一团迷茫。

过一会儿，崔小忆说，其实你我心里明白，咱们并不真的想要孩子。吴起不言语。崔小忆说，除非咱们找到说服自己的借口。吴起说，那咱们找找吧。崔小忆说，你说说看。吴起说，生一个试管婴儿，总比领养一个孩子好。崔小忆说，可咱们压根儿没打算领养什么孩子。吴起说，周围有许多人盯着你的肚子，你的肚子鼓起来，连他们也踏实了。崔小忆说，你惦记他们干吗呀，我又不是为别人活着。吴起说，家里有个婴儿，慢慢长大了，突然管我叫爸爸，这种感觉一定挺奇妙的。崔小忆说，这有什么奇妙的？吴起说，一个本来跟我没关系的人，却管我叫爸爸，这还不够奇妙吗？崔小忆说，吴起你找的都是些什么破借口呀！

崔小忆在吴起的陪同下，又去医院找那位宽鼻子医生。宽鼻子医生成了崔小忆的手术负责人。随后的一段时间里，崔小忆在医院里进进出出。她做了先期检查，用了促排卵药物，然后她的卵子被拿到实验室与一只陌生的精子激情遭遇。差不多两个月后，一个小小的生命才在她的体内安下家。

崔小忆很快发现，怀孕会导致性情的变化。她不喜欢坐在电脑前了，不害怕吃零食添肥了，不愿意在人多的地方挤来挤去了。有时候，她会想象肚子里的东西。她觉得肚子里有一条鱼在游来游去。

晚上没事了，崔小忆躺在地板上打开手脚，很倦懒的样子。吴起坐在旁边，盯着她。他从她的脸上看到了跟以前不一样的东西。吴起说，你挺满足的。崔小忆说，我觉得挺有趣的。吴起说，你快做妈妈了。崔小忆说，我肚子里养了一条鱼，一条尾巴摆来摆去的小鱼。吴起把脑袋伏在崔小忆肚皮上，听了一会儿，什么也没听到。吴起说，你说的小鱼其实是精子，精子在你肚子里游动。崔小忆摇摇头说，不是精子，是小鱼。吴起说，那咱们猜一猜，小鱼的 father 是谁？崔小忆说，你愿意猜，我就愿意听。吴起说，也许是一位科学家，外形像葛优、脑门很光滑的科学家。崔小忆说，嗯。吴起说，也许是精力多得无处释放、样子像希特勒的激进分子。崔小忆说，嗯。吴起说，也有可能是一位长条脸上搁着一只宽鼻子的妇科医生。崔小忆说，为什么把他也捎上呀？吴起说，近水楼台先得月嘛。崔小忆咯咯笑起来说，吴起你他妈的真损！

以后日子，崔小忆似乎找到了孕妇应该有的种种感觉。她让吴起陪着散步。她让吴起做好吃的。她还拖着吴起上百货超市，对着一堆婴儿物品挑个不够。肚子里的小鱼让她忽视了身边的变化。

其实吴起的变化是明显的。在课堂上，他时不时讲错嘴，引得学生们发出一阵阵嬉笑。下班途中，他过斑马线会闯红灯，让几辆车子同时在他跟前嘎的停住。在家里，他喜欢在餐桌前拖得很久，一个人慢慢地呷酒，把脸喝得很红。

一天晚餐后，吴起从餐间走到客厅，宣布似的说，我不行了。崔小忆看看他的红脸，有些不明白。吴起说，我叫吴起，可我起不来了。崔小忆明白了，一笑说，你谦虚了。吴起说，我没谦虚，我他妈没有谦虚！崔小忆心里晃了一下，记起两人确实很久没缠绵过了。她突然拿不准他说的是不是赌气的话。崔小忆说，你把衣服脱掉，我马上能让你起来。吴起摇摇头说，天气挺凉的，我不脱衣服。崔小忆说，你为什么为什么呀？吴起说，你使劲想一想，自打你怀上孕，我在你跟前脱过衣服吗？

这天晚上，两个人睡不熟。夜深时，崔小忆侧转身子，用手去亲密吴起的那只物件。亲了许久，掌握的内容始终没有充盈起来。她撤了手去摸吴起的脑袋，竟摸到一脸的泪水。

第二天起床，吴起脸色有些灰，眼睛下面显着青筋，头发乱得走了形。他走入卫生间刷牙，嘴边形成一圈白色的泡沫。崔小忆跟进卫生间，站到他身旁看镜子。镜子里的吴起神情淡漠，身子像是变小变轻了。崔小忆不知讲什么好，半晌才说，你头发长了，该去修修了。

但吴起没有马上去修发。他甚至举一反三，连胡子也不刮，让胡须和头发一起生长了好几天。他的样子变得有些沧桑，差不多成了半个哲人。直到有一天，他突然走进理发馆，除去所有头发，打造成一颗圆溜溜的光头。然后，他平静着脸回家，让崔小忆吃了一惊。崔小忆说，你一会儿蓄着长发，一会儿理成光头，有什么根据吗？吴起说，没有根据，我就想让脑袋凉快凉快。崔小忆说，你看上去有点像和尚呢。吴起说，你这是夸奖我还是埋汰我？崔小忆叹口气说，吴起你说话的时候，我觉得你挺远的。吴起往前迈几步，说我走近了。崔小忆伸出双臂箍住吴起，两只身子紧贴在一起。贴了一会儿，崔小忆的手臂松开。她心里说，你还是挺远的。

周日上午，天气不错。吴起起了兴致，要出去走走。崔小忆问去哪里。吴起说去仙岩吧，去看看那里的溪水。仙岩是个小巧玲珑的风景区，有一只碧绿的水潭。很多年前，朱自清去游玩过，感觉甚妙，写了一篇散文。散文让那只小水潭添了身价。

两人来到车站，登上一辆快客。路程不远，半小时便抵达了。下了车，前行十分钟，又爬坡十分钟，眼前出现了那只水潭。此时正是深秋，潭中的水盈盈的，绿得彻底。阳光打在上面，又让绿透了明。许多年前，朱自清站在这里说：这平铺着，厚积着的绿，着实可爱。又说：我舍不得你；我怎舍得你呢？我用手拍着你，抚摩着你，如同一个十二三岁的小姑娘。他说得挺好。

看够了潭水，两个人慢慢往回走。下了山坡，吴起说，我带你到一个地方走走。崔小忆以为是另一处景点，跟着走。走了一会儿，穿过一片林子，猛地撞见一个寺院，大门悬匾上写着“仙岩寺”。两个人进了院门，先遇见一个方形放生池，放生池往北坐着大雄宝殿。吴起突然说，几年前我在这儿呆过，呆了半个月。崔小忆一愣，心想原来今天你是带着我故地重游。

两个人在放生池边的石栏上坐下。吴起摸一下脑袋说，前几天你说我像和尚，现在呆在寺院里，是不是更像了。崔小忆说，在这儿呆着，反而不像了。吴起一笑，指着大雄宝殿说，当初我在里边学着打坐，心里挺静的，突然那东西就直了。崔小忆说，这个你说过。吴起说，几年过去，身边有了一个女人，我的东西却不行了。崔小忆说，忆昔论今，你一定想说明什么？吴起说，崔小忆，我们离婚吧。崔小忆没有惊讶得跳起来。她想一想说，是因为肚子里的小鱼吗？这可是你动员我要的。吴起不吭声。崔小忆又说，若是为了这个，我去把小鱼打掉。吴起说，瞧这个水池，是放生鱼儿用的。你的小鱼也得留着，不然是一种罪过。崔小忆说，也许打掉小鱼，你的身体就恢复了。吴起说，你我心里都明白，这两件事其实没什么关系。

两个人沉默一会儿。崔小忆说，在寺院里谈离婚，我觉得挺滑稽的。吴起说，那就谈点别的。崔小忆说，这寺院挺好的，你是不是还想着以后来这儿打坐？吴起摆摆头说，你说得对，我端着光头也不像这里的人，我他妈尘根未净呢！

两天后，两人去了民政局。

办完手续回来，吴起收拾东西走了。崔小忆躺在床上想事情，想了半天把自己想困了，便睡过去。夜深时，她醒了，醒了就接着想事情。她想，我跟吴起没有关系了，可我跟另外一个男人还有关系。崔小忆用手摸摸肚子，肚子依然扁平，小鱼静悄悄的。她又想，小鱼是我的，也是别人的，我干吗要与别的男人联在一起？这样想着，心里便有些乱。

她起身去厨房取来一只碗，又找出一张纸撕成三片，用笔分别写上“科学家”、“激进分子”和“妇科医生”，揉成团儿丢在碗里。她端着碗进了客厅，坐在地板上。她对自己说，我倒要看看，这个不认识的男人是什么人。顿一顿，她又说，我赌一把，如果是科学家和激进分子，就把小鱼生下来，如果是妇科医生，就打掉。

她盯着碗，吸一口气，伸手捡出一只纸团，放在眼前慢慢展开，跳入眼中的是四个字——妇科医生。她愣了愣，脑子里出现一张安着宽鼻子的长条脸。崔小忆突然觉出一种黑色的幽默，有点想笑，停一停，她哭了。

转过一天，崔小忆去医院打了胎。她去的是另一家医院。

（原载《收获》2006 年第 5 期）

作者简介：

钟求是，男，1964 年出生，毕业于中央民族大学经济系和鲁迅文学院第三届高级研讨班。现供职于温州市文联，中国作协会员。

处女公墓

权聆

这里风俗和别处不同。未婚的姑娘死了葬在荒山的峡谷。她们的墓穴沿山坡的走势分布，越往深处，可追溯的年月也就越是久远。为了纪念她们，人们用石头刻了精致的铭文竖立在墓前，要将她们的芳名留给后世。但风和雨，以及时间，偏将她们的事迹模糊了。现今，那些墓碑被青苔染绿，蛇虫熟练地穿梭其间，雷电的击打更是毁损风貌。好在墓体坚固，尚未见得有塌陷的。我家主人细长苍白的手指一处一处地辨认，他要考据出究竟。客栈里的人说："实在是太古老了，客官无不绕远走，免得被她们纠缠。"我家主人正值青春年少，他巴不得与精怪奇遇，何况那都是些美丽的少女。原本打个尖，喝点茶水就走的，他故意磨蹭，眼见着乌云兜不住雨水，天变得黑压压的，他放话说，留宿，待翌日动身。我家主人彻夜不眠，我一再跟客栈催要蜡烛，伙计揉着眼，说道："劝他歇息吧。俺们这儿是有不少未婚姑娘的墓，后面说的纠缠客官的话是人家胡诌的，他怎么就信了呢？真要有妖精爬出来，也是白骨了，有个什么迷恋头。哎？"

"我让你走，你就走，你嘟囔个什么。我难道不是你的主人，你莫非不是我的奴才。哎？"我家主人细长苍白的指头冲着我，我苦着脸说："主人啊，冤枉死我了，是毛驴不肯走。你看，我怎么拽它，它也不挪两步。"我家主人收回了指头，他歪着脑袋看着他的手，笑道："哈，果真有年头了，我的手指冰凉，来来来，把你的脸凑过来，我在你脑门心上戳一下。"我被我家主人的指头冰得直甩腮帮子。我还感到恶心，冰凉的感觉让我联想到腐败、溃烂、光滑的头皮上残留的几根铅灰色的须发；加之头天夜里，屡次三番地去找伙计要蜡烛，受了风寒，我的肠胃翻江倒海，紧要关头，毛驴尽作对，让人好生恼火。

我跟毛驴咬耳朵，威胁它，耍脾气要看场合，不听我的话，就把它拴在树上，任它自生自灭。一个地方一种方言，这片林子的鸟兽方言它听不懂，人家也听不懂它的，它很快就会饱尝初来乍到的苦头。

我家主人在远处喊："要不，你在原地呆着，我回头找你。"不等我回应，他背着册子和笔墨在我眼前消失了踪影。我张着嘴，想说的话吞回肚子，我想说的，是但凡奴才必回的套话，您当心呀，别累着呀，小的随时候命呀，奴才准备好干粮立刻跟上来呀，如此云云。瞧我家主人的痴迷劲，非三两个时辰他回不来。我把毛驴牵到枝繁叶茂的老树跟前拴牢。我叉着腰，举目扬眉，打量老树蓬勃的华盖，那竟然是一棵巨大的莴苣。能喂饱多少只兔子哟。我围着莴苣走了一圈，心下暗喜，可知道我包裹里藏着熟牛肉，先睡一觉，醒了用刀子把莴苣削成薄片，卷着肉吃。莴苣生脆，牛肉鲜美，嘿嘿，我家主人少不得夸我两句，随手把他身上的玉佩卸了赏我。我打着如意算盘躺在毛毡子上直奔梦乡。

我歪歪斜斜地在泥泞道上行走，半路被人拽住衣角。是女人的手，指节枯槁，必定是做粗活的婆子。我说："快些闪开，休怪爷爷我使出浑劲，摔你个趔趄。"

"现成的肥鹅熟食，细巧果子，官人吃是不吃？"

"取来便是。先筛碗酒给爷爷吃。"

"俺家杯盏小，恐官人不爽。官人只管仰起头。"

我依言而行，竟被瓢泼大雨淋了个浑身湿透。

啊呀呀，竟敢戏弄爷爷。我好生恼火，一把抓住那手。它滑溜溜地挣开了。

细声慢气的言语变成一串笑声。“小小子，劝你安分些。莫扰人休息。”笑声渐远。我如一只落汤鸡儿，惶惶然，备感饥渴。

哪里料到，从我身后钻了许多人出来，纷纷往后看，神色恐慌。不久，我听到了得得的马蹄声。一队兵士骑着高头大马，手里拿着长矛，尾随而至。为首的八字胡喝道：“跑什么？不过是请你们到将军府上白吃白喝。”

一个老头说：“真的么？俺看见大家在跑，俺也跟着跑，以为是抓壮丁的。”

众人面面相觑。他们要找出领跑的家伙，但每个人都矢口否认。他们把眼光集中到我身上。

我跟八字胡说道：“军爷，不妨说说叫我们去的由头。”

“将军一个人吃饭不香，令我们带些人回去陪他。说白了，就是叫你们去做食客的。”

先前回话的老头应道：“那敢情好。俺们正愁没个栖身的地方。俺们也不白吃将军的粮食，俺们杂耍班子有的是乐子给将军瞧哩。”

这么着，我稀里糊涂地跟着众人一道儿走。我们一进将军府，就被领进各自的房舍。我以为光是一帮人陪吃陪喝，哪里想到竟似软禁了一般。虽然可以自由出入，但军爷把守得紧，长矛不离手，想要走出将军的城池得跟老虎借胆。我后来得知，所谓将军的食客，是替将军吃饭，等我们把每一道菜品吃过以后，将军才动筷子。历届食客都逃走了，将军并不因此严加管束，反正流民颇多。一拨人走，另一拨人来。也没听说有被毒死的。尽管如此，大家承受不起压力，越吃越没胆，越吃越瘦。当我在菜园子锄草的时候，心里在琢磨逃出去的办法。杂耍班的一班老少在空地上嚷嚷。军爷远远地瞅着他们，并不上前干涉。他们吃吃笑着，叉腰的叉腰，抱胳膊的抱胳膊，站累了就蹲下来歇息。杂耍班的聚众喧哗很快演变成一场恶战。他们一开始只是发发牢骚，伙食实在是油腻，他们希望见到一丝半缕菜蔬。另一部分人前半生没吃过几天肉，他们担心挑剔过度会使得大家连肉都吃不上。有一小撮人的意见被口水淹没了。他们的心声还没说出来，就不得不吞回去，伙伴们拳脚相向，他们被迫猫起了身子。每一个杂耍班的人都身怀绝技，斗殴现场因此富有趣味。他们打得正酣，用膳的铃声响了。各持己见的脑袋纷纷鱼贯进入饭厅。

我放下锄头，擦了一把汗，也跟着坐上饭桌。我们的将军和往常一样戴着威武的面具。银制的头盔上镶嵌着火红色的珊瑚，据说是从海的最深处打捞出来的。将军位居首席，一言不吭。他好像乐于看我们的种种食相。可惜我们看不到他的尊容。他的脸面始终是那张露出獠牙的面具。这张脸面让我们觉出自己的卑微，尤其在吃饭的时候，它扑灭我们的食欲。我们迅速清空盘子里的糕饼和肉。待我们离开饭厅，我回头看了一眼，尊贵的将军孤独地坐在原位。

从我的住处可以看到窗外的菜园子。那些油绿的蔬菜看起来让人眼馋。成天盯着看，看得人生出非分想法。只是想想而已，断然不敢下手。数日前，城门口挂着一个人，某天清晨，我拿着木瓢准备施肥，发现那个人由下至上在一点点消失。我赶紧低下头，嘴里念着阿弥陀佛。好不容易熬到正午，那人只剩下几根头发在风中飘啊飘的，到最后，衣服空洞，躯体不见了。

我一回房间，就把我的脚洗得干干净净，我从前一年洗一两次，现在我顶爱惜我的脚趾，我掰来掰去，生怕它们趁我不注意跑掉一个。没准哪一天，它们中有一个会先我而去，我得要求它们提前给我打报告，并且答应我，无论在何处，无论以何种途径离开，都要让我知道它们的去处。

我盯着菜园子，一刻不松懈。既要严防自己又要严防他人。有一天，果然将一个家伙抓了个正着。那些天，土很疏松。我猜想土里有不少蚯蚓。我曾经听人说，将蚯蚓切成几段也弄不死它们，它们能不停地长，不断地冒出新的首尾。如果将蚯蚓的数目增多，或许能大大减轻劳动量。我刨了一把土，想找出几条放到罐子里。这当儿，远处的地面像藏了一条龙，此起彼伏地拱出波浪形。我看呆了。我一直以为龙和凤凰只有远古才有。波浪贯穿到我脚下停住了，只听见一声响亮的喷嚏。一个尖嘴猴腮的家伙，穿着紧身衣从地里爬出来。为了到菜园子行窃，他憋足气潜伏到地下，不巧钻到了我脚跟前。他直跟我道歉，说怕我摔个趔趄才没继续往前行进的。他申辩说他偷去的几棵白菜，他没吃上几片，都给伙伴们抢光了。他可怜巴巴地管我叫兄弟，“俺的孩儿在长身体。”我说：“好吧，先饶你这回。”那个时候，军爷回营房换岗。没有人看见我和杂耍班的家伙交头接耳。我和他谈妥，他把他这身本事交给我，我每天给他一把蔬菜。他若想吃樱桃，就得送我一套在土里游泳的行头。这家伙还算守信用，除了有一次误食巴豆，上吐下泻耽误了我的学时，总算将他的本事囫囵授我。遗憾的是，他送给我的紧身衣是一套豹纹的。我个子比他高大，他的我穿不上，只能将就豹纹这套穿。他悄悄告诉我，他们杂耍班有时候穿这身衣服骗那些见识少的渔民。渔民看惯了水里游的，听说杂耍班的笼子里有豹子，排着队翘首观看。伪装豹子的人忽然放了一个响亮的臭屁，把大家臭晕了。不知是谁认出豹子的真伪，愤怒的渔民握着拳头收拾他们，把杂耍班打了个落花流水。他们的大篷车，兽笼，钢丝球等物什统统落在遥远的渔村。

夜里，我仔细检查了一遍我的脚趾。我走到哪里它们就得跟到哪里，我可不希望将它们中的任何一个弄丢了。我套上豹纹紧身衣，从窗户下面的田垄出发。我事先看得很清楚，顺着这条道直行，不用拐弯，按惯常速度，七八分钟就能抵达城墙前面的护城河。我在那里换口气，再略微偏右就能穿过城墙。

我从窗户下面的田垄出发，脚还在外面露着，却发现一只土拨鼠正在吃力地生产。我只得略微调整方向。我趴着护城河河沿回望，我居住过的小屋，已消融在夜色中。当我再一次从土里冒出来，看见一个年轻人光着脊背躲在树丛中。我轻拍他的肩，我们同时跳起来。我和我家主人彼此都为各自怪异的打扮吃惊不小。我家主人嘘了一声，示意我坐下来。“你怎生如此打扮？”我家主人问道。我顾不得叙说别后种种，眼泪在眼眶里直打转。我暗下决心，再不贪那几杯酒水。我家主人不等我说话，先迫不及待地告诉我，每天都有一只梅花鹿跑到附近的山泉饮水。山花烂漫，枝叶绰约，他透过斑驳的阳光，看到一个女人白皙丰满的臀部。“可惜只是一闪而过。”他叹息着。“我怀疑那是位仙女。真正的仙女。你知道吗，为了取得她的信任，我伪装成半人半马怪。那匹马一开始还挺配合，但我为了追踪仙女常常忘记给它喂食青草。趁我不注意，它溜了，卷走了我的衣物。我只好裹上芭蕉叶子遮羞，哎——”我家主人连连摇头叹息。我跟我家主人出主意说：“请穿上小人的这件衣服吧，虽然古怪，好歹胜过赤身裸体。”我家主人是个爱美的人，此时顾不得雅观，换上了我的紧身衣。我们刚刚装扮妥当，一声响亮的口哨传入耳畔。冷不丁地，我和我家主人双双倒挂在树上，左右摇晃。我们挣扎着，像溺水的人胡乱挥舞手臂。在此关节，一队士兵举着矛枪从四周奔跑过来，一边跑一边喊着：“阿塔，阿塔。”将军骑着壮硕的梅花鹿出现在眼前。他威风凛凛地指着我家主人。我家主人扑通一声掉下来。我也扑通一声掉了下来。他们捆绑了我家主人的手足，掳上梅花鹿。我可傻眼了，这帮鸟人要把我家主人带去哪里？这是个沉闷的下午，浮云布满天空。我家主人，可怜的爷啊，你连煮熟的鸡蛋都不会剥，你一个人去了那座城池，我怎么放心得下呢。我苦苦哀求，下跪，脑袋磕得像是在捣蒜，我强调我是我家主人的奴才，天底下哪有奴才撇了主人逍遥快活的，兵士围着我，将我的老脸揍成五颜六色，这才将我也掳上马。我家主人痴笑着，脸蛋贴着梅花鹿的尾椎骨。

我们被拖进屋子，我发现他的颧骨磕红了一片。我家主人把着栏杆，看着远去的兵士，兴奋地对我说："正是我要找的那只鹿。"他踮起脚尖，竭力要把头挤进狭窄的栏杆。几个猎户走过来，指点着我和我家主人所在的窗口，说道："到底给抓住了。真看不惯它装人样。"

远处的空地支上了铜鼎，篝火熊熊，火焰忽上忽下，十分的妖娆。将军的宝座铺着宝蓝色的孔雀羽毛，椅背长而高，好像能够攀缘而上直达云霄。他率先捧起酒碗，和兵士一道仰首饮完了酒，将酒碗猛地砸在地上，白花花的碎片飞溅开来，引得鸟儿不厌其烦地衔拾，吮吸着残余的酒滴。不久，鸟儿扑棱着，东倒西歪，刚飞到半空就落下来，有的掉进铜鼎，哧地化成青烟。

密集的脚步声沿着墙根由远及近，屋子里闯进来四个兵士，二话不说，将我家主人手脚朝天架起来，抬走了。我跺着脚大叫："别落下我啊。"我的呼叫无人应答，我把头往地里钻。我试了几次，总是被坚硬的地面拒绝。我家主人被他们抬到将军跟前。看不清我家主人的脸，只见他手足无措，像是刚从娘胎里逮出来。将军那张露着獠牙的面具越发狰狞。众兵士高呼："阿塔，阿塔。"将军点点头。兵士抬着我家主人向铜鼎徐步走去。我不由得全身一震，向后倒退。他们步伐矫健，动作整齐划一，就在他们走到铜鼎前几步远，他们改变了方向，把我家主人扔到不远处的护城河里。

众兵士哈哈大笑。汗珠儿从我五颜六色的老脸渗出来，像虫子刷刷地齐声蚕食桑叶。

将军摘下了面具，把头轻轻一扬。我看得很清楚，那是个娇媚的姑娘。她的小辫缠绕着金色丝线，发梢系着铃铛，当她轻轻甩动头发，那些铃铛就发出清脆的响声。

护城河的水不过及膝深。我家主人被兵士打捞出来的时候已经奄奄一息。他显然是受了太大的惊吓。他们把我家主人湿漉漉的身子放到担架上抬走了。

我没有了我家主人的消息。我认识的那些杂耍班的朋友都销声匿迹。鬼知道，他们是不是被将军一个一个地晾在了绳子上。冲这位将军的脾气，她一定是把他们都给倒挂在了绳子上。这些出身豪门，贵为少年郡侯的小东西都有着桀骜不驯、骄奢乖张的秉性。哎呀，我简直无法往下想，我非得拼着小命去搭救我家主人。环顾四周，皆是厚重的顽石，我空有一身遁土功夫，无计可施。这当儿，墙根的小石头滚到了我脚边。一只圆滚滚的土拨鼠跳了出来，紧跟着，两只，三只，四只，一共有五只小不点大的土拨鼠跳出来了。它们每跳出来一只，就跳到前一只的头上，像叠罗汉似的。我跟它们好像是见过的。它们在我眼前亮了个相，一溜烟汇集到洞口，它们帮我刨出地瓜大小的坑洞。我跟着土拨鼠在土里拱来拱去。眼前豁然一亮。我挪开梳妆凳，发现置身在女人的闺房。金碧辉煌的烛台布满房间的各个角落，色彩艳丽的裙装和饰物散落一地。透过绸缎做的帷幔可以看见圆形床榻，女子粉白的背。我蹑足走近。先前见过的那只梅花鹿温顺地卧在床上。那女子正匍匐在梅花鹿身上啃食，发出吮吸汁水的声音。我失手碰翻了吊兰。女子转过脸，满脸血污。将军瞪着我，嘴角的血淌到精美的地毯上。她是一位少见的美人。她击掌传令，示意两个兵士捉住我的胳膊，把我的脑袋强行摁进梅花鹿的腹部。我挣扎了一阵就停止了努力。我发现梅花鹿是假的，它的皮毛用丝绒精心缝制，眼睛镶嵌的是蓝宝石，腹部用青铜打造成可以开合的容器。我嘴里的果酸味证实了，是西红柿。不过，我也拿不准。我嚼啊嚼啊，把自己的舌头咬着了。我家主人从拱形门里跑出来，连连扇我耳光，"你中毒了。快吐出来。"

我仔细端详我家主人，玉容谦和，毫发未损。我闻到了臭味，我身边围着的兵士离得很远，还都捂着鼻子。我再看仔细些，发现他们戴着店小二的帽子。我试图起身，我家主人按住我，回头说道："老板，烦劳再取些马粪来。"话音刚落，有人飞快地取来一瓢马粪。我稀里糊涂地喝下去，污七八糟地吐了一地。

待我干净妥帖地躺在床上，我听见老板在楼下连连道歉。我家主人回答说，“不碍事。小孩子家么。”

“阿塔，快把你那些把戏收起来。你别跑啊，你跑哪里去?”

我昏昏沉沉地睡着了。

翌日清晨，我给饿醒了。趁我家主人还在熟睡，我跑出门准备找点东西吃。我踅摸到楼梯中央，瞥见客栈的四方天井里坐着一个十来岁的小姑娘，一五一十地念着口诀抓杏核玩。

我记得在碑林里邂逅她的时候，她在牧羊。可她并不拿着鞭子满山逐羊。她任着羊群乱跑。我跟她讲：“姑娘，不看好了羊，羊会掉进悬崖。”

“只当是送给了仙女娘娘。”她埋着头和稀泥。

“要是被馋嘴的过路人偷去了呢?”

“他们不敢。”

她把泥团分成若干份，三下两下地揉捏。泥团初具人形。她从随身携带的布袋子里抓出芝麻粒、红豆、鸡毛，一些零碎玩意。我家主人痴迷碑帖，天黑以前他是回不来的。横竖是等，我也懒得瞎转悠，怪累得慌。我抱着胳膊，站在旁边看，夸小姑娘手巧。泥人的眉眼显现出来了。小姑娘把泥人一个个码放成纵队。

“给他们穿什么衣服好呢?”她像是在问我，又像是自言自语。

我不以为然地说：“泥人嘛，穿什么都一样。”

小姑娘撅着嘴，眼皮耷拉下来。“谁都知道，我捏的泥人不但会帮我牧羊，还会帮我教训那些不识趣的家伙呢。”

我笑嘻嘻地把她捏的泥人拣了一个扔进水潭，说：“我倒要看看，我把它扔进水里，它会不会爬起来。”

小姑娘从布袋子里拿了一把牙签出来。她好像逐一插到泥人手上了。后来的事我浑然不知。

“阿塔，把草药给楼上的大爷端过去。”

小姑娘在去柴房的路上转身停下来，专注地看着我，四目交汇，她眼里的意味我读懂了，我拔腿就逃。

小姑娘像被人呵着了痒痒，咯咯笑个不停。

（原载《作家》2006 年第 10 期）

作者简介：

出生于重庆江津，现居北京。曾经从事电台编导，外企职员等工作。小说散见于《人民文学》、《作家》、《青年文学》等杂志。

水晶孩童

张惠雯

1

仅仅说这孩子美丽是不够的。更确切地说，他美丽得怪异、令人难以置信。他母亲看见他第一眼就晕过去了：这孩子没有肉身，他是一块人形的水晶，包括他的头发、眼睛、指甲……好像曾经有一把最灵活尖削的刻刀在这水晶上雕琢出哪怕是最细微的线条。他安静地从母亲的腹部滑落下来，在没有别人在场的一个午后。他没有像其他孩童一样啼哭，只是静静地躺在昏厥过去的母亲身边，透明而柔和。

当他的母亲醒来的时候，她看到这个水晶的婴孩安静地躺在藤床上，睁着眼睛。他是如此的美丽，却又令她难以置信。她一点也不觉得这个孩子和她自己有任何的关系，好像别人将这个东西放在了她的肚子里，好让他来到这个世界。她又恐慌又茫然，突然她哭叫着跑到院子里，大声喊着丈夫的名字。她的呼喊很快通过一张又一张的嘴传遍了小镇，正在某一个杂货店搬运货物的丈夫就一路跑回了家。到了傍晚，他们的屋子和院子挤满了人。有的人高声谈论着这个小镇有史以来发生过的奇怪的事情，有人在打听着婴孩的样子，有人抱着饭碗，睁大眼睛倾听着。聚在一起商谈的老人们关于这奇异孩童的由来一筹莫展，只能确定这是个史无前例的怪事。可这男孩实在美丽，他的非人间的美丽使那些能够挤到床前看见他的人一时间沉默无语。一直到深夜，人们才肯散去。

接下来的那段时间，镇上的人乐此不疲地去观看这个水晶孩童，很多人走了又来。对于一些清闲的妇女和儿童来讲，去看水晶男孩几乎已经变得像清晨把家禽从笼子里放出来、午后吃一片蛋糕、晚饭后到镇街上找人闲聊一样平常而自然。他们挽着手，走着、赞赏着，眼睛忍不住往天空或是远处望去。然而，一天又一天过去，这些非同寻常的人群也会慢慢稀疏。

季节已从夏天转向初秋，凉风里偶尔裹挟着几片斜落的叶子。他的父母看他时，眼里仍然充满着茫然和不信任。这个孩子和他们看不出一点关系，更不像是他们血肉之躯的结晶，他不知从哪里来，突兀地降临在他们家。女人一再说起她竟然没有感到分娩的痛苦，他就那样自己从她身体里滑落下来。她一再向别的女人说起这一点，带着烦恼和困惑的神情，好像没有经历到生育的痛苦乃是她最大的遗憾。但她还是把母乳奉献给这个陌生的孩子。当他用他凉丝丝的嘴吸吮她的乳头时，她似乎能隐隐感觉到什么，就将他抱得紧一些。但她很快又松开了，他的美丽显然令她害怕。她把他放回到藤床上，自己坐在床边发呆。然而女人还是坚强的，有一天她终于决定这就是她的孩子，并且亲吻了他。而他的父亲在大部分时间避免看到他，他有些害怕，甚至暗地里有些恨他，因为他怀疑这个孩子夺走了他真正的孩子，一个可能会非常像他的活泼的孩子。当人们来来往往进出他的家，他感到侮辱，没有人相信这是他的孩子，他自己也不信。

可是一个老人偶尔回忆起的故事改变了做父亲的对待这孩子的态度，悄悄地抹去了他的敌意，使他决心接受作为父亲的责任，接受上天所赋予的命运。老人回忆起的故事来自于他许多年前读过的一本书，故事里有一个处女怀孕了，那个孩子跟别的男人没有任何关系，他是神的孩子，神使那个女人生下了一个非人间的男孩，来拯救世人。老人所讲述的故事在镇上流传，人们从那里揣测着模模糊糊的启示。男孩的美丽与人们印象中的怪胎和妖孽无法对应，那么说他是神送来的似乎更为合理。但是这小镇向来安稳，人们认为他们并不需要救赎。也许神会赐予财富和丰收，这是隐藏在每个人心里的秘而不宣的愿望。孩子的父亲因为这隐秘的愿望而受到人们的尊敬和优待。

在那一段时间里，突然降临的启示使人们因期待而焦躁不安，有些人简直睡不着觉。大家显得过分快乐而容易冲动，他们反复地走进男孩的家，提着各种礼物。当他们看着他，他们希望发现隐藏在他面容之下的启示，他们仔细察看他的眼角、鼻翼的轻微翕动、嘴唇上的细纹、甚至将眼睛贴在他的耳朵眼里朝里看。人们在这孩子的面容里寻找答案，充满疑问和焦虑。连女人们都发现吸引她们匆匆赶来的不再是孩子的美丽，而是依托在这小人儿身上的她们秘而不宣却几乎要涨破的愿望。人们忍受着等待和不停猜测的煎熬，日子简直长得疯狂。有人建议剥去孩子的衣服，仔细检查他的身体。老人们被这种渎神的语言激怒了，他们说，神的启示不是像金子一样掖在身上。人们只好按捺着自己，他们整天呆在家里，突然地大声咒骂、发脾气、过一会儿又似乎满怀期待地等着。在秋天即将过去的时候，人们突然发现他们更贫穷了：庄稼因为缺乏料理几乎失去了一半收成，铺子里完全没有进新货，散发着食品变质的臭味，女人们习惯了四处走动几乎不照顾家，家里像猪圈一样凌乱肮脏，孩子们的头发丛里爬满虱子。当然，还有更多被掩盖起来的秘密：一个女人毁掉了所有她认为丑陋而粗糙的衣服，因为她确信很快可以到城里为自己买一批新衣服；一个男人在他的几个情妇肚里播下种子，因为他确信很快他将一掷千金，养活几个老婆根本不成问题。总之，这个镇子突然之间变得肮脏邋遢、伤风败俗。

这个冬季异常寒冷而拮据，人们蜷缩在自己的屋子里，计算着剩余的囤粮。他们异常失落，但不敢抱怨。很多人还是迷信的，尽管他们的行为看不出一点对神的敬意。他们不敢将怨恨说出来，不敢告诉别人自己如何失望、如何早就预料到那个怪胎不会带来任何好处。他们曾有的热烈愿望像炉膛里烧尽的炭，偶尔爆出一星火花，随即又熄灭了。在这些沉默而漫长的冬日里，那个为大家讲述故事的多知识的老人被大雪埋葬了。对于老人的过世，怀想最多的大概是水晶孩童的母亲，她隐隐感到那个老人带走了什么，让她心里不安。其他人很快忘记了这件事，盘算着明年春天的计划。

2

他像正常的孩童一样慢慢长大，这时间没有人来看他，人们忙于收种、忙于生意和债务的事情，妇女们发现家务事越来越多，已让她们分不了身。只有零星的几个孩子仍然坚持着他们的热情，尽管他们不时被孩子的父母亲训斥和驱赶，他们一有机会还是会围在他周围，突然地摸他一下。而那孩子呢，他喜欢观看周围的一切，每一张围在他周围的脸都被他细细地看过。他那一双眼睛似乎天生为了观看，天真而专注，从来不会显出一丝疲倦。而当疲倦突然降临他的身体时，那双眼睛就紧紧闭拢，立即沉入它自己的梦境去了。

有一天，这孩子抚摸了另一个孩子的胳膊，因为在他逐渐清晰的意识里，它和他的看上去是不一样的。被抚摸的孩子跑掉了，所有的孩子都大惊小怪地散去了。小人儿坐在床上，回想着一下子的触觉。当他转过头看着他母亲的时候，她相信他的眼睛告诉她他发现了这个秘密：他没有其他孩子那样的柔软的肉身，他们和他不一样。

他开始蹒跚学步，他母亲一刻也不敢放松，因为对于这个孩子来说，重重地跌倒就等于破碎和死亡。脱不开身时，她就用一条带子把他绑在床腿上，一开始他试图挣扎，但很多东西会突然把他的注意力分散，有时候是摇晃在窗棂外的一条绿色的树枝，有时候是投射在屋子里的一道阳光，有时候是某种声音。他的眼睛似乎在不断寻找，而同时，他也仿佛在倾听着某些幽微的声音。当她看到他安静而专注的样子，可能会吓一跳，但是，慢慢地，她感到神奇，她会从屋里的某个角落偷偷看他：这个从天而降的孩子，她看不出他身上秉承任何人的痕迹。可是他却有最完美的人的面孔，一切竟然都在她的子宫里孕育而成。

父亲几乎不想看他，他像命运一样来历不明、让人无力。那个冬天他和别人一样吃了苦头，他的好运气荡然无存，现在人们仍然躲避着他，以一种奇怪的目光疏远他，似乎他们从来没有尊敬过他、对他亲热过。他们曾经送来过各种礼物，现在他们以千奇百怪的借口想向他讨还。他不明白为什么他的生活被搅得一团糟，有时候他劳累了一天回来看见他妻子搂着那孩子的腰在院子里教走路，他简直想揍她一顿。为什么她能够亲吻他，将他搂在怀里，好像他真的是他们的孩子！她镇定自若地做着一切女人应该做的事情，镇定得让他害怕又嫉妒。

这孩子终于可以自由地在院子里行走，于是人们看到在篱笆缝隙间露出的那张脸，带着热忱向他们张望，这唤醒了已被他们埋在日常生活的尘土里的关于水晶婴孩的记忆。水晶人竟然像正常人一样行走、长大，这就像当初他突然闯入他们的世界一样令人不安。人们回避着他的眼光，可那双眼却印在他们的脑海里，因过分清澈而显得虚无缥缈。他们突然意识到自己的脸平庸而丑陋，还有一些灰印子，他们的衣服也太脏了，蒙着灰尘和油腻，他们脚步匆匆，而他却躲在篱笆后，放肆地观察他们。谁也受不了这种注视，因为它使我们注意到自己。

阳光和热风使夏天白而干燥，在好几轮季节的变化之后，水晶孩童坐在屋檐下，观看着似乎凝止又充满变幻的景色。天空在树枝围成的框子里流淌，云絮像流水冲击产生的洁白泡沫。他相信天空和河流其实是相同的东西，有时候风从天际吹过来，它其实是急流中的一朵漩涡。如果有机会，他希望母亲再带他走出镇子，他们走在开阔的田野里，她和他走在深深的草和花之间，他也能够看见更大片的天空和更多的云。可是他也怕那样的情景：当他拽着母亲的衣角走在镇街上，每个人都停下来，看着他们。他母亲走得越来越快，几乎在跑，他快要跟不上她，又有孩子跟在他的后面，越跟越近，嬉笑着，他们的脸几乎碰到他的脸，他们又伸手触摸他，母亲不断朝他们怒喝，而那些观看的大人也开始嬉笑。他们的笑声和目光让他害怕，感到寒冷。当他们终于逃出来，身后不再有尾随者，当她摘了一朵野花让他闻时，她不是哭了吗？

母亲当然了解这个掩藏起来的愿望，她甚至一再对自己说“我要带我的孩子出去走走”，可她战胜不了心里的怯懦，她无法忍受人们的围观、嘲笑、一群脏孩子的追赶。她隐隐察觉到人们恨这个孩子，他们曾经以为他是神，如今却放肆地嘲笑他，仿佛他是个再滑稽不过的怪胎。而那坐在屋檐下什么也不说的孩子，他几乎具有一切最纯洁美丽的孩童特征，但是脆弱，脆弱得毫无用处。他甚至不会说话。有时候，在她怜悯的心中会突然涌起一阵厌恶的冲动：那个孩子就像她丈夫所说的那样，是个“一脸呆相”的废人。难道他不是吗？他几乎毫无用处，不能在土里滚爬，不能摔倒，更不用说让他去赶牛、搬运货包，为什么他不能像那些长相粗野的孩子一样能干？他像个甩不掉的包袱！每当她千方百计地把这厌恶的冲动压制下去之后，她心中就充满恐惧，害怕有一天它们会控制她，使她背叛她的孩子。她安慰自己她的孩子是世上最美丽的孩子，可是连她自己也明白，她孩子的美丽日复一日地在她眼中模糊，渐渐地等同尘土。美一旦背上了“无用”的罪名，是比丑陋还会遭人冷落的。坐在屋檐下观看天空的孩童不知道这一点，他那双清澈眼睛看不出这样的真理。他只是坐在一团如水雾般轻柔的水晶光晕中，陷于他所描绘给自己的那个世界。在他身上笼罩着一股似乎可将一切沉淀的安静，这安静说明他还不曾恨过任何人。

当人们看到水晶男孩第一次出现在镇街上之后，他们不约而同地感到不舒服，甚至恼火，这种情绪很难解释。最后，在人们互相倾诉、交换意见之后，他们发现了共同的担忧：这种奇怪的东西在镇上招摇过市可能带来不祥。于是他们选了代表通知孩子的父母：孩子不能再出现在镇街上，否则将像关牲畜一样用笼子把他关起来。孩子的父母当然无权反对全镇人的决定，他们已失去了反对任何东西的力气。送信人要求当面告诉这个孩子，他相当权威地警告他，试图展开一场小型的审讯。但是，他很快放弃了。然后他出现在茶房、酒馆、广场、每一个人们聚集的场所，用难以抑制的激动宣布了这样一个消息：那男孩是个哑巴。每个人都仔细地搜索他的记忆，确定没有听到那男孩嘴里迸出一个字。这一次，人们又不约而同地感到轻松而快乐，却露出一致的感叹神情。

在男孩的家里，谁也没有谈起这件事。他的母亲在厨房准备晚饭，决心以麻木来对待一切。男孩的父亲相当无动于衷，他已对别人的白眼和侮辱司空见惯，反而因此培养出了对待命运的带有悲壮意味的坚忍情绪，至少他自己相信他已准备好忍受一切。可是，当那孩子怯懦地看着他时，他却忍受不住心里的厌恶：他像个破坏一切的小无赖，一个只会闯祸的废物，却还装作什么坏事都没干。他厌恶地转过头，以便将这孩子排除出视力所及的范围。母亲大声地洗菜、泼水、将勺子掉到地上。突然，她看见那男孩光洁的、没有一点瑕疵的脸，他正透过窗户看着她。那张脸使她迷惘，因为她其实早就厌倦了，可她仍然得顶着这一切。要不然任由人们将他关进笼子里，或是交给他冷漠软弱的父亲？他是多么陌生啊，她怎么会把这样一个生命带到这个世界？她理解不了这一切，因为困惑而淌着泪。

男孩现在只能在院子里活动，他发现父亲和母亲这段时间都不想和他说话，他们似乎避着他，不愿意看他。像小时候那样，他从篱笆缝里向外面看，他看到别家房子雕刻着鸟或动物的檐角、贴在窗户上的花纸，他看着街道延伸到远处去，到他看不见也无法去的地方。他非常怀念他和母亲曾去过的那个地方，绿草和细杆子的野花几乎漫过他，他看到蝴蝶停留在白色的花瓣上，天空同时掠过好几种飞鸟。人们不允许他再去那个地方。甚至当他站在篱笆后向外看时也得小心，有的人看见他会朝他脸上吐唾沫，当他来不及躲闪时，吐他的人就大笑着离开了。很多时候，他在地上画那些记忆中的花儿、蝴蝶和飞鸟。他有可能把鸟的翅膀赋予了蝴蝶，也可能把蝴蝶的色彩赋予了某只鸟，这一点，他可永远无法验证。当他父亲看见这满地的奇怪图案时，他对这孩子的厌恶简直无法抑制，他走过去，用脚迅速涂抹掉这些怪玩意儿，把它们统统埋葬在尘土中。所以，连画画也得秘密进行。不过至少他还不用担心母亲，她看见这些东西只会诧异地看他几眼——她越发觉得不了解这孩子心里想些什么，而她忍受这种不解，像忍受人们把唾沫吐在她孩子的脸上。

3

风和日丽的天气，孩子们在街道上疯跑追逐，当他们觉得一切不再新鲜时，他们会想到被关在院子里的水晶男孩。在好奇心和创造力方面，他们永远胜于大人，他们可不想象大人一样向那孩子吐唾沫，他们心中藏着问题，最后解答的方式通常是游戏。在大人们午睡的时候，孩子们聚在一个拐角处，他们等待着那男孩从篱笆墙的缝隙中露出脸来。

午后是如此沉寂，男孩从缝隙间张望着空荡的、白而发亮的街道，这个时候虽然寂寞却不必担心什么。他向上看到那些错落重叠的屋顶，漆着各种颜色，可他从来没有经过这些陌生的房子，看看它们有怎样的门，房子前种着怎样的树和花草。有些夜晚或早上，他曾听到从某座房子里传来的歌声，或是某个窗檐下悬挂着的风铃，他倾听并想象出房子与风铃的样子、唱歌者和将风铃挂上窗棂的人的样子。他倾听着这小镇最饱满和最微弱的声音、最沉寂与最骚动的时刻。在他的耳朵里藏着小镇最丰富细致的生活史，只不过这生活史是以声音来编撰。至于他，他一个字也不肯说。

孩子们看见那张脸出现在墙缝后面，正朝外呆望。于是他们走出来，脸上带着形态各异的笑。男孩看到他们走过来，温和地朝他笑着。他回想起当他很小的时候，那些围在他床边的孩子们的脸，所以他虽然胆怯，却没有退回去。当然这些面孔确实曾经围绕在他周围，好奇地观看。但时间加之于这些孩子身上的变化远远超出男孩所能有的想象。当他们再度围在他前面，他们其实早已厌倦于观看了。有一个孩子问他，想不想和他们玩，他肯定地点点头。另一个孩子拿出一条绳子，说这是个游戏，要把绳子系在他的手腕上才能开始。当看到男孩有些犹豫时，第一个孩子解释说，因为他无法出来他们只能在他手上系根绳子，把他和他们连起来。孩子们都热情地劝说男孩伸出他的手腕，然后他们帮他把绳子系上，一个非常粗壮的孩子拉住绳子的另一头。水晶孩童纤细的小臂从篱笆缝隙里伸出去，被一根绳子紧紧地系着悬在空中。一个孩子卷起他的袖子，露出一节晶莹剔透的手臂。孩子害怕了，他感到这游戏似乎非常危险，他想蜷缩回他的手臂，但绳子绷得很紧，那个粗壮孩子显出决不放松的表情。然后第一个说话的孩子拿出一把小刀，他先让旁边的孩子猜测小哑巴会不会感到疼，孩子们都露出犹豫不决的神情。他又说，按道理来讲应该不会，石头会觉得痛吗？水晶也是一种石头。当他说这些话时，他手里的刀一直在阳光中闪着光。男孩脸上露出极度恐惧的表情，可是这时候谁也不去看他的脸，他们都注意看着那一节手臂，在绷紧的圈套中抖动。

孩子们的实验开始了，刀刃在手臂上飞快地划下去。伴随着一道有些晃眼的光，他们还听到了极为刺耳的响声，然后那条手臂剧烈地抽动起来，一些闪烁的粉尘飘散在空中。他们盯着看了一会儿，发现没有血流出来。男孩紧咬着嘴唇，他已经不知道怎样来看待他的敌人了，他们抱着认真的科学态度，却对他做着残暴的事情。其实，孩子们的残酷恰恰在于他们不懂得自己的残酷。当孩子们观察到男孩脸上痛苦的表情时，他们得出结论切割使他疼痛。接着，一个孩子拿出藏在身上的火柴，男孩又一次挣扎着要缩回他的手臂，立刻有人帮忙去拽住绳子。他们开始用一簇细微的火苗炙烤他已经被划破的手臂，从某个时候，孩子们听到模糊的声音，那个声音好像不是从喉咙发出来，而是从身体里发出。接着，他们看到从他的眼睛里滚落下来一些水滴一样透明的东西，这些东西落在地上，立刻变得坚硬，它们四处滚动，在在尘土里闪闪发光。然后，那孩子发出他一生中最响亮的一次叫喊，仿佛他那坚硬而脆弱的身体崩裂粉碎了。叫喊声惊醒了他的母亲，她从屋子里跑出来，看见那群被惊呆的孩子和他们手里的绳子、小刀和刚刚熄灭的火柴。她怒骂着，随手拣一根棍子准备追打他们。可当她打开门冲出去，所有的孩子都跑散了。她气冲冲地回来，看见那孩子倒在地上，他的手臂终于缩了回来，手腕上系着一根像征科学热情与残酷的绳子。可惜她没有看到滚落在墙角外的珠子。到了夜里，孩子们偷偷溜回来，捡走了这些不会融化的、坚硬的泪滴。

当他母亲把他抱回来时，发现他整个身体都湿透了。他躺在床上，因疼痛而不时地抽搐颤抖。但他手臂上仅仅留下了一道白印和一块熏得发黄的斑点，以至于他父亲无法理解那种疼痛，没有殷红的血，没有撕裂开的鲜艳的皮肉，他无法感知到这样的痛苦。可是，他知道那孩子不好受，因为他的眼睛像临死的人那样塌陷无光。有一下子，他突然涌起巨大的悲伤，差点掉下泪来。可他随即转身走了，让那紧抓住他的手松开。母亲不知道该怎样来治疗孩子的伤口，他的身体冰冷，她就抱着他，用体温使他暖活一点儿。

4

捡去泪珠的孩子们把它当成弹子使，在他们玩耍的时候，不幸被大人看到，这些亮闪闪的珠子就被陆续没收了。女人们发现这些形状完美、像被雕琢打磨过几百次的珠子做项链再合适不过。于是，她们在珠子上打洞，把它串起来带在脖子上。男人们虽因忙碌而昏聩，可他们也马上发现了珠子的价值。他们开始劝说男孩的父亲，希望用杂货、谷物向他换取一些珠子。

那父亲有些受宠若惊，人们突然用谄媚的声音和他说话，他们的脸上又浮现出温暖的笑容。可他觉得难以置信，他手里握着一颗“泪珠”掂量着，难道真的有这样沉重的泪珠？回到家里，他把珠子拿给妻子看，向她说起人们要和他交易这件事。女人用诧异的目光盯住他，好像她从来没有见过他。可他为什么要羞惭呢，那只是一滴泪而已，对于一个孩子来说，流泪不是司空见惯的事吗？

于是他来到他的孩子面前，第一次，他请求他，希望他流一些泪。那孩子看到父亲手中的珠子，模糊的痛苦和恐惧在他心里聚积起来，就像风雨前灰色的云在天空聚积起来。他的眼睛却始终是干涸的，即使父亲摇晃他、恐吓他，他也不能流一滴泪。然后他看见站在角落里哭泣的母亲，她似乎在用通红的眼睛乞求他，他不得已哭了。泪珠滚落到地上，他的父亲趴在地上捡四处滚落的珠子。

男孩的眼泪变成了轻易得来的财富，人们开始交换这些珠子。他看见人们在院子里走来走去，把珠子摊在破布上，或是捏在手里掂量着它的重量和形状，为之讨价还价。他被迫流泪的次数也越来越多，直到有 天，他毫不痛苦地流下泪来。第二天，这些泪照例被摆放在市场之上，被一双双精明的眼睛审视着。可这些眼睛中最聪明的一双也无从分辨出这泪珠是否真正缘于痛哭。

男孩在消瘦，变得孱弱，在他身上笼罩的那层晶莹的光晕在渐渐暗淡下去，而没有人注意到这些。有一天，他母亲看见他呆坐在院子里，她突然发现那张面孔像一块破旧的布，她想到他已很久没有像以往那样注视天空、枝条或屋顶，他的眼里再也没有思索和好奇的熠熠闪光，像是两眼干枯的泉。他发现她在盯着他看，站起身走开了，他蜷缩到屋子里最昏暗的角落里，从那里，他看见一束苍白的、卷满灰尘的阳光穿过天窗射进阴冷的屋子。他感到内里有某些东西在涣散坍塌，他虚弱得浑身发抖。他瑟缩着爬上床，如同他来到世界的那个下午一样，他安静地躺在那张藤床上，睁着眼睛。他听见母亲在院子里走动的声音，还有风穿过树梢发出的低语，在他空洞的眼睛里，屋子充满了灰尘和光线。没有任何人在，死亡悄然地覆盖在他冰凉的身上，一阵巨大的疲惫使那双美丽的眼睛终于闭拢了。

起初，人们因为争论尸体该如何处理而喧嚣了一段时间。最后，那孩子的母亲把尸体埋在自家的院子里。她镇日呆在院子里，警惕着周围的动静和路过的人。女人对谁也不说话，人们远远看见她头发白了。

5

漫长的溽暑渐渐消散，在初秋的天气里，断续的马铃声带来一个长相奇特的外乡人。他立刻引起了所有人的注意，在酒馆里，常常有很多人围住他，向他打听外面发生的事儿。有人向他提起了怪胎的故事，想趁机兜售给他一些水晶珠子。后来外乡人不再出现在酒馆里，人们看到他时常徘徊在那个院子外面。终于有一天，院门向他打开了，他走进去，院门又紧紧关上了。

隔着篱墙，有人看到他们在夜里掘出了孩子的尸体。外乡人仔细擦去覆盖在尸体上的厚厚的泥土，那美丽得令人难以置信的男孩还如同处于熟睡中，许多年深埋于尘土没有蚀掉他丝毫的光彩，他身上散出的洁白光晕使院子如同沐浴在月光中。

外乡人在男孩家里住下来。他每天对着尸体发呆，有时候沉思，有时候嘴里嘟哝着，激动地走来走去。一天夜里，在零星的蚊蚋唱叫中，银河高远而明澈。他和那母亲坐在院子里，沙沙的叶声就在头顶。外乡人终于说出了他的请求，他想带这孩子去一个更好的地方。那是什么地方呢，那女人问。像宫殿一样的地方，每个看见他的人都会由衷地赞叹他的美。外乡人只能这样说。然后他又说，如果有一天你不在了，这里的人可能会毁了这尸体，而在那里，他永远都是完整的，是供人瞻仰的、受保护的“艺术”。什么是“艺术”？孩子的母亲不可能明白。可她隐隐感到，这和那孩子短暂而痛苦的生命有关，和他久久停驻在某个地方的眼睛、和他涂画在地上的飞鸟、蝴蝶都有关。

秋意越来越深的时候，人们听说外乡人买走了那块水晶，甚至他骑的那匹栗色小马也留给了孩子的父亲。他把水晶孩童用一个背囊背在身上离开了这镇子。人们疑惑地看着他的背影消失在镇街上，揣测着那笔据说可买下半个镇子的钱的数目。他们想不出来有什么原因促使这陌生人如此着迷于一块水晶，可是隐隐地感到那不会腐朽的、在背囊里晃动的尸体掩藏着某种参透不了的玄机。人们想起外乡人提起的那两个字——艺术。什么是艺术？艺术也许是外乡人为死去的孩子所起的名字。而在“艺术”死亡之前，谁也没有猜出他真正的价值。

在最初的喧嚣之后，空洞和疑惑如云层般笼罩住这个镇子。秋雨终于从厚厚的云层里飘洒下来，洒落在那些白色蓝色和灰色的屋顶上，敲打在向上翘起的檐角上，滑过紧闭的玻璃窗扇。某一个窗棂上悬挂的风铃仍然发出断续而忽远忽近的声音。云层似乎覆盖了整片大地，在无穷无尽的秋雨声中，人们会回忆起一张面孔并发现它渐渐清晰，难道他们真的见过这美丽的东西吗？有些女人取下了挂在脖子上的水晶珠子项链。那些像被细细打磨过的、剔透的珠子使她们感到寒冷。然后她们往外看去：秋雨浸泡着窗台、屋角、街道和孤零零竖立着的店铺招牌，并将一切都涂染成腐烂的落叶的颜色。

（原载《收获》2006 年第 2 期）

作者简介：

张惠雯，1978 年生，祖籍河南。1996 年获奖学金赴新加坡留学，后毕业于新加坡国立大学商学院。小说两度获得新加坡国家金笔奖冠军。目前在新加坡定居，为《联合早报》言论版撰写专栏。

李丽妮，快跑！

苏瓷瓷

多年前，我在风中奔跑。现在我还清晰地记得那种感觉。耳边是呼呼啦啦的风声，树木张扬着绿色的枝桠，它们嘶叫着被我抛在脑后。道路变得越来越狭窄，最后成为一缕细小的布条，脚趾踏在上面，总是软绵绵的。原野里开着红色的野花，奔跑中，它们像火焰在我眼角边跳跃，我听到的任何一种声音，都是含糊不清的，它们在风中被快速地撕成碎片，我被这种急速的破坏感刺激着，身体不停摆动，向前冲，向前冲！我的皮肤被风吹开，五官被拉扯得变形，什么都看不分明，一切具体的事物都变成模糊的色块，在道路的四周上下跳窜。我开始流汗，但是并不疲惫，这让我坚信我上辈子是一只鸟，有庞大有力的翅膀，实际上在我即将奔向目的地的时候，我确实看见了白色厚重的云朵，以及从云朵的缝隙中投射出的灿烂的阳光，那时候我通体苍白，我扑入了同样白茫茫的空气中，我的身体被遮盖，也许我就此消失了。当然，这是错觉。

现在我坐在窗边，手里拿着一双洁白的跑鞋，外面依旧有风，但它不再是我身体里的一部分，我蠢蠢欲动，但是我不能翻出去和它们一起奔跑，因为爸爸妈妈在窗下坐着，他们在谈论我是否应该报考护理本科。这双鞋我已经很多年不穿了，它上面有些补丁，我用粉笔在鞋面上厚厚地涂了一层，但是轻轻拍打一下，白色的粉末落在地上，补丁周围黑色的针脚丑陋地呈现出来。鞋底很薄，因为它跑过太多的路，最终像一个停止生育、腹部干瘪的女人，只剩下一层薄薄的肚皮。我踏着声响巨大的高跟鞋走到抽屉前，把手里的白跑鞋狠狠地塞了进去。爸爸妈妈还在谈论着那件事，我拿起小皮包走出房间，来到院子里，他们嗑着瓜子。我去上班了，我盯着皮鞋上一块油垢说。爸爸妈妈叮嘱了几句，我步态婀娜地扭出他们的视线。

来到医院，见到了我的搭档杨虹，她是一个嗓门嘹亮、容易激动的姑娘。我们跟着一个大嘴巴、喜欢发牢骚的男医生组成一个医疗小组，负责二十四张病床的治疗工作。我们一直以来配合默契，但是今天她脸色苍白，我问她，出了什么事情吗？她脸上快速涌起一团红潮，杨虹把我拉进治疗室，她靠在墙边，显得神色不定。你怎么了？我问她。

她看着我慌张地说，丽妮，完蛋了！

我弹了弹护士裙上的米粒说，到底怎么回事，别搞得神经兮兮的！

从杨虹颠三倒四的诉说中，我明白了事情的原委。她在中午发药的时候，误把一个精神分裂症患者的药发给酒依赖的病人喝了。是哪个酒依赖的病人？我问她。

她瞪了我一眼说，杨振羽啊，我们管的病人你都忘记了？

我也瞪了她一眼说，妈的，我怎么知道，我们的分工不是你管病人，我管病历吗？因为我对病人的厌恶，所以我从来不对病人进行查房，而杨虹又不擅长文字工作，所以我们私下约定由她负责给病人查房、剪指甲、梳头、进行健康宣教等等，而我根据她对病人查房了解到的病情变化来书写护理病历。虽然他们的病情每隔三天都是由我来记录，但实际上我根本对不上号，我连自己管的病人都认不全，只管从杨虹的查房中摘取重要的话，记录下来而已。

看到杨虹恐惧的样子，我宽慰着她，没事的，你先带我去看看病人。

一到走廊上，我就看见一个身形魁梧的男病人在墙壁上摸索，是他吧？杨虹点点头。毫无疑问，这个病人出现了幻视，他看见墙壁上有东西，所以就不停地摸索，这是一种谵妄状态，当原本没有幻觉的人误服了治疗幻觉的药物后，他就会出现幻觉。药理是件玄妙的事情，这个本来只是单纯酒依赖的病人被杨虹的两片药搞出了精神分裂的症状。我忍不住笑了起来，杨虹气愤地跺着脚，她已经是满脸通红。

李丽妮！她指着我的鼻子吼道，你笑什么啊，你少幸灾乐祸，你不给我出出主意还看笑话啊！

我强忍笑意对她说，好了，好了，我不笑了，你别激动。好在今天是周末，就我们两个值班，领导都不在，你怕什么啊。喝了就喝了，又不会出人命，过几个小时药物代谢就没事了。

杨虹显然不满意我的回答，她焦急地搓着双手说，可是刚才医生打电话说主任下午要来病区，万一他看见这个病人在走廊上乱摸索就完了。

我说，那只有把他弄到病房里不出来，主任就看不见了。

杨虹沮丧地叹着气说，可是病房里都没有锁，谁管得住他，要是他自己跑出来，主任还不是会看见？又不能把他约束起来。

是啊，我也有点儿发愁了，没有理由把一个酒依赖的病人用绳子约束在病床上，这样要是主任看见了会更加疑心。怎么办呢？

我和杨虹在走廊上来回走了几趟，杨虹突然拽着我的胳膊说，对了，丽妮，我们给他打安定让他镇定下来，那他就不会乱跑了，怎样？

我还没有反应过来，杨虹就跑进了治疗室，她用注射器抽取了 2ML 安定，然后让我把病人拉进了病室。微微发黄的药液从针头缓缓进入病人的体内，病人起初在床上挣扎着，杨虹半跪在病床上，曲着双腿顶着他的膝盖，我紧紧地箍着他的手腕，他苍白的手掌使劲蜷缩着，青筋暴起，杨虹一只手按着扎在他手背上的针柄，一只手快速地推着注射器的活塞，慢慢地他的手掌松开，像一片干枯的树叶耷拉在白色的床单上。杨虹拔出了针头，用棉签按住了针眼，这个皮肤黝黑的男病人庞大的身躯陷在窄小的病床里，他闭着双眼，无声无息。

我走出了病室，用冰冷的水反复冲刷过双手，然后靠在护理站的窗边等待它晾干。我把双手高高地搭在窗户的铁条上，这些密集的铁条把外面的世界切割成碎片。一个小女孩站在楼下的落叶中，她的母亲粗暴地用手掌拍击着她的小脑袋，女孩的哭声响亮地在医院内回荡。一滴滴冷水从我张开的手指慢慢滑落进袖管里，然后囤积在胸口，逐渐凝结成一块坚硬的冰。

那个病人不会出什么事吧？我的声音像生锈的闹钟，沉闷而又艰涩。

你放心，他不会死的，他会好好睡一觉，醒来什么都过去了。杨虹一边洗手一边头也没回地说。

中途我忐忑不安地去给打了安定的病人测了几次生命体征，还好他的情况稳定。杨虹拍了拍我的肩膀说，丽妮，别担心。我看着窗外一块块裂开的乌云，它们恍惚而又阴险地飘来飘去，我们会得到报应吗？我突然问了一句。杨虹在我身后冷冷地说，我们早就在承受报应，每个人都在承受报应，这并不可怕。说完，她重重地合上病历，白色的铁皮外壳在桌面上发着光。

我们一直在犯错，发错药、画错了三测单、打破了注射器、一个病人把开水泼到了另一个病人脸上，我们垂头丧气，用新的错误去掩盖旧的错误。护士们个个无精打采，嗓门粗暴地在病区里不耐烦地喊着病人的名字。我们三班倒，没有黑夜白天之分，人人都要依靠安眠药维持正常的生活规律，以便不被病人所影响。

我从来不对父母讲这些事情，我们三个人围坐在饭桌前，热气腾腾的饭菜上漂浮着油腻，我能察觉到一种异味，像生活不能自理的患者身上散发出的恶臭。我小心地夹起一粒粒米饭咀嚼着，爸爸妈妈有说不完的话，他们习惯在晚饭时决策我生活中的新计划，比如报考英语补习班、护理本科、职业等级证，或者安排相亲。我偷偷盯着电视，正在举行长跑比赛，选手们像矫健的鹿，结实的肌肉充满韵律地抖动着，她们挥动着手臂，在跑道的白线上像欢快的音符激烈地跃动着。我坚信，如果此刻我在她们之中，那么冠军就是我。这时候，一个女孩已经越过了终点线，周围的观众都起身鼓掌，我疲惫地放下碗站了起来，妈妈说，你再吃点儿饭啊。我摇摇头走进了自己的房间。

我打开上锁的抽屉，里面除了一双白跑鞋外就是一卷发黄的纸张和笔记本。纸张的边角卷起，上面的字迹已经开始模糊，这一卷都是我的获奖证书，从小学到中学，从校级到省级比赛，有三个字眼在这些证书中是固定的："李丽妮"、"长跑"、"冠军"。我知道我还会拿到国家级的获奖证书，并且不会只是一张。这虽是意料之中却仍让我兴奋不已，我每天都在不知疲倦地跑步，包括在梦里，直到爸爸妈妈强行让我上了医学院。除了跑步我什么都做不好，我打开笔记本，里面密密麻麻地记录着我在医院工作的一年中所出的差错，其中有绝大部分是领导没有察觉，但是同事知道的，因为她们是参与者，我们相互包庇，还有一些是只有我自己知道的。我不明白自己为什么要将它们一一记录下来，我既没有从中吸取教训，也没有产生过愧疚，我只能理解这是种习惯，我详细地记录下今天所发生的事情，吃错药、打安定、像影子一样左右摇晃的病人，然后我合上笔记本把抽屉锁好，关了灯开始睡觉。

在科室里，我是公认做事情最快的护士，我端着注射盘跑着去给病人打针，推着治疗车跑着去拿药，上楼下楼都是我噼噼啪啪的跑步声。护士长和同事们都认为我大可不必这样，精神病科和急诊科不一样，精神病科连空气都是迟滞的，护士长觉得我有点儿精力过剩，所以把带病人活动的任务交给了我。

楼下空旷的水泥场，四周是高耸的围墙，一个护工把守着唯一的出口处，我指挥病人排成一队，场地里一半是阳光，一半是黑影，我站在队伍的前列开始带领他们跑步。一圈、两圈，病人们疲疲沓沓地挪动着脚步，开始逐渐退出队伍。跑到第三圈，我发现一个长头发的女病人一直跟在我身边，她呼吸均匀，毫不吃力地跑动着，我不知道她的名字，我不熟悉任何一个病人，但是她怎么这么轻松地跟在我身边？我下意识地加快了步伐，她没有看我，但是迅速调整了速度，使我没能把她抛之身后。我暗暗吃惊，然后憋足了一口气，使劲往前冲，耳边开始传来风声，而她的长发飘扬起来，始终在我眼前晃动，我的手臂大幅度地摆动，我看见她的脸庞开始涨红，但是她依然在我的右边跑动。我没有遇见过这样的劲敌，是的，我已经把她当成对手，在赛场上从来没有人能这样紧紧地咬住我。不知道跑了多少圈，我们始终并肩而行，虽然她的速度和耐力让人吃惊，但是她不可能超越我，她紧紧崩起的身体，越来越急促的呼吸和沉重的脚步声已经传达给了我这样的信息，但是同样，我也不可能超越她，胜负就在一步，可是我已经到达了极限。我从开始的惊讶、不可置信、暗自较量到无奈，最后心里却是一片平静，我们继续跑着，保持着一致，像怀有某种默契，直到护士长在楼上尖叫，李丽妮，你还跑个没完啊，快把病人都带上来吃药！我们不约而同地停了下来，病人们都坐在台阶上看着我们，我打量着她，她大口喘着气，小眼睛，年龄和我相仿。我冲她笑了笑，她也报之微笑，然后我带着一群病人重新回到病区。

到护理站后，我翻看了她的病历，昨天晚上入院，是民政局送来的，原因是在街上裸奔。年龄不详，家庭住址不详，只知道自己姓王，病历上写着“王某”。我合上了病历，这个不知来历的女病人居然那么能跑，让我很好奇，我决定找她谈谈。

杨虹把王某带进了病室，我靠在窗边看着她。她一进来就坐在了病床上，双手支着床沿，两只脚不停地相互撞击着，她没有看我，而是四下张望。

你叫什么名字？

她抬头看看我，一脸傻笑。我姓王，她说。

王什么？

我姓王，我姓王。她低下头拨弄着手指，重复着。

那你住在什么地方？

她摇摇头不说话。

我注意到她裸露出的皮肤上有很多深浅不一的伤痕，有的已经结痂，有的还是新鲜的肉红色。你的家人呢？

她再也没有抬头，只是一味地摇头。我开始失去耐心，很明显，她是个思维混乱四处流浪的精神病人。我想她并没有意识到自己具有擅长跑步的特征，她什么都不清楚，我向门口走去准备结束这次谈话，突然王某从床上跳起来，她在我的身后大喊，我是长跑冠军，我要跑，跑，跑！我转过身，她的身体仿佛被注入某种神秘的力量，两眼变得炯炯有神，紧咬牙关，双脚不停地在原地踏步，双臂摆动，像随时准备起跑的运动员。

我马上跑过去按着她的肩膀，你说什么？王某眼睛越过我的肩膀，直勾勾地盯着前方，身体还在不断晃动，幅度越来越大。我要跑，跑，跑，他们叫我快跑，别停下，我是长跑冠军，谁都跑不过我，我要跑……她语无伦次，越说越激动。

是谁叫你快跑？你是什么长跑冠军？你往哪儿跑？我的声音和她的重叠在一起，嘈杂而又混乱。王某一边喊着，一边开始迈动脚步，我堵住了她的去路，她弓着身体，肩膀顶在我的胸口，一只腿在前，一只腿在后使劲蹬着，我马上高喊着护工，最后他们跑来把手舞足蹈的王某绑在了病床上。我抚着被顶得隐隐作痛的胸膛走出病室，这是我第一次对病人进行查房，最终在王某凄厉的喊叫声中结束。

入睡前我躺在床上还在回想白天的事情，王某的身影在脑海中浮现，她奔跑时的样子逐渐和我重叠在一起。就算我闭上眼睛，这个画面也固执地延伸到我的梦中。我们并排在一望无际的原野上奔跑，只有脚步和心跳声在寂静的大地上响起，像两条相互追逐的影子。直到天亮，我从睡梦中醒来还隐隐觉得全身酸痛。

而这一切却又不仅仅存在于梦境之中，白天我依旧带着病人跑步，而最后只剩下我和王某，我们在院子里一次次绕过梧桐树，阳光从树叶中投射下来，斑驳的光影在我们身上打上绿色的烙印。我偷偷注视着她，她跑步时神情专注，目光探向远方，仿佛有什么在召唤着她，让她不知疲惫地跑动。我不知道她此刻是不是出现幻听，而我自己却好几次在跑步的过程中隐约听到有人在喊“快跑”！还夹杂着呐喊声。我没有停下，只是用目光匆忙地扫射了四周，病人们傻笑着坐在台阶上看着我们跑步，没有异常。我和王某已经达成了默契，在跑到第二十圈的时候，我会喊一声停，跑步就会结束。她来医院已经快一个月了，跑步已经成了只属于我们两个人的游戏。

护理站里站满了工作人员，但是一片寂静，能清晰地听到窗外大风拍打树枝的声音。主任阴沉着脸说，你们刚才都看到王某的情况了？

是的，我心里传出来一个细小的声音。王某失去血色的右脚放在病床上，像一截腐朽的干树桩，一根肮脏的约束带丢在地上，那是我下班前让护工绑在王某脚上的。她躁动不安地在病区里乱跑，医生让我把她约束起来，我又交给了护工去做，但是我不知道约束带会绑那么紧。

主任压低了声音说，医疗安全检查组过两天就要到医院来，你们自己好好想想。主任走后，工作人员开始七嘴八舌地议论起来。我一个人走进治疗室紧紧靠着墙壁，这是一场医疗事故，我很清楚。第一个要承担责任的是我，我没有观察王某的约束情况，只是给接中班的杨虹说了一下，杨虹和上夜班的护士都犯了和我一样的错误，致使王某血液循环受阻，被约束肢体缺血性坏死。除了我们三个以外，还有上白班的其他护士、护工、医生都没有认真巡视，都负有责任。我知道后果的严重性，就是王某坏死的右脚可能被截肢。我的双腿发软，脑袋晕沉沉的，背后的墙壁冰冷，汗水慢慢从额头渗出。这时候杨虹走进了治疗室，她面色灰白地看着我说，丽妮，怎么办呢？我艰难地摇摇头走了出去。护士长正在大发雷霆，我早就给你们说了，上班的时候要集中精力，加强责任心，你们都不放在心上，一天到晚小错不断，现在终于酿成大祸了，你们都要好好反省。不过这件事情先别声张，检查组快来医院了，要是被他们知道，不光我们科室，整个医院都要惹麻烦，听见没有？工作人员都垂头丧气，像蚊子一样嗯嗯着。

我站在玻璃窗外看着王某，她躺在病床上眼睛瞪得大大地盯着天花板，她用双手托着自己的右腿往上抬，膝盖以下却像绑了个秤砣纹丝不动。王某一次次地努力着，她的右腿微微伏起又重重地落下，坏死的脚如一块巨石击打着钢丝床，嘭嘭的声音在我听来无比响亮，我只有捂住耳朵跑掉。

我又开始跑步，只是身边缺少了一个身影。别的病人依旧被我抛在脑后，身边空出的地方是一片阴暗，连风声都消失了，只有我重重的呼气声。心脏突然变得不能负荷，只跑了两圈，我已经感觉脖子像被勒上了绳索，无法呼吸。我停下来疲乏地在台阶上坐下，我盯着自己的右脚，想起了王某，慢慢地这只脚开始麻痹，也许是坐得太久了，当我站起来的时候发现右脚已无法挪动，如果我也和王某一样即将失去右脚那我该怎么办？我不敢再继续往下思索，一个对跑步狂热的人总是会小心翼翼地避开这种假设。但是王某右脚坏死却是事实，这让我心里说不出的难受。

回到科室里，杨虹把我拉到角落里说，丽妮，这件事情牵扯很多人，又不是你一个人的责任，你别太担心了。还有个好消息要告诉你，我听护士长说主任已经联系了民政局，准备在检查组来之前把王某送走，暂时不会处分我们。

我一听马上问她，那王某的右脚怎么办？如果不治疗的话，那整条腿都保不住了。

杨虹诧异地看着我说，你管这些干吗？现在是应付检查要紧，护士长可交代下来了，都要严守秘密，不能说出去啊！

我焦急地来回走了两步想了想说，不行，王某不能送走，延误了治疗时间那就不仅仅是右脚的事情，而是整条腿都被截肢了，她以后就站不起来了。

杨虹着急了，她提高了嗓门对我说，唉，我说你没事吧？你以前不是这样啊，你什么时候变得这么悲天悯人起来了？我们现在都自身难保了，要是不让王某走，那真要出大事的！

我静静地等杨虹说完，然后拉住她的手认真地对她说，杨虹，我想了想不能这样做。以前我们是犯了很多错，那时候都侥幸没有暴露，可这次不一样，如果我们让王某就这样被送走，那她以后怎么办？我不是悲天悯人，但是这次的情况不一样，我不能让王某失去一条腿，不然我永远不会原谅自己，你明白吗？

杨虹愣愣地看着我，然后露出一丝无奈的笑容，丽妮，我不知道你是怎么想的，但是我不会支持你，再说这件事情不是你我可以决定的，对不起！说完，她从我掌中抽出双手，转身离去。

我一个人站在走廊里，靠着墙壁，脚下是一片黑影，灯泡坏了，我不敢挪动脚步，生怕踩在这些黑影上它们会发出人一般的哀嚎。我也不敢望王某的病房，她让我产生错觉，我就是她，一个即将失去右腿的人。如果可能我愿意替代她，但是我没有这个机会。回到家里，我翻出在长跑训练队时最爱看的电影《阿甘正传》，一遍遍地观看阿甘漫无目的的奔跑，突然泪流满面。梦中是黑夜，漫长的黑夜，只有一条腿的人在跳跃，她蹦得很高，却永远无法到达光亮的地方。一夜噩梦之后，我醒了，我带上了笔记本到了医院。

我在门外等了很久，捏着笔记本的手心满是汗水，主任接听着没完没了的电话，我失去了耐心，推门走了进去。

吴局，王某这个事儿太感谢您了！今天晚上花园大酒店十八包，请您务必光临！我走到了主任身边，主任一边打电话，一边用狐疑的目光看了看我。当我听到这句话的时候，恨不得冲上去砸烂电话，但实际上我只是站在原地，用手指使劲抠着笔记本的外壳。主任终于放下电话，他问我，小李，你有什么事吗？

我咽了口唾液迫不及待地说，主任，我是来检讨的，就是关于病人王某的事故。主要责任在我，当时约束病人的时候我不在场，后来也没有检查她的血液循环情况……

我还没有说完，主任就皱起眉头挥挥手打断了我，这件事情以后再说，现在不是检讨的时候，检查组快来了，我们要马上投身到迎检工作中去，你先回科室工作吧。

我没有离开而是继续往下说，主任，我必须现在检讨，并请您处分我！

主任愣了愣，然后问我，小李，你什么意思？

我挺了挺后背说，主任，你们是不是决定要把王某送走？

主任看了我半天才说，怎么了？

我追问道，你们真的要把王某送走吗？如果这个时候她不在医院治疗，那她整条右腿就保不住了。

主任摆摆手说，小李，你不要听别人乱说，王某的情况我心里有数，你不要管那么多了，去上班去吧。

我心有不甘地走出主任办公室。站在楼梯间，我握着手里的笔记本反复问自己，我应该怎么办？难道就此罢休吗？杨虹是不会骗我的，他们一定会把王某送走，我现在能做些什么？不行，我要去和主任说清楚，我要请求他留下王某。想到这里我又转身来到主任办公室，在门口我深吸了一口气，告诫自己要镇定，然后我再次敲门而入。

主任看见我很诧异，他有些不耐烦地问道，小李，你怎么还不回去上班？

我本想婉转地对主任说出自己的想法，但是我一张嘴却还是那句话，主任，你们不能把王某送走。

主任猛地站了起来，他气愤地对我说，哎，我说你这个同志怎么回事啊？我不是和你说了多少遍，这个事情和你没有关系，你不要插手，你只管上好你的班就行了。你还有没有点儿组织纪律观念？怎么领导跟你说的话你都不放在心上？

我愣愣地站在原地，这种感觉一直纠缠着我，从我来到医院的第一天起，让人窒息的污浊的空气、来回晃动的人影、红色的血液四处流淌，它们在我脑海里咣当咣当作响，我使劲甩了甩头，我是逃不掉的，我不能逃！

我突然冲上前去对主任说，不！你们不能把她送走！不能！说完，我们之间沉默地对峙着，我被自己发出的响亮的声音吓呆了。

主任的脸色非常难看，他说，我希望你能服从医院的安排，这个严重的后果你承担不起！

我平静地摇摇头说，但是我愿意承担这个错误，难道这样也不行吗？

主任想了想然后突然笑笑，他轻言细语地说，没有什么错误，你不用承担。如果科室能顺利通过这次检查，你不会受任何处分。

我再次摇了摇头。主任的笑容逐渐消失，他狠狠地瞪着我，猛然拍桌子站起来甩门离去。

我离开了主任办公室，来到病区门前哆哆嗦嗦地掏出钥匙打开铁门走了进去。几个护士围了上来，你刚去找主任了？她们问我。我木然地点点头。

你找主任干吗？

我疲惫地摇了摇头没有说话。

说啊，你倒是快说啊！她们七嘴八舌地催促着我。

我喃喃地说道，我去请主任处分我，请他不要把王某送走。

她们像跌进油锅的水珠，顿时一片哗然。唉，丽妮，我说你是不是脑子有问题啊，出了这么多事你还嫌不够啊？你还主动去请求处分，还要留下那个病人，留下她对我们有什么好处啊？等检查组来了一查，我们不是都要下岗啊！现在我们是要一致对外，如果是医院内部处理无非就是通报批评、罚点儿钱，要是检查组一来那就要上报卫生局，到时候医院想护我们都护不住，赶紧把王某送走，这对医院、对科室、对我们个人都是最好的选择，反正王某也没有家人，精神又有问题，把她弄走也不会有人找我们扯皮……

我低垂着头，她们你一言我一语地劝说起来。我的大脑嗡嗡作响，双腿无力，我要找个地方坐下来安静一会儿，我拨开人群准备离开，突然有人用力夹住了我的手腕，是我刚分来时带教我的老师张大姐，她近乎哀求地对我说，丽妮，出了这样的事情，我知道你心里不好受，但是你要以大局为重，不要意气用事，你还要搞清楚，这个事故的承担者不止你一个人，还有我们，你这样做我们怎么办？我真想抱着张大姐大哭一场，我想对她们说我是多么热爱跑步、我是多么厌恶护理工作、我是多么害怕不能继续跑步，所以我是多么内疚，是多么想保住王某的右腿，但是我却说不出一句话，我不敢说，因为我清楚她们不会因此改变想法，我说出来只能让自己更加绝望。我的目光在每个朝夕相处的同事脸上停留了片刻，她们充满期待地看着我，最后我暗自咬了咬舌头，在剧痛中拂开张大姐的手，头也不回地走出病区。就她伟大，就她是最有救死扶伤精神的护士，这都什么时候了她还莫名其妙地装慈悲啊！神经病！铁门在身后关上，她们的声音却是那么清晰，我扶着墙壁，我感觉自己已经站不住了，我很想就此倒下好好睡一觉，但是我知道还有更重要的事情在等着我，我握紧手里的笔记本慢慢下楼。

院长是一个面貌慈蔼的老人，他带着惯有的笑容起身给我让座，我惶恐地坐下。小李，有什么事吗？我调整了一下呼吸把事情经过又讲了一遍。院长面带微笑不住地点头，你是一个好护士。他态度温和地对我说。

不！我不是一个好护士，一直都不是！我把笔记本郑重地放在他的面前，这是我上班一年多来所犯的医疗差错，我不是一个称职的护士，我请求医院处分我，但是王某坚决不能送走！院长，我求求您了！

院长温柔地拍了拍我的肩膀说，小李，别哭了，年轻人知错能改是好事情，我相信通过这次事件的教训会让你以后引以为戒，成为一个优秀的护士。你还是先回去上班，别耽误工作，王某的事呢我们会仔细考虑，好吗？院长的目光镇定而又诚恳，这让我稍微放下心，我点了点，临走前对他深深地鞠了一躬。

回到科室，空气很沉闷，同事都用异样的眼神看着我，没有人和我说话，她们离我远远的，所有的治疗工作我都插不上手，我只有躲进王某的病房。王某躺在病床上，手背上扎着针头，药水一滴滴地落在毛菲氏滴管里，滴答滴答，像摇动的钟摆又像是即将引爆的定时炸弹。她撇着干裂的嘴巴对我笑了笑，我在床边坐下。李护士，这几天怎么没带我去跑步？

我强作笑脸地说，因为外面下雨了，我们都不能跑步了。

嗯，她点点头说，那过几天天晴了，你再带我去啊。

我说，好的，一定。

王某闭上了眼睛，我看着窗外，天空里飘动着淡黄色的云朵，院子里有一群孩子在玩老鹰捉小鸡。过了一会儿，我以为她睡着了正准备走，突然王某睁开了眼睛说，我要不停地跑，跑到世界各地，这样我爹妈就会看到我，然后把我带回家去，他们一定认得出我。是吧，李护士？

我背对着她不敢转身，我仰起头把湿润的眼眶晾干，然后大声说，是啊！到时候我陪你一起跑，他们肯定会看见你的，他们会高兴死的！我感觉王某在笑，笑得整张病床都在颤抖。

上午快下班时护士长找我谈话，她说科室安排我休假。以前加班我存了几天假期，申请了几次科室都没有同意，这个突如其来的安排让我不安。我问护士长为什么现在让我休假。护士长微笑着回答，小李啊，领导们都很关心你，出了这个事情你心理压力也很大，所以我们建议你回去好好休息几天。

我马上问她，那王某的事情怎么办？

护士长说，你不用担心，院长已经下达了指示，王某明天就转到外科去治疗，一直到她好转为止。

真的吗？

护士长轻轻拍拍我的肩膀说，你明天就安心呆在家休息，我好歹也是个护士长，怎么会骗你呢？

我几乎是蹦跳着走出护理站，心里有说不出的轻松。走在通往食堂的路上，我还在哼着歌曲，我终于说服了他们，院长真是太伟大了！我忍不住手捧着饭盒跳起来扯下一片树叶，闭上眼深深嗅了一下，周身都是樟树叶的清香，这一切太美好了！等我睁开眼杨虹站在了我面前。我冲上去围着她高兴地跳了一圈，杨虹，我胜利了！你知道吗？他们要把王某留下。院长太好了！杨虹面无表情地说，那就恭喜你了！她往前走了几步又慢慢转过身来，盯着脚下的树叶说，丽妮，今天你找院长后，院长去了主任办公室，我正好经过无意中听到他们在商量王某的事情，其实，很多事情不是像你想的那么简单！说完，杨虹飞快地跑了。我愣住了，思忖了半天，杨虹为什么告诉我这些，最后那句话是什么意思？难道他们都在骗我？饭盒掉在地上，我产生了一种不祥的预感，正午的阳光刺得我睁不开眼睛。

下午我把工作柜里的三件护士服都洗了，同事们关切地说，丽妮，只是休假几天，你怎么把工作服都拉出来洗了？

面对着她们的热情我笑了，没事做就收拾收拾，不然等我回来的时候，它们都灰扑扑的了。

杨虹站得远远地看着我。等工作服都晾好后，我一个人来到走廊的窗前梳头发，窗外有棵歪脖子树，多少次上夜班的时候我就站在这窗口，顺着这棵畸形的大树凝视夜空，我一直在想天什么时候亮起来，这棵树什么时候能变得笔直笔直的，它的树干会一直延伸下去，直到天堂吗？现在这些问题已经都不存在了，我小心地把长发盘起来，带上燕尾帽，用发卡在两鬓边固定好。我走到王某的病房门口，仔细地拉了拉工作服上的褶皱，这里离铁门不远，工作人员把病人集中在活动室教他们唱歌。我拿出钥匙捏住黄色的那把，然后走进王某的病室。她看见我进来，依旧给了我一个笑容。我揭开被子看了看她的右脚，它已经变得僵硬，像一块木炭。我拔掉王某的输液管，然后搀扶着她说，你能下床走走吗？

王某高兴地从床上坐起来，但是她脚刚沾地身体就向前扑去，我一把抱住了她。

李护士，我怎么了？王某好奇地问我。

我说，没有什么，你躺在床上太久了。然后我让她伏在我背上，我艰难地站了起来。

我们去哪里？她贴着我耳朵说。我站在病房门口偷偷张望，走廊上没有一个人。

我们去跑步。

真的啊?！她很高兴。

是啊，你准备好了没有，紧紧搂着我的脖子，我数“一、二、三”，我们就开始跑，好吗？

王某马上搂紧我，夹住双腿说，好了，我准备好了，我们跑步去喽！

我吸了口气，“一、二、三，跑！”我背着王某迅速地往门口奔去，这时，病人们活动结束，我已经掏出了钥匙，尖叫声、脚步声杂乱地响起，身后传来地动山摇的各种声响，钥匙在锁眼里转动，巨大的脚步声铺天盖地地涌过来。快点！快点！！快点！！！门终于打开了，一道强烈的阳光铺满了地面，“李丽妮，快跑！”我只听到了这一个声音，王某伏在我的背上，我迈开了脚步，风声在耳边呼啸，病人们拥上街头，“李丽妮，快跑！”我的脚尖在地面上一掠而过，王某在背上变得越来越轻盈，我跑啊跑，所有的病人都被我抛在了脑后。

我一直清晰地记得那种感觉。树木张扬着绿色的枝桠，它们嘶叫着。道路变得越来越狭窄，最后成为一缕细小的布条，脚趾踏在上面，总是软绵绵的。原野里开着红色的野花，在奔跑中，它们像火焰在我眼角边跳跃，我只听到一个声音：“李丽妮，快跑！”它们在风中被快速地撕成碎片，我被这种急速的破坏感刺激着，身体不停摆动，向前冲，向前冲。我的皮肤被风吹开，五官被拉扯得变形，什么都看不分明，一切具体的事物都变成模糊的色块，在道路的四周上下跳窜。我开始流汗，但是并不疲惫，我看见了白色厚重的云朵，以及从云朵的缝隙中投射出的灿烂的阳光，这时候我通体苍白，我扑入了同样白茫茫的空气中，我的身体被遮盖，也许我就此消失了，但是我永远都在奔跑，永远……

（原载《花城》2006年第2期）

作者简介：

苏瓷瓷，女，1981年生，湖北省文学院签约作家。2005年开始写小说，刊发于《山花》、《作家》、《小说界》、《花城》、《收获》、《小说选刊》等杂志。2006年获春天文学奖。

村上春树，茶道与匕首

陈启文

事情果然就像先生所预言的那样，白衣人在一派残春的余韵中如期而至。在村上春树到来之前的一段不短的时间里，飘来仙茶楼的最后一位客人已走了多时，美纯已经趴在茶桌上打了两三次瞌睡。等她第三次睡醒之后，看到天色已经暗下来，外面是一片雨后夜空少有的蓝天，天底下的一切都变得模糊又遥远。美纯只感到夜凉如水，门外已看不见任何事物。她的眼神是散的。

先生正在靠窗的地方盘腿打坐，他坐着的姿势一直未变，一头白发于寂静的夜色中发出隐隐的光芒。美纯把桌上的一盏台灯拧亮，她看见了先生深陷的双目，双眉紧锁，而他白发的头顶开始反射出扎眼的亮光。美纯的心忽然跳了跳，抬头看到对面墙上映出一个黑色的人影，来人却着一袭白衣。

如果不开口讲话，你很难把一个中国人和一个日本人区别开来。尤其对于一个瞎子。

先生依然坐着没动。这让村上春树反倒迟疑起来。他站在那里换了个姿势，但仍显出慌乱而又踌躇不前的样子。他一直望着先生，实际上是望着先生背后的那堵墙，靠墙的架子上全是茶叶，罐、筒、盒、瓶。他没看见茶叶，但知道那里面除了茶叶，不会再有别的东西。

先生突然说，你终于来了，一定走了很远的路吧？

没等他回答，先生又低声说，该来的，不管多远都会来的。

村上春树脸色苍白，一副病态。他甚至感到自己的背上开始冒汗了，有一个地方特别冷。

美纯打开了架子上的第一只坛子。她小心翼翼，好像正在打开一个隐藏了几生几世的秘密。但她只是用指尖撮出了一点儿茶叶，手指弯曲如兰花的形状，只有一个小指头微微翘起，指甲很长，而且尖。如此美妙动人的一个手势，却也让他以惊人的准确感受到了某种锋利。这时美纯回头看了一眼。她眼睛亮了亮，不知在看什么。

村上春树的眼前突然腾起一股白气。美纯把坐在炉火上的一只铜壶揭开了，她往壶里续了一瓢水。白腾腾的水蒸气氤氲，弥漫，满屋都笼罩在这雾一般的热气中，散发出一股暖人的力量。

但他没有伸出手来接过茶盅。

他的一只手一直插在裤子的口袋里，好像还肩负有重要的使命。

先生坐在他对面，坐着的姿势仍然没变，只是一双眼已向窗外望着。

这时已看得见夜空中的繁星。

美纯把茶盅放到了桌上。一声低低的叹息，尔后，一片寂静。

这样的寂静甚至是有颜色的。透明的杯中，开始渐渐泛出清澈的绿色。他往前迈出几步，把重心换在另一条腿上。然后，坐下。他先仔细看了看茶盅，它如此透明，但绝非玻璃，而是一种胎质极薄的瓷器。他用手指触了一下，试着水温，无论触到哪儿都是温暖的。然后闻了闻，呷了一小口。他很小心，生怕被烫伤。水痕刚刚打湿嘴皮。

茶是奇妙的东西。尤其是这种在一个完全隔绝了污染的地方生长出来的茶。他一小口一小口地呷着。饮茶饮湿。每一口都刚好打湿嘴唇和舌尖。

高沫？他轻声嘀咕。

先生的身子动了一下，把脸侧向他，好像在他的脸上看到了疑惑。

美纯给他续上水，茶叶在透明的杯子里片片张开，他又轻轻啜饮了一口。这次他更加肯定了，是高沫。

先生和美纯交换了一下眼神。

美纯就像得到了一点暗示，她轻盈地走过来，伸手去拿桌上的茶盅。

他用手捂住了。他的意思是，不用换。

美纯愣了愣。先生也愣了愣。然后美纯打了一个手势。美纯的手势让他暗自惊讶，难道她知道自己是日本人？而先生这时已用更加严厉的目光看着他了。美纯继续比画。他的心里好一阵挣扎，但终于控制住了自己。他微微摇了一下头又开始呷茶。他呷茶的时候，始终保持着一种自我感觉极为良好的优雅姿势。

杯中之茶，由清澈碧绿渐渐淡为浅黄色。品茶，其实是品味一种不断消失的感觉。当一杯绿茶已淡至透明无色时，他好像才回忆起第一口茶呷下去的鲜明感觉。茶是在回忆中呷的，这样才有余味。

他意犹未尽地问，这里有多余的房间吗？先生说，有。

他躺在床上，浑身发抖。先生一定察觉了他衣服下面藏着点儿什么。他没想到先生还是那么坦然地答应了，让他住下来。他躺了片刻，又欠起身子，眼睛转向这房间唯一的窗户，想探到窗外看看。这扇窗户正好对着茶室，夜深了，那里还亮着一盏灯。先生仍在灯影下盘腿打坐。他喝剩的茶和吃剩的茶点还在桌上摆着。美纯守着茶桌的另一端，似在听先生说什么。他吃力想听清他们在说什么。但先生说的可能是本地方言，极难懂。他隐约感到先生和美纯好像在密谋什么事情。这让他更加恐惧起来。他翻了一个身，把那件在衣服下边藏着的东西从左手换到了右手。

从茶楼后门出去，有一条小道，通向一片篱笆圈起来的茶园。

如果不是在早晨亲眼看见了那片茶园，村上春树绝对不会相信梦境可以和现实一样真实。眼前出现的这片茶园，完全是他这许多年来一次次梦见过的，连茶园里的那个少女美纯，也像他梦中看见的幻影一样。这让他感觉自己并不是在走向一片真实的茶园，而是在重返梦中的虚幻之境。

昨天黄昏，在他来时的路上，下了一场不大不小的雨。现在，早晨的阳光照在湿润的茶树上，闪着奇异的光泽，有点扎眼。他不太习惯看太亮的东西，便把眼睛抬了抬，恰好遇上美纯迎面看过来的目光。美纯开始可能只是偷偷窥他。美纯碰上了他的目光，干脆把少女羞怯的偷窥变成了一种大胆的正视。这是个十八九岁的小姑娘，眉毛黑得像男孩子，盯着你看时，两只眼睛特别俊气。这样的眼神让他的目光有些迷乱。很多茶叶的影子映在她身上。

谷雨前的一茬新茶，已经采摘过了。枝杈间只有一些刚钻出来的新芽，细看，就能看见一层茸茸的白毛，纯净到纤尘不染。这样的茶芽还不能采摘，茶叶的生长是需要时间的，而且长得异常缓慢。美纯到茶园里来，也不是为了采茶，她仿佛是来看茶树上染着的一层阳光。她那神情恍然是在梦里。他忍不住又抬眼看她，阳光照在少女鲜艳的肌肤上，也能看见一层茸茸的白毛。有一种气味开始弥漫，他使劲嗅了嗅，但他还是没嗅出这气味是从哪儿散发出来的。

好香啊！他喊。他把鼻子向前伸去时，美纯惊慌地一笑，活泼地跳开了。美纯活泼的姿态，把他内心里某种隐秘的东西给触动了。他觉得这个动作特别熟悉，也许是早曾梦见过的吧。他觉得这里的一切都特别熟悉，绝不像是第一次来到这里，就像很久前就来过这里，就像一直在这里进进出出。接下来的一个细节更让他吃惊了，美纯的一绺头发和枝杈纠缠在一起，他想也没想就走过去了，他开始把那绺头发给她解开。这无疑是一个很缠绵的动作，美纯微微皱着眉头，很疼的样子。

他柔声问，疼吗?

美纯斜靠在他的一只臂弯里，她这样，或许并没有别的意思，只是为了尽量减轻头发被扯痛。她的嘴唇微微张开，把牙齿露出来了一点，那是他见过的最可爱的牙齿。她看见他在看她，把嘴生气地撅起来了一点，脸色变得更加娇艳了。哦，真是娇嗔啊。他把头放低了一点，这一切显得非常自然，他又嗅到那种气味了，像是刚才那种气味，又像是许久前闻到过的一种气味。他解着头发的手，越来越温柔了。那绺头发其实早已解开了，美纯还是静静地躺在他的臂弯里，半闭着眼睛，睫毛低垂。

疼吗?

她没吭声。她好像睡着了。

一声咳嗽。尔后，又是一片寂静。

他吃惊地回头看了一眼，一个身穿黑衫的老人，身体挺直而僵硬，如同一个孤魂伫立在后边。

美纯又一次惊慌地跳走了。这一次是真的。

美纯脸色苍白。黑发从额角忧伤地披垂下来。她在静静地给他往茶盅里注水。

茶盅又换了一种。他的手触着那美妙精致的瓷器时，先生已经在他对面落座了。还是那种老僧入定的姿势。厚厚的窗帘挡住了强烈的阳光。此时先生浑身漆黑。他感觉到了一种力量。无论先生是坐着，还是站着，他都显示出一种令人惊叹的力量。

村上春树现在开始相信，每个人一出身就有一种东西潜伏在他身上。那就是命运。

他呷了一口茶。茶的味道变了。这茶是……他抬起头来问。

美纯像是没有听见。或是她心里明白，口里却不说。说透了，就没什么意思了。你得用自己的舌尖去品味。这样才能体验每一细微之处，从细小的味中悟出道。味道。它既是实在的，又是幽秘的。

他便不再问，又慢慢呷了一口。

是青螺—— 他没有说出口来。他忽然意识到了什么。

他是真的没有说出口来。可这个念头刚在他脑子里跳了一下，先生竟迅速看了他一眼。先生的目光变得敏锐起来，一点也不像是个瞎子。

先生说，你不要跟她说话，她什么也听不见。

先生说，你也不要问她什么，她什么也不知道，就是知道，她也没法回答你。

先生似乎有些忍无可忍了，深陷的双目闪出火光。

村上春树不敢抬头。他看了看杯里的茶，每一片茶叶都让他触目惊心。那茶刚才还形如青螺，眨眼间已变得锋芒毕露，茶尖儿在水中直竖起来，在这黑夜般的白日里，发出刺眼的光芒。他的手又颤抖起来，心里有什么怂恿似的，又有了握住一件什么东西的冲动。

先生猛地抬起半睁开的眼睛。村上春树手一紧。

他握住了那把匕首。

一件异常熟悉的东西，却越来越陌生了。

现在，他不由得定住眼珠细细地打量一番，体味着它不可捉摸的力量。双刃，带血槽，山枣木的短柄上镶嵌着亮闪闪的铜饰。但没有他熟悉的樱花图案，只留下了一道道紧攥过的手指的痕迹。还有一些模糊不清的文字，但肯定不是平假名或片假名。即使更加模糊不清，也能看出是汉字。他不知道这些难以辨认的汉字是什么意思，但他知道，这是一把中国匕首。

他试着把它握得更紧一些，明显地感觉到它的双刃已老得有些钝了，而且柄也松动了。他知道，这把匕首是从父亲村上富市的背上拔出来的。一个人背上插了把匕首，无疑证明了那是一种偷袭，肯定有一个人在父亲的背后袭击了他。匕首拔出来后，肯定会留下一个伤口。那个伤口村上春树后来看见了，当然，他看见伤口时它已出现了二十多年。但它并没有在岁月中淡化，反而更突出了。事实上它已变成了伤痕。这个伤痕让他对父亲的裸体感到恶心。父亲是老来得子，生他时已五十出头。村上春树长得很像自己的父亲，只是身上少了一样东西。但父亲还是十分担心，他生下春树后，反复检查，看这婴孩身上有没有伤痕，好像伤痕也会遗传。村上春树的皮肤十分光滑，摸上去就像光滑的绸缎。父子俩在温泉中沐浴时，父亲总要充满怜爱地抚摸他，甚至伸出舌尖来舔。而父亲背上的那道伤痕，每次在温泉中一泡，就变得鲜艳无比，太恶心了。伤痕可以说是伤口的一种更为突出的形式，而疼痛则变成了一种更为隐蔽的方式，它不再是尖锐的阵痛，而成了一种隐痛，而且反复发作。每次，父亲在疼痛难忍时，就会诅咒那个躲藏在他背后的偷袭者，心里充满了仇恨，发誓要用这把偷袭自己的匕首刺瞎那个偷袭者的双眼。父亲显然已经知道了那个偷袭者是谁，他叫着那个人的名字不停地咒骂，那个名字出现太多，村上春树记住了。或许，和这个名字一起牢记的，还有仇恨。从小，村上春树心里就充满了莫名的仇恨。然而，仇恨有时又会转化为另一种方式，一种幸运感。在不再疼痛时，父亲就会一边呷茶，一边把手伸到衣服里面去搔伤口的痒处。多亏了这把匕首啊，父亲说，要不是它，我就死在那里了，也就没有你了。村上春树后来知道，这是事实。父亲所在的那个宣抚连，在他被刺伤后的不久便在一次更大规模的偷袭中全军覆没，他却因为受伤被送进了陆军医院，侥幸留下了一条性命。这时父亲对这把匕首甚至对那个偷袭者都怀着一种感恩的心情，而这样的心情，很适合回忆某些愉快或美妙的事情，比如说那个湖中的绿岛，那片小小的茶园，茶园里的那个花姑娘……

这样的回忆里充满阳光，暖融融的。

想去吗？父亲突然冒出这么一句话。

父亲一面饮茶一面低声说，在那里你可以呷到中国最好的茶，不，全世界最好的茶。

父亲一生最大的爱好就是喝茶。他的茶艺在京都远近闻名。父亲的父亲，也是京都有名的茶艺大师。这也遗传给了村上春树。父亲给他取名春树，无疑对他是充满了寄托的，春树，是日本京都的一种名茶。村上春树很小就跟父亲一起饮茶，学习茶艺。在他三十岁的时候，他已经取代了父亲在京都的茶艺大师地位。但没人说他超过了父亲。那时父亲已经很老了，他对儿子说，我能教你的，都已经教给你了，你的茶艺已经炉火纯青，你该学一点茶道了，早点去吧，别忘了带上一件礼物。

他竟然带来了一把匕首。

但他其实并没别的想法，他想，把这把匕首交还给他的主人，无疑是一件最珍贵的礼物。他知道这把匕首的主人还活着，先生的名字，在日本的茶艺界也是无人不知的。可是现在，他找不到合适的机会交出这把匕首，他有一种强烈的预感，如果在先生面前亮出这把匕首，可能会发生灾难性后果。在日本，匕首其实很少用来杀人，它更多是用来表达意气的。尤其是这种双刃匕首，它和敌人的距离太远，和自己的距离太短，在还没刺伤另一个人时，就很容易伤及自身。日本最常用的杀人武器是一种新月形弯刀，那个弧度特别适合架在一个人的脖子上，它唯一的刀刃弯曲而锋利，轻轻一勒，即可让自己的敌人身首分离。村上春树带来的不是刀，但村上春树不知道怎样跟先生解释才好。他觉得有些话是无法用语言来说清楚的，不光是对先生，也包括自己。如果匕首真的不是用来杀人的，他又如何解释自己突如其来的杀机，心里怎么老觉得有什么在怂恿似的？

他低着头难过了片刻，好像又听到了那抖颤声。他发现自己仍旧默默地注视着双刃匕首，匕首攥在他手里，他的手在发抖。

他颤抖着试了一下锋芒，以保持对匕首的感觉。

先生在那人走后便开始吐血。

美纯并不惊慌，吐血只是先生的老毛病。先生平时很少讲话，一旦开口讲话，便要吐血。血把先生的胸襟染红一块，美纯去帮他揩拭时，手指上触到了一点血迹，她立刻感觉到了，先生的血是热的。

美纯好像是无意间看见了窗外的月亮，才想到去给先生洗衣服的。她想去看一点新鲜的月色。美纯搂着衣服出门，走过一扇窗口，那扇窗户并没有亮灯，但分明有一种光芒正在寂静中发出，仿佛是从朦胧的意识里浮现出来的。美纯的心又跳了跳。她下意识地踮起脚尖，想要看得更清楚一些。但她看见的只是挂在窗台上的一袭白衣，滴着水珠，好像刚刚洗过，却雪一样地发光。美纯不觉又吃了一惊，脸上又慢慢泛起一丝迷人的浅笑。她没想到衣服也会发光，她还以为是别的东西呢。

她继续往前走，来到空荡无人的后山上。小路的一边是茶园，另一边是湖。她听见了自己的脚步声，同时感觉到了这样一个湖中孤岛月夜的静谧，如此静谧，让人产生很深的幻觉。美纯喜欢这样的静谧，喜欢夜里孤身一人走向一个大湖的那种神秘感。这让她总感觉到，还有许多隐藏得太深的东西从未进入过她的视线。一切没有发现的事物都是神秘的。

美纯整个人开始像影子一样虚晃起来，她已经走得离湖很近了。大湖大概是想搂搂这个姑娘的。美纯的身体在她的臂弯里荡漾起来。美纯感到自己已经湿透了。女性的隐秘可能与这样的湿润有关，美纯感觉到了这种湿润给自己带来的无知的欣悦。她撩起裙子，开始想蹲下，后来干脆坐下了。一大片蓬勃的水草，给她敏锐的身体带来了一股暖流。美纯撩开裙子后，宛如袒露着水灵灵的裸体，她隐秘的生命，仿佛已经向这个世界完全敞开了。但美纯的心里十分干净。这是一个让人忘掉身体的地方，这时的美纯，心就像被什么揪住了一般。总在这时，她便开始想一个人降世的理由。一个人置身在这样的地方，除了心灵与逝水的交流，还有什么呢。这时，美纯的眼睛就会出神地看着一个更远的地方。但那里还是湖，更远处的浪花，几乎没有声响。但有一件什么东西在静谧的湖水中慢慢漂过来了。那是一只木盆，那木盆里装着一个女婴，她不会说话，只会笑。她漂到了这个孤岛上，又被先生抱起来了。先生后来对她说，你是上帝给我送来的一件礼物。先生叫她美纯。她后来知道了，美纯其实是另一个女人的名字，可先生还是一直叫她美纯，把她从小叫到大。先生很倔，而且十分固执。也许他觉得，这个世界上不该只有一个女子叫美纯吧。

先生倔强而又认真的神情，让美纯忍不住又笑了起来。先生既是个有点书呆子气的学者，又像个顽皮的孩子，让她觉得十分可爱。她这样想着时，忍不住把先生的衣服撩起来，深深地嗅着。先生吐出的那口血，依旧红殷殷的，把她的脸都映红了。美纯偏着头，久久看着，她的眼睛也渐渐红了。

如果不开口讲话，你很难把一个中国人和一个日本人区别开来。而现在，即便他开口讲话，你也很难把一个中国人和一个日本人区别开来。他不但能讲一口流利的中国话，而且讲的是一口相当地道的普通话—— 中国的国语。

但先生知道他是一个日本人，从第一眼看见他，先生就知道他是一个日本人。尽管先生是一个瞎子，但能嗅得出一种味道。这久远的味道，几十年了啊，竟还如此强烈，就像先生的喉头里呛出的一口热血。

先生强忍着胸口的疼痛和下身的浮肿，依然不动声色地盘腿打坐。他喜欢这样，总是坐在同一个地方就不易感到岁月的流逝。此时他感觉茶室里已空无一人，一个人在这空荡荡的茶室里坐着，仿佛置身在旷野一般。

外面依然是晴朗的天空，自从下过一场雨之后，天上的雨好像彻底下干净了，干净得仿佛能映出美纯的影子。她边走边放慢脚步，风对着她吹过来，头发在身后飘动，像一片不祥的乌云。

那个人一身白衣，远远地看着她。她走进了茶园，她开始采茶。她采茶时的心思飘到别处去了，但她的手却聚精会神，好像采茶只是手的事情。

先生闭着眼睛，也能看见美纯的一举一动。他的目光被美纯优美的手势牵引着，引向那个一身白衣的人。他像是一个幽灵，一直在偷偷地跟踪她。先生的神经突然绷紧了，被牵引着的或许并非目光，而是他的神经。他握紧的拳头里发出空洞的响声。

村上春树吃惊地看了先生一眼，就赶紧把视线偏开了。但这次他的手没抖，他凝神看着正为他备茶的美纯。美纯的一只手已经伸进了先生后脑勺对着的那只祭红坛。他不知道坛里装的是什么茶，但从她手臂淹没的深度，他能判断出里边的茶还有多少。美纯的手伸进去很深，差不多伸到底了，她的身子向一边倾斜，坛子也向一边倾斜。美纯的手尖好像捏住了什么，她把手从坛子里抽出来时，准确地抓着茶叶根部的细须。坛子在恢复原状时，轻轻地跳了两下，因为它的内部是空虚的。

茶具又换了一套，茶盅的颜色随着窗外光线的变化而变化。现在它已经变得像黄昏一样的颜色了，连茶叶也染上了晚霞的余光。听见霞光中茶叶拔节的声音，他的鼻子自动地呼吸起来。哦，好香。是银针？他没问。他觉得自己还是来得太晚了一点。

这个湖中的孤岛上，只有极小的一片茶园，雨前的银针更为稀罕，每年只产十六斤，不多不少，年年如此，连称都不必去称的。每年春天，四面八方的茶客络绎而至，就是为了呷到一盅银针。每一根银针的价钱，超过了黄金。

杯中之茶，似乎正在发生一些变化，也可能是天色又发生了变化。窗棂上，黄昏的霞光也正在一截一截暗下去。

此时先生依然端坐不动，但一双瞎眼仍久久望着窗外，侧耳倾听着。

他好像听见了什么。

湖水的声音十分微细，听着，听着，就要使人入睡。

美纯抬头凝望着天空，仿佛已化做宁静的影像。

那个白衣人正悄悄向她走来，美纯依然毫无察觉。美纯的身体，只有胸部以上露在外面，乳房下面束着一条很紧的腰带。腰带以下都被茂密的茶树遮住了。这让白衣人感到兴奋。他腰带以下也被茂密的茶树遮住了，只露出白色的衬衣。

村上春树不知道先生在看什么，他和先生之间隔着一条鸿沟。村上春树此时注视着那一缕白亮的水流，斜斜地注入茶盅。他没有抬头看美纯，但他知道美纯的身子此时和水一样地倾斜着。他把鼻尖凑上去，又嗅到了那种奇异的香味。美纯开始是站在他面前的，现在挨着他蹲下了。村上春树想，如果美纯不是这样蹲着，而是像他熟悉的日本女子一样跪着，脚跟朝上，他这样入迷地想着时，美纯轻轻地靠得更近了，她的气息在他脸的一侧有节奏地撩动，轻微，均匀，而身体还在继续向着茶盅倾斜，似是被杯中之茶吸引过来的。她的乳房挨着他时，传来过电一般的刺激。他急忙喝下一口茶，想压压那股邪火。这口茶喝得很急，他听见茶水涌过喉头时，仍然很急。

先生突然咳嗽起来，脸色憋得通红。

美纯大吃一惊。那个白衣人把手搭在她的肩头上时，她才看见他。她低下头，又看见了他的军用皮带和黄色军裤。她在他胸口擂了一拳，这一拳，使他感到更加兴奋。他把她的一只手捉住了，很快，又捉住了她的另一只手。花姑娘，花姑娘！他兴奋地大叫。美纯开始挣扎。他喜欢女人的挣扎，挣扎出许多姿态来。

村上春树听见了，一个女子痛苦的喊叫声，从茶园里传来。美纯？他看了美纯一眼，美纯就在他身边，小脸红红的，神情十分温馨，还有几分醉态，或许是这茶叶的芬芳也有些醉人吧。他也感到脑子有点发热，拿眼去瞅先生，此时先生已经睡着了。但你不知道他是真的睡着了，还是闭着眼睛假寐。他盘腿打坐的姿势一动也不动，而脸上的老人斑，仿佛正朝两侧的耳朵边上扩展，使整个脸上的表情都变得模糊不清了。这其中一定有一种深刻的东西。他分明感到有一件东西就在身边，可是怎么也找不到。它好像并不存在于具体的事物之中，仅仅存在于某种情绪之中。

先生其实比村上春树更早就听见了美纯的呼救声。他出去了。他是什么时候出去的，村上春树和美纯都不知道。

村上春树想让自己静下来，想一想发生了什么。他感觉有一件可怕的事即将发生，或许已经发生了。

一声惨叫。尔后，又一片寂静。

村上春树手一抖，下意识地捂住了胸口。

由于离得相当远，那声惨叫在他耳中听起来十分缓慢。但疼痛的感觉很近。好像就在自己的心口上。

先生突然打起了呼噜，带着很重的鼻音。

他的鞋上沾着泥土和草丝，而那把匕首又回到了他的手上。双刃，带血槽，血槽里有血一样的东西发着光，但那只是晚霞最后的回光返照。一个老人，手里握着这样一把匕首，是很怪异的。先生握着这样一件东西，好像不是为了杀人，好像是为了让自己宁静地进入睡眠。

村上春树轻轻吁了口气。现在他目睹了许多过去根本不相信其存在的东西，他彻底轻松了。此时美纯几乎是缠绕在他身上了。这样的亲密动作，接近茶道的一种境界，他听父亲说过，茶道讲究男女同饮，阴阳互根。父亲说，在深刻的精神思索方面，中国具有远胜于西洋而毫不逊色的东西。可惜，父亲懂得太晚了一点，要不他身上也不会有那么一道背负了一生的伤痕。茶是世界上最干净的东西，你不能有任何邪念，只有与水的默默交流，并与饮者的内心奇妙地连接起来。

先生鼾声渐息，仿佛已进入更深的睡梦。

美纯的身体已经完全拥进了村上春树的怀抱。月光渐渐亮了起来。他喜欢在这样静静的月光下拥着她悠闲地品茶。他又嗅到了她身体散发出的芳香。这次他没把鼻子凑过去。他觉得她给自己带来的已远远不止是一种气味，而是以前从未领略过的一种意境。

杯中之茶，显得更加幽秘起来，仿佛梦中出现的宁静图案。

（原载《文学界》2006 年第 5 期）

作者简介：

陈启文，男，1962 年 6 月生于湖南省临湘县。1982 年开始创作，迄今已在《十月》、《花城》、《中国作家》、《人民文学》等刊物发表作品 400 余万字。作品曾被《新华文摘》、《小说选刊》等多次选载，入选多种年度选本并获得多次国内图书奖和文学奖。现居湖南岳阳，自由撰稿人。

陈列室

哲 贵

在信河街这一带，魏松是属于第二批下海的人。

第一批要比魏松早四五个年头，他们原来都在各种杂七杂八的单位上班，什么剪刀厂啊！造纸厂啊！毛巾厂啊！自来水厂啊！拉链厂啊！鞋厂啊！冷冻厂啊！樟脑丸厂啊！都有。这一批下海的人，有许多是魏松的朋友，像许大游，两个人就是从小一起玩大的。许大游原来是剪刀厂的技工，辞职后，自己办了一家医疗器械厂，租了一个旧仓库，购买了两台机器，去乡下招了几个小工，就干开了。只过了两年，许大游就有发达的迹像，具体的表现是开上了摩托车，而且是“本田王”。那时候，“本田王”的级别相当于现在的“奔驰”，一般的人只有咬牙切齿的份。骑上“本田王”不久，许大游顺利地骑到一个女人身上了。这个女人许大游想念了很久，但她却没怎么把许大游放在眼里。许大游约她出来，她只是在鼻孔里不置可否地“哼”了一下。可是，许大游有了“本田王”之后，情况立马改观，她看见许大游时，脸上就熠熠生辉了。许大游请她出去玩，她把头一点，壮烈地说，“好”。许大游把她约出去的头一个晚上，就毫不手软地把她办了。此后不久，许大游就跟那个女人结了婚。婚后的一段时间里，许大游总是无限踌躇地对魏松说，自己的人生已经驶上高速公路了，白天开摩托车开到屁股痛，夜里骑老婆骑到腿抽筋。想停都停不下来啊！

魏松的单位是塑料袋厂，他是个车工。魏松的父母志存高远，觉得魏松不应该呆在塑料袋厂里当个普通车工。他们曾经委婉地劝过魏松，说年轻人就应该像许大游一样，出去弄点东西“骑骑”，呆在工厂里有什么事业呢？而且，他们说魏松做生意的条件比许大游他们要好得多，魏松的三个叔叔都在国外做大生意，随便拉一把都能成就一番事业。魏松理解他父母的意思，他们根本就没有把许大游的“本田王”放在眼里，那能算什么事业呢？魏松也理解自己的父母为什么会有这种想法，因为魏松的三个叔叔跟他们家不是一般的关系，魏松的爷爷过世很早，三个叔叔都是魏松父亲一手带大的，长大以后出国闯荡，都做出了成绩，他们都很感激魏松的父亲，总觉得应该为魏松的父亲做点什么事情，要不心里很难受。但魏松的父亲就是什么事情也不让他们做，就是要让他们难受。所以，魏松的三个叔叔都有点憋坏了，很想在魏松这里找一个突破口，扶他一把。这个意图他们也再三向魏松提过。但魏松跟他的父亲一条心，也要让他们很难受。

在塑料袋厂里，魏松认识了林小叶。

林小叶是许大游的表妹。那天是许大游用“本田王”把她驮到车间来的。她刚到塑料袋厂来当会计。许大游对魏松说，林小叶全家人都移民加拿大，如果她在工厂里被人欺负了，就是海外侨胞被欺负了，这样的问题就是国际问题，他就找魏松算账。许大游还说，林小叶现在跟他父母住在信河街的老房子里，上下班跟魏松是同路。魏松正好带她。

林小叶是个高个子。她的特别之处是两条腿特别长，跟鹭鸶一样，看起来相当清爽。许大游在介绍时，她眯着小眼睛看了魏松一眼。她的小眼睛是单眼皮的，但看起来跟她的长腿一样清爽。

许大游交代魏松带林小叶去参观一下新单位。

许大游离开后，魏松突然闻到林小叶身上有一股牛奶的气味，这股气味甜甜的，松松的，魏松一闻到这股气味，身上突然出汗了，喘气很困难。魏松不敢多想，低头赶紧走。一路走，一路管自己说，这是车间，这是办公楼，这是更衣室，这是浴室，这是食堂。走过厕所时，魏松终于犹豫了一下，到底要不要告诉林小叶呢？最后魏松还是告诉了林小叶，因为工厂里的男厕所和女厕所没有明显的标志，新来的人很容易走错。走完了一圈，魏松赶紧把林小叶送到人事科。

下了班后，魏松就用自行车把林小叶驮回去。在回家的路上，魏松闻着林小叶身上甜甜的牛奶味，觉得全身都湿透了，喘气很困难很很困难。但他这时出奇地有力气，自行车骑得飞快。

魏松跟林小叶很快就熟了。每天到了下班的时间，林小叶就会站在大门口等他。魏松把自行车在她的身边停下来，一只脚踮在地上，屁股还是坐在座垫上。两只眼睛炯炯地看着前方。林小叶抓住座垫下面的弹簧。她的鹭鸶腿这时发挥了作用，只把屁股轻轻一歪，人就坐到自行车的后座上了。一路回信河街去。

这样的日子大约过了半年，有一天早上，魏松去接林小叶。他等了好一会儿也没有等到林小叶。进屋问许大游的母亲。许大游母亲告诉他，林小叶去上海办事了，要十天以后才能够回来。

过了十天，魏松再去许大游老屋门口接林小叶上班。还是没有接到林小叶。许大游的母亲告诉魏松，林小叶还没有回来。

又过了一天。林小叶还是没有回来。

这样又过了一个星期。那天早上他去接林小叶，许大游的母亲从家里跑出来说，林小叶昨天晚上回来了，但今天一早又坐飞机走了，她先飞到上海，再从上海飞加拿大——她的父母在加拿大那边给她找了一个对像。林小叶是出国结婚去了。

魏松什么话也没有说。跟许大游母亲挥了挥手，就骑着车往工厂去了。

骑到工厂时，魏松歪着身子从自行车上下来，一只脚刚着地，只觉得软了一下，连人带车就倒到了地上。

这一天，魏松觉得身上一直提不起力气来。下午还没有下班时，干脆就从单位回来了。

在回家的路上，魏松觉得今天后座上的牛奶味特别浓，他心里跳了一下，回头去看车后座，后座上什么也没有。但那股牛奶的气味却越来越烈，他觉得胃里一阵一阵地发酸，“哇”地吐了一口，却是什么也没有吐出来。

后来，魏松实在是骑不动了，只好下来推着车走，一边走一边看着一群又一群的人，他们骑着车从自己身边一闪而过。

到家后，魏松一声不吭地上床睡了。他也不知道自己在床上躺了多久，好像睡着了，眼前有林小叶的影子在晃来晃去，一晃他就醒了。整个房间里全是牛奶的气味。

迷迷糊糊中，天就亮了。

天亮以后，魏松跟他的父母说，自己不去上班了。自己要去办企业。

魏松不是说说爽的，他很快就干起来了。他这次准备给国外的三个叔叔一个机会了。魏松的三个叔叔里头，大叔叔在意大利开了一家很大的皮鞋工厂，还有很多家商店，他表示可以帮助魏松在国内开一家皮鞋厂，生产出来的产品可以外销到他的商店。魏松的二叔叔在西班牙做服装生意，他表示可以帮助魏松在国内办一家服装公司，产品可以外贸也可以内销。魏松的三叔叔在日本，开的是一家性保健品公司，他叫魏松在国内开一家性保健用品公司，他说这种产品在日本很流行，在国内还没有开始。但他估计很快就会流行起来的。

不久，魏松就办起了一家性保健用品厂。工厂的全称叫情侣性保健用品厂。

产品出来后，推销主要分三个方面：一个是去远洋公司直销，一个是去各个保健品商店代销，另一个就是通过互联网“网销”。这三招也是魏松的三叔叔传授的，也很有日本特色。日本是个岛国，很多海员，海员出一趟海要好几个月，老婆不在身边，生理问题很难解决，弄不好就把身体搞坏了。所以，海员每一次出海，公司就会给每一位海员发性保健品，这也是日本的性保健用品发达的一个原因。保健品商店是做代销的，魏松招聘了一批业务员，让他们“打”上门去，卖出一个保健品，就给业务员提成，多做多拿钱，不做就没有钱。业务员的积极性很高很高。前两个推销的办法都是明刀明枪地杀过去，文明的程度较低，科技的含量也有限，所以，最有效的办法是通过互联网推销，这简直是神不知鬼不觉的交易，在网络上把货看下来，把钱汇过来，很快就能够收到自己想要的东西了。谁也不认识谁，什么尴尬也没有，是完全的自娱自乐，完全是偷情一样的享受。那时，互联网刚刚普及开来，厂里建了一个网页，把生产出来的产品和定价贴到网上去。订单就从四面八方飞过来。

魏松也没有想到会这么顺利。产品的销售量一年比一年增长，工厂的规模一年比一年扩大，来厂里看货的人一天比一天多，多得魏松都应酬不过来。到了后来，魏松不得不又注册了一家销售公司，公司里专门开设了一个陈列室，把各种各样的样品都摆上去，有客户来了，就领他们到陈列室去看看。

这样过了十年。

十年以后，魏松的情侣性保健用品厂已经成为一个知名品牌了，产品出口到世界各地。他也成了一个公众人物。人们一提起魏松，就会脱口而出，噢！就是那个生产“情侣牌”的魏松吗？也有朋友跟魏松开玩笑，不叫他魏松了，见了面就叫他“情侣牌”。

魏松已经结婚了。

魏松的老婆是个中学老师。之前，他们只见过一次面，给魏松留下的印象是，这个中学老师长得甚是人高马大。除此之外，一团模糊。见过面后，魏松很快就把“人高马大”忘记了。过了两年，魏松突然想起了她，就打电话问那个介绍的人，介绍的人说对方好像也还没有结婚。魏松就叫介绍人去问一问她，想不想嫁给他，如果想，自己马上就跟她结婚。一个星期后，魏松就结婚了。结婚后，“人高马大”还在学校里当中学老师。比魏松忙很多。

魏松现在早就不骑自行车了，他现在开的是一辆宝马车。他有专门的司机，但他喜欢自己开。厂里和公司都请了职业经理人，他只管大事，譬如要推出一个新产品，或者厂房又要扩建等等。一般的事他不管。办公室里也不是经常呆，因为呆在里面也没有什么具体的事。魏松比较喜欢做的一件事是开车到处转，活动的范围大都在市区里，也没有什么目的，只是随便开，随便看。每次开到原来他上班的塑料袋厂时，魏松都要从车里走下来，在边上站一站，走一走。这个地方现在也变了，原来灰头灰脸的厂房全部推倒，现在屹立着一家名叫唐人街的高档大酒店。每一天都是金碧辉煌的。这个地块拍卖的消息魏松也知道，他当时心动了一下，但最终没有参加竞拍。拍卖现场他去了，气氛相当热烈，叫标的声音此起彼伏。

魏松也经常去信河街，他父母还住在那儿。但许大游的父母已经搬走。信河街的老房子都拆掉了，现在都是焕然一新的房子。整条街道都是重新规划过，现在是一个很大的服装批发市场，原来的样子一点也没有了，只剩下名字还叫信河街。

许大游也很少碰到。

许大游的医疗器械厂早就转让了。他的“本田王”换成了真正的奔驰车。最主要的是，他把原来骑得很顺的老婆也“转让”了，重新找了一个比他小了20来岁的老婆。许大游现在的职业是炒楼，他像上了发条一样在全国各地跑。据说许大游组建了一个炒楼公司，公司里每一个成员都是股东，他们看准了一个地方，蝗虫一样扑过去，把一整幢的楼盘吃下来，然后等待时机抛出。许大游曾经找过魏松，叫他也参股。许大游说有时节一转手，只是一个星期的工夫，就赚了几百万，自己都心惊肉跳呢！

他叫魏松只出钱就行了，他会把一切做好的，魏松坐在办公室里数钱就可以了。但魏松没有参加。

更多的时节，魏松是漫无目的地开车。有时在路上好好地开着车，突然就停住了，看了看四周，自己问自己说，我这是要去哪里呢？然后又自言自语地说，管他哪！只管开就是了。于是，就只管开了。

有一天下午，魏松接到一个电话。那时他正无聊地坐在办公室里，因为没有事可以干，就打开自己公司的网站，看看自己的“产品”。这一看，他就吃了一惊，他发现网页上不知什么时候多了很多外国女郎，每一个产品边上都有一个。这些女郎都很性感，衣服穿得很少，有的干脆就没有穿，还摆出各种挑逗人的姿势。就在这时，魏松的电话响起来了。魏松一听声音就从座位里站起来。他听出来了，那是林小叶的声音。魏松叫出林小叶的名字后，电话那头的林小叶就很响亮地笑起来了，她说自己刚从加拿大回来，问魏松有没有空见一面。魏松问她在哪里。林小叶说自己一个人住在唐人街大酒店。魏松想也没有想就说好，他说自己马上就过去。

刚接到电话时，魏松觉得一阵胃酸，有东西要往喉咙上涌。魏松以为自己早就把林小叶给忘记了，因为这十年来自己从来没有想起过她，自己甚至把林小叶的名字也给忘了。但是，当他一听见林小叶的声音时，猛地就明白过来，自己没有忘记林小叶。

魏松现在明白了，这十年来，自己一直在装假。一直在等待林小叶。在等这个电话。皇天有眼。现在，林小叶终于把电话打过来了，而且，她现在就在唐人街大酒店的房间里。魏松觉得自己终于苦尽甘来了，有种想哭的感觉。但是，魏松有点拿不准的是，林小叶给他打这个电话是什么意思，她是只想简简单单地跟自己见一面呢？还是有别的含意？魏松很果断地认为林小叶给他打这个电话是有意思的，因为她不可能随随便便给一个分别了十年的人打电话，这需要多大的勇气啊！所以，她肯定是有想法的。这一点，从她电话里的笑声就听得出来，她笑得很放肆，但放肆中又有一点不自然，因为她的笑声没有拉长，笑声有点坚硬。如果没有想法，她干什么要“不自然”呢？干什么要“坚硬”呢？她还特别说明自己是“一个人”，分明是在勾引嘛！

魏松转而问自己，他说魏松你自己对这个事情怎么想呢？魏松发现自己也不甘心简简单单地跟林小叶见一面，如果只是见一面的话，自己没有理由要等这十年了。但是，自己这么十年苦等到底是为了什么呢？这个时候，魏松的脑子里突然跳出两个字来：报仇。魏松猛地明白了过来，对，没有错，自己等的就是要向林小叶报仇：她当年凭什么一声不响地离开了。

想清楚这个问题后，魏松就出了一身的汗了。他突然就豁然开朗了，这十年来，自己原来活在一个很大的洞穴里啊！自己一直在里面转，就是不出来。这么想后，魏松就从办公室出来了。他去了一趟陈列室，很仔细地看陈列室里的那些样品。魏松发现每个样品的关键部位都有一点点污迹，那肯定是客人在看样品时伸手摸黑的。魏松找了一块抹布，去卫生间打了一桶水，用清洁精把样品一个一个地擦干净。在他擦样品的过程中，工作人员要插进来帮忙，魏松说不要紧，让我来。

把所有的样品擦干净后，魏松又去了一趟工厂，一个一个车间地走过来，跟很多工人都打招呼，跟每一个工人都微笑。从工厂出来经过传达室，他又到传达室看了好一会，传达室有什么好看呢？他的举止弄得传达室的保安不知所措。

从工厂出来后，魏松才开车往唐人街大酒店走。他特意绕个弯到信河街。他在信河街停了下来。没有下车。只是一动不动地坐在车里。魏松这么做有几个意思：一个是他想再走一走原来的路，他知道，这一次走，跟以前是不一样的，这次自己会比以前的任何一次都踌躇满志，会比以前任何一次都走得轻松；另外一个是他不想很快地就让林小叶见到自己，林小叶说自己在房间里等，那就让她等吧，她等得越久，就会越期盼，就会越沉不住气，自己在她心里的分量就会越重，如果自己放下电话马上就赶到，倒显得自己迫不及待了，她就会觉得这个男人是可以“招之即来，挥之即去”的，反而被她看轻了。所以，魏松知道自己要尽量地拖延时间，拖得越久越好，让她坐立不安，让她心急如焚；最主要的是，魏松想让自己想清楚，到底用什么办法对付林小叶。魏松必须把这些事一一想好。

一切都想好之后，魏松才把车发动起来，慢慢地往唐人街大酒店开。

到了唐人街大酒店后，魏松也没有立即上楼去找林小叶，他在车里一直坐到天快暗了，坐得自己全身都颤抖起来了。才上楼去。

来到林小叶住的房间门口，魏松按了一下门铃，门马上就裂开了一条缝，一股牛奶的气味迎面扑来。魏松心里颤了一下。紧接着，一个高个子女人出现在门的背后。她就是林小叶。

林小叶的变化也很是焕然一新。她变洋派了。一看就是从大城市来的。林小叶也比以前丰满了，比以前更有女人味了。她把头发烫起来，还染了色，很有异国情调。魏松发现林小叶的眼睛变双眼皮了。她以前是单眼皮的。“鹭鸶”不见了。

进了房间后，魏松注意到林小叶把房门又轻轻地关上了。魏松快乐了一下，他想自己的判断没有错，林小叶如果单单要和自己见一面就没有必要关房门，关门就说明她心里是有事的。她是有备而来的，是有企图的。

林小叶让魏松坐在沙发上，她给魏松倒了一杯茶。魏松发现，林小叶给他倒茶的手抖得很厉害。魏松很想知道她的手为什么抖，所以，他试探了一下，在接林小叶的茶杯时，故意把她的手也握住了。他感觉林小叶的手颤了一下，整个身体僵住了，紧接着，整个身体也抖了一下，然后才把手从魏松的手中抽出去。但魏松知道，林小叶的手抽得犹犹豫豫，一点也不坚决。

接着，林小叶在魏松边上的床沿上坐了下来，离魏松很近，近得魏松一伸手就可以搂住她的腰。魏松这时闻到，林小叶身上除了牛奶的气味外，还多了一股自己不熟悉的香水的气味，很好闻。魏松很想伸手去搂林小叶的腰。但他忍住了。魏松觉得自己第一回合已经赢了，就像打仗知道对方的底细一样，这个仗已经很好打了，因为主动权在自己手上。在这个时候没有必要猴急。

坐了一会儿，还是林小叶开口了，她说自己知道魏松企业已经做得很成功了，产品销往世界各地，加拿大的很多成人商店里都有他的“情侣牌”。

林小叶一开口，魏松就知道第二回合自己也赢了。因为林小叶的话透露了一个信息——她一直在关注魏松。也就是说，她一直是个观众，而魏松一直是主角。从林小叶的这些话中，魏松还得到了一个信息，那就是林小叶在加拿大那边过得不怎么好，至少不如自己好，如果过得好的话，她怎么会来关注自己呢！正因为知道她在加拿大那边的生活过得不好，魏松才觉得自己更有必要问一问她在那边的情况。自己要“刺”她一下。

林小叶没有说自己过得好，也没有说自己过得不好。听了魏松的问后，她停了一会儿，好像整理了一下思路，然后才慢慢地开口。她说自己出去不久，就跟一个华侨结婚了，那个华侨是开中餐馆的。结婚后，她就一直在中餐馆里帮忙，几乎没有离开过。这样过了三年，她发现自己再也过不下去了。她决定从这家中餐馆走出去。中餐馆的老板当然不同意她这样做，中餐馆需要人手帮忙，她又是学会计出身的，正是餐馆里最需要的人手，怎么能够让她出去呢？但她不管，每天跟他吵，跟他闹，弄得那个中餐馆老板也没有办法。最后，她在娘家人的帮助下开了一家小商品批发公司，从跟国内的贸易公司进货开始，到海关，再到转站，再再到一家一户地到便利店推销，都是自己一手在做。就在自己的批发公司刚刚有点起色时，跟中餐馆的老板离婚了，因为他跟餐馆里的另一个女人好上了。又过了两年多，自己也跟一个加拿大人结婚了，结了婚后才发现，那个人是一个骗子，他是看上了自己的钱。自己的第二次婚姻又结束了。从那以后自己就一个人过。

林小叶说自己在加拿大的经过时，眼睛一直看着自己的脚尖，她说话的语气很平静，脸上一点表情也没有，好像她说的不是自己，而是一个毫不相干的人。说完了之后，她才看了魏松一眼，马上又把眼睛移开。

魏松一边听，一边想象着林小叶一家一家地到成人商店里推销“情侣牌”的情景，心里就产生了一阵阵的快意。他有一种大仇得报的快感。

魏松想接下来是第三个回合了。

按照魏松来之前的规划，第三个回合是关键，在这个回合里双方应该感怀一下过去，把过去最美好的东西调出来，然后感叹一下岁月不再，也就是恨不当初的意思。这样，整个气氛饱和了，感情也酝酿得很浓厚了。林小叶躺在感情的海湾里迷失了自己，她饥渴难耐，而自己就可以急转直下，抽身离去。这是最后的重重一击。

林小叶张了张嘴，看了看魏松，她果然又开口说话了，而且是正如魏松所料的，她说自己不愿意呆在中餐馆里，是有原因的，那就是她总是忘不了魏松，她说当初在塑料袋厂第一眼看见魏松时就喜欢上他了。她还记得那时是表兄许大游骑着摩托车送她去的。

魏松知道自己没有猜错，他兴奋得都有点尿急了。

林小叶接着说，她说自己发现魏松一点也不喜欢她，她坐了魏松半年多的自行车，在上下班的路上，魏松一直是冷冰冰的，没有跟她说过一句话。连看她一眼都没有。魏松想起来了，没有错，那半年多，自己是没有跟林小叶说过话，自己连正眼也不敢看她，怎么敢跟她说话呢！林小叶还是管自己说下去，她说自己一点也不想去加拿大，但她也不想再呆在塑料袋厂里了，她又伤心，又自卑，所以，想尽快离开这个地方。而她又没有地方好去，最后只好选择去加拿大。可是，在国外的这十年她觉得一点也不幸福，她很想回来，又不敢回来。她在国外就有魏松的电话，是表兄许大游告诉她的，她一直不敢打。说到这里，林小叶的脸已经湿了。但她很快就露出了笑容，她说现在好，自己终于回来了，电话也打了，魏松也看见了，把憋了十年的话都说了，自己现在觉得很轻松了。

听完林小叶的话，魏松坐在沙发里一动也没有动，心里却一阵一阵地难受，他把身体坐起来，伸手抱住林小叶的腰。

魏松抱住林小叶的腰时，林小叶的眼泪又出来了，她的身体一下子就软了，顺势滑进了魏松的怀里。

两个人紧紧地抱着对方，一起滚在了沙发上。过了很久，林小叶把头仰起来，魏松知道她要干什么，就把自己的嘴唇探过去。两个人咬在了一起。

魏松一边亲着林小叶，一边对她说，他说自己终于抱住她了。林小叶也说自己终于抱住魏松了，自己现在很幸福。她不停地叫着魏松的名字。

魏松能感觉到林小叶的幸福，她一直在流泪，身体一直在颤抖。魏松知道自己的身体也在颤抖，他一边亲吻着林小叶，一边抚摩着林小叶的身体。不知不觉中，魏松就把手伸到下面去。

林小叶突然叫了一声魏松，把他的手抓住了，她说不。魏松的手还是顽强地要往下探，但林小叶死死地抓住他的手不放。林小叶说自己也很想，自己真的很想，但她说自己不能跟魏松发生这种关系，她要把这种关系留着，这样的话，自己就会一直想念着魏松。她说自己在加拿大一直想着魏松，有时想得不得了，就拿着魏松的“情侣牌”自慰。她说自己包里就带着魏松的“情侣牌”。

魏松听完林小叶的话，手已经松开了，眼睛一眨不眨地看着林小叶。林小叶说自己说的是真的，说着，她从沙发里爬起来，从包里拿出一个自慰器给魏松看。没有错，魏松一看就知道那是自己的“情侣牌”。

魏松觉得自己的身体一下子就空了，好像打开了一扇门，把他身体里的所有东西都泻出去了。连筋都被抽掉一样，一点力气也提不起来。

林小叶又把魏松的“情侣牌”放进包里，回来坐在魏松身边，把他抱在怀里。她一直这么抱着魏松。

也不知道过了多久，魏松才离开林小叶的房间。魏松没有回公司，也没有回家，他一直开着车在路上转，转了一圈又一圈。

林小叶次日就回加拿大去了。

林小叶飞走的那天下午，魏松开着车在路上转。他没有目的，也没有想法，在城里转了一圈又一圈。最后，竟然转到他老婆的学校去了。他说自己来接她下班。“人高马大”很受宠若惊的样子，她说结婚好几年了，魏松这是第一次来接她下班。

接下来，魏松每天下班都去接老婆。“人高马大”叫他不用接，叫他只管做公司里的事情。但魏松还是每天去接她。

大概半年以后，魏松给市里打了一个报告，申请一块更大的地，准备扩大自己的企业。

因为他的企业是纳税大户，市里很快就把地块落实给他了。拿到地块后，魏松的事情便多起来了，一边是原来的工厂和公司还要照常运作，一边是新的公司大楼在建设，他要两头跑。老婆叫他不要每天来接她了，她都觉得自己心里很过意不去。但魏松还是天天去接。有一次，他老婆下了班后，自己坐车回去了。为了这件事，魏松不高兴了三天。这三天里，他还是去接老婆，但脸拉得比拉面还要长，一句话也不跟她说。

一年多后，魏松新公司的大楼建好了。在装修时，魏松专门拿出中间一个楼层来做产品的陈列室，他把陈列室设计得特别豪华，特别气派，比他自己的办公室还要讲究。他把陈列室里原来的样品都换成新的。

自从那次见了林小叶以后，魏松还是不断地开着车到路上去转。但他在路上转的时间明显地缩短了。出去的次数也明显地减少了。有时候只是到路上晃了一下，就匆匆地赶回单位里来，好像单位里着了火一样。

有一天，许大游突然跑到魏松的公司里来。许大游已经有很长一段时间没有主动找过魏松了。魏松听说许大游这两年已经不做炒楼的生意了，他现在很看不起做炒楼生意的人，觉得档次太低，有点像摆地摊的。他现在做的生意是收购烂尾楼。收购来之后，把烂尾楼建好，等待时机出售。据说赚的钱比以前更厉害。有人封了他一个绰号叫“烂尾楼大王”。许大游具体赚了多少钱魏松不知道，魏松知道的是，他把小他 20 岁的第二个老婆也“转让”掉了，为了甩掉第二个老婆，许大游除了给她一幢房子不算，还一笔给了她五千万元。很多女人都觉得许大游出手真是大方，有男子汉气概。

许大游来的时节，魏松正呆在产品陈列室里。

许大游一进来就说魏松赚大了。他说魏松这块地是两年前批下来的，现在单单就是这块地皮的价格就翻了好几番。如果连这幢大楼算在内，不知道要翻多少倍呢！许大游叫魏松把这幢大楼卖给他，他说经过自己这么一转手，这幢大楼还有升上去的空间。

许大游看魏松一点反应也没有，知道自己说了也是白说，就专心致志地去看魏松的陈列室。许大游是第一次来产品陈列室，他被陈列室里各种各样的样品惊傻了，张着嘴巴老久合不拢。这还是刚开始。当许大游来到专门陈列真人模样的健慰器前，他“哇”地尖叫了一声，他说魏松你变态。魏松被他的叫声吓了一跳，忙问自己怎么变态了。许大游说你看这些“塑料女人”，她们像不像我的表妹林小叶。魏松说他乱说。许大游叫他再看看，他说你看看她们的个头，看看她们的五官，包括她们的神态，分明就是林小叶嘛！你看看她们的腿，是不是都长得特别长，这不是林小叶是谁？魏松说天下女人都是差不多的，腿长的也有的是，怎么就是林小叶呢？许大游很不信任地看着他，摇了摇头，他说魏松你这样不对，这样会把自己的身体弄坏的，如果你真的想林小叶就去加拿大找她啊！她现在就一个人过，一去就什么都搞定了，很方便的，何必把自己搞得这么苦呢？许大游这么说时，看见魏松的脸色一下子青了下来，一副要跟他打架的样子，他赶紧闭嘴了。

许大游走后，魏松还在陈列室里呆了很久。他出神地看着那些样品，看着看着，眼泪就出来了。

（原载《人民文学》2006 年第 5 期）

作者简介：

哲贵，1973 年生。浙江温州人。小说散见于《人民文学》、《当代》、《江南》等刊物。现供职于《温州商报》。

蛇头岛上的小茅屋

陈　锟

天空乌云覆盖乌云。大风吹得小茅屋嗖嗖发抖，里面阴惨惨的。

“看来，要下暴雨了。”躺在破舢板里的男人转动一下眼珠，对走到自己眼前的女人说，“兰芝，你拔来的这种草，敷伤口不管用。”

“听村里医生说，它能解毒，试试看嘛。”

“不是啥毒都能解的，扔掉算了。”

兰芝把一束茵陈草在两只手上调来换去，最后还是被她抛出了通风窗。她眼里噙满泪水，跪到男人的面前，凝视着他的右脚踝。

“阿贝，不要紧吧！”

“伤口不痛不痒，这算啥海蛇咬的，简直是开玩笑。”阿贝显出毫不在乎的样子，像是活儿干累了，休息一下，“你看，只是有些肿……不要紧，兰芝！”

兰芝把伤口上原有的扎带再勒紧一点，随后又加上一道扎带，想不让毒素向他的全身扩散。可惜她不晓得，她的男人阿贝也不晓得，海蛇毒是神经毒，结扎多少道都根本不管用。要说有用的，只有将阿贝赶紧送往医疗站，给他注射一种专治毒蛇咬伤的药物。但眼下，这一男一女是在无人无医无船的蛇头岛上，孤零零的，距离住人有医的村落——蝴蝶岛，少说也有二十海里。要是不刮大风就好啦。兰芝想，在礁石上生一堆火，蒙上青苔，叫浓烟带去我的呼救声，过路的船只就会来搭救。

无声的闪电击穿层层乌云，一道紧接一道地射进窗口。那光景，那气氛，着实叫人焦虑。除了一个男人的喘气和一个女人的叹息，只听得，狂风刮得屋顶唏唏呖呖作响，打破阴惨的宁静——下大雨了。你从小茅屋的通风窗望出去，让目光透过飞舞的雨帘，能看到一座座鬼森森的礁石，一排排灰黄黄的浪潮——在奔腾，在怪叫，那是深广莫测的美鱼洋。

“这鬼天气，闷得要死。”阿贝呼吸困难，好像死神压在胸口上，“去把老酒拿来。”

“能喝吗?”兰芝犹豫不动。

“你啥也别管。我要用老酒烧掉身上的晦气，去拿呀！嘶哈哈!”

阿贝的笑声像海洋一般粗野。盯着兰芝——他的眼睛躲在宽大的额下，覆盖着浓黑的眉毛；眼珠里透出变幻莫测的神色；有时会揭开灰色的掩饰，让灵魂暴露。它可以像闪电一样发出亮光，让你受惊；它又是那么强烈，洋溢着慑人的力量，叫你难以抗拒。

兰芝把半碗黄酒灌进他的嘴里，因为他的双手都在发抖，捧只碗都有困难。更糟糕的是，他感到心跳得厉害，视线越来越模糊，眼前时常出现各式各样古怪的幻觉——而这一切，他都瞒着兰芝。他只说，喝下这些酒自己舒坦多了。

外面的雨越下越激烈，但屋子里面也不平静。屋架是用树干搭成的，雨水便从朝山的一面渗透进来，漫溢着。兰芝赶忙抓来一根木捧，往朝向低势那一面的墙根上捅出一排洞眼，让屋里顺势而来的雨水，顺势而去。这儿唯一可称之为家具的东西是那只大旧木箱，大得像一口小棺材，里面分好几层，存放着一男一女赖以生存的各种必需品。兰芝拿厚木块垫塞于箱子的四只角下，以便雨水在它的底下流淌而过。箱子重得要命，她干得十分吃力。地上一半摊着松枝，上面摆着锅子和坛子。这些，她就不管了。

目前，兰芝要把全部心思都用在她的男人身上。

只见他，从破舢板底上撑起半身，战栗着，仿佛要离开一张布满芒刺的床。随着一声凄厉的呻吟，他倒了下去，四肢一动不动，瘫痪的样子像死人一般。不过，那双充血的眼睛兀自瞪大着，嘴唇翕动，像要诉说什么。

“阿贝，你要啥?”兰芝对着他的耳朵说。

这大风大雨天，兰芝，你应当去察看海涂上的养殖场，看看能采取啥样的措施，尽量减少损失。他心里在想，兰芝，你老是守护着我，实在没有必要。我会死吗?不会的！兰芝，你摸我的脉搏，是啥意思?它跳得很快，你摸出来了吗?其实，脉搏跳快没啥大不了的，再说会慢下来的，兰芝，它慢慢会慢下来。我自己有数。兰芝，你心里有数吗?你流着泪抱住了我的头颈，这又是啥意思?兰芝，我记性很好，嫁给我之后，你只哭过两回……

阿贝不知不觉地闭上了眼皮。现在，他没有疼痛的感觉，只是舌头麻木，不能说话而感到无奈。但他感觉得到，兰芝正用一只手掌按着他的胸口，一下，一下……像是要把怦怦乱跳的心按老实。毕竟是小女人的手，他想，按得那么轻，一点力道也没有。

阿贝比兰芝大十岁。

在那个鱼腥味儿弥漫、老酒飘香的蝴蝶岛上，阿贝的酒量无人与之匹敌。结婚那夜，他在乡亲邻里的起哄下，抛开原先喝酒的杯子，改用大碗喝，并且是一鼓作气喝下去，连喝六碗——六六顺啊，博得满堂喝彩。进了洞房，上了铺展一新的婚床，他才感到老酒的后劲像热潮一样翻滚上来；他生怕被这股翻滚不息的热潮冲下床去，便拼命地搂紧兰芝。后来，一口又一口酸臭的东西呕出来，他也死不松手，呕得新娘子的脸上满是秽物。兰芝大声嗔怪他像个猪猡，他便信手请她吃了一记巴掌。就这样，新婚之夜，兰芝蜷缩在沙发里，一直流泪到天亮。事后，他觉得对不起兰芝，也对不起死去的老丈人。

老丈人的遇难情景，至今阿贝仍历历在目。

那天，他带头的渔船刚从外东洋捕鱼回来，可谓是满载而归，又可谓是一次死里逃生。他记得在洋面上，自己的运道好得不得了，一下子围住了稀有的黄鱼群——黄鱼把整顶渔网拱上海面——闪闪发光。大伙儿欢呼雀跃，恨不得跳到黄灿灿的海面上去把鱼儿一条一条拎上来。装满船舱，多余的鱼儿只好堆放在舱板上。尚未断气的黄鱼咕咕叫着，向大海悲切地哀嗥。对鱼儿的嘲笑，对大海之神的感谢，这些都隐藏在他那深深的眼窝里，就像埋伏于天边的风暴一样，使人难以探测。

归途中，半导体收音机发出气像信息：傍晚起西北风八到九级。

外东洋，水天一色，名副其实的无边无际。几个小时之前，空船轻装快驶，时速也不过二十海里左右。你必须明白，眼下是满船，还载着沉重的希望和生命，时速不到十海里了。以此情形，如果不尽快把鱼儿扔掉，那么人命就难保了。在这浮动的小世界里，阿贝任老大，是一船之主。他站在船头，望望天空，看看海面，又感受感受大风来临之前的“阴冷”。

“除了老轨（轮机长），其他人都给我扔鱼！”他下这道命令时，灰色的眼皮在“剥剥”跳动。一个渔民，一生中难得碰上这样的大网头，这么多的黄鱼就是这么多的黄金——市场价金贵，扔金钱谁肯干啊！大伙儿有的认为老大在说笑话，有的则以为自己听错了，所以都呆于原地，把双手叉在腰间上。他重申一次扔鱼的命令，但仍不见有人动手。于是，他猛地蹿出驾驶室，左右开弓，给两个小头儿一人吃了一记耳光。见此情景，大伙儿光火了，个个摩拳擦掌，摆起想和他较量一下的架势。不过，在心里谁都明白，在这条船上，没人是他的对手。老实说，你只要瞟一眼他那壮大的体格，额头上粗硬的线条，脸上两块鹅卵石一般鼓起的腮帮肉，想拼斗的火气自会吞下去，压缩在五脏六腑里。况且，这当儿他已操起了太平斧，凶悍地吼叫道："要命的，快扔鱼；不要命的，我劈他下海！气像预报咋说的？你们耳没聋吧！都算是喝风浪长大的，接下来的一天一夜，我们见不到一座山头，不晓得嘛！"

这一说，大伙儿分明意识到了天气变化的严酷性。他们面面相觑，一声不吭，然后开始痛苦地往海里扔鱼。一个老渔民边扔鱼儿边哼起了顺口溜："一条黄鱼一条金，嗨呀啦，扔了黄金好保命；捕鱼人的小命值几钱，嗨呀啦，阎王老爷看好戏……"有人手捧黄鱼大声哭叫道："阎王爷，咋跟我们过不去啊！"这时，刚上船不久的小"四眼"，压根儿不相信这好端端的天气里潜伏着风暴，扔鱼时装模作样，眼珠儿东转转西瞄瞄之后，干脆歇手不干了。阿贝跨前两步，一把抓住了他那只正准备去掏香烟来抽的手腕儿。小"四眼"觉得事情不妙，想要挣脱，但被越捏越紧，非但无法脱手，而且痛得浑身发抖。小"四眼"哇哇惨叫几声，表示领教了老大的厉害，不再调皮偷懒。

"老大使点劲道，一定能把你的骨头捏碎！"

阿贝大跨几步，来到了驾驶室。他朝小"四眼"点点头，用微笑赞同旁人的推断。

傍晚时分，风力明显增加，吹得船身剧烈地晃荡。海面变成模糊的铅灰色，波涛汹涌，翻腾起滔天白浪。在这种情势之下，老大的每一道命令，每一个举动，都和十几条汉子的生死联系在一起。于是，他从驾驶室里探出半个脑袋，鼓励大伙儿把喝奶水或者搂老婆的劲头使出来，扔掉一条鱼就减少一分危险。

周遭只有狂风的呼啸，浪头的嗥叫。在这可怖的世界上，突然传来一连串生命之声，一声比一声凄厉。阿贝的目光透过迷蒙的浪花，利用大浪的落差，眺望到了那个发声之地。他犹豫了片刻，最后还是没有改变航向，朝那令人心碎的境地驶去。那地方距离约有百把米，他所见的景像是这样的：七八个渔民像猴子似的手脚并用，一个挨一个地环抱于高耸的桅杆，而船体已吃饱了海水，正在缓慢下沉。落难者的呼救声不断传来，几乎盖过了风浪的咆哮声。这时，他所能做到的，便是把头扭向一边，避开这惨不忍睹的场面。凭借多年与大风大浪搏斗的丰富经验，他把握着舵轮，叫船儿顶风而驶，使它在波峰上颠簸，浪谷里穿越，迅速远离遇难船只，听不到人的求救声。

当阿贝回头扫视时，整个洋面上，除了小山一般的浪头，就是呼呼悲啸的风了。以后人们在海边发现那些遇难者的尸体，会用竿子把它拨开，让它再次给潮水带走，带得远远的，相信有朝一日，那完整无缺的躯体会重新从海上站起来。阿贝没有流一滴泪，是因为他不相信眼泪。他只相信天和海——天刮起大风，海要人的命。他的理智非常健全，如果当时去营救他们，急剧的北水就会把自己的船冲转，浪头极有可能趁机将它撞翻，那十几条汉子的灵魂便随着升腾的水雾上天堂了。

逃回蝴蝶岛，船面舱内到处是亮晶晶的鱼鳞，可就是不见一尾鱼。这情形实在叫人难以接受，又叫人悲伤不止。阿贝独自躺倒在沙滩上，感到累了，身心俱累。整个人松松垮垮的，模样变得十分古怪，像一头来自海底世界的爬行动物。有个伙伴从身边经过，他就叫伙伴到商店里给他买一坛（二十五斤）老酒来，他要在这里，看着一浪又一浪的潮涌，抱着酒坛喝，喝得人像风浪那样翻腾起来，因为只有这样，眼前才会重现海上的惊险情景，见到那帮环抱桅杆见鬼去的难兄难弟，还有那，即将做他新娘的兰芝的父亲。

听见一阵哼哼声，阿贝睁开了眼皮，只见兰芝捂着脸在哭泣，样子伤心透了。

“哭啥？”他的舌头能勉强卷动了。

“你睡得没一点声响，”她说，“我真害怕……”

“雨小下来了，还怕啥！”

“你难受吗？”兰芝用衣袖揩去眼泪。

“我打了个瞌睡，很痛快。”

其实，难以名状的痛苦像火一般烧烤着，熔化了他身上的原始野性。他变得温和起来，善于用简短的谎言来宽慰兰芝。

“我去看看过路的船。”兰芝说。

“这么大的风，不会有的。”

“或许有大船过路哩。”

“这个还是我懂得多一些。”他从嘴角里露出一丝笑意，“我敢和你打赌。”

兰芝披上雨衣，执拗要去瞭望船只。他失去了活动能力，无法阻止，只好任其出去。独个儿躺在破舢板里，使他产生一种空虚孤寂的感觉——小茅屋里的家什都不翼而飞，只留下一股发霉的气味，而且越来越浓——原来啊，是死神在屋子里游荡，搅起一阵阵阴风；死神有时停下来，朝他瞪着血红的眼珠，问他想不想喝酒；有时则俯到他的耳畔，向他描述天堂上的光景；他吹吹气，叫它滚开；他感到头晕目眩，耳朵里总有一种怪怪的嘶叫声，眼前净是一闪一亮的玻璃片——哦，它戴着眼镜！

是小“四眼”吗？

这个专门调皮捣蛋的小“四眼”，在推选新老大时做足了手脚，让阿贝丢光了面子。当然，在事情过去很长日子之后，阿贝才从别人嘴里得知内幕——这小子向一船的伙伴挨个儿游说，指责他粗暴凶恶，专横独断——换成别人当老大，那一船金子般的黄鱼不扔干净，船儿也不见得出事——没准以后又碰上这种大网头、那种大风天，要是仍然让他当着老大，那我们还有好日子过吗；还有，在海上对自己的老丈人都见死不救，这样的老大能把我们当人看待吗——事后，阿贝非但不记恨小“四眼”，相反，还有点感激他做的手脚——促使自己独辟天地，闯出一条发家致富的好路子。而当时……当时蒙在鼓里的阿贝，可以说窝着满腔怒火却找不到喷发的对像——那夜，蝴蝶岛的沙滩上燃起一堆篝火，原本一船的伙伴们围着火光席地而坐，开始选举新老大。在小“四眼”的倡议下，大伙儿一致同意摈弃往年面对面举手表决、不乏面子关系的老办法，而是改为背靠背、往事先准备好的候选人名单上画圈圈，谁得到圈圈最多谁就是新老大。候选人包括阿贝有三个，结果他只得了一个自己画的圈圈。这使阿贝大为震惊，顿时恼羞成怒。

“好啊，我不当老大。”他站起来大声说，“我也不情愿别人来当我的老大!”

“阿贝，你这是啥意思?”

飞起一脚，踢散火堆，抓来一根燃烧着的柴棒，抛向早春寒气浓重的夜空；火棒划下一道粉红色的弧线，落入海浪里，发出吱的一声——这就是他的“意思”。

他带着自己的“意思”回家去，走得一步比一步有力。

家园坐落于半山腰上，屋背后有一片小竹林。他推门进去，兰芝正在看电视。

“还是你当老大吧?”她说。

他的怒火似乎有了着落，一把揪住兰芝的胸襟，像提包袱那样拎起来。随后，他觉得她的分量太轻，经不起自己的一击，就松了手。这一下，既不像逗玩，更不像爱抚，弄得兰芝一头雾水。“发神经啦你!”她说。

他不动声色，只有眼珠儿在转动。周围的东西好像都显出一副嘲讽的嘴脸，实在令人作呕。他掴翻桌上一盘茶杯，踢倒两条凳子，又举起铅球一般的拳头，咔嚓一声敲碎当做烟灰缸的大螺壳；当那道鲁莽的目光转向电视机时，兰芝忽地一跃，手指抓向他的面孔，同时发出尖利的迎战声：“你真发神经啦？有本事对着我来!”

他的脸面感到很爽快，像是刚被兰芝搔过痒。面对兰芝，他扬扬手说："别看电视了，睡觉！"迈一步就上了床，连鞋子也不脱。

"猪猡会跟你睡！"兰芝一气之下，跑了出去。

这是漫长漫长的黑夜，惆怅，孤单。有时回想起来，他觉得对不起兰芝，因为她穿过屋后的小竹林，摸黑来到父亲的墓前（里面只有些遗物），含泪枯坐了大半夜。

兰芝回来了，手里拎着一条黄鱼。

"阿贝，真的没过路船。"

"风还很大。"他喃喃自语。

"这条鱼浮在礁石边上，看来死的时光不长。烧熟给你下酒吃。"

"好啊！"他伸出粗糙的舌头，舔着干燥的嘴唇，"弄点水来，兰芝。"

兰芝舀来一瓢水，发现他的眼窝凹进了许多，像一对灰洞洞的窟窿。她喂水给他喝时，认为他一定瞒着什么，要不然，不会是这副样子。虽然男人不曾带给她多少幸福，相反有时还成为他的出气筒，可她不能失去他，在这孤立无援的蛇头岛上。

"养殖场咋样？"喝好水，他说。

"看上去还蛮好。"兰芝摸他的额头。

"我也蛮好的。"

"骗人！"兰芝惊叫起来，"烫手哩！"

"我可没感觉。"

"骗人！"

我浑身筋骨酸疼，他想，照实说来你要愁死的。对自己的状况，他心里十分明白，照这样下去，结局可能不大体面。在活着的时候，他可不愿看到女人为他而悲愁。

"烧鱼去吧。"他说，"我饿了。"

不，他一点也不饿，肠胃整个儿都麻痹了，根本不觉得存在。他把兰芝打发走，为的是不让她察觉出他内心的悲痛。不过，对自己落到这种悲惨的境地，他丝毫不懊悔。到荒无人烟的蛇头岛上来，目的明摆着，就是要为自己杀出一条生路。而现在，他倒在了自己所开创的路上，也许不再爬起来。如果真的这样死去，那他也心安理得。使他歉疚的是，兰芝跟着自己吃了不少苦头。而她又是那么心甘情愿，无一句怨言。

他想，娶到兰芝这样的老婆，是我上辈子修来的福分，要是我能挺过来，活下去……

两个多月前，夫妻俩带着最简单的生活用具，开着小机动船登上了蛇头岛。倚山搭座小茅屋相当方便，而要开发出三十亩荒芜的海涂委实艰难。他——阿贝，骨架是钢铁铸就的，皮肉是沙石拼成的，经过十多年风浪的磨炼，使这个躯体更加健壮光亮，透出力的强度。一乘泥橇在他的脚下刷刷飞驰，划下一道道平滑狭窄的浅沟。这是一项艰苦的营生，又是一种单调的操作。世上最艰辛的行当，莫过于开拓荒滩了。你只要去看上一眼，就会对拓荒者产生敬佩之情，对自身的困苦感到十分可笑。

如果要描绘他当时的模样，那么只有一双眼睛还保持着清亮的常态，其余部分都黏着灰黄色的烂泥。遇到积水的坑洼，常常连橇带人陷进去，直到淹没膝盖。这种时候，他往往顺势侧倒身去，仰天在烂泥滩上喘息，闭目养神。

正是在这种时候，他总能听到一声亲切的叫唤——兰芝给他送来了淡水、老酒和点心。一次，她笑着提醒道：你这样瘫在泥滩上，当心被蟹咬死！他真想蹦跳起来，搂住兰芝说：来吧，我的老婆，睡在这里比床上还痛快！

可是，转眼之际，兰芝溜走了——她脚蹬泥橇，接替着丈夫的活儿，飞驶在茫茫海涂上。干这活，她也不赖，甚至做得比他更细致。

吃饱酒水和点心，他仰躺着，一种从未体验过的快感源源不断地传入背脊，充满疲惫不堪的心房。有那么片刻，他闭着眼，真想从此不再爬起来。又有那么片刻，他感到呼吸不大自然，像有东西压在胸口上，睁眼一瞄，乖乖，是只大青蟹——至少三斤。毫无疑问，这个张牙舞爪的家伙，晚上成了他下酒的美味。

兰芝用枯树枝烧出来的白米饭，散发着开胃的香味儿。他喝下三碗老酒，吃了四碗米饭，还觉得没有饱。

“兰芝，你累吗?”他发觉她吃得很少。

她把头靠到他的肩胛上，轻轻地、快乐地叹口气：“累呀!”

“睡觉。”他侧倒下去，胳膊压着了兰芝的小腿。她不禁痛叫一声，脸上汗滋滋的。他捋起女人的裤脚管，只见腿肚上缠着一条白布——多半成了褐色。

“贝壳划破的。”她说。

“伤口深吗?”他想把布条解开看看。

“莫动，不深。”她的双手缠在他身上，“睡吧，我的男人!”

晚上拍击滩涂的浪潮格外响亮，像是入睡的大海打起了呼噜。虫鸟以不同的声调啾鸣着，似乎配合着树枝的沙沙摇响，要把岛上的蛮荒气息传送出去——万物都想倾吐各自的秘密，在五月的夜空下，当红色的小月亮在海浪里探头探脑之际。

三十亩海涂被开垦为养殖场之后，阿贝投放进一千多斤小银蛤（一种市场需求大但对生存环境较挑剔的贝类）。这是一次大胆的尝试，只有具有冒险精神的人，才有气魄下手。他总往好处着想，在心中描绘了一幅宏伟蓝图：今年养殖成功，净收入起码十万块——一脚踢翻小茅屋造幢大瓦房；明年，雇两个靠得住的汉子来，再开发它三五十亩——到秋天，能进账多少钞票呢？嘶哈哈——

大概是——一定是，天堂里正缺少这种胆魄非凡的男子汉，今天上午老天爷看准他了——在海涂上巡视养殖场之后，操起三角网，趟到潮水里想捕捞些小鱼虾来吃吃，不留神遭海蛇咬了一口。一瘸一拐地撑到小茅屋门口，这个强硬的汉子就倒下了。事情本来比较简单：把他运回蝴蝶岛，抬进医疗站就是了。而大风天，洋面上行船是没有的；自己的那条小机动船，昨天为了捕获一只海豚，他开着疯狂地追逐，结果撞在礁石上，要修补后才能用。

现在，他感到脸面多半僵硬，四肢时不时地颤抖、抽搐。心跳缓慢了些，呼吸反而越发困难了。一切都能对付过去！他想。他用双手支撑，使上身略微抬起……

“阿贝，要啥?”已把黄鱼烧熟的兰芝熄灭柴火，慌忙从另一头奔过来。她发觉他面色灰暗，毛孔扩大，像是受了毒汁强烈的损蚀。

“酒。”他在喉咙底里说，“喝点酒……”

兰芝知道，这种时候自己没法不让他喝酒。于是，她转个身，背着他，在酒碗里掺进一半凉水，端给他喝。他喝了两口，又全部呕出。“味道不对……”他咕哝一声。兰芝只好去倒纯酒来让他喝——他摇摇头，表示喝不进去了。

一个嗜酒如命的人，喝不下一口酒意味着什么，兰芝心里多少有点明白。在无可奈何之中，她所能做的，只有抱起他的脚，嘴巴紧紧贴住伤口，拼命吮吸。

这种原始而又危险的排毒法，她已经实施了好几次。尽管每次收效甚微，但充分体现了她坚忍不拔的精神——一个瘦小的女人和强大的死神争夺着生命。

兰芝喝了点水，漱漱口，吐掉——里面溶化着多少毒汁呢?也许有一点，也许一点也没有。实际上，不管怎样，它已经侵袭到男人的多半神经里了。

“好啦，”他轻声说，“不难受了。”

“阿贝，你不要骗我!”

“不骗你。”

“我要告诉你，”受伤人倾听着兰芝的悄声细语，“我有孩子了，阿贝!”

阿贝伸出一只手来。兰芝把他的手捧住："你不要怪我——以前你老拿我出气，我就不给你生孩子。自从来到这里——光我们俩，你对我没发过一次火，我很高兴，不偷偷吃药了……结婚快两年了，我应该生孩子了，对吗？阿贝……"

你现在就能生下孩子，那有多好啊！他想。

"最好是个男的。"

"是啊。"她说，"脾气不像你。"

其实，阿贝小时候的脾气并不坏。但是爹娘死得早，他小小年纪就上船去捕鱼了。在渔船上，几乎都是粗野的汉子，稍不顺心就给他吃拳头。学会了一些船上活儿，力道也增大了不少，他就开始反抗了。总之，这个男人是在打架中壮大成长，风浪里磨炼成熟的。

夫妻俩希望到秋天养殖场有个好收成，盼望着孩子能借"好收成"的东风而早点顺利出生——说话间，外面风势有所减弱，雨也小了下来。

"听来，风断了根，没啥劲道了。"他说。

"我再去看看，"她说，"或许有过路船了。"

真是，狂风暴雨，来得急，去得也快。兰芝往头上戴了顶斗篷，连雨衣都顾不上穿，就急匆匆地向岸边的制高点跑去了。

阿贝呢，背脊骨打起一阵阵寒战，同时额上冒出汗来。他突然两眼瞪大，露出一副凶相——当一个强汉，虚弱衰败到极点时，真是世上最可怕的景像。

不能老这样躺着，他对自己说。他相信自己有超人的生命力和顽强的抵抗力。于是，他强打起精神，捏紧的双拳高高举起，全身因此而剧烈地战抖，像在抽筋剥皮。忍住肉体的苦痛，使他的眼睛迸出了骇人的光芒。不一会儿，一只手伸出破舢板，身子随之慢慢地朝它侧转过去——他终于滚到了地上。

他要亲自去察看养殖场。放在那里的投资是庞大的，就像连老本一起扔下去的赌注，胜败在此一举。所以，急风大雨稍有缓和，他担心的不是自己生命，而是那三十亩的银蛤是否受到损失。想到兰芝肚里的孩子，使他更加有了动力，感到自己非出去不可。恰恰此时，死神再次闯进小茅屋，挡住了他的去路。他只看到它张开着双臂，像要来拥抱自己。他的双拳向它打去，但已无法把它击倒，因为它猛扑在他的身上，压得他透不出气来。一只拳头松开了，手掌在面前摇晃，像要拨开一层迷雾，让眼睛辨清去向。从海上传来一阵急促的汽笛声。这是他伏在地上听到的。小茅屋开始在肚子底下悠悠旋转。于是，他动身了。

一眨眼，来到海边，兰芝和一群人正等着他。跟着这些人，他乘上一条大型机帆船，沿着那条不留痕迹的水路到家乡去。有人打听起养殖的情况，他说小东西长势很好，到时能卖出好价钱；有人问起呆在荒岛上冷清不冷清，他说秋天过后兰芝要生孩子了——肯定是龙凤胎，岛上再增添一男一女就欢闹了，再说别人家也会跟他来开发海涂的。

风还是扑面吹来。船驶过小海湾，突然原地打转，出现被潮流冲走的危险。柴油机的油管爆裂了！这是天意，无法避免。兰芝未经人家的许可，擅自放下一条舢板，把他扶下大船——舢板就载他一人，由兰芝奋力划着朝蝴蝶岛而去。她的大胆行径，使他欣喜不已。他第一次发现，她脸上红喷喷的，焕发着“身为母亲”的幸福光彩。

她背起他，从海滩走向岛上的一间屋子。门关紧着。她用拳擂，头撞，折腾了一阵，门吱嘎一声开了——他摔倒在门槛上。

“阿贝，渔船来了！真的来了！”兰芝一边奔跑，一边大声叫唤，“我的男人——”

小茅屋门前，兰芝怔住了：她的男人肩上压着一乘泥橇，头朝外，双手紧抓泥土，身子平瘫在地上。看来他是往前面扑倒下去的，瘫在门口像睡熟一般。把他翻过身来，脸上还有一种沉着坚硬的表情，只是鼻孔里断了气息。

兰芝抱他到破舢板里，让他安安稳稳地躺着。她盯着他，咬住嘴唇，不哭。她怕自己的哭声带起肚皮里孩子的哭闹，惊扰他悠长的美梦，使他醒来遭受更痛苦的折磨。

这时，四个尾随兰芝而来的渔民走进了小茅屋，带头的是那个小“四眼”。

兰芝把他们一个个推出去，却不说明任何原因。“没你们事了。”她对他们挥挥手，“真的，走吧！”门关紧了。她靠着门背，双手分别捏住奄在胸前的两条辫子，拉紧。留在这里的事，我都会做好的！她想，我的男人……

（原载《上海文学》2006 年 4 期）

作者简介：

陈锟，男，浙江舟山市人，现居北京，供职于中国青年出版社《青年文学》杂志社。业余写小说多年，已出版著作多部。新近有长篇小说《吴刚捧出桂花酒》等。

奥运消息

龙仁青（藏族）

次洛有一架望远镜，挺好玩儿，往眼睛上一放，嘿，远处的东西就被拉到跟前来了。有了望远镜，次洛放羊的兴趣大大增强了。早上，不用阿爸再叫他，他自个儿早早就起来了，他草草地穿上皮袄，草草地洗一把脸，草草地吃一点糌粑，拿起乌尔恰，挎上望远镜，昂首阔步就走出了帐篷，等阿爸阿妈听到他响亮而又尖利的口哨声时，他已经把羊群赶出了羊圈，赶上了帐篷门前宽阔平坦的草滩。这天早上，当阿爸又听到口哨声后，对阿妈说："瞧，咱们的儿子，出息了。"阿妈在一只铜勺里盛了半勺水，然后把水一口口含在嘴里，再让水从嘴里徐徐流出，接着这水很认真地洗着手洗着脸，听到阿爸说话，便把嘴里的一口水吐了，说："还不是那架望远镜给闹的，等以后对望远镜没了兴趣，看他还会这么勤快不！"阿爸听了笑着说："就算是望远镜闹的，可羊放得也不错嘛。"

次洛的这架望远镜，说起来还有点来历。

随着冬日的临近，天气一天天变得寒冷了起来，草原几乎在一夜之间变成了苍茫的黄色。这天早上，阿妈起了个大早，因为昨晚刮了一夜的风，帐篷里就有点冷，阿妈想把土灶里的火早点生起来，这样等丈夫儿子起来的时候，帐篷里会暖和一些。土灶里的火刚刚着起来，阿爸就起身了，他看着蜷缩在一件大皮袄里的儿子，一把把次洛身上的皮袄掀开，半开玩笑半认真地说："阿爸阿妈都起来了，你怎么还睡呀!"次洛立刻打了个冷战，全身像抽了筋似的蜷缩得更加厉害。他气得眼泪都出来了，阿爸却满不在乎地走出了帐篷，帮着阿妈干什么去了。次洛只好把委屈咽到肚子里，哭哭啼啼地穿上了皮袄。吃早饭的时候，次洛噘着嘴，没有理阿爸，阿爸呵呵笑着，说："一个男人家，这个样子像什么呀。"说着把一碗拌好的糌粑递过来，次洛这才转怒为乐。

吃完了早饭，次洛帮阿爸把羊群赶到草滩上，独自一人去了一趟干河滩。干河滩在离他家帐篷不远的地方，本来是条季节河，到了冬天没有了水，变成了鹅卵石的河床，这是次洛最喜欢来玩的地方。次洛走在干河滩里，那些大大小小的鹅卵石上落了一层霜，踩上去有点滑，次洛便不断地打一个趔趄，并从中找到了乐趣，他就这样歪歪斜斜摇摇晃晃地沿河床走着，把一串欢快的笑声撒在了空旷的草滩上。慢慢地，他离自家的帐篷越来越远了，他回头看看，他看到他家的帐篷变小了，像一只两岁的牛犊卧在那里。

次洛就是在这时候发现那只野狐狸的。

本来，那只狐狸卧在一只硕大的鹅卵石下，一动也不动，正在兴头上的次洛也根本没去关心他周围的事儿，他的目光就像一串省略号，从所有的东西上一扫而过，总是向更远的远处看去，还真有点目空一切的意思，不想就在这时候，他一个趔趄摔倒在地上，受了惊的野狐狸突然蹿起来没命地跑了。

次洛看着跑远了的野狐狸，又跑过去看了看刚才狐狸藏身的地方，他断定这里肯定是狐狸出没的地方，便想做个记号，以便下次带阿爸来捉狐狸的时候，能够准确地找到方位。他本来想找一块大一点的鹅卵石做记号的，回头一想，这满河滩的全是鹅卵石，到时候就可能找不到了，于是他就去找一样其它的东西。次洛走出河滩，朝河岸往上的草滩上走去。由于鼠害，这片草滩上已经没有多少草了，大大小小的鼠洞却随处可见。在这里，次洛看到了一块纹刻着梵文六字真言的青石板，它就斜躺在一个鼠洞一边。次洛把青石板搬起来，却发现石板底下有一样东西。

这是一把锈迹斑斑的藏刀。刀柄的一半已经不见了，而仅剩的另一半上一颗豆青色的松耳石却完好无损。次洛把藏刀捡起来，用皮袄袖子擦了擦，返身往回走去。

次洛就用这把藏刀做了记号，他把藏刀插在刚才发现狐狸的地方。

次洛的性格有点像阿爸，散漫，得过且过。晚上回到家里，他把发现狐狸以及在发现狐狸的地方做了记号的事忘在了脑后，要不是几天以后发生的这件事，他恐怕这一辈子也记不起那只狐狸来。

也是个早上，次洛在阿爸的催促下很不情愿地把羊群赶到了草滩上，他低着头，跟在羊屁股后面，慢腾腾地走着，有点蔫不拉几的样子。好在他怀里有一把弹弓，是阿爸为了哄他去放羊，趁阿妈不注意悄悄塞进他怀里的。想起弹弓，次洛来了点精神，他把手塞进怀里摸摸，弹弓好好地在他怀里“躲”着，好像是一个与他一起搞小阴谋的默契的伙伴。阿妈不让他随意杀害那些小生命，说那是造孽，死了会进地狱的。次洛在家乡的寺院里，看到过那幅画着六道轮回图的唐卡，那些因为做了坏事，被打进地狱后，受到各种惩罚的情景还历历在目，所以他也不敢杀害那些小生命，但他喜欢和它们做游戏——两只老鼠正在追逐嬉戏，次洛就用弹弓在离它们很近的地方射出一颗石子，受了惊的老鼠各自躲进一个老鼠洞里，过了好大一会儿，才从洞口探出半个小脑袋来，警觉地看着他——次洛喜欢诸如此类恶作剧的游戏，他也从中得到了无限的快乐。

这会儿，次洛已经把弹弓从怀里掏出来拿在了手上，他想，一会儿把羊群赶到前面那座阳坡上后，就到干河滩里去打雪鸡玩。那些雪鸡，你打它们一下，它们扑棱一下翅膀，飞半截又落下来，再打它们一下，它们又飞半截再落下来，就是不愿往远里飞。有一次次洛就这样和雪鸡逗着玩，等他发现的时候，他已经走出了很远，便再也无心恋战，只好打道回府。

羊们开始啃吃牧草了，次洛便朝着干河滩走去，却发现干河滩里今天有几个人，次洛甚至听到了他们的说笑声。本来就对什么都感到好奇的次洛不假思索地走了过去。

那些人都戴着太阳帽，背着一只帆布包，他们正在互相传递着一样东西，人人都兴高采烈的样子。次洛便凑过去看了个清楚。

那是一把藏刀的半截刀柄！次洛立刻想起了他作为记号插在狐狸出没处的那把藏刀。

“半截刀柄算什么，我捡了一把藏刀都没当回事儿。”次洛有些不屑一顾地看着那几个人，一边自言自语，一边返身往回走去。他觉着这些人不好玩，没什么意思。

“你说什么?”从次洛后面忽然传来一句纯正的藏语，让他大吃一惊，他回过头来，十分意外地看着他们。

“你说什么?”又是一句藏语。这次次洛看清楚了是那位太阳帽上绣着一只金色的雄鹰的小伙子说的，他正望着次洛微微笑着。

“我是说……”次洛有点犹豫，“我捡到了一把藏刀。”

“是吗?”说藏语的小伙子声音忽然增高，他继而用汉语对那位年长的，脖子上挂了一架望远镜的男人说，“头儿，他说他捡到了一把藏刀!”

那几个人忽然朝着次洛拥了过来。

次洛带着那几个人沿着河床去找那把藏刀，性格散漫的次洛已经忘记了大致方位了，他们只好在河床里横站成一排，一步一步地进行地毯式的搜索，最后还是次洛首先发现了藏刀，藏刀斜斜地插在石缝里，刀柄上镶嵌的那颗豆青色松耳石上，落了一堆鸟粪。次洛把藏刀拔出来，在皮袄袖子上蹭了蹭，递给了那位会说藏语的小伙子。

“头儿，你看!”小伙子立即大声叫着，朝那位年长的男人跑了过去。不大一会儿那几个人就抱成了一团，他们欢呼雀跃，兴奋异常。次洛呆呆地站在一边，不知道发生了什么事。

那位年长的男人看见了次洛，他像喝醉了酒一样趔趄着走过来忽然抱住了次洛。

“你知道吗?”年长的男人说，“你让我们找到了这里就是吐蕃古战场的重要证据，你是历史的功臣。谢谢你，谢谢你!”

次洛不知道他在说什么，说藏语的小伙子走过来翻译：“他说谢谢你，谢谢你帮我们找到了这把藏刀。”说完也过来和次洛拥抱了一下，其余的几个人也过来和次洛一一拥抱，次洛便嘿嘿笑着，不断地张开双臂迎接一次次的拥抱，他觉得这样挺好玩。

年长的男人忽然想到了一个问题，他过来问次洛：“你是在哪儿发现这把藏刀的?”

说藏语的小伙子急忙做了翻译。

“在那儿。”次洛指指干河滩往上的那片草滩。

年长的男人便招呼大家到那儿去看看，临走之前，他把脖子上的望远镜拿下来，挂到次洛的脖子上。他还帮次洛把望远镜按在他的眼睛上，次洛立即看到了他家的羊群，那只叫森森的母羊湿漉漉的嘴唇几乎就要挨到他的鼻尖上了，次洛吓了一跳，他急忙拿开望远镜，朝着自家羊群的方向看了看，他只看见一小片白色像一小朵云彩在远处地平线上飘浮。次洛又把望远镜按到眼睛上，这回他看到了他家的老栓狗，老栓狗正在啃吃一块骨头，挂在嘴唇上的口水长长地耷拉到了地上。

“送给你!”年长的男人说。

“这是送给你的礼物。”说藏语的小伙子立刻做翻译。

次洛一时没反应过来，等他明白望远镜已经属于他了的时候，情不自禁地张开双臂，和年长的男人紧紧地拥抱在一起，接着他又和每一个人都拥抱了一下，便拿着望远镜飞也似的往家里跑去，年长的男人、说藏语的小伙子和其他几个人看着他飞奔而去的身影不由笑了。

次洛感到他脚下的草地迅速地往后滑去，耳边是呼呼的风声，他好像从来没有这么快地跑过，从来没有像今天这样惊喜过，他跨过干河滩，横穿羊们正在吃草的那个阳坡时，受惊的羊们急忙从他身边跑开，跑远了这才停下来，好奇地看着他。

当他气喘吁吁地跑到家里时，阿妈捡牛粪去了，阿爸一个人躺在男房里，正在听收音机。收音机里正在播放《格萨尔王传》，阿爸跟着收音机有一句没一句地哼唱着。次洛猛地冲进帐篷，把阿爸吓了一跳。

“怎么啦?”阿爸坐了起来。

“阿爸你看!”次洛把望远镜递给阿爸。

阿爸接过望远镜，仔细地看了看，说：“这是望远镜，哪儿来的?”

“外面来了几个人，他们送给我的。”次洛指指帐篷门外，心里对阿爸知道这是望远镜有些意外也稍稍有些失望，本来他想让阿爸大吃一惊的。

阿爸朝帐篷门外看了一眼，他什么也没有看到，边看边问：“他们为啥要送给你这个?”

“我帮他们找到了一把藏刀。”说到这里次洛忽然想起了那只狐狸，便又说，“阿爸，我发现了一只狐狸。”

阿爸听了次洛的话，一时愣在那里，没听懂次洛说了些啥。

自从有了望远镜，次洛没有了以前懒惰、散漫的毛病，放羊的积极性大为提高，他每天都早出晚归的，省了阿爸不少事儿，这让阿爸感到高兴；他也不像以前那样爱玩弹弓了，这又让阿妈感到放心。有了望远镜，次洛也看到了许多东西，他看到远处雪山上又多了几猎经幡，新鲜而又亮丽；他看到离他家不远的阿克普罗家的帐篷上破了一个洞，他们家在县城工作的儿子万玛这几天回家来了。

这天早上，次洛把羊群赶到草滩上后，便用望远镜到处张望着，远远地他看到有一个白色的东西在蠕动，起初他以为是一只野兔，仔细一看原来是一张报纸，在风中不知何去何从地飘动着。次洛决定去捡起那张报纸，便扔下羊群，朝那张报纸走去。他一边走，一边不断地拿望远镜观察，当一把芨芨草挡住了随风飘动的报纸，他走到了报纸跟前，也就到了阿克普罗家。

他把报纸捡起来，他看到报纸上有一张大大的照片，照片上一个年轻的姑娘微笑着，一手拿着鲜花，一手还拿着一样圆圆的东西，那东西是用一条布带挂在脖子上的，就像此刻的次洛，把望远镜挂在脖子上。次洛不知所以地看着，又朝阿克普罗家的方向看看，他看见阿克普罗家在县城工作的儿子万玛在家门口看书，便走了过去。万玛看到次洛脖子上挂着望远镜，手里拿着报纸的样子，不由笑了，但还是很礼貌地说："次洛来啦，快请进。"

"不进啦。"次洛把手里的报纸晃了晃说，"你给我看看这个，这是什么意思。"

万玛把报纸接过来看了看：本报悉尼今日电北京时间今天上午8时52分，二十六岁的上海姑娘陶璐娜在第二十七届奥运会女子10米气手枪决赛中，以488.2环的成绩夺得冠军，为中国奥运军团夺得首枚金牌，《义勇军进行曲》在悉尼上空奏响。

次洛期待着万玛的回答，万玛却欢呼雀跃着钻进了帐篷，又从帐篷蹿出来，手里拿着一条哈达，向着前方的草原飞奔而去。

次洛意外地睁大了眼睛，不知发生了什么事儿，帐篷一侧的老栓狗受了惊，狂叫声不绝于耳。

（原载《芳草》文学杂志2006年第1期）

作者简介：

龙仁青，男，藏族，1967年3月生于青海湖畔铁卜加草原。先后从事广播、电视、报纸等媒体的新闻翻译（汉藏文）、记者、编辑、导演等职。

已出版小说集《锅庄》、长篇纪实文学《藏域春秋》（合作）、长篇传记小说《仓央嘉措秘史》等。作品曾获青海省第四届文学艺术创作优秀作品奖，青海省首届、第三届青年文学奖等多种奖项，并被《小说选刊》、《中华文学选刊》等选载。现供职于青海电视台影视部。

郑子善供单

田 耳

——郑子善。

——小的在。

——直隶人？看你就不像是苗人。你初供是谁录的……老齐？我看你也是没事憋坏的，颠苗造反怎么掺和你这么个侉子。

——大人，只是您没看见罢了，闹事的颠苗里头其实什么鸟人都有，北侉子南蛮子江西的老俵下江的老鼠……苗人还从伊犁那边弄来个家伙，尺把长的鼻子，瓦刀脸，一对猫一样的蓝眼睛，晚上睨着就跟鬼火一样的，挺吓人。你们抓了颠苗问话，他们也逮了官兵讯问，比你们还不像话一些，谁不开口就灌粪，怕你吃冷粪哽不下喉咙，他们还煨个七分热，再灌。那场面，让小的背后想着还冒冷气——人吃自己拉出来的东西是怎么个模样，大人您是绝对想不出来的。过后小的心里头就寻思着，要是哪天被逮着了，千万问什么就供什么，别让问话的大爷发火。横竖是个死嘛，犯不着再吃受其它的罪……那个伊犁来的大鼻子懂旗人的话。颠苗有时逮着旗主儿，就用得着他。有几个当官的旗人又摆谱又怕吃粪，咿里哇啦地跟你讲旗人的话，冒充不会讲别的话。于是苗人叫大鼻子翻转成苗话，苗人就懂了。有一天我上茅厕碰见了那大鼻子，他正紧着裤腰，知道我是打河北来的，一张口竟说出几句官话。我就奇怪得紧，心里想，这家伙可真他娘的是个杂种！

贝子爷福康安殁了的事，就是大鼻子从一个旗人那里问出来的。那天，两个苗人绑了那个旗人问话，一开始那旗人装出个很硬扎的样子，于是苗人扒开他嘴巴往里面插漏斗。等苗人把一担粪挑到他面前，那旗人就蔫巴了，扯开口就是一大堆话。大鼻子听懂以后显得很兴奋，跑去找石老贵邀功。苗人听得来劲，当晚放倒了几头粗口喝了酒。喝酒的时候我才知是福大帅殁在营里头了。这是苗人搞掉的最大一个旗主儿，所以也就兴奋得很——听人说，这个“十全武功”的福康安，表面上说是忠勇公傅恒所生，实际上是当今太上皇他老人家的野儿子？

——放肆！

——哎，小的也就是随口问问，不信。皇上他老人家晚上翻牌都翻不过来，又何必让忠勇公去当绿王八呢，朝堂上见了面，大眼瞪小眼的，也难相处啊。说这话的人真是不知人家皇上都怎么当的。小的其实根本不信。这也不能怪那些乡野鄙人没见地。人家皇帝是什么人啊，这普天之下，率土之滨，所有人的老婆归根到底都是……

——你这厮满嘴喷粪，招死！

——大人，您这话就讲差了。小的再想招死，怎奈也死不了两次啊。您以前读的书里头不是有一句说，民不惧死，又何以以死惧之的话。还真是这理，您可能读过而已，但小的心里真就是这回事……当然啦，小的也不敢拿这贱命跟您比。大人贵姓田对不，初供时齐大人交待，是姓田的大人给我录复供。田彭向三姓是本地人，对不？您看，现在是满人杀颠苗，我们非满非苗的，何必瞎凑热闹？

看大人的面相，怕是而立刚过？小的少说也虚长大人一轮年纪，反正也没有几天了，就等着那吉时一到给老爷们唱唱曲，讲两句狠话，也了无牵挂。大人，您也看得出来，小的也是个苦命人呐，一身的侉子相，从北边踅进这破地方，什么样的罪没招过？穷亡魂的时候连老婆都卖给富苗了，丢人。现在，又稀里糊涂跟着苗人犯下事体，命也保不住了，想起来免不了有些委屈——都是后话了。大人，小的看您面善，眉眼里都透着和气，能不能跟您找个商量？您看，小的挺实称，大人要问话但凡有我知道的均据实禀上，直筒倒豆一点都不拉下。大人能不能在最后几日留小的一个快活，任小的有什么话也一吐为快了，在阳世也他娘的最后过一过口瘾。合着，死了也不那么冤得慌。没法子，人不像人地活到如今这模样，没做出个事就撂下个嘴皮子痒的毛病来……大人您放心，您该听的听听不想听的就当风声过去。反正，到时候小的一声“喀嚓”，您听过的没听过的也没区分啦。这样的顺水人情，合着，大人您理当成全吧。

能给我抽一袋烟么？

——你还抽得什么烟呢？

——水旱烟袋都抽得，就是鼻烟也扯上几鼻子好了。到这份上，小的还能跟您挑剔么？

应该是嘉庆三年的事，因为那年我大儿子亦培想去乡团供事，我拦了他，他跟我红了几天脸。还有，我记得次年太上皇他老人家就驾薨了。那时候颠苗闹事的基本平了下来，不过，府衙里头还在一直折腾，巴图鲁章京啊提督啊总兵啊之类的人物下来有一堆一堆，谋起事来总像是在吵架，让我们这些乡旮旯的人是开眼了。死的人很多，连贝子爷都搭进去了一个，再死别的什么人也就不会有何稀罕。镇竿城里头每天都新提来许多逮着的乱苗分子，发下来由我们讯问。牢子挤得紧，不够用，隔三差五地总要判斩了一批，也好给后来的家伙腾出地方。北门楼上木格盒子里的人头也总是要空掉，重新装上新鲜的脑袋。按说，两三天就换上一次，不至于腐变的，可这城里一年到头腐臭味没有断绝的时候，让人闲没事时忍不住一个劲地犯恶心。

我也不想讯问那个侉子，很明显，这家伙问不出什么油水。

应该说，这郑子善算得是个聪明人，挺会说话，油滑着，却又让人不那么讨厌。和一般的侉子不同，总觉得这家伙更像个河南玩猴戏的。他看得出来，我一定没有给主事那一党子使孝敬钱，才分配到讯问他的地步——这理我不可能不知道，但我实在使不出孝敬钱。总想讯问到一个晓事点的先拿点赏再去孝敬他们，可他们真就发了个侉子让我审，也太不够意思了。郑子善跟我扯到这事，还一脸难为情的，仿佛不能供出几条可以邀功领赏的好事，他心里也过意不去。

也许，从那时候我打心里觉出这人的好来。我把老顺支走了，他昨晚打牌没有消停，哈欠一个一个地冒着。我叫他走他正合了心意。我跟老顺说，喏，隔栅子比牛栏还厚实，他手铐脚镣的，让他闹也闹不起来。我一个人应付得了。郑子善也在里边说，是啊大人，这里面舒服，叫我走我也不走。我相信，他说的是真话，即使我们之间没有这道隔栅，他也一定会像个朋友那样，拣他自己想说的说。

估计他是三天后问斩的那批子人。我想，这三天，就算做做善事，随他说得了，说到哪是哪。也许，一个人把心里话吐痛快了，才好上路。

知道无事可记，我把笔扔到一边，随意地听听。

——小的本来是个硝匠，给人整整板皮。我们那里的人都是靠弄这事为生，这门子手艺哪时候传下来的小的自己也不知道。哪地方的人干哪地方的事吧，就像大人您一样，镇竿的爷们不残不缺，到了年纪一般都是要进乡团的。那年小的从下江弄了个婆娘，七弯八拐地到了灯笼寨，富苗石贵三就让小的给他弄板皮。他们颠苗的地界山高水恶，可是兽物出得有不少，小的一弄就弄到了年关，天天没少活计。富苗不少小的的手工钱，挺好讲价的，穷家子没钱开，让小的五抽一，那便是更划算了。小的慢慢也就在灯笼寨安生下来。其实，侉子也他娘的有祖有根，只要生计日弄得过去，谁又想到处蹿啊？这样，在灯笼寨一住就是十几年，小的满口苗话都说得比乡话还转了。

苗人又问小的会不会弄火药。他们知事不多，火药匠又难请，这一想才想到我来。他们就想呐，小的既然是玩硝的营生，那应该跟弄火药也差不离吧。小的大概听上辈的人说过一丁半点弄火药的事，也想多搞点生计，硬一硬皮头就向苗人应承下来。苗人地界产硫磺，土硝到处都刮得出来，原料倒是不缺。还合着小的活络，头两锅火药出来以后药性太皮，灌不得枪的，多来几道手脚，小的就可弄出十足的火药来了。石贵三很是高兴，给赏给得不错。于是小的见是条门道，打这以后就是弄火药为主了，间歇也不耽下硝皮的手艺。前头那些年，石贵三叫小的加时赶制火药，还叫两个半大孩子帮打下手工。小的见钱好赚取了，一时也来劲得很，一天大都可以出二十几锅货。当时小的心里也纳闷着，没事弄那么多药来，打鸟打兽的也根本用不了。有一天见了石贵三，小的就问他弄这么多药肥田啊？石贵三还跟小的逗趣，故意不说，反而问小的说，你说呢？小的也笑着说，不像是打鸟，倒像是备着打人。石贵三哦地一声，道一句，看来还得借你吉言，多打几个人来剥了炖了尝尝味道。说着就走得远了。

石贵三叫小的弄药，小的弄就是，按锅收钱。反正，那阵子钱挣得过瘾了，每天晚上小的都听几遍铜钱撞响的声音，才去睡。说真的，这辈子也就那一段时日，见了钱活得那么开心。有钱了，老子……小的哪管石贵三要干吗呢，小的又怎会知道当时这颠苗已存了反心呢？大人您说小的有向苗之心，小的这倒不认。这些年小的认钱二哥的家门一直还没认进槛，日子总感觉不是人样的，哪有那些个闲心管他娘的向苗向满呢？

小的记得几年前苗人聚头闹事的情形。起因大人也是知道，那位当么子官的旗主儿在八面山围猎消夏，得急疫殁了，反倒说是当地苗人放的蛊……嘿，不说了，大人也是知道的，当时小的陪着石贵三去看了情形，真叫人二伏天背心也直泛疙瘩——八面山寨那一百多口人呐，死得是一堆一堆，沤几天以后对面山黄瓜寨都闻得见蛆臭味。就算死了那么多畜生，看着也堵得慌啊，小的回去还干呕几天。

苗人当时真的煞急了，传了信，十八洞的主事全都往灯笼寨聚。当晚小的去帮着剥牛皮。记得那晚石贵三嘱咐小的们一共放翻了七头大牲口，当时小的心里暗暗地想，石贵三这个悭吝货也拿自己的东西不当东西了，看来是要横下心闹一竿子事的。

当晚灯笼寨子真个是灯笼挂满了，苗人的主事全围了一大桌，七嘴八舌说起事来，一边说一边喝，酒里头都滴了鸡血，一碗一碗地瘆人得很，让人心里头发毛。喝到月亮当头时分，差不多就全醒了。这时来了个杠仙的师傅，杠了一阵仙，忽然发起羊痫风来，打一阵疾摆子，往后就是妄语，躺在地上嘟噜个不停。帮衬的鼓师凑过去一听，也发癫一样跳起来道，找到啦找到啦。

这时小的看见好一些穿了干净衣服的苗人，整齐走过去把石贵三扶起来。石贵三早就像一摊泥似的，扶了两次，稍一松劲又溜了桌子。后来还是杠仙的师傅有办法，往他嘴里灌了点什么，念上两句，石贵三的眼睛一下子又放起光了，看上去很来精神，竟稳稳走到了高台子上坐了下来。小的听旁边一个老家伙说了，这才知道，原来先前杠仙是在寻龙脉，一寻寻到这龙脉根子竟然扎在灯笼寨底下，还说石贵三就是现世苗王，天生的异秉，骨相应着龙图。几个苗妇给石贵三换上一身的黄布衣服，戴上银冠，下面所有的苗人一下子齐斩斩全趴在地上磕老大个头。小的当时正纳闷着，心里想这么些年怎么就没看出来石贵三有异秉呢？现在看看他高坐着的样子，倒像是有点与众不同。具体在哪里，又说不上来。当时他面膛红极了，像是年画上的关武圣人，气派。正想七想八，小的也被人往屁股上踹了一脚，于是小的也知趣磕了个响头。后来那阵，苗人跟攻寨的乡团干了几回，乡团还真没办法攻上来，每一遭都丢下几十个死人。寨上的人说，这都是真龙在保佑。那时小的也被颠苗弄昏头了，忽然觉得以前天天见着石贵三也是福气，现在再想见一见，人家也未必想见小的了。

有一天天擦黑的时分，石贵三叫人喊小的到他房里喝酒，说是好久没见小的了，差点都记不得小的长什么样，这才叫小的去一趟。小的和他喝到下半夜，他的话也就多了起来。忽然他问我说，老郑，你都说说，老子是现世苗王，你他娘的都信不信？小的赶紧说，当然啦，小的一直瞧着您跟一般人不同，又说不上来。那天一杠仙，合着他们一说，小的心里一下子就澄亮了。石贵三就笑了，说，信信信，老子自己都不信你信个屁啊。

石贵三说他自己都不信，嘿嘿。

等小的要走的时候，石贵三还说他把秀巧封了贵人，他不会亏待了她娘俩。他还告诉小的，贵人就是皇帝老子的填房……

——这秀巧又是谁？

——呃，这个就不说了，丢人哩……大人问事，小的不敢不说，但这事无关紧要，容小的后头说给大人听吧。

后来苗人们闹事也就闹得大了，乡团弄不了，请总兵请提督，再打后就是巡抚压阵，亲自到苗人寨脚下了。寨里有些人开始着慌，看这事闹得越来越不可收拾，叫石贵三别玩了。石贵三是念过几年学堂的，他就说这事到这地步，收也收不拢了，横竖都是个死，不如闹到底看看到底又会是怎么的。别人不信呐，寨子里有几个人，全苗十八洞的人合在一起能凑出几个丁壮，谁的也里也明白着，摆明了以卵击石的事情。小的也看出来了，就想着得走——能活着谁愿意陪他们死啊？小的都想好了，找个没星没月的晚上开溜，滚到寨脚，能躲过就更好，要是被官兵逮着了，就说小的是被苗人掳上寨的，迫不得已。小的又不是苗人，八成也混得过去……

——那你前番被逮着了，怎么就不照你现在所说，混过去了事？

——大人您说的，小的能有这么傻？这茬小的不是没想到，试过了，可一同被逮的苗人哪肯放过小的，一口咬定小的还是他们的小萝卜头。人呐，您说，都到要死的时候还能见别人活得比自己快活吗？都恨不得多有几个垫背，小的从灯笼寨走了一趟，真个是黄泥巴沾了裤裆，说那不是米田共，有人信吗？

那几天秋天气候，晚上亮着，小的一直没寻到机会。实在等不得了，瞅准隔天就动身，可有一个陈姓的铁匠比小的先了一着，先一天晚上扯开床单搓成绳子要下山。不巧被逮着了，回来就让人挑了脚筋。打那天以后，苗人对我们这些外族做事的，看管得挺严，一天到晚不放松，再找不着机会了。小的知道是晚了一步，只有跟着苗人同进同出的份。那个铁匠被逮回来以后，苗人讯问他，他哪敢承认是要下山去跟官兵联络啊，那肯定就保不住大头。铁匠认死了说，他下去不过是一年多没沾那事了，下山只是想寻寻自己的老婆。铁匠说那玩意撂荒太久了，试试还能不能用，隔两夜又回来。苗人也不傻，哪里肯信，到底是把他的脚筋挑了，命却保了下来。其实他们苗人少不得我们这些外族的匠人，陈铁匠做得一手好枪铳，叫他们杀了他他们也不会。

也亏得那个陈铁匠，石贵三寻思再三，跟我们这些外族来软的，安一安我们的心，不知从哪里弄来几个女人，配给小的们，耐不住时用一用。那时日过起来也顺当一些了。有次石贵三又把小的召了去喝酒，还问小的，想不想她娘俩。小的登时来了酒劲，说，想啊，怎能不想来着？石贵三嘿嘿一笑，说把她还给小的得了。他说现在他够用得很，不在乎那个把个。小的赶忙说，咱们可是公平买卖，银货两讫，哪有再收回来的理啊？石贵三还夸小的硬邦，是个汉子。小的心里面也打了小九九的，想来想去，还是后面发下来的那个好用，年轻啊，何必再要回她呢？

仗就那么打下去，周围的苗人也跟着闹起来，一时也看不出气像。但苗人终归是越死越少，而官兵则越杀越多。别的地方也老是传来，又出现苗王的事。林林总总，先后怕是出了二十多条苗王吧。小的们难免猜疑起来，到底谁才是真正的苗王啊，又到底……以前的苗王是不是真个传下了嫡裔？石贵三对这事有他自己的解释。他说，这苗王，其实像一蔸树一样有好多的根，这根也就是龙脉，枝枝杈杈地在地底下乱拱，拱到哪里哪里就能出苗王。所以苗王前后出了二十多，也不足为奇，再出几个，怕是那根又拱到了他们寨子。但是，石贵三说，这蔸树的主根，是在灯笼寨底下的。这是铁板钉钉的事实，谁也翻不了，以后杠仙的合准了龙脉的走向，其他那些个苗王都要来灯笼寨伺候他这个苗王的。

灯笼寨人心惶惶，虽然他们牢牢看住我们几个外族，可他们苗人也有逃下去开溜的。石贵三眼看着再这么下去不是个事，非剩下他一个光杆儿王爷不可。某天他就叫人吹了号，把寨子上上下下的人都聚在坪场上，给大家训了回话。他说道，仗还没打到头，怎么自个先乱了阵脚呢？下去被捉住死得很惨的，不如聚在这寨里闹到底看看，万一风水转得到，什么事都可以发生，讲不清楚。现在鞑子兵掌了天下，汉人失国，你们以为真的是满人抢得了龙脉活该有天下？错了。当初太祖努尔哈赤在他们老家弄出个汗国，其实就是说，他们满人也就准备着自保一方罢了。后来吴三桂说好了给他们开门，多尔衮带着人进了关，一开始也不过是想着捞一把而已——汉人多少口子，他们满人满打满算又有几个啊？给他们这份心他们也不敢觊觎整个天下的，不过是想乘乱揩点油，反正进了关，再怎么也亏不了车马费的。没想到，他们进了关才发现这汉人有那么茗，一路走来摧枯拉朽，搞得他们自己都摸不着头脑。这不，一不小心满人就进了京，一不小心就当了皇坐了朝搞得了天下。这事就是这么整下的，不由得你不信。当然，石贵三又说道，还得亏了睿亲王是个人物，会笼络人心，还真的把那么多的汉人都安定下来了，真他娘的不简单。

大人，您还别说，那天小的听石贵三这么一说，心里觉得还就是这么回事。这石贵三毕竟念了几年书，说得有头有脑。话说完了他还没有尽兴，头脑一热还随口编出四言八句来，开头两句是说，邦畿千里，维民所止——这是从哪本书上搬下来的，小的以前也听别人念过。下面就是他现编的了，说的是，彼有万兵，吾统万山；满汉苗瑶，平坐平起；彼不犯吾，两相为安；彼若犯吾，有来无还。

当时小的觉着这话跟快板一样，听着顺耳，好记，也就记下了。

颠苗受了这石贵三的鼓噪，性起了好大一阵，下到山脚去一连打了好几场胜仗。那两月，官兵都不敢在山下安寨了，清静起来。石贵三也乐得轻松，不时聚了小的们喝几盅，论功行赏。那次他又喝得醒了，忽然道，今日备好一套帝王老子的袍子，穿出来你们也看看，老子像不像那么回事。说着摇摇摆摆就进到里面，磨蹭好一阵，真个穿了一身好衣袍出来了。小的隔得远，眼又上了酒劲看不清楚，花里胡哨地一身，蛮惹眼。苗人们哄地又给他跪下了，小的也不敢不跪。结果，石贵三他就坐在椅子上睡了去，小的们没听见他道出平身两字，不敢乱动，一直跪着。那时天气也太冷，小的不知跪了有多久，寒气上来小的一个劲哆嗦，酒劲慢慢地消了去。

后来小的耐不住抬起头看看，身边的苗人竟也跪着睡去了。石贵三软塌在椅子上，一身好衣袍穿得松松散散，嘴角流出涎水来。小的再怎么看，也觉着他像是个唱戏的。

亦培终究没有听进我的劝，瞒着我，邀了隔壁小严跑去入了册进了乡团。那天他一身乡勇打扮，蛮高兴地跑回来告诉我们这回事。我也不能说什么了，短训过后他们就要开拔去增援天星山。那边死的人多，他能怎样，全看造化。

听郑子善闲扯了两天，还入味。这侉子走南闯北知事不少，挺叫人开眼的。昨天下了雪，郑子善冷得打摆子，我给他弄了双布袜，今天他看上去要好一点。他烟劲挺大，这两日我称来的三两烟丝都被他抽得差不多了。他每装上一锅就抬头看看我，说道，给您添麻烦了。然后嘿嘿地一笑，现出很快活的样子。

今天是跟他呆的最后一天了，晚上他就会吃大餐，明天就再也见不着他的。也不知是为何，心里有点乱。随即有些纳闷，这几年看过的死人没有一千也有八百了，怎么还看不开啊？今天一到牢里，挺闹的，人头拱来拱去。一问，说是天星山灯笼寨苗王的老儿子被几个马兵逮着了，昨晚押来的。衙里的人众今天没事，都来看看，看这王子是不是有什么异秉。看了的人都说奇啦奇啦，这个苗王之子是长得与众不同，跟苗人不挂像，倒像是个侉子，高高大大的，一张瓦刀脸棱角分明。由霍四这家伙问讯他，看来霍四又给总爷使了钱的，他次次都问到乱苗的头头脑脑，最近讨了不少赏。这回，他们说，霍四要是问得好的话，事后就可以再纳个小的。他娘的这家伙！

又听说，那长得像侉子的苗人不认这个账，他自己不信自己还是什么王子，他还说在家里，他老子管他叫畜生。

我一时好奇就挤进去看了，隔着牢笼，乍一看这苗人很年轻，十六七岁的模样，个子挺高。再一看吓了一跳，那眉眼那长样，分明一个小郑子善嘛。

——看出来了?!

对，他就是我的崽，要不然天底下哪有长得这么像的。他还没出娘胎的时候我就给他想好了一个名，叫郑再生，意思啊，就是下辈子别投胎到穷人家了，也投一门富胎，当个小少爷。他还没出生我就觉着挺有点对不住他的。他的娘秀巧，是我从下江一个小户人家拐来的。她娘家自是不愿意让女儿跟了我这么个江湖把式，可她缺了心眼就是一门心思要跟我跑。我们一跑就跑到这里，在灯笼寨住下了——这先前也交待过的。头一年还弄得几个铜钿，秀巧也有了身子。我还以为我的日子就会好过起来，嘿嘿，那个时候我还以为会在灯笼寨起家的。没想这里瘴疠太重雾气熏蒸，水土不适，搞得我病了一场，天天打冷摆子。请个医生开了好几个月的药，手头没钱了，就把秀巧带着肚子卖给了石贵三。也许石贵三老早就打起秀巧的主意了，知道我没钱用了，就托秧老九给我出主意。两相一拍合，就交钱交人了。

我还以为石贵三会撵我走，要不然，一个寨里头碰见也难得看脸色。可是石贵三他挺不在乎，照样把我留在这里——石贵三这人其实挺直的。

我病好转过来，秀巧也差不多要生了。那天寨里很热闹。石贵三大房的是个石女，没给他生下什么东西，所以，要是这个崽生下来，就是他家的老儿子。我在门外候着，接生的婆子一出来，我就问了，是男是女。她就说，带把儿的，好大一坨。听她这一说，当时心里觉得很亏，想呐，怎么当初就没把秀巧肚里的这个算钱呢？卖个婆娘还给他添个儿子，我这生意做得真是亏大了，血本无归。

有一天石贵三出寨了，我偷偷摸摸到秀巧房里，看一看孩子。孩子很胖，我觉得也很像我。秀巧见了我，不说话，只是流眼泪。我看了看儿子，越看越像我，心里也就越发地不舒服。我去问她，我们的郑再生现在叫什么名字？她就告诉我说，现在叫石富生。我一听，是个好名字。

那天我还在秀巧房里磨蹭了半天，——其实，大人不瞒您说，我冒这么大的风险爬进去，当然不光是想看看儿子，反正不是我的儿子了。把老婆卖了，晚上就越变越长了，日子真他娘的难过啊。秀巧那天也不做声，随我怎么弄都行。我们还像以前那样，恩爱了好一会。我好久没来这回事了，我躺在秀巧的身上，越想就越委屈。

隔了几天，瞅准机会我又去找秀巧。可是这个婆娘不买账了，我再想进去，她把窗格子都关个严严实实，一点缝隙也不留了，让我自个挨过去。我明白过来，她这是才提我的醒，告诉我，她已经不是我的人了。

我想这也不能怪她，是我自己不像话，怨不得人。

起先，石贵三还是挺喜欢这个儿子的，随时抱来抱去，像自己生的一样。后来他又讨了两房婆娘，劈里啪啦地跟石贵三生了一大堆带把的货。再说这个石富生越长下去就越像我，像个姓郑的，一点也不跟他姓石的挂像，所以石贵三的态度也就变了起来，看着这个王八儿子就有气，管他叫畜生，打起来手上也没有分寸。石富生的日子其实也过得不怎么样，只是不饿着罢了。

这小子心里头精明着，大概到了五六岁，什么事都懂。那时，他看着我，就斜乜着眼睛，像是要咬我一口样的。我一看这小子那股眼神，就知道了，他心里亮堂着。他很恨我，我也慢慢地怕见他了。我看着这小子长大，他越来越不做声，哑巴胎一样，和谁都说不上话，打架倒是蛮厉害，手毒。

……大人，难得这几日您能听小的乱七八糟地说了这么多屁话。您是个好人，但小的也说不出他们苗人的什么事头报答您。来世吧，小的是记着了。

您刚才说那个石富生……哟，还真给他好大个脸了，合着，也就是旗人里面的贝勒爷那回事吧。嘿嘿，这就好了。

没想到，连我郑子善这狗一般的东西，到头来，还生出个帝王的种来，真他娘的值了。

复审郑子善的供单很快被上面打了下来，没有通过。我问了这几天，不写一点事情也不行的。想来想去，我也就写了郑子善和他儿子这桩子事。在我看来，仿佛这件事还有那么一点点写头，也算是澄清事实嘛。晚上霍四就来找我。他从来都不找我，但那天晚上他来找我，还生拉硬拽要我去喝酒。于是也就去了。刚喝两盅下肚，霍四对我说，你也不能这样啊。我估摸着他还不至于喝高吧，怎么就说起让人听不懂的话来了呢。我问他，我怎样啦？他说，你心里明的。我说我不明白。我真的不明白，我平时根本和他说不上话，也没地方招惹谁了，哪知道他是冲着什么屁事。

他说，你写那个事，我又不是不知道，石富生就招认了。他知道自己是个杂种。我们都知道。不是老哥我说你，在衙里头还就数你不开窍。平时，没事也找着话把抓来的苗人编成个人物，编他个穷凶极恶，多少弄点赏银。现在，石富生多少还算是有根据的啊，你又何必拆这个台？抓苗人死了多少乡团的爷们，你不是不知道，容易吗？

说着，霍四啪地拍出一小袋钱来，顿在桌子上。他说兄弟你要是缺钱花，心里面不痛快，找我说一声就是了，大家都不容易。我没有做声。那天，我还是把钱收下了。回头我就把钱全给了快刀曹，央他晌午办郑子善的时候利索点。快刀曹就奇怪了，他说你他娘的真是不上进，拿钱不把给总头讨一个好问的问，倒把钱给我买人家一个快活。他想不通。我也不想多说，只问他，这钱你收是不收？快刀曹就笑了笑，问我，那姓郑的是你熟人啊？我说不，我也是这几天才认识。

行刑的时候我没有去看。那一批一共是七条人，本来郑子善按顺序得第四个着刀子，后来老曹就把他提到第一个，不动声色地把头砍了下来。老曹那一门技艺我还是信得过，郑子善应该会感到痛快的。那天中午雪下得很大，镇筸少有那么大的雪，不过坪场上的人仍然很多。也怪了，这城里许多人，看别人挨刀受死，怎么看也看不厌，一逢到行刑的日子就提前到坪场上抢位子，像是过年了一样。亦培是出去了，要不然，这几年杀头的事他一场也没有拉下，回来就顾着跟他娘说今天哪个哪个死得值价，还一脸钦佩不已的样子。

他们的头照样被挂在了北门。我抽时间去看了，郑子善的头被挂在中间的位置，很显眼。本来他就是个长脸的人，头被砍下来以后，就更显得长，老丝瓜一样的。不同的是，你看着郑子善被砍下来的头，竟然老是觉着他在对你笑，而且是嘲弄的模样，让你忍不住看看自己的身上，是不是哪里又开线了丢人现眼。按理说这是不应该的，砍下来的头一般该是一副哭丧相，应该是闭着眼做思虑谋事的样子。可是，为何郑子善的眼睛像是开着的呢？或许是他眼窝子周围的纹路太深，陷了下去，显得幽邃莫测，黑洞洞的。这城里的人看苦瓜脸的死人头，早就看得不新鲜了，忽然冒出来个嘲笑嘴脸的死人头，倒有些不适，叫人毛骨悚然。那几天，北门外的跳岩少有人来往。

等郑子善的头被新砍下的头换下来以后，我到西郊太阳冲地带找了块坟场，再把家中备着过年的钱弄出来，合上郑子善头颅尸身，一齐埋了。开刀问斩的人不能立碑，我只能在周围栽了一圈卷柏。这么一折腾，老婆没少和我争吵，说我是鬼上身了尽不干人事，莫名其妙。我无法跟她说清楚，因为她不认得郑子善这个人，索性我什么也不解释。

没过多久亦培被乡团送回来了，他的一只胳膊空空的，创口当时没有处理妥当，还染上了丹毒。好歹把儿子的命保下来，他从此也安下心来过生活，再耐上两年给他讨了一门媳妇。我家的底子早被他那病掏得空空的，镇竿城里稍微过得去的人家都不愿意把女儿放到我家。最后就到城郊找了一户熟苗，那妹子眉眼周正，做事麻利，是亦培的福气。他成家了，我想他也真正的安心了。我记得，自己就是在娶下他娘以后才安下心来的。

亦培改变了不少，唯一不变的，就是仍然忍不住要去坪场看杀人。他后来跟我说，在天星山下，他没有遇到过一个苗人，结果还赔掉了一条胳膊，心里没法不窝得慌。我作为老子，就不断地劝他遇事得往好处想，丢了一条胳膊，比搭上一条命的家伙就有福气得多啦。听我这番劝，亦培想了想，就点了点头。

还有一件事，石富生，也就是郑子善的那个儿子没有被斩。因为他好歹瓜葛上了一位称了苗王的老子，进了苗人王族，被区别对待了。苗人闹事平抚下来以后，上面交待，把乱苗称王称相者的家属人等押解进京，说是羁留在什么香山脚下居住，也好做成人质，防着苗人再度闹起来事。那个石富生，就这么活了下来。

我没想到我这条命挨得挺长的，十岁那年我娘叫来的风水师说我是个化星子的命，顶多也就折腾到四十出头。没想到我挨了两个四十，最后那几年，儿子亦培竟先我而去，我这才想到，我确实也活得挺够了。

我知道我差不多了，每天无事，就在这镇竿城里瞎转，这里坐坐那里瞧瞧。我一辈子也没离开过这里，要走了我也得多看几眼。道光二十年，也就是英国毛子闹事的那一年，有一天我正在王老五的茶水店里坐着，街上忽然很热闹。一跟王老五打听，才知道，原来是四十多年前迁往北京居住的那伙苗人又回来了。他们离开田土，没了生计，只好转道做起生意来。北边地方大，几十年下来，他们终于是小有家资，这番回来，还带来不少的赈灾款项。他们来得挺气派，想要再在这城里走走看看，府衙里那一班子人立马停了当天的公事，一路作陪。衙门里的几块喝道牌子也用上了，又是肃静又是回避，一路还打着响锣，整个城里的人都围在街两边看热闹。这气氛，无端又使我想起那时候杀人的情景，都有这么热闹呵。正无头无脑地想着，这一帮子人就行过了王老五的店前。我一时伸长脖子，突地冒出个念头，想看看这人群里面，会不会有长得像郑子善的？

当然是没有，我仔细地看了又看，里面的人我一个也不认得。

在我周围有个通晓事物的家伙，一一细数着这帮人的家薮渊源，听来听去祖上都是称过王的。大伙儿听了他的说教再一看，都啧啧地感叹，这些人物长相就是跟一般的人不一样，气派非凡天生异秉呵。

他们穿缎着锦，戴着金银饰物腰里还挂着大块大块的玉，个个都像人物。这时我旁边有一对苗人，看上去仿佛是爷孙。那小的止不住地惊羡，说，他娘的还是造反好啊，就是被抓了，也弄到那边去活出个人物来。那老些的二话没说，甩手给了孙子一巴掌，道，你就看到这些个人穿金戴银，你没看到那些年北门城上人脑壳挂了一串一串，三五天一换多少年都没断过，尸臭十几年都没散去。那小的就不做声了。

有时天气好的话，我会散步散到西郊太阳冲去，看看那几蔸卷柏树。有一年我老婆翻箱底，找出当初被打下来的那份供单，写得很长，足有七八页纸。第二年我就带着这份供单，在郑子善的坟前化了。现在有些后悔，有时想再看一看那份供单，也看不着了。最后交上去并通过了的那份供单，我写得相当敷衍，寥寥几句就搪塞了过去，走一走形式。当然，这样的供单，是休想拿到任何赏钱的。我留了一份底子，这份底子倒一直都在。

上面就写了这些话：

郑子善供：小的郑子善，年四十有七，直隶霸州人。父母俱故，妻子郑葛氏，下江茂州人，下无儿女。小的本是游走硝匠，靠给各地山民硝制板皮为生。乾隆四十四年冬月到得永绥厅天星山灯笼寨做活，因当地苗人捕获兽物颇多，小的一时也居住下来。后灯笼寨主事的石贵三要小的为其造办火药，小的图着多有些营生，便应承下来。自后若干年，一直在灯笼寨造办火药，不曾外出。五十八年灯笼寨的苗人突然闹事，石贵三称王，小的也明白不是正事，寻思着脱离苗人，另找出路。无奈苗人不允，管住小的，要小的仍旧为其办事。嘉庆三年，灯笼寨子被官兵放药炸溃，小的当晚随着乱苗们四下逃散。后二日到得龙牙冲子，见有守卡官兵，原打算混过关去。不想先前被逮的降苗认出了小的，告与官兵，将小的拿住。

问：你在苗寨日造火药二十余锅，就应知其已存反叛之心，为何仍不幡悟，助其滋事？

供：小的一向做些无本营生，全凭些许技能，哪里多管他人有何企图，只顾着糊口罢了。石贵三不扣小的工钱，小的只认他是好主，依其所说去做事便成了。何况苗地苦寒，不宜耕作，但兽物极多，苗人向来有打牲习俗，小的也不便多有怀疑。

问：可有随乱苗下山扰民之事？

供：小的不敢。

问：可有为乱苗谋划出策？

供：小的只知做活，哪懂谋划。

问：可有随乱苗杀戮官兵之事？

供：小的不敢。

问：以上所述，俱是实情？

供：已是即死之人，又何必妄言。

（原载《江南》2006年第4期）

作者简介：

田耳，本名田永，湖南凤凰人，1976年生。有作品发表于《收获》、《人民文学》、《芙蓉》、《联合文学》等杂志。曾获第十九届台湾联合文学新人奖。

成人礼

温亚军

吃晚饭时，女人说，上河湾的伍师达这几天要来，儿子已经七岁了。男人正埋头用心地吃拉条子，他喜欢吃拉条子，面劲味道足。他嘴里嘴外都是没扯断的拉条子，呼噜呼噜的声音像打鼾似的。嘴里塞满了拉条子，没有说话的空隙，男人抬头看了女人一眼，明白女人的想法，他没有响应，又继续埋头吃起来。女人心里不悦，看着男人狼吞虎咽的吃相，暗怨道，好像八辈子没吃过拉条子，饿狼似的！女人心里埋怨，却没有责怪男人。男人是家里的主心骨，地里、圈里的活，出来进去都靠他一个人。自从有儿子后，男人就不叫女人去地里干活，她只负责在家带儿子、做饭，偶尔也帮男人给圈里的马羊添把草料，干一些离家近也不费力气的活。儿子缠人得很，女人上个茅房都跟着，像她的尾巴一样，甩都甩不掉，女人哪都不能去，整天窝在家里，烦透了。男人没有单独带过儿子，体会不到女人这份烦恼，他认为，女人在家带孩子天经地义。

一大盘拉条子吃完，男人伸出舌头把盘子里的汤汤水水舔干净，又端起女人早准备好的一大碗面汤，试了试温度正好，咕咚咕咚一口气灌进肚子，才满足地用手抹抹嘴，掏出一支烟点上抽了一口说，你说的是儿子的虚岁，他离成人还差一截呢。

女人说，到年底不就满七岁了？上河湾的伍师达难得来一回呢。

男人站起身说，到年底再说吧，不就行个割礼么，离了上河湾的伍师达，儿子就不能成人了？

女人白了男人一眼，都说上河湾伍师达的手艺好，人家可是区长请来给他儿子行割礼的，好多人都想着沾区长这个光呢。

男人不高兴了，没好气地说，我就说呢，你这么心急，原来是想着给区长那条老骚狗捧场……

女人手中的湿抹布飞过来，砸在男人的脸上。

区长曾叫人从卫生院的值班室里光溜溜地捉过奸，祖宗八代的人都丢光了，可有些女人说起区长来，像是他给祖宗增光了似的。

男人的女人不是那种女人，他知道把话说重了，便抹了一把脸上的油腻，弯腰捡起地上的抹布放在桌子边，默默走出屋子，去马圈拌草。

碗筷摆在锅台上没有洗刷，女人钻进被窝把自己裹起来，一个人先睡了。儿子趴在炕沿上推母亲，叫她给自己洗脸，然后讲故事。女人被儿子推得摇来晃去，就是不吭声。

男人进来看到眼前的情景，知道老婆给他怄气，他一点都不生气，把脏兮兮的儿子拉下炕，弄些热水胡乱洗把脸，叫儿子脱衣去睡觉。男人上上下下地把自己洗净了，回来见儿子还坐在炕上，没有脱下一件衣服。儿子是在等母亲给他脱呢。男人突然间来气了，冲儿子吼了一声，儿子吓坏了，嘴角抽动着，眼里泪光闪闪，但没有哭出声。儿子带泪的眼怯怯地望着父亲，就是不脱衣服。男人气愤地抓过儿子，粗暴地几下扒掉他的衣服，把他塞进老婆旁边的被窝里。儿子这下才开始哭，小身子在被子下面一耸一耸的，很压抑，像是受了多大委屈似的。

女人转过身看了一眼身边的儿子，又看了一下男人，转回身搂着儿子睡。女人在乎了，男人的气消了一大半，他关掉灯脱掉衣服，侧躺在女人身边，伸手去揽女人。女人裹着被子的身子拧了一下，把男人的手甩掉了。男人在黑暗中摇摇头，笑了一声，又去抱女人。女人这回没有把男人的手甩开，像征性地挣扎几下，被男人扯开被子抱在了怀里。男人的手顺着女人的衣服钻进去，女人的身子扭动着，转过身来，恶狠狠地对男人说，一边去，我心里正想着区长呢。

男人嘿嘿笑道，去他妈区长，我知道你连正眼都不会看那个老骚狗的，他算啥东西。我是图嘴上痛快呢。

男人这么一说，女人的气全消了，说，你痛快过了，现在该说正事了吧。你刚才都看到了，儿子依赖到了啥程度，这么大了，衣服全靠我给穿脱，越长越小了。

男人叹口气说，是不像话，我小的时候可不是这样。

那你同意这次给儿子行割礼了？

男人抽出手来，解着女人的衣服说，这次下次还不都一样，迟早都得割。只是——和区长那个老骚狗的儿子一起割，我心里不舒服……

这阵子秋收，地里活忙，男人干上一天的活，总要拿女人解解乏。女人不再固执，一边动手解自己的衣服，一边说，他割他的，咱割咱的，各不相干，你不是说，这次下次都一样，那就这次割吧，咱图的是上河湾伍师达的手艺。

男人不吭声，手上使劲把女人胸口的衣服褪下。女人一把拨开男人的手，扯过衣服掩住胸口，对男人轻声说，儿子还没睡着呢。

男人抬起身，凑到儿子跟前看了看，儿子玩一天累了，哭够早就睡着了。男人迫不及待地又扯女人的衣服。女人坐起来自己褪尽身上的衣服，嘴附在男人耳边，小声说，你等等，我去洗洗。男人身上呼地一热，哪还等得急，扯住女人，不让她下炕，可女人一挣脱，鱼似的哧溜跳下炕，闪着白光走了。

地里的庄稼收完后，剩下的活就是把收回来的玉米秸和干草码起来。这个活得两个人干，一人站在草堆上码，一人往上面丢。女人扎一条大头巾，帮男人码草，男人丢上去几个草捆，又跳上草垛去码好，才给女人说，你看我一个人能弄这活，你还是去给儿子的成人礼做准备吧。女人扯下头巾，看着男人上蹿下跳挺自如，想着儿子的事比码草重要，便给男人提来一壶奶茶，带儿子去镇街上买东西了。

先得给儿子买身新衣服。女人心细，在镇街上转了半天，打听到区长给他儿子买的衣服，咬咬牙给自己的儿子也买了同样的一身。她家的日子不如区长家好，但她不能让自己的儿子在成人礼上输给区长儿子，穿同样的衣服，又是一个伍师达行的割礼，她儿子不比区长的儿子差，这样一来，她的心里才平衡。

只是，在给行割礼的伍师达买礼品时，女人动起别的心思，本来该买一双皮鞋的，她却买了一顶帽子。在镇街上转来转去，女人发现，好点的皮鞋都要一百多块钱，差点的又拿不出手。就在她犹豫不知道要不要买好点的皮鞋时，她看到了那顶羊羔皮帽子，颜色极纯，黑得利利落落，又庄重又富贵，一看进眼里心里就熨熨帖帖的。她一下子喜欢上了这顶帽子，一问价，才三十块钱。女人毫不犹豫选择了这顶羊羔皮帽子。买到自己满意的东西，又省下了钱，女人心里高兴，没想给自己买什么，却想着给自己男人买点啥东西。在街上又溜达几个来回，除过给男人买了一公斤莫合烟外，竟想不出还能买别的啥。男人的衣服不用买，还没到过年的时候呢，他是个怪脾气，现在买了，他认为是浪费，不会过日子的人才这么浪费呢，他一定会发火的。男人一年到头，地里家里地忙碌着，是家里的支柱，该给他买点啥东西才对。买啥呢？女人犯愁了。

思忖来思忖去，最后，给男人买了一条红裤带和红裤衩。来年就是男人的本命年，女人想着先把这东西备下，免得到时忘记。

天将黑时，女人心满意足地带着儿子背着东西回到家。一进家门，见男人在吃冷馍，知道男人已饿得撑不住了。女人连连向男人道歉，把包袱塞进男人怀里，赶紧去洗手做饭。

男人吃着冷馍，在炕边打开包袱，边吃边翻看女人买的东西。男人先翻看儿子的衣服，回过头问了女人价钱，他认为值。儿子毕竟是过成人礼，一生就这一次，是得好点。看到给伍师达买的羊皮帽子，男人很满意，知道了价格，更是对女人大加赞赏，好像女人干了一件不得了的事，把女人夸得有些不好意思，脸红彤彤的，不住地拿眼瞄男人，心里满是欢喜。男人拿起帽子准备往自己头上戴时，发现帽子里的红裤带和红裤衩，或者是鲜红的颜色过于扎眼，男人的眼睛一瞬间被刺得睁不开。他把这些东西掏出来打开，眼前更是一片跳跃的红色，像一把正在熊熊燃烧的火苗，蹭地一下，把他心里的怒火点着了。男人连问都没问，极冲动地把红裤衩和红裤带揉成一团，扔向女人，冷笑道，好啊，你个不要脸的，说是给儿子行割礼，却给伍师达连这种东西都买好了，原来你早就认识他，我就说呢，你怎么非要这个时候给儿子行割礼，敢情不是为儿子，是为你自己！

正在和面的女人还沉浸在男人对她的赞赏里呢，哪里想到男人会突然翻脸，她大吃一惊，不明白怎么把他给惹了，等看清扔过来掉在地上的东西，火气噌地蹿上来，推开面盆指着男人骂道，你是眼瞎了咋地，不看看这是派啥用场的？不会看还不会问？胡乱发啥脾气。过年就是你的本命年，这是给你本命年用的！

火焰被女人的话浇灭了，男人愣愣地看着女人，他这时的处境很尴尬，想笑笑不出来，道歉说不出口，脸上的表情讪讪的。好久，男人才想起要给自己辩护一下。这……我……我的本命年不是已经过完了吗？他说这话时犹犹豫豫，底气明显不足，可见，他心里还是明白自己本命年的。

你也不问个青红皂白，就骂我，你不是不承认儿子的虚岁吗，咋把自己的虚岁过得这么踏实……

我……我……男人心虚，说不出个所以然来。

谁知道你一天到晚脑子净瞎想啥呢，你自己瞎想也就罢了，还老把我想得不干不净，当我什么人呐？

女人伤心，丢下面盆，干脆不做饭了。她越想越气，渐渐地哭了起来。从一提起给儿子行割礼开始，男人就不给她气顺，她做错什么？她为谁呢？女人越哭越觉着这委屈受大了，一头扎到炕上使劲狠哭起来，一直哭得黑天夜地。

哭够了，女人躺在炕上摆出罢工的架势，无论男人说啥，她都不吭声。男人没法，只好给儿子弄点开水泡馍一吃了事。

这次，男人没有把女人哄转。第二天，男人躲着女人的目光，感觉很别扭。

女人不顾这么多，哭过了，所有的不愉快都随泪水一起流掉了，什么都不往心里去，该干啥干啥，她还指使男人去打听上河湾伍师达到来的具体日期，给儿子割礼能排上第几名。区长出面请的伍师达，应该去问区长，男人没去找区长，在外面转了一圈，回来说，排不排名都一样，反正都得做，早一个晚一个不太重要。女人却不行，见男人不把这排名当回事，自己专门跑去找区长。回来的时候，女人一脸喜悦，说区长其实人不坏，满口答应给她排在第二名。有那么多的孩子等着行割礼，区长却能把她的儿子排在第二，女人觉得很有面子，心情自然很好，甚至还有些暗暗的得意。男人却不这样认为，他才不稀罕呢，见女人愉快的样子，心里不舒服，说出来的话像含着鱼刺似的，把女人刺得身心不舒服。两口子闹起别扭，一个不搭理一个了。

秋收结束，上河湾的伍师达来了。

区长的儿子行成人礼，算是件大喜事，想巴结区长的人都来贺喜，当然不能空着手来，他们送来的礼品有衣服、被面、毛毯。礼送得重的，有肥羊，还有送小牛犊的，送这些礼的人大多有求于区长，或者是讨好区长，平时想巴结找不着机会，这下给逮着了。区里的那些干部凑份子，买了一匹枣红色儿马，才两岁的口，这是送给区长儿子最贵重的礼物。区长很高兴，酒席摆满一院子，比普通人家结婚都要大。一时间，区长家人欢马叫，像集市一样热闹。这热闹的欢叫声，却掩饰不住区长儿子的哭叫声。他被伍师达手中行割礼的刀子吓得尿都出来了，但没有人去注意区长儿子的哭声。这哭声是长大成人的标志，吉祥着呢。

转天，给男人的儿子行成人礼，他家没有区长那么排场。男人杀了两只羊，炖一大锅肉，摆了两桌酒席，贺喜的亲戚朋友来了一屋子，也够热闹的。

可是，区长儿子行割礼时那声嘶力竭的哭声，早把男人的儿子给吓坏了，要给他行割礼时，却找不着他的人。伍师达把行割礼的家什摆好，要他们把儿子抱过来时，男人和女人一直忙着招呼客人，偏偏忽略了真正的主角，这会儿急了，奔来跑去喊叫着儿子的名字，把能找的地方找了个遍，也没找着儿子。男人急得眼里冒火星，看自己的女人，眼里劈里啪啦地打火，吓得女人一边找儿子，一边躲自己男人。平时女人专门看管儿子，这会儿子找不见，肯定是她的错。女人比男人更着急，她一直都没有停歇过，儿子添的这份乱，慌得她腿都软了，眼里泪水涟涟，看着挺可怜的。

这个可怜的女人还算幸运，有人在她家的干草堆顶上发现了儿子，女人像看到自己的救星，扑腾着要爬上干草堆抱儿子。草堆又高又大，女人怎能爬上去。有人搬来木梯，女人慌乱地爬上去。儿子在干草堆上蜷缩成一团，眼里是汪汪的泪水，脸也被泪水弄得花了。看到母亲上来，儿子这才委屈地哭出声。女人抱着儿子下来时，奇怪地想，没有梯子，儿子是怎么上到干草堆上的呢。

男人闻讯跑过来，从女人怀里抢过浑身发抖的儿子，把他送到伍师达跟前。帮忙的人一拥而上，七手八脚帮伍师达摆开阵势。女人取来早煮好的鸡蛋，边跑边剥皮，跑到儿子跟前，把一个囫囵熟鸡蛋塞进儿子嘴里，叫他咬着止疼。

割礼开始了，男人才擦拭一下额头的汗，脸上露出笑容，冲着众人发烟，叫女人从锅里捞肉，开席。

在一片喝酒的混杂声中，男人没管儿子的哭叫声，他偶尔朝儿子那边扫一眼，吆喝着众人喝酒、吃肉。倒是女人，一边忙碌，一边竖着耳朵听儿子那面的动静，儿子的哭声穿过所有的声音，十分清晰地灌进女人的耳朵里，女人的心跟着儿子的哭声一颤一颤的，手下迟钝许多，男人不时地催促她，不一会，她的眼泪止不住涌了出来。大家都在忙着喝酒吃肉谈天，没人注意女人的情绪。只有男人，看到女人的眼泪，他别过头，破天荒地再没有责怪女人。

上河湾的伍师达手艺的确不错，一支烟功夫，他就使一个儿童完成了成人仪式。男人把伍师达让到酒桌上敬酒时，女人抱着还在哭泣的儿子，脸上苦苦的，不知该怎么哄劝儿子，只是把儿子抱得很紧，紧得儿子快喘不过气来，暂时停止哭泣，在母亲的怀抱里挣扎。

吃完肉，喝好酒，伍师达该走了，女人把儿子交给男人，从屋里拿出给伍师达的谢礼。伍师达客气地推让了一下，往自己包里装礼物时，他的眼睛突然一亮，拿起那顶黑羊羔皮帽子戴在自己头上，兴奋地说，这帽子不错，上河湾还没人戴呢，看来今年冬天，我要戴着它出风头了。

苦着脸的女人笑了，就这么一句赞赏的话，女人知足了。她买这顶帽子，算是买对了。

晚上，到了该睡觉时，男人没和女人商量，在大屋里给儿子新搭了个床。女人收拾完厨房进来看到小床，她看了一眼蜷缩在大炕上的儿子，心里不是滋味。按她的想法，要儿子先在炕上和他们一起睡，等他伤口好后再分开。可看男人的表情，女人没敢开口。按理说，行完成人礼的孩子，算是成人了，就得和大人分开睡，如果女人这个时候说出自己的想法，肯定会遭到男人的反对，她还记着白天找不到儿子的情景呢，怕男人骂她。女人默默地铺好小床，去炕上抱儿子。

儿子脸上还挂着泪珠，见母亲来抱他，又哭起来，他推开母亲的手，紧紧抓着被角，好像被子此刻就是他最可靠的支撑似的，他拒绝到小床去睡。女人的心顷刻之间又让儿子的眼泪泡软，她跪在炕上不动弹了。女人想着，就是叫男人骂一顿，还是想让儿子在大炕上睡几天。男人已经走来拨开女人，上炕硬把儿子抱下来，放到小床上。儿子哭得昏天黑地，挣扎着要下床。男人冷着脸对儿子吼道，再哭，就叫伍师达来，把你的小鸡鸡全割掉！

儿子已经领略过伍师达刀子的厉害，害怕伍师达真的会来割他的小鸡鸡，吓得再不敢动，也不敢哭出声，却把哭声压在喉咙里，两只泪眼可怜巴巴地看看母亲，又看看凶神似的父亲。

女人的心碎了，泪水哗地冲出来，她扑过去抱住儿子，和衣和儿子躺在小床上。

儿子哭累了，慢慢地睡了。女人轻轻爬起来，伸展一下酸麻的腰腿，去洗漱完毕，回来又要往儿子的小床上躺时，男人严厉地把她叫住了，回到炕上来！是你要给儿子行割礼，你现在也不能给他开这个头。

女人回头看一眼炕上的男人，男人冷冷地盯着她，好像她是一贴膏药似的，一个不留神，她就会黏到儿子身上不好揭下来。女人看着睡熟的儿子，伸手抹去儿子脸上的泪痕，慢慢地回到炕上，在另一头和衣躺下来。

男人起身关掉灯，脱了衣服要挨着女人睡，女人负气挪开身子，离男人远了点，大睁着眼睛看着黑暗中的屋顶发呆。

儿子睡得一点都不踏实，麻醉药的劲早过了，偶尔会疼得哭上几声。女人只要听到儿子那面稍有动静，就爬起半个身子，在黑暗中往小床那边瞅。每当这时，男人警告的声音会及时响起，女人叹口气，又倒下睡觉。女人一点睡意都没有，她翻来覆去在炕上烙大饼，倒把男人给引了过来。他毫不犹豫地伸手解女人衣服，被女人毫不犹豫地推开，他又去解，显得很有耐心，可女人没给男人机会，她爬到炕的另一头，用被子把自己紧紧地裹了起来。

男人愣了好一阵，才憋声憋气地说，你别趁我睡了，去小床那边，否则我饶不了你！

不一会，响起男人的鼾声。女人等了一阵，才爬起身，正要下炕时，男人突然说道，你干啥？我的话都不听了！

女人的身子僵住了，停了一会儿，她咚地一声，把自己甩在炕上，继续翻过来折过去，折腾了半天，就是没一点睡意，大脑反而越来越清醒。女人的肚子也叽里咕噜叫唤起来，她突然想起，忙乎了一天只顾招待客人，自己竟忘记吃饭，怪不得睡不着呢。一意识到自己没吃饭，她的饥饿感更加强烈，想爬起来去吃点东西，可又担心惊动男人骂她，硬挺着没动。硬撑着睡吧，睡着就不饿了。女人心想。

夜是静谧的，显出小床那边儿子鼻息声的沉稳和安静，还有炕那头男人粗重鼾声的香甜。在两个男人的睡梦里，女人迷迷糊糊睡着了。

女人是被噩梦惊醒的，她爬起来一看，天已经麻麻亮，炕上除过她之外，空荡荡的。她转过头，看到男人半个身子悬在小床边上，盖着一半被子，侧身搂着儿子睡着。

女人的眼窝一热，泪涌出来。她是被男人和儿子的睡相惹出泪水的。

（原载《大家》2006 年第 2 期）

作者简介：

温亚军，男，1967年10月出生于陕西省岐山县，1985年入伍至今，现为武警总部某文学杂志编辑。小说《驮水的日子》获第三届鲁迅文学奖；《硬雪》获首届柳青文学奖。

我就是我想象中的那个人

范小青

老胡跟着老乡从乡下出来，担心自己无法适应，因为他除了种地，什么本事也没有。老乡比他早出来几年，对城里的情况已经有所了解，他跟老胡说，没什么好担心的，那么多只会种地的人都在城里干活，照样把城里人伺候得好好的。那天他们下了火车，就有人来拉他们去参加培训班学手艺。老胡想学手艺，可老乡说，学了手艺你也是乡下人，没用。老乡把老胡带到工地上，让老胡推小车。推车也有技巧，但不算太难。不久老胡就胜任了自己的工作，虽然不算太出色，但也能应付了，再加上有老乡罩着，老胡的日子也过得去了。

工地是经常要换的，过了些日子，老胡他们就换到一个居民区里的拆迁改造工程上去了。在这里做工程要和民居打交道，事情就比较复杂一点，居民丢失了东西不问青红皂白就怪到农民工头上，他们用当地的方言说农民工很多坏话，老胡虽然听不懂，但老胡看得懂他们的目光，穿过小街的时候，他们的目光让老胡芒刺在背，他尽量让自己不去看他们，但他越是不让自己看他们，心里就越慌，好像自己真的偷了他们的东西，他脚步踉跄仓皇地逃过去。老乡说，胡本来，你慌慌张张的干什么。老胡说，他们老是盯住我看。老乡也朝他看看，说，你是大姑娘，怕人家看？

发了工资，老胡到街上去转一圈，他并不买东西，但是口袋里有钱和口袋里没钱，转着的时候感觉是不一样的，老胡要的就是那种感觉。后来有个人要卖一辆半新的自行车给他。老胡一直想要一辆自行车，有了自行车，他就可以到市中心去，也可以骑上自行车去看看在其他工地上工作的老乡。但是这人开价太贵，要五十块。老胡说，我没有五十块。这人就伸手到老胡兜里一掏，掏出两张十块的，用手指一捻，说，就二十吧，便宜你了，老乡。说完拔腿就走。老胡扶着自行车站了一会，才明白自己有自行车了，他乐滋滋地骑回来，还没到工地呢，就被街上一个居民抓住了，说这辆自行车是他家的。老胡有口难辩，连前因后果都没弄明白，就已经人赃俱获了。

事情惊动了包工头，包工头对老胡的老乡说，你介绍来的人，你自己处理吧。老乡回头跟老胡说，我说你怎么老是鬼鬼祟祟的，原来你做贼心虚。老胡说，不是的，我不是贼，是人家卖给我的。老乡说，谁会相信你。我老胡说，可我跟你是老乡。老乡说，老乡又怎么样，就算我相信你，别人也不会相信你，所以我也不能相信你。老胡第一份打工生活就这么简单地结束了。

老胡的第二份工作也是老乡介绍的，当然那是另一个老乡。老胡到一家工厂当工人，在流水线上做零件。老胡进来以后，老是担心那个老乡会把自行车的事情告诉这个老乡，因为老乡和老乡之间会经常碰面的。老胡就时不时地向这个老乡试探，你见过那个老乡吗？他跟你说过什么吗？他说我什么吗？弄得这个老乡对老胡疑疑惑惑，说，胡本来，你在那边犯了什么事情吗？老胡赶紧问，我犯了什么事情？他说我犯了什么事？这个老乡更怀疑了，说，你犯了什么事你自己心里最清楚。老胡答非所问说，我不是被他们赶走的，我是自己主动走的。老乡警觉地看了老胡一眼，不再和他说话了。

有一天车间里一个工人做的零件少了，就在车间里乱怀疑，一会说是张三，一会说是李四，弄得大家都很不高兴。大半天老胡一直神魂不定，老是在老乡身边转来转去，老是问，查出来没有？查出来没有？老乡看老胡慌慌张张的样子，就跟他说，胡本来，你要是拿了，就还给人家。老胡心里“咯噔”了一下，他猜到这个老乡已经和原先工地上的那个老乡见过面了，他们已经说过他的事情了，所以这个老乡会怀疑他，老胡急了，赶紧说，你不能听他的，我没有偷自行车。这个老乡听了，脸色很不好看，说，想不到你还有这样的事情，怪不得我老觉得你鬼鬼祟祟的，我就知道你有什么事情瞒着我。老胡说，他不了解情况，他相信别人不相信我。老乡说，胡本来，你真是做贼心虚，自己说漏嘴了，我根本就没有碰他，我都大半年没跟他联系了。老胡更急了，说，你误会了，你误会了，自行车是人家卖给我的。老乡说，谁会相信你？最后老乡说，我不跟你说了，反正车间主任一会儿要来调查零件的事情，你自己跟他说吧。

这一下把老胡吓得不轻，老胡赶紧去上厕所，但他一去就再也没有回来，他逃走了。

这都是好多年前的事情了。所以确切地说，这些事情以及其他许许多多的事情不是老胡的经历，而是小胡的经历。小胡跟着老乡进城的时候，还不到二十岁。后来小胡慢慢地变成了老胡。小胡在变成老胡的过程中产生了某些感悟，这些感悟是生活教给他的。比如车间里缺少零件的那件事，明明是组长干的，但因为组长是师傅，大家的活都是他教会的，而且他自己干活又快又好，是大家的榜样，所以没有人会怀疑他，怀疑了别人也不会相信。在长长的岁月中类似的种种事情教育了老胡，让他知道，当年老乡带他进城的时候，说手艺没有用，这个说法是错误的。

于是老胡怀着正确的想法，重新回到了开始。

一

现在老胡重新回到了火车站。火车站的广场比过去大了几倍，农民工短期培训班的招牌也比过去多了几十种，可到底应该学哪一种手艺，老胡拿不定主意，只觉得心里乱纷纷的。后来老胡就被一个人喊住了，这个人看上去很憨厚，他握了握老胡的手，说，喂，老乡，参加我们的“绿色通道”培训吧。老胡不知道“绿色通道”是什么，呆呆地看着他，这人就朝老胡眨眨眼睛，从口袋里掏出一把钥匙，又拿着钥匙做了个手势，老胡眼里是看明白了，但心里仍然糊涂着，老胡说，什么，你说什么，开门？这个人就笑了，他拍着老胡的肩说，老乡，你是聪明人，三千块怎么样？三千块保你三天之内学会，我们还配发工具。老胡说，什么工具？这个人说，你说什么工具，要打开人家的锁，要用什么工具呢？老胡说，钥匙？那个人说，对，就是钥匙，我们不仅培训你技术，还给每个学员配发一把钥匙，有了我们的技术，再加这把万能钥匙，天下就没有打不开的门，你想进谁家就进谁家，这大千世界，不都是你的绿色通道吗？老胡听出了一身冷汗，才知道这是培训当小偷的，老胡吓得二话没说赶紧逃开，逃出好长一段路，才敢回头看看，发现那个人根本没有盯住自己，他早已经瞄上了新目标，老胡的心还乱跳了好一阵。

老胡在那里还看到其他一些奇奇怪怪的培训，比如教人应聘时怎么说话，他们还自编一本书做教材，老胡翻了翻那本做样板的书，看到上面有一些自相矛盾的话，比如前面刚说应聘时要正视对方的眼睛，一会儿又说，要低下你的头。老胡看了，站在那里愣了半天，心里犯糊涂，不知道这些是什么意思。拉生意的人跟老胡说，不难的，你只要把书上的内容背出来，再用到行动上，你就能应付天下所有的招聘了。老胡想了想，觉得这个说法不可靠，应付了招聘有什么用，招聘进去了，你没有本事，还不一样被人怀疑，最后给人家赶出来？还有一处是教人怎么做月子保姆的，这里以女的为多，老胡听到那个人在对她们说，月子里小孩要是哭闹，可以放一点点安眠药在奶粉里，让孩子睡觉。

老胡最后选择了一门实实在在的手艺——烹饪。老胡小的时候，村里有人家要办红白喜事了，都从镇上的饭店请大厨子下来烧菜。从小老胡的心目中就留下了大厨子的深刻的印像，大厨子的手下总有好几个人给他做下手，洗菜的洗菜，切菜的切菜，端盘子的端盘子，一个比一个巴结大厨子，大厨子一声吆喝，几个手下争先恐后围着他转，使得童年的老胡觉得大厨子简直就是部队的首长，他做菜的时候，就像首长在指挥打仗。

老胡的天赋这时候还没有展露出来。在培训班上，他也和大多数人一样，显得笨头笨脑，手脚也不灵活，不是烧焦就是夹生，不是太咸就是太淡，还有一次老胡一失手将半瓶子醋倒进锅去，老师罚他，让他自己吃下去，老胡差点酸掉了大牙。这么折腾了十五天，学期就结束了，老胡拿到一张盖了红印章的结业证书。

老胡现在心里有底了，他有了证书，有了手艺，再去应聘时，老胡把那张证书举在手里，老胡还叫嚷着，我有证书的，我有证书的。这样一来，就显得老胡很鹤立鸡群。大家都过去关心老胡，但也有人不相信老胡，他用警惕的眼神打量老胡，把老胡的证书接过去瞄了一眼，就说，造得这么烂也敢拿出来骗人？老胡急了，说，不是造的，证书怎么能造呢。大家笑话他说，证书怎么不能造，人都可以造。老胡又说，我这上面有红印的，你们看，这个鲜红的红印。有一个人比较同情老胡，他跟老胡说，买个萝卜就能变成红印，没有人会相信你的红印。最后大家都走开了。

老胡慢慢地明白过来，他引以为骄傲的那张证书反而害了他，人家看到证书就认定他是伪造的。一个伪造证书的人，谁敢要他？老胡觉得很冤，不花血本学手艺，人家不信任他，花了血本换来的还是一个不信任。老胡只好把证书藏起来。可是没有证书，别人又怎么相信他会烧菜，他们说，你说你会当厨师，谁相信你？他们连个试一试的机会也不会给他。正所谓三条腿的蛤蟆难找，两条腿的人太多了。

老胡遭到嘲笑的时候，老顾也在这里，他急于要招一个厨子，他也过来看了看老胡的证书，觉得像是假的，就走开了。可老顾在人才市场转了两天，除了老胡，就没有其他人可选了，老顾只好又转了回来。老胡一眼认出他来了，惊喜地说，老板，你来过的，你昨天来看过我，你看我怎么样？老顾说，我没得挑，你跟我去试试吧。他们到了老顾的饭店，老顾让老胡烧一道家常豆腐。连老胡自己也没有料到，他的厨师天赋就从这里被开发出来了。大家尝了老胡的豆腐，感觉特别新鲜，也特别奇怪，一时竟下不出准确的评语，过了好一会，老顾说，老胡，你介绍介绍经验，怎么烧的？老胡战战兢兢，老老实实地说，就是乡下烧法，就是乡下烧法。老胡的话一下子启发了老顾，老顾一拍巴掌说，胡师傅，你的思路是正确的，我的饭店今天就改名，就叫"乡下烧法"。老顾的思路也是正确的，现在城里饭店如林，要想在许许多多的饭店中占得一席之地，就要有自己的特色。大家吃多了广东菜四川菜，也尝遍了山珍海味，忽然就想起从前了，就想要回到朴素的年代，"乡下烧法"正好迎合了大家的趣味，给他们的回忆找到了落脚的地方。

老胡自己都没料到，他成了一位远近闻名的大厨，他受到老板的倚重，也受到大家的尊敬。还有人想来挖老顾的墙角用高薪聘走老胡，但老胡知恩图报，他不会走的。老顾也是讲义气的人，他感激老胡的忠心，给老胡加了工资，皆大欢喜。

过了些日子，饭店的冷盘出了点问题。起先店里的人并没有发现，是一个常来吃饭的回头客发现的，他说他已经留心注意了好几次，凡是荤的冷盘，分量总是比以前见少。他怀疑老板生意做好了，心反而黑了，克扣了冷盘的分量。可老顾是个会做生意的老板，他不会因小失大。那天老顾把大家招呼过来谈一谈，别人都坐下了，惟独老胡不肯坐下，他一坐下心就慌，可站在那里呢，腿肚子又打软。老顾还没有开口，他就抢先说，老板，不是我吃的，你不要怀疑我，我要是偷吃了，我会长得很胖，你看我现在不胖吧，一点也不胖，是不是？老顾觉得老胡的思想很奇怪，说，那也不见得，有的人是吃煞不壮，有的人呢，喝凉水也长肉。老胡慌了，说，果然的，果然的，被我猜着了，你真的在怀疑我。老顾说，我没有怀疑你，是你自己在怀疑自己。再说了，我这店，就算有人偷点熟菜吃，也吃不穷我。老胡说，我听得出来，你还是在怀疑我，你怀疑了我，又来安慰我。其实本来老顾也没有小题大做的意思，他把大家叫过来，只是敲山震虎，吓唬吓唬偷嘴的人，好让这个人自觉地改掉偷嘴的毛病，不料老胡引火烧身，把事情惹到自己身上，就把事情搞混了，真正偷吃的人反而可以混水摸鱼躲过去了。老顾气得说，算了算了，不说了，大家该干什么干什么去吧。大家从屋里散出来，看到洗碗的小月正闷着头蹲在院子洗碗，一个小伙计说，咦，小月，你怎么不进来开会？小月的头闷得更低了，也不回话。老顾也奇怪了，走过去说，小月，你怎么啦？你听见没有？小月光是点头，仍不开口，腮帮子却鼓得满满。老顾说，小月，你嘴巴里有什么？小月脸涨得通红，紧紧闭着嘴。老顾说，你张开来我看看。小月逃不过了，只好张开了嘴，嘴里塞得满满的，全是红彤彤的赤烧肉，还没来得及嚼碎了咽下去。老顾说，原来是你。小月含着一嘴的赤烧肉，眼泪叭啦叭啦地往下掉，老顾说，你哭什么，我还没说你什么呢，你就哭啦。老胡在一边拍着胸说，吓坏我了，吓坏我了。老顾回头看他一眼，说，你吓什么？老胡说，还好不是我，还好不是我。老顾说，你怎么觉得会是你呢？老胡说，因为我太可疑了，熟菜都是从我手里出去的，我是第一道关，我是最可疑的人。老顾说，那是你自己说的，我可没这么说啊。

　　老胡的一些老乡经常来看老胡，他们从前和老胡一起从老家出来，但没舍得花钱去学手艺，现在只能在建筑工地做小工，风吹日晒的苦不说，走到东走到西，都是在别人怀疑的目光中，像夹着尾巴的过街老鼠。现在他们常常跑到老胡这里来眼红老胡，他们以为老胡会招待他们吃一顿，可老胡跟他们说，你们没事情少来找我，你们老来找我，万一这里出了什么事情，老板会怀疑我的。他的老乡很不满意，说，皇帝还有三门草鞋亲呢。老胡说，那你们找皇帝去吧。

有的老乡就生气不再来了，但也有的老乡还是会来，只是他们比较尊重老胡的意见，先摸清老板的生活规律，拣老顾不在饭店的时候来找老胡。有一个姓李的老乡，老是来找老胡借钱，老胡借过他几次，但他不还，不仅不还，下次又来借了，而且来的时候，以前的事情就不提了，好像从来没有借过老胡钱一样。老胡知道借出去的钱永远是有去无还了，就开始拒绝他，他就走了，但第二天又来了，又好像昨天根本就没有来过，好像老胡根本就没有拒绝他。他来了，就朝门口地上一坐，也不说话，小伙计就进去喊老胡，胡师傅，你老乡来了。老胡出来一看，又是他，老胡说，你怎么又来啦，你昨天不是来过了吗？老乡说，我昨天来过了吗？老胡说，你别跟我装蒜了。老乡说，我没有装蒜，我确实是记不得了，因为我急需用钱，这几天到处找老乡，结果都跑糊涂了。老胡说，你怎么永远是急需要用钱的呢？我昨天已经告诉你了，我没有钱，我们这个月的工资还没有开呢。老乡就走了。到了明天，老乡又来了，说，老胡，你们发工资了吗？老胡说，没有发呢，就算发了工资，也轮不到你用，我孩子今年上学了，学费还欠着呢。老乡好像愣住了，过了好半天，才说了一句，你孩子也上学啊。

二

老胡和店里的小伙计一起住，半夜里有警车从街上经过，拉了警笛，老胡就会惊醒过来，把小伙计也弄醒了，说，听，又抓人了。小伙计要睡觉，不想听，老胡不让他睡，跟他说，你说这一回抓谁？小伙计不高兴地说，反正不是我。老胡说，我知道不是你。小伙计用被子蒙住头不再搭理老胡，老胡叹息了一声，说，其实只要稍等一会，它还会响的，现在是去抓，等一会抓到了还会回过来。小伙计伸出头来说，我等它干什么？老胡说，你听着它半夜叫起来心里不害怕吗？小伙计说，我害怕什么，我又没有犯法。这么一说一闹，把小伙计的睡意弄跑了，小伙计再也睡不着了，就跟老胡生气，说，你下次再半夜叫醒我，我就不跟你睡了。老胡说，好吧，我再也不吵醒你了。可到了下一次，警笛响起来的时候，老胡又慌慌张张地推醒了小伙计，说，来了，来了，它又来了。小伙计没办法了，就去跟老顾说，要分开住。老顾说，你还想睡单间啊？小伙计说，可是他老不让我睡觉，半夜就叫醒我，叫我听警笛。老顾也不解，去问老胡，你想干什么？老胡紧张地说，我没干什么，我什么也没干。老顾觉得老胡表现有点反常，老顾说，老胡，你是不是心里有什么事情没有说出来？你看不看报纸，报纸上说，心理压力太大，会出问题的，你有什么事情就说出来吧。老胡慌道，我有什么事情，你知道我有什么事情？老顾说，你的事情要你自己说出来的。老胡脸色煞白，结结巴巴地道，老板，是不是我老乡跟你说什么了？老顾说，你老乡，哪个老乡？我不认得你老乡。老胡这才赶紧闭了嘴。

这一年快到年底的时候，老顾家失窃了，损失惨重，公安部门侦查了一段时间，却没有查出什么线索，案子就暂时悬着了，因为年底时案件太多，警察们忙得顾此失彼。

查案子的那一阵，店里人心惶惶，人人自危，等到警察撤走，大家就轻松多了，连老顾自己也松了一口气，虽然案子没有破，但至少日子又恢复了正常，饭店仍然开下去。惟独老胡仍然惶恐不安，一直疑神疑鬼，眼皮老是跳个不停，他甚至都不敢看老顾的眼睛，老觉得老顾在怀疑他，但是如果老顾不看他，他又心慌得不行，以为老顾是查到什么证据了，所以不再试探他，老胡越想越觉得自己像个贼，最后他没有办法了，伸出手重重地打了自己一个耳光，说，你慌什么慌，是你偷的吗？老胡自打耳光的事情被小伙计看到了，他问老胡为什么要自己打自己的耳光。老胡说，小时候班级里有同学丢了橡皮，你会不会觉得是你偷的？小伙计说，会的，会的，我的同桌少了一支铅笔，我告诉他是我偷的，其实不是我偷的。老顾正好走过来，老胡赶紧说，老板，我们没有说什么啊。老顾莫名其妙地看看他们，说，你们没有说什么？什么意思？难道在我店里工作，连说话都不可以，我有那么凶吗？老胡当时吓得脸都白了。后来老顾的一个朋友来找老顾谈事情，他们坐在店堂里叽叽咕咕地说着话，老胡忽然就走过来冲着他们说，你们是在说我吧？老顾说，说你什么？老胡又赶紧走开了，弄得老顾和他的朋友都觉得他怪怪的，那朋友问老顾，他什么意思？老顾说，我也搞不清楚，这些天他一直这样怪怪的，我觉得他有什么不可告人的事情没有说出来。朋友说，从什么时候开始的？老顾说不清，只觉得就是最近这一阵的事情。朋友的思路比老顾清楚，他对老顾说，你想想，会不会和你家的失窃案有关系？朋友这一说，老顾倒惊了一惊，回想起来，老胡的种种奇怪，确实是从他家失窃开始的。老顾把小伙计叫过来问，小伙计说，我看到老胡自己打自己的耳光了，他还说，为什么别人丢了东西自己会心虚。小伙计走后。朋友劝老顾去报警，老顾说，警察已经来过了，问老胡的时候，老胡说他没有偷，他还哭了。朋友说，哭也不能证明他没有问题。老顾说，警察说过的，现在是暂时搁一搁，案子还没有结，他们还会再来的。朋友说，等他们再来的时候，你要把老胡的不正常的表现告诉他们。老顾说，我知道了。

老胡好像比老顾还盼望警察再来，他嘀嘀咕咕地说，咦，奇怪了，他们说过两天还要来的，怎么到现在也不来，他们会不会不来了啊？小伙计说，胡师傅，你希望警察来吗？老胡两腿一打软，抓住小伙计的肩说，万一警察来了，万一警察把我带走了，你帮我把这个月的工资领了寄给我老婆。小伙计说，警察为什么要把你带走，你是贼吗？老胡愣了愣，又“啪”地抽了自己一个耳光，嘟哝说，警察为什么要把我带走，我是贼吗？可我不是贼呀。小伙计见老胡老是打自己的耳光，有点怕他了，躲得他远远的。老胡自己也搞不清楚为什么这么紧张，晚上躺在床上，翻来覆去地睡不着，侧耳倾听着外面的每一点动静，好像就专心在等着警车上的警笛响起来。一天早上醒来，小伙计跟他说，胡师傅，你昨天晚上你梦见老乡了？老胡猛被一吓，脸都有点白了，说，你知道我做的梦？小伙计说，你说梦话了，我听不太清，好像说的老乡。老胡说，老乡什么？小伙计说，我没有听见你说老乡什么，胡师傅你不用紧张的，这是说梦话呀。老胡这才感觉到自己的紧张，手心都有出汗了，赶紧把手掌在裤子上擦了擦。小伙计又说，胡师傅，你可能想念你的老乡了吧，小时候我听我奶奶说，想念谁了，就会做梦梦到谁。你老乡好久没来了。老胡说，哪个老乡？小伙计说，咦，就是那个你最怕的，他来了你就要躲起来的，向你借钱的那个。老胡“啊”了一声，心口好像中了一拳，他想起了那个叫李富贵的老乡。

李富贵老是来找老胡借钱，开始借到一点，后来因为老是不还，老胡就再也不借给他了，他空跑了好多趟，最后都是空手而归，有一次他都差点给老胡下跪了，他还向小伙计借钱，也没有借到。李富贵总是说，我急需钱用呀，我急需钱用呀，你们帮帮忙啊。可是没有人帮他的忙。老胡跟小伙计分析过，李富贵肯定是赌上了，一旦赌上了，那是无底洞，比嫖还厉害，别说他跪下，他死在你面前，你也不能动心。现在老胡又想到李富贵，想到最后那一次李富贵没有借到钱离开时的眼神，又想起自己曾在李富贵面前吹嘘老顾多么有钱等等，想着想着，老胡就打了个冷战，一个不好的念头冒了上来，他伸手又要打自己的耳光了，但是发现小伙计正盯着他，他没有下手，把手收了回去，但那个念头却牢牢地占据了他的思想和灵魂，怎么也甩不掉了。

老胡连个招呼也不打，就偷偷地跑出去，他跑到李富贵原先所在的工地一打听，才知道李富贵早就离开了，他嫌这里工资太低不够开销，谁也不知道他到哪里去做什么工作了。老胡到李富贵住过的工棚，东看看西看看，想看出点名堂来，可他什么也看不出来。李富贵还有一个包留在工棚里没有带走，老胡打开来看看，里边只有几件破烂衣物，还有一个记着几个电话号码的小本子，老胡照这个本子上的电话打过去，多半是打不通的，或者是空号，打通了的也都被告知是打错电话了，如果对方是手机，接手机的人态度会很不好，因为你打错电话，就浪费了他的手机费，还有几个是公用电话，估计也是打工的老乡留下的。

后来老顾守住了老胡，说，老胡，你偷偷摸摸跑出去干什么？老胡慌得说，我没有偷。老顾说，谁说你偷了？老胡说，谁说我没有偷？是不是警察说的？老顾说，警察说你这个人就是心理素质太差。老胡说，警察还说什么了？老顾说，警察说你没有作案时间。老胡说，我是没有作案时间，但是万一我有同党呢，警察没有想到吧，万一我是做内应的呢？老顾觉得老胡真是匪夷所思，他忍不住说，那就是说，这两天你鬼鬼祟祟跑出去，是在和你的同党接头啊，你们是不是在分我的钱啊？老胡愣住了，忽然发现自己给自己设了个套子钻进来了，他气得伸手"啪"地打了自己一个耳光。小伙计说，胡师傅，你这个人心肠软的。老胡说，你什么意思？小伙计说，我小时候听我奶奶说，心肠软的人，才会打自己的耳光。老胡说：为什么？小伙计说，我奶奶说，要是换了心肠硬的人，肯定是打别人，不会打自己的。老胡琢磨了半天，也琢磨不出小伙计话中还有别的什么意思，心里更加忐忑不安了。

经过这一阵的折腾，眼看着老胡就瘦了一大圈，从一个大号的老胡变成了小号的老胡，大家都看着奇怪，说，人家当厨子，个个是越当越胖的，你怎么越当越瘦了？老胡说，我可能是心理负担。老顾说，老胡，你会不会得了什么病，还是到医院查一查吧。老胡心里一感动，差点把李富贵说了出来，可话到嘴边，又赶紧咽了下去，他既担心冤枉了李富贵，又担心没冤枉李富贵。

冤枉了李富贵，他是不仁不义，没冤枉李富贵，他自己就会成为怀疑对像，他和李富贵，不是同党也是同乡。即使不弄个冤案出来，老顾也肯定不会再相信他，他的饭碗也保不住了。老胡两头不能做人，心里有话不能说出来，堵着，所以吃下去的东西，吸进去的油烟，没有长成肉，都变成了精神负担，钻进了他的脑袋，他现在感觉自己的身子越来越轻，脑袋却越来越重了。

三

过了些日子，老胡的老婆孩子也出来了。现在他们一家三口住在城里，干着城里人的活，过着城里人的生活，他的女儿小胡聪明可爱，越长越像城里的孩子。老胡正在想办法把她从民工子弟学校换到城里的小学读书。可是老胡半夜惊醒的习惯仍然没有改变，只要警笛声一起老胡又醒来，跟老婆说，听，又抓人了。老婆说，你这么关心抓人干什么，又不是抓你。老胡说，你怎么知道？老婆睡眼蒙眬地朝老胡看看，翻了个白眼躺下去又睡了。老胡却睡不着，翻来覆去，好像在等着警笛再次响起。去抓人的警笛响过后，如果听不到回来的警笛声，老胡是无法睡踏实的。

到了下一年的春天，派出所来通知老顾，案子破了，叫老顾到派出所去认领东西了。那时候老胡正在厨房炒菜，小伙计进来喜滋滋地说，胡师傅，贼抓到了。老胡吓得手一松，咣当一声，铲子砸到脚背上。小伙计还告诉老胡，贼是个流窜犯，春节前来过，他以为过了春节就没事了，所以春节后又来了，就被抓住了。老胡说，走过的地方又来了，那算什么流窜？他真傻，走过的地方不再去，那才叫流窜，那样就永远也抓不到了，是不是？小伙计佩服地说，胡师傅，还是你有经验。老胡顿时脸色煞白，支吾着说，我有什么经验？我有什么经验？

警察又来了一趟，他们还需要补充一些证明。但这一回警察没找老胡谈话，因为事情跟老胡完全没有关系，再说前边破案时也已经找老胡谈过好几次，他们知道老胡心理素质差，他会无中生有胡说八道，把事情引到自己身上，最后误导警察走入歧途。所以既然没有他的事，他们就尽量不去惹他了。老胡却觉得警察不问他点什么，似乎是有意在回避他，老胡慌了，赶紧跑到警察跟前，主动跟警察说，我姓胡。警察知道他，说，你就是胡师傅啊，我老婆就喜欢吃你做的乡下菜。老胡讨好说，过天我炒几个菜给您家送去。警察的听力很厉害，就这么随便说了几句话，就听出了老胡的口音，警察说，咦，老胡，你也是沟北人啊？老胡说，是呀，沟北魏沟子村的。警察说，魏沟子村？你怎么不姓魏？老胡说，我们那村，也是怪了，姓胡姓王姓李姓张，姓什么的都有，就是没姓魏的。

和警察说过话以后，老胡越想越不对，他去问老顾，他为什么说我是沟北人，他认得沟北人吗？老顾说，他可能在说这个案子吧，那个贼，也是沟北人。老胡说，他叫什么名字？老顾说，好像叫张二什么的，对了，是张二娃，不过也不知道是真名假名。老胡说，张二娃？不认得，不是我们那村子的人。老胡庆幸地想，这个贼原来还真是我的老乡呢，不过还好，我没有把怀疑李富贵的想法说出来，要是说了出来，不是冤枉李富贵了吗？这个李富贵，也怪了，怎么就真的不来借钱了呢。

过了一天，警察又来了，老胡正在厨房烧菜，他看到警察在外面跟老顾说话，但他听不见他们说的什么。老胡想，案子不是破了么，警察怎么又来了，这个警察话怎么这么多？过了一会他又想，会不会因为那个贼跟我是同乡，他们又怀疑我了呢，可是我不认得这个贼呀。

老胡当然听不见，他们正在谈李富贵呢。原来警察最后确认了张二娃是个假名字，贼的真名就是李富贵。等警察走了，老胡问老顾，警察有什么事又来了？老顾说，没什么，在说一个人。老胡说，说什么人啊？老顾说，你又不认识的，跟你没关系。老胡觉得老顾说话含含糊糊，欲盖弥彰，老胡一下子就失控了，老胡说，警察和你说的这个人，就是我吧？老顾奇道，为什么要说你，你有什么好说的？老胡胆战心惊地说，我就是想探听一下，你们在说我什么。老顾生气地说，老胡，你为什么样样事情要往自己身上拉，你觉得好玩吗？老顾不耐烦地责备了老胡几句，但说着说着，他眼睛里的不耐烦渐渐地变成了怀疑，变成了警觉，最后老顾语气重重地说，老胡，你有什么事情干脆坦白出来吧，你再这样下去，连我都要被你弄成神经病了。老顾话音未落，只听“哇”地一声，老胡嚎啕大哭起来，边哭边说，老板，原来你什么都知道，其实连我的老婆孩子都不知道我是谁，可是你知道的，我知道你从一开始就知道我。

老胡的老婆和女儿听到老胡哭闹，都跑来看他，老胡瞪着老婆说，你知道我的事情吗？你根本就不知道，你什么都不知道，那一年我十九岁，跟着村里一群人到镇上去看录相，和另一个村的人打起来了，我拿一把水果刀，把一个人捅了，后来那个人死了，我逃走了，我是杀人犯，我杀过人——老胡的老婆“噢”地一声，紧紧搂住女儿就往后退。老胡看了看她们，又看了看老顾，说，你们别害怕，我以前是杀人犯，但现在不是了，那时候我年轻胆大，现在我胆小如鼠，我不会再杀人了。杀了一个人，已经让我半辈子亡命天涯不能安身，我还敢再杀人吗？大家目瞪口呆地看着老胡，老胡又说，十几年里，我换了十几个名字，我叫过张立本，叫过李长贵，叫过王大才，现在我叫胡本来，可是我连我本来的名字都忘记了——老胡的老婆和女儿抱头痛哭。老胡说，你们哭也来不及了，我已经坦白出来了，我不是胡本来，我从来就不是胡本来。老胡的老婆听了老胡这句话，忽然停止了哭泣，放开了女儿，指着老胡说，你骗人，胡本来，你就是胡本来！你跟我是一个村的，从小我们就认得，从小我就知道你是胡本来，你怎么会不是胡本来？

老胡呆住了，大家也呆住了，过了好半天，老顾说话了，老顾说，老胡，你说的这个故事，我知道，报纸上登过的，那个人的名字叫王一生，王一生是他的假名，他的真名叫什么我不记得了，他的故事和你的故事一模一样，甚至连细节都是一样的，唯一不一样的就是，他不是像你这样自己坦白出来，他最后是被警察抓住的。老胡说，这么多年来，我一直把他的故事当成我的故事了。老顾说，不对，你又说谎了，王一生的事情是去年才出来暴露出来的，你不可能以前就知道。老胡说，可是这么多年来，我真的以为我就是他。老顾说，警察抓到他的那一刻，他对警察说，谢谢你们，谢谢你们，你们终于来了，我终于可以安心了，这么多年我没有睡过一个安稳觉。老胡激动得叫喊起来，我也是这样想的！我也是这样想的！

老胡拿了一个别人的故事放到自己身上，大家批评他不应该拿这种事情来开玩笑。但事情过去后，一切又恢复了正常，老胡仍然是一个受人尊敬的厨子，他烧的菜又有了新气像，饭店的经营也更上了一层楼。可是老胡的老婆说老胡打呼噜太厉害，吵得她和女儿晚上睡不着觉，跟老胡分开住了。女儿见了他，也总是离得远远的。有一天他发现女儿躲在角落里偷偷地看他，女儿的眼神让老胡冷不丁打了一个寒战，老胡大声说，你别这样看我，我不是杀人犯，我是厨子，大厨子！大厨子的地位你懂吗？老板的饭店生意好，全靠我的手艺。女儿吓得小脸煞白，慌慌张张溜了出去。

（原载《当代》2006年第5期）

作者简介：

范小青，女，从小在苏州长大。毕业于苏州大学中文系。七十年代末开始写小说，1980年在《上海文学》发表处女作。共著有长篇小说《城市表情》、《女同志》等十六部，中短篇小说《瑞云》、《顾氏传人》等二百多篇，另有散文随笔集。

声　　音

杨静龙

一群麻雀从红土丘陵低矮的山坡上飞起来，飞过带子一样的玉水河，叽叽喳喳，在祝村上空盘旋一圈，纷纷落在村口那棵枝叶繁茂的古樟树上。就像一瓢水哗地一声泼进玉水河里，立刻消失得无影无踪了。

细毛和伢儿们在大樟树下咯咯咯嚼着烘青豆，一边做着踢石子进洞的游戏。麻雀的叫声让细毛停下了游戏，仰起脸向树冠望去。春天午后的灿烂阳光照在脸上，使他微微眯起眼睛，但他没有寻找到麻雀的踪影。树桠杈上那只锈迹斑斑的黑漆铁皮喇叭变成了麻雀，跳进他的眼睛里来。

细毛知道，这只哑寂多年的高音喇叭昨天村支书已派电工修理过了。不久之后，它就会像那群麻雀一样，喳喳地唱响起来。

村口茶馆里一派热闹景像。十几张红桃木八仙桌经过人们手掌上的汗水泥水和眼泪鼻涕年久日长抚摸，闪烁着古铜一样的褐红颜色，使桌面上摆开的白瓷茶碗和各色瓜果显得鲜亮夺目。茶馆也是祝村的戏馆子，多少年来，村里人一边大口地喝着茶，一边听人咿咿呀呀唱越剧戏文。快乐的时候，他们拍桌大笑；哀伤时，就把眼泪鼻涕抹到红桃木的八仙桌上。

现在，一些人正陆陆续续从村街里走出来。他们高声地互相打着招呼，吐着痰，然后走进茶馆。老板娘，泡茶！他们大声吆喝道。老板娘欢快地答应着，迎上前来。老板娘是个三十多岁的漂亮女人，有一副越剧花旦那样的细脆嗓子。老板娘脆刮刮的声音随着她漂亮的身子像鱼一样在人群中间游来荡去，人们于是心满意足地坐下来，端起了茶碗。在整整一个下午，他们都可以舒舒服服坐在这里喝茶吃瓜果，还可以玩纸牌搓麻将，而不用自己掏腰包。他们所要做的一件事情，就是让自己的两个耳朵像兔子一样笔直地竖起来，倾听大樟树桠杈上那只高音喇叭咿咿呀呀地唱出一段越剧：

东风吹绿江南春，
玉水河滨柳色新。
书生对对求学去，
绣楼愁煞藏娇人……

细毛奶奶能独自一人既扮生，又扮旦，把整本《梁山伯与祝英台》唱下来。可那是过去的事情了，现在她连走路都要拄着竹杖，身体也像春季的天气一样时好时坏捉摸不定了。细毛想象不出奶奶在高音喇叭里唱出“东风吹绿”的开场词时候，会是什么情景。

玉水河就在祝村外面哗哗地流淌着。细毛现在抬起头来就能看见河岸上一长溜高大的柳树在风中微微摇晃，如果爬到大樟树的桠杈上，目光越过河堤，还能看到河面上的粼粼清波，和几只像船只一样来回游弋的白色鸭子。这是一条因为爱情故事而名扬四方的古老河流，一千多年之前，那个傻不啦叽的梁山伯和美丽多情的祝英台，各自从玉水河边两个相距并不遥远的村庄出发，然后在会稽城外“草桥结盟”，前往杭城读书的。

我家有个小九妹，
聪明伶俐人钦佩。
描龙绣凤称能手，
琴棋书画件件会……

奶奶哼哼唧唧唱着。在细毛的记忆中，每当这时，奶奶脸上的皱纹就会像开春后的桑树皮一样，一层一层剥落下来，变得脸额光洁，目光躲闪，一副神往而羞涩的模样。

细毛于是知道，奶奶已经把自己当成那个聪明伶俐的小九妹了。在大人们的闲传中，奶奶年轻时候，曾经是祝村一枝花，而爷爷却是祝村的一副金嗓子。爷爷凭着自己金不换的好嗓子，把奶奶追到了手。爷爷和奶奶斗大的字不识一箩筐，却能把《梁山伯与祝英台》整本唱下来。梁与祝在杭城三年同窗，竟然认不出祝是女扮男装，哪怕祝在“十八相送”中一口一声地骂他是笨牛木鹅，还是对牛弹琴铁成不了钢，终于误了一桩美满婚姻，落得个“人间无缘同举案”，让祝“实指望，大红花轿到你家。谁知晓，白衣素服祭坟来”。最后只能双双化蝶。真是让人遗憾啊！

细毛一直不明白，人变成了蝴蝶算是哪门子的好事？但奶奶每唱至此，褪尽了桑树皮的脸额上光彩四射，显示出一种无限向往的表情。

细毛现在已经上小学了，但大人们的有些事情还是让他觉得难以揣摩。

细毛阿爸在县城里和人合伙承包了一个建筑项目，腊月里回家，让女人打热水给他烫脚。细毛阿妈给他脱鞋时，脱出了大大小小红红绿绿一鞋底的存折。细毛阿爸说，嘿，咱不去县城给人家干了！咱在自己村里办工厂！咱自己给自己干！细毛阿爸在祝村办起加工厂，把村支书的女人招进厂里当了会计。村支书就对细毛阿爸说，我这个支书没什么可以表示感谢的，啊。菊花大婶喜欢了一辈子越剧，我让她在村喇叭里唱一本“梁祝”吧，啊！

菊花就是细毛的奶奶，细毛奶奶当即让儿子搀扶着去了一趟爷爷的坟地，让儿媳妇进县城扯了三尺绛红色的绸布，请裁缝师傅做了一套戏装，在自家院子里穿戴起来，拄着竹杖，咿咿呀呀作着排练。激奋的心情使她连续几天废寝忘食，让她的儿子儿媳妇既高兴又担心。担心的是她的身体会吃不消，从事后的情况来看，这样的担心并非多余。

演唱的日子终于到来了，细毛阿爸阿妈向全村挨家挨户发出了邀请，让茶馆老板娘在八仙桌上摆满了茶碗和瓜果。然后把家里的烘青豆装了两塑料袋，让细毛把村里的伢儿们都约到了大樟树下。

一脚左，一脚右，二脚三脚前边边跳。伢儿们咯咯咯嚼着烘青豆，一边把左腿蜷曲起来，用一只手提着，右脚蹦蹦跳跳地，把一粒石子一脚一脚地往前边一个小小的泥洞里踢。春天午后的阳光照耀着他们，他们额角上的头发像一块湿抹布那样让汗水乱糟糟的黏成了一团。

伢儿们一边做着踢石子的游戏，一边呀呀地唱着一首歌谣：

锣鼓响，脚底痒，
越剧戏文唱得响；
丝竹起，幕布开，
八十岁奶奶变小孩……

从村外红土丘陵刮过来的山风暖烘烘的，红色的土尘像雾一样细细地飞扬着。一阵上海奶糖的甜香味随着嘈杂声从茶馆里飘过来。伢儿们抬起头向茶馆那儿张望起来，鼻子像一群狗那样呼呼地翕动着。

一个黑胖的妮子呸的一声，把嘴里的烘青豆沫子吐到地上。

细毛，黑胖妮子说，我们不吃烘青豆了，我们也要和茶馆里的大人一样，我们要吃瓜果。

细毛的左腿勾在左手上，看着对方，一时不知如何答复。显然，这一要求在他阿爸阿妈开出的条件之外，也超出了他的预想。

但黑胖妮子不依不饶，说：

我们也要吃瓜果，我们应该享受大人们一样的待遇，你们说是不是啊？

她问伢儿们。于是，一群伢儿停止了蹦蹦跳跳的游戏，纷纷说：

我们也要吃瓜果，我们也是被邀请来听喇叭的。

我们不吃什么烘青豆了。

细毛把左腿从左手上放下来，咬了咬牙，说：

好，我就让你们也吃瓜果。但是……细毛加重了声音，补充道：

当我奶奶在喇叭里唱越剧的时候，你们要鼓掌。

伢儿们说：

那没问题，鼓掌就鼓掌好了。

细毛就往茶馆跑去，当他返回大樟树下时，手里用塑料袋拎了半袋上海奶糖。黑胖妮子把前襟掬成一个大兜，说：

细毛，你数一下有多少颗，我来给你分配。

细毛一颗一颗把奶糖从塑料袋里掏出来，扔进黑胖妮子的衣兜里，扔一颗数一个数。

一群伢儿把他们紧紧围在中心，眼睛滴溜溜盯着衣兜里逐渐增加的奶糖。当塑料袋里的奶糖全部进入黑胖妮子的兜里后，细毛说：

七十一颗。

黑胖妮子说：

我们一共七个人，每人十颗，剩下一颗……怎么办？

细毛从黑胖妮子的衣兜里给每人取出十颗，自己也取了十颗，衣兜里就剩下了十一颗。细毛对黑胖妮子笑了一下，说：

二辫，多出的一颗归你了。你是村支书的妮子，你应该吃十一颗。

然后问伢儿们有没有意见，伢儿们齐声说：

没有意见！

那个叫二辫的黑胖妮子于是咯咯地笑起来，说：

细毛你真仗义。我阿爸就说你们家的人仗义呢。

细毛得意地笑了起来。大樟树下响起了一片吮啧奶糖的声音，奶糖的甜香味弥漫开来。一脚左，一脚右，二脚三脚前边边跳。踢石子的游戏继续往下进行。

锣鼓响，脚底痒，
越剧戏文唱得响；
丝竹起，幕布开，
八十岁奶奶变小孩……

谣曲的声音和大樟树上麻雀叽叽喳喳的叫声混成一片，红色的土尘在伢儿们脚底下四处飞扬。

玩了几局之后，一个伢儿仰起脸来，望一眼大樟树桠杈上的黑漆铁皮喇叭，说：

细毛，你奶奶怎么还不开唱呀？

午后的阳光透过树隙，星星点点照射在黑漆铁皮喇叭上。有几处铁皮被人不知用什么东西砸瘪了进去，经过雨淋日晒，凹瘪的地方结出一块块褐红色的铁锈。细毛说：

嗯……快了。

其实，细毛也不知道奶奶什么时候开唱。奶奶什么时候可以开始唱“东风吹绿江南春，玉水河滨柳色新”要由村支书来决定。细毛瞟了二辫一眼，二辫当做没看见，顾自咯咯地咬着奶糖。

奶奶真是太喜欢唱了。细毛知道，奶奶这时候也一定和他一样，激动而焦急地等待着村支书把扩音器打开，让她来到话筒前。

奶奶的一生和越剧“梁祝”连在了一起。她的故事对于细毛来说，就像头顶上那群麻雀一样，听得见声音，看不见影子。显得既真真切切，又缥缈不定。

而那个“凭着一副金嗓子，把奶奶追到了手”的爷爷，细毛连见都没有见过。村里人说，爷爷长得相貌堂堂，一表人才，特别是有着一副金不换的好嗓子。

年轻的爷爷站在玉水桥上，面对粼粼清波，可以咿咿呀呀连唱三天三夜而嗓子不倒。江南大地上红土丘陵绵延不绝，玉水河像一条碧绿的玉带，从丘陵的腹地蜿蜒而来，围着祝村绕一个弯，又玉带一样往远处哗哗流去了。

唱声启开了村街深处某一栋绣楼里一位年轻妮子的心扉，那妮子下楼来到灶房，亲手为年轻的爷爷做了饭，烧了汤，用竹篮盛着，来到玉水河畔。她把竹篮挂到一棵柳树上，张嘴唱道：我家有个小九妹，聪明伶俐人钦佩，描龙绣凤称能手，琴棋书画件件会……

就这样，爷爷把奶奶追到了手。

细毛却在心里认为，这哪是爷爷追奶奶，那是奶奶快活而主动地咬了爷爷的鱼钩。爷爷的鱼饵就是他那副金不换的好嗓子。

在以后的几年里，咿咿呀呀的越剧唱腔就像阳光和空气一样，充满了他们生活的每一个角落。白天唱在稻田里，黄昏唱在灶房里。到了夜间，一床被子拥着两个人：一个是梁山伯，一个是祝英台。

可是，就像大人们常说的那样，苦日子过不完，好日子总不长。当细毛阿爸脖子上的红领巾换成手臂上红袖章的时候，一场运动铺天盖地而来。仿佛玉水河夏季洪水泛滥淹没了田畈、淹没了村子里地势低洼的房子那样，爷爷被运动淹没了，淹死了。

然而，奶奶是个倔强的女人。

在批斗的土台子上，她趁主持人不注意，就亮起嗓子唱道：

梁兄啊，
我玉水桥与兄初结拜，
杭城共读称心怀，
十八里相送到长亭，
我是口中不说心早随……

女人们就在土场里擤鼻涕抹眼泪，唏嘘出声。主持人瞠目结舌，台上一派混乱。后来，就再也不开奶奶的批斗会了，也不让奶奶参加任何其他活动。奶奶就来到爷爷坟前，给爷爷一个人唱。

爷爷的坟在一面低矮的山坡上，走出村街，来到玉水桥，远远就能望见坟头上那两棵小柳树。柳树是他们爱情的见证。

在细雨纷飞的清明时节，奶奶手扶坟头的小柳树，唱“十八相送”，唱“楼台会”，唱得更多的当然是“祷墓化蝶”。

自从细毛懂事那年开始，奶奶就带上他，给那个对他来说就像梦一样不真实的爷爷扫墓了。奶奶让他给供桌上的酒盅里倒满黄酒，说一声，爷爷喝酒。她就泪流满面地唱了起来。

奶奶唱“祷墓化蝶”的时候，爷爷的灵魂就会变成一阵风，把两棵柳树摇晃得枝条飞舞。可这不是奶奶所期望的，细毛知道奶奶多么希望爷爷在她的歌声中，变成一只漂亮的彩蝶，然后双双飞舞，相随相伴，阳光从天空中升起，细雨收霁，变成一道漂亮的彩虹……

这样的情景就像刀刻一样，深深地印在细毛的脑子里。

祝村的人喜欢越剧，老老少少都能唱上几段。可谁比得上细毛的奶奶呀？

二辫咯咯地嚼完一颗奶糖，把甜滋滋的口水一口咽到肚子里，见细毛还在一眼一眼瞟着自己，作为村支书妮子的自尊心终于得到了满足，就咯咯地笑起来，说：

我阿爸吃了饭，喝了一碗茶，抽了一支烟，就到村委会去了。现在，快了。

果然，二辫话音未落，大樟树上就呼啦啦一声响。伢儿们于是停止了蹦跳，仰起细细的脖子来看。

午后的阳光照耀在大樟树上，黄澄澄一片。树叶在风中像尘土一样微微飘荡，麻雀们叽叽喳喳的叫声突然消失了，就像树上从来就没有飞来过什么麻雀。只有那只差不多掉光了油漆的铁皮喇叭，像一只疲惫不堪的黑色怪鸟，在黄澄澄的阳光里蜷曲着。

一切都像没有发生过一样。

村口茶馆里，已经坐满了人。老板娘在人群里像一条鱼那样快活地游来游去。麻将牌的声音像流水一样哗啦哗啦流过来。有几个人向大樟树这边张望着，但这种张望是无意识的，因为他们很快又把目光游移到其他地方去了。

细毛看了二辫一眼，二辫也在看着他，二辫的目光中同样因为刚才树上那个响声而充满诧异。

大樟树上一只麻雀轻轻叫了一声，隔了一会，另一只麻雀回叫了一声。然后，叽叽喳喳又叫成了一片。

黑漆铁皮喇叭就在这时发出了一阵拉木锯那样嗞啦嗞啦的声音，接着，在大樟树桠杈上猛烈地跳动了一下，就像黑色大鸟猝然醒来，抖动着翅膀，泼啦啦地发出一声振聋发聩般的爆叫声。

陡然响起的喇叭声，仿佛一阵惊雷划过祝村上空。大樟树下一群伢儿不约而同惊跳起来，然后面面相觑。

他们看见一群麻雀在喇叭的爆响声中，像黑色的雹子一样从大樟树上掉落下来，噼里啪啦落了一地。有几只麻雀落到地上后，两只小小的翅膀还在不停地扇动，红色的土尘四处飞扬。

伢儿们在树下哇哇乱叫，细毛看见二辫捂住脸，像踩着一条蛇那样又叫又跳，随之往一边逃开去。

惊慌混乱的局面在大人们到来后得到了控制。茶馆里一些年轻人纷纷往大樟树下跑来，老板娘看到地上黑鸦鸦一片麻雀后，返身去茶馆里端来了一只白搪瓷脸盆。

老板娘蹲在地上，把震昏过去的麻雀一只一只捡到脸盆里。白搪瓷脸盆发出当当的响声，随着脸盆里麻雀数量的不断增加，就变成噗噗的沉闷声音了。

细毛的心里突然咚咚地跳起来，一种从未有过的不祥之感从他年幼的心灵里升腾起来。这种感觉让他十分难受，就像猫爪在玻璃上慢慢而有力地划动一样。

人们等待已久的喇叭，就在这个时候，发出了讲话的声音。

村民同志们……喇叭里说，随后是几声响亮有力的咳嗽。

大樟树下，人们安静了下来。

二辫瞟了细毛一眼，她的目光里洋溢着自豪。细毛知道二辫是因为有一个村支书的阿爸而显得无比自豪。村支书雄壮而威严的声音在喇叭里响着：

村民同志们，啊。春风吹遍祝家村，玉水河边柳长芽。啊。祝村有个小九妹，花旦小生样样会。

大樟树下，茶馆老板娘嘻嘻地笑起来，说：

支书乱七八糟说的什么唱词呀。

村支书在喇叭里这样“乱七八糟”地讲了一通，最后说：

下面，请祝菊花同志，啊，为大家演唱越剧《梁山伯与祝英台》。

老板娘就端起脸盆像轰一群鸭子那样轰赶起大樟树下的人们来。走喽，走喽。老板娘说道。她手里装满了麻雀的脸盆仿佛一只喂鸭子的食槽，大人们就像乱纷纷的一群鸭子，摇摇摆摆往茶馆里走去了。

喇叭里的声音轻了下来，村支书说：

你，你，啊。把菊花老婶扶过来……我走啦，啊。

细毛望着黄澄澄阳光下黑鸟一般的铁皮喇叭，脑子里浮现出这么一幅画面：村支书从话筒前扭过脸来，对着阿爸阿妈指指点点。村支书脸上的表情就像小学里那位校长一样严肃。阿爸阿妈就像小学生那样嗯嗯连声，搀扶着奶奶，从墙角边的长板凳上站起来。奶奶因为激动而浑身微微颤抖。村支书离开了话筒。奶奶满脸的皱纹像深秋里的一朵花瓣繁茂的黄色菊花盛开着。村支书在阿爸肩头上拍了一把，说，我走啦，啊。

喇叭里出现了一阵静音，就像戏馆里戏文开演前的那一段静场。

风从村外绵延不绝的红土丘陵上一阵阵吹过来，传来了玉水河哗哗的流水声。

细毛看见一群年轻的母亲在流水声中走上岸来，她们行走在玉水河柳条飘飞的河岸上时，就像小学课本里那幅著名的春风拂柳图那样让人激动。她们向村里走来的时候，遇见了急急忙忙从田野里赶来的跷脚老爹。

跷脚老爹挑着一担空粪桶，空粪桶像风中的灯笼一样随着他的脚步左右晃动。

年轻的母亲们避让着跷脚老爹的粪桶，嘻嘻哈哈来到大樟树下。她们手臂上的竹篮里有刚洗干净的衣服，或者几棵水嫩的青菜，一块精瘦的猪肉。她们放下竹篮，拉过各自的伢儿，拍打着他们身上的泥土。红色的丘陵土从伢儿们肮脏的衣服和裤子上像风中的树叶一样飞扬起来。

看，看，都玩成红屁股猴子啦。

年轻的母亲们责怪着自己的伢儿，她们的声音叽叽喳喳响成一片。

细毛心里突然又咚咚地跳了二下，他想起了大樟树上那群叽叽喳喳的麻雀。当夕阳西下的时候，它们就要被茶馆老板娘在滚水里褪光了毛，下到油锅里，然后成为她丈夫饭桌上的一道下酒菜了。

村支书在二辫的欢叫声中，出现在人们眼前。村支书背着阳光，大奓着腿杆子，甩动着手臂，踏踏地从村街里走过来。

跷脚老爹连忙挑起地上臭烘烘的空粪桶，一步一跷地放到远处一堵矮墙底下去了。

二辫迎着她阿爸跑上去，然后两人一起来到大樟树下。细毛发现二辫那张黑黑的圆脸这时变得像阳光一样光彩夺目。

村支书嘴里叼着一根香烟，他仰脸瞅着树椏杈上的黑漆铁皮喇叭时，烟丝像脚底下扬起的土尘一样在他头顶上盘旋不散。村支书眯起了眼睛。二辫说出了她阿爸似乎想说的一句话，二辫冲着喇叭大声喊道：

唱啊，唱啊。

一会儿，喇叭里就响起了吁吁的喘气声。然后，细毛阿妈捏着小嗓子，说：

婆婆，你……先喝一口茶。

细毛阿爸的嗓子也压得很低，说：

阿妈你喝一口茶。

跷脚老爹拐上前来，哝哝地说：

支书啊，你可是积了一桩善德了。

村支书的目光从喇叭上移到跷脚老爹的脸上，嘴里叼着的香烟使他的眼睛依然不能完全睁开，他眯着眼睛斜望着跷脚老爹。

支书你想，菊花大妹子一生给自己唱，给她男人唱，现在她要给全村人唱了。她一生就是一场“梁祝”的戏文啊。

跷脚老爹说完，用手背把一挂鼻涕抹到了鞋帮子上。

年轻的母亲于是又麻雀一样叽叽喳喳地嚷开了：

是呀，是呀，支书你积了善德啦。

村支书终于嘿嘿地笑了起来。

起风了。几片浮云从山坡背后升起来，很快来到半空中，遮住了太阳。黄澄澄的阳光从大樟树上消失了，大樟树下霎时变得阴暗下来。

铁皮喇叭里吁吁的喘气声急促地响了一阵后，倏地消失了。

细毛阿妈失声喊叫起来：

婆婆，婆婆，婆婆……

凳子在喇叭里噼里啪啦翻倒在地，细毛阿爸的声音由远而近：

阿妈阿妈阿妈……

细毛望着大樟树桠杈上那只黑色大鸟一般的铁皮喇叭不知所措。他发现自己的手不知什么时候被人紧紧地攥住了，他没有去看那是谁。他发现茶馆里的人，正乱纷纷地往大樟树下走来。

村支书呸的一声，把嘴上的香烟屁股往大樟树上吐去。香烟屁股在半空中翻了一个筋斗，就像不久之前那群麻雀一样，直直地跌落下来。村支书骂了一句：

他娘的！

三天之后，奶奶的骨灰盒随着一群送葬的人群，走出村街，走过玉水桥，来到山坡上。

当爷爷的墓穴被重新挖开时，突然刮起了一阵风。坟头上两棵柳树在风中像锦幡一样飘荡起来。

细毛睁大了眼睛。可是，他并没有看到翩翩飞舞的彩蝶。这让他很失望。

（原载《钟山》2006年第3期）

作者简介：

杨静龙，1962年生于浙江宁波，杭州大学中文系毕业，现在湖州市文联任职。在《当代》、《钟山》、《小说家》、《电视·电影·文学》、《江南》等刊物发表小说数十篇，出版有小说集《白色棕榈》、《DIY时代的一次出行》等，曾获浙江省优秀文学作品奖，系中国作协会员。

裸云两朵

何大草

一

南方音乐学院的住房一向很紧，但学院尽头的桑园，我家楼上有套带阁楼的房子，却一直在空着。那是苏娘住过的，门已经锁了三十多年，好像在等她回来。昨天下午，我从院史办下班回家，远远望见阁楼的玻璃，在十一月寂静的阳光里一闪，恍然觉得有人在窗后徘徊。而我其实晓得，苏娘不会回来了。也没有人在等她。

第一次见到苏娘，是1965年7月11日，我刚念完小学二年级，一个屁大的小男孩。之所以记得清楚，因为那天正是南方音乐学院三十周年院庆。我父母都是老实巴交之辈，同在作曲系视唱练耳教研室教这门无需创意的课。三十周年是大庆，来了很多名人和官员，加上师生和我们家属老少，小礼堂都要挤爆了。转业军人出身的党委书记满头大汗，忙着介绍这个和那个。书记身后，有个学生在很吃力地弹钢琴，但根本听不清他弹奏的是什么。礼堂是三十年前建造的，大面积的灰，少量的、线条均匀的白，肃穆得非常像教堂：学院前身是私立音专，已故创办人即是虔诚基督徒。苏娘是创办人的亲外甥女，如果世道还是民国，她将是本校唯一合法的继承人。那天她提着红色的裙摆，穿过人群为她闪开的小路，走向主席台，卷起一片持久的骚动来，掌声和呐喊：“呜！呜！呜!”一眨眼，她已经站在了台子上，右手搭着钢琴，左手朝人群一摆，礼堂就安静了，清风鸦静。她长得十分高大，简直可以说魁梧，一袭拖地红裙，亮得逼人。我在人缝中踮起脚尖看她，以为她身子一旦展开，必定就是一面迎风招展的红旗。书记先介绍她，然后是她讲话，记不得她讲了什么，印像里她发声宽广，有些沙哑，但很坚定。讲完，她唱了一首歌，女中音，花腔，说不出的厚实和温洵，如一朵春天的云，在天上舒卷。礼堂安静得可怕，在歌声停下来的那一小会儿里，安静抵达顶点，石垒的墙壁仿佛都在膨胀着……最后，当然是掌声和更多的呐喊，把苏娘淹没了。

苏娘是印尼华人，其父的橡胶园据说广有一万公顷。但苏娘童年失母（她死于远离中国内陆的郁郁寡欢），父亲另娶之后，她就去了意大利留学，攻建筑和数学，选修了声乐、作曲和古罗马历史。三年之后，她没有通过学位答辩，随即开始了游历整个欧美，随身携带之物，有被名师训练出的一条好嗓子，还有一首1951年度威尼斯夏季音乐节银奖作品——钢琴独奏曲：《一朵云》。在回南音参加三十年校庆前，她在美国印第安纳大学音乐学院任胡塞尔级讲座教授，这份教席专用于聘任不循规蹈矩的天才型艺术家。印第安纳有大片沙漠和灼热的阳光，跟她遍体的红是相得益彰的。但，校庆结束后，她却没有返回美国去。

苏娘留在了南音作曲系。

更让我吃惊的是，几天后我竟在楼道口和她撞了个满怀：我急着跑去小礼堂外滚铁环，而她握着一捧栀子花正进来。她的身体让我忽然很羞涩：柔软起伏，而且遍体是滚烫的。她骂了声："小鬼头!”拿胡萝卜粗的指头捏了我鼻子。我偏过头，看见跟在她身后的，还有一个小女孩，那就是桑桑。

小楼共三层，我家在二层，苏娘搬进了我家的上边。桑园的树，是三十年前她舅父亲手种下的，现在都碗口粗细了。那套房子除了带阁楼，还有西式的阳台，可以俯瞰桑园，桑树结果的季节，一伸手，就能抓一把乌红的桑葚到手心。园中还有一块荷塘，花开得正盛，藕香微微闷人。房主原是党委书记，但他执意让出来，说这房子是有灵感的，而自己是老粗，住这儿可惜了。苏娘搬来的当晚，就有了丁丁东东的钢琴声，节拍稳定，触键小心而警觉，像是怕把什么惊破了。我父母说，这是桑桑在弹奏。

二

苏娘留南音任教的原因，自然是爱国。不过，听我父母的议论，似乎还另有一层隐情的，据说她相好了三年的一个台湾钢琴家，突然讨了个日本艺妓作老婆，这是让她羞愤，灰心丧气的。本城是她母亲的娘家，南音又是舅舅的基业，所以虽然已经没什么亲人了，但她的留下，还是有天涯倦客，游子归来的意思吧。不过，这些都是别人背后的闲话，谁晓得真假呢。我那时候还太小，没看出她脸上受过什么痛苦的磨损。她的脸、脖子、裸露的手臂，都是黑黝黝、光溜溜的，大嘴、厚唇，全身线条毕露，步伐是从容、坚定的。我只觉得“苏娘”的名字挺奇怪，娘和爹放一起，意思是妈妈；娘再加一个娘呢，意思是阿姨。那苏娘是苏妈妈，还是苏阿姨？我父亲说，别钻牛角尖了，苏娘的娘，是梅娘的娘。母亲就小声唱了《梅娘曲》的一段，“哥哥，你别忘了我呀，我是你亲爱的梅娘……”母亲的音准无可挑剔，却干巴巴的，一点不动人。我说，别唱了，我晓得了。我父母又说，苏娘的课上得真是好，很敬业，很活跃。但她毫不掩饰更喜欢男孩子，经常亲热地骂他们是“我的小傻瓜”！女孩子则有些怕她，当她转脸对着她们的时候，总是抿紧嘴唇，眼睛里似有严肃的挑剔。

我注意到，她看桑桑的时候，也是拿了这样的眼光的。桑桑不是苏娘亲生的。苏娘有过不同的男人，但从未结婚、生育过。桑桑是她和某一个男友分手后，在纽约唐人街捡回家去的。她以为，这孩子是对她感情最好的补偿。但最后她还是不满足：她没法和一个女孩子完全地沟通，何况桑桑对音乐既没天赋，也没兴趣。母女两个太不一样了，苏娘喜欢不停地变动，而桑桑很安静。每搬一处，苏娘都要给桑桑取个小名字，譬如沙沙、海娃、或杉杉。桑桑，随口取自南音的桑园。母女在桑园里住下，正有一个漫长的暑假。我邀请桑桑去滚铁环、黏蝉子、偷荷塘里的鱼，她一概点头，跟着我就走。很爽快，但是不说话。在荷塘边，我推了她一把，她扑通落进水里去。但她不呼救，不扑腾，水淋淋地站起来，一手抹脸，一手递给我一条青鲤鱼。她的样子只有一点像苏娘，皮肤黑黝黝、滑溜溜。身子，却瘦得如一根豆芽；五官呢，还没长开，小鼻、小眼。让人看了不忘的，是她牙齿很白，眼白很白，白多黑少，瞄人时虚着眼。爱做的动作，是双手抱怀，永远心中有数。其实她年龄大概和我仿佛吧，开了学，该念小学三年级。大多时候，她呆家里，弹琴，看书。苏娘鼓励她跟我玩，一厢情愿，以为可以提高她的中文水平呢。

不过，虽然桑桑像哑巴，我还是喜欢找她玩，她不扭捏，不发嗲，落落大方的，男孩子玩的把戏，上树、摔跤、打弹弓，她一点就灵。我很想上她们家阁楼去看一看，我从楼下望过多少回，觉得阁楼挺神秘，可从前无缘登书记家的门，而现在小主人却是我伙伴。然而，她不肯。因为，就连她也不能上。苏娘说，她检查过了，这阁楼窗户底，玻璃大，太不安全了。我只好作罢。要做其他事，苏娘一概不干预。她家有许多花花绿绿的画册，扔在沙发上、地板上，随便捞起一本，看得我眼馋。有一幅油画，是光着半身的贵妇，睡眼惺忪，拿手托着自家的乳房，我看得身子发紧。后来我抬头看苏娘，就愣愣地犯傻。苏娘坐不住，总是穿着无袖、吊带的睡衣，在几间屋子里很无聊地散步。睡衣薄如蝉翼，她身子在里边寂寞地晃荡。有时候她举手盘一盘头发，露出腋下两簇腋毛，又浓又黑。我呆鸟般追着她看，可她一点也不在乎，就像我不是一个人。

但桑桑啐了我一口！我吃一惊，半天才回过神，拿袖子把唾沫揩了去。苏娘咯咯地笑起来，俯身伸臂圈了我脖子，叫，“我的小傻瓜……”桑桑不饶，又拿光脚板狠狠踢了我一脚。后来，她们把我拥在沙发上，给我苹果吃，指给我看画册上的风光，非洲草原，迷乱的斑马……我夹在两个女人中间，平生头一回感觉脑子有点晕。不过，我的皮肤也是头一回能分辨，女人和女人不一样：苏娘滚烫，桑桑冰凉。

过了大概一周，苏家开始有客人来拜访，其中一个是赵小青。有了赵小青，苏娘就一把把我扔了，像扔了个发腻的布娃娃。

三

赵小青是暑假进修班学员，来自山西临汾地区一座县城的文化馆。看长相，却像江南人，小分头，小骨骼，眉清目秀，说标准普通话，跟播音员差不多。只有笑的时候，露出门牙上两排小黑点，是山西的氟水咬出的。进修班什么都学点，但每个人也还是有一点侧重。第一天上课，桑桑和我无聊，也混去看稀奇。苏娘问赵小青，“你长于什么呢?”赵小青垂了眼睫毛，腼腆道，“一点点。”苏娘又问，“什么一点点。”赵小青说，“都是一点点。”苏娘咯咯笑起来，“原来还有这么谦虚的……让我们看看吧。”赵小青就站起来，把手放在耳朵边，如在听着远方的风，也看看苏娘，如看远方的云。他动了动嘴唇，忽然皱紧眉头，停下来。有个学员在揉塑料袋，一个无意识的小动作。苏娘冲他一摆手，说，“百分之百的静！”沙沙的噪声立刻没有了。赵小青再次把手放在耳朵边，沉默一刻，忽然悲怆的长声破空而出，是《泪蛋蛋泡在沙蒿林》。一曲唱完，苏娘落了泪。她一指漆黑锃亮的钢琴，说，“很好，很好。会弹钢琴吗？”赵小青摇头，有点难为情，又回到了那个羞涩的小伙子。苏娘就柔声说，“那你还会什么呢？譬如二胡、竹笛？”赵小青掏出一个鹅蛋大家伙，黑乎乎，伸到嘴边吹起来，声音沙沙响，幽幽响，低回婉转，愁肠百结的曲子。这一回苏娘笑起来，她说，“有点像怨妇。”又问是什么乐器呢？赵小青说，是陶埙。苏娘再问，你会不会作曲？赵小青涨红了脸，嗫嚅道，这曲子就是我自己创作的，但不会写五线谱，都是记在心里的。苏娘宽肩一耸，把双手一摊，说，“没谱子算什么，你有天才，我的傻瓜。”赵小青说谢谢老师，垂着眼睫毛，退回自家的座位上。

第二天下午，我就在苏家见到了赵小青。赵小青身材修长，白衬衣扎进蓝色卡叽裤，合身、熨帖，提着一袋山西的青枣。我后来告诉父母，赵小青的模样，完全可以在戏曲舞台上演秀才。父母也给赵小青上过课，他们说了什么，我忘了，大概是含含糊糊吧。苏娘对赵小青的来，是满脸的欢喜，她穿了很正式的明黄长裙，浓发编成又长又粗的大辫子，再一圈一圈盘上去，非常雍容华贵的样子。她让赵小青扶着钢琴唱，自己弹出来。后来，她让赵小青坐在她身边，让赵小青跟她一起唱。一起弹。苏娘说，“小傻瓜。”赵小青不说话。只有琴声、歌声，一直持续到天麻麻黑。苏娘山一样丰饶的身子起伏着，背上湿透了，裙子紧紧地黏着肉。赵小青应该快要崩溃了，因为一个音不准，苏娘板着脸要让他唱一百次！苏娘的脸板起来，如一块铁。后来我听到他告饶，“老师，算了吧，是我笨。”已经带着哭腔了。苏娘总算咯咯地笑了，贴他耳根轻声轻气骂：“呸！”他们就当桑桑和我不存在。

桑桑和我一直窝在他们身后的沙发上嚼青枣。我对赵小青怀着醋意，却无法抵挡青枣的清甜，嚼了一个又一个。桑桑比我嚼得还起劲，嚼完后枣核噗地吐在地板上，还伸了舌头在嘴唇上下舔。青枣嚼完，苏娘刚好起身去洗手间。赵小青回过头，脸上汗水滴滴，如当头浇了一瓢水。他一边拿手帕擦，一边对桑桑和我笑了笑，不是抱歉，不是示好，是轻快，自得，他还吹了口哨，但刚一成调就停了。我也对他笑笑，笑得挺勉强。但桑桑把双手抱怀里，虚眼看他，一点表情也没有。

苏娘再进来的时候，已换了白裙子，盘的头发也放下来，松松地拖过肩膀，耷到屁股上。她手里托了个青花盘，摆满切牙的西瓜。她说，“吃吧，别怪我心狠。”桑桑哼了声，站起来就朝外走。赵小青赶紧去追，踩在一颗枣核上，脚底一滑，嘭地就摔倒了。苏娘叹口气，“噢，小可怜。”

四

从那以后，赵小青就每个下午都来苏娘家。学音乐的，师生如师徒，这也是说得过去的。

盛夏大热，赵小青却是衣衫整齐，小分头一丝不乱的，白衬衣的领口、袖口决无发黄的汗渍，而且总提着一袋青枣儿。苏娘也喜欢嚼青枣，嘴里咂咂响。我现在回想起，觉得挺纳闷，赵小青哪来这么多青枣呢？但当时我一点都不惊讶，感觉赵小青就像个魔术师，没有就变出来吧。我奇怪的是，只要赵小青在，桑桑就决不出门跟我玩。上百只红蜻蜓在荷塘上飞翔，我捏了根竹竿往空中呼呼地抽，红蜻蜓触竿就死，噗噗地落到塘里，铺在水上、荷叶上，自有说不出来的凄艳。唉，小孩子的狠，是够残忍的。我抽着，对楼上叫：“桑桑！桑桑！”但她并不理我。她依旧窝在苏娘、赵小青后边的沙发上，翻画册、翻报纸，在一沓纸上写写画画，不忘用虚着的双眼瞄他们。桑桑的眼睛，白多黑少，是冷彻的，也是木木的。有一天，桑桑给我看了一张她的画，是炭精速写赵小青的正面，像得要命，却没有眼珠子。我问她为什么呢？她咬了咬嘴唇，跟她妈似的伸手揪了揪我的鼻子尖，叹口气，也不解释。有天后半夜，苏娘上洗手间，看见桑桑屋里床头灯亮着，推门进去，发现她正对着画上的赵小青在出神。苏娘微微吃惊，“你喜欢他?”桑桑冷冷一笑。苏娘把画拿过来细看，这是另外一幅，五官俱全，笑口咧开，门牙上两排黑点格外刺目！苏娘看着桑桑，桑桑也看着她，四目相对，看了很久，苏娘拿胡萝卜粗手指敲自家额头，咕哝道，“小鬼……你在研究他。”

对赵小青，我至今也没研究出什么来。我在南音院史办工作已超过二十年，成天都在编撰和订正南音历史的每一年、每个人、每件事……赵小青那张无可挑剔的脸在档案上变黄了，然而他留下的那些工整、娟秀的字迹，还是十分清晰的。他本名赵旺金，晋南游击区长大的孩子，三代赤贫，最后一批儿童团员，在村头的消息树下站过岗。中师毕业前，自己改名赵小青，歌唱得好，兼长男声、女声，最拿手的有“信天游”，也有“花儿”和“兰花花”，在1964年七县一市比赛夺过第一名。在他敲开南音桑园的苏娘家门时，他的一切似乎也就是这一切了。当然，还该加上苏娘对他的判断：“一个天才!”但，这还不是桑桑所见的一切。她虚着的眼睛，似乎执意要从一颗光洁的鸡蛋上，看出一丝裂缝来。

苏娘说赵小青天才，一点没错，进了八月，他已能在钢琴上敲自己作的曲子了，或者在苏娘伴奏下，唱歌和吹埙。苏娘还教赵小青说英文，画画，赵小青累得要死，但勉力撑着，不让苏娘有一点扫兴。苏娘十分快乐，一到课间休息，就像个受宠的女孩，摊着，等人伺候。赵小青端给她湿毛巾，咖啡，青枣，切牙的西瓜。苏娘顽皮地，啪嗒啪嗒嚼着西瓜，鲜红汁水从她嘴角淌下来，赵小青就掏白手帕替她揩了去。苏娘随他揩，直勾勾看着他，眼里都是娇憨的惬意。我看呆了，脑子转不过弯来。桑桑咬了嘴唇，拿指甲在沙发上来回刮。沙发是羊皮蒙的，指甲刮上去，发出叽叽的声音。我看她一眼，说，“你发神经了!”接着是苏娘慌张的声音：“你怎么了?”她问的是赵小青。赵小青脸煞白，嘴哆嗦着，手指着桑桑，强笑说，“桑桑……”桑桑一边还刮着，叽叽响，一边静静看赵小青。赵小青说，“桑桑……”桑桑不答。苏娘喝了声：“桑桑!”桑桑停了手，拣起一牙西瓜啃。赵小青松口气，苏娘松口气，只有啪嗒啪嗒的声音，惬意无比。

赵小青难为情地说，“老师，对不起，我有毛病。”

苏娘笑，“你有洁癖。”

“洁癖也是毛病吧?”

“天才总有毛病啊。”

接下来的事，进一步证明了赵小青的不平凡。八月底，也就是他即将毕业回临汾前，苏娘和他合作，把自己平生最得意的钢琴独奏曲《一朵云》，改编为了钢琴与埙单乐章奏鸣曲：《两朵云》。我看过他俩的试奏，今天还留在记忆里的，是苏娘触键时君王般的大气像，和埙的缠绵、不哀怨，两朵云，一朵携着另一朵，往上、往远而去了。当然，这也只是我的记忆了，《两朵云》其实要比我能用文字表达的，神秘和复杂得多了。但音乐只能被它自身所表达，一切文字、图象的转述都很拙劣的，何况我只是年复一年修撰档案和年表的人。《南音院史》引述《南方晚报》的新闻报道，清楚地记录下，在1965年暑期进修班毕业晚会上，《两朵云》作为压轴节目公开演出，取得了极大的成功，掌声长达十分钟。随后，南方电台两次播放了这首奏鸣曲的录音。

赵小青从党委书记手中，领到了一纸优秀毕业证书。但他没有返回临汾，而是作为助教，留在了作曲系。就连我这样屁大的男孩都晓得，是苏娘为他争得的。

苏娘为庆祝《两朵云》首演成功，在家里开了个小型的酒会，请了书记、院长、作曲系的几个同仁、邻居，包括我全家。宾主正举杯要碰时，书记忽然对着墙壁“噢”了一声，大家一齐掉头看过去，墙上贴着一张桑桑的画：

长空中，两朵褐云撞在一起，击出一道青色的闪电来。

五

赵小青住在单身宿舍，但感觉他就住在苏娘家。我任何时候去找桑桑，都能碰上他。他已经很随便了，趿了拖鞋，哼了兰花花，不仅是客厅，也到其他房间串，书房、客房、苏娘卧室、桑桑卧室、厨房、洗手间……这使我觉得，推开每一扇门，都能看见赵小青：他存在于每时每刻，每个地方。

但阁楼除外。有一回，赵小青当桑桑和我的面，提出要上阁楼看看，苏娘说，“算了吧，危险。你给他们作个表率，啊?”不过，苏娘似乎已离不开赵小青了，就像两朵云，总漂浮在同一块天空中。我曾隔着门，听见赵小青在苏娘卧室里用英文叫她，她在咯咯地娇笑。那个单词我一直都记住，过了多年，我才晓得，这是：“甜心”。

1966年4月底，苏娘去香港和同父异母的弟弟相聚。临走前，托付赵小青照顾好桑桑。据我看到，赵小青很尽责，除了烧饭，还收拾房间，给桑桑洗衣服，检查作业，督促弹琴，一切都有条不紊的。有一晚，桑桑刚在琴凳上坐下，楼下传来铁铲铲鹅卵石的声音，铲子每插进石头，都是一声尖厉的聒噪。桑桑瞄了一眼赵小青，他的嘴已在哆嗦。荷塘边要砌几个供休息用的桌凳，工人连夜加班，以赶在五一前完工。桑桑的手放在键上，没摁下去，她在等。赵小青也在等。等铲鹅卵石的声音停下来。果然停了一会，一个工人在骂自己婆娘懒，一个工人骂自己婆娘骚，接着铁铲又插进鹅卵石，铲起来。声音尖厉地响了好一阵，好像永远都不会完。赵小青解了衬衣的扣子，一颗一颗，都解了，那声音还在响……他跌跌撞撞走过去，把阳台门一掌掀开，冲工人、铲子、鹅卵石，大骂了一声，用的可能是临汾的方言：

“我尣你娘的匹!”

苏娘终于回来了，拎着大包，小包，一口托运的大皮箱子。她的脸晒得更黑更亮，见到桑桑、赵小青的时候，我也在场，她不能拥抱赵小青，就紧紧拥抱我，偏头看着他。她用劲真大，我差点被她挤压而死。她的身子也更烫了，像赤炭一样在灼灼地燃烧。她还带回一只亮晶晶的收音机，小心翼翼包在塑料泡沫中。她把天线拉开，摁了开关，调到一个波段，里边传来一个老男人低沉、忧伤的歌声，伴随着贝司的拨弦……苏娘说，这是爵士乐。赵小青说，美妙极了。他跟着哼，闭上眼。今天我都得承认，他哼得非常有味道，好像那老男人从匣子里走了出来了。

但桑桑更感兴趣的，是塑料泡沫。她掰了一小块下来，在掌心里擦了擦，一副若有所思的样子。

跟苏娘一起跨进南音大门的，是《五·一六通知》。“文化大革命”爆发了。

六

在第一批被揪出来的人中，有书记、院长、苏娘。在小礼堂批斗书记时，他破口大骂，整死不低头，有个资料室的造反派拿了报夹子，其实就是中心剖开的木棍，猛打在他膝盖上，他腿一软，噗地就跪倒了，革命群众掌声如潮，喝彩不已。院长是个小提琴家，满头花白头发，从前虽是领导，却不问俗事，总叼着烟斗，昂首看人，心中装的，只有娇妻、爱子和亚沙·海菲兹，后者是他唯一崇拜的神。这一回他吃了大苦头，管弦系一个年轻教师，也是他的学生，曾被他屡屡指责音准出错，现在，学生挥铁榔头把他左手五指都敲成了骨折，大笑：“我看你准去吧！”苏娘一如去年此时，依然红裙拖地，也不低头、也不反抗，不要人揪、不要人推，自己上了台，任南音的师生们批斗。她的脖子上吊了一块白牌，上写：“反动学术权威！”一个教民歌的女教师再给她挂了一串破鞋子。她都无所谓，镇定如山，好像这些都是不存在。她只是拿双眼在人群中寻找，一个一个地看。我拉了桑桑也挤在人缝中看她，她看到了我，一扫就过了。也看到了桑桑，多停留了一会儿，也移走了。我再是小屁孩，也晓得她要找的人是谁，赵小青。

赵小青这时候被隔离了，关在南音二食堂一间小棚屋里思过。棚屋里堆砌着松柴，挂满成片的腌肉、风干的鱼，赵小青拿着一根笔、一张纸，发了三天呆。那三天里，松柴和鱼肉一定给了他灵感。松木是好木，可还是被劈了；鱼、肉都是餐中的盛品，可当刀俎的偏偏是别人。三天后，他给造反派头头写了一封信。

明天又一次批斗苏娘时，赵小青登上了台。苏娘侧脸看了他一眼，眼里是说不出的疑惑，永远解不开的谜。赵小青也不让开，直视了苏娘片刻，一脚就把她踢翻到了台下去。台下哗然骚动，秩序一时大乱，拳头林子一般举起来，无数的嘴巴在喊："打!""打!""打!"……但根本无法分辨，人们是要打苏娘，还是要打赵小青。造反派头头是敲大鼓的，有的是气力，但他恼怒地大叫"肃静"，也没把局面控制住。最后，他去提来一把消防斧头，一斧头砍在主席桌上，会场才逐渐静下来。

我吓傻了，在人缝中目瞪口呆好一会，忽然拉着桑桑就跑了。但桑桑看不出有什么惊慌样，她被我拉着跑的时候，还回了几次头，朝着台上在张望。她望不见母亲，因为母亲被踢倒了。她望的必是赵小青，她要好好把他望一望，要把他的每个细节都印在头脑里。

我在编撰2005年版的《南方音乐学院院史》时，再次阅读了十九年前那次批斗会纪要，赵小青发言的内容，主要有三点：

一，他早就怀疑苏娘是美蒋特务派遣回国的一条美女蛇。但没有调查研究就没有发言权，要知道梨子的滋味就必须亲口尝一尝，不入虎穴焉得虎子，所以他下定决心去接近苏娘，时时刻刻监视她，寻找她搜集情报和破坏社会主义建设的铁证。

二，苏娘有一只最现代化的小型收音机，用来接受美国和台湾的指令。但他还没有完全弄清楚她发送情报的所有渠道，所以一直不敢打草惊蛇，而这也是直到苏娘被革命群众批斗后，他仍然三缄其口的原因。但有一点能肯定，前段时间苏娘借口去香港探亲，其实是亲自传递最重要的情报，这就是无产阶级“文化大革命”即将爆发的核心机密：她剃光自己的腋毛和下身体毛后，把情报写在上面，等毛长出来后再出门。如果不信，此刻就可以现场验证。

三，苏娘从事特务活动的秘密场所，就是她家的阁楼，那儿对谁都不开放，但他坚决相信那儿就是罪恶的渊薮。

我父母和作曲系的老师都坐在第一排，后来据他们回忆，当赵小青讲完第二条，躺在地上的苏娘抽搐了一下，她艰难地撑起来，裙上、脸上、手上，满是灰，她举一只手指着赵小青，张了张口，没说出话来，却泪如雨下。她的样子，和几分钟前已经决然不同，皱纹顷刻间烙满了眼角和两颊，皮肉松弛，看起来完全是个风尘中的老婆子。赵小青把脸扭开。造反派头头则冷笑一声，呵斥苏娘把手收回去，否则立刻叫人扒了她的裙子，把她的罪恶暴露在光天化日下！苏娘闷声闷气，仰天大叫一声，一头撞在舞台的棱角上。

苏娘撞破的头，鲜血喷涌。天麻麻黑的时候，她死在了医院里。

赵小青夺了造反派头头的权。头头指责赵小青是大滑头：你凭什么怀疑苏娘是特务，要去形影不离地监视她？赵小青理直气壮反问他：我赵小青三代贫农，儿童团员出身，天生就是查人底细的，你什么出身？你是什么种?！头头发了怵，不敢回应。他父亲是川东小土地出租者，舅父在重庆开有三大间当铺，看过电影、小说的人都晓得，当铺的当，就是伸向穷人的血盆大口。头头跟狗屎一样垮掉了。

在苏娘还没断气时，赵小青就带着一拨造反派去苏娘家的阁楼找罪证。很多看热闹的人都跟在他们屁股后边跑，那种兴奋、喧腾，远远超过了三十年院庆。苏娘家门关着，有人递过消防斧，喝声："砸了!"但赵小青一摆手，慢慢掏出钥匙，插进锁孔，把门一推，门带着优雅的润滑，叹息般开了。几间屋子打扫得非常清洁，地板经过细心地擦拭和上蜡，映射着下午淡黄色的光，餐桌上的青花瓷瓶，还插着粉嘟嘟的百合，一点看不出女主人这些天正经受着痛苦的折磨。相反，就像她在静候着某人的归来。在我的记忆里，那屋里还恍然有她发哆的声音在唱着，"哥哥，你别忘了我呀，我是你亲爱的梅娘，你曾坐在我们家的窗上，嚼着那鲜红的槟榔……"赵小青是何等样的天才，他自然是能听到的，因为在这感人的静谧中，他发了好长一会儿的怔。那递消防斧的人碰了碰他肩膀，他才如梦方醒，领头上了阁楼。楼梯橐、橐响，迅速就把静谧惊破了。据后来那个递消防斧的人向我描述（他退休前一直是南音的炊事员，现在养老院天天搓麻将），阁楼狭窄，大概只容得下一张床，但地板亮堂像是一面铜镜，两扇大玻璃落下来，一直接到地板上，从这儿看出去，整个南音似乎尽在掌握中，而桑园里那块荷塘，就像一脚就可以跨过去。但赵小青讲的那些特务的秘密工具，一件都没有，只有一堆崭新的衣服，整整齐齐叠在靠南的一侧：一套银灰的西装，两件雪白的衬衣，一只纸盒子，装着鳄鱼皮的皮鞋，还有几个亮晶晶的小匣子，盛着皮带、领结、别针、钥匙扣。小匣子边，卧着一排威士忌酒瓶。顺着酒瓶，铺着一袭紫色的婚纱。那个炊事员把婚纱提起来，但他太矮了，婚纱一多半还拖在地上，皱成了一团。赵小青铁青了脸，骂了声，"我尬你娘的匹，"甩手就给了他一个大耳光！苍老的前炊事员多年后在向我讲述时，还拿揉馒头和搓麻将的手捂住半边脸，想不通这究竟是为什么。

七

赵小青搬进了苏娘的家。当然，他其实住这儿已经很久了，不同的是，现在他是主人了，是一个人。一个人住这么大的屋子，我觉得是有些可怕的。大概为了壮人气，他把这儿兼做了造反派的总部，白天不断有戴红袖套的人经过我家门口，上楼去找赵小青。他接见他们，听取汇报，或者召开冗长的会议。晚上，往往是后半夜，我睡了很久了，醒过来，还听见他在头顶上踱步，从这间房踱到那间房，有时会踱到天亮。

我父母收留了桑桑。他们给我在客厅铺了一张行军床，让桑桑睡在我的房间里。但桑桑坚决不干，她要睡客厅。父母只好依了她。我和她一起上学，放学，回家，吃饭。不过，学校也在闹革命，到处都乱得很，常有老师刚下课就被揪出去挨斗，哪个学生如果逃学不来，可能也算一种造反吧，没人来管。我是不想上学的，桑桑无所谓，但我父母总是把我们往学校轰，学生不上学，这怎么可以呢？

有一天晚饭时，赵小青忽然敲门进来了，我父母的神情有点紧张，我们都瞄了眼桑桑，但桑桑双手抱在怀里，定定打量赵小青，非常的镇定。赵小青穿着，依然整洁得如一个有洁癖的人，头发一丝不乱，胡须剃得干干净净，但眼里有过度疲惫带来的亢奋与充血，红得怪吓人。但他说话还是挺客气，甚至带着恳切的歉意。他说，楼上设了总部，乱糟糟的，多有打搅左邻右舍了。我父母忙说，“哪里哪里，革命需要嘛。”他矜持地一笑，慢慢走到桑桑跟前，把腿顶着饭桌边，俯瞰她。她朝上迎着他的目光，嘴里反复嚼着一口藕丁。赵小青叹口气，说，“桑桑，回家吧。”桑桑沉默着。赵小青说，“你是你，你妈是你妈，你身上没有美蒋特务的血，何况，你还是个小孩子……跟我回去吧。”桑桑依然不说话。赵小青说，“我有耐心等你的。”桑桑站起来。她站起来也只齐到他的胸脯下。她张开嘴，他说，“桑桑……”噗地一声，嚼碎的藕丁全喷在他脸上。

桑桑说，“你等死吧。”

我头一回吃惊地发现，桑桑和她母亲既非血亲，也差着三十以上的年纪，但两人声音却极为相似，沙哑、低沉、厚实，无比的坚定。

赵小青拿手把脸抹了抹，闭了眼，深吸一口气，转身走掉了。

我父母怕桑桑会出事，千叮咛万叮咛，要我任何时候都要跟她在一起。回了家，他们必把门闩死，不放一个出去，也不放一个进来，就像抗日战争中的堡垒户，暗藏了八路军的伤病员。但桑桑就如一条鱼、一只猫，常常一眨眼，就从我眼皮下溜走了。有一回，我们放学回了桑园，秋风吹得黄叶簌簌发抖，荷塘里嗖地蹦起一条青鲤鱼！我唤了声桑桑，没人应，扭头看时，连个人影也没了。我不敢大叫，心里正发急，天上落下一根枯枝来，我仰头一望，见桑桑正坐在树杈上。我立刻来了劲，我下河、上树的兴趣，远远大过念书写字，当即扔了书包，抱住树干，嗖嗖嗖往上蹿。看看就要抓住桑桑的脚了，只听得树枝咔咔地响，她已经双臂长伸，攀跃到另一棵树上了。这一招我不会，只得傻傻地发呆。后来我问她从哪学来的功夫，她双手一摊，意思这有什么好说的。

在桑桑的枕头下，母亲收拾床铺时翻出一沓画，画的都是赵小青，正面、侧面，拆零的五官，眼睛、鼻子、嘴巴，最多的是耳朵，细得不能再细，耳轮、耳屏、耳蜗、耳鼓膜……应有尽有，就像在开耳朵的干杂店。母亲悄悄问我，“是什么意思呢?”我老气横秋地答了句，“研究他。”母亲很诧异，默然半天，滴下泪来，说，“可怜的，她脑子乱了……把她盯牢些。”我嗯了声，认真执行着母训，就连睡觉都睁着一只眼，警觉着桑桑的动静。

八

但，就连神也有打盹的时候，何况我。夜晚，有秋虫在桑园里叫着，跟雨水一样催人入眠，我昏沉沉睡去。不晓得过了多久，听到窗户嘎吱一响，我惊跳起来，疑心桑桑偷跑出去了。冲到客厅，却见她正从窗户进来。月光也跟着进来了，慷慨地给她披在背上。我懵懂中问她下楼去了吗？她伸一根手指朝上指。我吸口冷气，再想问什么，她手指把我嘴巴封住了。这是真的，在楼上的造反派聚会散了后，她翻到上边去了。她伏在窗户外，透过没有拉严实的窗帘，一直都在观察赵小青。时间过去了一小时，也许是两小时、三小时，她看见他踱步，沉思，不住地叹息，在沙发上躺下，又突然一惊，虎地跳起身子！后来，他开了一瓶威士忌，又抽烟，抽很多支烟，都是吧几口，就摁了。杯里还有半杯残酒，他随手搁在窗台上。还有一支烟头，也是摁在窗台上。熄灯后，桑桑悄悄伸手进去，把酒喝了一小口，把烟头拿走了。她把烟头拿给我看，月光下看见是牡丹牌。她叼在嘴里，吸了又吸。她的样子，自有一种说不出的妖艳和刁蛮，这让我暗暗吃惊。我把烟头给她拔下来扔了，她撅了嘴不高兴，我展臂把她抱住。她任我抱，她背上的月光冷若冰霜，她身子在我怀里不住地发抖，我嗅到她嘴里淡淡的酒味。我想起母亲的话，我说，“别再乱来了。”她轻声轻气地笑了一声，溜出了我怀里。

第二天早晨，行军床空的，被子叠得整整齐齐，餐桌上留着一张纸条。桑桑写道：

亲爱的阿姨、伯伯、小哥哥，我走了。我不会回来了。我会记住你们的。

母亲差点当场就晕死。父亲赶紧给她掐人中，揩她满脸的冷汗。他宽慰母亲说，桑桑不是个一般的孩子，她肯定不会寻短见，过三天、五天、十天、半个月，她没处可去了，就会回来的。母亲松口气，见我呆着发傻，就扬手给了我一耳光，她骂，“我让你看住的人呢？”这是母亲平生第一次打我。

九

桑桑失踪后的第十三个晚上（我们全家都在掰着指头算日子），过了后半夜，星斗满天，虫鸣偃息，黑暗里笼罩着说不出的静。我反倒睡不着，睁眼听着头顶赵小青的踱步声。踱步声后来也没了，我想他该躺下了，我也该迷糊了。但就在这念头刚一闪过时，有吱吱的声音从桑树林里传过来。那声音并不太响，但又滞又涩，让人心慌，我睡意全消，后来干脆坐起来，等那声音消失。但它并没有要消失的意思，响得极有耐性，停了一小会，我刚重新钻进被窝，它又回来了，好像就在你的耳边聒噪。开始我以为是猫，或者一种奇怪的鸟，我就摸起来拣了个空墨水瓶在手上，推开窗户向那响声扔过去。然而，只安静了一小会，我刚上床，声音又来了，显然不是小动物，小动物没有这么胆大的！而且声音拉得更长了，艰涩得像一根锥子直往耳鼓膜里钻。我父母倒是睡着的，因为这声音并不足以把熟睡的人吵醒。但楼上，有脚步声在焦灼不安地团团转。就像是为了回应这脚步声，那吱吱声响得更加厉害了，难听得足以让深夜的失眠者眼胀，头裂，抠紧脚指头，挥拳头打墙！终于，一声怒吼压倒了一切：

我尥你娘的匹！

就在这一刻，我心中一片雪亮，是她回来了。

若干年后，我在大学寝室里作了个实验，拿一小块塑料泡沫在玻璃上来回擦，并始终保持单调、不变的节奏，那难听的吱吱声，很快让同屋们塞上了耳朵，其中一个蹲下来，发干呕。他们瞪大了眼珠子，以为我疯了！然而我很明白，我只是为了以恶作剧的方式，重返记忆。那种记忆的确是很疯狂的。

那个晚上，当赵小青骂完后，吱吱声消失了。楼上也慢慢安静了。赵小青，这个有洁癖的天才，追求声音的百分之百纯粹的音乐家，一个一呼百应的造反派头头，终于被疲惫所征服，倒下睡着了。但，就在这时，让人头痛的吱吱声又来了，这一次，是从上边发出的。我张开耳朵听得非常的清楚：她爬上了赵小青的窗台，直接拿泡沫在他窗户上摩擦。

我晓得要出事，就在我的意识飞转时，楼上传来玻璃猛烈的破碎声，一把斧头击穿了窗户，随后落进了桑园里。我的心揪紧了，她呢？这时候，桑园的住户陆续醒来了，但没有谁开灯，我依稀看见许多人趴在自家窗口，在张望着、等待着。就连我的父母，也披衣坐在餐桌前，各自抱紧一杯白开水。现在是死一样的静，我父母的手不住发抖，开水泼洒出来，把他们的裤裆都浇湿了。

安静大约持续了十多分钟，吱吱声又回来了，还是在上边响。赵小青大骂：我尬你娘的匹！他唱《泪蛋蛋泡在沙蒿林》的雄浑嗓音，此刻已尖锐得像一只毛发竖立的鸟了。但那泡沫摩擦玻璃的声音根本就不理会，依然不停地响着，既是挑衅，也是挑逗：它抵达了更上一层，到了阁楼了。

第二天早晨落起了淅沥的雨水，我挤在许多人中上苏娘家察看了现场，所有人都可以看出，赵小青满腔的悲愤已到了怎样的顶点：窗帘被撕了下来，茶几被踢翻，杯子、水瓶的碎片砸得满地都是。他是在一种无法控制的激情中冲上阁楼的，一只拖鞋掉在楼梯下，另一只拖鞋卡在楼梯的中间。他手上还握住一只威士忌酒瓶，因为斧头没有了，而酒瓶是他顺手可以抓住的东西。他发出的最后一声，不是骂，而是尖厉的长啸，酷似泡沫最终在玻璃上擦出了闪电来——他的身体冲开两扇大玻璃，把自己像炮弹一样发射了出去。

所有人都清楚赵小青是被那吱吱声给毁了，却没一个人能理解，包括直到今天的我，他哪来那么强大的力量，竟然射进了荷塘里，撞死在长满虎耳草和青苔的假山上。天亮的时候，他看起来好像还活着，倔强地站在水塘和雨水中，一手抱着假山，一手还紧攥着酒瓶的瓶颈。

警察牵着狼狗慢吞吞地来了，但没有找到那个发出噪音的人，雨水把一切痕迹、味道，都冲洗干净了。何况，在那个乱哄哄的年代，一个人死于非命是不足为奇的。

十

再见到桑桑，是1978年3月了，我刚考入四川大学历史系就读，而她回南音参加母亲的平反昭雪会。我父母、我，还有我的女朋友，都参加了。那天也落着雨水，桑桑全身穿黑，还撑了一把黑伞，脸上有了些细细的皱纹，但身子还很苗条，神色也跟从前一样，从容、平静，看我的时候，白多黑少的眼睛里有一些迷糊。我有点不相信，她曾被我搂在怀里，一身凉得发抖。她送给我父母一陶罐蜂蜜，说这是她亲手割的。她告诉我，这些年是跟着一群养蜂人在云南过的，那里天高地广，所到之处都很暖和，蜂蜜吃得多，人挺结实的。

我女朋友悄悄对我说，“我不觉得这个女人是桑桑。”我微微诧异，问那她是什么呢？女朋友想了想，说，“她也可以是别的人，当然，也可以是我。”我没有听懂。她是哲学系的学生，听我讲过无数回桑桑的故事。

桑桑告别的时候，我们像大人那样握手。她的手意外的一点都不冰凉，也不是温热的，是突然烧起来的那种滚烫。我眼里酿着一颗泪蛋，说，“留下吧。”她把手抽出来，还是走了。

后来她携母亲的骨灰去了法国，在巴黎跟舅父，即苏娘的小弟弟一家团聚。在那儿，她学习教堂彩绘玻璃画的创作和修复。2004年舅父去世后，桑桑移居东部小城第戎，在圣玛利亚修道院作义工，至今未婚。

1982年我从川大毕业后，放弃了去兰州参加西北第二考古队的机会，为照顾害慢性哮喘的母亲，回到了南音，编撰院史。我对音乐缺乏感受，但那些发黄的照片、干巴巴的年表，除我之外没人愿意阅读的会议记录、揭发材料、无人认领的书信、失踪者的日记……却让我听到若干不安宁的声音，仿佛惟恐被遗忘，倔强地要从字缝里边钻出来。其实没人可以遗忘的，因为回避也正是记忆在作祟：苏娘住过的房子被谥为凶宅，无人敢居住；她和赵小青留下的天才之作《两朵云》，也没人愿意再演出。我会在每天下班关上窗户前，眺望一会儿南音的小礼堂、林阴道，更远处的灰蒙蒙桑园……我总能隔着这大寂静，听到被埋葬的，哑声哑气的歌声。

（原载《人民文学》2006 年第 3 期）

作者简介：

何大草，本名何平，1962 年生于成都，祖籍四川阆中，1983 年毕业于四川大学历史系，曾在成都晚报任记者十余年。在《人民文学》、《十月》、《钟山》等刊物发表小说百余万字，出版有小说集《衣冠似雪》，长篇小说《刀子和刀子》、《我的左脸》、《午门的暧昧》。其中《刀子和刀子》已被长春电影制片厂和北京紫金长天传媒文化有限公司联合改编、拍摄为电影《十三棵泡桐》。

西街魂儿

迟子建

北红来的工程队首次用炸药采石头，虽然事先通告了山下的西街，让他们有个防备，但还是惹出了乱子。

正午十二点，青石山“轰隆轰隆”一阵巨响，西街的土地就震颤了。房屋的门窗吱嘎响着，牛哞哞叫，马尥蹶子，猪拱翻了食槽，羊打着哆嗦，刹那间鸡飞狗跳的。飞溅的碎石像暴雨一样漫过公路，哗啦啦向西街涌来。爆炸腾起的浊黄烟云在半空弥漫，遮蔽了雪亮的太阳。大人“咦嗬”叫着，孩子“哎呀”嚷着，以为西街遭了雷劈，下了地狱了。

西街哪经过这事儿，着实被吓了一大跳。老刘家那匹像缎子一样光滑的黑马毛了，在野地转着圈狂奔，嘶鸣，把一大片草场都踏平了。不惟是黑马丢了魂儿，花啊树啊也有丢魂儿的。青石山下的几棵美人松被石块劈打得掉了碧绿的毛发，没了精神；一些蓬蓬勃勃开着的野花，它们的花蕊容纳惯了蜜蜂那软绵绵、毛茸茸的身子，哪承受得了像钉子一样扎进来的石片呢，一夜间变得容颜憔悴了。

不过比起宝墩的丢魂儿，马儿呀花儿呀的丢魂就算不得什么了。

宝墩是泽花嫂的遗腹子。五年前西街商店起了场大火，泽花嫂的男人在抢救公家财产时被烧落的门板击中，葬身火海。他最后被定为烈士，埋在了北红烈士陵园。

泽花嫂给她男人烧完三七，宝墩出生了。这孩子早产一月，头发稀疏，皮肤寡黄，身条单细，软得像根面条，两岁多了才学会走路，三岁了才会叫妈，泽花嫂视若珍宝，须臾不离怀儿，他也因此比别的小孩子要经不起风雨，一声鸡叫都能吓白他的脸，三天两头就闹病。

青石山炸石头那天，泽花嫂早早就把门窗紧闭，和宝墩坐在炕沿上翻绳玩。翻着翻着，宝墩嚷着要喝蛋花水，泽花嫂一看墙上的挂钟，还差十分钟到十二点呢，就打开门去抱柴火，打算烧壶开水给宝墩冲蛋花。然而她才走到柴垛，爆炸声就响起来了。门大敞四开着，声音长驱直入，泽花嫂赶紧奔回屋里。一看，宝墩已被吓得掉下了炕，头磕破了，浑身抽搐，闭着眼睛，口不能言。泽花嫂吓得腿软了，赶紧抱着他往卫生所跑去。

卫生所只有一个医生，一个护士。宝墩虽小，但已是这里的"老病号"了。他们看着泽花嫂急慌慌地抱着宝墩进来，异口同声地问，又怎么了？泽花嫂说，吓着了！医生把宝墩接过来，放到病床上，先是掀了掀他的眼皮，然后又用听诊器仔细给他听过，说他心音紊乱，吃点抗惊厥的药，静养个两三天后，自会无碍。泽花嫂听后舒了一口气。医生给宝墩开了药，护士则把宝墩的外伤处置了，上了紫药水，缠了纱布，泽花嫂就抱着宝墩回家了。

泽花嫂的邻居是西街生产二队的队长徐金春，她听说宝墩吓着了，就过来看。徐队长火暴性子，她一进了屋子就骂："杂种操的工程队，明天我就让人把他们赶回北红去！他妈的他们在青石山上放了一个大臭屁，把生产队的三匹好马都惊着了！"

徐队长屁股大，她从来不坐高凳，泽花嫂递给她一个马扎。她一手提着马扎，一手轻轻拍着躺在炕上昏睡着的宝墩，说："你个小王八羔子，一天到晚地病，净吓唬你妈！"

泽花嫂说："可不，打他出生，就没消停了磨我。"

徐队长说："不是我说你，知道他胆子小，怎么不用棉花事先把他的耳朵堵起来？"

泽花嫂说："我早早就把门窗关了，可宝墩要喝蛋花水，我一看时间还没到，就出去抱把柴火，谁知——"

徐队长说："人家可是十二点整放的炮啊，你看错了点儿吧？"说着，她看了看腕上的手表，又看了看泽花嫂家的挂钟，叫着："你这钟慢了快十分钟啊！"

"怎么可能呢。"泽花嫂说。

徐队长走到挂钟跟前，指着慢条斯理左右悠荡着的钟摆说："别摆了，给人家摆丢了十分钟了！"她卸下挂钟，把背后的电池盏打开，抠出电池，把它撇到泽花嫂怀里，说："都流脓了，你还能指望一个瘸子准点走？！"

泽花嫂握着那个软塌塌的电池，不停地唉声叹气。

宝墩睡了两天，能起炕了。泽花嫂给他蒸了鸡蛋羹，他只吃了小半碗。他眼睛没神，走路直打晃。他来到院子，呆呆地看着落在花盆上的一只黄蝴蝶。泽花嫂说："宝墩喜欢蝴蝶呀，妈帮你捉啊。"泽花嫂伸出手，指尖刚触着蝴蝶的翅膀，空中突然传来了驴"啊呃啊呃"的叫午声，宝墩打了个寒战，"啊啊"叫着，扎到泽花嫂怀里，尿水顺着裤管流下来。泽花嫂心上颤抖着，她对自己说："这样下去，宝墩不就完了吗？"

生产队受惊的马好了，可宝墩还是整天耷拉着脑袋。徐队长率领着二十多个社员，到青石山找工程队算账去。社员们扛着镐头，挎着镰刀，就像农民军起义似的，一路高喊着："工程队滚回北红去！"徐队长一声令下，大家就把山下的帐篷拆了，将锅灶挑了，将运石头的卡车的轮胎卸下来了，将他们的行李捆起来，摞在一起。

工程队长是个结巴，他咧着大嘴对徐队长说："这、石、石头、可、可是、用来、建、北红、县、县政府、用的，你、这是、破、破坏、社、社会主义、建、建设——"

徐队长坐在一块大青石上，挥舞着浑圆的胳膊说：“少他妈的给我戴高帽子！我还要告你们破坏社会主义建设呢！自从你们来到西街，你们偷生产队的菜吃不算，还偷了我们一头小牛犊，烤肉吃了！你知道吗，牛犊那可是贫下中农养的，你们吃牛犊，就是欺负贫下中农，比大地主还杂种，该斗争！”徐队长的话音刚落，社员们就举着农具高声呼喊：“该斗争，该斗争！”

工程队长带着哭腔解释说，那只牛犊是生产队喂牲口的老哑巴送的，它是个怪胎，歪脖子，少条腿，活下来也是个废物，老哑巴不忍心吃它，才给了他们。再说了，工程队收了牛犊，还给了老哑巴一个大水壶呢！

徐队长说：“那你们是罪上加罪了，竟敢拿公家的东西换牛犊吃，贪污犯啊！你们趁早滚吧，要不今晚我就把你们送到县政府去！”

工程队长苦着脸，说他们勘察了这一带的山，只有青石山的石头最好，不想撤。

徐队长说：“你们用锤子采石头倒也罢了，还使炸药，那他妈是对付战场上的敌人才用的玩意啊！这下好，你们炸惊了好几匹为社会主义出力的马，还把一个烈士的后代吓丢了魂儿！我不是吓唬你们，青石山里藏着白虎，你们再凿下去，动了它的老窝，丢魂的就该是你们了！”

围观的工人一听说青石山里有白虎，颜面改色了，他们纷纷对工程队长说，要不咱们就撤？天乾镇那里的石头其实也不错，不比西街的差，去那里采吧。工程队长早就听说过西街镇二队的生产队长徐金春不是个善碴儿的人，在西街，她比镇党委书记说了算，是个惹不起的主儿。他思谋了一下，觉得在这个地界儿上跟她僵上了，不会有自己的好果子吃。再说不可能在青石山动用炸药了，采石的进程慢了，还是走为上策，就下令工程队往天乾转移。

青石山被凿得千疮百孔的。工程队一撤离，徐队长就让社员们用沙土把大坑填平，把弯了的树扶正，把遗留的垃圾深埋了。西街又恢复了往日的宁静。

宝墩却仍不见好。徐队长揪着他的耳朵说："为了你这小人儿，我把工程队都赶出西街了，你再不好，可对不住我了！"

宝墩却老是睡不醒的样子。泽花嫂给他煮了松枝水，据说它能提神醒脑，可宝墩喝了后，还是混混沌沌的。徐队长说："他这次魂儿丢得远了，得让来喜家的给他叫魂了。"

来喜家的是西街有名的招魂婆。但凡通灵的人，总有点异相。来喜家的罗圈腿，粗腰，大脑袋，短脖子。她的脸是扁的，眼睛不大，但嘴巴出奇地大，一笑露出紫色的牙床。她不爱卫生，头发不洗，乱蓬蓬披散着，衣裳满是油渍和汗渍，散发着难闻的气味。她喜欢抽旱烟，长长的指甲被熏染得焦黄焦黄的。生产队开大会的时候，她最爱做的事情就是脱下衣裳捉虱子。她把虱子放在指甲上，一边"咯嘣咯嘣"地挤死它们，一边咬牙切齿地说："我正法了你们！"惹得社员们笑声四起。

来喜家的给无数小孩子招过魂，她招魂的法器是三枚邮票。这邮票新的不行，一定是用过的，扣着邮戳。而且非关里的不可。如果是来自山海关以外的邮票，她会说这样的邮票不灵验，看都不看一眼。那些家里有小孩子的女人，平素习惯攒邮票，以备不测。她们为了获得邮票，见到邮递员来到西街，都异常地亲热。然而此地人外界联络少，有联络的，也多是东三省以里的，所以招魂票并不好求。

宝墩被招过三次魂儿了，泽花嫂攒的邮票大都用光，只剩下一枚了。她就走街串巷地讨要邮票。在北头的林子发家，她终于得到了一张来自湖南湘潭的邮票。这信是他侄子前年写来的，报告林子发的哥哥病故的消息。西街人记得，林子发接到这封报丧的信时，正在挑水。他看完信，把它揣进怀里，也不哭，只是说胸里起了火了，要灭火，趴在水桶旁"咕咚咕咚"地把满桶水都喝光了。喝完，他撇下扁担和水桶，蹒跚着朝家走去。一进院门，他就对剁猪食的老婆说，往后再也不会有人给咱邮红辣椒吃了！说完，这才跺着脚哭出声来。林子发的哥哥在世时，逢到过年时，会给他寄来一箱通红的干辣椒。

泽花嫂能把这样一枚对林子发来说有纪念意义的邮票讨到手，她满怀感激。当她看到林子发颤抖着手，用剪子把它从信上铰下来时，她的眼睛湿了，一再感谢着。林子发说："宝墩的魂儿要紧，你拿去用吧。"

只差一张邮票了。泽花嫂几乎踏遍了西街所有人家的门槛，却再也找不到相称的了，绝望中，她忽然想起了小白蜡。

小白蜡是西街人给下放改造的张以菡起的外号。她四十多岁，中等个，长脖子，瘦脸，短发。她平素喜欢仰着头，绷着脸，见人很少说话。她的五官搭配得很谐调，每一处都像一颗小星星：眼睛不大，鼻子不大，嘴巴和鼻子也不大，整张脸给人一种闪烁的美感。她的皮肤又白又细腻，让人觉得半透明；像刚点燃的一支白蜡烛，人们就唤她"小白蜡"。

小白蜡来自北京，是个写戏的。听说她编的戏很颓废，都是情啊爱啊哥啊妹啊的东西，不歌颂热气腾腾的社会主义新生活，不揭露万恶的旧社会人民所受的苦难，她接受劳动改造，就是理所应当的了。

小白蜡被下放到偏远的北红县，北红县又把她分派到只有七百多人口的西街镇。镇党委书记谭泽林坐着马车把这个女人领来时，是初春的时令，西街正在解冻，融雪使路面泥泞不堪。马车一停下来，驾辕的马立刻拉出一串粪球，所以小白蜡是掩着鼻子跳下马车的。她的脚一落到地面，就陷入泥坑，气得她撇着嘴，大叫了一声："关外的地狱啊。"

正是这句话，把整个西街人都得罪了。谭泽林本想把她交给生产一队，那是个男队长，心慈手软，想来他是不会让这个京城来的女人受罪的。但张以菡的话使他改变了主意，他把她交给二队。徐金春冲谭泽林嚷着："好物件你是不会给我的！"她用"物件”来指称张以菡，把张以菡气歪了嘴，半晌说不出话来。

徐队长把小白蜡安置到生产队马房旁的一间小屋，与喂牲口的老哑巴做邻居。小白蜡嫌屋子挨着牲口棚，气味难闻，要调换屋子。徐队长说：“生产队就闲着这间屋子，你不住也得住。再说了，你来西街，不就是要除掉身上沾染的小资产阶级气味、沾上劳动人民的气味吗?”

小白蜡抢白道：“劳动人民的气味难道就是牲口的气味吗?”

徐队长说：“是啊，劳动人民牵着牛马耕社会主义的田，身上能没有牲口的气味吗?”

小白蜡绝望地叫了一声：“西街啊——”听上去像是给西街招魂。

徐队长每天都要给小白蜡派活儿，春天施肥，夏天锄地，秋天收秋，冬天给牲口铡草，从不让她闲着。两年下来，小白蜡的手磨出了厚厚的茧子，但她的皮肤还是那么白润，西街的风雨似乎并没在她身上留下多少痕迹。她很盼望远方的消息，邮递员一到西街，她就跑去看有没有她的信。得到了就像一个久困渡口的人等来了一条船似的，一脸欢欣；得不到则像打翻了油瓶子似的，满面沮丧。

老哑巴五十多岁，又干又瘦，古铜色的肤色，眼凹着，嘴瘪着，身上的汁液仿佛让岁月给榨干了，筋骨突出。别看他干巴，力气可是不小。抡起二十斤重的铡刀，能一口气铡上一个钟头的草，绝不气促。他在二队既当马夫，又看场院，勤勤恳恳的，已经十几年了。他无亲无故，生产队就是他的家了。

小白蜡做他的邻居，两人就得共用走廊里的炉灶。老哑巴总是等小白蜡做完了饭，才放上自己的锅。小白蜡从北京带来了一桶香油，她喜欢用它下面条。每当走廊里窜着香油的气味时，老哑巴就会大口大口地吸气，大约觉得不这样的话，让这么好的气味散了，等于糟蹋了。小白蜡不劳动时，就在屋子里闷头写东西。不知道她是在写改造心得，还是仍旧在编她的戏。反正，她的屋子黑得晚，蜡烛使得也费。猪尾巴那么粗的蜡烛，她两天就得用一根。有的时候她在炉子上烧着水，却忘了，水哗啦哗啦地开了，壶盖被沸水顶得一蹦一蹦的，她却仍然呆在屋子里。老哑巴就得帮她把水壶撤下炉子，敲她的门，把开水拎给她。她不懂哑语，每回老哑巴帮助了她，她就竖一下大拇指。老哑巴摆摆手，表示不用客气。

每个周末的晚上．生产队都要开会。开会前，老哑巴将会议室的地扫干净，把一条条板凳擦得溜光溜光的，再把马灯挂在房梁下。小白蜡要和社员一样，坐在板凳上听会。徐队长坐着一张带靠背的椅子，面对大家。她分派完下周的活计后，会让招魂婆的男人来喜读报，学习上头的精神。来喜是个兽医，读过小学，算是生产队的秀才。他一读报，小白蜡就会撇嘴，因为来喜总是读错字，比如“神州大地风雷激荡”被他读成“神州大地风雷放荡”，“资产阶级思想是腐蚀不了广大劳动人民的”被读作“资产阶级思想是肉虫不了广大劳动人民的”。有人问：“‘肉虫’是个啥?”来喜说：“我琢磨着‘肉虫’就是女人每天晚上吃的男人的那条虫!”社员们笑得前仰后合，徐队长也笑得直托着下巴，小白蜡这时会无限痛惜地说：“西街啊——”好像西街病入膏肓，不可救药了。

小白蜡开会，很少插话。徐队长有时会问她：“张以菡，你说你在这儿劳动改造有没有收获?”小白蜡说：“出了苦力，睡觉倒比以前好了，这是最大的收获。”徐队长说：“我还担心你离了家，一个人睡了，会睡不好呢!”社员们明白徐队长话里的含义，都笑。他们知道小白蜡的男人是个工程师，他们有一个女儿。工程师每个月要给她来好几封信呢。

有一回小白蜡在会上说：“我的屋子闹老鼠，它们太嚣张了，逮着什么啃什么，队里能不能帮我捕老鼠?”

徐队长说：“你吃得高级啊，从京城带来那么多稀罕物，又是挂面又是香油的，西街的老鼠没见过这么大的排场，能不跑你那里赴宴去吗?!”

小白蜡无言以对，只能照例叹息一句：“西街啊——”发泄心中的不平。

泽花嫂从园子中拔了一捆水灵灵的小白菜，又把花盆上开得最艳的两枝粉色的月季花剪了，带着它们去求小白蜡。泽花嫂敲开小白蜡的门后，把东西递上去。小白蜡只接了花，她说不爱吃小白菜。

泽花嫂说明来意后，小白蜡说：“西街的稀奇事就是多，还兴什么招魂!”

泽花嫂说：“招魂挺管用的，小孩子丢了魂儿，叫叫就回来了。”

小白蜡说：“这半年多没什么人给我来信，我没新邮票。以前的信呢，从关内来的倒是不假，不过它们都不能使了!”

泽花嫂乞求地说：“就差一张了，麻烦你帮我找找吧。宝墩快不行了，这可是救命票啊!”

小白蜡说：“我没骗你，那些邮票都废了。你去别处找吧。”

泽花嫂讪讪地回家了。看着像摊泥一样躺在炕上的宝墩，她的心一阵阵抽搐。她认定小白蜡手中有盖着北京邮戳的邮票，她是舍不得给她，识文断字的人喜欢把这样的东西当个纪念物珍藏着。为了感化她，泽花嫂和了一块面，生起火来，烙了三张糖饼，晚饭时又去敲小白蜡的门了。

糖饼还热乎着，泽花嫂把它们放在饭桌上，眼泪汪汪地说：“我手里有两张，就差一张了。西街的住家我都问遍了，再没有从关内来的邮票了，你帮帮我吧。”

小白蜡说：“我说了，那些邮票都不能使了，破了!”

泽花嫂失神地说：“我的宝墩要是招不回来魂儿，我也就没魂儿了——”

小白蜡尖刻地说：“你们真够愚昧的，孩子病了不去看医生，去找巫婆！那个来喜家的除了会‘正法’虱子，我看不出她有别的本事！”

泽花嫂说：“卫生所的大夫给看了，也说宝墩是惊着了，给开了药，吃了也不大见好，这才想着招魂的。”

“那你就抱着孩子去北红！县医院的医生到底水平高些，可别在这儿给耽误了。”小白蜡把糖饼塞回到泽花嫂手中，说：“我有糖尿病，你拿回去给宝墩吃吧。”

泽花嫂往回走时，眼泪“啪嗒啪嗒”地落下来了。她想这个小白蜡真是自私，见死不救。她去了徐队长家，把在小白蜡那里两次碰壁的事情说了。徐队长气得直骂：“杂种操的这个编戏文的，真不是个好物件啊！”徐队长说，既然小白蜡打定主意不给邮票了，就另想办法吧。她领着泽花嫂，走东家串西家，寻来一张来自沈阳的邮票，徐队长说：“沈阳离山海关也不远了，就算是关内的邮票吧！把来喜家的叫来，今晚就给宝墩叫魂儿！”

来喜家的手中掐着烟卷，扭扭搭搭地来了。泽花嫂给她沏了茶，还炒了瓜子。来喜家的一边喝茶，一边“咔咔”嗑着瓜子。她对徐队长和泽花嫂说：“我可把丑话说在前头，这邮票有一张不对路，灵不灵验可两说着呢。要是招不回魂儿，你们可不要怪罪我。”

徐队长说：“行了行了，干你们这一行的也学会摆谱了！你只管好生叫魂儿，把宝墩治好了，我给你加八个工分！”

“那敢情好。”来喜家的龇着满口的黄牙笑了。

招魂的法术通常要等到夜半时分才能施行，万籁俱寂之时，捕捉远游的魂儿似乎更为拿手些。招魂时外人是不能在现场的，被招魂的人也一定要在睡梦中，他若醒着的话，真魂儿还是回不来的。

宝墩不用哄，他早早就睡了，这些天他只有一个睡的心思。月亮快到中天了，茶水淡了，瓜子也嗑光了，徐队长打着呵欠回家了，泽花嫂和来喜家的开始做招魂的准备了。她们端了一盆清水放在院子里，水中放着一面小圆镜子。之后泽花嫂把火柴、三枚邮票和宝墩的一件衣服递给了招魂婆，自己躺到宝墩身旁。

来喜家的吹灭了蜡烛，散开头发，开始招魂了。她先是围绕着水盆转了几个圈儿，然后敞开屋门，提着宝墩的衣裳，在门槛上抡来抡去，召唤宝墩的魂儿："宝墩啊，回来吧，月亮照着路，给你做着伴儿，愿你脚下生着风，一夜走回来。你千万不要混进恶人堆儿，不要受他们的哄骗。那里的山中有妖怪，那里的水中有毒蛇. 那里的馒头沾人血，那里的肉中埋着针。宝墩啊宝墩，快快回家吧。你的家在西街，西街上有你的娘，你的花你的草，你的碗你的筷，你的板凳你的枕头。你要是不回来，你妈睁着眼，眼里却没光；你要是不回来，煮饺子的开水打着响儿，你妈也听不见。好宝墩，回来吧——"

招魂婆哼哼呀呀说完这套招魂嗑儿，放下舞动的衣裳，划着火柴，把那三张邮票在门槛前点燃，待它们化为灰烬后，将门关上，出了院子。她在离开前俯身看了看浸在水盆中的镜子，不由得打了个寒战，深深地叹了一口气。

第二天，宝墩能在院子中玩耍了。泽花嫂很高兴，以为宝墩的魂儿给叫回来了。徐队长嚷着要给招魂婆加工分的时候，她却阴沉着脸说："等两天再说吧。那晚我在镜子里没看见宝墩的魂儿，他的真魂走远了，恐怕是回不来了——"

招魂后的第三天晚上，宝墩突然抽搐起来，手脚乱舞，口中叫着："不走，不走。"好像谁在用绳子捆他似的。泽花嫂大惊失色，她叫来徐队长，徐队长一看他翻眼白了，知道大事不好，把招魂婆和卫生所的大夫双双叫来，让他们各使各的招儿。大夫给他注射了强心剂，招魂婆手忙脚乱地为他扎了一个纸人，做他的"替身"烧了，然而宝墩还是断了气了。

依照西街的风俗，早夭的孩子是不能进坟墓的，而且不能过夜，徐队长让来喜带着两个人，把宝墩用一床棉被裹了，埋在青石山下。她觉得是青石山怀上的那怪胎似的炸药，索了宝墩的命，他理应归到那里。

泽花嫂已经不会哭了，她的眼睛直勾勾地盯着宝墩的枕头。徐队长劝她：“都是你那死老爷们把宝墩招去了，他心狠，自私，你要是心里放不下这个老鬼和小鬼，就上了大当了！他们不心疼你，你也不挂记他们，好好过你的！”

泽花嫂只会哑着嗓子一遍遍地叫着：“宝墩啊——宝墩啊——”

招魂婆说：“我早就说了，那邮票有一张是关外的，不灵啊；那晚我给宝墩叫完魂儿，在水盆的镜子里没看到宝墩的小脸，我看到的是一个鸭梨那么大的骷髅，我知道宝墩没救了。”

“杂种操的小白蜡！”徐队长把愤怒都发泄到她身上，“她有那么多封北京来的信，就是不舍得出一张招魂票！她这个资产阶级的臭物件，跟咱贫下中农就不是一条心啊，我看她在西街改造得还不够！”

第二天，小白蜡就被派去做淘粪工了。

淘粪工所做的是生产队最苦最肮脏的活儿。生产队有一个大粪池，在牲口棚的东侧，长方形，大约有三十米长，十五米宽，两三米深。这个粪池由一个叫二尿子的人经管。这个粪池挖了大约有十几年了，它可以说是生产队农田的一块大酵母。经过它施与的土地，庄稼才长得好。老哑巴平素清理牲口棚的时候，把牛粪马粪都打扫到了那里，但这种食草动物粪肥的劲儿不足，所以还要掺加猪粪、人粪这些粪劲大的粪肥。这样就得有人去起猪粪和淘厕所。二尿子三十多岁了，可他还像小孩子一样爱尿炕，娶妻多年，也没使媳妇怀上孩子，人们背地都说他是个“尿漏子”，所以一物色淘粪工，大家都说这活儿合该由他来做。

西街有三座公共厕所，每个住家又都有一个猪圈。一般来说，自家的猪粪起了后，都上到自留地了。但徐队长却让二队的社员把家中一半的猪粪贡献出来，否则就不派他活儿。二尿子除了去公共厕所淘粪外；还要定期去社员家里起猪粪。生产队为他准备了一套淘粪的行头：一副扁担，两个大粪桶，一件蓝布长袍、一双高靿胶靴，还有一个两米长的粪勺。二尿子常常站在公厕的粪坑前，小心翼翼地把一勺勺粪肥舀到粪桶里，挑到生产队去。往往他的脚步还没到呢，街巷中的人就知道二尿子要来了，因为刺鼻的臭味像癞皮狗一样，已经先打着滚儿来了。

二尿子把粪池侍弄得很好。怕它生蛆，常采些花啊草啊的丢在里面，连它们一起沤成肥。他还养成了捡粪的习惯，走路时，手中提着个粪筐，里面放着把小镜子，看到了遗弃在路上的鸡鸭鹅狗的粪便，便会悉心将其拾起。他爱粪爱到什么程度了呢？有一次看见场院里落了几颗海螺似的鸟粪，也将它们拾捡起来，扔进粪池。夏日正午时，他喜欢在毒日头下光着脊梁站在粪池旁用粪耙捣肥，把它们调和均匀，那份细致和耐心，绝不亚于家庭主妇们用耙子捣酱缸。炽热的阳光投向粪池，使那里泛出微蓝的幽光，仿佛无数簇火苗在燃烧。

徐队长让二尿子交出淘粪工的活儿时，他竟有些舍不得。当他把那套淘粪的行头交给小白蜡时，竟然带着哭腔嘱咐她要每天给粪池打耙，不然它会害痒的，把听了这话的人都给逗笑了，说他没有孩子，把粪池当孩子一样看待了。

小白蜡一开始反抗做这个活儿，她撇着嘴，脖子高昂着，眼珠一翻一翻的，说她一闻屎味就恶心。徐队长说："庄稼一枝花，全靠粪当家，这是生产队最光荣、最重要的活儿，现在派给你，是全体社员对你的信任。现在党考验你的时刻到了。"

小白蜡说："我的手是握笔杆子的，不让我握笔杆子，握锄头可以，但是让我握粪耙子，那是万万不能的！"

徐队长说："自从你来到西街，表现一直不错，你前期改造的成绩大家是有目共睹的。现在到了你改造的关键时刻了，你要前功尽弃，那才是万万不能啊！如果我向上反映说你对劳动改造有抵触情绪，你这辈子就别想回北京了。你得明白，不握粪耙子，是不能再握笔杆子的！"

小白蜡气得眼睛一斜一斜、鼻孔一鼓一鼓、唇角一颤一颤的，她明白自己没有退路了，只能从二尿子手中黯然地接过粪耙，当二尿子嘱咐她要每日给粪池打耙时，她以一句带着悲愤之情的“西街啊——”作为回答。

小白蜡穿着胶靴和蓝袍子，戴着大口罩，挑着粪桶去淘粪，绝对是西街的一景。镇党委书记谭泽林觉得徐队长做得太过分了，找到她说：“她一个京城来的知识女人，你让她锄个地割个草也就可以了，让她当淘粪工，不太合适啊。”

徐队长“呸”了一声，说：“怎么安排她才合适？让她每天跷着二郎腿坐在屋子里读书喝茶，再找个人给她揉肩捶背、洗衣做饭伺候着，那才是合适的？”

谭泽林说：“别说这个气话，我听说了，你是因为宝墩的死才对她这样的。”

徐队长说：“我们待她那么好，可她见死不救！人家林子发把湖南湘潭的邮票都舍出来了，那可是毛主席故乡的邮票啊。小白蜡呢，她有那么多北京来的信，哪封信上没有邮票呢，可她一张都不给，这还叫人？宝墩那可是烈士的后代，她不救，就是与党与人民为敌！”

“唉，你也别上纲上线了。再说你搞什么招魂的把戏，传出去也不好，都是封建迷信那一套。”谭泽林说，“让她做个十天半月的，还是交给二尿子吧。我听说，她跳到别人家猪圈起猪粪时，一边起一边哭。她从厕所挑着粪回队上，能把屎尿逛荡一路，你为了咱西街的卫生，也别让她做了！”

徐队长冷笑了一声，说：“你吃黑馍吃腻了，看着她白，眼馋了不是、心疼了不是？你记住，我徐金春想做的事，谁他妈也挡不住！”

徐队长跟谭泽林发完脾气，刚从镇党委办公室出来，就碰见了从北红来的邮递员老田。她气呼呼地问老田：“有张以菡的信吗？”她想如果有的话，她等于捉了个贼，她会亲自给小白蜡送去，恶心她一顿。不料老田叹了一口气说：“都多少日子了，没她一封信了。人一倒霉，哪还有亲人和朋友啊。”

徐队长怔了一刻，嘴上说：“怎么会这样?”心里却说：这种货色，别人不理睬她也是应该的。

泽花嫂每天只吃一碗粥，她瘦得脱了相了，眼珠冒冒着，眼袋垂吊着，脸颊塌陷着，颧骨暴突着。一到夜晚，她就坐在门槛上一遍一遍地召唤：“宝墩啊，快回家啊，天都黑了，妈给你铺好被窝了，宝墩啊——”过路的人听见泽花嫂凄凉的召唤，没有不落泪的。眼看着泽花嫂一天天枯萎下去，徐队长和西街人对小白蜡的仇恨也就更深了。

徐队长找到了老哑巴，他正在牲口棚里给马喂豆饼呢。徐队长悄悄对他说：“我派给你一样好活儿，你做成了，给你加三十个工分，年终分红时够你买一箱高粱烧酒的。”

老哑巴对徐队长的话向来是言听计从的，所以没听吩咐的是什么活儿，就先点头了。

徐队长神秘地说：“这活儿保密，跟谁也不能说，所以才挑中你。”老哑巴虽然有些疑惑地眨巴眼，但还是再次点了头。

徐队长有点难以启齿，她说：“你没成过家，估摸着这个活儿你可能还没做过。不过这活儿是男人都会做，做了也会喜欢。”

老哑巴似是领悟了她的话了，面红耳赤的。

“泽花嫂家宝墩的事情你听说过吧，知道那孩子是怎么死的吗?”徐队长为了让老哑巴能够有勇气接这个“活儿”，就想先激起他对小白蜡的仇恨。

老哑巴比划着，告诉她宝墩是让青石山上的炸药给吓死的。

徐队长说：“吓着的人是能治好的，宝墩本来能活下来的。都是那个臭女人，她见死不救。”徐队长把小白蜡不给招魂票的事情讲了一遍。

老哑巴显然生了小白蜡的气了，他指着小白蜡的屋子又是摇头又是跺脚的，喉咙发出“呃呃”的哽咽声。

“你说这种女人该不该收拾?”徐队长问。

老哑巴茫然地看着徐队长。

"你跟她住隔壁，半夜时，你敲她的门，她要是不开的话，你就砸她的门，跳她的窗。进去后，你就收拾了她！你喂牲口，知道牲口是怎么干的，你就跟她那么干！我不相信治不服她！她要是告你，你就是一个摇头，给她来个死不认账！反正你又不能说话，明白吧?"

老哑巴的脸紫涨了，他哆嗦着嘴唇，连连摇头，表示他干不了这"活儿"。

徐队长一把将老哑巴搡倒在干草堆上，骂他："给你这么一个俏活儿，你还不想干，真是不识抬举！你要是不干，就是对不起宝墩和泽花嫂，对不起他们，就是对不起西街！我给你一个礼拜的时间，你要是没把这'活儿'拿下来，你趁早给我卷起铺盖走人!"

徐队长的话像突如其来的冰雹，把老哑巴砸得晕头转向的。她离开后，他捧着脸伤心地哭了。

接下来的一周，徐队长每天都要到生产队的场院里观察动静。小白蜡兢兢业业地做她的淘粪工，从别人家的猪圈或是公厕把粪肥挑回来，倒在粪池里，然后像二尿子一样，站在正午的毒日头下，在苍蝇飞舞的粪池旁打耙。不同的是，二尿子光着脊梁，不戴口罩，而她每次站在粪池旁都是全副武装：口罩、蓝布长袍、长裤、胶靴和黄头巾。每次给粪打完耙，汗水都会把她打得浑身湿透，她摇晃着走回自己的小屋，第一件事就是拉上窗帘擦洗身子，然后换上干净的衣裳，把她淘粪的那套行头当弃儿一样扔在门外的走廊里。每回徐队长经过走廊去老哑巴那儿，看见小白蜡扔在门口的东西，都会紧着鼻子，朝地上吐上一口痰。

老哑巴照例做他的活计：铡草、喂牲口、打扫场院。一看见徐队长进来，他就像老鼠见了猫似的四处躲闪。有一回他竟然躲到马槽中，平躺在里面。马儿不解，站在槽子旁边咴咴叫，被徐队长发现后，一把将其拎起，骂道："真没出息，你的嘴哑巴了，那个玩意也哑巴了不成？泽花嫂都快要疯了，你再不把'活儿'给我做了，我饶不了你！”徐队长离开的时候，会向他竖起手指，五根或者是三根，提醒他留给他的时日还剩几天。

在期限的最后一天，徐队长带着一瓶酒和一包饼干来了，她把东西撂下，什么也没说，只是竖起一根手指，一甩手走了。老哑巴觉得这些吃食就是刽子手送给问斩者的最后的晚餐，他把它们全都享用了，然后醉醺醺地拖来一些板条到小白蜡的窗下，又找来钉子和锤子，把窗子给钉死了。那时正是夕阳西下的时分.小白蜡挑着一担猪粪回来，发现窗子被封上了，就大叫大嚷着：“我又不是蹲监狱的人，谁这么没有人性啊！”她打算回屋换了衣裳后，去找徐队长理论一番。才进走廊，就听见一阵呼噜声。老哑巴怀中搂着锤子，蜷缩在她的门前，睡得正香。小白蜡看到他手中的工具，知道窗子是他封的，就呵斥了一声：“谁给你的权利？”老哑巴睡得太沉了，眼皮都没抬一下，依然打着呼噜。小白蜡便找来一根木杆，一下一下捅他，终于把他弄醒了。老哑巴看到小白蜡的一瞬，打了个激灵，酒也醒了多半。看来他醉得腰膝酸软了，他是扶着墙站起来的。他一手拿着锤子，一手从裤兜中掏出一副门闩和几颗螺丝钉，示意小白蜡将门打开。小白蜡不理睬他，他就“呃呃”地叫，急得脖子上青筋暴起，眼里涌起了泪花，小白蜡只得将门打开。门一开，老哑巴不由分说地“叮当叮当”为她的门又加了一道门闩，然后做出敲门的手势，指着门闩一再摇头，示意她有人叫门的话，绝对不要开门。小白蜡不明白发生了什么事情，但她感觉到老哑巴是在提醒她，有人打她的主意，要注意安全。小白蜡叹了一口气，只能听之任之了。窗户被钉死后，就像一个人被五花大绑着，没什么自由了。除了光线受了影响外，空气也不如从前了。以往可以把两扇宽大的窗户都敞开，现在却只能开一扇小小的气窗来透气了。

第二天早晨，徐队长背着手来到生产队，想看她的最后通牒收到成果没有，不料她根本就找不到老哑巴。去他的屋子，才发现行李已经没了。老哑巴是什么时候悄悄离开西街的，无人知晓。没人知道他去哪里了。但有一点可以肯定，他是顶着满天星星离开西街的。徐队长没有想到老哑巴会做出这样的选择，她简直要被气疯了，立刻召开全体社员大会，说老哑巴是隐藏在生产队里的阶级敌人，将来谁若发现他的行踪，一定要报告；让他回来接受劳动人民的审判。

老哑巴的离去，让徐队长很舍手。多年以来，他忠于职守，是二队最好的管家，一时竟找不出合适的人替代他。她也因此更为憎恨小白蜡，心想我一定要想办法收拾了你！她想这种事情再也不能与人说破了，要找就找个好色之徒与她为邻，这样等于让她与狼为伍，迟早有一天会吃了她。

二尿子主动找到徐队长，说是他想接替老哑巴，他乐意住在队里，天天闻粪池的气味，而不想睡在家里。徐队长心想，你三天两头就尿炕，伺候不明白女人，软蛋一个，你休想跟小白蜡为邻！那样不等于给她找了只温驯的绵羊做伴儿么。琢磨来琢磨去，她选中了来喜。来喜身体壮，招魂婆曾私下跟徐队长叫苦，说来喜哪儿都好，就是房事上太贪了，让她抵挡不了。徐队长还注意到，来喜每次读报前，总要悄悄看上小白蜡一眼，那目光有些畏惧又有些羡慕，大概知道她文化高，希望他把字读得丢盔卸甲时，她不至于打击他。然而小白蜡就是小白蜡，来喜把字读出可笑的意思时，小白蜡不仅撇嘴角，还会发出几声嘲笑。

来喜欢天喜地地来喂牲口了。他从家里搬来了行李，剃了头，刮了脸，还穿上了唯一一条不打补丁的裤子。他来的头三天，有事没事总爱在走廊转悠。晚上烧了水后，他会敲小白蜡的门，说："有开水，给你灌上一暖壶吧？"小白蜡从不打开门闩，总是隔着门跟他说话。第一天说了声："谢谢，我有。"第二天说："我的暖壶满满的，不用。"第三天则毫不客气地说："我晚上读书呢，不要敲我的门！"

招魂婆在第三天的晚上来看来喜，正赶上来喜灰头土脸地提着水壶站在小白蜡门前。看他一脸的尴尬，她心里明白了八九分，从这天开始，她就陪来喜睡在了队里。徐队长知道后，非常恼火，她说来喜来了没几天，牲口天天掉膘，看来他只知道睡，没有给它们喂夜草。“马不吃夜草怎么能肥呢！”徐队长急赤白脸地嚷着，要把来喜开回家。然而还没等她物色好新的马夫，又一声爆炸降临在西街。

那段日子里，天的性子异常暴烈，每天都是烈日当空，不见一片云彩。庄稼被晒蔫了；刚出苗的秋白菜也都枯黄了。徐队长不得不带着社员挑水抗旱。他们组成了挑水大军，每天往返于水井和农田之间。那段日子，粪池上空常颤动着缕缕白光，见了的人都说：“粪肥也热得快熬不住了，要着火了！”

每到正午，小白蜡仍是全副武装地站在粪池旁打耙。这一天打着打着，粪池忽然打雷似的“轰——”的一声巨响，淤积在池子中的粪肥像礼花一样飞旋而出，四溅开来。小白蜡就像一本薄薄的书，被这巨响给掀翻了，弹到五米外的地方，摔在地上。在场院另一侧给马饮水的来喜，真切地目睹了这一幕情景。他哪里经过这种事情，以为粪池里出了妖怪，吓得瘫软在地。

西街的人都以为北红工程队又回来了。为了让泽花嫂快些好，徐队长把她从家里拽出来，跟社员们一起在农田里抗旱。响声传来时，她吓白了脸，水舀子从手中掉到地上，她用手捋着无精打采的禾苗，连连叨咕：“宝墩不吓，宝墩不吓啊——”

“他们还嫌坑咱西街坑得不够，怎么又回来了？”社员们纷纷说。

“这响声可不是从青石山那儿传来的，是从咱们二队那里来的。”徐队长说，“不是北红的工程队回来了，是咱二队出事了！”

二队的场院里满是粪肥，臭气熏天，半空中盘旋着一群黑云似的乌鸦。小白蜡躺在地上，已没了气息。她的额头伤痕累累，伤口渗出的鲜血和脸上星星点点的粪肥混合在一起，使她的面容看上去就像一块淤积了朱红和土黄两种颜料的调色板。来喜说小白蜡飞起来的时候，手中还握着粪耙。她落地后，那只粪耙也落在她身边，像是一支粗笔，陪伴着她。

小白蜡的死，震动了西街。谁也没听说过粪池是可以爆炸的。北红农管站的技术员来到西街勘察了事故现场后，说是这个粪池太深，而且年头久了，里面沤的粪肥在夏日产生了大量沼气，积聚到一定程度时，才发生了爆炸。但西街人才不认可科学的解释呢，他们一致认为是宝墩的冤魂藏进了粪池，索了小白蜡的命。

由于天气太热，小白蜡第二天就被葬在青石山下。她的丈夫闻讯赶来时，距事情发生已经有一周了。那个男人在去坟上的时候，顺路采了一束白色的野菊花，插在了小白蜡的坟头。由于他并没有号啕大哭，陪同他的西街人都很为小白蜡难过。这个男人从青石山下来后，由徐队长陪同着，去清点遗物。在小白蜡的书桌旁的抽屉里，他翻出一沓用黄丝带捆扎着的信。他解开丝带，把信摊开在书桌上。徐队长惊异地发现，这些信的右上角贴邮票的地方，无一例外地残破着，好像谁给信开了一扇扇小窗。从破损的痕迹看得出，那是被老鼠啃啮过的。看来西街的老鼠喜欢吃来自关内的邮票背后的糨糊，这才把邮票通通糟蹋了！难怪小白蜡要说那些邮票都不能用了呢。

徐队长瘫软在地上，带着哭音叫了一声：“西街的老鼠啊——”

小白蜡的男人走了。

夏天过去了，秋天来了，雷厉风行的徐队长变得寡言少语了。她在领着社员们秋收的时候，常常在歇息的时候呆呆地望着青石山。她一天天地消瘦下去，到了年终分红时，她那曾经磨盘似的屁股，已经瘪得像霉烂了的倭瓜。

（原载《收获》2006 年第 4 期）

作者简介：

迟子建，女，黑龙江人，中国作家协会员，黑龙江省作协专业作家。

短篇二题

张瀛太

春光关不住

我到处叩问神迹
却找到偶然的东西
——张　枣

来到异乡，是为了让人看不见，或让人有时看见有时视而不见；混迹于人群中，那种一致的无身份，算是挺省事的放浪。不过，在巴黎，我时常独处却难感到疏离，好像总有双眼睛在某处打量着你。就像现在，那女人不停地向后看，顺着我的方向瞄过来，那种看似自然的停逗，却有种介乎瞬间闪逝和蓄势待发之间的暧昧……

过了桥，车站近在眼前，她忽然回头走来，很快与我擦身而过。我吃惊地望她——是不是我这样漂流的模样特别惹人怜？

我追上前摇头示意，她躲着不肯收回给我的钱；我想塞到她身上，但被她抱在胸前的广告单挡住，我法文不灵光，一时不知怎么开口，趁她转身，赶紧把钱放进她口袋，突然，指尖像触到什么，一个黑溜溜的头从口袋冒了出来。

尚路易，进去。女人喊道。

那黑家伙在主人口袋里打量我，我打量着它也打量它的主人。女人眼神里有种超乎熟识者的热切，不能不教人感激，我向她出示当天画人像和剪影的收入，证明自己并非流浪汉。女人眼里多了歉意，仍不肯拿回她的钱，只让我用黑纸为她的小黑貂剪影，算是付了代价。但这代价太便宜了，我还想为她做些什么。

自己对女人向来是这么回事吧，若想捕捉住什么，一碰就化为乌有，若要当什么都没发生，却也有种情调撩得人不知所以。我随着这个东方女子，沿着街道走下去，包围在我和娜娜身边的雾，令人觉得像置身在别的地方别的时刻……我们沿途散发餐厅广告，直到天黑，娜娜手上那沓已发完，我替她分担的这一半还剩不少。娜娜不让我再发下去，我估计我的遐想也该结束了。

她朝前走一会儿，在河堤边停下。我们蹲坐两处，像来自不同纬度的候鸟，用不流利的英语交谈。她操着日本腔，问我，有烟吗？我掏出一截烟，很短，我又换另一截给她，但也很短；她看过整包烟，才知道每根都被切成三等分。她又用那种热切的眼神看我，然后燃起这截烟，慎重地抽。

抽完了自己那截，她为我新点一支烟，黑暗中，她问我，是否烫着了什么？我说：烫着了烟。娜娜笑着把我这截也拿去，吸完最后几口，她开始折纸船，一面折，一面为我介绍传单上写明的菜色。块菰白兰地烤鸡、奶油烩小牛、芥末炖兔肉……一艘艘滑进漆黑的水面，慢慢湿透，然后灭顶。

餐厅是娜娜开的。她带我到这家叫“地谷”的小店，餐桌上还有鸡走路，她让人抱来一窝蛋，放一个在我手上：“店里的东西多新鲜，你看，蛋还是热的。”我瞧着脚下那只啃花盆的兔子，刚才进门时踩到的东西也很“新鲜”，像是它的粪便。

或许，娜娜卖的生蚝里会有珠子吧。

在我极穷的时候，曾用所有的钱点了盘生蚝，希望能发现珍珠，却找到一颗虾子眼。而那之前，我白天习画，晚上在中国餐馆擀饺子皮、在地铁吹口琴，有时饿着肚子坐路边，只能捡张报纸，挖个洞，看洞里悠闲觅食的鸽子……后来我避开蒙马特的画家群，改到卢森堡公园画人像，没生意时，整天就画着旋转木马。有人看我老画一匹饱经风霜的老马，问我为何不画别的，我说这匹漂亮。

我用未婚妻打工的钱来到巴黎，实现那种不确定的梦想：或许是艺术家，或许是独生独死之类的幻影。我走得够远，不知道她家毁于地震，当她领了救济金来找我，我真想到什么地方去，把她忘掉，可是我怜悯她的瘦弱，她是那么一个好得一塌糊涂的女人。我送她几首道别的诗，但她没看懂，还鼓励我好好写作画画，说会再赚钱供我。临别前一夜，趁她睡熟，我偷偷缝补了她的内衣；那上面的蕾丝已破损多处，可她始终舍不得买新的。也许，我欠她的不是没有感情，只是没有了道义。她理解不了某种快乐或痛苦——我曾想在面海的山坡盖个小屋，每当有了钱，就买些砖头储着；我也曾说服一位僧侣，让我假扮石匠，好进入修道院呼吸那些遁世者的空气。我一直向往某种自在的幻影，也一直在重复逃跑这件事，我可能是个懦夫，或者，我只是活在自己喜欢的茧里，在这里放浪我的后青春期。

我的阁楼，三坪不到，但已足够了我的放浪。没有床也没有桌，旧房客留下的老藤椅和掉漆梳妆台是唯一的家具。洗手间位于屋顶最倾斜那一角，每当坐在马桶上，推开屋顶气窗，伸出头，点根烟，吞云吐雾间，感觉像占领了整个巴黎。

而娜娜，占领了巴黎的我。问她为什么看上我，她说是看上我的烟，又说是看上我的领子；的确，我的领子很白，它是活动式的，我每次只拆领子洗洗，再装回衣服去。娜娜老想拆我的领子，有天，我要求她当模特儿做交换条件，她让我画张速写，画好之后，她看了满意，忽然跑到梳妆台后，出来时已一丝不挂。她摆好姿势，我却不敢动笔。我曾在练习簿上画过一个个裸女，在她们阴部画了洞，阴茎刚好可以放进去；但我没画过真实的裸女。我把黑貂撵到她身上，没能遮住什么。她笑着走来，拿笔朝我上色，我顾着嗅我们身上的酒气，忘了自己做什么，只记得她最后解开我衣衫，沿着背部画下去，简单几道线，她当做大提琴这么演奏着……直到两人醉倒在灯笼边，融化的灯油滴到头上成了蜡柱，恍惚间，还听她要求把“提琴”再奏一遍。

那枝画笔，很快被娜娜用坏。她把它削成两支筷子，凹凸不同，像是一雄一雌，我说凸的是男阳，凹的是女阴，她说凸的是女性乳房，凹的才是男性。她喜欢替我温一瓶清酒，让我用这双筷子吃到起了醉意。

她告诉我，她是偷了丈夫的钱来巴黎的。起先做了画家模特儿，不久也开始画画，画动物、画蔬菜，现在，她喜欢画人，尤其是亲手绘制我。她希望男人对她都能带点醉意，可是她丈夫很节制。我却想，她丈夫不是性无能，只是绅士而已；但她也不爱初识就跟她私奔的男人，我们不是圣徒，更不是浪子，我只是无关紧要的看花人，她是流荡四野的自然风。

每星期六，我们搭六十九号公交车去买菜兼兜风，沿着渡轮路，浏览鱼店肉店，顺便走进那家“戴罗乐”，看看狮子、牛羚、麋鹿、小象被制成标本的样子，接着转到格内勒路，挨着每家内衣店橱窗，对那些内衣样式品头论足，然后到那家很贵也很棒的蔬果店选菜，再到“巴泰莱米”买乳酪。这是我们共有的作品：我们开心地把绿橄榄掺进紫茄红椒色拉；一起把火鸡挖空，填进碎栗、鸡肝和蓝乳酪，再涂了芥末去烤；一同剖开番茄，塞满切细的柠檬、阿月浑子和丁香，再烧一锅糖浆去炖……最后把料理剩下的种子撒上各自的屋顶，看春天先向谁报到。

可我不确定春天来时是什么光景，巴黎的日子，像偷来的幸福，季节一到就要飞走。我说我们像候鸟，永远没有固定的基地，她却说候鸟像月亮，永远都有规律，不见了又会出现。但多半时候，我们既非候鸟也非月亮，我和娜娜只是坐在阁楼的小窗台上，像两只跨不出笼的鸟，同时看着烟囱林立的巴黎天空。天冷，我们把身体依偎得紧，她喜欢伸手到你腋下取暖，然后嗅着手上带出的丁点狐臭。有一次，那凉凉的手却滑到你下体去，还用柔软的舌尖轻舐，让微微颤动的小家伙挺立起来，刹那间，她的湿气和鼻息，直抵你心潮之起伏。娜娜闭着眼，深深吸入那味道，她形容我的味道，像蒲烧鳗，很新鲜。而别的男人呢？像搁久的味噌。她吻我的唇，让我感觉到自己的味道，我仿佛嗅着了晒干的海藻、小鱼的腐臭，还有一种宽慰与感动……当她仰起脸庞，与我迷蒙的视线交会，瞬时，我的眼泪不禁淌下。

多希望在她只爱我的时候死去，或者，同时殉情。

我问她，假若我们相约同年同日在不同地点殉情，有一天不期而遇了，会是什么情景？当我说：你毕竟没射死你自己。娜娜会说：我射了，我们这是在地狱重逢。

诚然，那正是我畸想的热恋方式，患难流离，死生重逢。

因为你没法确定什么是恒常，正如你不知道现在是高潮是尾声？或只是糊里糊涂沧桑了一回？总有些触碰不到的，教人难安，譬如你从不晓得她的内衣是否破损、从未见过她的画……她说我们的爱情老而没有皱纹，这听来像天真的童话，我只想把它制成标本，收藏起来。而我唯一做过的，是打死她脚上一只蚊子，偷偷放入口袋，算拥有了同样血缘的信物。

只是，我却没留下信物。当我出门写生，我总是愈走愈远，然后想象她敲门不应的样子，想她如果殉情，能否找到我的地狱。总觉得容易到手的幸福容易飞走，我宁愿多受些折磨，在这样的自虐中得到些宽慰。

我知道她不会当真，可是有次却出事了。

那天，老远就见到人们围在她门外议论纷纷，他们看见很多虫从她家掉下来，都说死了人。当警察破门而入，终于查出虫的来源：是屋顶上，一具带血的牛头，尚未风干，已经腐烂。

“画不出有牛头的风景了。从市场买回来的时候，我早想好它在画面上的位置了。”在娜娜的似笑非笑间，看不出遗憾或捉弄。几天不在，大家都以为她死了。她是什么时候结束餐厅，开始出门写生了？在那副疲惫的神态里，只有一种简单的安详，就像她有次打电话报警，说有个女人被困在屋顶，当时她喝醉酒爬上了屋顶，看着地上准备救她的人群和消防车，那表情说不上是无所谓，只是一种寻常或平静。

当她要走，说得就像去写生一样寻常。也许是还以颜色，可我情愿信她，是她的日本丈夫要找来了。她不带多少行李，只把拆了框的画剪小，卷成一堆交给我，又给了个上锁的铁盒。问她开锁的密码，她哼着歌不回答，接着还要给你钱，我拔腿就跑，她在后面追，回头看时，她不追了，仍用那种热切的眼神望你。

她不让我送行。在我们的最后一天，我们一直待在沙滩，问她会去哪里。她站到海水中，说要写给你看，捡了一只淡蓝色小螃蟹，在蟹背写写，忽就放回水去。我追上前，一群螃蟹正被卷进大海，潮水一退，已分不出哪只是娜娜的。

她告诉我：戒烟，其实是戒掉一种手势。

而她戒掉我，如戒掉一支烟。

那天傍晚，我们回到城里，在街上分手，天空下着雨，我们把手伸向彼此，她没看我，只看着雨中两只湿漉漉没相碰的手。我目送她的背影离去，她沿着塞纳河走，穿越一扇拱门，最后进到一片灯火璀璨的背景里。我没想过她会不会回来，也许这就是爱，辞别时像丢根烟蒂那样简单。

第二天，中岛先生果真来了，他事先托人查到我的住处，也清楚娜娜在巴黎的生活。我们用不流利的英语交谈，谈着娜娜，谈着日本和巴黎，又相偕去丽池饭店游泳，像是打量彼此的身体，也像要打量彼此在娜娜身上所占据的分量。我们努力潜向池底的美人鱼嵌画，仿佛就要吻到那对裸露的乳房，可是，到了池底，却没有勇气。

对于娜娜，我们确实都没有勇气。

他其实不是娜娜的丈夫，他没怪她不告而别。

故事就像个通俗剧的典型，一个生意人雇用了一位秘书，结果变成他的情妇；几年后，女人发现得了绝症，他给她钱治病，她拿了钱却到巴黎，帮助学画的昔时男友；直到男人离开她了，她仍持续赚钱寄还中岛，上个月才刚还清……

中岛要求看娜娜的画，我把画卷拿出来，才打开一张，干裂的油彩便纷纷碎落下来。从不知道她是用这么廉价的颜料，看来既绚烂，又邋遢。

中岛走时，天正冷，紫灰色的天空，看起来快下雪了，可是从来没下。我独自蹲在地上，收拾那些碎颜料，像收拾着娜娜或自己那段绚烂又邋遢的生活。

铁盒终于打开了，密码就在娜娜哼的那首旋律里（《玫瑰人生》LaVieEnRose是她唯一会唱的法文歌）。盒里寥寥盛了几样东西：一支木筷、一块我用剩的肥皂，还有几根短短的、切成三分之一的烟蒂。

我凑到烟蒂里呼吸，泪光中，仿佛有火光摇曳……我看到她仰起的脸庞，一种持久的热情，在她眼睛深处闪烁。当她问：是否烫伤了什么？

我真想被她烫伤什么。

我仍在巴黎，占领阁楼最倾斜的那一角，当我推开屋顶气窗，伸出头，吞云吐雾间，一株新生的小苗映入了眼帘。

相信，候鸟就像月亮，不见了又会出现……娜娜曾这么说。

提琴螃蟹和天堂鸟

一个女人的舌尖对生命说“对”
天堂的鸟振开翅膀

——墨西哥·帕斯

是不是哪里出了错？千钧一发的距离，却触动不了丁点敏感。

玛蒂仍那样若即若离地引着你，走进这座红树林沼泽。

趁着退潮，两人一前一后，踩在浓密而拱起的气根上，最前面的是她的猴子，小猴远远把我们抛在后头，自顾自地边跳边玩，我们则小心翼翼，谨防气根滑脚。这里的空气潮湿又闷热，蚊子在头顶嗡嗡叫，水滴滴答答地自气根落下，脚边还有轻微的噗咚声和喀嚓声。玛蒂说，是贝类和甲壳动物在它们的洞穴中移动，有的正闭上贝壳，有的在擦动钳子……她眨着那双大眼，透露秘密似的告诉我：只有趁着退潮时，才能进到这里窥探。

是的，尽管到处弥漫着一股死尸般的腐味，这片沼泽的确生气蓬勃。许多动物正忙碌着搜寻潮水退后留下的食物，小海螺挪动身子去吞食藻类，小螃蟹转着眼珠在泥上快跑，玛蒂的猴子则大胆地站进浅滩，垂着尾巴去钓螃蟹。一只螃蟹夹住它的尾巴，它用力甩两下，捧起摔昏了的螃蟹大快朵颐。

玛蒂守在一个螃蟹洞旁，有只螃蟹刚刚从里面出来，只见它用钳子从地上绞起一块泥，就放口里嚼。我随着玛蒂俯下身子，看它嘴边的毛刀不停翦动，好像把能吃的东西刷下，不能吃的在里头积成个泥丸便用钳子剔掉。它每走几步就吃一口泥、吐一口丸，玛蒂跟在后头，有时盯着它的步伐，有时将视线移到更远的白沙滩、成排的椰子树和那些孟加拉国式房屋，有时也看我，笑着用指尖捻起几颗泥丸，轻轻地放在我手心。

这景况，和我想象中的约会真有些不同，但我不能太猴急，对于求偶这事，我全然没有把握，也没什么经验，除了第一次示爱被女人拒绝，之后我有将近八年的时间没接近过女人。

八年来，我一直在一艘拖网渔船上工作。渔船随着季节和鱼群往往返返，最近，我们才到印度尼西亚东南海域作业。记得船刚到时，有个女孩就站在沿岸一根浮木上张望着，那天真的神情和早熟的胴体，令人犯了一种难耐的寂寞。行船这么久，早先的梦想和意义，都已变得模糊，什么海阔天空的远景都只是个浪漫的空谈，对于生活，只能降到基本的欲望需求：他们说没有女人，钱就失去意义。但我不见得跟这些伙伴同道。他们一上岸就找女人，我可能也想找女人，只是就像他们说的，既可怜又糊涂。

听说坦桑尼亚有一种小鱼，那种雄鱼起初没有性征，一旦得到了交配优势，身上的颜色会快速从暗褐转为鲜黄，不久身体便雄壮起来，还长出类似睾丸的器官——虽然，他们过度膨胀了女人的神奇，但我的确解释不了这份跃跃欲试的心理，似乎只是和她对望过一眼，身上便产生了奇妙变化。

那时我的腿被一条大鱼刺伤，几个人陪我上岸求医，岛上只有一家诊所，我们找到它时，惊见屋子被包在一团雾球里，走近才发现，是廊外的灯光招来一大群蜉蝣。当时玛蒂就躺在屋外树上的吊床上，花样的年华、青春的美好肌肤和短短的碎花裙，我进屋前，她和我对望一眼，出了诊所，我不禁又朝她那儿看去，她没看我，两眼正盯着横越天空的一只飞行蜥蜴。她是医生的女儿，曾替此地的牧师做过助手，牧师教她学会了英语。大伙替我打听来这些信息，就这么推我上阵。

女孩不常出门，还好她养了只小猴，我用香蕉、榴莲和它攀交情，让它送东西给女孩。之后，我却看到那串珍珠挂上了猴子的脖子、珊瑚别针扣上了树上的吊床、玛瑙镯子戴上了女孩妹妹的手腕，而整束玫瑰被插上了屋顶的烟囱……不过，女孩终于答应约会了。第一次，她带我到小岛边缘的红树林滩，除了像这样，趴下来看螃蟹，我不知道还能做什么？或者她想做什么？

也许，她并没想做什么，她只是让我看看这种叫提琴螃蟹的小东西而已。手心里被放上的几颗像粪球的东西，不是定情物品，倒有点像捣蛋鬼的小玩意。

眼看这小螃蟹不吃泥巴了，它正踮起脚尖，一路高举另一只颜色鲜艳的钳子疯狂向前舞动。玛蒂问我，这只雄蟹在干什么？我想起从前见过树上一只长尾猴对闯入地盘的小猴挺出阴茎，那样高高勃起的玩意儿，看来的确雄伟也有些可笑，仿佛这么晃两下就能把敌人吓跑……不过情况并非如此，我们看见某只雌蟹开始有了反应，它向雄蟹摇摆着走来，不久，便双双进入洞穴，洞口堆了许多泥球，你再也看不到什么，但可以想象，里面正在发生的那些春情荡漾的事。事实上，求偶就像螃蟹挥舞钳子这么简单。

可是，总觉得有些疯狂，还有些滑稽。玛蒂大概也是这样看我吧。不知为什么，她说我像只提琴螃蟹。那口气不像说正经，倒有点逗弄人的意味。

我问她哪里像，她却在我手心放上更多泥球。

而哥迪呢？我试着问。

她指着一旁水塘的弹涂鱼，说他就像那东西。

哥迪是我目前唯一的情敌。这在我开始追求玛蒂不久，就知道了。

可是说情敌也未必，我原本没有与他较量的意思。但我不知道，他是不是把我当成不堪一击的对手了？我看过弹涂鱼猎食时的猛劲，它只消卷起尾巴，一面拍击泥面一面飞快前进，一会儿就逮住螃蟹了。是的，我没有哥迪那身捉鳄鱼、擒蟒蛇的本领，我曾在市场看他卖野味，只要有顾客看上，他就把这些家伙从笼子拖出来，三两下就卸得皮肉分离……然而多半时候，弹涂鱼只是拄着两只鳍在地上爬走的苦命郎罢了，尤其求偶时更辛苦。当它竖起背鳍，露出自以为灿烂的色彩时，这并不足以吸引远处的雌鱼，它还必须奋力弹动，跃上空中，才能叫雌鱼看到一眼。

哥迪的确“弹跳”得很卖力，不是弄来个罕见的食火鸡蛋，搁在玛蒂的吊床；就是下海捞几颗珍珠，到人前当弹珠耍；再不然就拉开长弓，表演一箭双鸟的特技。

有一次我和玛蒂在草地闲聊，哥迪忽然从墙上跳下来，他不断在我们面前走动，而那身装备很特别：肩上系了只大鸽子，背上一个竹箱，腰里还挂了铁罐和小刀。他爬上附近一棵树顶，先削掉一些树叶枝丫，将罐中的胶状物缠上几根细枝，再把带来的鸽子绑好，弄妥之后，就跳到另外一棵树腰上歇着。

玛蒂告诉我，那是糖胶，用来黏鸟。

果然，几只漂亮的野鸽飞来了，它们绕着树上的同类啼叫，不久就栖到那些有糖胶的树干，飞不掉。哥迪轻松地跳上大树，把猎物收进竹箱，顺手操起一条长藤，从我们面前晃来荡去，最终隐没在一片林子里。我说他这身功夫真了得，玛蒂脸上既露出喜色，又一副理所当然的样子。我感觉她的笑容里有些卖弄，天真可爱，不是给我看的，是给哥迪看的。

哥迪的确走了，不过他走得不远，我觉得那双眼睛仍在附近。

而她对他的微笑是那么自然，当他也对她笑，她的微笑才有意无意地停住。

但当她不对他笑了，他却朝着我笑，一副“我赢了你”的神情。

玛蒂到底喜欢提琴蟹还是弹涂鱼？这问题令人费解。她不排斥哥迪的示好，也不拒绝我的邀约。而当她挽着我的手，漫步椰树摇曳的白沙滩，她眼睛也许正瞟向别处，那模样，既欢喜又有些迷惘。我问她为何说我像提琴蟹，她似乎记不起她说过的话。我曾想，这古怪的比喻是否只是随意冠上的代号，不必深入追究。

我知道我不可能为她上岸太久，自己虽有筑巢的梦，却从来没落实过，日久已生出“天涯住稳无归心”之感。但我必须承认，每当玛蒂来到海港，站在那根大浮木上对着船只张望，我便有种爱她的感觉，爱得想挥舞自己最巨大漂亮的钳子，然后拖她进入阴湿的洞穴。玛蒂曾说提琴螃蟹不像其它螃蟹，它们能够半在水中半出水面，连呼吸都来到水外。是的，我原本生活在海里，为了她却来到岸上。然而，我们的洞穴是否就只在短暂的退潮期？

几个月以来，玛蒂屡屡到海港眺望，港口挤满了渔船和货轮，卸货、进货，热闹不已。当我上岸，我们便沿着沙滩，走进那片有成排椰子树的住宅区，在那里，你可以欣赏此地最漂亮的孟加拉国式别墅，也可以眺望海峡彼端的红树林沼泽。

有时我们走过一栋宅邸，玛蒂不禁会留意屋外入口的阳台，那儿养了一只天堂鸟，美丽非凡：它有黄色天鹅绒般的头羽、孔雀绿的光泽从喉头一直延伸至身侧，加上那串灿烂流泻的尾翼及两道长若柳丝的金色卷羽，真是奇特无比。

这是一家贸易公司的总部，最近宅主才刚回来。曼兹是本地最大的鸟类供货商，年轻富有，他不但输出合法鸟类，任何稀有的违禁鸟种也都有办法供应。此外，他还在曼谷进出口蛇和鳄鱼等爬虫类皮货，每隔一段时间便回来主持业务。这阵子，他们要在镇上举办商业宣传活动，其中一项是皮货少女选拔，我发现玛蒂再也没到港口眺望，她和其他少女一样，准备走进曼兹的宅院。

比赛那天，大宅外面被人群挤得水泄不通，许多人还爬到屋顶或树上观看。

首先，少女们得穿越后院一座丛林迷宫。迷宫里埋伏了鳄鱼、蟒蛇、蜥蜴等巨型爬虫动物，当那些误闯埋伏的少女厉声尖叫，群众有的吓出冷汗，也有人兴奋不已。之后，一个个痛哭或昏厥的女孩被抬出来了，顺利过关的人则集中到前庭，使出浑身解数来展现自己。有人身上挂着几十条斑纹各异的活蛇；有人踩在一只鳄鱼上翻筋斗又跳舞；也有人把自己藏进一盏阿拉丁神灯里，当曼兹上前摩擦灯腹，里面便冒出一个裹着鱼皮的女奴；玛蒂则把自己打扮成一只大天堂鸟，浑身除了艳丽的羽毛，不着一丝衣物……而最终获奖的，也是一名扮成大鸟的女孩，但她的褐色羽毛看来平凡，表演时又常常掉毛，不过却惹得阳台前那只雄天堂鸟不断跳跃、喔呜呜叫个不停。

女孩的奖品是一顶用钞票做成的皇冠，由身穿锦袍的曼兹亲自给戴上。游行的时候，长长的钞票尾巴拖在地上甚是壮观。有人说曼兹是摆出有钱人的傲慢，故意让一只鸟当裁判；也有人笑他的天堂鸟太寂寞，一旦看到类似同种雌鸟的褐色羽毛，就春心大动。

游行落幕后，我到处去找玛蒂，满地的艳丽羽毛被踩进泥浆里，我想着玛蒂一丝不挂的胴体以及她被剥得一丝不挂的自尊心，她从来没有这样美丽过，可是也不因此而高高在上，当天堂的鸟展开翅膀，并不能把她带到天堂。

终于在沼泽隐秘处看见她和她的猴子。只见猴子穿了一件报纸糊成的袍子，玛蒂拿给它一顶纸皇冠，像在排演什么，一再地让猴子为她戴冠加冕。

不久哥迪射杀了大宅的天堂鸟，被曼兹家仆发现，惨遭毒打。而玛蒂仍习惯躺在树上的吊床，摇晃着她美好的身体和短短的碎花裙，对于哥迪为她做的义愤之举，她仍自然地笑，但当他也对她笑，她便有意无意地停住笑容——“爱的火焰依然跳动，只是需要新燃料。”忘了从何处读到这话。我知道，玛蒂时常眺望的大宅阳台，又换上一只新天堂鸟了；正如玛蒂家的烟囱顶，不知何时给插上了一束新的玫瑰花……

季节一过，我的渔船又要远离。这天，小猴跳上码头，取走我给它的香蕉，而玛蒂就站在不远的浮木上，模样依然天真，不像送行，只是张望，但在那种惯有的无目的性张望中，还多了分妩媚。

“明年能见到你吗？”

我不知道，明年是否还会在船上，或者是否上岸。有人说“爱情太短，遗忘太长”，也许天堂太远，而地平线也太长；我似乎看到，一只提琴螃蟹正爬出泥滩，随着潮水，回到无垠的大海。

（原载《钟山》2006年第2期）

作者简介：

张瀛太，台湾科技大学教授，曾在《钟山》发表过小说散文。现居台湾。